CW01512363

La reina en el palacio de las corrientes de aire

STIEG LARSSON

La reina en el palacio de las corrientes de aire

MILLENNIUM 3

Traducción de
Martin Lexell y Juan José Ortega Román

Círculo de Lectores

PRIMERA PARTE

Incidente en un pasillo

Del 8 al 12 de abril

Se estima que fueron seiscientas las mujeres que combatieron en la guerra civil norteamericana. Se alistaron disfrazadas de hombres. Ahí Hollywood, por lo que a ellas respecta, ha ignorado todo un episodio de historia cultural. ¿Es acaso un argumento demasiado complicado desde un punto de vista ideológico? A los libros de historia siempre les ha resultado difícil hablar de las mujeres que no respetan la frontera que existe entre los sexos. Y en ningún otro momento esa frontera es tan nítida como cuando se trata de la guerra y del empleo de las armas.

No obstante, desde la Antigüedad hasta la época moderna, la historia ofrece una gran cantidad de casos de mujeres guerreras, esto es, amazonas. Los ejemplos más conocidos ocupan un lugar en los libros de historia porque esas mujeres aparecen como «reinas», es decir, representantes de la clase reinante. Y es que, por desagradable que pueda parecer, el orden sucesorio coloca de vez en cuando a una mujer en el trono. Como la guerra no se deja conmover por el sexo de nadie y tiene lugar aunque se dé la circunstancia de que un país esté gobernado por una mujer, a los libros de historia no les queda más remedio que hablar de toda una serie de reinas guerreras que, en consecuencia, se ven obligadas a aparecer como si fueran Churchill, Stalin o Roosevelt. Tanto Semíramis de Nínive, que fundó el Imperio asirio, como Boudica, que encabezó una de las más sangrientas revueltas británicas realizadas contra el Imperio romano, son buena muestra de ello. A esta última, dicho sea de paso, se le erigió una estatua junto al puente del Támesis, frente al Big Ben. Salúdala amablemente si algún día pasas por allí por casualidad.

Sin embargo, los libros de historia se muestran por lo general muy reservados con respecto a las mujeres guerreras que aparecen bajo la forma de soldados normales y corrientes, esas que se entrenaban en el manejo de las armas, formaban parte de los regimientos y participaban en igualdad de condiciones con los hombres en las batallas que se libraban contra los ejércitos enemigos. Pero lo cierto es que siempre han existido: apenas ha habido una sola guerra que no haya contado con participación femenina.

Capítulo 1

Viernes, 8 de abril

Poco antes de la una y media de la madrugada, la enfermera Hanna Nicander despertó al doctor Anders Jonasson.

—¿Qué pasa? —preguntó éste, confuso.

—Está entrando un helicóptero. Dos pacientes. Un hombre mayor y una mujer joven. Ella tiene heridas de bala.

—Vale —dijo Anders Jonasson, cansado.

A pesar de que sólo había echado una cabezadita de más o menos media hora, se sentía medio mareado, como si lo hubiesen despertado de un profundo sueño. Le tocaba guardia en el hospital de Sahlgrenska de Goteburgo y estaba siendo una noche miserable, extenuante como pocas. Desde que empezara su turno, a las seis de la tarde, habían ingresado a cuatro personas debido a una colisión frontal de coche ocurrida en las afueras de Lindome. Una de ellas se encontraba en estado crítico y otra había fallecido poco después de llegar. También atendió a una camarera que había sufrido quemaduras en las piernas a causa de un accidente de cocina ocurrido en un restaurante de Avenyn, y le salvó la vida a un niño de cuatro años que llegó al hospital con parada respiratoria tras haberse tragado la rueda de un coche de juguete. Además de todo eso, pudo curar a una joven que se había caído en una zanja con la bici. Al departamento de obras públicas del municipio no se le había ocurrido nada mejor que abrir la zanja precisamente en la salida de un carril bici, y, además, alguien había tirado dentro las vallas de advertencia. Le tuvo que dar catorce puntos en la cara y la chica iba a necesitar dos dientes nuevos. Jonasson también cosió el trozo de un pulgar que un entusiasta y aficionado carpintero se había arrancado con el cepillo.

Sobre las once, el número de pacientes de urgencias ya había disminuido. Dio una vuelta para controlar el estado de los que acababan de entrar y luego se retiró a una habitación para intentar relajarse un rato. Tenía guardia hasta las seis de la mañana, pero aunque no entrara ninguna urgencia él no solía dormir. Esa noche, sin embargo, los ojos se le cerraban solos.

La enfermera Hanna Nicander le llevó una taza de té. Aún no había recibido detalles sobre las personas que estaban a punto de ingresar.

Anders Jonasson miró de reojo por la ventana y vio que relampagueaba intensamente sobre el mar. El helicóptero llegó justo a tiempo. De repente, se puso a llover a cántaros. La tormenta acababa de estallar sobre Gotemburgo.

Mientras se hallaba frente a la ventana oyó el ruido del motor y vio cómo el helicóptero, azotado por las ráfagas de la tormenta, se tambaleaba al descender hacia el helipuerto. Se quedó sin aliento cuando, por un instante, el piloto pareció tener dificultades para controlar el aparato. Luego desapareció de su campo de visión y oyó cómo el motor aminoraba sus revoluciones. Tomó un sorbo de té y dejó la taza.

Anders Jonasson salió hasta la entrada de urgencias al encuentro de las camillas. Su compañera de guardia, Katarina Holm, se ocupó del primer paciente que ingresó, un hombre mayor con graves lesiones en la cara. A Jonasson le tocó ocuparse de la segunda paciente, una mujer con heridas de bala. Hizo una rápida inspección ocular y constató que parecía tratarse de una adolescente, en estado muy crítico y cubierta de tierra y de sangre. Levantó la manta con la que el equipo de emergencia de Protección Civil había envuelto el cuerpo y vio que alguien había tapado los impactos de bala de la cadera y el hombro con tiras de una ancha cinta adhesiva plateada, una iniciativa que le pareció insólitamente ingeniosa. La cinta mantenía las bacterias fuera y la sangre dentro. Una bala le había alcanzado la cadera y atravesado los tejidos musculares. Jonasson levantó el hombro de la chica y localizó el agujero de entrada de la espalda. No había orificio de salida, lo que significaba que la munición permanecía en algún lugar del hombro. Albergaba la esperanza de que no hubiera penetrado en el pulmón y, como no le vio sangre en la cavidad bucal, llegó a la conclusión de que probablemente no fuera ése el caso.

—Radiografía —le dijo a la enfermera que lo asistía. No hacían falta más explicaciones.

Acabó cortando la venda con la que el equipo de emergencia le había vendado la cabeza. Se quedó helado cuando, con las yemas de los dedos, palpó el agujero de entrada y se dio cuenta de que le habían disparado en la cabeza. Allí tampoco había orificio de salida.

Anders Jonasson se detuvo un par de segundos y contempló a la chica. De pronto se sintió desmoralizado. A menudo solía decir que el cometido de su profesión era el mismo que el que tenía un portero de fútbol. A diario llegaban a su lugar de trabajo personas con diferentes estados de salud pero con un único objetivo: recibir asistencia. Se trataba de señoras de setenta y cuatro años que se habían desplomado en medio del centro comercial de Nordstan a causa de un paro cardíaco, chavales de catorce años con el pulmón izquierdo perforado por un destornillador, o chicas de dieciséis que habían tomado éxtasis y bailado sin parar dieciocho horas seguidas para luego caerse en redondo con la cara azul. Eran víctimas de accidentes de trabajo y de malos tratos. Eran niños atacados por perros de pelea en Vasaplatsen y unos cuantos manitas que sólo iban a serrar unas tablas con una Black & Decker y que, por accidente, se habían cortado hasta el tuétano.

Anders Jonasson era el portero que estaba entre el paciente y Fonus, la empresa funeraria. Su trabajo consistía en decidir las medidas que había que tomar; si optaba por la errónea, puede que el paciente muriera o se despertara con una minusvalía para el resto de su vida. La mayoría de las veces tomaba la decisión correcta, algo que se debía a que gran parte de los que hasta allí acudían presentaba un problema específico que resultaba obvio: una puñalada en el pulmón o las contusiones sufridas en un accidente de coche eran daños concretos y controlables. Que el paciente sobreviviera dependía de la naturaleza de la lesión y de su saber hacer.

Pero había dos tipos de daños que Anders Jonasson detestaba: uno eran las quemaduras graves, que, independientemente de las medidas que él tomara, casi siempre condenaban al paciente a un sufrimiento de por vida. El otro eran las lesiones en la cabeza.

La chica que ahora tenía ante sí podría vivir con una bala en la cadera y otra en el hombro. Pero una bala alojada en algún rincón de su cerebro constituía un problema de una categoría muy distinta. De repente oyó que Hanna, la enfermera, decía algo.

—¿Perdón?

—Es ella.

—¿Qué quieres decir?

—Lisbeth Salander. La chica a la que llevan semanas buscando por el triple asesinato de Estocolmo.

Anders Jonasson miró la cara de la paciente. Hanna

tenía toda la razón: se trataba de la chica cuya foto habían visto él y el resto de los suecos en las portadas de todos los periódicos desde las fiestas de Pascua. Y ahora esa misma asesina se hallaba allí, en persona, con un tiro en la cabeza, cosa que, sin duda, podría ser interpretada como algún tipo de justicia poética.

Pero eso no era asunto suyo. Su trabajo consistía en salvar la vida de su paciente, con independencia de que se tratara de una triple asesina o de un premio Nobel. O incluso de las dos cosas.

Luego estalló ese efectivo caos que caracteriza a los servicios de urgencias de un hospital. El personal del turno de Jonasson se puso manos a la obra con gran pericia. Cortaron el resto de la ropa de Lisbeth Salander. Una enfermera informó de la presión arterial —100/70— mientras Jonasson ponía el estetoscopio en el pecho de la paciente y escuchaba los latidos del corazón, que parecían relativamente regulares, y una respiración que no llegaba a ser regular del todo.

El doctor Jonasson no dudó ni un segundo en calificar de crítico el estado de Lisbeth Salander. Las lesiones del hombro y de la cadera podían pasar, de momento, con un par de compresas o, incluso, con esas tiras de cinta que alguna alma inspirada le había aplicado. Lo importante era la cabeza. El doctor Jonasson ordenó que le hicieran un TAC con aquel escáner en el que el hospital había invertido el dinero del contribuyente.

Anders Jonasson era rubio, tenía los ojos azules y había nacido en Umeå. Llevaba veinte años trabajando en el Östra y en el Sahlgrenska, alternando su trabajo de médico de urgencias con el de investigador y patólogo. Tenía una peculiaridad que desconcertaba a sus colegas y que hacía que el personal se sintiera orgulloso de trabajar con él: estaba empeñado en que ningún paciente se muriera en su turno y, de hecho, de alguna milagrosa manera, había conseguido mantener el marcador a cero. Cierto que algunos de sus pacientes habían fallecido, pero eso había ocurrido durante el tratamiento posterior o debido a razones completamente ajenas a su trabajo.

. Además, Jonasson presentaba a veces una visión de la medicina poco ortodoxa. Opinaba que, con frecuencia, los médicos tendían a sacar conclusiones que carecían de fundamento y que, por esa razón, o se rendían demasiado pronto o dedicaban demasiado tiempo a intentar averiguar con exactitud lo que le pasaba al paciente para poder prescribir el tratamiento correcto. Ciertamente, este último era el procedimiento que indicaba el manual de instrucciones; el único problema era que el paciente podía morir mientras los médicos seguían reflexionando. En el peor de los supuestos, un médico llegaría a la conclusión de que el caso que tenía entre manos era un caso perdido e interrumpiría el tratamiento.

Sin embargo, a Anders Jonasson nunca le había llegado un paciente con una bala en la cabeza. Lo más probable es que hiciera falta un neurocirujano. Se sentía inseguro pero, de pronto, se dio cuenta de que quizá fuese más afortunado de lo que merecía. Antes de lavarse y ponerse la ropa para entrar en el quirófano le dijo a Hanna Nicander:

—Hay un catedrático americano llamado Frank Ellis que trabaja en el Karolinska de Estocolmo, pero que ahora se encuentra en Gotemburgo. Es un afamado neurólogo, además de un buen amigo mío. Se aloja en el hotel Radisson de Avenyn. ¿Podrías averiguar su número de teléfono?

Mientras Anders Jonasson esperaba las radiografías, Hanna Nicander volvió con el número del hotel Radisson. Anders Jonasson echó un vistazo al reloj —la 1.42— y cogió el teléfono. El conserje del hotel se mostró sumamente reacio a pasar ninguna llamada a esas horas de la noche y el *doctor* Jonasson tuvo que pronunciar unas palabras bastante duras y explícitas sobre la situación de emergencia en la que se encontraba antes de conseguir contactar con él.

—Buenas noches, Frank —saludó cuando por fin su amigo cogió el teléfono—. Soy Anders. Me dijeron que estabas en Gotemburgo. ¿Te apetece subir a Sahlgrenska para asistirme en una operación de cerebro?

—*Are you bullshitting me?* —oyó decir a una voz incrédula al otro lado de la línea.

A pesar de que Frank Ellis llevaba muchos años en Suecia y de que hablaba sueco con fluidez —aunque con acento americano—, su idioma principal seguía siendo el inglés. Anders Jonasson se dirigía a él en sueco y Ellis le contestaba en su lengua materna.

—Frank, siento haberme perdido tu conferencia, pero he pensado que a lo mejor podrías darme clases particulares. Ha entrado una mujer joven con un tiro en la cabeza. Orificio de entrada un poco por encima de la oreja izquierda. No te llamaría si no fuera porque necesito una *second opinion*. Y no se me ocurre nadie mejor a quien preguntar.

—¿Hablas en serio? —preguntó Frank Ellis.

—Es una chica de unos veinticinco años.

—¿Y le han pegado un tiro en la cabeza?

—Orificio de entrada, ninguno de salida.

—Pero ¿está viva?

—Pulso débil pero regular, respiración menos regular, la presión arterial es 100/70. Aparte de eso tiene una bala en el hombro y un disparo en la cadera, dos problemas que puedo controlar.

—Su pronóstico parece esperanzador —dijo el profesor Ellis.

—¿Esperanzador?

—Si una persona tiene un impacto de bala en la cabeza y sigue viva, hay que considerar la situación como esperanzadora.

—¿Me puedes asistir?

—Debo reconocer que he pasado la noche en compañía de unos buenos amigos. Me he acostado a la una e imagino que tengo una impresionante tasa de alcohol en la sangre...

—Seré yo quien tome las decisiones y realice las intervenciones. Pero necesito que alguien me asista y me diga si hago algo mal. Y, sinceramente, si se trata de evaluar daños cerebrales, incluso un profesor Ellis borracho me dará, sin duda, mil vueltas.

—De acuerdo. Iré. Pero me debes un favor.

—Hay un taxi esperándote en la puerta del hotel.

El profesor Frank Ellis se subió las gafas hasta la frente y se rascó la nuca. Concentró la mirada en la pantalla del ordenador que mostraba cada recoveco del cerebro de Lisbeth Salander. Ellis tenía cincuenta y tres años, un pelo negro azabache con alguna que otra cana y una oscura sombra de barba; parecía uno de esos personajes secundarios de *Urgencias*. A juzgar por su físico, pasaba bastantes horas a la semana en el gimnasio.

Frank Ellis se encontraba a gusto en Suecia. Llegó como joven investigador de un programa de intercambio a finales de los setenta y se quedó durante dos años. Luego volvió en numerosas ocasiones hasta que el Karolinska le ofreció una cátedra. A esas alturas ya era un nombre internacionalmente respetado.

Anders Jonasson conocía a Frank Ellis desde hacía catorce años. Se vieron por primera vez en un seminario de Estocolmo y descubrieron que ambos eran entusiastas pescadores con mosca, de modo que Anders lo invitó a Noruega para ir a pescar. Mantuvieron el contacto a lo largo de los años y llegaron a hacer juntos más viajes para dedicarse a su afición. Sin embargo, nunca habían trabajado en equipo.

—El cerebro es un misterio —comentó el profesor Ellis—. Llevo veinte años dedicándome a la investigación cerebral. La verdad es que más.

—Ya lo sé. Perdóname por haberte despertado, pero...

—Bah. —Frank Ellis movió la mano para restarle importancia—. Esto te costará una botella de Cragganmore la próxima vez que vayamos a pescar.

—De acuerdo. Me va a salir barato.

—Hace unos años, cuando trabajaba en Boston, tuve una paciente sobre cuyo caso escribí en el *New England Journal of Medicine*. Era una chica de la misma edad que ésta. Iba camino de la universidad cuando alguien le disparó con una ballesta. La flecha entró justo por donde termina la ceja, le atravesó la cabeza y le salió por la nuca.

—¿Y sobrevivió? —preguntó Jonasson asombrado.

—Llegó a urgencias con una pinta horrible. Le cortamos la flecha y la metimos en el escáner. La flecha le atravesaba el cerebro de parte a parte. Según todos los pronósticos, debería haber muerto o, como mínimo, haber sufrido un traumatismo tan grave que la dejara en coma.

—¿Y cuál era su estado?

—Permaneció consciente en todo momento. Y no sólo eso; como es lógico, tenía un miedo horrible, pero no había perdido ninguna de sus facultades mentales. Su único problema consistía en que una flecha le atravesaba la cabeza.

—¿Y qué hiciste?

—Bueno, pues cogí unas pinzas, le extraje la flecha y le puse unas tiritas en las heridas. Más o menos.

—¿Y sobrevivió?

—Permaneció en estado crítico durante mucho tiempo antes de darle el alta, claro, pero, honestamente, podríamos haberla mandado a casa el mismo día en el que entró. Jamás he tenido un paciente tan sano.

Anders Jonasson se preguntó si el profesor Ellis no le estaría tomando el pelo.

—Y sin embargo, en otra ocasión, hace ya algunos años —prosiguió Ellis— asistí en Estocolmo a un paciente de cuarenta y dos años que se dio un ligero golpe en la cabeza contra el marco de una ventana. Se mareó y se sintió tan mal que tuvieron que llevarlo a urgencias en ambulancia. Se hallaba inconsciente cuando me lo trajeron. Tenía un pequeño chichón y una hemorragia apenas perceptible. Pero no se despertó nunca y falleció en la UVI nueve días después. Sigo sin saber por qué murió. En el acta de la autopsia pusimos «hemorragia cerebral producida por un accidente», pero ninguno de nosotros quedó satisfecho con ese análisis. La hemorragia era tan pequeña y estaba localizada de tal manera que no debería haber afectado a nada. Aun así, con el tiempo, el hígado, los riñones, el corazón y los pulmones dejaron de funcionar. Cuanto más viejo me hago, más lo veo todo como una especie de ruleta. Si quieres que te diga la verdad, creo que nunca averiguaremos cómo funciona exactamente el cerebro. ¿Qué piensas hacer?

Golpeó la imagen de la pantalla con un bolígrafo.

—Esperaba que me lo dijeras tú.

—Me gustaría oír tu diagnóstico.

—Bueno, para empezar parece una bala de pequeño calibre. Le ha perforado la sien y le ha entrado unos cuatro centímetros en el cerebro. Descansa sobre el ventrículo lateral, justo donde se le ha producido la hemorragia.

—¿Medidas?

—Utilizando tu terminología, coger unas pinzas y extraer la bala por el mismo camino por el que ha entrado.

—Excelente idea. Pero yo que tú usaría las pinzas más finas que tuviera.

—¿Así de sencillo?

—En un caso como éste, ¿qué otra cosa podríamos hacer? Es posible que dejando la bala donde está la paciente viva hasta los cien años, pero eso también sería tentar a la suerte: podría desarrollar epilepsia, migrañas y rollos de ese tipo. Lo que no queremos hacer es taladrarle la cabeza dentro de un año para operarla cuando la herida se haya curado. La bala está algo alejada de las arterias principales. En este caso te recomendaría que se la sacaras, pero…

—Pero ¿qué?

—La bala no me preocupa. Eso es lo fascinante de los daños cerebrales: que haya sobrevivido cuando entró la bala significa que también sobrevivirá cuando se la saquemos. El problema es más bien éste —dijo, señalando la pantalla—: alrededor del orificio de entrada tienes un montón de fragmentos óseos. Puedo ver por lo menos una docena de unos cuantos milímetros de largo. Algunos se han hundido en el tejido cerebral. Ahí está lo que la matará si no actúas con cuidado.

—Esa parte del cerebro es la que se asocia al habla y a la capacidad numérica…

Ellis se encogió de hombros.

—Bah, chorradas. No tengo ni la menor idea de para qué sirven estas células grises de aquí. Haz lo que puedas. Eres tú el que opera. Yo estaré detrás mirando. ¿Puedo ponerme alguna bata y lavarme en algún sitio?

Mikael Blomkvist miró el reloj y constató que eran poco más de las tres de la mañana. Se encontraba esposado. Cerró los ojos un momento. Estaba muerto de cansancio, pero la adrenalina lo mantenía despierto. Abrió los ojos y, cabreado, contempló al comisario Thomas Paulsson, que le devolvió la mirada en estado de *shock*. Se hallaban sentados junto a la mesa de la cocina de una granja situada en algún lugar cercano a Nossebro llamado Gosseberga, del que Mikael había oído hablar por primera vez en su vida apenas doce horas antes.

La catástrofe ya era un hecho.

—¡Idiota! —le espetó Mikael.

—Bueno, escucha…

—¡Idiota! —repitió Mikael—. ¡Joder, ya te dije que el tío era un peligro viviente, que había que manejarlo como si fuese una granada con el seguro quitado! Ha asesinado como mínimo a tres personas; es como un carro de combate y no necesita más que sus manos para matar. Y tú vas y mandas a dos maderos de pueblo para arrestarlo, como si se tratara de uno de esos borrachuzos de sábado por la noche.

Mikael volvió a cerrar los ojos. Se preguntó qué más iba a irse a la mierda esa noche.

Había encontrado a Lisbeth Salander poco después de medianoche, herida de gravedad. Avisó a la policía y logró convencer a los servicios de emergencia de Protección Civil para que enviaran un helicóptero y trasladaran a Lisbeth al hospital de Sahlgrenska. Describió con todo detalle sus lesiones y el agujero de bala de la cabeza, y alguna persona inteligente y sensata se dio cuenta de la gravedad del asunto y comprendió que Lisbeth necesitaba asistencia de inmediato.

Aun así, el helicóptero tardó media hora en llegar. Mikael salió y sacó dos coches del establo, que también hacía las veces de garaje, y, encendiendo los faros, iluminó el campo que había delante de la casa y que sirvió de pista de aterrizaje.

El personal del helicóptero y dos enfermeros acompañantes actuaron con gran pericia y profesionalidad. Uno de los enfermeros le administró los primeros auxilios a Lisbeth Salander mientras el otro se ocupaba de Alexander Zalachenko, también conocido como Karl Axel Bodin. Zalachenko era el padre de Lisbeth Salander y su peor enemigo. Había intentado matarla pero fracasó. Mikael lo encontró gravemente herido en el leñero de esa apartada granja, con un hachazo con muy mala pinta en la cara y contusiones en la pierna.

Mientras Mikael esperaba la llegada del helicóptero hizo lo que pudo por Lisbeth. Buscó una sábana limpia en un armario, la cortó y se la puso como venda. Constató que la sangre se había coagulado y había formado un tapón en el orificio de entrada de la cabeza, así que no sabía muy bien si atreverse a colocarle una venda allí. Al final, sin ejercer mucha presión, le ató la sábana alrededor de la cabeza, más que nada para que la herida no estuviera tan expuesta a las bacterias y la suciedad. En cambio, contuvo la hemorragia de los agujeros de bala de la cadera y del hombro de la manera más sencilla: en un armario había encontrado un rollo de cinta adhesiva plateada y simplemente cubrió las heridas con ella. Le humedeció la cara con una toalla mojada e intentó limpiarle las zonas más sucias.

No se acercó al leñero para socorrer a Zalachenko. Sin inmutarse un ápice reconoció que, para ser sincero, Zalachenko le importaba un comino.

Mientras esperaba a los servicios de emergencia de Protección Civil, llamó también a Erika Berger y le explicó la situación.

—¿Estás bien? —preguntó Erika.

—Yo sí —contestó Mikael—. Pero Lisbeth está herida.

—Pobre chica —dijo Erika Berger—. Me he pasado la noche leyendo el informe que Björck redactó para la Säpo. ¿Qué vas a hacer?

—Ahora no tengo fuerzas para pensar en eso —respondió Mikael.

Sentado en el suelo junto al banco de la cocina, hablaba con Erika mientras le echaba un ojo a Lisbeth Salander. Le había quitado los zapatos y los pantalones para vender la herida de la cadera y, de repente, por casualidad, puso la mano encima de la prenda que había tirado al suelo. Sintió un objeto en el bolsillo de la pernera y sacó un Palm Tungsten T3.

Frunció el ceño y, pensativo, contempló el ordenador de mano. Al oír el ruido del helicóptero se lo introdujo en el bolsillo interior de su cazadora. Luego, mientras todavía se encontraba solo, se inclinó hacia delante y examinó todos los bolsillos de Lisbeth Salander. Encontró otro juego de llaves del piso de Mosebacke y un pasaporte a nombre de Irene Nesser. Se apresuró a meter los objetos en un compartimento del maletín de su ordenador.

El primer coche patrulla de la policía de Trollhättan, con los agentes Fredrik Torstensson y Gunnar Andersson a bordo, llegó pocos minutos después de que aterrizara el helicóptero. Fueron seguidos por el comisario Thomas Paulsson, que asumió de inmediato el mando. Mikael se acercó y empezó a explicar lo ocurrido. Paulsson se le antojó un engreído sargento chusquero y un completo zoquete. De hecho, fue nada más llegar Paulsson cuando las cosas empezaron a torcerse.

Paulsson parecía no comprender nada de lo que le contaba Mikael. Dio muestras de un extraño nerviosismo y el único hecho que asimiló fue que la maltrecha chica que se hallaba tumbada en el suelo frente al banco de la cocina era la triple y buscada asesina Lisbeth Salander, algo que constituía una interesantísima captura. Paulsson le preguntó tres veces al extremadamente ocupado enfermero de Protección Civil si podía arrestar a la chica in situ. Hasta que el enfermero agotó su paciencia, se levantó y le gritó que se mantuviera alejado.

Luego Paulsson se centró en el malherido Alexander Zalachenko, que estaba en el leñero. Mikael oyó a Paulsson comentar por radio que, al parecer, Lisbeth Salander había intentado matar a otra persona más.

A esas alturas, Mikael estaba ya tan cabreado con Paulsson —quien, como se podía ver, no había escuchado ni una palabra de lo que él le había intentado decir— que alzó la voz y lo instó a llamar, en ese mismo instante, al inspector Jan Bublanski a Estocolmo. Sacó su móvil y se ofreció a marcarle el número. Paulsson no mostró ni el menor interés.

Luego Mikael cometió dos errores.

Absolutamente resuelto, explicó que el verdadero triple asesino era un hombre llamado Ronald Niedermann, que tenía una constitución física similar a la de un robot anticarros, que sufría de analgesia congénita y que, en ese momento, se encontraba atado, hecho un fardo, en una cuneta de la carretera de Nossebro. Mikael describió el lugar en el que podrían hallar a Niedermann y les recomendó que enviaran a un pelotón de infantería con armas de refuerzo. Paulsson preguntó cómo había ido Niedermann a parar a la cuneta y Mikael reconoció, con toda sinceridad, que fue él quien, apuntándolo con un arma, consiguió llevarlo hasta allí.

—¿Un arma? —preguntó el comisario Paulsson.

A esas alturas, Mikael ya debería haberse dado cuenta de que Paulsson era tonto de remate. Debería haber cogido el móvil y llamado a Bublanski para pedirle que interviniese y disipara aquella niebla en la que parecía estar envuelto Paulsson. En lugar de eso, Mikael cometió el error número dos intentando entregarle el arma que llevaba en el bolsillo de la cazadora: la Colt 1911 Government que ese mismo día había encontrado en el piso de Lisbeth Salander y que le sirvió para dominar a Ronald Niedermann.

Fue eso, sin embargo, lo que llevó a Paulsson a arrestar en el acto a Mikael Blomkvist por tenencia ilícita de armas. Luego, Paulsson ordenó a los policías Torstensson y Andersson que se dirigieran a ese lugar de la carretera de Nossebro que Mikael les había indicado para que averiguaran si era verdad la historia de que, en una cuneta, se encontraba una persona inmovilizada y atada al poste de una señal de tráfico que advertía de la presencia de alces. Si así fuera, los policías deberían esposar a la persona en cuestión y traerla hasta la granja de Gosseberga.

Mikael protestó de inmediato explicando que Ronald Niedermann no era de esos que podían ser arrestados y esposados con facilidad: se trataba de un asesino tremendamente peligroso, un auténtico peligro viviente. Paulsson ignoró las protestas y, de pronto, un enorme cansancio se apoderó de Mikael. Éste lo llamó «incompetente cabrón» y le gritó que ni se les ocurriese a Torstensson y Andersson soltar a Ronald Niedermann sin pedir antes refuerzos.

Ese pronto tuvo como resultado que Mikael fuera esposado y conducido hasta el asiento trasero del coche del comisario Paulsson, desde donde, profiriendo todo tipo de improperios, fue testigo de cómo Torstensson y Andersson se alejaban del lugar en su coche patrulla. El único rayo de luz existente en esa oscuridad era que Lisbeth Salander había sido conducida hasta el helicóptero y que había desaparecido por encima de las copas de los árboles con destino al Sahlgrenska. Apartado de toda información, sin posibilidad alguna de recibir noticias, Mikael se sintió impotente; lo único que le quedaba era esperar que Lisbeth fuera a parar a unas manos competentes.

El doctor Anders Jonasson efectuó dos profundas incisiones hasta tocar el cráneo, retiró la piel que había alrededor del orificio de entrada y usó unas pinzas para mantenerla sujeta. Con gran esmero, una enfermera utilizó un aspirador para quitar la sangre. Después llegó el desagradable momento en el que Jonasson empleó un taladro para agrandar el agujero del hueso. El procedimiento fue irritantemente lento.

Logró, por fin, hacer un orificio lo bastante amplio como para tener acceso al cerebro de Lisbeth Salander. Con mucho cuidado, le introdujo una sonda y ensanchó unos milímetros el canal de la herida. Luego se sirvió de una sonda algo más fina para localizar la bala. Gracias a la radiografía pudo constatar que el proyectil se había girado y que se alojaba en un ángulo de cuarenta y cinco grados en relación con el canal de la herida. Usó la sonda para tocar con suma cautela el borde de la bala y, tras una serie de fracasados intentos, consiguió levantarla un poco y rotarla hasta ponerla en ángulo recto.

Por último, introdujo unas finas pinzas de punta estriada. Apretó con fuerza la base de la bala y consiguió atraparla. Tiró de las pinzas hacia él. La bala salió sin apenas oponer resistencia. La contempló al trasluz durante un segundo, vio que parecía estar intacta y la depositó en un cuenco.

—Limpia —dijo, y la orden fue cumplida en el acto.

Le echó un vistazo al electrocardiograma que daba fe de que su paciente seguía teniendo una actividad cardíaca regular.

—Pinzas.

Bajó una potente lupa que colgaba del techo y enfocó con ella la zona que quedaba al descubierto.

—Con cuidado —dijo el profesor Frank Ellis.

Durante los siguientes cuarenta y cinco minutos, Anders Jonasson sacó no menos de treinta y dos pequeñas astillas de hueso de alrededor del orificio de entrada. La más pequeña de ellas apenas resultaba perceptible para el ojo humano.

Mientras Mikael Blomkvist, frustrado, se afanaba en sacar su móvil del bolsillo de la pechera de la americana

—algo que resultó imposible con las manos esposadas—, llegaron a Gosseberga más coches con policías y técnicos forenses. Bajo las órdenes del comisario Paulsson, se les encomendó que recogieran pruebas forenses en el leñero y que realizaran un meticuloso registro de la casa principal donde se habían confiscado ya varias armas. Resignado, Mikael contempló las actividades desde su puesto de observación en el asiento trasero del coche de Paulsson.

Hasta que no pasó más de una hora, Paulsson no pareció ser consciente de que los policías Torstensson y Andersson aún no habían regresado de la misión de buscar a Ronald Niedermann. De repente, la preocupación asomó a su rostro. El comisario se llevó a Mikael a la cocina y le pidió que le describiera nuevamente el lugar.

Mikael cerró los ojos.

Seguía sentado en la cocina cuando regresó el furgón con los policías que habían ido en auxilio de Torstensson y Andersson. Habían encontrado muerto, con el cuello roto, al agente Gunnar Andersson. Su colega Fredrik Torstensson aún vivía, pero había sido gravemente malherido. Los hallaron a ambos en la cuneta, junto al poste de la señal de advertencia de alces. Tanto sus armas reglamentarias como el coche patrulla habían desaparecido.

De hallarse en una situación bastante controlable, el comisario Thomas Paulsson había pasado de pronto a tener que hacer frente al asesinato de un policía y a un desesperado que iba armado y que se había dado a la fuga.

—Idiota —repitió Mikael Blomkvist.

—No sirve de nada insultar a la policía.

—En ese punto coincidimos. Pero se te va a caer el pelo por negligencia en el ejercicio de tus funciones. Antes de que yo termine contigo, las portadas de todos los periódicos del país te aclamarán como el policía más estúpido de Suecia.

Al parecer, la amenaza de ser expuesto al escarnio

público era lo único que tenía algún efecto en Thomas Paulsson. Se le veía preocupado.

—¿Y qué propones?

—Exijo que llames al inspector Jan Bublanski de Estocolmo. Ahora mismo.

La inspectora de la policía criminal Sonja Modig se despertó sobresaltada cuando su teléfono móvil, que se estaba cargando, empezó a sonar al otro lado del dormitorio. Le echó un vistazo al reloj de la mesilla y constató para su desesperación que eran poco más de las cuatro de la mañana. Luego contempló a su marido, que seguía roncando tranquilamente; ni un ataque de artillería podría despertarlo. Se levantó de la cama y se acercó tambaleándose hasta el móvil; tras conseguir dar con la tecla exacta contestó.

«Jan Bublanski —pensó—. ¿Quién si no?»

—Se ha armado una de mil demonios por la zona de Trollhättan —dijo su jefe sin más preámbulos—. El X2000 para Gotemburgo sale a las cinco y diez.

—¿Qué ha pasado?

—Blomkvist ha encontrado a Salander, Niedermann y Zalachenko. Y ha sido arrestado por insultar a un agente de policía, por oponer resistencia al arresto y por tenencia ilícita de armas. Salander ha sido trasladada a Sahlgrenska con una bala en la cabeza. Zalachenko también se encuentra allí, con un hacha en la cabeza. Niedermann anda suelto. Ha matado a un policía durante la noche.

Sonja Modig parpadeó dos veces y acusó el cansancio. No deseaba otra cosa que volver a la cama y coger un mes de vacaciones.

—El X2000 de las cinco y diez. De acuerdo. ¿Qué hago?

—Cógete un taxi hasta la estación. Te acompañará

Jerker Holmberg. Debéis poneros en contacto con el comisario de la policía de Trollhättan, un tal Thomas Paulsson, que, al parecer, es el responsable de gran parte del jaleo que se ha montado esta noche y que, según Blomkvist, es, cito literalmente, «un tonto de remate de enormes dimensiones».

—¿Has hablado con Blomkvist?

—Por lo visto está detenido y esposado. Conseguí convencer a Paulsson para que me lo pusiera un momento al teléfono. Ahora mismo me dirijo a Kungsholmen y voy a intentar aclarar qué es lo que está pasando. Mantendremos el contacto a través del móvil.

Sonja Modig volvió a mirar el reloj una vez más. Luego llamó al taxi y se metió bajo la ducha durante un minuto. Se lavó los dientes, se pasó un peine por el pelo, se puso unos pantalones negros, una camiseta negra y una americana gris. Metió el arma reglamentaria en su bandolera y eligió abrigarse con un chaquetón rojo de piel. Luego, zarandeando a su marido, lo despertó, le comunicó adónde iba y le dijo que esa mañana se ocupara él de los niños. Salió del portal en el mismo instante en que el taxi se detenía.

No hacía falta que buscara a su colega, el inspector Jerker Holmberg; daba por descontado que estaría en el vagón restaurante y pudo constatar que así era. Él ya le había cogido un café y un sándwich. Desayunaron en silencio en tan sólo cinco minutos. Al final, Holmberg apartó la taza de café.

—Deberíamos cambiar de profesión.

A las cuatro de la mañana, un tal Marcus Erlander, inspector de la brigada de delitos violentos de Gotemburgo, llegó por fin a Gosseberga y asumió el mando de la investigación de Thomas Paulsson, que estaba hasta arriba de trabajo. Erlander era un hombre canoso y rechoncho de unos cincuenta años. Una de sus primeras medidas fue liberar a Mikael Blomkvist de las esposas y servirle bollos y café de un termo. Se sentaron en el salón para charlar.

—Acabo de hablar con Estocolmo, con Bublanski —le comunicó Erlander—. Nos conocemos desde hace muchos años. Tanto él como yo lamentamos el trato que te ha dispensado Paulsson.

—Ha conseguido que esta noche maten a un policía —dijo Mikael.

Erlander asintió con la cabeza.

—Yo conocía personalmente al agente Gunnar Andersson: estuvo trabajando en Gotemburgo antes de trasladarse a Trollhättan. Es padre de una niña de tres años.

—Lo siento. Intenté advertírselo...

Erlander asintió con la cabeza.

—Eso tengo entendido. Hablaste muy clarito y por eso te esposaron. Fuiste tú el que acabó con Wennerström. Bublanski dice que eres un puto y descarado periodista y un loco detective aficionado, pero que tal vez sepas de lo que hablas. ¿Me puedes poner al día de una forma comprensible?

—Bueno, todo esto empezó en Enskede con el asesinato de mis amigos Dag Svensson y Mia Bergman, y del de una persona que no era amigo mío: el abogado Nils Bjurman, el administrador de Lisbeth Salander.

Erlander asintió.

—Como ya sabes, la policía lleva persiguiendo a Lisbeth Salander desde Pascua por ser sospechosa de un triple asesinato. Para empezar, debes tener claro que es inocente de esos crímenes. Si a ella le corresponde algún papel en toda esta historia no es más que el de víctima.

—No he tenido nada que ver con el asunto Salander, pero después de todo lo que se ha escrito en los medios de comunicación me cuesta creer que sea inocente del todo.

—No obstante, así es. Ella es inocente. Y punto. El verdadero asesino es Ronald Niedermann, el mismo que ha matado a tu colega Gunnar Andersson esta noche. Trabaja para Karl Axel Bodin.

—El Bodin que está en Sahlgrenska con un hacha en la cabeza.

—Técnicamente hablando, ya no tiene el hacha en la cabeza. Doy por descontado que es Lisbeth la que le ha dado el hachazo. Su verdadero nombre es Alexander Zalachenko. Es el padre de Lisbeth y un ex asesino profesional del servicio ruso de inteligencia militar. Desertó en los años setenta y luego trabajó para la Säpo hasta la caída de la Unión Soviética. Desde entonces va por libre como gánster.

Erlander examinó pensativo al tipo que ahora se hallaba frente a él sentado en el banco. Mikael Blomkvist brillaba de sudor y parecía estar no sólo congelado sino también muerto de cansancio. Hasta ese momento había presentado argumentos coherentes y lógicos, pero el comisario Thomas Paulsson —de cuyas palabras Erlander no se fiaba mucho— le había advertido de que Blomkvist fantaseaba acerca de agentes rusos y sicarios alemanes, algo que no pertenecía precisamente a los asuntos más rutinarios de la policía sueca. Al parecer, Blomkvist había llegado a ese punto de la historia que Paulsson rechazó. Pero había un policía muerto y otro gravemente herido en la cuneta de la carretera de Nossebro, y Erlander estaba dispuesto a escucharlo. Aunque no pudo impedir que se apreciara un asomo de desconfianza en su voz.

—De acuerdo. Un agente ruso.

Blomkvist mostró una pálida sonrisa, consciente de lo absurda que sonaba su historia.

—Un ex agente ruso. Puedo documentar todas mis afirmaciones.

—Sigue.

—En los años setenta, Zalachenko era un espía muy importante. Desertó y la Säpo le dio asilo. Según tengo

30

entendido, no se trata de una situación del todo única en el comienzo de la decadencia de la Unión Soviética.

—Entiendo.

—Como ya te he dicho, no sé exactamente qué ha pasado aquí esta noche, pero Lisbeth ha dado con su padre, al que no veía desde hacía quince años. Él maltrató a la madre de Lisbeth hasta tal punto que tuvieron que ingresarla en una residencia, donde, al cabo de los años, acabó falleciendo. Intentó también matar a Lisbeth y, a través de Ronald Niedermann, ha estado detrás de los asesinatos de Dag Svensson y Mia Bergman. Además, fue el responsable del secuestro de la amiga de Lisbeth, Miriam Wu; el famoso combate de Paolo Roberto en Nykvarn...

—Pues si Lisbeth Salander le ha dado a su padre un hachazo en la cabeza, no es precisamente inocente.

—Tiene tres impactos de bala en el cuerpo. Creo que se puede alegar *algo* de defensa propia. Me pregunto...

—¿Sí?

—Lisbeth estaba tan sucia de tierra y lodo que su pelo daba la sensación de ser un casco de barro. Tenía tierra hasta por dentro de la ropa. Era como si la hubiesen enterrado. Y, al parecer, Niedermann cuenta con cierta experiencia enterrando gente. La policía de Södertälje ha descubierto dos tumbas en aquel almacén de las afueras de Nykvarn propiedad de Svavelsjö MC.

—La verdad es que son tres: anoche encontraron otra más. Pero si le pegaron tres tiros a Lisbeth Salander y luego la enterraron, ¿qué hacía ella de pie con un hacha en la mano?

—Bueno, no sé lo que pasaría, pero Lisbeth es una mujer de muchos recursos. Intenté convencer a Paulsson para que trajera una jauría de perros...

—Están en camino.

—Bien.

—Paulsson te ha arrestado por haberlo insultado.

—Protesto. Lo llamé idiota, idiota incompetente y tonto de remate. A la vista de los hechos, ninguno de esos calificativos son insultos.

—Mmm. Pero también estás detenido por tenencia ilícita de armas.

—Cometí el error de intentar entregarle un arma. Pero no quiero hacer más declaraciones sobre ello sin consultarlo antes con mi abogado.

—De acuerdo. Dejemos eso de lado por el momento; tenemos cosas más importantes de las que hablar. ¿Qué sabes de ese tal Niedermann?

—Es un asesino. Le pasa algo, no es un tío normal. Mide más de dos metros y tiene una constitución física similar a la de un robot a prueba de bombas. Pregúntale a Paolo Roberto, que ha boxeado con él. Sufre analgesia congénita. Es una enfermedad que provoca que la sustancia transmisora de las fibras no funcione como debiera y, por consiguiente, el que la tiene no puede sentir dolor. Es alemán, nació en Hamburgo y durante sus años de adolescencia fue un cabeza rapada. Es extremadamente peligroso y anda suelto.

—¿Tienes alguna idea de adónde podría huir?

—No. Sólo sé que lo tenía todo preparado para que os lo llevarais cuando ese tonto de remate de Trollhättan asumió el mando.

Poco antes de las cinco de la mañana, el doctor Anders Jonasson se quitó sus embadurnados guantes de látex y los tiró a la basura. Una enfermera aplicó compresas sobre la herida de la cadera de la paciente. La operación había durado tres horas. Se quedó observando la rapada y maltrecha cabeza de Lisbeth Salander, hecha ya un paquete de vendas.

Experimentó una repentina ternura como la que a menudo sentía por los pacientes que operaba. Según la prensa, Lisbeth Salander era una psicópata asesina en masa, pero a sus ojos parecía más bien un gorrión malherido. Movió la cabeza de un lado a otro y luego miró a Frank Ellis, que lo contemplaba entretenido.

—Eres un cirujano excelente —dijo éste.

—¿Te puedo invitar a desayunar?

—¿Hay algún sitio por aquí donde sirvan tortitas con mermelada?

—Gofres —sentenció Anders Jonasson—. En mi casa. Cogeremos un taxi, pero antes déjame que haga una llamada para avisar a mi mujer. —Se detuvo y miró el reloj—. Pensándolo bien, creo que es mejor que no llamemos.

La abogada Annika Giannini se despertó sobresaltada. Volvió la cabeza a la derecha y constató que eran las seis menos dos minutos. La primera reunión del día la tenía a las ocho con un cliente. Volvió la cabeza a la izquierda y miró a su marido, Enrico Giannini, que dormía plácidamente y que, en el mejor de los casos, se despertaría sobre las ocho. Parpadeó con fuerza un par de veces, se levantó y puso la cafetera antes de meterse bajo la ducha. Se tomó su tiempo en el cuarto de baño y se vistió con unos pantalones negros, un jersey blanco de cuello alto y una americana roja. Tostó dos rebanadas de pan, les puso queso, mermelada de naranja y un aguacate cortado en rodajas y se llevó el desayuno al salón, justo a tiempo para ver en la tele las noticias de las seis y media. Tomó un sorbo de café y apenas acababa de abrir la boca para pegarle un bocado a una tostada cuando oyó el titular de la principal noticia de la mañana:

«Un policía muerto y otro gravemente herido. Noche de dramáticos acontecimientos en la detención de la triple asesina Lisbeth Salander.»

Al principio le costó entender la situación, ya que su

primera impresión fue que era Lisbeth Salander la que había matado al policía. La información resultaba escasa, pero unos instantes después se dio cuenta de que se buscaba a un hombre por el asesinato del policía. Se había dictado una orden nacional de busca y captura de un hombre de treinta y siete años cuyo nombre aún no había sido facilitado. Al parecer, Lisbeth Salander se hallaba ingresada en el hospital Sahlgrenska de Gotemburgo con heridas de gravedad.

Annika cambió de cadena pero no le aclararon la situación mucho más. Fue a por su móvil y marcó el número de su hermano, Mikael Blomkvist. Le saltó el mensaje de que en ese momento el abonado no se encontraba disponible. Sintió una punzada de miedo. Mikael la había llamado la noche anterior de camino a Gotemburgo; iba en busca de Lisbeth Salander. Y de un asesino llamado Ronald Niedermann.

Cuando se hizo de día, un observador de la policía halló restos de sangre en el terreno que quedaba tras el leñero. Un perro policía siguió el rastro hasta una fosa cavada en un claro del bosque, a unos cuatrocientos metros al noreste de la granja de Gosseberga.

Mikael acompañó al inspector Erlander. Meditabundos, estudiaron el lugar. No tardaron nada en descubrir una gran cantidad de sangre en la fosa y alrededores.

También encontraron una deteriorada pitillera que, al parecer, había sido usada como pala. Erlander la metió en una bolsa de pruebas y etiquetó el hallazgo. Asimismo recogió muestras de terrones manchados de sangre. Un policía uniformado le llamó la atención sobre una colilla sin filtro de la marca Pall Mall que se hallaba a unos metros de la fosa. La colilla fue igualmente introducida en una bolsa y etiquetada. Mikael recordó que había visto un paquete de Pall Mall en el fregadero de la casa de Zalachenko.

Erlander elevó la vista al cielo y vio unas oscuras nubes que amenazaban lluvia. Según parecía, la tormenta que la noche anterior había azotado Gotemburgo se desplazaba por el sur de la región de Nossebro y sólo era cuestión de tiempo que empezara a llover. Se volvió a un agente uniformado y le pidió que buscara una lona para cubrir la fosa.

—Creo que tienes razón —dijo finalmente Erlander a Mikael—. Es probable que el análisis de la sangre determine que Lisbeth Salander ha estado aquí, y supongo que encontraremos sus huellas dactilares en la pitillera. Le pegaron un tiro y la enterraron pero, Dios sabe cómo, sobrevivió, consiguió salir y…

—… y volvió a la granja y le estampó el hacha a Zalachenko en toda la cabeza —concluyó Mikael—. Es una tía con bastante mala leche.

—Pero ¿qué diablos haría con Niedermann?

Mikael se encogió de hombros. Respecto a eso, él estaba tan desconcertado como Erlander.

Capítulo 2

Viernes, 8 de abril

Sonja Modig y Jerker Holmberg llegaron a la estación central de Gotemburgo poco después de las ocho de la mañana. Bublanski los había llamado para darles nuevas instrucciones: que pasaran de ir a Gosseberga y que, en su lugar, cogieran un taxi y se dirigieran a la jefatura de policía de Ernst Fontells Plats, junto al estadio de Nya Ullevi, sede central de la policía criminal de la región de Västra Götaland. Esperaron durante casi una hora a que el inspector Erlander llegara de Gosseberga acompañado de Mikael Blomkvist. Mikael saludó a Sonja Modig, a la que ya conocía, y le dio la mano a Jerker Holmberg. Luego, un colega de Erlander se unió al grupo con las últimas noticias sobre la persecución de Ronald Niedermann. El informe resultó extremadamente breve:

—Tenemos un grupo de búsqueda al mando de la policía criminal de la región. Por supuesto, hemos emitido una orden de busca y captura a nivel nacional. A las seis de la mañana encontramos el coche patrulla en Alingsås. Ahí terminan las pistas de momento. Sospechamos que ha cambiado de vehículo, pero no se ha recibido ninguna denuncia por robo de coche.

—¿Y los medios de comunicación? —preguntó Modig para, acto seguido, pedirle perdón con la mirada a Mikael Blomkvist.

—Se trata del asesinato de un policía, así que la movilización es total. Daremos una rueda de prensa a las diez.

—¿Alguien sabe algo sobre el estado de Lisbeth Salander? —preguntó Mikael.

Sentía un extraño desinterés por todo lo que tuviera que ver con la persecución de Niedermann.

—La han estado operando durante la noche. Le han sacado una bala de la cabeza. Aún no se ha despertado.

—¿Y su pronóstico?

—Según tengo entendido, no podremos saber nada hasta que no se despierte. Pero el médico que la ha operado dice que alberga esperanzas y que, si no surgen complicaciones, sobrevivirá.

—¿Y Zalachenko? —preguntó Mikael.

—¿Quién? —inquirió el colega de Erlander, que aún no estaba al tanto de todos los intrincados detalles de la historia.

—Karl Axel Bodin.

—Ah, vale. A él también lo han operado durante la noche. Presentaba un horrible corte en la cara y otro justo por debajo de la rodilla. Está bastante maltrecho, pero no hay lesiones que hagan temer por su vida.

Mikael asintió.

—Pareces cansado —dijo Sonja Modig.

—Lo estoy. Apenas he dormido en los últimos tres días.

—Lo cierto es que se durmió en el coche bajando desde Nossebro —apostilló Erlander.

—¿Tienes fuerzas para contarnos toda la historia desde el principio? —preguntó Holmberg—. Me da la impresión de que los detectives aficionados van ganando tres a cero a la policía.

Mikael mostró una pálida sonrisa.

—Me encantaría oír esas palabras de boca de Bublanski —dijo.

Se sentaron en la cafetería de la jefatura para desayunar. Mikael dedicó media hora a explicar, paso a paso, cómo había ido ensamblando las piezas del puzle de Zalachenko. Cuando terminó, los policías se quedaron en silencio, pensativos.

—Hay algunas lagunas en tu historia —sentenció finalmente Jerker Holmberg.

—Sin duda —respondió Mikael.

—No explicas cómo te hiciste con aquel informe clasificado de la Säpo sobre Zalachenko.

Mikael asintió.

—Lo encontré ayer en casa de Lisbeth Salander, cuando por fin averigüé dónde se había estado ocultando. Supongo que ella lo hallaría a su vez en la casa de campo de Nils Bjurman.

—O sea, que diste con el escondite de Salander —dijo Sonja Modig.

Mikael movió afirmativamente la cabeza.

—¿Y?

—Eso lo tenéis que averiguar vosotros. Lisbeth ha dedicado mucho esfuerzo a encontrar una dirección secreta y no voy a ser yo quien se vaya de la lengua.

Las caras de Modig y Holmberg se ensombrecieron ligeramente.

—Mikael… estamos investigando un asesinato —le recordó Sonja Modig.

—Y tú sigues sin entender que, en realidad, Lisbeth Salander es inocente y que la policía ha violado su integridad como no se había hecho nunca con nadie. Banda satánica de lesbianas… ¿Cómo se os ocurren esas cosas? Si ella quiere contaros dónde se encuentra su domicilio, estoy convencido de que lo hará.

—Pero hay algo que no entiendo muy bien —insistió Holmberg—. ¿Cómo entra Bjurman en esta historia? Dices que fue él quien lo puso en marcha todo contactando con Zalachenko y pidiéndole que matara a Salander… pero ¿por qué iba a hacer una cosa así?

Mikael dudó un largo rato.

—Mi teoría es que contrató a Zalachenko para quitar de en medio a Lisbeth Salander. La intención era que ella acabara en ese almacén de Nykvarn.

—Él era su administrador. ¿Qué motivos tendría para quitarla de en medio?

—Es complicado.

—Intenta explicarlo.

—Tenía un motivo de la hostia. Había hecho algo de lo que Lisbeth estaba al corriente. Ella representaba una amenaza contra su futuro y su bienestar.

—¿Qué hizo?

—Eso creo que es mejor que lo cuente la propia Lisbeth.

Su mirada se cruzó con la de Holmberg.

—Déjame adivinarlo —dijo Sonja Modig—. Bjurman hizo algo contra su protegida.

Mikael asintió.

—Me atrevería a pensar que él la sometió a algún tipo de agresión sexual.

Mikael se encogió de hombros y renunció a realizar comentario alguno.

—¿No has visto el tatuaje del estómago de Bjurman?

—¿Tatuaje?

—Un tatuaje de aficionado con una frase que le cruza todo el estómago…: *Soy un sádico cerdo, un hijo de puta y un violador*. Nos hemos devanado los sesos intentando saber de qué va todo esto.

De repente Mikael se rió a carcajadas.

—¿Qué?

—Llevaba mucho tiempo preguntándome qué es lo que habría hecho Lisbeth para vengarse. Pero, bueno… no quiero tratar ese tema con vosotros; por las mismas razones que antes. Se trata de su integridad personal. Es Lisbeth la que ha sido objeto de un delito. Ella es la víctima. Es ella quien debe decidir qué quiere contaros y qué no. *Sorry*.

Puso un gesto casi de disculpa.

—Las violaciones deben denunciarse a la policía —dijo Sonja Modig.

—De acuerdo. Pero esta violación se cometió hace dos años y Lisbeth sigue sin hablar de ello con la policía, lo cual da a entender que no tiene intención de hacerlo. Por mucho que esté en desacuerdo con ella en lo que a sus principios se refiere, es Lisbeth quien debe decidirlo. Además…

—¿Sí?

—No tiene demasiados motivos para confiar en la policía. La última vez que intentó explicar la clase de cerdo que era Zalachenko acabó encerrada en el psiquiátrico.

El fiscal instructor del sumario, Richard Ekström, sintió mariposas en el estómago cuando, poco antes de las nueve de la mañana del viernes, le pidió al jefe del equipo de investigación, Jan Bublanski, que se sentara al otro lado de su escritorio. Ekström se ajustó las gafas y se mesó la barba, cuidadosamente recortada. Vivía esa nueva situación como caótica y amenazadora. Durante un mes había sido el instructor del sumario, el hombre que iba a la caza de Lisbeth Salander. La describió, sin cortarse un pelo, como una loca y peligrosa psicópata. Y filtró información que, personalmente, le favorecería en un futuro juicio. Todo tenía una pinta estupenda.

En su fuero interno, no le cabía la menor duda de que Lisbeth Salander era en realidad culpable de un triple asesinato y de que el juicio sería pan comido, una simple representación de autopropaganda con él mismo en el papel protagonista. Luego todo se torció y, de buenas a primeras, se encontró con otro asesino completamente distinto y un caos que no parecía tener fin. *Maldita Salander*.

—Bueno, ¡en menudo follón nos hemos metido!
—dijo—. ¿Qué has logrado averiguar esta mañana?

—Se ha lanzado una orden nacional de busca y captura de Ronald Niedermann, pero todavía anda suelto. Por ahora sólo se le busca por el asesinato del agente Gunnar Andersson, aunque supongo que también deberíamos buscarlo por los tres asesinatos cometidos aquí, en Estocolmo. Tal vez debas convocar una rueda de prensa.

Bublanski añadió lo de la rueda de prensa sólo para fastidiarle: Ekström odiaba las ruedas de prensa.

—Creo que, por el momento, la rueda de prensa puede esperar —se apresuró a decir Ekström.

Bublanski se cuidó muy mucho de que no se le escapara una sonrisa.

—Esto es más bien un asunto que concierne a la policía de Gotemburgo —aclaró Ekström.

—Bueno, en Gotemburgo tenemos in situ a Sonja Modig y Jerker Holmberg y ya hemos empezado a colaborar con ellos...

—La rueda de prensa esperará hasta que tengamos más información —zanjó Ekström con voz autoritaria—. Lo que quiero saber es hasta qué punto estás seguro de que Niedermann se encuentra realmente involucrado en los asesinatos de Estocolmo.

—Como policía estoy convencido. Sin embargo, no contamos con demasiadas pruebas. No tenemos testigos de los asesinatos y no disponemos de ninguna prueba forense verdaderamente buena. Magge Lundin y Sonny Nieminen, de Svavelsjö MC, se niegan a hacer declaraciones y pretenden hacernos creer que nunca han oído hablar de Niedermann. No obstante, lo tenemos pillado por el asesinato del agente Gunnar Andersson.

—Eso es —dijo Ekström—. Lo que interesa ahora mismo es el asesinato del policía. Pero dime... ¿hay al menos algo que indique que Salander está implicada de algún modo? ¿Se podría pensar que ella y Niedermann cometieron juntos los asesinatos?

—Lo dudo. Y yo que tú me guardaría de ir pregonando esa teoría.

—Pero entonces, ¿cuál es su papel en todo esto?

—Es una historia tremendamente complicada. Como Mikael Blomkvist te anticipaba, se trata de ese personaje llamado Zala... Alexander Zalachenko.

Al oír el nombre de Mikael Blomkvist, al fiscal Ekström le recorrió un visible escalofrío.

—Zala es un sicario ruso que desertó durante la guerra fría y que, a todas luces, carece por completo de escrúpulos —prosiguió Bublanski—. Llegó aquí en los años setenta y es el padre de Lisbeth Salander. Fue protegido por una facción de la Säpo, que silenciaba todos los delitos que cometía. Un policía de la Säpo también se encargó de que, con trece años, Lisbeth Salander fuese encerrada en una clínica psiquiátrica infantil cuando amenazaba con hacer saltar por los aires el secreto de Zalachenko.

—Comprenderás que todo esto resulte un poco difícil de digerir; no es una historia que se pueda hacer pública con facilidad. Si lo he entendido bien, toda esta información sobre Zalachenko es altamente secreta.

—Y sin embargo, es la pura verdad. Tengo documentos que lo prueban.

—¿Puedo verlos?

Bublanski le pasó la carpeta con el informe policial de 1991. Ekström contempló pensativo el sello, que indicaba que el documento constituía una información de alto secreto, así como el número de registro, que identificó enseguida como perteneciente a la Säpo. Hojeó deprisa y corriendo el legajo de casi cien páginas y leyó unas partes al azar para acabar dejándolo de lado.

—Tenemos que intentar suavizar todo esto un poco para que la situación no se nos vaya de las manos. O sea, que encerraron a Lisbeth Salander en el manicomio porque intentó matar a su padre... ese tal Zalachenko. Y ahora le ha dado un hachazo en la cabeza. Eso, en cualquier caso, debe ser considerado intento de homicidio. Y habrá que detenerla por haberle pegado un tiro a Magge Lundin en Stallarholmen.

—Puedes detener a quien te dé la gana, pero yo, en tu lugar, me andaría con cuidado.

—Como esta historia de la Säpo se filtre se va a montar un escándalo enorme.

Bublanski se encogió de hombros. Su trabajo consistía en investigar delitos, no en controlar escándalos.

—Ese tipo de la Säpo, Gunnar Björck. ¿Qué sabemos del papel que representa en todo esto?

—Es uno de los protagonistas. Está de baja por una hernia discal y en la actualidad vive en Smådalarö.

—Muy bien... De momento nos callaremos lo de la Säpo. Ahora se trata del asesinato de un agente de policía y de nada más. Nuestra misión no es la de crear confusión.

—Creo que será difícil callarlo.

—¿Qué quieres decir?

—He enviado a Curt Svensson para que me traiga a Björck porque quiero interrogarlo. —Bublanski miró su reloj—. Supongo que ya estará allí.

—¿Cómo?

—En realidad había previsto darme a mí mismo el gustazo de ir a Smådalarö, pero luego surgió lo del asesinato del policía.

—No he emitido ninguna orden para que se detenga a Björck.

—Es verdad. Pero no se trata de ninguna detención. Lo traigo aquí para tomarle declaración.

—Esto no me gusta nada.

Bublanski se inclinó hacia delante con un gesto casi confidencial.

—Richard… las cosas son de la siguiente manera: desde su más tierna infancia, Lisbeth Salander ha sido víctima de una serie de abusos contra sus derechos constitucionales. Yo no pienso dejar que esto siga. Si quieres, me puedes relegar de mi cargo de jefe de la investigación, pero en ese caso me veré obligado a redactar una memoria de tono bastante duro sobre el asunto.

Richard Ekström pareció haberse tragado un limón.

Gunnar Björck, de baja de su cargo como jefe adjunto del departamento de extranjería de la policía de seguridad de Suecia, abrió la puerta de la casa de campo de Smådalarö y al levantar la vista se topó frente a frente con un hombre fuerte, con el pelo rubio y rapado y una cazadora de cuero negro.

—Busco a Gunnar Björck.

—Soy yo.

—Curt Svensson, de la policía criminal de Estocolmo.

El hombre enseñó su placa.

—Usted dirá…

—Le rogamos que tenga la bondad de acompañarnos a Kungsholmen para colaborar con la policía en la investigación sobre Lisbeth Salander.

—Eh… debe de tratarse de un error.

—No, no hay ningún error —dijo Curt Svensson.

—No lo entiende. Yo también soy policía. Creo que debería comprobarlo con su jefe.

—Precisamente es mi jefe el que quiere hablar con usted.

—Tengo que hacer una llamada y…

—Puede llamar desde Kungsholmen.

De pronto, Gunnar Björck se resignó.

Ya está. Me van a implicar. Maldito Blomkvist de mierda. Maldita Salander.

—¿Estoy detenido? —preguntó.

—De momento, no. Pero si lo desea, lo podemos arreglar.

—No… no, le acompaño, por supuesto; faltaría más. Claro que quiero colaborar con mis colegas de la *policía abierta*.

—Muy bien —dijo Curt Svensson mientras acompañaba a Björck hacia el interior de la casa. Le echó un ojo cuando éste fue a buscar ropa de abrigo y apagó la cafetera eléctrica.

A las once de la mañana, Mikael Blomkvist se acordó de que el coche que había alquilado seguía aparcado detrás de un granero en la entrada de Gosseberga, pero estaba tan agotado que no tenía ni fuerzas para a ir a buscarlo; y, menos aún, para conducir una larga distancia sin resultar un peligro para la circulación. Pidió consejo al inspector Marcus Erlander, quien, generosamente, se encargó de que un técnico forense de Gotemburgo trajera el vehículo cuando volviese a casa.

—Considéralo una compensación por cómo te trataron anoche.

Mikael asintió y cogió un taxi hasta el City Hotel de Lorensbergsgatan, cerca de Avenyn. Pidió una habitación individual para una noche que le costó ochocientas coronas y subió directamente. Nada más entrar, se quitó la ropa. Se sentó desnudo sobre la colcha de la cama, sacó el Palm Tungsten T3 de Lisbeth Salander del bolsillo interior de la americana y lo sopesó con la mano. Seguía perplejo por el hecho de que no se lo hubiesen confiscado cuando el comisario Thomas Paulsson lo cacheó, pero éste dio por descontado que se trataba del ordenador de Mikael, y al final no llegaron a meterlo en el calabozo ni le quitaron sus pertenencias. Reflexionó un instante y luego lo introdujo en el compartimento del maletín de su ordenador, donde guardaba el disco de Lisbeth en el que ponía «Bjurman» y que Paulsson también había pasado por alto. Era consciente de que, desde un punto de vista estrictamente legal, estaba ocultando pruebas, pero se trataba de cosas que, sin duda, Lisbeth Salander no desearía que fueran a parar a manos inadecuadas.

Encendió su móvil, vio que la batería estaba en las últimas y enchufó el cargador. Llamó a su hermana, la abogada Annika Giannini.

—Hola, hermanita.

—¿Qué tienes tú que ver con el asesinato del policía de anoche? —le preguntó ésta de inmediato.

Mikael explicó brevemente lo sucedido.

—De acuerdo. De modo que Salander está en la UVI…

—Así es. Hasta que no se despierte no podremos saber la gravedad de sus lesiones, pero va a necesitar un abogado.

Annika Giannini reflexionó un instante.

—¿Crees que me aceptará?

—Lo más probable es que no quiera que nadie la represente. No es de esas personas que van pidiendo favores por ahí.

—Me da la impresión de que necesitará un abogado penal. Déjame echarle un vistazo a la documentación que tienes.

—Habla con Erika Berger y dile que te mande una copia.

En cuanto Mikael terminó la conversación con Annika Giannini llamó a Erika Berger. Como no le contestaba en el móvil, marcó el número de la redacción de *Millennium*. Se puso Henry Cortez.

—Erika ha salido un momento —dijo Henry.

Mikael le explicó rápidamente lo que había pasado y le pidió a Henry Cortez que se lo comunicara a la redactora jefa de *Millennium*.

—De acuerdo. ¿Y qué podemos hacer? —preguntó Henry.

—Por hoy nada —respondió Mikael—. Necesito dormir. Si no surge ningún imprevisto, volveré a Estocolmo mañana. *Millennium* dará su versión en el próximo número, y para eso falta casi un mes.

Colgó, se metió bajo las sábanas y apenas tardó treinta segundos en dormirse.

La jefa adjunta de la policía regional, Monica Spångberg, golpeó con un bolígrafo el borde de su vaso de Ramlösa y pidió silencio. Alrededor de la mesa de su despacho de jefatura había diez personas congregadas: tres mujeres y siete hombres. El grupo estaba compuesto por el jefe de la brigada de delitos violentos, su jefe adjunto, tres inspectores, incluido Marcus Erlander, y el responsable de prensa de la policía de Gotemburgo. A la reunión también se convocó a la instructora del sumario, Agneta Jervas, del Ministerio Fiscal, así como a los inspectores Sonja Modig y Jerker Holmberg, de la policía de Estocolmo. Estos dos últimos habían sido invitados como muestra de su buena voluntad de cooperación con la policía de la capital y, posiblemente, también para enseñarles cómo se realiza una investigación policial de verdad.

Spångberg, que ya estaba acostumbrada a ser la única mujer en un entorno masculino, no tenía precisamente fama de perder el tiempo en formalidades y frases de cortesía. Explicó que el jefe de la policía regional se encontraba en Madrid en una conferencia de la Europol, que había interrumpido su viaje cuando se le avisó del asesinato del policía y que no lo esperaban hasta la noche. Luego se dirigió directamente al jefe de la brigada de delitos violentos, Anders Pehrzon, y le pidió que resumiera la situación.

—Hace ya más de diez horas que nuestro colega Gunnar Andersson fue asesinado en la carretera de Nossebro. Conocemos el nombre del asesino, Ronald Niedermann, pero aún no disponemos de ninguna fotografía de dicha persona.

—En Estocolmo tenemos una foto suya de hace más de veinte años. Nos la dio Paolo Roberto, pero no sirve de mucho —dijo Jerker Holmberg.

—Vale. Como ya sabéis, el coche patrulla que robó ha sido encontrado esta mañana en Alingsås. Se hallaba aparcado en una bocacalle, a unos trescientos cincuenta metros de la estación de trenes. No nos consta que nadie haya denunciado el robo de un coche en la zona.

—¿Cómo está la situación?

—Tenemos vigilados los trenes que llegan a Estocolmo y Malmö. Hemos emitido una orden nacional de busca y captura e informado a la policía de Noruega y Dinamarca. Ahora mismo habrá unos treinta policías trabajando en la investigación y, naturalmente, todo el cuerpo mantiene los ojos bien abiertos.

—¿Pistas?

—De momento ninguna. Pero una persona con un aspecto tan llamativo como el de Niedermann no debe de ser imposible de localizar.

—¿Alguien conoce el estado de Fredrik Torstensson? —preguntó uno de los inspectores de delitos violentos.

—Está en Sahlgrenska. Se encuentra herido de gravedad, más o menos como si hubiese sufrido un accidente de tráfico. Resulta difícil creer que una persona sea capaz de causar esas lesiones tan sólo con sus manos. Aparte de alguna que otra fractura en las piernas y unas cuantas costillas rotas, tiene una vértebra del cuello dañada y corre el riesgo de quedarse parcialmente paralizado.

Todos se quedaron reflexionando un instante sobre el estado de su colega hasta que Spångberg volvió a tomar la palabra. Se dirigió a Erlander:

—¿Qué es lo que en realidad ocurrió en Gosseberga?

—Lo que ocurrió en Gosseberga se llama Thomas Paulsson.

Varios de los que participaban en la reunión emitieron un quejido al unísono.

—¿No hay nadie que pueda jubilar a ese tío? Es una puta catástrofe andante.

—Conozco muy bien a Paulsson —dijo Monica Spångberg con un tono de voz grave—. Pero no he oído ninguna queja sobre él durante el último… bueno, durante los últimos dos años.

—El jefe de policía de allí arriba es un viejo amigo de Paulsson y lo habrá estado protegiendo. Con las mejores intenciones, dicho sea de paso; esto no es ninguna crítica contra él. Pero anoche Paulsson se comportó de una forma muy rara y varios compañeros me informaron de ello.

—¿Qué es lo que hizo?

Marcus Erlander miró de reojo a Sonja Modig y a Jerker Holmberg. Se sentía manifiestamente avergonzado de tener que sacar a relucir ante sus colegas de Estocolmo las carencias de la organización.

—Creo que lo más raro que hizo fue poner a un técnico forense a hacer un inventario de todo lo que había en el leñero donde encontramos a ese Zalachenko.

—¿Un inventario del leñero? —preguntó Spångberg.

—Sí… bueno… que quería saber el número exacto de leños que había. Para que el informe fuese correcto.

Un elocuente silencio se apoderó del despacho antes de que Erlander se apresurara a seguir.

—Y esta mañana ha salido a la luz que Paulsson está tomando al menos dos psicofármacos que se llaman Xanor y Efexor. Se supone que debería estar de baja, pero ha ocultado su estado a sus colegas.

—¿Qué estado? —preguntó Spångberg con un tono incisivo.

—No lo sé con certeza; el médico se acoge al secreto profesional, ya sabéis, pero los psicofármacos son, por una parte, un potente ansiolítico y, por otra, un estimulante. Anoche, simple y llanamente, estaba como una moto.

—¡Dios mío! —exclamó con énfasis Spångberg. La expresión de su rostro fue como la tormenta que acababa de pasar por Gotemburgo esa misma madrugada—. Quiero hablar con Paulsson. Ahora mismo.

—Creo que va a ser un poco difícil. Esta mañana se ha caído en redondo y se lo han llevado al hospital por agotamiento. Hemos tenido la terrible mala suerte de que se diera la casualidad de que él tenía guardia.

—Una pregunta —dijo el jefe de la brigada de delitos violentos—: ¿Es verdad que anoche Paulsson detuvo a Mikael Blomkvist?

—Ha entregado un informe y lo ha denunciado por insultos, tenencia ilícita de armas y oponer resistencia a un funcionario público.

—¿Y Blomkvist qué dice?

—Reconoce los insultos, pero afirma que lo hizo en legítima defensa. Vamos, que quiso impedir a toda costa que Torstensson y Andersson fueran a detener a Niedermann sin más refuerzos.

—¿Testigos?

—Pues... los agentes Torstensson y Andersson. Pero, si te soy sincero, no me creo ni un pelo lo que alega Paulsson en su denuncia; me extraña que Blomkvist se resistiera violentamente a la detención. No es más que una estrategia para defenderse de futuras denuncias por parte de Blomkvist.

—¿Quieres decir que Blomkvist, sin ayuda de nadie, pudo con Niedermann? —preguntó la fiscal Agneta Jervas.

—Amenazándolo con un arma.

—De modo que Blomkvist tenía un arma... Entonces la detención, a pesar de todo, estaba justificada. ¿Y de dónde la sacó?

—No quiere hacer declaraciones al respecto sin hablar antes con un abogado. Pero Paulsson detuvo a Blomkvist cuando intentó *entregar* el arma a la policía.

—¿Puedo presentar una propuesta informal? —terció Sonja Modig prudentemente.

Todos la miraron.

—En el transcurso de la investigación he visto a Mikael Blomkvist en varias ocasiones y mi evaluación es que, para ser periodista, se trata de una persona bastante sensata. Supongo que eres tú la que debe tomar la decisión de procesarlo o no... —comentó, mirando a Agneta Jervas, quien asintió con la cabeza—. En ese caso: lo de los insultos y la resistencia no son más que tonterías, así que supongo que eso lo desestimarás automáticamente.

—Es muy probable. Pero lo de la tenencia ilícita de armas es algo más serio.

—Yo propondría que esperaras un poco antes de apretar el gatillo. Blomkvist ha ensamblado solito todas las piezas de este puzle y nos saca mucha ventaja. Nos resulta de mucha más utilidad llevarnos bien y colaborar con él que incitarlo a que ejecute a todo el cuerpo de policía en los medios de comunicación.

Se calló. Unos segundos después, Marcus Erlander carraspeó. Si Sonja Modig podía dar la cara, él no quería ser menos.

—La verdad es que estoy de acuerdo. Yo también veo a Blomkvist como una persona que tiene la cabeza en su sitio. Y le he pedido perdón por cómo lo trataron anoche. Parece dispuesto a hacer borrón y cuenta nueva.

—Además, es un hombre con principios: ha dado con la vivienda de Lisbeth Salander, pero se niega a decir dónde está. No le da miedo entrar en un debate abierto con la policía... y se encuentra en una posición en la que lo que él diga tendrá el mismo peso en los medios de comunicación que cualquier denuncia de Paulsson.

—Pero ¿se niega a dar información sobre Salander a la policía?

—Dice que le preguntemos directamente a Lisbeth.

—¿Qué arma es? —inquirió Jervas.

—Una Colt 1911 Government. El número de serie es desconocido. Se la he enviado a los forenses y aún no sabemos si se ha cometido algún crimen con ella en Suecia. En ese caso, evidentemente, el asunto adquiriría un cariz distinto.

Monica Spångberg levantó el bolígrafo.

—Agneta, tú decides si quieres instruir un sumario contra Blomkvist. Te sugiero que esperes al informe forense. Sigamos. Ese tipo, Zalachenko... Vosotros, que venís de Estocolmo: ¿qué nos podéis contar sobre él?

—La verdad es que hasta ayer por la tarde nunca habíamos oído hablar ni de Zalachenko ni de Niedermann —contestó Sonja Modig.

—Yo pensaba que en Estocolmo estabais persiguiendo a una banda satánica de lesbianas —dijo uno de los policías de Gotemburgo.

Algunos de los otros sonrieron. Jerker Holmberg se examinó las uñas. Fue Sonja Modig la que tuvo que hacerse cargo de la pregunta.

—Que esto no salga de aquí, pero supongo que puedo revelar que también nosotros tenemos a nuestro propio «Thomas Paulsson» en la brigada; lo de la banda satánica de lesbianas es más bien una pista paralela que salió de él.

Acto seguido, Sonja Modig y Jerker Holmberg dedicaron más de media hora a dar cuenta de todo lo que había ido surgiendo en la investigación.

Cuando terminaron, un prolongado silencio invadió la mesa.

—Si lo de Gunnar Björck es cierto, menuda le espera

a la Säpo —acabó sentenciando el jefe adjunto de la brigada de delitos violentos.

Todos asintieron. Agneta Jervas levantó la mano.

—Si lo he entendido bien, vuestras sospechas se basan, en gran medida, en suposiciones e indicios. Como fiscal, me preocupa un poco la ausencia de pruebas concretas.

—Somos conscientes de eso —respondió Jerker Holmberg—. En líneas generales creemos saber qué ocurrió, pero nos quedan bastantes dudas por aclarar.

—Tengo entendido que andáis ocupados excavando en las afueras de Södertälje —dijo Spångberg—. En realidad, ¿de cuántos asesinatos estamos hablando en toda esta historia?

Jerker Holmberg parpadeó dando muestras de cansancio.

—Empezamos con tres asesinatos en Estocolmo; son los crímenes por los que buscábamos a Lisbeth Salander: el abogado Bjurman, el periodista Dag Svensson y la doctoranda Mia Bergman. Por lo que respecta a las inmediaciones del almacén de Nykvarn, ya hemos encontrado tres tumbas. Hemos identificado a un conocido camello y ladrón que apareció descuartizado en una de ellas. En otra hemos hallado a una mujer que aún no ha sido identificada. Y todavía no nos ha dado tiempo a excavar la tercera. Al parecer, es la más antigua. Además, Mikael Blomkvist ha vinculado todo esto con el crimen de una prostituta cometido en Södertälje hace ya algunos meses.

—Así que con el del agente Gunnar Andersson en Gosseberga ya van, por lo menos, ocho asesinatos… Es una cifra aterradora. ¿Hemos de creer que ese Niedermann es el autor de todos ellos? Quiero decir: ¿estaríamos hablando de un auténtico loco y asesino en masa?

Sonja Modig y Jerker Holmberg se intercambiaron las miradas. Ahora la cuestión era saber hasta dónde estaban dispuestos a llegar en sus afirmaciones. Al final, Sonja Modig tomó la palabra:

—Aunque carecemos de pruebas reales y concretas, la verdad es que mi jefe (o sea, el inspector Jan Bublanski) y yo nos inclinamos a creer que Blomkvist tiene razón al afirmar que los tres primeros asesinatos fueron perpetrados por Niedermann. Eso significaría que Salander es inocente. En cuanto a las tumbas de Nykvarn, Niedermann está relacionado con el lugar a consecuencia del secuestro de la amiga de Salander, Miriam Wu. No cabe duda de que ella estaba en la lista y de que había una cuarta tumba esperándola. Pero el almacén en cuestión es propiedad de un familiar del líder de Svavelsjö MC, y mientras ni siquiera hayamos podido identificar los restos las conclusiones tendrán que esperar.

—Ese ladrón al que habéis identificado…

—Kenneth Gustafsson, cuarenta y cuatro años, un conocido camello y una persona ya conflictiva desde su adolescencia. A bote pronto, yo diría que se trata de algún tipo de ajuste de cuentas interno. Svavelsjö MC está relacionado con toda clase de actividades delictivas, entre otras, la distribución de metanfetamina. Vamos, que bien podría ser un cementerio en medio del bosque para todo aquel que haya acabado mal con Svavelsjö MC. Pero…

—¿Qué?

—La prostituta que fue asesinada en Södertälje… se llamaba Irina Petrova y tenía veintidós años.

—Ya.

—La autopsia reveló que la sometieron a un maltrato sumamente brutal, y los daños que presentaba eran similares a los que tendría alguien que hubiera sido golpeado con un bate de béisbol o algo parecido. Pero las lesiones resultaban ambiguas y el forense no pudo determinar qué tipo de herramienta es el que se podría haber usado. La verdad es que Blomkvist hizo una observación bastante aguda: los daños sufridos por Irina Petrova se podrían haber infligido perfectamente con las manos...

—¿Niedermann?

—Es una suposición razonable. Pero seguimos sin tener pruebas.

—¿Y por dónde vamos a continuar? —preguntó Spångberg.

—Debo hablar con Bublanski, pero el siguiente paso lógico sería interrogar a Zalachenko. Por lo que a nosotros respecta, nos interesa averiguar qué sabe él sobre los asesinatos de Estocolmo, aunque imagino que, en vuestro caso, se trata de coger a Niedermann.

Uno de los inspectores de delitos violentos de Gotemburgo levantó un dedo.

—¿Puedo preguntar... qué es lo que se ha encontrado en esa granja de Gosseberga?

—Muy poca cosa. Hemos dado con cuatro armas de fuego: una Sig Sauer que estaba desmontada y a medio engrasar en la mesa de la cocina; una P-83 Wanad polaca en el suelo, junto al banco de la cocina; una Colt 1911 Government, la pistola que Blomkvist le intentó entregar a Paulsson, y, por último, una Browning del calibre 22, un arma que, dentro de ese conjunto, habrá que considerar más bien como una pistola de juguete. Sospechamos que se trata del arma con la que dispararon a Lisbeth Salander, ya que ella sigue viva con una bala en el cerebro.

—¿Algo más?

—Hemos confiscado una bolsa con unas doscientas mil coronas. Estaba en la planta superior, en una habitación utilizada por Niedermann.

—¿Y estáis seguros de que se trata de su cuarto?

—Bueno, la ropa que había era de la talla XXL. La de Zalachenko será la M, como mucho.

—¿Hay algo que vincule a Zalachenko con alguna actividad delictiva? —preguntó Jerker Holmberg.

Erlander negó con la cabeza.

—Eso depende, claro está, de cómo interpretemos la ley de armas de fuego. Pero aparte de las armas y del hecho de que Zalachenko tuviera instalado un sofisticadísimo sistema de vigilancia con cámaras por toda la zona, no hemos encontrado nada que diferenciase a la granja de Gosseberga de la casa de cualquier campesino de los alrededores. Es una casa decorada de modo muy espartano.

Poco antes de las doce, un policía uniformado llamó a la puerta y le entregó un papel a la jefa adjunta de la policía de la región, Monica Spångberg. Ella levantó un dedo.

—Me comunican que una persona ha desaparecido en Alingsås: Anita Kaspersson, veintisiete años de edad y auxiliar dental. Salió de su domicilio a las 7.30 horas de la mañana. Dejó a su hijo en una guardería y se supone que tenía que haber llegado a su lugar de trabajo antes de las ocho. Pero no lo ha hecho. Trabaja en la consulta de un dentista particular, a unos ciento cincuenta metros del lugar donde se encontró el coche patrulla robado.

Erlander y Sonja Modig consultaron sus relojes al mismo tiempo.

—Pues nos lleva cuatro horas de ventaja. ¿Qué coche es?

—Un Renault azul oscuro de 1991. Aquí está la matrícula.

—Lanza inmediatamente una orden nacional de búsqueda del coche. A estas alturas puede encontrarse en cualquier lugar situado entre Oslo, Malmö y Estocolmo.

Tras unos cuantos comentarios más, dieron por concluida la reunión con la decisión de que Sonja Modig y Marcus Erlander fueran juntos a interrogar a Zalachenko.

Henry Cortez frunció el ceño y siguió a Erika Berger con la mirada cuando ésta salió de su despacho y desapareció rumbo a la cocina. Apareció al cabo de un rato con un *mug* de café y se metió de nuevo en el despacho. Cerró la puerta.

Henry Cortez no acababa de ver claro qué era lo que le pasaba a Erika. *Millennium* era un pequeño lugar de trabajo de esos donde los colaboradores llegan a establecer una relación bastante estrecha. Llevaba cuatro años trabajando a tiempo parcial en la revista y durante ese tiempo había sido testigo de unas tremendas tormentas, en particular durante ese período en el que Mikael Blomkvist cumplió tres meses de cárcel por difamación y la revista estuvo a punto de irse a pique. También vivió los asesinatos del colaborador Dag Svensson y de su novia, Mia Bergman.

Durante todas esas tormentas, Erika Berger había sido una roca a la que nada parecía poder alterar. No le extrañaba lo más mínimo que esa misma mañana ella lo hubiera llamado y despertado muy temprano —al igual que a Lottie Karim— para que se pusiera a trabajar. El asunto Salander había estallado y Mikael Blomkvist se había visto envuelto de repente en el asesinato de un policía en Gotemburgo. Hasta ahí todo estaba claro. Lottie Karim se había instalado en la jefatura de policía para intentar conseguir alguna información que mereciera la pena. Henry se había pasado la mañana haciendo llamadas telefónicas para ver si podía ensamblar las piezas del puzle de lo acaecido esa noche. Blomkvist no contestó al móvil, pero gracias a toda una serie de diversas fuentes, ahora Henry tenía una imagen bastante clara de lo sucedido.

Erika Berger, sin embargo, había estado ausente en espíritu durante toda la mañana. Era muy raro que ella cerrara la puerta de su despacho; eso sólo ocurría, casi exclusivamente, cuando recibía visitas o cuando se ponía a trabajar de lleno en algún tema. Esa mañana no había tenido ninguna visita y no se encontraba trabajando en nada. Las veces que Henry llamó a su puerta para ponerla al corriente de las novedades la halló sentada en una silla, junto a la ventana, sumida en sus pensamientos y contemplando, aparentemente sin ganas, el río de gente que pasaba por Götgatan. No prestaba atención a lo que Henry le decía.

Le pasaba algo.

El timbre de la puerta interrumpió sus reflexiones. Fue a abrir y se topó con Annika Giannini. Henry Cortez había visto a la hermana de Mikael Blomkvist en varias ocasiones, pero no la conocía muy bien.

—Hola, Annika —dijo—. Mikael no está aquí hoy.

—Ya lo sé. Venía a ver a Erika.

Desde su silla, situada junto a la ventana, Erika Berger levantó la vista y volvió en sí en cuanto Henry dejó pasar a Annika.

—Hola —dijo—. Mikael no está aquí hoy.

Annika sonrió.

—Ya lo sé. Me he acercado para ver el informe de Björck. Micke me ha pedido que le eche un vistazo por si represento a Salander.

Erika asintió. Se levantó y cogió una carpeta de su mesa de trabajo.

Cuando ya estaba a punto de irse, Annika dudó un instante. Luego cambió de opinión y se sentó frente a Erika.

—Bueno, ¿y a ti qué te pasa?

—Voy a dejar *Millennium*. Y no he sido capaz de contárselo a Mikael. Él ha estado tan liado con toda esa historia de Salander que nunca he visto el momento, y no puedo contárselo a los demás hasta que no se lo haya dicho a él. Y me siento fatal.

Annika Giannini se mordió el labio inferior.

—Y ahora me lo estás contando a mí. ¿Qué vas a hacer?

—Voy a ser redactora jefe del *Svenska Morgon-Posten*.

—¡Vaya! Pues en ese caso, creo que lo mejor es que te felicite y que nos olvidemos de las lágrimas y las lamentaciones.

—Ya, pero no pensaba terminar mis días en *Millennium* de esta manera, en medio de este maldito caos. La oferta apareció como un relámpago en medio de un cielo claro y no puedo decir que no. Es una oportunidad única. Me lo propusieron justo antes de que mataran a Dag y a Mia, pero con el jaleo que ha habido aquí desde entonces se lo he ocultado a todo el mundo. Y ahora tengo unos remordimientos que no veas.

—Entiendo. Y además te da miedo contárselo a Micke.

—Todavía no se lo he dicho a nadie. Creía que no iba a empezar en el *SMP* hasta después del verano y que ya habría tiempo de contarlo. Pero ahora quieren que empiece cuanto antes.

Se calló y, al mirar a Annika, casi se puso a llorar.

—En la práctica, ésta será mi última semana en *Millennium*. La próxima estaré de viaje y luego… necesitaré una semana de vacaciones para recargar las pilas. Y el uno de mayo empezaré en el *SMP*.

—¿Y qué habría pasado si te hubiese atropellado un coche? De la noche a la mañana se habrían quedado sin redactora jefe.

Erika levantó la mirada.

—Pero no me ha atropellado ningún coche. Lo he ocultado conscientemente durante varias semanas.

—Entiendo que estés pasando por unos momentos difíciles, aunque me da la sensación de que Micke, Christer y los demás sabrán hacer frente a la situación. Pero creo que deberías contárselo enseguida.

—Sí, pero hoy tu maldito hermano está en Gotemburgo. Estará durmiendo y por eso no contesta al teléfono.

—Ya lo sé. Pocas personas son tan expertas en no coger el teléfono como Mikael. Pero ahora no se trata de ti y de Micke. Sé que lleváis unos veinte años trabajando juntos y que os habéis enrollado y todo eso, pero tienes que pensar en Christer y el resto de la redacción.

—Pero Mikael va a…

—Micke va a poner el grito en el cielo. Seguro. Pero si después de veinte años no es capaz de entender que te hayas metido en este lío, no se merece todo ese tiempo que le has dedicado.

Erika suspiró.

—¡Venga, anímate! Llama a Christer y al resto de la redacción. Ahora mismo.

Christer Malm se quedó algo aturdido durante unos segundos después de que Erika Berger hubiera informado a los colaboradores de *Millennium* en la pequeña sala de reuniones. Los convocó con unos cuantos minutos de antelación, justo cuando —como era habitual los viernes— él ya se disponía a salir un poco antes. Miró por el rabillo del ojo a Henry Cortez y Lottie Karim, que estaban tan asombrados como él. La secretaria de redacción, Malin Eriksson, tampoco sabía nada, al igual que la reportera Monica Nilsson y el jefe de *marketing*, Sonny Magnusson. El único que faltaba era Mikael Blomkvist, que se encontraba en Gotemburgo.

«¡Dios mío! Mikael no sabe nada —pensó Christer Malm—. Me pregunto cómo va a reaccionar.»

Luego se percató de que Erika Berger había dejado de hablar y de que un profundo silencio se había apoderado de la sala. Se sacudió la cabeza, se levantó y le dio un abrazo y un beso en la mejilla.

—¡Felicidades, Ricky! —le dijo—. ¡Redactora jefa del *SMP*! No está nada mal dar un salto así desde esta pequeña embarcación.

Henry Cortez volvió en sí e inició un aplauso espontáneo. Erika levantó las manos.

—Para —dijo—. Hoy no me merezco ningún aplauso.

Hizo una breve pausa y miró uno por uno a todos los colaboradores de la pequeña redacción.

—Veréis… Siento muchísimo el giro que han tomado las cosas. Hace ya varias semanas que os lo quería contar, pero con todo el caos que se formó a raíz de los asesinatos quedó eclipsado. Mikael y Malin han trabajado como posesos y… bueno, simplemente no se ha presentado la ocasión. Y por eso hemos llegado a esto.

Malin Eriksson se dio cuenta con una clarividencia aterradora de las pocas personas que en realidad componían la redacción y del terrible vacío que dejaría Erika. Pasara lo que pasase, o estallara el caos que estallase, ella había sido el pilar en el que Malin se había podido apoyar, siempre firme e inalterable ante el temporal. Bueno, pues… no era de extrañar que el Dragón Matutino la hubiera contratado. Pero ¿qué iba a ocurrir ahora? Erika siempre había sido una persona clave en *Millennium*.

—Hay algunos temas que debemos aclarar. Entiendo perfectamente que todo esto os cree cierta inquietud. No ha sido ésa mi intención. En absoluto. Pero ahora las cosas son como son. En primer lugar: no abandonaré *Millennium* del todo; seguiré siendo copropietaria y participaré en las reuniones de la junta directiva. Aunque, como es lógico, no tendré nada que ver con el trabajo de redacción: eso podría crear un conflicto de intereses.

Christer Malm asintió pensativo.

—Segundo: oficialmente acabo el último día de abril. Pero en la práctica hoy es mi último día de trabajo; como ya sabéis, la próxima semana estaré de viaje, algo ya previsto desde hace mucho tiempo. Y he decidido que no voy a regresar para retomar el mando tan sólo unos cuantos días.

Guardó silencio durante un breve instante.

—El próximo número está en el ordenador, terminado. Quedan algunas cosillas por arreglar. Será mi último número. Luego otro redactor jefe tendrá que tomar el relevo. Esta misma noche dejaré libre mi mesa de trabajo.

Se hizo un denso silencio.

—Todavía hemos de tratar y decidir en la junta quién me sustituirá como redactor jefe. Pero también es algo que debéis hablar vosotros en la redacción.

—Mikael —dijo Christer Malm.

—No. Cualquier otro menos Mikael. Sería la peor elección posible. Como editor responsable resulta perfecto, y es cojonudo deshaciendo y recomponiendo textos imposibles para publicarlos. Su papel es el de frenarlo todo. El redactor jefe tiene que ser alguien que se lance al ataque de manera ofensiva. Además, Mikael tiende a enterrarse en sus propias historias y a ausentarse durante semanas. Rinde más cuando la cosa está que arde, pero por lo que respecta al día a día es un desastre. Ya lo sabéis.

Christer Malm asintió.

—Si *Millennium* ha funcionado hasta ahora es porque tú y Mikael os complementáis.

—No sólo por eso —añadió Erika—. Supongo que os acordáis de cuando Mikael se pasó casi un maldito año entero de morros allí arriba, en Hedestad. *Millennium* funcionó sin él, al igual que la revista tendrá que hacerlo ahora sin mí.

—De acuerdo. ¿Y qué propones?

—Mi idea era que tú ocuparas mi puesto, Christer...

—Ni hablar —contestó Christer Malm, haciendo un gesto de rechazo con las manos.

—... pero como ya sabía que ibas a decir que no, se me ha ocurrido otra solución: Malin, a partir de hoy empezarás como redactora jefa en funciones.

—¿Yo? —preguntó Malin, asombrada.

—Sí, tú. Como secretaria de redacción has sido cojonuda.

—Pero yo…

—Inténtalo. Esta noche dejaré libre mi mesa; podrías trasladarte el lunes por la mañana. El número de mayo está casi terminado: nos lo hemos currado mucho. En junio saldrá un número doble y luego viene el mes de vacaciones. Si no funciona, la junta tendrá que buscar a otra persona en agosto. Henry, tú pasarás a jornada completa y sustituirás a Malin como secretario de redacción. Aparte de eso deberéis reclutar a algún que otro colaborador. Pero ésa es ya una elección vuestra y de la junta.

Se calló un instante y contempló pensativa a todo el grupo.

—Otra cosa: yo voy a trabajar en otro periódico. Puede que en la práctica el *SMP* y *Millennium* no sean competidores, pero yo no quiero saber nada más de lo que ya sé sobre el contenido del próximo número. A partir de ahora todo eso lo deberéis tratar con Malin.

—¿Y qué hacemos con la historia de Salander? —preguntó Henry Cortez.

—Pregúntaselo a Mikael. Yo sé cosas de Salander, pero las meteré en un saco. No me llevaré la historia al *SMP*.

De repente, Erika sintió un enorme alivio.

—Eso es todo —dijo. Terminó la reunión, se levantó y, sin más comentarios, regresó a su despacho.

La redacción permaneció en silencio. Hasta pasada una hora Malin Eriksson no llamó a su puerta.

—Hola.

—¿Sí?

—La redacción quiere decirte algo.

—¿Qué?

—Aquí fuera.

Erika se levantó y se acercó a la puerta. Habían montado una mesa con tarta y café.

—Más adelante haremos una fiesta en condiciones para celebrarlo —dijo Christer Malm—. Pero, de momento, tendremos que contentarnos con café y tarta.

Erika Berger sonrió por primera vez en el día.

Capítulo 3

Viernes, 8 de abril –
Sábado, 9 de abril

Alexander Zalachenko llevaba ocho horas despierto cuando Sonja Modig y Marcus Erlander lo visitaron alrededor de las siete de la tarde. Había sido una operación bastante importante, en la cual una parte considerable del hueso de la mejilla se había ajustado y fijado con tornillos de titanio. Tenía la cabeza tan vendada que sólo se le veía el ojo izquierdo. Un médico les explicó que el hachazo no sólo le había destrozado el malar y dañado el hueso frontal, sino que también le había arrancado un buen trozo de carne del lado derecho de la cara y desplazado la cuenca ocular. Las lesiones le causaron un enorme dolor. Tuvieron que suministrarle grandes dosis de analgésicos, pero, aun así, Zalachenko estaba relativamente lúcido y podía hablar. No obstante, la policía no debía cansarle.

—Buenas tardes, señor Zalachenko —saludó Sonja Modig para, acto seguido, identificarse y presentar a su colega Erlander.

—Me llamo Karl Axel Bodin —consiguió decir Zalachenko entre dientes y con no poco esfuerzo. Su voz parecía tranquila.

—Sé perfectamente quién es usted. He leído el expediente de la Säpo.

Algo que no era del todo cierto, ya que la Säpo seguía sin entregar ni un solo papel sobre Zalachenko.

—De eso hace ya mucho tiempo —respondió Zalachenko—. Ahora soy Karl Axel Bodin.

—¿Cómo se encuentra? —continuó Modig—. ¿Está en condiciones de mantener una conversación?

—Quiero denunciar un delito. He sido víctima de un intento de asesinato por parte de mi propia hija.

—Ya lo sabemos. Ese tema se investigará en su debido momento —precisó Erlander—, pero ahora tenemos cosas más importantes de las que hablar.

—¿Qué puede ser más importante que un intento de asesinato?

—Queremos tomarle declaración con respecto a tres asesinatos cometidos en Estocolmo, al menos otros tres en Nykvarn, y también acerca de un secuestro.

—No sé nada de eso. ¿Quién ha sido asesinado?

—Señor Bodin, tenemos argumentos muy sólidos para sospechar que su socio, Ronald Niedermann, de treinta y siete años de edad, es culpable de todos esos actos —dijo Erlander—. Y además, anoche asesinó a un agente de policía de Trollhättan.

A Sonja Modig le sorprendió un poco que Erlander complaciera a Zalachenko utilizando el apellido Bodin para dirigirse a él. Zalachenko volvió ligeramente la cabeza, de modo que pudo ver a Erlander. Su voz se suavizó:

—Lo… lo siento. No sé nada de Niedermann. Yo no he matado a ningún policía. Anoche yo mismo fui víctima de un intento de asesinato.

—De momento estamos buscando a Ronald Niedermann. ¿Tiene alguna idea de dónde podría esconderse?

—No sé en qué círculos se mueve. Yo…

Zalachenko dudó unos segundos. Su voz adquirió un tono más confidencial.

—Debo reconocer… entre nosotros… que en más de una ocasión he estado preocupado por Niedermann.

Erlander se inclinó un poco hacia delante.

—¿Qué quiere decir?

—Me he dado cuenta de que puede ser una persona violenta. De hecho me da miedo.

—¿Quiere decir que se ha sentido amenazado por Niedermann? —preguntó Erlander.

—Eso es. Soy un hombre mayor. No puedo defenderme.

—¿Podría explicarme cómo es su relación con Niedermann?

—Soy un minusválido —comentó Zalachenko, señalando su pie—. Ésta es la segunda vez que mi hija intenta matarme. Contraté a Niedermann como ayudante hace ya muchos años. Creí que me podría defender... pero en realidad se ha apoderado de mi vida. Va y viene como le da la gana; a mí no me hace caso.

—¿Y cómo le ayuda? —intervino Sonja Modig—. ¿Haciendo las cosas que usted no puede hacer?

Con el único ojo que le quedaba visible, Zalachenko le lanzó una prolongada mirada a Sonja Modig.

—Tengo entendido que hace diez años Lisbeth Salander le arrojó una bomba incendiaria en el coche —dijo Sonja Modig—. ¿Podría explicar qué la impulsó a hacer eso?

—Eso se lo tendrá que preguntar a mi hija. Está mal de la cabeza.

Su voz volvió a adquirir un tono hostil.

—¿Quiere decir que no se le ocurre ninguna razón por la que Lisbeth Salander le atacara en 1991?

—Mi hija es una enferma mental. Hay documentos que lo demuestran.

Sonja Modig ladeó la cabeza. Se dio cuenta de que cuando ella hacía las preguntas Zalachenko contestaba de un modo considerablemente más agresivo y adverso. Se percató de que Erlander también lo había notado. *De acuerdo... Good cop, bad cop.* Sonja Modig alzó la voz.

—¿No cree que su comportamiento podría tener

algo que ver con el hecho de que usted sometiera a su madre a un maltrato tan brutal que le llegó a ocasionar daños cerebrales irreparables?

Zalachenko contempló sin inmutarse a Sonja Modig.

—Eso son chorradas. Su madre era una puta. Lo más seguro es que fuera uno de sus clientes quien la golpeó. Yo sólo pasaba por allí por casualidad.

Sonja Modig arqueó las cejas.

—¿Así que es usted completamente inocente?

—Por supuesto.

—Señor Zalachenko… A ver si lo he entendido bien: ¿me está diciendo que niega haber maltratado a su pareja de entonces, Agneta Sofia Salander, la madre de Lisbeth Salander, a pesar de que eso fuera objeto de un extenso informe, resultado de una investigación clasificada que realizó Gunnar Björck, su mentor en la Säpo por aquel entonces?

—A mí nunca me han condenado por nada. Ni siquiera me han procesado. Yo no puedo responder de lo que un loco de la Säpo se haya inventado en sus informes. Si yo fuera sospechoso, al menos deberían haberme interrogado.

Sonja Modig se quedó sin palabras. La verdad era que Zalachenko parecía sonreír bajo el vendaje.

—Así que quiero poner una denuncia contra mi hija. Ha intentado matarme.

Sonja Modig suspiró.

—Ahora empiezo a entender por qué Lisbeth Salander sintió la necesidad de estamparle un hacha en toda la cabeza.

Erlander aclaró la voz.

—Perdone, señor Bodin… quizá debamos volver a lo que sabe usted sobre las actividades de Ronald Niedermann.

Una vez fuera de la habitación de Zalachenko, Sonja Modig llamó por teléfono al inspector Jan Bublanski desde el pasillo.

—Nada —dijo.

—¿Nada? —repitió inquisidor Bublanski.

—Ha denunciado a su hija por graves malos tratos e intento de asesinato. Afirma no tener nada que ver con los crímenes de Estocolmo.

—¿Y cómo explica que Lisbeth Salander haya sido enterrada en su granja de Gosseberga?

—Dice que estaba resfriado y que se pasó la mayor parte del día durmiendo. Y que si alguien ha disparado contra Salander en Gosseberga, debe de haber sido obra de Ronald Niedermann.

—Vale. ¿Qué tenemos?

—Le dispararon con una Browning del calibre 22. Gracias a eso está viva. Hemos encontrado el arma. Zalachenko reconoce que es suya.

—De acuerdo. O sea, que es consciente de que vamos a encontrar sus huellas en la pistola.

—Exacto. Pero dice que la última vez que la vio estaba en el cajón de su escritorio.

—De modo que es muy posible que el bueno de Ronald Niedermann la cogiera mientras Zalachenko estaba durmiendo y que luego le disparara a Salander. ¿Podemos demostrar que no fue así?

Sonja Modig reflexionó unos segundos antes de contestar.

—Conoce muy bien la legislación sueca y los métodos de la policía. No confiesa absolutamente nada y usa a Niedermann como cabeza de turco. La verdad es que no sé lo que podemos probar. Le he pedido a Erlander que mande su ropa al laboratorio para que investiguen si hay rastros de pólvora, aunque lo más probable es que diga que estuvo practicando el tiro hace un par de días.

Lisbeth Salander percibió un aroma de almendras y etanol. Era como si tuviera alcohol en la boca; intentó tragar y sintió que su lengua estaba dormida y paralizada. Quiso abrir los ojos pero no pudo. A lo lejos, oyó una voz que parecía dirigirse a ella, aunque no fue capaz de discernir las palabras. Algo después, la percibió clara y nítidamente:

—Creo que se está despertando.

Notó que alguien le tocaba la frente e intentó apartar la intrusa mano con un movimiento de brazo. En ese mismo instante, experimentó un intenso dolor en el hombro izquierdo. Se relajó.

—¿Me oyes?

Lárgate.

—¿Puedes abrir los ojos?

¿Quién es este idiota de mierda que me da la lata?

Finalmente abrió los ojos. Al principio sólo vio extraños puntos de luz que acabaron por materializarse en una figura en medio de su campo de visión. Intentó enfocar la mirada pero la figura no hacía más que apartarse. Era como si hubiese cogido una cogorza de tres pares de narices y como si la cama no parara de inclinarse hacia atrás.

—Strstlln —pronunció.

—¿Qué has dicho?

—Diota —dijo.

—Eso suena mejor. ¿Puedes volver a abrir los ojos?

Lo que abrió fueron dos finas ranuras. Vio una cara extraña y memorizó cada detalle. Un hombre rubio con unos ojos intensamente azules y un anguloso y torcido rostro.

—Hola. Me llamo Anders Jonasson. Soy médico. Estás en el hospital. Te han herido y te estás despertando de una operación. ¿Sabes cómo te llamas?

—Pschalandr —dijo Lisbeth Salander.

—De acuerdo. ¿Me puedes hacer un favor? ¿Podrías contar hasta diez?

—Uno, dos, cuatro… no… tres, cuatro, cinco, seis…

Luego volvió a dormirse.

Sin embargo, el doctor Anders Jonasson se quedó contento con la respuesta obtenida. Ella había dicho su nombre y empezado a contar. Eso indicaba que seguía teniendo relativamente intactas sus facultades intelectuales y que no se iba a despertar convertida en un vegetal. Apuntó la hora en la que despertó: 21.06, más de dieciséis horas después de la operación. Él había dormido gran parte del día y volvió a Sahlgrenska sobre las siete de la tarde. En realidad era su día libre, pero tenía papeleo atrasado.

Y no había podido resistir la tentación de pasar por la UVI y echarle un vistazo a la paciente en cuyo cerebro había hurgado esa misma madrugada.

—Dejadla dormir un poco más, pero controlad bien su electro. Temo que puedan aparecer inflamaciones o hemorragias en el cerebro. Pareció tener un dolor agudo en el hombro cuando intentó mover el brazo. Si se despierta, suministradle dos miligramos de morfina cada hora.

Una extraña euforia lo invadió cuando salió por la puerta principal del hospital de Sahlgrenska.

Faltaba poco para las dos de la mañana cuando Lisbeth Salander volvió a despertarse. Abrió lentamente los ojos y vio un haz de luz proveniente del techo. Unos minutos después, volvió la cabeza y se percató de que llevaba un collarín. Tenía un impreciso pero fastidioso dolor de cabeza y, al intentar mover el cuerpo, experimentó un intenso dolor en el hombro. Cerró los ojos.

Hospital, pensó. *¿Qué hago aquí?*

Se sentía extremadamente agotada.

Al principio le costó concentrarse. Luego una serie de imágenes sueltas volvió a acudir a su memoria.

Durante unos cuantos segundos fue presa del pánico, cuando afluyó a su mente un torrente de fragmentos de recuerdos en los que se vio escarbando para salir de la tumba. Luego apretó con fuerza los dientes y se concentró en la respiración.

Constató que estaba viva. No sabía muy bien si eso era bueno o malo.

Lisbeth Salander no se acordaba con exactitud de lo sucedido, pero en su memoria guardaba un difuso mosaico de imágenes del leñero y de cómo, llena de rabia, levantó un hacha en el aire y se la hundió a su padre en toda la cara. Zalachenko. Ignoraba si estaba vivo o muerto.

No conseguía recordar qué había ocurrido con Niedermann. Tenía la vaga sensación de haberse sorprendido al verlo salir corriendo como si temiera por su vida, pero no entendía por qué.

De pronto, recordó que había visto a Kalle Blomkvist de los Cojones. No estaba segura de si había soñado todo eso o no, pero se acordaba de una cocina —sería la de Gosseberga— y de que le había parecido que fue él quien se acercó a ella. *Habrá sido una alucinación.*

Los acontecimientos de Gosseberga se le antojaron ya muy lejanos o, tal vez, un absurdo sueño. Se concentró en el presente.

Estaba herida. No hacía falta que nadie se lo contara. Levantó la mano derecha y se palpó la cabeza. Estaba llena de vendas. Y de repente recordó. Niedermann. Zalachenko. El puto viejo también llevaba un arma. Una Browning del calibre 22, que, comparada con todas las demás pistolas, había que considerar bastante inofensiva. Por eso estaba viva.

Me disparó en la cabeza. Pude meter el dedo en el agujero de entrada y tocar mi cerebro.

La sorprendía estar viva. Constató que se sentía extrañamente despreocupada y que, en realidad, le daba igual. Si la muerte era ese negro vacío del que acababa de

despertarse, entonces no había nada de lo que preocuparse. Nunca notaría la diferencia.

Con esa esotérica reflexión cerró los ojos para volver
a dormirse.

Sólo llevaba un par de minutos adormilada cuando percibió unos movimientos y entreabrió ligeramente los párpados. Vio cómo una enfermera de uniforme blanco se
inclinaba sobre ella. Cerró los ojos y se hizo la dormida.

—Me parece que estás despierta —dijo la enfermera.

—Mmm —murmuró Lisbeth Salander.

—Hola, me llamo Marianne. ¿Entiendes lo que te digo?

Lisbeth intentó asentir, pero se dio cuenta de que su
cabeza estaba inmovilizada por el collarín.

—No, no intentes moverte. No tengas miedo. Te han
herido y te han operado.

—¿Me puedes dar agua?

Marianne se la dio con ayuda de una pajita. Mientras
bebía, Lisbeth Salander se percató de que una persona
más había aparecido a su izquierda.

—Hola, Lisbeth. ¿Me oyes?

—Mmm —contestó Lisbeth.

—Soy la doctora Helena Endrin. ¿Sabes dónde estás?

—Hospital.

—Estás en el hospital Sahlgrenska de Gotemburgo.
Te han operado y estás en la UVI.

—Mmm.

—No tengas miedo.

—Me han disparado en la cabeza.

La doctora Endrin dudó un instante.

—Correcto. ¿Recuerdas lo que ocurrió?

—El puto viejo tenía una pistola.

—Eh… sí, eso es.

—Calibre 22.

—¿Ah, sí? No lo sabía.

—¿Estoy muy mal?

—Tu pronóstico es bueno. Has estado bastante mal, pero creemos que tienes muchas posibilidades de recuperarte del todo.

Lisbeth ponderó la información. Luego fijó a la doctora Endrin con la mirada: la veía borrosa.

—¿Qué ha pasado con Zalachenko?

—¿Con quién?

—Con ese puto viejo. ¿Está vivo?

—¿Te refieres a Karl Axel Bodin?

—No. Me refiero a Alexander Zalachenko. Ése es su verdadero nombre.

—Eso ya no lo sé. Pero el hombre mayor que entró al mismo tiempo que tú está malherido, aunque fuera de peligro.

El corazón de Lisbeth se hundió ligeramente. Sopesó las palabras del médico.

—¿Dónde está?

—En la habitación de al lado. Pero no te preocupes por él; preocúpate sólo de curarte tú.

Lisbeth cerró los ojos. Por un instante, pensó si tendría fuerzas para levantarse de la cama, buscar algo que le sirviera de arma y terminar lo que había empezado. Luego descartó esa idea. Apenas le quedaba energía para mantener abiertos los párpados. En otras palabras: había fracasado en su resolución de matar a Zalachenko. *Se me va a escapar de nuevo.*

—Quiero examinarte un momento. Después te dejaré dormir —dijo la doctora Endrin.

Mikael Blomkvist se despertó de golpe y sin ningún motivo aparente. No sabía dónde se encontraba. Tardó unos segundos en recordar que se había alojado en el City Hotel. La habitación se hallaba completamente a oscuras. Encendió la lámpara de la mesita de noche y miró el reloj:

las dos y media de la madrugada. Había dormido quince horas sin interrupción.

Se levantó y fue al baño a orinar. Luego reflexionó durante un breve instante. Sabía que no podría volver a conciliar el sueño, de modo que se metió bajo la ducha. A continuación se vistió con unos vaqueros y un jersey color burdeos al que no le habría venido mal un lavado. Tenía un hambre de mil demonios, así que llamó a la recepción y preguntó si podía tomar un café y un sándwich a esas horas. No había ningún problema.

Se puso unos mocasines y una americana y bajó a la recepción a por el café y un sándwich, envuelto en plástico, de pan de centeno con queso y paté, que se subió a la habitación. Mientras comía, encendió su iBook y conectó la banda ancha. Entró en la página web del *Aftonbladet*. Como cabía esperar, la detención de Lisbeth Salander era la principal noticia. La información seguía siendo confusa pero, al menos, iba por el buen camino: se buscaba a Ronald Niedermann, de treinta y siete años, por el asesinato del agente. Y la policía también quería interrogarlo acerca de los asesinatos de Estocolmo. La policía aún no había revelado nada sobre el estado de Lisbeth Salander, y a Zalachenko ni lo nombraban. Sólo se hablaba del propietario de una finca de Gosseberga, y resultaba obvio que los medios de comunicación todavía lo consideraban una posible víctima.

Cuando Mikael terminó de leer, abrió el móvil y advirtió que tenía veinte mensajes. Tres de ellos le pedían que llamara a Erika Berger. Dos eran de Annika Giannini. Catorce provenían de otros tantos periodistas de distintos periódicos. Uno era de Christer Malm, que le había enviado un SMS muy directo: «*Mejor que cojas el primer tren para casa*».

Mikael frunció el ceño. Para ser de Christer Malm le resultó un mensaje raro. Lo había mandado a las siete de la tarde del día anterior. Reprimió el impulso de llamar y despertarlo a las tres de la mañana. En su lugar, consultó en la red el horario de trenes de SJ y vio que el primero para Estocolmo salía a las cinco y veinte.

Abrió un nuevo documento de Word. Después encendió un cigarrillo y se quedó quieto durante tres minutos mirando fijamente la pantalla vacía. Acto seguido, alzó los dedos y se puso a escribir:

> Su nombre es Lisbeth Salander y Suecia la ha conocido por las ruedas de prensa de la policía y los titulares de los periódicos vespertinos. Tiene veintisiete años de edad y mide un metro y medio. La han descrito como psicópata, asesina y lesbiana satánica. Apenas ha habido límites para las fantasías que se han vendido sobre su persona. En este número, *Millennium* cuenta la historia de cómo unos funcionarios del Estado conspiraron contra Lisbeth Salander para proteger a un asesino patológicamente enfermo.

Escribió de modo pausado y realizó pocos cambios en el primer borrador. Trabajó concentrado durante cincuenta minutos y durante ese tiempo rellenó más de dos hojas DIN A4 que, más que otra cosa, eran un resumen de la noche en la que encontró a Dag Svensson y Mia Bergman y de por qué la policía se centró en Lisbeth Salander como presunta asesina. Citó los titulares de los periódicos vespertinos sobre la banda satánica de lesbianas y las esperanzas de que los asesinatos contuvieran suculentos y morbosos ingredientes de sexo BDSM.*

Por último, consultó su reloj y cerró rápidamente el iBook. Recogió sus cosas y bajó a la recepción. Pagó con una tarjeta de crédito y cogió un taxi hasta la estación de Gotemburgo.

---

* Acrónimo de prácticas sexuales que incluyen el bondage, la disciplina, la dominación, la sumisión y el sadomasoquismo. *(N. de los t.)*

Mikael Blomkvist fue inmediatamente al vagón restaurante y pidió café y un sándwich. Luego volvió a abrir su iBook y leyó el texto que había escrito. Se encontraba tan sumido en la forma de presentar la historia de Zalachenko que no se percató de la presencia de la inspectora Sonja Modig hasta que ella carraspeó y le preguntó si podía hacerle compañía. Mikael levantó la vista y cerró el portátil.

—¿De vuelta a casa? —preguntó Modig.

Mikael dijo que sí con un movimiento de cabeza.

—Por lo que veo, tú también.

Ella asintió.

—Mi colega se queda un día más.

—¿Sabes algo del estado de Lisbeth Salander? No he hecho más que dormir desde que nos separamos.

—Hasta anoche no se despertó. Pero los médicos piensan que va a sobrevivir y que se recuperará. Ha tenido una suerte increíble.

Mikael asintió. De repente se dio cuenta de que no había estado preocupado por ella; había dado por descontado que iba a sobrevivir. Cualquier otra cosa resultaba impensable.

—¿Ha ocurrido algo más de interés? —preguntó.

Sonja Modig lo contempló dubitativa. Se preguntó hasta qué punto podría confiar en el reportero, que, de hecho, conocía más detalles de la historia que ella. Por otra parte, había sido ella la que se había sentado en la mesa de Mikael, y a esas alturas seguro que más de un centenar de reporteros ya habrían deducido lo que estaba sucediendo en la jefatura de policía.

—No quiero que me cites —dijo Sonja.

—Sólo pregunto por interés personal.

Ella asintió y le contó que la policía estaba realizando una intensa búsqueda de Ronald Niedermann a nivel nacional, en especial por la zona de Malmö.

—¿Y Zalachenko? ¿Le habéis tomado declaración?

—Sí.

—¿Y?

—No te lo puedo contar.

—Venga, Sonja. Voy a saber de qué estuvisteis hablando exactamente apenas una hora después de llegar a la redacción. No publicaré ni una sola palabra de lo que me cuentes.

Ella dudó un largo rato antes de que sus miradas se cruzaran.

—Ha puesto una denuncia contra Lisbeth Salander por haber intentado matarlo. Es posible que la detengan por graves malos tratos o por intento de homicidio.

—Y es muy probable que ella alegue legítima defensa.

—Eso espero —respondió Sonja Modig.

Mikael le echó una incisiva mirada.

—Ese comentario no me ha sonado muy policial —dijo, adoptando una actitud expectante.

—Bodin... Zalachenko es escurridizo como una anguila y siempre tiene una respuesta preparada. Estoy completamente convencida de que lo que ocurrió es más o menos lo que tú nos contaste ayer. Eso significa que, desde que tenía doce años, Salander ha sido víctima de una constante violación de sus derechos.

Mikael asintió.

—Ésa es la historia que voy a publicar —dijo.

—Una versión que no resultará muy popular entre cierta gente.

Ella volvió a dudar un instante. Mikael aguardaba.

—Hace media hora que he hablado con Bublanski. No me ha dicho gran cosa, pero parece ser que la instrucción del sumario contra Salander por los asesinatos de tus amigos se ha archivado. Ahora se están centrando en Niedermann.

—Lo cual quiere decir que...

Mikael dejó que la inconclusa frase quedara suspendida en el aire, flotando entre los dos. Sonja Modig se encogió de hombros.

—¿Quién se encargará de la investigación de Salander?

—No lo sé. Supongo que la historia de Gosseberga le corresponde en primer lugar a Gotemburgo. Pero seguro que le encargan a alguien de Estocolmo que instruya el caso para procesarla.

—Entiendo. ¿Qué te juegas a que se la dan a la Säpo? Ella negó con la cabeza.

Poco antes de Alingsås, Mikael se inclinó hacia ella.

—Sonja... creo que ya sabes cómo acabará todo esto. Si la historia de Zalachenko sale a la luz, estallará un escándalo de enormes dimensiones. Activistas de la Säpo han colaborado con un psiquiatra para encerrar a Salander en el manicomio. Lo único que pueden hacer es aferrarse a la afirmación de que Lisbeth Salander está loca de verdad y que su ingreso forzoso en 1991 estuvo justificado.

Sonja Modig hizo un gesto afirmativo.

—Voy a hacer todo lo que esté en mi mano para impedir que se salgan con la suya. Yo digo que Lisbeth Salander está tan cuerda como tú o como yo. Rara, eso sí, pero sus facultades mentales resultan incuestionables.

Sonja Modig volvió a asentir. Mikael hizo una pausa y la dejó asimilar lo que le acababa de comentar.

—Me haría falta alguien de dentro en quien poder confiar —dijo.

Sus miradas se cruzaron.

—Yo no tengo competencia para decidir si Lisbeth Salander está psíquicamente enferma o no —contestó ella.

—No, pero sí la tienes para evaluar si se han cometido contra ella abusos judiciales o no.

—¿Y qué me propones?

—No pretendo que delates a tus colegas, pero si descubres que Lisbeth va a ser nuevamente objeto de una vulneración de sus derechos, quiero que me lo comuniques.

Sonja Modig permaneció callada.

—No quiero que me largues detalles que tengan que ver con aspectos técnicos de la investigación ni nada por el estilo. Actúa según tu propio criterio. Pero necesito saber lo que va a pasar con el proceso judicial de Lisbeth Salander.

—No se me ocurre mejor idea para que me echen del cuerpo.

—Serás una fuente. Jamás revelaré tu nombre ni te meteré en un aprieto.

Sacó un cuaderno y escribió una dirección de correo.

—Ésta es una dirección de Hotmail anónima. Si quieres contarme algo, utilízala. No uses tu correo particular, ni el oficial. Te recomiendo que crees una cuenta temporal de Hotmail.

Ella cogió el papel y se lo metió en el bolsillo interior de su americana. No le prometió nada.

Una llamada de teléfono despertó al inspector Marcus Erlander a las siete de la mañana del sábado. Oyó unas voces en la tele y percibió un aroma a café recién hecho procedente de la cocina, donde su mujer acababa de ponerse con las tareas matutinas. Erlander había regresado a su piso de Mölndal a la una de la madrugada, así que llevaba durmiendo poco más de cinco horas, después de haber trabajado durante casi veintidós. En consecuencia, no se sentía en absoluto descansado cuando alargó la mano para coger el teléfono.

—Mårtensson, del grupo de búsquedas, turno de noche. ¿Estás ya despierto?

—No —contestó Erlander—. Lo que estoy es dormido. ¿Qué pasa?

—Hay novedades. Han encontrado a Anita Kaspersson.

—¿Dónde?

—Justo en las afueras de Seglora, al sur de Borås.

Erlander visualizó el mapa en su cabeza.

—Se dirige hacia el sur —dijo—. Por las carreteras comarcales. Debe de haber cogido la 180 por Borås y girado hacia el sur. ¿Hemos avisado a Malmö?

—Y a Helsingborg, Landskrona y Trelleborg. Incluso a Karlskrona. Y tampoco podemos olvidarnos de los ferris que van al este.

Erlander se levantó y se frotó el cuello.

—Nos lleva casi veinticuatro horas de ventaja. Puede que ya haya salido del país. ¿Cómo dieron con Kaspersson?

—Empezó a llamar a golpes a la puerta de un chalet de la entrada de Seglora.

—¿Qué?

—Que empezó a llamar a golpes a…

—Sí, ya te he oído. ¿Quieres decir que vive?

—Perdona. Estoy cansado y no me expreso con mucha claridad. Anita Kaspersson entró en Seglora dando tumbos a las 3.10 de la madrugada, empezó a darle patadas a la puerta de un chalet y asustó a una familia con niños que se hallaba durmiendo. Iba descalza, estaba completamente congelada y llevaba las manos atadas a la espalda. Ahora mismo se encuentra ingresada en el hospital de Borås. Su marido está allí con ella.

—¡Joder! Todos habíamos dado por descontado que no la encontrarían con vida.

—A veces la vida te da sorpresas.

—Muy gratas.

—Bueno, ahora vienen las malas noticias. La jefa adjunta de la policía, Spångberg, lleva aquí desde las cinco de la mañana. Ha ordenado que te despiertes inmediatamente y que vayas a Borås para interrogar a Kaspersson.

Como era sábado por la mañana, Mikael supuso que la redacción de *Millennium* se encontraría vacía. Llamó a Christer Malm cuando el X2000 pasó el puente de Årsta para preguntarle a qué se debía su SMS.

—¿Has desayunado? —quiso saber Christer Malm.

—Uno de esos desayunos de tren.

—Vale. Pásate por casa y te prepararé algo más consistente.

—¿De qué se trata?

—Te lo contaré cuando vengas.

Mikael cogió el metro hasta Medborgarplatsen y caminó hasta Allhelgonagatan. Fue el novio de Christer, Arnold Magnusson, quien le abrió la puerta. Por mucho que lo intentara, Mikael no podía librarse de la sensación de que se encontraba frente a un cartel publicitario: Arnold Magnusson había estado en el Real Teatro Dramático y era uno de los actores más solicitados de Suecia. Siempre le resultaba raro verlo en carne y hueso. Mikael no solía dejarse impresionar por gente famosa, pero Arnold Magnusson tenía un aspecto tan característico y estaba tan vinculado a ciertos papeles del cine y de la televisión —en particular el del colérico pero justo comisario Gunnar Frisk de una serie televisiva muy popular— que Mikael siempre esperaba que Arnold se comportara como el poli de la tele.

—Hola, Micke —saludó Arnold.

—Hola —respondió Mikael.

—En la cocina —dijo Arnold, dejándolo entrar.

Christer Malm sirvió café y gofres recién hechos con confitura de moras boreales.

Se le hizo la boca agua incluso antes de que le diera tiempo a sentarse y se abalanzó sobre el plato. Christer Malm le preguntó por lo acontecido en Gosseberga. Mikael resumió los detalles. Hasta que no se comió el tercer gofre no se le ocurrió preguntar qué sucedía.

—Ha surgido un pequeño problema en *Millennium* mientras tú estabas en Gotemburgo —dijo Christer.

Mikael arqueó las cejas.

—¿Qué pasa?

—Nada serio. Erika Berger ha sido nombrada redactora jefa del *Svenska Morgon-Posten*. Ayer fue su último día en *Millennium*.

Mikael se quedó paralizado, con un gofre a medio camino entre el plato y la boca. Tardó varios segundos en comprender y asimilar por completo la importancia del mensaje.

—¿Y por qué no nos lo ha dicho? —preguntó finalmente.

—Porque primero te lo quería contar a ti, pero como hace unas cuantas semanas que andas corriendo de un lado para otro no ha visto el momento. Sin duda habrá pensado que ya tenías bastante con la historia de Salander. Y como quería comunicártelo a ti en primer lugar, no nos ha dicho nada a los demás y los días han ido pasando... En fin... De buenas a primeras se ha visto metida en una situación que le ha provocado un cargo de conciencia de la hostia y se ha sentido fatal. Y nosotros sin enterarnos...

Mikael cerró los ojos.

—¡Mierda! —dijo.

—Ya... El caso es que tú has sido el último en saberlo. Yo quería ponerte al corriente para que entendieras lo que ha pasado y no pensaras que hemos actuado a tus espaldas.

—No, tranquilo; ¿cómo voy a pensar eso? ¡Dios mío! Me alegro un montón por ella si quiere trabajar para el *SMP*... pero ¿qué coño vamos a hacer ahora en la redacción?

—A partir del próximo número, Malin será la redactora jefe en funciones.

—¿Malin?

—A no ser que quieras tú el puesto…

—¡Joder, no! En absoluto.

—Ya me lo imaginaba. De modo que Malin será la redactora jefe.

—¿Y quién ocupará su lugar?

—Henry Cortez será el nuevo secretario de redacción. Lleva cuatro años con nosotros y ya no es precisamente un becario inexperto.

Mikael meditó las propuestas.

—¿Tengo algo que decir al respecto? —preguntó.

—No —contestó Christer Malm.

Mikael soltó una seca carcajada.

—Vale. Que sea como vosotros habéis decidido. Malin es dura, aunque insegura. Henry es demasiado impulsivo. Habrá que vigilarlos.

—Eso es, los vigilaremos.

Mikael se quedó en silencio. Pensó en lo tremendamente vacía que se quedaría la redacción sin Erika y en lo que pasaría con la revista en el futuro.

—Tengo que llamar a Erika y…

—No, no la llames.

—¿Por qué?

—Porque esta noche la pasa en la redacción. Mejor vas y la despiertas.

Mikael encontró a una Erika Berger profundamente dormida en el sofá cama de su despacho. Había pasado la noche vaciando las estanterías y recogiendo de su mesa sus pertenencias y los papeles que quería guardar. Llenó cinco cajas. Antes de entrar, Mikael la contempló un largo rato desde la puerta. Se sentó en el borde de la cama y la despertó.

—Ya que has decidido quedarte por aquí, ¿por qué diablos no te vas a dormir a mi casa? —le preguntó.

—Hola, Mikael —dijo ella.

—Christer me lo ha contado.

Ella empezó a decir algo cuando él se inclinó y la besó en la mejilla.

—¿Estás enfadado?

—Mucho —contestó él secamente.

—Perdóname. Es que no podía decir que no. Pero me siento fatal; es como si os dejara con la mierda hasta el cuello en el peor momento.

—No creo que yo sea la persona más adecuada para criticarte por abandonar el barco. Hace dos años yo también me marché de aquí y te dejé sola con toda la mierda en una situación considerablemente más complicada que la de ahora.

—Son cosas distintas: tú te tomaste un descanso; yo me voy para siempre y te lo he ocultado. Lo siento muchísimo.

Mikael permaneció callado un instante. Luego le mostró una pálida sonrisa.

—Cuando llega la hora, llega la hora. *A woman's gotta do what a woman's gotta do and all that crap.*

Erika sonrió. Eran las mismas palabras que ella le soltó cuando él se fue a Hedeby. Mikael extendió la mano y le alborotó el pelo amistosamente.

—Entiendo que quieras dejar esta casa de locos, pero que quieras ocupar un puesto de jefa en el periódico más soso, carca y machista de toda Suecia me llevará algún tiempo asimilarlo.

—Hay bastantes chicas que trabajan allí.

—Bah. Échale un vistazo a la página de Opinión. De los tiempos de Maricastaña. Hay que ser masoca... ¿Vamos a tomar un café?

Erika se incorporó.

—Me tienes que contar lo que pasó anoche en Gotemburgo.

—Estoy escribiéndolo —dijo Mikael—. Pero se va a armar una auténtica guerra cuando lo publiquemos.

—Cuando lo publiquemos no, cuando lo publiquéis.

—Ya lo sé. Lo sacaremos cuando empiece el juicio. Supongo que no te llevarás la historia al *SMP*. La verdad es que quiero que escribas algo sobre la historia de Zalachenko antes de que dejes *Millennium*.

—Micke, yo...

—Tu último editorial. Puedes escribirlo cuando te dé la gana. Pero lo más probable es que no se publique antes del juicio, sea cuando sea...

—No sé si es una buena idea. ¿De qué debe tratar?

—De la moral —contestó Mikael Blomkvist—. Y del hecho de que uno de nuestros colaboradores haya sido asesinado porque hace quince años el Estado no hizo su trabajo.

No necesitaba más explicaciones; Erika Berger sabía exactamente qué tipo de editorial quería Mikael. Lo meditó un momento. Lo cierto era que ella estaba de redactora jefe cuando asesinaron a Dag Svensson. De repente, se sintió mucho mejor.

—De acuerdo —asintió—. Mi último editorial.

Capítulo 4

Sábado, 9 de abril –
Domingo, 10 de abril

A la una del mediodía del sábado, la fiscal Martina Fransson de Södertälje dejó de darle vueltas al tema. El cementerio del bosque de Nykvarn era un terrible caos y el departamento criminal había acumulado ya una enorme cantidad de horas extra desde ese miércoles en el que Paolo Roberto combatió con Ronald Niedermann en aquel almacén. Se trataba de, al menos, tres asesinatos de personas que luego fueron enterradas por los alrededores, secuestro con violencia y graves malos tratos de Miriam Wu, la amiga de Lisbeth Salander, y, por último, delito de incendio. A lo de Nykvarn había que sumarle el incidente de Stallarholmen —localidad que, en realidad, pertenecía al distrito policial de Strängnäs, en la provincia de Södermanland—, en el cual Carl-Magnus Lundin, de Svavelsjö MC, constituía una pieza clave. En esos momentos, Lundin se hallaba ingresado en el hospital de Södertälje con un pie escayolado y una barra de acero en la mandíbula. En cualquier caso, todos los delitos quedaban bajo la responsabilidad de la policía regional, lo que significaba que sería Estocolmo quien pronunciaría la última palabra.

El viernes se celebró la vista oral y se dictó prisión preventiva. No había duda: Lundin estaba vinculado a Nykvarn. Al final quedó claro que el almacén pertenecía a la empresa Medimport, que a su vez era propiedad de

Anneli Karlsson, de cincuenta y dos años de edad y residente en Puerto Banús, España. Era prima de Magge Lundin, no se le conocían antecedentes penales y parecía, más bien, haber hecho de tapadera.

Martina Fransson cerró la carpeta del sumario. Todavía se encontraba en su fase inicial y sería completado con unos cuantos centenares de páginas más antes de que llegara la hora del juicio. Pero ya en ese momento, Martina Fransson se vería obligada a tomar una decisión con respecto a algunas cuestiones. Miró a sus colegas.

—Tenemos suficientes pruebas para dictar auto de procesamiento contra Lundin por haber participado en el secuestro de Miriam Wu. Paolo Roberto lo ha identificado como el hombre que conducía la furgoneta. También dictaré prisión preventiva por presunta implicación en el delito de incendio. Para procesarlo por participación en los homicidios de las tres personas desenterradas, esperaremos por lo menos a que las identifiquen.

Los policías asintieron. Era la información que estaban esperando.

—¿Qué hacemos con Sonny Nieminen?

Martina Fransson buscó a Nieminen entre la documentación que se encontraba sobre la mesa.

—Es un señor con un currículum impresionante. Robo, tenencia ilícita de armas, malos tratos, graves malos tratos, homicidio y tráfico de estupefacientes. Fue detenido en compañía de Lundin en Stallarholmen. Estoy completamente convencida de su implicación: lo contrario sería inverosímil. Pero el problema es que no tenemos nada que le podamos atribuir.

—Dice que nunca ha estado en el almacén de Nykvarn y que sólo acompañó a Lundin a dar una vuelta con las motos —añadió el inspector responsable de la investigación de Stallarholmen para la policía de Södertälje—. Sostiene que no tenía ni idea de lo que iba a hacer Lundin en Stallarholmen.

Martina Fransson se preguntó si habría alguna manera de pasarle ese asunto al fiscal Richard Ekström, de Estocolmo.

—Nieminen se niega a hacer declaraciones sobre lo ocurrido, pero niega tajantemente haber participado en ninguna actividad delictiva —aclaró el inspector.

—No, la verdad es que más bien parece que las víctimas del delito de Stallarholmen han sido Lundin y él —soltó Martina Fransson, tamborileando irritadamente sobre la mesa con las yemas de los dedos.

—Lisbeth Salander —añadió con aparente duda en la voz—. A ver, estamos hablando de una chica que ni siquiera tiene pinta de haber entrado en la pubertad, que mide un metro y medio y que ni de lejos posee la fuerza que se necesitaría para dominar a Nieminen y Lundin.

—Si no fuera armada… Con una pistola puede compensar en gran medida su frágil constitución.

—Ya, pero no encaja muy bien en la reconstrucción de los hechos.

—No. Ella utilizó gas lacrimógeno. A continuación, le dio un puntapié a Lundin en toda la entrepierna y, acto seguido, otro en la cara, ambos con tanta rabia que el primero le reventó un testículo y el segundo le rompió la mandíbula. El tiro que le pegó en el pie debió de producirse después del maltrato. Pero me cuesta creer que fuera ella la que iba armada.

—El laboratorio ha identificado el arma con la que se disparó a Lundin. Es una P-83 Wanad polaca con munición Makarov. Fue encontrada en Gosseberga, en las afueras de Gotemburgo, y tiene las huellas dactilares de Salander. Podemos dar prácticamente por sentado que fue ella quien la llevó a Gosseberga.

—Ya, pero el número de serie demuestra que la pistola fue sustraída hace cuatro años en el robo en una armería de Örebro. Pillaron al culpable poco tiempo después, pero para entonces ya se había deshecho de las armas. Resultó ser toda una promesa local: un tipo con problemas de droga que se movía en los círculos de Svavelsjö MC. A mí me convence más endosarle la pistola a Lundin o a Nieminen.

—Lo que tal vez ocurriera es, simplemente, que Lundin llevase la pistola, que Salander intentara quitársela y que se disparara por accidente y le diese en el pie. Quiero decir que, en cualquier caso, la intención de Salander no era matarlo, ya que, de hecho, sigue con vida.

—O que tal vez le pegara un tiro en el pie por puro sadismo. ¡Yo qué sé! Pero ¿cómo se las arregló con Nieminen? Él no presenta daños visibles.

—La verdad es que sí: tiene dos pequeñas quemaduras en el tórax.

—¿Y?

—Yo diría que producidas por una pistola eléctrica.

—Así que hemos de suponer que Salander iba armada con una pistola eléctrica, gas lacrimógeno y una pistola. ¿Cuánto pesará todo eso?... No, yo estoy bastante convencida de que Lundin o Nieminen llevaban el arma y de que ella se la quitó. Lo que ocurrió exactamente cuando Lundin recibió el disparo no lo podremos aclarar del todo hasta que alguno de los implicados hable.

—Vale.

—En fin, la situación actual es la siguiente: dictaré prisión preventiva para Lundin por las razones que mencioné antes. En cambio, contra Nieminen no tenemos nada de nada. Así que pienso ponerlo en libertad esta misma tarde.

Sonny Nieminen estaba de un humor de perros cuando abandonó el calabozo de la jefatura de policía de Södertälje. Tenía además la boca tan seca que su primera parada fue un quiosco donde compró una Pepsi que se bebió allí mismo. También se llevó un paquete de Lucky

Strike y una cajita de Göteborgs rapé. Abrió el móvil, comprobó el estado de la batería y luego marcó el número de Hans-Åke Waltari, de treinta y tres años de edad y *Sergeant at Arms* de Svavelsjö MC, el número tres, por lo tanto, en la jerarquía interna. Sonó cuatro veces antes de que Waltari se pusiera.

—Nieminen. He salido.

—Felicidades.

—¿Dónde estás?

—En Nyköping.

—¿Y qué coño haces en Nyköping?

—Cuando os detuvieron a ti y a Magge, tomamos la decisión de estarnos quietecitos hasta que supiéramos con más exactitud cómo andaban las cosas.

—Bueno, ya sabes cómo andan las cosas. ¿Dónde están los demás?

Hans-Åke Waltari le dijo dónde se encontraban los restantes cinco miembros de Svavelsjö MC. La explicación no tranquilizó ni contentó a Sonny Nieminen.

—¿Y quién coño se encarga de los negocios mientras vosotros os escondéis como gallinas?

—Eso no es justo. Tú y Magge os metéis en un puto curro del que no tenemos ni idea y, de buenas a primeras, os veis implicados en un tiroteo con esa jodida tía a la que busca todo quisqui, y a Magge le pegan un tiro y a ti te detienen. Y luego los maderos se ponen a desenterrar cadáveres en nuestro almacén de Nykvarn.

—¿Y?

—Y empezamos a preguntarnos si Magge y tú nos habéis ocultado algo a los demás.

—¿Y qué cojones se supone que es? Oye, que conste que somos nosotros los que conseguimos los curros.

—Ya, pero a mí no se me ha dicho ni jota de que el almacén fuera también un cementerio. ¿Quiénes son los muertos?

Sonny Nieminen estuvo a punto de soltar una cáustica réplica, pero se contuvo. Aunque Hans-Åke Waltari era gilipollas y bastante corto, la situación no era la más idónea para ponerse a discutir con él; ahora se trataba de reunir a las fuerzas rápidamente. Además, después de haberse pasado cinco interrogatorios negándolo todo, no resultaba demasiado inteligente por su parte anunciar a bombo y platillo por el móvil, a doscientos metros de la comisaría, que tenía información sobre el tema.

—A la mierda los muertos —dijo—. De eso no sé nada. Pero Magge está metido hasta el cuello en toda esa mierda. Pasará una temporadita en el trullo y en su ausencia yo seré el jefe.

—De acuerdo. ¿Y ahora qué? —preguntó Waltari.

—¿Quién vigilará el cuartel general si os habéis largado todos?

—Benny Karlsson está allí y mantiene nuestras posiciones. La policía hizo un registro el mismo día en que os detuvieron. No encontraron nada.

—¡Benny K.! —exclamó Nieminen—. ¡Joder! Pero si no es más que un puto *rookie* al que no le han salido ni los dientes.

—Tranquilo. Está con el rubio; ya sabes, ese cabrón con el que Magge y tú soléis relacionaros.

Sonny Nieminen se quedó helado. Echó un vistazo rápido a su alrededor y se alejó unos cuantos pasos de la puerta del quiosco.

—¿Qué has dicho? —preguntó en voz baja.

—Ese cabrón rubio al que tú y Magge soléis ver… Apareció de repente pidiéndonos que lo escondiéramos.

—Joder, Waltari, si lo están buscando por todo el puto país por el asesinato de un poli…

—Bueno… por eso quería esconderse. ¿Qué podíamos hacer? Joder, es amigo tuyo y de Magge.

Sonny Nieminen cerró los ojos diez segundos. A lo largo de los años, Ronald Niedermann le había dado a Svavelsjö MC mucho trabajo y proporcionado muy buenos beneficios. Pero en absoluto se trataba de un amigo. Era un tipo de mucho cuidado, además de un psicópata; y, por si fuera poco, un psicópata al que la policía buscaba con una lupa de mil aumentos. Sonny Nieminen no se fiaba ni un pelo de Ronald Niedermann. Lo mejor sería que alguien le pegara un tiro en la cabeza. Así, por lo menos, la atención policial disminuiría un poco.

—¿Y dónde lo habéis metido?

—Benny K. se ha encargado de él. Lo ha llevado a casa de Viktor.

Viktor Göransson, que vivía en las afueras de Järna, era el tesorero y el experto del club en asuntos económicos. Había hecho el bachillerato especializado en economía e iniciado su carrera profesional como asesor financiero de un mafioso yugoslavo, rey del mundo de la restauración, hasta que cogieron a la banda por graves delitos económicos. Conoció a Magge Lundin en la cárcel de Kumla a principios de los noventa. Era el único miembro de Svavelsjö MC que vestía traje y corbata.

—Waltari, coge el coche y vete a Södertälje. Te espero delante de la estación de trenes de cercanías dentro de cuarenta y cinco minutos.

—Vale. ¿Y a qué vienen esas prisas?

—A que tenemos que recuperar el control de la situación cuanto antes.

Ya en el coche, Hans-Åke Waltari miró de reojo a Sonny Nieminen, que permaneció completamente callado mientras se dirigían a Svavelsjö. A diferencia de Magge Lundin, Nieminen no solía mostrar un trato demasiado campechano. Era guapo y de aspecto frágil, pero se trataba de un tipo peligroso que estallaba con mucha facilidad, en especial cuando había bebido. En esos momentos estaba sobrio, pero Waltari estaba preocupado teniendo a alguien como Sonny al mando. En cierto modo, Magge siempre había sabido mantenerlo a raya. Se preguntó qué les depararía el futuro con Nieminen ejerciendo de presidente en funciones.

No se veía a ningún Benny K. en el club. Sonny lo llamó dos veces al móvil, pero no obtuvo respuesta.

Se fueron a la casa de Nieminen, a poco más de un kilómetro de allí. La policía había realizado un registro domiciliario sin hallar nada de valor para la investigación relacionado con Nykvarn. La verdad era que los agentes no encontraron nada que pudiera confirmar una actividad delictiva, razón por la cual Nieminen se encontraba en libertad.

Se duchó y se cambió de ropa mientras Waltari lo esperaba pacientemente en la cocina. Luego se adentraron algo más de ciento cincuenta metros en el bosque que había detrás de la finca de Nieminen y, con las manos, quitaron la capa de tierra que cubría un baúl profundamente enterrado que contenía seis armas de fuego —una de las cuales era un AK5—, una gran cantidad de munición y más de dos kilos de explosivos. Era el pequeño almacén armamentístico de Nieminen. Dos de las armas eran unas P-83 Wanad polacas. Pertenecían al mismo lote que esa pistola que Lisbeth Salander le quitara en Stallarholmen.

Nieminen apartó de su pensamiento a Lisbeth Salander. Era un tema desagradable. En la celda de la comisaría de Södertälje había repasado mentalmente, una y otra vez, la escena en la que él y Magge Lundin llegaban a la casa de campo de Nils Bjurman y se encontraban con Lisbeth en el patio.

El desarrollo de los acontecimientos había sido completamente imprevisible. Obedeciendo las órdenes de ese rubio de mierda, Nieminen acompañó a Magge Lundin para quemar la maldita casa de campo de Bjurman. Y se toparon con la jodida Salander: sola, un metro y medio de altura y flaca como un palillo. Nieminen se preguntó cuántos kilos pesaría en realidad. Luego todo se fue al garete y estalló en una orgía de violencia que ninguno de los dos había previsto.

Técnicamente podía explicar el curso de los acontecimientos: Salander tenía un bote de gas lacrimógeno que le vació a Magge Lundin en la cara. Magge debería haber estado más alerta, pero no fue así. Ella le propinó dos patadas, y no hace falta mucha fuerza para partirle la mandíbula a alguien de una patada. Lo cogió desprevenido. Se podía explicar.

Pero luego ella también se ocupó de él, Sonny Nieminen: un tipo al que incluso los más fornidos dudarían en atacar. Ella se movió muy rápidamente. Él se las vio y se las deseó para poder sacar su arma. Ella lo dejó fuera de combate con la misma humillante facilidad con la que se aparta un mosquito. Tenía una pistola eléctrica. Tenía…

Cuando se despertó no recordaba casi nada. Magge Lundin había recibido un tiro en el pie y llegó la policía. Tras ciertas discusiones entre los maderos de Strängnäs y Södertälje fue a parar a los calabozos de Södertälje. Y encima, ella le robó la Harley-Davidson a Magge. Y cortó el logotipo de Svavelsjö MC de su chupa de cuero: el mismo símbolo que hacía que la gente le dejara colarse para entrar en los clubes y que le otorgaba un estatus que un sueco normal y corriente ni siquiera sería capaz de comprender. Ella lo había humillado.

De repente, Sonny Nieminen hirvió por dentro. Durante los interrogatorios de la policía había permanecido callado. Nunca jamás podría contar lo que pasó en Stallarholmen. Hasta ese momento, Lisbeth Salander no había significado nada para él. Ella no era más que un trabajillo extra del que se ocupaba —otra vez por encargo del maldito Niedermann— Magge Lundin. Ahora la odiaba con una pasión que lo asombró. Solía ser frío y analítico, pero sabía que algún día se le presentaría la posibilidad de vengarse y reparar la deshonra. Aunque primero tenía que poner orden en ese caos que Salander y Niedermann habían provocado en Svavelsjö MC.

Nieminen sacó las dos armas polacas restantes, las cargó y le dio una a Waltari.

—¿Tenemos algún plan?

—Vamos a ir a hablar con Niedermann. No es uno de los nuestros y nunca ha sido detenido por la policía. No sé cómo reaccionará si lo pillan, pero como cante nos puede pringar a todos. Nos meterán en el trullo pitando.

—¿Quieres decir que vamos a…?

Nieminen ya había decidido que Niedermann desapareciera, pero se dio cuenta de que no convenía asustar a Waltari hasta que llegaran al lugar.

—No lo sé. Hay que tantearlo. Si tiene un plan para largarse al extranjero echando leches, le ayudaremos. Pero mientras exista el riesgo de que la policía lo pueda detener, representa una amenaza para nosotros.

La casa de Viktor Göransson, a las afueras de Järna, se hallaba a oscuras cuando Nieminen y Waltari entraron en el patio al caer la noche. Eso en sí mismo era ya un mal presagio. Se quedaron un rato esperando en el coche.

—Quizá hayan salido —dijo Waltari.

—Seguro. Habrán salido por ahí a tomar algo con Niedermann —le contestó Nieminen para, acto seguido, abrir la puerta del coche.

La puerta de la casa no tenía echado el cerrojo. Nieminen encendió la luz. Fueron de habitación en habitación. Todo estaba perfectamente limpio y recogido, algo que sin duda era obra de esa mujer —se llamara como se llamase— con la que vivía Viktor Göransson.

Encontraron a Viktor Göransson y su pareja en el sótano, concretamente en el cuarto destinado a la lavadora.

Nieminen se agachó y contempló los cadáveres. Con

un dedo tocó a la mujer cuyo nombre no recordaba: estaba helada y rígida. Tal vez llevaran muertos unas veinticuatro horas.

Nieminen no necesitaba ningún informe forense para determinar cómo habían fallecido: a ella le habían partido el cuello con un giro de cabeza de ciento ochenta grados. Se hallaba vestida con una camiseta y unos vaqueros y, según pudo apreciar Nieminen, no presentaba más lesiones.

En cambio, Viktor Göransson sólo llevaba puestos unos calzoncillos. Había sido salvajemente destrozado a golpes y tenía moratones y sangre por todo el cuerpo. Le habían roto los brazos, que apuntaban en todas direcciones como torcidas ramas de abedul. Había sido víctima de un prolongado maltrato que, por definición, debía ser considerado una tortura. Por lo que Nieminen fue capaz de apreciar, murió de un fuerte golpe asestado en la garganta: tenía la laringe profundamente metida para dentro.

Sonny Nieminen se levantó, subió la escalera del sótano y salió al exterior. Waltari lo siguió. Nieminen atravesó el patio y entró en el establo, que quedaba a unos cincuenta metros de distancia. Levantó el travesaño y abrió la puerta.

Encontró un Renault azul oscuro del año 1991.

—¿Qué coche tenía Göransson? —preguntó Nieminen.

—Un Saab.

Nieminen asintió. Sacó unas llaves del bolsillo de la cazadora y abrió una puerta situada al fondo del establo. Le bastó con echar un rápido vistazo a su alrededor para comprender que había llegado tarde: el pesado armario donde se guardaban las armas se encontraba abierto de par en par.

Nieminen hizo una mueca.

—Más de ochocientas mil coronas —dijo.

—¿Qué? —preguntó Waltari.

—Que Svavelsjö MC guardaba más de ochocientas mil coronas en este armario. Nuestro dinero.

Tan sólo tres personas conocían dónde guardaba Svavelsjö MC el dinero a la espera de invertirlo y blanquearlo: Viktor Göransson, Magge Lundin y Sonny Nieminen. Niedermann estaba huyendo de la policía. Necesitaba dinero. Y sabía que Göransson era el encargado del dinero.

Nieminen cerró la puerta y salió muy despacio del establo. Se sumió en profundas cavilaciones intentando hacerse una idea general de la catástrofe. Una parte de los recursos de Svavelsjö MC se había invertido en bonos a los que él mismo podría tener acceso, y otra podía reconstituirse con la ayuda de Magge Lundin. Pero una gran cantidad del dinero invertido sólo existía en la cabeza de Göransson, a no ser que le hubiese dado indicaciones precisas a Magge Lundin. Algo que Nieminen dudaba, pues a Magge Lundin nunca se le había dado bien la economía. Nieminen estimó que, con la muerte de Göransson, Svavelsjö MC habría perdido grosso modo cerca del sesenta por ciento de sus recursos. Un golpe devastador. Lo que sobre todo necesitaban era dinero para los gastos corrientes.

—¿Qué hacemos ahora? —preguntó Waltari.

—Ahora avisaremos a la policía de lo que ha ocurrido aquí.

—¿Avisar a la policía?

—Sí, joder. Mis huellas dactilares están en esa casa. Quiero que encuentren cuanto antes a Göransson y a su puta para que los forenses puedan determinar que murieron mientras yo estaba en el calabozo.

—Entiendo.

—Bien. Busca a Benny K. Necesito hablar con él. Si es que sigue con vida… Y luego vamos a buscar a Ronald Niedermann. Quiero que cada uno de los contactos que tenemos en los clubes de toda Escandinavia mantenga los ojos bien abiertos. Quiero la cabeza de ese cabrón en una bandeja. Lo más probable es que esté usando el Saab de Göransson. Averigua el número de la matrícula.

Cuando Lisbeth Salander se despertó eran las dos de la tarde del sábado y un médico la estaba toqueteando.

—Buenos días —dijo—. Me llamo Benny Svantesson y soy médico. ¿Te duele?

—Sí —contestó Lisbeth Salander.

—Dentro de un rato te daremos un analgésico. Pero primero quiero examinarte.

Se sentó en la cama y empezó a presionar, palpar y manosear su maltrecho cuerpo. Antes de que terminara, Lisbeth ya se había irritado sobremanera, pero se encontraba demasiado agotada como para iniciar su estancia en el Sahlgrenska con una discusión, de modo que decidió que era mejor callarse.

—¿Cómo estoy? —preguntó ella.

—Saldrás de ésta —dijo el médico mientras tomaba unas notas antes de ponerse de pie.

Un comentario que resultaba poco clarificador.

En cuanto el médico se fue, se presentó una enfermera y ayudó a Lisbeth con una cuña. Luego la dejaron dormir de nuevo.

Alexander Zalachenko, alias Karl Axel Bodin, tomó un almuerzo compuesto tan sólo por alimentos líquidos. Incluso los pequeños movimientos de sus músculos faciales le causaban enormes dolores en la mandíbula y en los malares, así que masticar ni siquiera se le pasó por la cabeza. Durante la operación de la noche anterior le habían colocado dos tornillos de titanio en el hueso de la mandíbula.

Sin embargo, el dolor no le parecía tan fuerte como

para no poder aguantarlo. Zalachenko estaba acostumbrado al dolor. Nada era comparable al que sufrió durante semanas y meses, quince años antes, tras haber ardido como una antorcha en aquel coche de Lundagatan. La atención médica que recibió con posterioridad se le antojó un inigualable e interminable maratón de tormentos.

Los médicos concluyeron que, con toda probabilidad, se hallaba fuera de peligro, pero que, considerando su edad y la gravedad de sus heridas, lo mejor sería que permaneciera en la UVI un par de días.

El sábado recibió cuatro visitas.

El inspector Erlander se presentó alrededor de las diez. Esta vez Erlander había dejado en casa a la siesta de Sonja Modig y, en su lugar, lo acompañaba el inspector Jerker Holmberg, bastante más simpático. Hicieron más o menos las mismas preguntas sobre Ronald Niedermann que la noche anterior. Ya tenía su historia preparada y no cometió ningún error. Cuando empezaron a bombardearlo con preguntas sobre su posible implicación en el *trafficking* y en otras actividades delictivas, volvió a negar que tuviera algún conocimiento de ello: él no era más que un minusválido que cobraba una pensión por enfermedad y no sabía de qué le estaban hablando. Le echó toda la culpa a Ronald Niedermann y se ofreció a colaborar en lo que fuera preciso para localizar a ese asesino de policías que se había dado a la fuga.

Por desgracia, en la práctica no había gran cosa que él pudiera hacer. No tenía ni idea de los círculos en los que Niedermann se movía ni tampoco a quién le podría pedir cobijo.

Sobre las once recibió la breve visita de un representante de la fiscalía que le comunicó formalmente que era sospechoso de haber participado en graves malos tratos o, en su defecto, del intento de asesinato de Lisbeth Salander. Zalachenko contestó explicando con mucha paciencia que él no era más que una víctima y que, en realidad, era Lisbeth Salander la que había intentado matarlo a él. El Ministerio Fiscal le ofreció asistencia jurídica poniendo a su disposición un abogado defensor público. Zalachenko dijo que se lo pensaría.

Algo que no tenía ninguna intención de hacer. Ya contaba con un abogado; la primera gestión de esa mañana había sido llamarlo para pedirle que viniera cuanto antes. Por lo tanto, la tercera visita fue la de Martin Thomasson. Entró con paso tranquilo y aire despreocupado, se pasó la mano por su abundante pelo rubio, se ajustó las gafas y le tendió la mano a su cliente. Estaba algo rellenito y resultaba sumamente encantador. Era cierto que se sospechaba de él que había trabajado para la mafia yugoslava —algo que todavía seguía siendo objeto de investigación—, pero también tenía fama de ganar todos los juicios.

Cinco años antes, un conocido con el que había hecho negocios le recomendó a Thomasson cuando a Zalachenko le surgió la necesidad de reestructurar ciertos fondos vinculados a una pequeña empresa financiera que poseía en Lichtenstein. No se trataba de desorbitadas sumas, pero Thomasson llevó el asunto con mucha maña y Zalachenko se ahorró los impuestos. Luego, Zalachenko contrató al abogado en un par de ocasiones más. Thomasson sabía perfectamente que el dinero provenía de actividades delictivas, algo que no parecía preocuparle lo más mínimo. Al final, Zalachenko decidió que toda su actividad se reestructurara en una nueva empresa cuyos propietarios serían él mismo y Niedermann. Acudió a Thomasson y le propuso formar parte —en la sombra— como tercer socio y encargarse de la parte financiera. Thomasson lo aceptó sin más.

—Bueno, señor Bodin, esto no tiene muy buen aspecto.

—He sido objeto de graves malos tratos y de un intento de asesinato —dijo Zalachenko.

—Ya lo veo… Una tal Lisbeth Salander, si no estoy mal informado.

Zalachenko bajó la voz.

—Como ya sabrás, Niedermann, nuestro socio, se ha metido en un lío.

—Eso tengo entendido.

—La policía sospecha que yo estoy implicado en el asunto…

—Algo que no es verdad, por supuesto. Tú eres una víctima y es importante que nos aseguremos enseguida de que ésa sea la imagen que se difunda en los medios de comunicación. La señorita Salander no tiene, como ya sabemos, muy buena prensa… Yo me ocupo de eso.

—Gracias.

—Pero, ya que estamos, déjame que te diga que no soy un abogado penal. Vas a necesitar la ayuda de un especialista. Te buscaré un abogado de confianza.

La cuarta visita del día llegó a las once de la noche del sábado y consiguió pasar el control de las enfermeras mostrando su identificación e indicando que se trataba de un asunto urgente. Lo condujeron hasta la habitación de Zalachenko. El paciente seguía despierto y sumido en sus pensamientos.

—Mi nombre es Jonas Sandberg —dijo, extendiendo una mano que Zalachenko ignoró.

Era un hombre de unos treinta y cinco años. Tenía el pelo de color arena y vestía ropa de *sport*: vaqueros, camisa a cuadros y una cazadora de cuero. Zalachenko lo contempló en silencio durante quince segundos.

—Ya me empezaba a preguntar cuándo aparecería alguno de vosotros.

—Trabajo en la policía de seguridad de la Dirección General de la Policía —dijo Jonas Sandberg, mostrándole su placa: DGP/Seg.

—No creo —contestó Zalachenko.

—¿Perdón?

—Puede que seas un empleado de la Säpo, pero dudo mucho que trabajes para ellos.

Jonas Sandberg permaneció callado un momento y miró a su alrededor. Acercó la silla a la cama.

—He venido a estas horas de la noche para no llamar la atención. Hemos estado hablando sobre cómo le podríamos ayudar, y de alguna manera debemos tener claros los pasos que vamos a dar. Estoy aquí simplemente para escuchar la versión que usted tiene de los hechos e intentar comprender sus intenciones para empezar a diseñar una estrategia conjunta.

—¿Y cómo te imaginas tú esa estrategia?

Jonas Sandberg contempló pensativo al hombre de la cama. Al final hizo un resignado gesto de manos.

—Señor Zalachenko… me temo que hay un proceso en marcha cuyos daños resultan difíciles de calcular. Hemos hablado de la situación. La tumba de Gosseberga y el hecho de que Salander acabara con tres tiros resulta difícil de explicar. Pero no lo demos todo por perdido. El conflicto entre usted y su hija podría explicar su miedo hacia ella y la razón que lo llevó a tomar unas medidas tan drásticas. Pero mucho me temo que va a tener que pasar algún tiempo en la cárcel.

De repente, Zalachenko se sintió de muy buen humor; hasta se habría echado a reír si no hubiese resultado imposible teniendo en cuenta el estado en el que se encontraba. Todo se quedó en un ligero temblor de labios; cualquier otra cosa le causaba un dolor demasiado intenso.

—¿Así que ésa es nuestra estrategia conjunta?

—Señor Zalachenko: usted conoce a la perfección lo que significa el concepto «control de daños colaterales». Es necesario que lleguemos a un acuerdo conjunto. Vamos a hacer todo lo que esté en nuestra mano para proporcionarle asistencia jurídica y lo que precise, pero necesitamos su colaboración y ciertas garantías.

—Yo te daré una garantía. Os vais a asegurar de que todo esto desaparezca —dijo, haciendo un gesto con la mano—. Niedermann es el chivo expiatorio, y os garantizo que nunca lo encontrarán.

—Hay pruebas técnicas que...

—A la mierda con las pruebas técnicas. Se trata de ver cómo se lleva a cabo la investigación y cómo se presentan los hechos. Mi garantía es la siguiente: si no hacéis desaparecer todo esto, convocaré a los medios de comunicación a una rueda de prensa. Me acuerdo de los nombres, las fechas y los acontecimientos. No creo que haga falta que te recuerde quién soy.

—No lo entiende...

—Lo entiendo a la perfección. Tú eres el chico de los recados, ¿no? Pues comunícale a tu jefe lo que te acabo de decir. Él lo entenderá. Dile que tengo copias de... de todo. Os puedo hundir.

—Hay que intentar llegar a un acuerdo.

—No hay más que hablar. Lárgate de aquí inmediatamente. Y diles que la próxima vez manden a un adulto.

Zalachenko volvió la cabeza hasta que perdió el contacto visual con su visita. Jonas Sandberg lo contempló un instante. Luego se encogió de hombros y se levantó. Casi había llegado a la puerta cuando volvió a oír la voz de Zalachenko.

—Otra cosa.

Sandberg se dio la vuelta.

—Salander.

—¿Qué pasa con ella?

—Debe desaparecer.

—¿Qué quiere usted decir?

Por un segundo, Sandberg pareció tan preocupado que a Zalachenko no le quedó más remedio que sonreír a pesar de que un fuerte dolor le recorrió la mandíbula.

—Ya sé que unas nenazas como vosotros sois demasiado blandengues para matarla y que tampoco disponéis de recursos para llevar a cabo una operación así. ¿Quién lo iba a hacer?... ¿Tú? Pero tiene que desaparecer. Su testimonio ha de ser invalidado. Debe ingresar en alguna institución de por vida.

Lisbeth Salander percibió unos pasos en el pasillo. Era la primera vez que los oía y no sabía que pertenecían a Jonas Sandberg.

No obstante, su puerta llevaba toda la noche abierta porque las enfermeras venían a verla aproximadamente cada diez minutos. Lo había oído llegar y explicarle a una enfermera que tenía que ver a Karl Axel Bodin para tratar un asunto urgente. Lo oyó identificarse, pero él no pronunció ninguna palabra que diera pista alguna sobre su nombre o su identidad.

La enfermera le pidió que esperara mientras entraba y miraba si el señor Karl Axel Bodin se encontraba despierto. Lisbeth Salander sacó la conclusión de que la identificación debía de haber sido convincente.

Constató que la enfermera se fue hacia la izquierda del pasillo, que necesitó dar diecisiete pasos para llegar a su destino y que, a continuación, al visitante le fueron necesarios catorce para recorrer el mismo trayecto. Le salió una media de quince pasos y medio. Estimó una longitud de unos sesenta centímetros por cada paso, que, multiplicados por quince y medio, dieron como resultado que Zalachenko se encontraba en una habitación situada a novecientos treinta centímetros a la izquierda del pasillo. *Vale, digamos que algo más de diez metros.* Calculó que la anchura de su cuarto era de unos cinco metros, lo cual significaba que Zalachenko se hallaba a dos habitaciones de ella.

Según las cifras verdes del reloj digital de la mesilla, la visita duró casi nueve minutos.

Zalachenko permaneció despierto mucho tiempo después de que Jonas Sandberg lo dejara. Suponía que ése no era su verdadero nombre, ya que, según su propia experiencia, los espías aficionados suecos tenían una especial fijación por emplear nombres falsos, aunque eso no fuese en absoluto necesario. En cualquier caso, Jonas (o como diablos se llamara) constituía el primer indicio de que la Sección había advertido su situación; considerando toda la atención mediática recibida, resultaba difícil no hacerlo. Sin embargo, la visita también confirmaba que la situación les producía cierta inquietud. Un sentimiento que, sin duda, hacían muy bien en tener.

Sopesó los pros y los contras, hizo una lista de posibilidades y rechazó varias propuestas. Era plenamente consciente de que todo se había ido al garete. En un mundo ideal, él ahora estaría en su casa de Gosseberga, Ronald Niedermann a salvo en el extranjero y Lisbeth Salander sepultada bajo tierra. Aunque comprendía lo ocurrido, no le entraba en la cabeza que ella hubiera conseguido salir de la tumba, llegar a la casa y destrozarle la vida con dos hachazos. Estaba dotada de unos recursos increíbles.

En cambio, entendía muy bien lo que había sucedido con Ronald Niedermann y que echara a correr temiendo por su vida en vez de acabar para siempre con Salander. Sabía que en la cabeza de Niedermann había algo que no funcionaba del todo bien; veía cosas: fantasmas. No era la primera vez que él había tenido que intervenir porque Niedermann había actuado de modo completamente irracional y se había quedado acurrucado preso del terror.

Eso le preocupaba. Como Niedermann no había sido detenido todavía, Zalachenko estaba convencido de que su hijo había procedido de una forma racional durante los días que siguieron a su huida de Gosseberga. Lo más seguro es que se hubiera ido a Tallin, donde podría hallar protección entre los contactos del imperio criminal de Zalachenko. Le preocupaba, sin embargo, no ser capaz de prever el momento en el que Niedermann se quedaría paralizado. Si ocurriese durante la huida, cometería errores, y si cometiera errores, lo cogerían. No se entregaría por las buenas: opondría resistencia, y eso significaba que morirían varios agentes de policía y que, sin lugar a dudas, Niedermann también fallecería.

Esa idea preocupaba a Zalachenko. No quería que Niedermann muriera; era su hijo. Pero, por otra parte, y por muy lamentable que eso resultara, no deberían cogerlo vivo. Niedermann nunca había sido arrestado y Zalachenko no podía adivinar cómo reaccionaría su hijo al verse sometido a un interrogatorio. Sospechaba que, por desgracia, no sabría permanecer callado. Por consiguiente, lo mejor sería que la policía lo matara. Lloraría su pérdida, aunque la alternativa era todavía peor: Zalachenko pasaría el resto de su vida entre rejas.

Pero ya habían pasado cuarenta y ocho horas desde que Niedermann emprendiera la huida y aún no lo habían cogido. Eso era buena señal; quería decir que Niedermann funcionaba a pleno rendimiento, y un Niedermann funcionando a pleno rendimiento resultaba invencible.

Había otra cosa que, a largo plazo, también le preocupaba. Se preguntaba cómo se las iba a arreglar solo, sin un padre a su lado que guiara sus pasos. Con el transcurso de los años, había notado que si dejaba de darle instrucciones o si le soltaba las riendas para que tomara sus propias decisiones, tendía a caer en una apática y pasiva existencia marcada por la indecisión.

Zalachenko constató —una vez más— que era una verdadera pena que su hijo tuviera esa peculiaridad. Ronald Niedermann era, sin duda, un hombre inteligente y dotado de unas cualidades físicas que lo convertían en una persona formidable y temible a la vez. Además, como organizador resultaba excelente y con una gran sangre fría. Su problema residía en que carecía por completo de instinto de liderazgo: necesitaba que alguien le dijera constantemente lo que tenía que hacer.

Pero todo eso, por el momento, quedaba fuera del control de Zalachenko. Ahora se trataba de él mismo: su situación era precaria, quizá más precaria que nunca.

La visita del abogado Thomasson no le pareció particularmente reconfortante: Thomasson era y seguía siendo un abogado de empresa, pero, por muy eficaz que resultara en ese aspecto, poca ayuda podía ofrecerle en su situación actual.

Luego había venido a visitarlo Jonas Sandberg. Sandberg constituía una cuerda de salvación considerablemente más fuerte. Pero esa cuerda también podría convertirse en una soga. Debía jugar bien sus cartas y asumir el control de la situación. El control lo era todo.

Y en último lugar estaba la confianza en sus propios recursos. De momento necesitaba cuidados médicos. Pero dentro de unos días, una semana quizá, ya se habría recuperado. Si las cosas llegaran a sus últimas consecuencias, era muy probable que la única persona en la que pudiese confiar fuera él mismo. Eso significaba que debía desaparecer ante las mismas narices de los policías que ahora pululaban a su alrededor. Iba a necesitar un escondite, un pasaporte y dinero en efectivo. Todo eso se lo podría suministrar Thomasson. Pero primero tenía que recuperarse lo suficiente y reunir las fuerzas necesarias para huir.

A la una, la enfermera del turno de noche vino a echarle un ojo. Se hizo el dormido. Cuando ella cerró la puerta, él, con mucho esfuerzo, se incorporó en la cama y movió las piernas hasta que quedaron colgando. Permaneció quieto durante un largo instante mientras comprobaba su sentido del equilibrio. Luego, con mucho cuidado, apoyó el pie izquierdo en el suelo. Afortunadamente, el hachazo le había dado en su ya maltrecha pierna derecha. Alargó la mano para coger la prótesis que se encontraba en un armario que había junto a la cama y se la sujetó al muñón. Acto seguido se levantó. Se apoyó en su ilesa pierna izquierda e intentó poner la derecha en el suelo. Cuando desplazó el peso del cuerpo, un intenso dolor le recorrió la extremidad.

Apretó los dientes y dio un paso. Le hacían falta sus muletas, pero estaba convencido de que el hospital se las ofrecería en breve. Se apoyó en la pared y, cojeando, avanzó hasta la entrada. Le llevó varios minutos: a cada paso que daba tenía que pararse para vencer el dolor.

Apoyándose en una pierna, abrió un poco la puerta y dirigió la mirada hacia el pasillo. Al no ver a nadie se asomó. Oyó unas débiles voces a la izquierda y volvió la cabeza. La habitación donde se hallaban las enfermeras estaba a unos veinte metros, al otro lado del pasillo.

Volvió la cabeza a la derecha y vio una salida al final del pasillo.

Ese mismo día, un poco antes, había preguntado sobre el estado de Lisbeth Salander. A pesar de todo, él era su padre. Al parecer, las enfermeras tenían instrucciones de no hablar de los pacientes. Una de ellas le contestó, en un tono neutro, que su estado era estable. Pero al decírselo desplazó la mirada, inconsciente y fugazmente, hacia la izquierda del pasillo.

En alguna de las habitaciones que quedaban entre la suya y la de las enfermeras se encontraba Lisbeth Salander.

Cerró la puerta con cuidado, volvió cojeando a la cama y se quitó la prótesis. Cuando por fin consiguió meterse bajo las sábanas estaba empapado en sudor.

El inspector Jerker Holmberg regresó a Estocolmo el domingo a mediodía. Se sentía cansado, tenía hambre y estaba muy quemado. Cogió el metro hasta Rådhuset, enfiló Bergsgatan y, nada más entrar en la jefatura de policía, se dirigió al despacho del inspector Jan Bublanski. Sonja Modig y Curt Svensson ya habían llegado. Bublanski había convocado la reunión precisamente en domingo porque sabía que ese día el instructor del sumario, Richard Ekström, estaba ocupado en otro sitio.

—Gracias por venir —dijo Bublanski—. Creo que ya va siendo hora de que hablemos con tranquilidad e intentemos aclarar todo este follón. Jerker, ¿alguna novedad?

—Nada que no haya dicho ya por teléfono. Zalachenko no da su brazo a torcer ni un milímetro: se declara inocente y dice que no nos puede ayudar en nada. Sólo que...

—¿Qué?

—Tenías razón, Sonja: es una de las personas más desagradables que he conocido en mi vida. Suena ridículo decirlo. Los policías no deberíamos razonar en estos términos, pero hay algo que da miedo bajo su fría y calculadora fachada.

—De acuerdo —dijo Bublanski tras aclararse la voz—. ¿Qué sabemos? ¿Sonja?

Ella esbozó una fría sonrisa.

—Los detectives aficionados nos han ganado este asalto. No he podido encontrar a Zalachenko en ningún registro oficial; lo que sí figura es que un tal Karl Axel Bodin nació en Uddevalla en 1942. Sus padres eran Marianne y Georg Bodin. Existieron realmente, pero fallecieron en un accidente en 1946. Karl Axel Bodin se crió en casa de un tío suyo que vivía en Noruega. O sea, que no hay datos sobre él hasta que regresó a Suecia, en los años setenta. Parece imposible verificar que se trate de un agente que desertó del GRU, tal y como afirma Mikael Blomkvist, pero me inclino a creer que tiene razón.

—¿Y eso qué significa?

—Resulta obvio que alguien le proporcionó una falsa identidad. Y eso tiene que haberse hecho con el beneplácito de las autoridades.

—O sea, de la Säpo.

—Eso es lo que sostiene Blomkvist. Pero ignoro cómo se hizo. De ser así, tanto su certificado de nacimiento como toda una serie de documentos habrían sido falsificados e introducidos en los registros suecos oficiales. No me atrevo a pronunciarme sobre la legalidad de tales actividades; supongo que todo depende de la persona que tomara la decisión. Pero, para que resulte legal, la decisión debe haberse tomado prácticamente a nivel gubernamental.

Un cierto silencio invadió el despacho de Bublanski mientras los cuatro inspectores reflexionaban sobre las implicaciones.

—De acuerdo —dijo Bublanski—. No somos más que cuatro maderos tontos. Si el gobierno está implicado, no seré yo quien llame a sus miembros para tomarles declaración.

—Mmm —murmuró Curt Svensson—. Eso podría desencadenar una crisis constitucional. En Estados Unidos los miembros del gobierno pueden ser llamados para prestar declaración en un tribunal cualquiera. En Suecia debe realizarse a través de la comisión de asuntos constitucionales del Parlamento.

—Lo que sí podríamos hacer, no obstante, es preguntarle al jefe —sugirió Jerker Holmberg.

—¿Preguntarle al jefe? —se sorprendió Bublanski.

—Thorbjörn Fälldin. Era el primer ministro.

—Ah, muy bien. Así que subimos a verlo hasta donde quiera que viva y le preguntamos si él le falsificó los documentos de identidad a un espía ruso que desertó. Pues mira, no.

—Fälldin reside en Ås, en el municipio de Härnösand. Yo nací allí, a unos pocos kilómetros de donde él vive. Mi padre es del Partido de Centro y lo conoce bien. Yo le he visto varias veces, tanto de niño como de adulto. Es una persona muy campechana.

Perplejos, los tres inspectores miraron a Jerker Holmberg.

—¿Tú conoces a Fälldin? —preguntó Bublanski escéptico.

Holmberg asintió. Bublanski frunció los labios.

—Sinceramente… —dijo Holmberg—, podríamos resolver unos cuantos problemas si consiguiéramos que el anterior primer ministro nos explicara de qué va todo esto. Yo puedo ir a hablar con él. Si no dice nada, no dice nada. Pero si habla, a lo mejor nos ahorramos bastante tiempo.

Bublanski sopesó la propuesta. Luego negó con la cabeza. Por el rabillo del ojo vio que tanto Sonja Modig como Curt Svensson asentían pensativos.

—Holmberg… Agradezco tu oferta, pero creo que, de momento, esa idea tiene que esperar. Volvamos al caso. Sonja…

—Según Blomkvist, Zalachenko llegó aquí en 1976. Y esa información, en mi opinión, solamente ha podido sacarla de una sola persona.

—Gunnar Björck —precisó Curt Svensson.

—¿Qué nos ha contado Björck? —preguntó Jerker Holmberg.

—No mucho. Se acoge al secreto profesional y dice que no puede tratar nada con nosotros sin el permiso de sus superiores.

—¿Y quiénes son sus superiores?

—Se niega a revelarlo.

—¿Y qué va a pasar con él?

—Yo lo detuve por violar la ley de comercio sexual; Dag Svensson nos proporcionó una magnífica documentación. Ekström se indignó bastante, pero como yo ya había puesto una denuncia formal, no puede archivar el caso así como así sin correr el riesgo de meterse en líos —dijo Curt Svensson.

—Bueno, ¿y qué le puede caer por violar la ley de comercio sexual? ¿Una multa?

—Probablemente. Pero ya lo tenemos introducido en el sistema y podemos volver a convocarlo para un interrogatorio.

—Sí, pero os recuerdo que nos estamos metiendo en el territorio de la Säpo. Eso podría crear una cierta agitación.

—Lo que pasa es que nada de lo que en estos momentos está sucediendo podría haber pasado si la Säpo no hubiera estado implicada de una u otra manera. Es posible que Zalachenko fuera realmente un espía ruso que desertó y al que le dieron asilo político. También es posible que trabajara para la Säpo como agente o como fuente, no sé muy bien cómo llamarlo, y que existiese una buena razón para darle una falsa identidad y un anonimato. Pero hay tres problemas. Primero, la investigación que se hizo en 1991 y que condujo al encierro de Lisbeth Salander es ilegal. Segundo, la actividad de Zalachenko desde entonces no tiene absolutamente nada que ver con la seguridad del Estado. Zalachenko es un gánster normal y corriente que seguro que ha participado en varios asesinatos y en unos cuantos delitos. Y tercero, no hay ninguna duda sobre el hecho de que se disparara y enterrara a Lisbeth Salander en los dominios de su granja de Gosseberga.

—Por cierto, me gustaría mucho leer el famoso informe de la investigación —dijo Jerker Holmberg.

A Bublanski le cambió la cara.

—Ekström se lo llevó el viernes, y cuando le pedí que me lo devolviera me dijo que iba a hacer una copia, algo que, sin embargo, no hizo. En su lugar me llamó y me comentó que había hablado con el fiscal general y que existía un problema: según el fiscal general, el sello de confidencial implica que el informe no pueda ser copiado ni difundido. El fiscal ha reclamado todas las copias hasta que el asunto se haya investigado a fondo. Sonja le ha tenido que mandar la suya por mensajero.

—¿Así que ya no tenemos el informe?

—No.

—¡Joder! —exclamó Holmberg—. Esto no me gusta nada.

—No —intervino Bublanski—. Pero sobre todo quiere decir que alguien está actuando en nuestra contra y que, además, lo está haciendo de forma muy rápida y eficaz; fue el informe lo que por fin nos puso en el buen camino.

—Lo que tenemos que hacer entonces es averiguar quién está actuando en nuestra contra —concluyó Holmberg.

—Un momento —dijo Sonja Modig—. No olvidemos a Peter Teleborian; él contribuyó a nuestra investigación con el perfil que trazó de Lisbeth Salander.

—Es verdad —asintió Bublanski con una voz más apagada—. ¿Y qué fue lo que dijo? No me acuerdo muy bien…

—Se mostró muy preocupado por la seguridad de Lisbeth Salander y dijo que quería lo mejor para ella. Pero al final de su discurso señaló que era peligrosísima y potencialmente capaz de oponer resistencia. Hemos basado gran parte de nuestros razonamientos en lo que él nos explicó aquel día.

—Además encendió a Hans Faste —apostilló Holmberg—. Por cierto, ¿sabemos algo de él?

—Se ha cogido unos días libres —contestó Bublanski—. La cuestión ahora es cómo seguir adelante.

Dedicaron dos horas más a debatir las diferentes posibilidades. La única decisión práctica que se tomó fue que Sonja Modig regresara a Gotemburgo al día siguiente para ver si Salander tenía algo que decir. Cuando finalmente concluyeron la reunión, Sonja Modig acompañó a Curt Svensson al garaje.

—He estado pensando que... —empezó a decir Curt Svensson para, acto seguido, callarse.

—¿Sí? —preguntó Modig.

—... que cuando estuvimos hablando con Teleborian tú eras la única del grupo que le hizo preguntas y que le puso peros.

—Sí, ¿y?

—Nada que... Bueno, buen instinto —le contestó.

Curt Svensson no era precisamente conocido por ir repartiendo elogios a diestro y siniestro. Ésta era, sin ninguna duda, la primera vez que le decía algo positivo o alentador a Sonja Modig. La dejó perpleja junto al coche.

Capítulo 5

Domingo, 10 de abril

La noche del sábado, Mikael Blomkvist la pasó en la cama con Erika Berger. No hicieron el amor; tan sólo estuvieron hablando. Una considerable parte de la conversación la dedicaron a desmenuzar los detalles de la historia de Zalachenko. Tal era la confianza que existía entre ambos que, ni por un segundo, él se paró a pensar en el hecho de que Erika fuera a empezar a trabajar en un periódico de la competencia. Y la propia Erika no tenía ninguna intención de robar la historia; era el *scoop* de *Millennium*. Como mucho, es posible que sintiera una cierta frustración por no poder ser la redactora de ese número. Habría sido una buena manera de terminar sus años en *Millennium*.

También hablaron del futuro y de lo que la nueva situación les reportaría. Erika estaba decidida a quedarse con su parte de *Millennium* y permanecer en la junta. En cambio, los dos fueron conscientes de que ella, obviamente, no podía ejercer ningún tipo de control sobre el trabajo diario de la redacción.

—Dame unos cuantos años en el Dragón… ¿Quién sabe? Tal vez vuelva a *Millennium* cuando se me acerque la hora de jubilarme.

Y hablaron de la complicada relación que ambos mantenían. Estaban de acuerdo en que, en la práctica, nada tenía por qué cambiar, aparte del hecho de que, a

partir de entonces, obviamente, no se ver..
nudo. Sería como en los años ochenta, cuan..
nium todavía no existía y cada uno tenía su pro..
de trabajo.

—Pues ya podemos empezar a reservar hora -
mentó Erika con una ligera sonrisa.

El domingo por la mañana se despidieron apresuradamente antes de que Erika volviera a casa con su marido,
Greger Backman.

—No sé qué decir —comentó Erika—. Pero reconozco todos los síntomas, y deduzco que estás metido de
lleno en un reportaje y que todo lo demás es secundario.
¿Sabes que te comportas como un psicópata cuando trabajas?

Mikael sonrió y le dio un abrazo.

Cuando ella se fue, él llamó al Sahlgrenska para intentar obtener información sobre cómo se encontraba
Lisbeth Salander. Nadie le quiso decir nada, así que al
final telefoneó al inspector Marcus Erlander, quien se
compadeció de él y le explicó que, considerando las circunstancias, Lisbeth estaba bien y que los médicos se
mostraban ligeramente optimistas. Mikael le preguntó
si la podía visitar. Erlander le contestó que Lisbeth Salander se hallaba detenida por orden del fiscal y que no
podía recibir visitas, pero que ese tema seguía siendo
una pura formalidad: su estado era tal que ni siquiera
resultaba posible interrogarla. Mikael consiguió arran-
carle a Erlander la promesa de que lo llamaría si Lisbeth
empeoraba.

Cuando Mikael consultó su móvil, pudo constatar que,
de entre llamadas perdidas y mensajes, un total de cuarenta y dos procedían de distintos periodistas que habían
intentado contactar con él desesperadamente. Durante las
últimas veinticuatro horas, la noticia de que fue él quien

ncontró a Lisbeth Salander y avisó a Protección Civil
—lo que le vinculaba estrechamente al desarrollo de los
acontecimientos— había sido objeto de una serie de dra-
máticas especulaciones en los medios de comunicación.

Mikael borró todos los mensajes de los periodistas.
En cambio, telefoneó a su hermana, Annika Giannini, y
quedaron en verse a mediodía para comer juntos.

Luego llamó a Dragan Armanskij, director ejecutivo
y jefe operativo de la empresa de seguridad Milton Security. Lo localizó en el móvil, en su residencia de Lidingö.

—Hay que ver la capacidad que tienes para crear titulares —dijo Armanskij con un seco tono de voz.

—Perdona que no te haya llamado antes. Recibí el
mensaje de que me estabas buscando, pero la verdad es
que no he tenido tiempo…

—En Milton estamos realizando nuestra propia investigación. Y, según me dijo Holger Palmgren, tú dispo-
nes de cierta información. Aunque parece ser que te encuentras a años luz de nosotros.

Mikael dudó un instante sobre cómo pronunciarse.

—¿Puedo confiar en ti? —preguntó.

La pregunta pareció asombrar a Armanskij.

—¿En qué sentido?

—¿Estás de parte de Salander o no? ¿Puedo confiar
en que deseas lo mejor para ella?

—Ella es mi amiga. Como tú bien sabes, eso no quiere
decir que yo sea necesariamente su amigo.

—Ya lo sé. Pero lo que te pregunto es si estarías dispuesto a ponerte en su rincón del cuadrilátero y liarte a
puñetazos con sus enemigos. Va a ser un combate con
muchos asaltos.

Armanskij se lo pensó.

—Estoy de su lado —contestó.

—¿Puedo darte información y tratar cosas contigo
sin temer que se las filtres a la policía o a alguna otra persona?

—No estoy dispuesto a implicarme en ningún delito —dijo Armanskij.

—No es eso lo que te he preguntado.

—Mientras no me reveles que te estás dedicando a una actividad delictiva ni a nada por el estilo, puedes confiar en mí al ciento por ciento.

—Vale. Es preciso que nos veamos.

—Esta tarde iré al centro. ¿Cenamos juntos?

—No, no tengo tiempo. Pero si fuera posible que nos viéramos mañana por la tarde, te lo agradecería. Tú y yo, y tal vez unas cuantas personas más, deberíamos sentarnos y hablar.

—¿Quedamos en Milton? ¿A las 18.00?

—Otra cosa… Dentro de un par de horas voy a ver a mi hermana, Annika Giannini. Está pensando si aceptar o no ser la abogada de Lisbeth, pero, como es lógico, no puede hacerlo gratis. Yo estoy dispuesto a pagar parte de sus honorarios de mi propio bolsillo. ¿Podría Milton Security contribuir?

—Lisbeth va a necesitar un abogado penal fuera de lo normal. Sin ánimo de ofender, creo que tu hermana no es la elección más acertada. Ya he hablado con el jurista jefe de Milton y nos va a buscar uno apropiado. Yo había pensado en Peter Althin o en alguien similar.

—Te equivocas. Lisbeth necesita otro tipo de abogado. Entenderás lo que quiero decir cuando nos hayamos reunido. Pero si hiciera falta, ¿podrías poner dinero para su defensa?

—Mi idea era que Milton contratara a un abogado…

—¿Eso es un sí o un no? Yo sé lo que le pasó a Lisbeth. Sé más o menos quiénes estaban detrás. Sé el porqué. Y tengo un plan de ataque.

Armanskij se rió.

—De acuerdo. Escucharé tu propuesta. Si no me gusta, me retiraré.

—¿Has pensado en mi propuesta de representar a Lisbeth Salander? —preguntó Mikael tras darle un beso en la mejilla a su hermana y una vez que el camarero les trajo el café y los sándwiches.

—Sí. Y tengo que decirte que no. Sabes que no soy una abogada penalista. Aunque se libre de los asesinatos por los que la andan buscando, todavía le queda una larga lista de acusaciones. Va a necesitar a alguien con un prestigio y una experiencia completamente diferentes a los míos.

—Te equivocas. Eres una abogada con un reconocido prestigio en cuestiones relacionadas con los derechos de la mujer. Me parece que tú eres justo el tipo de abogado que ella necesita.

—Mikael... creo que no lo entiendes. Éste es un caso penal muy complicado, y no se trata de un simple caso de malos tratos o de agresión sexual. Que yo me encargara de su defensa podría acabar en una auténtica catástrofe.

Mikael sonrió.

—Creo que te olvidas de lo más importante: si Lisbeth hubiese sido procesada por los asesinatos de Dag y de Mia, entonces habría contratado a alguien como Silbersky o a algún otro peso pesado de los abogados penalistas. Pero este juicio tratará de cuestiones completamente distintas. Y tú eres la abogada más perfecta que puedo imaginar.

Annika Giannini suspiró.

—Es mejor que me lo expliques.

Hablaron durante casi dos horas. Cuando Mikael terminó, Annika Giannini ya se había convencido. Y Mikael cogió su móvil y llamó de nuevo a Marcus Erlander a Gotemburgo.

—Hola. Soy Blomkvist otra vez.

—No tengo novedades sobre Salander —dijo Erlander irritado.

—Algo que, tal y como están las cosas, supongo

que son buenas noticias. Yo, en cambio, sí tengo novedades.

—¿Ah, sí?

—Sí. Lisbeth Salander cuenta con una abogada llamada Annika Giannini. La tengo justo delante; te la
paso.

Mikael pasó el móvil por encima de la mesa.

—Hola. Me llamo Annika Giannini y me han pedido
que represente a Lisbeth Salander. Así que necesito ponerme en contacto con mi clienta para que me dé su consentimiento. Y también necesito el número de teléfono
del fiscal.

—Comprendo —dijo Erlander—. Tengo entendido
que ya se ha contactado con un abogado de oficio.

—Muy bien. ¿Alguien le ha preguntado a Lisbeth
Salander su opinión al respecto?

Erlander dudó.

—Sinceramente, aún no hemos tenido la posibilidad
de intercambiar ni una palabra con ella. Esperamos hacerlo mañana, si su estado lo permite.

—Muy bien. Entonces les comunico aquí y ahora
que, desde este mismo instante, a menos que la señorita
Salander diga lo contrario, deben considerarme su abogada defensora. No la podrán someter a ningún interrogatorio sin que yo me halle presente. Y sólo podrán ir a
verla para preguntarle si me acepta como abogada. ¿De
acuerdo?

—Sí —dijo Erlander, dejando escapar un suspiro.

Erlander se preguntó si eso sería válido desde un
punto de vista jurídico. Meditó un instante y continuó:

—Más que nada, lo que queremos es preguntarle a
Salander si dispone de alguna información sobre el paradero del asesino Ronald Niedermann. ¿Sería posible hacerlo sin que usted se encuentre presente?

Annika Giannini dudó.

—De acuerdo… Pregúntenle a título informativo si

les puede ayudar a localizar a Niedermann. Pero no le hagan ninguna pregunta que se refiera a eventuales procesamientos o acusaciones contra ella. ¿Queda claro?

—Creo que sí.

Marcus Erlander se levantó inmediatamente de su mesa, subió un piso y llamó a la puerta de la instructora del sumario, Agneta Jervas. Le relató el contenido de la conversación que acababa de mantener con Annika Giannini.

—No sabía que Salander tuviera una abogada.

—Ni yo. Ha sido contratada por Mikael Blomkvist. Y creo que Salander tampoco lo sabe.

—Pero Giannini no es una abogada penalista; se dedica a los derechos de la mujer. Una vez asistí a una conferencia suya. Es muy buena, pero creo que bastante inapropiada para este caso.

—Eso, no obstante, le corresponde decidirlo a Salander.

—Siendo así, es muy posible que me vea obligada a impugnar esa elección delante del tribunal. Por el propio bien de Salander, debe tener un abogado defensor de verdad, y no una famosa con afán de protagonismo. Mmm. Además, a Salander la declararon incapacitada. No sé qué es lo que se aplica en estos casos.

—¿Y qué hacemos?

Agneta Jervas meditó un instante.

—¡Menudo follón! Además, tampoco estoy segura de quién acabará encargándose del caso; quizá se lo pasen a Estocolmo y se lo den a Ekström. Pero ella necesita un abogado. De acuerdo… pregúntale si acepta a Giannini.

Cuando Mikael llegó a casa sobre las cinco de la tarde, abrió su iBook y retomó el texto que había empezado a redactar en el hotel de Gotemburgo. Trabajó durante siete horas, hasta que identificó las peores lagunas de la historia. Aún quedaba bastante investigación por hacer. Una pregunta a la que, de momento, no podía responder con la documentación de la que disponía era qué miembros de la Säpo, aparte de Gunnar Björck, habían conspirado para encerrar a Lisbeth Salander en el manicomio. Tampoco había logrado aclarar qué tipo de relación existía entre Björck y el psiquiatra Peter Teleborian.

Hacia medianoche, apagó el ordenador y se fue a la cama. Por primera vez en muchas semanas experimentó la sensación de que podía relajarse y dormir tranquilo. La historia estaba bajo control. Por muchas dudas que quedaran por resolver, ya tenía suficiente material como para desencadenar una auténtica avalancha de titulares.

Sintió el impulso de llamar a Erika Berger y ponerla al tanto de la situación. Luego se dio cuenta de que ella ya no estaba en *Millennium*. De repente le costó conciliar el sueño.

El hombre del maletín marrón se bajó con mucha prudencia del tren de las 19.30 procedente de Gotemburgo y, mientras se orientaba, permaneció quieto durante un instante en medio de todo aquel mar de gente de la estación central de Estocolmo. Había iniciado su viaje en Laholm, poco después de las ocho de la mañana, para ir a Gotemburgo, donde hizo un alto en el camino para comer con un viejo amigo antes de tomar otro tren que lo llevaría a la capital. Llevaba dos años sin pisar Estocolmo, ciudad a la que, en realidad, había pensado no volver jamás. A pesar de haber pasado allí la mayor parte de su vida profesional, en Estocolmo siempre se sentía como un bicho raro, una sensación que había ido en aumento cada vez que, desde su jubilación, visitaba la ciudad.

Cruzó a paso lento la estación, compró los periódicos vespertinos y dos plátanos en el Pressbyrån y contempló pensativo a dos mujeres musulmanas que llevaban velo y que lo adelantaron apresuradamente. No tenía nada en contra de las mujeres con velo; no era asunto suyo si la gente quería disfrazarse. Pero le molestaba que se empeñaran en hacerlo en pleno Estocolmo.

Caminó poco más de trescientos metros hasta el Freys Hotel, situado junto al viejo edificio de correos del arquitecto Boberg, en Vasagatan. Durante sus cada vez menos frecuentes estancias en Estocolmo siempre se alojaba en ese hotel. Céntrico y limpio. Además era barato, una condición indispensable cuando él se costeaba el viaje. Había hecho la reserva el día anterior y se presentó como Evert Gullberg.

En cuanto subió a la habitación se dirigió al cuarto de baño. Había llegado a esa edad en la que se veía obligado a visitarlo cada dos por tres. Hacía ya muchos años que no pasaba una noche entera sin despertarse para ir a orinar.

Después de visitar el baño, se quitó el sombrero, un sombrero inglés de fieltro verde oscuro de ala estrecha, y se aflojó el nudo de la corbata. Medía un metro y ochenta y cuatro centímetros y pesaba sesenta y ocho kilos, así que era flaco y de constitución delgada. Llevaba una americana con estampado de pata de gallo y pantalones de color gris oscuro. Abrió el maletín marrón, sacó dos camisas, una corbata y ropa interior, y lo colocó todo en la cómoda de la habitación. Luego colgó el abrigo y la americana en la percha del armario que estaba detrás de la puerta.

Era todavía muy pronto para irse a la cama. Y demasiado tarde para salir a dar un paseo, algo que, de todas maneras, no le resultaría muy agradable. Se sentó en la consabida silla de la habitación y miró a su alrededor. Encendió la tele y le quitó el volumen. Pensó en llamar a la recepción y pedir café, pero le pareció demasiado tarde. En su lugar, abrió el mueble bar y se sirvió una botellita de Johnny Walker con un chorrito de agua. Abrió los periódicos vespertinos y leyó detenidamente todo lo que se había escrito sobre la caza de Ronald Niedermann y el caso Lisbeth Salander. Un instante después sacó un cuaderno con tapas de cuero y escribió unas notas.

Evert Gullberg, ex director de departamento de la policía de seguridad de Suecia, la Säpo, tenía setenta y ocho años de edad y, oficialmente, llevaba catorce jubilado. Pero eso es lo que suele suceder con los viejos espías: no mueren nunca, permanecen en la sombra.

Poco después del final de la guerra, cuando Gullberg contaba diecinueve años, quiso enrolarse en la marina. Hizo su servicio militar como cadete y luego fue aceptado en la carrera de oficial. Pero en vez de darle un destino tradicional en alta mar, tal y como él deseaba, lo destinaron a Karlskrona como telegrafista de los servicios de inteligencia. No le costó entender lo necesaria que esa tarea resultaba —consistía en averiguar qué estaba pasando al otro lado del Báltico—, pero el trabajo le parecía aburrido y carente de interés. Sin embargo, aprendió ruso y polaco en la Academia de Intérpretes de la Defensa. Esos conocimientos lingüísticos fueron una de las razones por las que fue reclutado por la policía de seguridad en 1950. Eran los tiempos en los que el impecablemente correcto Georg Thulin mandaba sobre la tercera brigada de la policía del Estado. Cuando Gullberg entró, el presupuesto total de la policía secreta ascendía a dos millones setecientas mil coronas y la plantilla estaba compuesta, para ser exactos, por noventa y seis personas.

Cuando Evert Gullberg se jubiló oficialmente, el presupuesto de la Säpo ascendía a más de trescientos cincuenta millones de coronas, y él ya no sabía decir con cuántos empleados contaba la Firma.

Gullberg se había pasado la vida en el servicio secreto de su Real Majestad o, tal vez, en el servicio secreto de la sociedad del bienestar creada por los socialdemócratas. Ironías del destino, ya que él, elecciones tras elecciones, siempre se había mantenido fiel al Partido Moderado, excepto en el año 1991, cuando no lo votó porque consideró que Carl Bildt era un verdadero desastre político. Entonces, desanimado, le dio el voto a Ingvar Carlsson, del Partido Socialdemócrata. Efectivamente, los años con «el mejor Gobierno sueco», esa coalición de centro-derecha liderada por los moderados, también confirmaron sus peores temores. El gobierno ascendió al poder coincidiendo con la caída de la Unión Soviética y, según su opinión, era difícil encontrar otro peor preparado para enfrentarse a ello y aprovechar las nuevas posibilidades políticas que surgieron en el Este en el arte del espionaje. En vez de eso, el gobierno de Bildt redujo —por razones económicas— el departamento de asuntos soviéticos y apostó por unas chorradas internacionales en Bosnia y Serbia, como si Serbia pudiera representar algún día una amenaza para Suecia. El resultado fue que la posibilidad de colocar a largo plazo informantes en Moscú se fue al traste, y seguro que el gobierno, el día en que el clima político del Este volviera a enfriarse —algo que según Gullberg resultaba inevitable—, plantearía de nuevo desmesuradas exigencias a la policía de seguridad y a los servicios de inteligencia militares. Ni que pudieran sacarse de la manga a los agentes como por arte de magia...

Gullberg había empezado su carrera profesional en el departamento ruso de la tercera brigada de la policía del Estado y, tras pasarse dos años en un despacho, efectuó sus primeras y tímidas incursiones sobre el terreno, de 1952 a 1953, como agregado de las Fuerzas Aéreas de la embajada sueca de Moscú. Curiosamente, siguió los pasos de otro famoso espía. Unos años antes su cargo lo había ocupado un no del todo desconocido oficial de las Fuerzas Aéreas: el coronel Stig Wennerström.

De vuelta en Suecia, Gullberg trabajó para el contraespionaje y, diez años más tarde, fue uno de esos jóvenes policías de seguridad que, bajo las órdenes del jefe operativo Otto Danielsson, detuvo a Wennerström y lo condujo a una pena de cadena perpetua en la cárcel de Långholmen.

Cuando en 1964, bajo el mandato de Per Gunnar Vinge, la policía secreta se reestructuró y se convirtió en el departamento de seguridad de la Dirección General de Policía, DGP/Seg, el aumento de plantilla ya se había iniciado. Por aquel entonces, Gullberg ya llevaba catorce años trabajando en la policía de seguridad y se convirtió en uno de los veteranos de más confianza.

Gullberg nunca había usado la palabra «Säpo» para referirse a la policía de seguridad. En los círculos oficiales la llamaba DGP/Seg, mientras que en los no oficiales la denominaba, simplemente, Seg. Con sus colegas se refería a ella como «la Empresa» o «la Firma»; o, si acaso, «el Departamento». Pero nunca jamás como «la Säpo». La razón era sencilla: durante muchos años, la tarea más importante de la Firma había sido realizar el así llamado control de personal, es decir: investigar y fichar a ciudadanos suecos sospechosos de albergar ideas comunistas y de presunta traición a la patria. En la Firma se manejaban los conceptos de «comunista» y de «traidor de la patria» como sinónimos. De hecho, el nombre de «Säpo», posteriormente adoptado y comúnmente aceptado por todos, era una palabra que la revista comunista *Clarté*, potencial traidora nacional, inventó para insultar a los cazadores de comunistas de la policía. Por consiguiente, ni Gullberg ni ningún otro veterano utilizaban el término. No le entraba en la cabeza que su anterior jefe, P. G. Vinge, empleara ese nombre en el título de sus memorias: *Jefe de la Säpo, 1962-1970.*

Fue la reestructuración de 1964 la que decidió la futura carrera de Gullberg.

La creación de la DGP/Seg trajo consigo que la policía secreta del Estado se transformara en lo que en los memorandos del Ministerio de Justicia se describió como una organización policial moderna. Eso supuso que se realizaran nuevas contrataciones. La constante necesidad de más personal ocasionó constantes problemas de rodaje, cosa que, en una organización en proceso de expansión, supuso que las posibilidades que tenía el Enemigo para colocar a sus agentes dentro del departamento mejoraran radicalmente. Algo que, a su vez, motivó que el control interno de seguridad se reforzara: la policía secreta ya no podía ser un club interno compuesto por ex oficiales en el que todo el mundo se conocía y donde el mérito más frecuente para el reclutamiento era tener un padre oficial.

En 1963 trasladaron a Gullberg a la sección de control del personal, que había adquirido mayor relevancia como consecuencia del desenmascaramiento de Stig Wennerström. Durante ese período se asentaron las bases de ese registro de opiniones que, hacia finales de los años sesenta, tenía fichados a más de trescientos mil ciudadanos suecos, simpatizantes de inapropiadas ideas políticas. Pero una cosa era llevar a cabo un control personal de los ciudadanos en general y otra muy distinta organizar el control de seguridad de la propia DGP/Seg.

Wennerström había desencadenado una avalancha de dolores de cabeza en el seno de la policía secreta. Si un coronel del Estado Mayor de la Defensa podía trabajar para los rusos —además de ser el consejero del gobierno en asuntos que concernían a armas nucleares y política de seguridad—, ¿podían estar seguros, entonces, de que los rusos no tuviesen también a un agente igual de bien colocado dentro de la policía de seguridad? ¿Quién les garantizaría que los directores y subdirectores de la Firma no trabajaban en realidad para los rusos? En resumen: ¿quién iba a espiar a los espías?

En agosto de 1964, Gullberg fue convocado a una reunión en el despacho del director adjunto de la policía de seguridad, el jefe de gabinete Hans Wilhelm Francke. En la reunión también participaron, aparte de dos personas más de la cúpula de la Firma, el jefe administrativo adjunto y el jefe de presupuesto. Antes de que el día llegara a su fin, la vida de Gullberg ya había adquirido un nuevo sentido: había sido elegido. Le dieron un cargo como jefe de una nueva sección llamada provisionalmente «Sección de Seguridad», abreviado SS. Su primera medida fue cambiarle el nombre por el de «Sección de Análisis». El nombre sobrevivió unos cuantos minutos, hasta que el jefe de presupuesto señaló que, a decir verdad, SA no sonaba mucho mejor que SS. El nombre final fue Sección para el Análisis Especial, SAE, que, en lenguaje coloquial, acabó convirtiéndose en «la Sección», mientras que «el Departamento» o «la Firma» hacían referencia a toda la policía de seguridad.

La Sección fue idea de Francke. La llamó «la última línea de defensa», un grupo ultrasecreto que estaba presente en lugares estratégicos dentro de la Firma, pero que resultaba invisible y en el que, al no aparecer en memorandos ni en partidas presupuestarias, nadie podía infiltrarse. Su misión: vigilar la seguridad de la nación. Francke tenía el poder para llevarlo todo a cabo; necesitaba al jefe de presupuesto y al jefe administrativo para crear la estructura oculta, pero eran todos soldados de la vieja guardia y amigos de docenas de escaramuzas contra el Enemigo.

Durante el primer año, la organización entera estuvo compuesta por Gullberg y tres colaboradores elegidos a dedo. Durante los diez siguientes, la Sección aumentó hasta un total de once miembros, dos de los cuales eran secretarias administrativas de la vieja escuela, mientras que el resto estaba compuesto por profesionales cazadores de espías. Se trataba de una organización sin apenas jerarquía: Gullberg era el jefe, sí, pero todos los demás no eran más que simples colaboradores y veían al jefe casi a diario. Se premiaba más la eficacia que el prestigio y las formalidades burocráticas.

En teoría, Gullberg se hallaba subordinado a una larga lista de personas que, a su vez, se encontraban a las órdenes del jefe administrativo de la policía de seguridad, al cual le debía entregar mensualmente un informe, pero, en la práctica, Gullberg disfrutaba de una situación única con extraordinarios poderes. Él, y sólo él, podía tomar la decisión de examinar con lupa a los más altos directivos de la Säpo. También podía, si le parecía oportuno, poner patas arriba la vida del mismísimo Per Gunnar Vinge. (Algo que, en efecto, hizo.) Podía poner en marcha sus propias investigaciones o realizar escuchas telefónicas sin tener que explicar su objetivo o sin ni siquiera informar a sus superiores. Tomó como modelo a toda una leyenda del espionaje americano, James Jesus Angleton, que gozaba de una posición similar dentro de la CIA y al que, además, llegó a conocer personalmente.

Por lo que respecta a su organización, la Sección se convirtió en una microorganización dentro del Departamento, fuera de, por encima de y al margen del resto de la policía de seguridad. Esto también tuvo sus consecuencias geográficas. La Sección tenía sus oficinas en Kungsholmen pero, por razones de seguridad, en la práctica toda ella se trasladó fuera de aquel edificio, a un piso de once habitaciones ubicado en el barrio de Östermalm. El piso se reformó discretamente hasta convertirlo en unas oficinas fortificadas que nunca permanecían vacías, ya que en dos de las habitaciones que quedaban más cerca de la entrada se habilitó una vivienda para la fiel servidora y secretaria Eleanor Badenbrink. Badenbrink era un recurso inapreciable en quien Gullberg había depositado su total confianza.

Por lo que respecta a su organización, Gullberg y sus colaboradores desaparecieron de la vida pública: fueron financiados por medio de un «fondo especial», pero no existían para la burocracia formal de la política de seguridad, de la cual se rendía cuenta a la Dirección General de la Policía o al Ministerio de Justicia. Ni siquiera el jefe de la DGP/Seg conocía a esos agentes, los más secretos de entre los secretos, a los que se les había encomendado la misión de tratar lo más delicado de lo delicado.

De modo que, con cuarenta años, Gullberg se encontraba en una situación en la que no tenía que justificarse ante nadie y en la que podía abrirle una investigación a quien se le antojase.

Ya desde el principio, le había quedado claro que la Sección para el Análisis Especial corría el riesgo de convertirse en un grupo delicado desde el punto de vista político. La descripción del trabajo resultaba, por no decir otra cosa, difusa, y la documentación escrita, extremadamente parca. En el mes de septiembre de 1964, el primer ministro Tage Erlander firmó una directiva según la cual se destinaban a la Sección para el Análisis Especial unas partidas presupuestarias con el objetivo de que realizaran investigaciones especialmente delicadas y de vital importancia para la seguridad nacional. Ése fue uno de los doce asuntos similares que el director adjunto de la DGP/Seg, Hans Wilhelm Francke, le expuso una tarde al primer ministro en el transcurso de una reunión. El documento fue clasificado en el acto como secreto y archivado en el diario igual de secreto de la DGP/Seg.

La firma del primer ministro significaba que la Sección se convertía en una institución aprobada jurídicamente. La primera partida presupuestaria de la Sección ascendió a cincuenta y dos mil coronas. El hecho de que se solicitara un presupuesto tan bajo fue, según el propio Gullberg, una jugada magistral: daba a entender que la creación de la Sección constituía un asunto sin mayor importancia, uno más del montón.

En un sentido más amplio, la firma del primer ministro significaba que él había dado su visto bueno a la necesidad de crear un grupo que se responsabilizara del «control personal interno». Sin embargo, esa misma firma podía interpretarse como que el primer ministro había dado su aprobación para fundar un grupo que también podría encargarse del control de «personas especialmente sensibles» fuera de la policía de seguridad, como por ejemplo el propio primer ministro. Era esto último lo que, en teoría, podría ocasionar graves problemas políticos.

Evert Gullberg constató que ya se había bebido todo el Johnny Walker. No era muy dado a consumir alcohol, pero habían sido un día y un viaje muy largos y consideró que se hallaba en una etapa de su vida en la que poco importaba si decidía tomarse uno o dos whiskies, y que si le daba la gana, podía volver a llenar el vaso sin que pasara absolutamente nada. Se sirvió una botellita de Glenfiddich.

El asunto más delicado de todos era, por supuesto, Olof Palme.

Gullberg recordaba con todo detalle el día de las elecciones de 1976. Por primera vez en la historia moderna, Suecia había elegido un gobierno no socialdemócrata. Por desgracia, fue Thorbjörn Fälldin quien se convirtió en primer ministro, y no Gösta Bohman, que era un hombre de la vieja escuela e infinitamente más apropiado. Pero, sobre todo, Palme había sido vencido, de modo que Evert Gullberg podía respirar aliviado.

Si Palme resultaba adecuado o no como primer ministro había sido tema de debate de más de una comida celebrada entre los círculos más secretos de la DGP/Seg. En 1969 se despidió a Per Gunnar Vinge después de que éste expresara una opinión compartida por muchas personas del Departamento: el convencimiento de que Palme era un agente de influencia que trabajaba para la KGB rusa. La opinión de Vinge no resultó controvertida en el clima que reinaba dentro de la Firma. Por desgracia, Vinge había tratado abiertamente el asunto con el gobernador civil Ragnar Lassinanti con motivo de una visita que efectuó a la provincia de Norrbotten. Lassinanti arqueó dos veces las cejas y luego informó al gobierno, hecho que tuvo como consecuencia que Vinge fuera convocado a una entrevista personal.

Para gran irritación de Evert Gullberg, la cuestión de los posibles contactos rusos de Olof Palme nunca quedó aclarada. A pesar de sus obstinados intentos por averiguar la verdad y encontrar las pruebas determinantes —the smoking gun—, la Sección jamás pudo hallar la más mínima prueba al respecto. A ojos de Gullberg eso no indicaba en absoluto que Palme fuera inocente, sino más bien que era un espía particularmente astuto e inteligente que no se había visto tentado a cometer los fallos cometidos por otros espías rusos. Palme continuó burlándolos año tras año. En 1982, cuando regresó como primer ministro, el asunto cobró de nuevo actualidad. Luego vinieron los tiros de Sveavägen y el asunto se convirtió para siempre en una cuestión académica.

El año 1976 fue problemático para la Sección. Dentro de la DGP/Seg —entre las pocas personas que conocían la existencia de la Sección— surgió una cierta crítica. Durante los diez anteriores años, sesenta y cinco funcionarios de la policía de seguridad habían sido despedidos de la organización debido a unas supuestas y poco fiables inclinaciones políticas. Sin embargo, en la mayoría de los casos la naturaleza de la documentación no permitió demostrar nada, lo que ocasionó que ciertos superiores empezaran a murmurar que los colaboradores de la Sección eran unos paranoicos que veían conspiraciones por doquier.

A Gullberg todavía le hervía la sangre por dentro cada vez que se acordaba de uno de los asuntos tratados por la Sección. Se trataba de una persona que fue reclutada por la DGP/Seg en 1968 y que el propio Gullberg consideraba sumamente inapropiada. Su nombre era Stig Bergling, inspector de policía y teniente del ejército sueco que luego resultó ser coronel del servicio de inteligencia militar ruso, el GRU. A lo largo de los siguientes años, Gullberg se esforzó, en cuatro ocasiones, en hacer que despidieran a Bergling, pero en cada una de las veces sus intentos fueron ignorados. La cosa no cambió hasta 1977, cuando Bergling fue objeto de sospechas también fuera de la Sección. Ya era hora. Bergling se convirtió en el escándalo más grande de la historia de la policía de seguridad sueca.

La crítica contra la Sección fue en aumento durante la primera mitad de los años setenta, de modo que, hacia la mitad de la década, Gullberg ya había oído varias propuestas de reducción de presupuesto e, incluso, que la actividad resultaba innecesaria.

En su conjunto, la crítica significaba que el futuro de la Sección era puesto en tela de juicio. Ese año, en la DGP/Seg se dio prioridad a la amenaza terrorista, algo que, desde el punto de vista del espionaje, era en todos los sentidos una historia aburrida que concernía principalmente a desorientados jóvenes que colaboraban con elementos árabes o propalestinos. La gran duda de la policía de seguridad era si el control personal iba a recibir asignaciones presupuestarias especiales para vigilar a ciudadanos extranjeros residentes en Suecia, o si eso debería seguir siendo un asunto exclusivo del departamento de extranjería.

De ese debate burocrático algo esotérico le surgió a la Sección la necesidad de reclutar los servicios de un colaborador de confianza que pudiera reforzar el control —el espionaje, en realidad— de los empleados del departamento de extranjería.

La elección recayó en un joven colaborador que llevaba trabajando en la DGP/Seg desde 1970 y del que tanto su historial como su credibilidad política resultaban los más idóneos para que fuera acogido en la Sección. En su tiempo libre era miembro de una organización llamada Alianza Democrática a la que los medios de comunicación socialdemócratas describían como de extrema derecha. En la Sección eso no supuso ninguna carga. De hecho, otros tres colaboradores también eran miembros de la Alianza Democrática y la Sección había tenido una gran importancia para la propia fundación de la Alianza. Contribuyeron asimismo a una pequeña parte de la financiación. Fue a través de esa organización como repararon en el nuevo colaborador y, finalmente, lo reclutaron para la Sección. Su nombre era Gunnar Björck.

Para Evert Gullberg fue una increíble y feliz casualidad que precisamente aquel día —el día de las elecciones de 1976, cuando Alexander Zalachenko desertó a Suecia y entró en la comisaría del distrito de Norrmalm pidiendo asilo político— fuera el joven Gunnar Björck quien lo recibiese, en calidad de tramitador de los asuntos del departamento de extranjería. Un agente que ya estaba vinculado a lo más secreto de lo secreto.

Björck era un chico despierto. Se dio cuenta enseguida de la importancia de Zalachenko, de modo que interrumpió el interrogatorio y metió al desertor en una habitación del hotel Continental. Fue, por lo tanto, a Evert Gullberg, y no a su jefe formal del departamento de extranjería, a quien llamó Gunnar Björck para darle el aviso. La llamada se produjo una vez cerrados los colegios electorales y cuando todos los pronósticos apuntaban a que Palme iba a perder. Gullberg acababa de llegar a casa y encender la tele para seguir la noche electoral. Al principio dudó de las informaciones que el excitado joven le transmitió. Luego se acercó hasta el hotel Continental, a menos de doscientos cincuenta metros de la habitación del Freys Hotel donde se encontraba en ese momento, para asumir el mando del asunto Zalachenko.

A partir de ese instante, la vida de Evert Gullberg se transformó de forma radical. La palabra «secreto» adquirió un significado y un peso enteramente nuevos. Comprendió lo necesario que resultaba crear una estructura propia en torno al desertor.

De manera automática, incluyó a Gunnar Björck en el grupo de Zalachenko. Fue una decisión inteligente y razonable, ya que Björck conocía la existencia de Zalachenko. Era mejor tenerlo dentro que fuera, donde supondría un riesgo para la seguridad. Eso implicó que Björck fuera trasladado desde su puesto oficial en el departamento de extranjería hasta uno de los despachos del piso de Östermalm.

Con el revuelo que se originó, Gullberg decidió ya desde el principio informar solamente a una persona dentro de la DGP/Seg: al jefe administrativo, que ya estaba al tanto de la actividad de la Sección. Éste se guardó la noticia durante varios días hasta que le explicó a Gullberg que el asunto alcanzaba tal magnitud que habría que informar al director de la DGP/Seg y también al gobierno.

Por aquella época, el director de la DGP/Seg, que acababa de tomar posesión de su cargo, conocía la existencia de la Sección para el Análisis Especial, pero sólo tenía una vaga idea de a lo que la Sección se dedicaba en realidad. Había entrado para limpiarlo todo tras el escándalo del asunto IB* y ya se encontraba de camino a un cargo superior de la jerarquía policial. En conversaciones confidenciales con el jefe administrativo se enteró de que la Sección era un grupo secreto designado por el gobierno que se mantenía al margen de la verdadera actividad de la Säpo y sobre el que no había que hacer preguntas. Ya que, por aquel entonces, el jefe era un hombre al que nunca se le ocurriría formular preguntas susceptibles de generar respuestas desagradables, asintió de forma comprensiva y aceptó, sin más, que existiera algo llamado SAE y que eso no fuera asunto de su incumbencia.

A Gullberg no le hizo mucha gracia tener que informar al jefe sobre Zalachenko, pero aceptó la realidad. Subrayó la absoluta necesidad de mantener una total confidencialidad —cosa con la que su interlocutor se mostró conforme— y dio unas instrucciones tan estrictas que ni siquiera el jefe de la DGP/Seg podría hablar del tema en su despacho sin tomar especiales medidas de seguridad. Se decidió que la Sección para el Análisis Especial se ocupara del asunto Zalachenko.

Informar al primer ministro saliente quedaba excluido. Debido a todo el revuelo que se había organizado a raíz del cambio de poder, el nuevo primer ministro se encontraba muy ocupado designando a los miembros de su gabinete y negociando con los demás partidos de la coalición de centro-derecha. Hasta que no se cumplió un mes de la

---

* IB era un servicio de inteligencia secreto, entre cuyos objetivos estaba el de fichar y vigilar a los comunistas de Suecia. Su existencia fue revelada en 1973 por los periodistas suecos Peter Bratt y Jan Guillou en la revista *Folket i Bild/Kulturfront*. *(N. de los t.)*

formación del gobierno, el jefe de la DGP/Seg, acompañado de Gullberg, no acudió a la sede del gobierno de Rosenbad para informar al recién electo primer ministro, Thorbjörn Fälldin. Gullberg estuvo protestando hasta el último momento por el hecho de que se informara al gobierno, pero el director de DGP/Seg no cedió: sería constitucionalmente imperdonable no hacerlo. Durante la reunión, Gullberg trató de convencer por todos los medios al primer ministro —con la máxima elocuencia de la que fue capaz— de lo importante que era que la información sobre Zalachenko no saliera de aquel despacho: que ni siquiera se pusiera en conocimiento del ministro de Asuntos Exteriores, del ministro de Defensa ni de ningún otro miembro del gobierno.

La noticia de que un importante agente ruso había solicitado asilo político en Suecia conmocionó a Fälldin. Empezó diciendo que su deber era tratar el tema como mínimo con los líderes de los otros dos partidos que formaban parte del gobierno de coalición. Gullberg estaba preparado para esa objeción y jugó la carta más importante que guardaba. Le explicó en voz baja que si eso ocurriese, él se vería obligado a presentar su dimisión. La amenaza impresionó a Fälldin. Eso implicaba que si la historia se filtrara y los rusos enviaran un escuadrón de la muerte para liquidar a Zalachenko, el primer ministro sería el único responsable. Y si se revelara que la persona encargada de la seguridad de Zalachenko se había visto obligada a dimitir de su cargo, el primer ministro se vería envuelto en un escándalo político y mediático.

Fälldin, todavía verde e inseguro como primer ministro, acabó cediendo. Aprobó una directiva que se introdujo de inmediato en el diario secreto y que conllevaba que la Sección se encargara del *debriefing* de Zalachenko y de su seguridad, así como de que la información no saliera del despacho del primer ministro. De este modo, Fälldin llegó a firmar una directiva que, en la práctica, demostraba que él había sido informado pero que también significaba que nunca podría hablar del tema. En resumen, que se olvidara de Zalachenko.

No obstante, Fälldin insistió en que una persona más de su gabinete fuera puesta al tanto de la situación: un secretario de Estado elegido a dedo que, además, funcionara como persona de contacto en todo lo relacionado con el desertor. Gullberg aceptó. No tendría problemas en manejar a un secretario de Estado.

El director de la DGP/Seg estaba contento: el asunto Zalachenko quedaba asegurado constitucionalmente, algo que, en este caso concreto, quería decir que él tenía las espaldas cubiertas. Gullberg también estaba contento: había conseguido poner el asunto en cuarentena, cosa que le permitía controlar toda la información. Él, y nadie más que él, controlaba a Zalachenko.

Cuando Gullberg regresó a su despacho del piso de Östermalm, se sentó a su mesa y, a mano, hizo una lista de las personas que sabían de la existencia de Zalachenko. La nómina la componían él mismo; Gunnar Björck; Hans von Rottinger, jefe operativo de la Sección; Fredrik Clinton, jefe adjunto; Eleanor Badenbrink, secretaria de la Sección, y dos colaboradores a los que se les había encomendado la tarea de reunir y analizar la información que Zalachenko les pudiera proporcionar. En total, siete personas que, durante los siguientes años, constituirían una sección especial dentro de la Sección. Los bautizó mentalmente como «el Grupo Interior».

Fuera de la Sección, estaban al corriente el jefe de la DGP/Seg, el jefe adjunto y el jefe administrativo. Aparte de ellos, el primer ministro y un secretario de Estado. En total, doce personas. Nunca un secreto de tal magnitud había sido conocido por un grupo tan reducido.

Luego el rostro de Gullberg se ensombreció. El secreto también era conocido por una decimotercera persona. Björck estuvo acompañado por el jurista Nils Bjurman. Convertir a este último en un colaborador de la Sección quedaba totalmente descartado: Bjurman no era un verdadero policía de seguridad —en el fondo no era más que una especie de becario de la DGP/Seg— y no disponía ni de los conocimientos ni de la competencia que se requerían. Gullberg sopesó varias alternativas hasta que al final se decidió por sacar discretamente a Bjurman de la historia. Lo amenazó con cadena perpetua por alta traición si se le ocurría pronunciar una sola sílaba sobre Zalachenko, lo sobornó con promesas de futuros trabajos y, por último, le dio una coba que no hizo sino aumentar la sensación de importancia que Bjurman tenía sobre sí mismo. Se encargó de que contrataran a Bjurman en un prestigioso bufete y de que recibiera toda una serie de encargos que lo mantuvieran ocupado. El único problema residía en que Bjurman era tan mediocre que no supo aprovechar sus oportunidades. Abandonó el bufete al cabo de diez años y abrió el suyo propio, con un solo empleado, en Odenplan.

Durante los siguientes años, Gullberg mantuvo a Bjurman bajo una discreta pero constante vigilancia. No la abandonó hasta finales de los años ochenta, cuando la Unión Soviética se encontraba a punto de caer y Zalachenko ya no constituía un asunto prioritario.

Para la Sección, Zalachenko había representado, en primer lugar, la promesa de abrir una brecha en la resolución del enigma Palme, algo que mantenía permanentemente ocupado a Gullberg. Por consiguiente, Palme fue uno de los primeros temas que Gullberg trató en el largo *debriefing*.

Sin embargo, sus esperanzas pronto se frustraron: Zalachenko nunca había operado en Suecia y no tenía un verdadero conocimiento del país. Sí había oído rumores, en cambio, sobre el «Caballo Rojo», un destacado político sueco, tal vez escandinavo, que trabajaba para la KGB.

Gullberg escribió una lista de nombres que unió al de Palme. Allí estaban Carl Lidbom, Pierre Schori, Sten Andersson, Marita Ulvskog y unos cuantos más. Durante el resto de su vida, Gullberg volvería a esa nómina una y otra vez sin conseguir jamás dar respuesta al enigma.

De repente, Gullberg se codeaba con los grandes. Le ofrecieron sus respetos en aquel exclusivo club de guerreros elegidos donde todos se conocían y donde los contactos se realizaban mediante la amistad y la confianza personales, y no a través de los canales oficiales ni de las reglas burocráticas. Llegó, incluso, a conocer al mismísimo James Jesus Angleton y a tomarse un whisky con el jefe del MI-6 en un discreto club de Londres. Se convirtió en uno de los grandes.

La otra cara de la profesión era que nunca podría hablar de sus éxitos, ni siquiera en unas memorias póstumas. Constantemente presente se hallaba, asimismo, el miedo a que el Enemigo empezara a percatarse de sus viajes y lo vigilara; de ese modo, sin quererlo, guiaría a los rusos hasta Zalachenko.

En ese aspecto, Zalachenko era su peor enemigo.

Durante el primer año, Zalachenko estuvo alojado en un apartamento propiedad de la Sección. No existía en ningún registro ni en ningún documento público, y dentro del grupo de Zalachenko habían pensado que les sobraba tiempo para plantearse el futuro del desertor. Hasta la primavera de 1978 no le dieron un pasaporte a nombre de Karl Axel Bodin ni le pudieron inventar, con no poco esfuerzo, un pasado: una ficticia pero comprobable vida en los registros oficiales suecos.

Para entonces ya era tarde: Zalachenko ya se había follado a esa maldita puta llamada Agneta Sofia Salander, cuyo apellido de soltera era Sjölander, y se había presentado sin la menor preocupación con su verdadero nombre: Zalachenko. Gullberg pensaba que Zalachenko no estaba del todo bien de la cabeza. Sospechaba que el desertor ruso deseaba más bien ser descubierto. Era como si necesitara estar en el candelero. Si no, resultaba difícil explicar cómo podía ser tan tremendamente estúpido.

Hubo putas, períodos de un exagerado consumo de alcohol y varios incidentes violentos y unas cuantas broncas con porteros de bares y otras personas. En tres ocasiones la policía sueca arrestó a Zalachenko por embriaguez y en otras dos por peleas en un bar. Y, en cada ocasión, la Sección tuvo que intervenir discretamente y sacarle del apuro asegurándose de que los papeles desaparecieran y de que los registros fueran modificados. Gullberg eligió a Gunnar Björck para que se convirtiera en su sombra. El trabajo de Björck consistía en hacer de canguro casi veinticuatro horas al día. Era difícil, pero no había otra alternativa.

Todo podía haber salido bien. A principios de los años ochenta, Zalachenko se tranquilizó y empezó a adaptarse. Pero nunca dejó a la puta de Salander. Y lo que era peor: se había convertido en el padre de Camilla y de Lisbeth Salander.

Lisbeth Salander.

Gullberg pronunció su nombre con una sensación de malestar.

Ya cuando las chicas contaban unos nueve o diez años, Gullberg sentía una extraña sensación en el estómago cada vez que pensaba en ella. No hacía falta ser psiquiatra para comprender que no era normal. Gunnar Björck había informado de que se mostraba rebelde, violenta y agresiva ante Zalachenko, a quien, además, no parecía tenerle el más mínimo miedo. Raramente decía algo pero mostraba de otras mil maneras su descontento con el estado de las cosas. Ella era un problema en ciernes, aunque Gullberg no podía imaginar, ni en la peor de sus pesadillas, las gigantescas proporciones que ese problema alcanzaría. Lo que más temía era que la situación de la familia Salander llevara a una investigación social que se centrara en Zalachenko. Cuántas veces le imploró a Zalachenko que rompiera con la familia y que se alejara de ellos. Él se lo prometía pero siempre acababa incumpliendo su promesa. Tenía otras putas. Le sobraban las putas. Pero al cabo de unos cuantos meses siempre volvía con Agneta Sofia Salander.

Maldito Zalachenko. Un espía que dejaba que su polla gobernara su vida sentimental no podía ser, evidentemente, un buen espía. Pero era como si Zalachenko estuviera por encima de todas las reglas normales. O al menos así pensaba él... Si se hubiese contentado con tirársela sin tener que darle una paliza cada vez que se veían, tampoco habría sido para tanto, pero lo que estaba sucediendo era que Zalachenko maltrataba grave y repetidamente a su novia. Incluso parecía verlo como un entretenido desafío hacia sus vigilantes: la maltrataba sólo para meterse con ellos y verlos sufrir.

A Gullberg no le cabía la menor duda de que Zalachenko era un puto enfermo, pero no le quedaba más alternativa: no contaba precisamente con un montón de agentes desertores del GRU entre los que elegir. Sólo tenía a uno, quien, además, era muy consciente de lo que significaba para él.

Gullberg suspiró. El grupo de Zalachenko había adquirido el papel de empresa de limpieza. Era un hecho innegable. Zalachenko sabía que se podía permitir ciertas libertades y que ellos lo sacarían de cualquier aprieto. Y cuando se trataba de Agneta Sofia Salander se aprovechaba de eso hasta límites insospechados.

No le faltaron advertencias. Lisbeth Salander acababa de cumplir doce años cuando le asestó unas cuantas puñaladas a Zalachenko. Las heridas no fueron graves, pero lo trasladaron al hospital de Sankt Göran y el grupo tuvo que realizar una importante labor de limpieza. En aquella ocasión, Gullberg mantuvo una Conversación Muy Seria con él: le dejó muy claro que jamás permitiría que volviera a contactar con la familia Salander y le hizo prometer que nunca más se acercaría a ellas. Y Zalachenko se lo prometió. Mantuvo su promesa durante más de medio año, hasta que fue de nuevo a casa de Agneta Sofia Salander y la maltrató con tal saña que ella acabó en una institución para el resto de su vida.

Sin embargo, Gullberg jamás se habría podido imaginar que Lisbeth Salander fuera una psicópata asesina capaz de fabricar una bomba incendiaria. Aquel día fue un caos. Les esperaba un laberinto de investigaciones y toda la Operación Zalachenko —incluso toda la Sección— pendieron de un hilo muy fino. Si Lisbeth Salander hablara, podría desenmascarar a Zalachenko. Y si éste fuese descubierto, no sólo se correría el riesgo de que toda una serie de operaciones que estaban en marcha en Europa desde hacía quince años se fueran a pique, sino también que la Sección fuera sometida a un examen público. Algo que había que impedir a toda costa.

Gullberg estaba preocupado. Un examen público haría que, a su lado, el caso IB pareciera una película para toda la familia. Si se abrieran los archivos de la Sección, se desvelaría un conjunto de circunstancias que no eran del todo compatibles con la Constitución, por no hablar de la vigilancia a la que sometieron tanto a Palme como a otros conocidos miembros del Partido Socialdemócrata. Hacía muy pocos años que habían asesinado a Palme y era un tema muy delicado. Eso habría ocasionado que se iniciara una investigación contra Gullberg y otros numerosos miembros de la Sección. Y lo que era peor: que unos cuantos locos periodistas lanzaran, sin cortarse un pelo, la teoría de que la Sección estaba detrás del asesinato de Palme, algo que, a su vez, conduciría a un laberinto más de revelaciones y acusaciones. Otro problema era que la Dirección de la Policía de Seguridad había cambiado tanto que ni siquiera el director de la DGP/Seg conocía la existencia de la Sección. Aquel año todos los contactos con la DGP/Seg no fueron más allá de la mesa del nuevo jefe administrativo adjunto, quien, desde hacía ya una década, era miembro fijo de la Sección.

Un ambiente de pánico y angustia empezó a reinar entre los colaboradores del grupo de Zalachenko. En realidad, fue Gunnar Björck quien dio con la solución: un psiquiatra llamado Peter Teleborian.

Teleborian había sido reclutado por el departamento de contraespionaje de la DGP/Seg para un asunto completamente diferente: trabajar como asesor en la investigación de un presunto espía industrial. En una fase delicada de la investigación, había que averiguar cómo iba a actuar el sospechoso en caso de que se le sometiera a estrés. Teleborian era un joven y prometedor psiquiatra que no soltaba a sus interlocutores la típica jerga oscura, sino que ofrecía concretos y prácticos consejos, los mismos que hicieron posible que la DGP/Seg impidiera un suicidio y que el espía en cuestión pudiera transformarse en un agente doble que enviara desinformación a quienes habían contratado sus servicios.

Después del ataque de Salander contra Zalachenko, Björck, con mucho cuidado, vinculó a Teleborian a la Sección en calidad de asesor externo. Y ahora hacía más falta que nunca.

Resolver el problema había sido muy sencillo: podían hacer desaparecer a Karl Axel Bodin enviándolo a un centro de rehabilitación. Agneta Sofia Salander desaparecería enviándola a una unidad de enfermos crónicos con irreparables daños cerebrales. Todas las investigaciones policiales fueron a parar a la DGP/Seg y se transfirieron, con la ayuda del jefe administrativo adjunto, a la Sección.

Peter Teleborian acababa de obtener un puesto como médico jefe adjunto en la unidad de psiquiatría infantil del hospital de Sankt Stefan de Uppsala. Todo lo que hacía falta era un informe de psiquiatría forense que Björck y Teleborian redactarían juntos y, acto seguido, una decisión rápida y no especialmente controvertida del tribunal. Tan sólo era cuestión de ver cómo presentar los hechos. La Constitución no tenía nada que ver con todo aquello. Al fin y al cabo, se trataba de la seguridad nacional. La gente tenía que entenderlo.

Y que Lisbeth Salander era una enferma mental resultaba obvio. Unos añitos encerrada en una institución psiquiátrica le vendrían, sin duda, muy bien. Gullberg asintió dando así su visto bueno a la operación.

Todas las piezas del puzle habían encajado. Y eso ocurrió cuando el grupo Zalachenko estaba ya, de todos modos, a punto de disolverse. La Unión Soviética había dejado de existir y la época de esplendor de Zalachenko pertenecía definitivamente al pasado: su fecha de caducidad ya se había sobrepasado con creces.

En su lugar, el grupo Zalachenko le ofreció una generosa indemnización por despido de uno de los fondos reservados de la policía de seguridad. Le proporcionaron las mejores atenciones médicas, y, seis meses más tarde, con un suspiro de alivio, lo llevaron al aeropuerto de Arlanda y le dieron un billete de ida para España. Le dejaron claro que a partir de ese momento los caminos de Zalachenko y de la Sección se separaban. Fue una de las últimas gestiones realizadas por Gullberg. Una semana más tarde, acogiéndose a los derechos que su edad le otorgaba, se jubiló y le dejó su puesto al delfín: Fredrik Clinton. A partir de entonces, a Gullberg sólo lo consultaron como asesor externo y consejero para cuestiones especialmente delicadas. Se quedó en Estocolmo tres años más trabajando casi a diario en la Sección, pero los encargos fueron cada vez a menos y, poco a poco, fue desmantelándose a sí mismo. Volvió a Laholm, su ciudad natal, y continuó haciendo algún que otro trabajo a distancia. Durante los primeros años viajó con cierta regularidad a Estocolmo, pero incluso esas visitas empezaron a ser cada vez más espaciadas.

Había dejado de pensar en Zalachenko. Hasta esa mañana en la que se despertó y se encontró con la hija de éste en las portadas de todos los periódicos, sospechosa de un triple asesinato.

Gullberg había seguido las noticias con una sensación de desconcierto. Comprendió a la perfección que no era ninguna casualidad que Salander hubiese tenido a Bjurman como administrador, pero no pensó que aquello supusiera un peligro inminente para que la vieja historia de Zalachenko saliera a flote. Salander era una enferma mental; no le sorprendía en absoluto que ella fuese la autora de aquella orgía asesina. En cambio, ni siquiera se le había pasado por la cabeza que Zalachenko pudiera estar vinculado al caso hasta que una mañana escuchó los informativos y se desayunó con las noticias de Gosseberga. Fue entonces cuando se puso a hacer llamadas y acabó comprando un billete de tren para Estocolmo.

La Sección se enfrentaba a su peor crisis desde que él fundara la organización. Todo amenazaba con resquebrajarse.

Zalachenko arrastró los pies hasta el cuarto de baño y orinó. Con las muletas que el hospital de Sahlgrenska le había proporcionado podía moverse. Había dedicado el domingo y el lunes a breves sesiones de entrenamiento. Le seguía doliendo endiabladamente la mandíbula y sólo podía tomar alimentos líquidos, pero ahora era capaz de levantarse y recorrer distancias cortas.

Después de haber vivido con una prótesis durante casi quince años se había acostumbrado a las muletas. Se entrenó en el arte de desplazarse silenciosamente con ellas andando de un lado a otro de su habitación. Cada vez que el pie derecho rozaba el suelo, un intenso dolor le atravesaba la pierna.

Apretó los dientes. Pensó en el hecho de que Lisbeth Salander se encontrara en una habitación cercana. Le había llevado todo el día averiguar que ella se hallaba a tan sólo dos puertas a la derecha.

A las dos de la madrugada, diez minutos después de la última visita de la enfermera, todo estaba en silencio y tranquilo. Zalachenko se levantó con mucho esfuerzo y buscó sus muletas. Se acercó a la puerta y aguzó el oído pero no pudo oír nada. Abrió la puerta y salió al pasillo. Oyó una débil música que procedía de la habitación de las enfermeras. Se desplazó hasta la salida que había al final del pasillo, abrió la puerta e inspeccionó las escaleras: había ascensores. Volvió al pasillo y regresó a su habitación. Al pasar ante la de Lisbeth Salander se detuvo y descansó apoyándose en las muletas durante medio minuto.

Esa noche las enfermeras habían cerrado la puerta de la habitación. Lisbeth Salander abrió los ojos al percibir un débil sonido raspante en el pasillo. No pudo identificarlo, pero sonaba como si alguien estuviera arrastrando algo con mucho cuidado. Por un momento se hizo un silencio absoluto y se preguntó si no serían imaginaciones suyas. Al cabo de un minuto o dos volvió a oír el sonido. Se iba alejando. La sensación de inquietud fue en aumento.

Zalachenko está ahí fuera.

Ella se sentía encadenada a la cama. El collarín le picaba. Le entró un intenso deseo de levantarse. Se incorporó con no poco esfuerzo. Ésas fueron más o menos todas las fuerzas que pudo reunir. Se dejó caer nuevamente en la cama y apoyó la cabeza en la almohada.

Acto seguido se palpó el collarín con los dedos y encontró los cierres que lo mantenían fijo. Los abrió y dejó caer el collarín al suelo. De repente respiró con más facilidad.

Deseó haber tenido un arma a mano y las suficientes energías como para levantarse y aniquilarlo de una vez por todas.

Al final se levantó apoyándose en un codo. Encendió la luz y miró a su alrededor: no pudo ver nada susceptible de ser usado como arma. Luego su mirada se detuvo en una mesa auxiliar situada junto a la pared y a unos tres metros de la cama. Constató que alguien había dejado un lápiz encima.

Esperó a que la enfermera de noche terminara su ronda, algo que parecía realizar cada media hora. Lisbeth supuso que la reducida frecuencia de control se debía a que los médicos habían decidido que ella se encontraba mejor que antes, cuando ese mismo fin de semana la habían estado visitando cada quince minutos o incluso más a menudo. Pero ella no notaba ninguna diferencia.

Una vez sola, reunió fuerzas, se incorporó y pasó las piernas por encima del borde de la cama. Tenía unos electrodos pegados al cuerpo que registraban el pulso y la respiración, pero los cables venían de la misma dirección que donde estaba el lápiz. Con mucho cuidado, se puso de pie y, acto seguido, se tambaleó y perdió el equilibrio por completo. Por un segundo creyó que se iba a desmayar, pero se apoyó en la cama y concentró la mirada en la mesa que tenía delante. Dio tres titubeantes pasos, estiró la mano y alcanzó el lápiz.

Volvió a la cama caminando hacia atrás. Estaba completamente agotada.

Se recuperó al cabo de un rato y se tapó con el edredón. Levantó el lápiz y tocó la punta. Se trataba de un lápiz de madera normal y corriente. Acababan de sacarle punta y estaba afilado como un punzón. Podría utilizarlo como arma contra la cara o los ojos.

Se lo guardó junto a la cadera, bien a mano, y se durmió.

Capítulo 6

Lunes, 11 de abril

El lunes por la mañana, Mikael Blomkvist se levantó a las nueve y pico y llamó a Malin Eriksson, que acababa de entrar en la redacción de *Millennium*.

—Hola, redactora jefe —dijo.

—Me encuentro en estado de *shock* por la ausencia de Erika y porque me queréis a mí como nueva redactora jefe.

—¿Ah, sí?

—Erika ya no está. Su mesa está vacía.

—Entonces será una buena idea dedicar el día a hacer el traslado a su despacho.

—No sé cómo hacerlo. Me siento muy incómoda.

—No te sientas así. Todos estamos de acuerdo en que, en estas circunstancias, eres la mejor elección. Y siempre que necesites algo podrás acudir a mí o a Christer.

—Gracias por la confianza.

—Bah —soltó Mikael—. Tú sigue trabajando como siempre. Iremos resolviendo las cosas poco a poco, según se vayan presentando.

—De acuerdo. ¿Qué querías?

Le contó que pensaba quedarse escribiendo en casa todo el día. De repente, Malin se dio cuenta de que él la estaba informando de lo que iba a hacer, de la misma manera que —suponía Malin— había hecho con Erika Berger. Ella debía hacer algún comentario. ¿O no?

—¿Tienes instrucciones para nosotros?

—Pues no. Pero si tú tienes que darme alguna, llámame. Me sigo encargando del asunto Salander y en ese tema seré yo quien decida, pero, por lo que respecta al resto de la revista, ahora la pelota está en tu tejado. Toma tú las decisiones. Yo te apoyaré.

—¿Y si me equivoco?

—Si me entero de algo, hablaré contigo. Aunque tendría que ser algo muy especial. Normalmente ninguna decisión es ciento por ciento buena o mala. Tú tomarás tus decisiones, que tal vez no sean idénticas a las que habría tomado Erika Berger. Y si yo tomara las mías, nos encontraríamos con una tercera variante. Pero las que valen a partir de ahora son las tuyas.

—De acuerdo.

—Si eres una buena jefa, comentarás tus decisiones con los demás. Primero con Henry y Christer, después conmigo y en último lugar siempre estará la reunión de la redacción para plantear las cuestiones difíciles.

—Lo haré lo mejor que pueda.

—Bien.

Se sentó en el sofá del salón con su iBook en las rodillas y trabajó sin descanso todo el lunes. Cuando acabó tenía un primer borrador de dos textos que sumaban un total de veintiuna páginas. Esa parte de la historia se centraba en el asesinato del colaborador Dag Svensson y de su pareja, Mia Bergman: en qué trabajaban, por qué les mataron y quién había sido su asesino. Estimó que, grosso modo, debería escribir unas cuarenta páginas más para el número temático de verano de la revista. Y tenía que decidir cómo describir a Lisbeth Salander en el texto sin atentar contra su integridad personal. Él sabía cosas de ella que ella no quería hacer públicas por nada del mundo.

Ese lunes, Evert Gullberg tomó un desayuno compuesto por una sola rebanada de pan y una taza de café solo en la cafetería del Freys Hotel. Luego cogió un taxi hasta Artillerigatan, en Östermalm. A las 9.15 de la mañana llamó al telefonillo, se presentó y le dejaron entrar en el acto. Subió al sexto piso, donde lo recibió Birger Wadensjöö, de cincuenta y cuatro años de edad. El nuevo jefe de la Sección. Wadensjöö era uno de los reclutas más jóvenes cuando Gullberg se retiró. Gullberg no sabía muy bien qué pensar de él.

Deseaba que el eficaz y resuelto Fredrik Clinton siguiera al mando. Clinton había sucedido a Gullberg y fue jefe de la Sección hasta el año 2002, cuando la diabetes y ciertas enfermedades vasculares lo forzaron más o menos a jubilarse. Gullberg no tenía del todo claro de qué pasta estaba hecho Wadensjöö.

—Hola, Evert —dijo Wadensjöö, estrechando la mano de su anterior jefe—. Gracias por haberte molestado en venir hasta aquí y dedicarnos tu tiempo.

—Si hay algo que me sobre ahora, es tiempo —contestó Gullberg.

—Ya sabes cómo son estas cosas. No hemos sido muy buenos a la hora de mantener el contacto con los fieles servidores de antaño.

Evert Gullberg ignoró el comentario. Giró a la izquierda, entró en su viejo despacho y se sentó a una mesa redonda ubicada junto a la ventana. Wadensjöö (suponía Gullberg) había colgado reproducciones de Chagal y de Mondrian en las paredes. En su época, Gullberg tenía colgados planos de barcos históricos, como el *Kronan* y el *Wasa*. Siempre había soñado con el mar; de hecho, empezó como oficial de la marina, aunque no pasó más que unos pocos meses en alta mar, durante el servicio militar. Habían instalado ordenadores pero, por lo demás, el despacho se encontraba casi exactamente igual que cuando él se jubiló. Wadensjöö le sirvió café.

—Los demás vendrán dentro de un momento —dijo—. Pensé que antes tú y yo podíamos charlar un poco.

—¿Cuánta gente de mi época continúa todavía en la Sección?

—Exceptuándome a mí, aquí en la oficina tan sólo siguen Otto Hallberg y Georg Nyström. Hallberg se jubila este año y Nyström va a cumplir sesenta. El resto son principalmente nuevos reclutas. Supongo que ya conoces a algunos de ellos.

—¿Cuánta gente trabaja para la Sección hoy en día?

—Hemos reorganizado un poco la estructura.

—¿Ah, sí?

—En la Sección hay siete personas a jornada completa. Es decir, que hemos reducido plantilla. Pero, por lo demás, contamos con nada más y nada menos que treinta y un colaboradores dentro de la DGP/Seg. La mayoría de ellos no viene nunca por aquí; se ocupan de su trabajo normal y luego, aparte de eso, tienen lo nuestro como una discreta actividad nocturna extra.

—Treinta y un colaboradores.

—Más siete. La verdad es que fuiste tú el que creó el sistema. No hemos hecho más que pulirlo y ahora hablamos de una organización interna y otra externa. Cuando reclutamos a alguien, le concedemos una excedencia durante un tiempo para que se forme con nosotros. Hallberg es quien se ocupa de ello. La formación básica son seis semanas. Lo hacemos en la Escuela de Marina. Luego regresan a sus puestos de la DGP/Seg, pero desde ese mismo momento ya trabajan también para nosotros.

—Entiendo.

—La verdad es que es un sistema excelente. La mayoría de los colaboradores desconoce por completo la existencia de los otros. Y aquí en la Sección funcionamos más que nada como receptores de informes. Las reglas son las mismas que cuando tú estabas. Se supone que somos una organización plana.

—¿Unidad operativa?

Wadensjöö frunció el ceño. En la época de Gullberg, la Sección tuvo una pequeña unidad operativa compuesta por cuatro personas al mando del astuto y curtido Hans von Rottinger.

—Bueno, no exactamente. Como ya sabes, Rottinger murió hace cinco años. Tenemos a un joven talento que hace algo de trabajo de campo, pero, por lo general, si resulta necesario cogemos a alguien de la organización externa. Además, montar una escucha telefónica, por ejemplo, o entrar en una casa, se ha vuelto más complicado desde un punto de vista técnico. Ahora hay alarmas y toda clase de diabluras por doquier.

Gullberg asintió.

—¿Presupuesto? —preguntó.

—Disponemos de un total de más de once millones por año. Una tercera parte se destina a salarios, otra a mantenimiento y la restante a la actividad.

—O sea, que el presupuesto se ha reducido.

—Un poco. Pero tenemos menos plantilla, lo cual significa que, en la práctica, el presupuesto de la actividad ha aumentado.

—Entiendo. Cuéntame cómo anda nuestra relación con la DGP/Seg.

Wadensjöö negó con la cabeza.

—El jefe administrativo y el jefe de presupuesto son de los nuestros. Oficialmente hablando tal vez el único que conozca con más detalle nuestra actividad sea el jefe administrativo. Somos tan secretos que no existimos. Pero en realidad hay un par de jefes adjuntos que saben de nuestra existencia. Aunque hacen lo que pueden para no oír hablar de nosotros.

—Entiendo. Lo cual significa que si surgen problemas, la actual dirección de la Säpo se llevará una desagradable sorpresa. ¿Y qué me puedes contar de la dirección de la Defensa y del gobierno?

—A la dirección de la Defensa la apartamos hace unos diez años. Y los gobiernos van y vienen.

—¿Así que estamos completamente solos si el viento sopla en contra?

Wadensjöö asintió.

—Ésa es la desventaja que tiene esta estructura. Las ventajas son obvias. Pero nuestras misiones también han cambiado. Desde que cayó la Unión Soviética hay una nueva situación política en Europa. La verdad es que ahora tratamos cada vez menos de identificar a los espías. Ahora nos ocupamos más de asuntos relacionados con el terrorismo, pero sobre todo juzgamos la idoneidad política de las personas que ocupan puestos delicados.

—Así ha sido siempre…

Llamaron a la puerta. Gullberg vio entrar a un hombre de unos sesenta años, pulcramente vestido, y a otro joven que llevaba vaqueros y americana.

—¡Hola, chicos! Éste es Jonas Sandberg. Lleva cuatro años con nosotros y es el responsable de las intervenciones operativas. Él es la persona de la que te hablaba antes. Y éste es Georg Nyström. Ya os conocéis.

—Hola, Georg —saludó Gullberg.

Se estrecharon la mano. Luego Gullberg, se dirigió a Jonas Sandberg.

—¿Y tú de dónde vienes? —preguntó Gullberg contemplando a Jonas Sandberg.

—Pues ahora mismo de Gotemburgo —contestó Sandberg, bromeando—. He ido a hacerle una visita.

—A Zalachenko… —aclaró Gullberg.

Sandberg asintió.

—Señores, siéntense, por favor —dijo Wadensjöö.

—¿Björck? —dijo Gullberg para, acto seguido, fruncir el ceño al ver a Wadensjöö encendiendo un purito. Gullberg se había quitado la americana y estaba apoyado contra el respaldo de la silla. Wadensjöö le echó un vistazo al viejo: le llamó la atención lo increíblemente flaco que se había quedado.

—Fue detenido el viernes pasado por violar la ley de comercio sexual —dijo Georg Nyström—. Todavía no ha sido procesado pero, en principio, ha confesado y ha vuelto a su casa con el rabo entre las piernas. Se ha ido a vivir a Smådalarö mientras está de baja. Los medios de comunicación siguen sin publicar nada al respecto.

—Hubo una época en la que Björck fue de lo mejorcito de la Sección —dijo Gullberg—. Fue una pieza clave en el asunto Zalachenko. ¿Qué ha pasado con él desde que yo me jubilé?

—Debe de ser uno de los poquísimos que ha regresado a la actividad externa desde la Sección. Bueno, también en tu época estuvo fuera un tiempo, ¿no?

—Sí, necesitaba descansar y quería ampliar horizontes. En la década de los ochenta pidió dos años de excedencia en la Sección y prestó sus servicios como agregado de inteligencia. Ya llevaba mucho tiempo, desde 1976, trabajando como un loco con Zalachenko, casi veinticuatro horas al día, y yo pensé que realmente le hacía falta un descanso. Estuvo fuera de 1985 a 1987 y luego volvió aquí.

—Podríamos decir que dejó la Sección en 1994, cuando se fue a la organización externa. En 1996 se convirtió en jefe adjunto del departamento de extranjería y se encontró con un cargo difícil de llevar al que tuvo que dedicarle mucho tiempo y esfuerzo. Como es natural, el contacto con la Sección ha sido constante y supongo que también debo añadir que, hasta hace muy poco, hemos conversado con cierta regularidad, más o menos una vez al mes.

—Así que está enfermo…

—No es nada serio, aunque sí muy doloroso. Tiene una hernia discal. Lleva causándole repetidas molestias durante los últimos años. Hace dos estuvo de baja durante cuatro meses. Y luego volvió a darse de baja en agosto del año pasado. Estaba previsto que volviera a trabajar el uno de enero, pero la baja se le prolongó y ahora se trata básicamente de esperar una operación.

—Y se ha pasado todo ese tiempo yéndose de putas —dijo Gullberg.

—Bueno, no está casado y, si lo he entendido bien, ya hace años que anda con putas —comentó Jonas Sandberg, que había permanecido callado durante casi media hora—. He leído el texto de Dag Svensson.

—De acuerdo. Pero ¿alguien me quiere explicar qué es lo que realmente ha ocurrido?

—Por lo que hemos podido deducir ha tenido que ser Björck quien ha puesto en marcha todo este circo. Es la única manera de explicar que el informe de 1991 acabara en las manos del abogado Bjurman.

—¿Y éste también se dedicaba a ir de putas? —preguntó Gullberg.

—Que nosotros sepamos no. Por lo menos no figura en el material de Dag Svensson. Pero era el administrador de Lisbeth Salander.

Wadensjöö suspiró.

—Supongo que eso es culpa mía. Björck y tú le disteis un buen golpe a Lisbeth Salander en 1991 cuando ingresó en el psiquiátrico. Contábamos con que así se mantuviera fuera de circulación durante mucho más tiempo, pero le asignaron un tutor, el abogado Holger Palmgren, que consiguió sacarla de allí. La metieron en una familia de acogida. Tú ya te habías jubilado.

—¿Y luego qué ocurrió?

—La tuvimos controlada. Mientras tanto, a su hermana, Camilla Salander, le buscaron una familia de acogida en Uppsala. Cuando contaban diecisiete años, Lisbeth Salander, de repente, empezó a hurgar en su pasado. Se puso a buscar a Zalachenko en todos los registros públicos que pudo. De alguna manera —no estamos seguros de cómo exactamente— se enteró de que su hermana conocía el paradero de Zalachenko.

—¿Y era cierto?

Wadensjöö se encogió de hombros.

—Si te soy sincero, no tengo ni idea. Las niñas llevaban muchos años sin verse cuando Lisbeth Salander dio con su hermana e intentó obligarla a que le contara lo que sabía. Aquello acabó en una tremenda riña en la que se liaron a puñetazos.

—¿Y?

—Vigilamos bien a Lisbeth Salander durante aquellos meses. También informamos a Camilla Salander de que su hermana era violenta y estaba perturbada. Fue ella quien contactó con nosotros después de la repentina visita de Lisbeth, cosa que nos hizo aumentar la vigilancia.

—Entonces... ¿la hermana era tu informante?

—Camilla tenía mucho miedo de su hermana. En cualquier caso, Lisbeth Salander también llamó la atención en otros frentes. Discutió repetidas veces con gente de la comisión de asuntos sociales y determinamos que seguía constituyendo una amenaza para el anonimato de Zalachenko. Luego ocurrió aquel incidente del metro.

—Atacó a un pedófilo...

—Exacto. Resultaba obvio que se trataba de una chica con inclinaciones violentas y que estaba perturbada. Pensamos que lo mejor para todas las partes implicadas sería que ella desapareciera de nuevo metiéndola en alguna institución, y aprovechamos la ocasión. Fueron Fredrik Clinton y Von Rottinger los que actuaron. Contrataron de nuevo a Peter Teleborian y, con la ayuda de varios representantes legales, batallaron ante el tribunal para volver a ingresarla. Holger Palmgren era el representante de Salander y, contra todo pronóstico, el tribunal eligió apoyar su línea de defensa con la condición de que ella se sometiera a la tutela de un administrador.

—Pero ¿cómo se metió en eso a Bjurman?

—Palmgren sufrió un derrame durante el otoño de 2002. Por aquel entonces, Salander seguía siendo un asunto que hacía saltar las alarmas cuando aparecía en algún registro informático, y yo me aseguré de que Bjurman fuera su nuevo administrador. Ojo: él no sabía que era la hija de Zalachenko. La idea era simplemente que si ella empezaba a desvariar sobre Zalachenko, que el abogado reaccionara y diera la alarma.

—Bjurman era un idiota. No debía haber tenido nada que ver con Zalachenko ni mucho menos con su hija —Gullberg miró a Wadensjöö—. Eso fue un grave error.

—Ya lo sé —dijo Wadensjöö—. Pero en ese momento me pareció lo mejor y no me podía imaginar...

—¿Y dónde está Camilla Salander hoy?

—No lo sabemos. Cuando tenía diecinueve años, hizo las maletas y abandonó a la familia de acogida. Desde entonces no hemos oído ni mu sobre ella. Ha desaparecido.

—De acuerdo, sigue...

—Tengo una fuente dentro de la *policía abierta* que ha hablado con el fiscal Richard Ekström —dijo Sandberg—. El encargado de la investigación, un tal inspector Bublanski, cree que Bjurman violó a Salander.

Gullberg observó a Sandberg con sincero asombro. Luego, reflexivo, se pasó la mano por la barbilla.

—¿La violó? —preguntó.

—Bjurman llevaba un tatuaje que le atravesaba el estómago y que decía: «Soy un sádico cerdo, un hijo de puta y un violador».

Sandberg puso sobre la mesa una foto en color de la autopsia. Gullberg contempló el estómago de Bjurman con unos ojos como platos.

—¿Y se supone que ese tatuaje se lo ha hecho la hija de Zalachenko?

—De no ser así, resulta muy difícil explicarlo. Pero es

evidente que ella no es inofensiva. Les dio una paliza de la hostia a los dos matones de Svavelsjö MC.

—La hija de Zalachenko —repitió Gullberg para, acto seguido, dirigirse a Wadensjöö—. ¿Sabes? Creo que deberías reclutarla.

Wadensjöö se quedó tan perplejo que Gullberg se vio obligado a añadir que sólo estaba bromeando.

—Bien. Tomemos eso como hipótesis de trabajo: que Bjurman la violó y que ella se vengó. ¿Y qué más?

—La única persona que sabe exactamente lo que pasó es, por supuesto, el propio Bjurman, pero va a ser difícil preguntárselo porque está muerto. Lo que quiero decir es que es imposible que él supiera que ella era la hija de Zalachenko, pues no aparece en ningún registro público. Sin embargo, en algún momento de su relación con ella, Bjurman descubrió la conexión.

—Pero, joder, Wadensjöö: ella sabía muy bien quién era su padre, podría habérselo dicho en cualquier momento.

—Ya lo sé. Ahí simplemente nos equivocamos.

—Eso es de una incompetencia imperdonable —dijo Gullberg.

—Ya lo sé. ¡Y no sabes cuántas patadas en el culo me he pegado por ello! Pero Bjurman era uno de los pocos que conocía la existencia de Zalachenko, y yo pensaba que era mejor que él descubriera que se trataba de la hija de Zalachenko en vez de que lo hiciera un administrador completamente desconocido. En la práctica, ella podría habérselo contado a cualquier persona.

—Bueno… sigue.

—Todo son hipótesis —aclaró Georg Nyström con prudencia—. Pero creemos que Bjurman violó a Salander, que ella le devolvió el golpe y le hizo eso… —dijo, señalando con el dedo el tatuaje de la foto de la autopsia.

—De tal palo tal astilla —comentó Gullberg. Se le apreció un deje de admiración en la voz.

—Lo que provocó que Bjurman contactara con Zalachenko para que se ocupara de su hija. Como ya sabemos, Zalachenko tiene razones de sobra —más que la mayoría— para odiarla. Y Zalachenko, a su vez, sacó a contrata el trabajo con Svavelsjö MC y ese Niedermann con quien se relaciona.

—Pero ¿cómo pudo Bjurman contactar...? —Gullberg se calló. La respuesta resultaba obvia.

—Björck —contestó Wadensjöö—. Lo único que explica que Bjurman encontrara a Zalachenko es que Björck le diera la información.

—Mierda —dijo Gullberg.

Lisbeth Salander experimentó una creciente sensación de desagrado unida a una fuerte irritación. Por la mañana, dos enfermeras habían entrado a cambiarle las sábanas. Vieron el lápiz enseguida.

—¡Anda! ¿Cómo habrá venido a parar esto aquí? —dijo una de las enfermeras para, acto seguido, meterse el lápiz en el bolsillo mientras Lisbeth la observaba con mirada asesina.

Lisbeth volvió a estar desarmada y, además, se sintió tan débil que ni siquiera tuvo fuerzas para protestar.

Se había encontrado mal durante todo el fin de semana. Tenía un terrible dolor de cabeza y estaba tomando unos analgésicos muy potentes. Sufría un sordo y constante dolor que podía, de buenas a primeras, penetrarle en el hombro como un cuchillo cuando se movía sin cuidado o desplazaba el peso corporal. Se hallaba tumbada de espaldas con un collarín en el cuello que debería llevar unos cuantos días más hasta que la herida de la cabeza empezara a cicatrizar. El domingo tuvo una fiebre que alcanzó los 38,7 grados. La doctora Helena Endrin constató que tenía una infección en el cuerpo. En otras palabras: no estaba bien. Una conclusión a la que Lisbeth ya había llegado sin necesidad de ningún termómetro.

Advirtió que de nuevo se hallaba amarrada a una cama institucional del Estado, aunque esta vez le faltara el correaje que la sujetaba. Algo que se le antojó innecesario: ni siquiera tenía fuerzas para incorporarse en la cama, mucho menos para salir de excursión.

El lunes, hacia la hora de comer, recibió la visita del doctor Anders Jonasson. Le resultó familiar.

—Hola. ¿Te acuerdas de mí?

Ella negó con la cabeza.

—Estabas bastante aturdida, pero fui yo quien te desperté después de la operación. Y fui yo quien te operé. Sólo quería preguntarte cómo te encuentras y si todo va bien.

Lisbeth le contempló con unos ojos enormes: debería resultarle obvio que no todo iba bien.

—Me han dicho que anoche te quitaste el collarín.

Ella asintió.

—No te lo hemos puesto porque nos haya dado la gana, sino para que mantengas la cabeza quieta mientras se inicia el proceso de curación.

Observó a la chica, que seguía callada.

—Vale —dijo él, concluyendo—. Sólo quería ver cómo te encontrabas.

Ya había llegado a la puerta cuando oyó la voz de Lisbeth.

—Jonasson, ¿verdad?

Se dio la vuelta y, asombrado, le dedicó una sonrisa.

—Correcto. Si te acuerdas de mi nombre es que te encuentras mejor de lo que pensaba.

—¿Y fuiste tú quien me sacó la bala?

—Eso es.

—¿Podrías decirme cómo estoy? Nadie me dice nada.

Se acercó a la cama y la miró a los ojos.

—Has tenido suerte. Te dispararon en la cabeza pero

la bala no parece haber dañado ninguna zona vital. El riesgo que corres ahora mismo es el de sufrir hemorragias cerebrales. Por eso queremos que te mantengas quieta. Tienes una infección en el cuerpo, producida, al parecer, por la herida del hombro. Es posible que tengamos que volver a operarte si no podemos vencerla con antibióticos. Te espera una época dolorosa hasta que te cures. Pero, tal y como se presentan las cosas, albergo buenas esperanzas de que te recuperes del todo.

—¿Y me puede causar daños cerebrales?

El doctor dudó un instante antes de decir:

—Sí, el riesgo está ahí. Pero todo indica que vas evolucionando bien. Luego existe la posibilidad de que te queden secuelas en el cerebro que te puedan crear problemas; por ejemplo, que desarrolles epilepsia o alguna otra contrariedad. Pero, si te soy sincero, eso no son más que especulaciones. La cosa tiene ahora buena pinta. Te estás curando. Y si a lo largo del proceso surgen problemas, los intentaremos resolver. ¿Es mi respuesta lo bastante clara?

Ella asintió con la cabeza.

—¿Cuánto tiempo tengo que estar aquí metida?

—¿Te refieres al hospital? Por lo menos un par de semanas antes de que te dejemos ir.

—No, me refiero a cuándo podré levantarme y empezar a andar y moverme.

—No lo sé. Depende de la curación. Pero échale como mínimo dos semanas antes de que te dejemos empezar con alguna forma de terapia física.

Ella lo contempló seriamente durante un largo rato.

—¿No tendrás por casualidad un cigarrillo? —preguntó.

Anders Jonasson rió espontáneamente y negó con la cabeza.

—Lo siento. Aquí no se puede fumar. Pero si quieres, voy por un parche o un chicle de nicotina.

Ella meditó la respuesta un instante y luego asintió. Acto seguido lo volvió a mirar.

—¿Cómo está ese viejo cabrón?

—¿Quién? ¿Quieres decir...?

—El que entró conmigo.

—Ningún amigo tuyo, por lo que veo. Bueno, sobrevivirá, y la verdad es que ha estado levantado y andando con muletas. Desde un punto de vista físico, está más maltrecho que tú y presenta una lesión facial muy dolorosa. Según tengo entendido, le diste con un hacha en la cabeza.

—Intentó matarme —dijo Lisbeth en voz baja.

—Vaya, pues eso no me parece bien... Debo irme. ¿Quieres que vuelva a visitarte?

Lisbeth Salander se quedó reflexionando. Luego asintió. Cuando él cerró la puerta, ella miró hacia el techo pensativa. *¡Le han dado muletas a Zalachenko: eso es lo que oí anoche!*

Enviaron a Jonas Sandberg, el más joven del grupo, a comprar algo para comer. Volvió con *sushi* y unas cervezas sin alcohol y lo puso todo en la mesa de reuniones. Evert Gullberg sintió un nostálgico estremecimiento: así era en su época cuando alguna operación entraba en una fase crítica y se quedaban trabajando día y noche.

Sin embargo, en su época, a nadie se le habría ocurrido la absurda idea de pedir pescado crudo para comer. Deseaba que Sandberg hubiese pedido albóndigas con confitura de arándanos rojos y puré de patatas. Pero, por otra parte, tampoco tenía mucha hambre, así que apartó el plato de *sushi* sin ningún remordimiento. Cogió un trozo de pan y bebió agua mineral.

Siguieron hablando durante la comida. Habían llegado a ese punto en el que debían resumir la situación y decidir qué medidas tomar. Se trataba de decisiones urgentes.

—Nunca llegué a conocer a Zalachenko —dijo Wadensjöö—. ¿Cómo era?

—Igual que hoy en día, supongo —contestó Gullberg—. De una enorme inteligencia y con una memoria para los detalles prácticamente fotográfica. Pero, según mi opinión, un verdadero hijo de puta. Y añadiría que algo perturbado.

—Jonas, tú lo viste ayer. ¿Cuál es tu conclusión? —preguntó Wadensjöö.

Jonas Sandberg dejó los cubiertos.

—Tiene el control. Ya os he contado lo de su ultimátum. O hacemos desaparecer todo esto como por arte de magia o hará estallar la Sección en mil pedazos.

—¿Cómo coño espera que hagamos desaparecer algo que se ha repetido hasta la saciedad en todos los medios de comunicación? —preguntó Georg Nyström.

—No se trata de lo que nosotros podamos o no podamos hacer. Se trata de la necesidad que tiene Zalachenko de controlarnos —dijo Gullberg.

—¿Tú qué opinas? ¿Lo hará? ¿Hablará con los medios de comunicación? —preguntó Wadensjöö.

Gullberg contestó pausadamente.

—Resulta casi imposible saberlo. Zalachenko no lanza amenazas en vano, y hará lo que más le convenga. En ese sentido es previsible. Si le favorece hablar con los medios de comunicación… si puede obtener una amnistía o una reducción de pena, lo hará. O si se siente traicionado y quiere jodernos.

—¿Independientemente de las consecuencias?

—Sobre todo eso. Para él se trata de mostrarse más duro que nosotros.

—Pero aunque Zalachenko hable es muy posible que nadie lo crea. Para probar algo tienen que entrar en nuestro archivo. Y él no conoce esta dirección.

—¿Quieres asumir ese riesgo? Pongamos que Zalachenko habla. ¿Quién más se irá de la lengua después?

¿Qué hacemos si Björck confirma la historia? Y Clinton, con su aparato de diálisis… ¿qué pasaría si de repente se convirtiera en un hombre religioso y amargado de todo y de todos? Imagínate que quiere confesar sus pecados. Créeme: si alguien habla, será el final de la Sección.

—Entonces… ¿qué hacemos?

Un silencio se apoderó de la mesa. Fue Gullbeg quien retomó el hilo.

—El problema presenta varias partes. En primer lugar, podemos estar de acuerdo con las consecuencias en el caso de que Zalachenko se vaya de la lengua. Toda la maldita Suecia constitucional caerá sobre nuestras cabezas. Nos aniquilarán. Me imagino que varias personas de la Sección irían a la cárcel.

—Desde un punto de vista jurídico, la actividad es legal; trabajamos por encargo del gobierno.

—¡No digas tonterías! —le espetó Gullberg—. Tú sabes tan bien como yo que un papel que se redactó en términos poco precisos a mediados de los años sesenta no vale hoy una mierda.

—Yo diría que a ninguno de nosotros le gustaría saber qué ocurriría exactamente si Zalachenko largara —añadió.

Se hizo un nuevo silencio.

—Por lo tanto, el punto de partida tiene que ser intentar callar a Zalachenko —dijo Georg Nyström finalmente.

Gullberg asintió.

—Y para persuadirle de que permanezca con la boca cerrada debemos ofrecerle algo sustancial. El problema es que resulta imprevisible. Nos podría quemar a su antojo por pura mala leche. Tenemos que pensar en alguna manera de mantenerlo a raya.

—¿Y su ultimátum?… —dijo Jonas Sandberg—. Que hagamos desaparecer todo esto y que mandemos a Salander al manicomio.

—Ya sabremos cómo ocuparnos de Salander. El problema es Zalachenko. Pero eso nos lleva a la segunda parte: reducción de los daños colaterales. El informe de Teleborian de 1991 se ha filtrado y constituye una potencial amenaza de las mismas dimensiones que Zalachenko.

Georg Nyström se aclaró la voz.

—En cuanto nos dimos cuenta de que el informe había salido a la luz y había acabado en manos de la policía tomé ciertas medidas. Fui a ver al jurista Forelius, de la DGP/Seg, quien se puso en contacto con el fiscal general. Éste ordenó que la policía devolviera el informe y que no se copiara ni distribuyera.

—¿Cuánto sabe el fiscal general de todo esto? —preguntó Gullberg.

—Nada de nada. Él actúa por petición oficial de la DGP/Seg. Se trata de material altamente confidencial y el fiscal general no tiene otra elección. No puede actuar de otra forma.

—Vale. ¿Quiénes de dentro de la policía han leído el informe?

—Pues lo han leído Bublanski, su colega Sonja Modig y el instructor del sumario, Richard Ekström. Y supongo que podemos dar por descontado que otros dos policías... —Nyström hojeó sus apuntes—; un tal Curt Svensson y un tal Jerker Holmberg conocen por lo menos el contenido. Ten en cuenta que existían dos copias...

—O sea, cuatro policías y un fiscal. ¿Qué sabemos de ellos?

—El fiscal Ekström tiene cuarenta y dos años. Se le considera una estrella en ascenso. Ha trabajado como investigador en el Ministerio de Justicia y se le han dado algunos casos llamativos. Ambicioso. Consciente de su imagen. Un trepa.

—¿Sociata? —preguntó Gullberg.

—Probablemente. Pero no está afiliado.

—O sea, que el que lleva la investigación es Bublanski. Lo vi en una rueda de prensa en la televisión. No parecía encontrarse cómodo ante las cámaras.

—Tiene cincuenta y dos años y posee un excelente currículum, pero también tiene fama de ser un tipo arisco. Es judío y bastante ortodoxo.

—Y la mujer... ¿quién es?

—Sonja Modig. Casada, treinta y nueve años, madre de dos hijos. Ha hecho carrera con bastante rapidez. Hablé con Peter Teleborian y la describió como emocional. Cuando Teleborian estuvo haciendo una presentación sobre Salander, Sonja Modig no paró de cuestionarlo.

—Vale.

—Curt Svensson es un tipo duro. Treinta y ocho años. Viene de la unidad de bandas callejeras de los suburbios del sur y llamó la atención hace un par de años cuando mató de un tiro a un chorizo. En la investigación interna lo absolvieron de todos los cargos. Por cierto, fue a él a quien mandó Bublanski para detener a Gunnar Björck.

—Entiendo. Guárdate en la memoria la muerte de ese chorizo. Si nos interesa desacreditar al grupo de Bublanski, siempre podremos centrarnos en Svensson y decir que resulta inapropiado como policía. Supongo que seguimos contando con contactos relevantes dentro de los medios de comunicación... ¿Y el último?

—Jerker Holmberg. Cincuenta y cinco años. Procede de Norrland y en realidad es especialista en examinar el lugar del crimen. Hace un par de años le ofrecieron realizar los cursos de formación para ascender a comisario, pero declinó la oferta. Parece encontrarse a gusto con lo que hace.

—¿Alguno de ellos es activo políticamente?

—No. En los años setenta el padre de Holmberg fue presidente del consejo municipal del Partido de Centro.

—Mmm. Parece ser un grupo bastante modesto. Suponemos que son como una piña. ¿Podemos aislarlos de alguna manera?

—Hay un quinto policía que también está implicado —dijo Nyström—. Hans Faste, cuarenta y siete años. Me han contado por ahí que ha estallado un fuerte conflicto entre Faste y Bublanski. Y tengo entendido que ha cobrado tales dimensiones que Faste se ha dado de baja.

—¿Qué sabemos de él?

—Cada vez que pregunto por él recibo una respuesta diferente. Cuenta con una larga hoja de servicios bastante impecable. Un profesional. Pero es de trato difícil. Por lo visto, la pelea con Bublanski tiene que ver con Lisbeth Salander.

—¿En qué sentido?

—Faste parece haberse aferrado a esa idea de una banda satánica de lesbianas de la que tanto ha escrito la prensa. En realidad no le gusta Salander; su mera presencia se le antoja un insulto personal. No me extrañaría que estuviera detrás de la mitad de los rumores. Un ex colega suyo me contó que, en general, tiene dificultades para colaborar con las mujeres.

—Interesante —dijo Gullberg para, acto seguido, quedarse meditando un instante—. Como la prensa ya ha escrito sobre una banda lesbiana podría haber razones para tirar de ese hilo. No contribuye precisamente a aumentar la credibilidad de Salander.

—O sea, que los policías que han leído la investigación de Björck representan un problema. ¿Tenemos alguna forma de aislarlos? —preguntó Sandberg.

Wadensjöö encendió otro purito.

—Bueno, el instructor del sumario es Ekström...

—Pero el que manda es Bublanski —dijo Nyström.

—Sí, pero no puede oponerse a las decisiones administrativas —Wadensjöö parecía pensativo; miró a Gullberg—. Tú cuentas con más experiencia que yo, pero esta historia parece tener tantos hilos y tantas ramificaciones… Creo que convendría mantener alejados a Bublanski y Modig de Salander.

—Está bien, Wadensjöö —contestó Gullberg—. Y eso es exactamente lo que vamos a hacer. Bublanski es el encargado de la investigación del asesinato de Bjurman y de esa pareja de Enskede. Salander ya no figura en esa investigación. Ahora se trata de ese alemán llamado Niedermann. De modo que Bublanski y su equipo tendrán que concentrar sus esfuerzos en cazar a Niedermann.

—De acuerdo.

—Salander ya no es asunto suyo. Luego está lo de Nykvarn… Son tres asesinatos de hace más tiempo. Ahí hay una conexión con Niedermann. La investigación está ahora en Södertälje, pero habría que juntar las dos en una sola. Así Bublanski tendrá las manos ocupadas durante un tiempo. Quién sabe… Quizá detenga a ese Niedermann.

—Mmm.

—Este Faste… ¿habrá alguna manera de lograr que vuelva? Parece ser la persona idónea para investigar las sospechas dirigidas contra Salander.

—Entiendo tu razonamiento —dijo Wadensjöö—. Se trata de conseguir que Ekström separe los dos asuntos. Pero todo esto hará que consigamos controlar a Ekström.

—No debería ser demasiado complicado —comentó Gullberg, mirando de reojo a Nyström, quien hizo un gesto de asentimiento.

—Yo me ocupo de Ekström —se ofreció Nyström—. Seguro que está deseando no haber oído hablar jamás de Zalachenko. Nos entregó el informe de Björck en cuanto la Säpo se lo pidió y ya ha dicho que, por supuesto, acatará todos los aspectos que afecten de alguna forma a la seguridad nacional.

—¿Qué piensas hacer? —preguntó Wadensjöö escéptico.

—Déjame preparar un plan —dijo Nyström—. Creo que simplemente debemos explicarle de manera educada lo que ha de hacer para evitar que su carrera tenga un abrupto fin.

—La tercera parte es la que constituye el verdadero problema —dijo Gullberg—. La policía no encontró el informe de Björck por sus propios medios: se lo entregó un periodista. Y los medios de comunicación representan, como todos sabéis, un problema en este contexto. *Millennium*.

Nyström buscó entre sus apuntes.

—Mikael Blomkvist —dijo.

Todos habían oído hablar del asunto Wennerström y conocían el nombre de Mikael Blomkvist.

—Dag Svensson, el periodista asesinado, trabajaba para *Millennium*. Estaba preparando unos artículos sobre el *trafficking*. Fue así como descubrió a Zalachenko. Fue Mikael Blomkvist quien lo encontró muerto. Además, conoce a Salander y ha confiado en su inocencia todo el tiempo.

—¿Cómo coño puede conocer a la hija de Zalachenko?... ¿No os parece demasiada casualidad?

—No creemos que sea una casualidad —dijo Wadensjöö—. Creemos que, de alguna manera, Salander es el vínculo que los une a todos. No sabemos muy bien cómo, pero es la única explicación razonable.

Gullberg permaneció callado dibujando unos círculos concéntricos en su cuaderno. Al final levantó la vista.

—Necesito reflexionar sobre esto un rato. Voy a dar un paseo. Nos vemos dentro de una hora.

El paseo de Gullberg duró casi cuatro horas y no una, como había dicho. Caminó tan sólo unos diez minutos, hasta que encontró una cafetería que servía un montón de variedades raras de café. Pidió uno normal, sin leche, de café tostado para cafetera de filtro, y se sentó en una mesa de un rincón que quedaba cerca de la entrada. Se sumió en profundas cavilaciones intentando desmenuzar los entresijos del problema. A intervalos regulares apuntaba alguna que otra palabra en una agenda.

Una hora y media después, un plan había empezado a cobrar forma.

No era un plan bueno, pero, tras haber dado mil vueltas a todas las posibilidades, se dio cuenta de que el problema requería medidas drásticas.

Por suerte, los recursos humanos se encontraban disponibles. Era factible.

Se levantó, buscó una cabina telefónica y llamó a Wadensjöö.

—Hay que aplazar la reunión un poco más —dijo—. Tengo que realizar una gestión. ¿Podemos quedar a las dos?

Luego Gullberg bajó a Stureplan y paró un taxi. Lo cierto era que con su pobre pensión de funcionario no se podía permitir ese lujo, pero, por otra parte, ya se encontraba en una edad en la que no tenía sentido ahorrar para una futura y disoluta vida. Le dio al taxista una dirección de Bromma.

Cuando al cabo de un rato éste lo dejó en la dirección indicada, Gullberg echó a andar hacia el sur y, tras recorrer una manzana, llamó a la puerta de un pequeño chalet. Le abrió una mujer de unos cuarenta años.

—Buenos días. Estoy buscando a Fredrik Clinton.

—¿De parte de quién?

—De un viejo colega.

La mujer asintió y lo acompañó al salón, donde Fredrik Clinton se levantó lentamente de un sofá. Sólo contaba sesenta y ocho años pero aparentaba bastantes más. Una diabetes y ciertos problemas en las arterias coronarias le habían dejado secuelas manifiestas.

—¡Gullberg! —se asombró Clinton.

Se contemplaron durante un largo instante. Luego los dos viejos espías se abrazaron.

—Creía que no te volvería a ver —dijo Clinton—. Supongo que lo que te ha sacado de tu escondite es esto.

Señaló la portada del vespertino en la que aparecía una foto de Ronald Niedermann acompañada del titular «Se busca en Dinamarca al asesino del policía».

—¿Cómo estás? —preguntó Gullberg.

—Estoy enfermo —le contestó Clinton.

—Ya lo veo.

—Si no me dan un nuevo riñón, moriré dentro de poco. Y la probabilidad de que me lo den es bastante reducida.

Gullberg movió la cabeza en un gesto afirmativo.

La mujer se asomó a la puerta del salón y le preguntó a Gullberg si deseaba tomar algo.

—Un café, por favor —contestó para, a continuación, dirigirse a Clinton en cuanto ella desapareció—. ¿Quién es?

—Mi hija.

Gullberg asintió. Resultaba fascinante comprobar cómo, a pesar de tantos años de estrecha relación en la Sección, casi ninguno de los compañeros se había visto durante su tiempo libre. Gullberg conocía todos y cada uno de sus rasgos característicos, tanto sus puntos fuertes como los débiles, pero sólo tenía una vaga idea de sus circunstancias familiares. Durante veinte años, Clinton había sido tal vez su colaborador más cercano. Gullberg sabía que Clinton había estado casado y que tenía una hija. Pero no conocía su nombre, ni el de su ex esposa, ni mucho menos el lugar donde Clinton solía pasar las vacaciones. Era como si todo lo que quedaba fuera de la Sección resultara sagrado y no pudiera tratarse.

—¿Qué quieres? —le preguntó Clinton.

—¿Puedo preguntarte qué piensas de Wadensjöö?

Clinton negó con la cabeza.

—Prefiero no meterme en ese asunto.

—No es eso lo que te he preguntado. Tú lo conoces. Trabajó contigo durante diez años.

Clinton volvió a negar con la cabeza.

—El que dirige la Sección ahora es él. Lo que yo pueda pensar carece de interés.

—¿Y se las arregla bien?

—Bueno, no es ningún idiota.

—Pero...

—Un analista. Un hacha de los puzles. Instinto. Brillante administrador que ha hecho cuadrar el presupuesto de una manera que nos parecía imposible.

Gullberg asintió. Lo importante era la cualidad que Clinton no mencionaba.

—¿Estás preparado para volver al servicio?

Clinton alzó la mirada y contempló a Gullberg. Dudó un buen rato.

—Evert... Cada dos días me paso nueve horas en el hospital enchufado a un aparato de diálisis. No soy capaz de subir unas escaleras sin quedarme prácticamente sin aliento. No tengo energía. Ni fuerzas.

—Te necesito. Una última operación.

—No puedo.

—Claro que puedes. Y también podrás seguir pasando nueve horas cada dos días en diálisis. Subirás en ascensor en vez de por las escaleras. Yo lo organizaré todo para que, si hace falta, te lleven en camilla de un lado a otro. Necesito tu cerebro.

Clinton suspiró.

—Cuéntame —dijo.

—Nos encontramos ante una situación extremadamente complicada que requiere intervenciones operativas. Wadensjöö cuenta con un mocoso, Jonas Sandberg, que constituye, él solito, toda la unidad operativa; y no creo que Wadensjöö tenga cojones para hacer lo que hay que hacer. Tal vez sea un hacha haciendo malabares con los presupuestos, pero tiene miedo de tomar decisiones operativas y de meter a la Sección en un trabajo de campo que resulta imprescindible.

Clinton asintió. Una tenue sonrisa asomó a sus labios.

—La operación deberá realizarse en dos frentes distintos. Una parte trata de Zalachenko. Tengo que conseguir que entre en razón y creo que sé cómo. La otra parte deberá llevarse a cabo desde aquí, desde Estocolmo. El problema es que no hay nadie en la Sección que pueda encargarse de eso. Te necesito para que asumas el mando. Una última intervención. Tengo un plan. Jonas Sandberg y Georg Nyström realizarán el trabajo de campo. Tú dirigirás la operación.

—No sabes lo que me estás pidiendo.

—Sí… Sé lo que te estoy pidiendo. Y serás tú mismo quien decida si quieres aceptarlo o no. Pero, o intervenimos nosotros los viejos y arreglamos esto a nuestra manera, o dentro de un par de semanas la Sección no existirá.

Clinton apoyó el codo en el brazo del sofá y dejó caer la cabeza en la palma de la mano. Se quedó pensativo un par de minutos.

—Cuéntame tu plan —dijo finalmente.

Evert Gullberg y Fredrik Clinton hablaron durante dos horas.

A Wadensjöö se le pusieron los ojos como platos cuando, a las dos menos tres minutos, Gullberg volvió acompañado de Fredrik Clinton. Éste se le antojó un esqueleto andante. Parecía tener dificultades para andar y respirar y se apoyaba en el hombro de Gullberg con una mano.

—¡Por todos los santos!… —exclamó Wadensjöö.

—Continuemos con la reunión —respondió Gullberg secamente.

Volvieron a reunirse en torno a la mesa del despacho de Wadensjöö. Sin pronunciar palabra, Clinton se dejó caer en la silla que le ofrecieron.

—Todos conocéis a Fredrik Clinton —dijo Gullberg.

—Sí —contestó Wadensjöö—. Lo que me pregunto es qué hace aquí.

—Clinton ha decidido volver al servicio activo. Va a dirigir la unidad operativa de la Sección hasta que la actual crisis haya pasado.

Gullberg levantó una mano interrumpiendo la protesta de Wadensjöö antes de que a éste ni siquiera le diera tiempo a formularla.

—Clinton está cansado. Necesita ayuda. Debe acudir regularmente al hospital para someterse a sus sesiones de diálisis. Wadensjöö, tú contratarás a dos asistentes personales para que le ayuden con todos los detalles prácticos. Pero permíteme que deje una cosa clara: por lo que respecta a este asunto, será Clinton quien tome todas las decisiones operativas.

Se calló y esperó. No se oyó ninguna protesta.

—Tengo un plan. Creo que podemos llevarlo a buen puerto, pero debemos actuar rápidamente para no desperdiciar las ocasiones que se nos presenten —dijo—. Luego todo dependerá de la resolución y determinación que haya hoy en día en la Sección.

Wadensjöö percibió un cierto desafío en las palabras de Gullberg.

—Tu dirás...

—Primero: ya hemos tratado el tema de la policía. Haremos exactamente lo que dijimos. Intentaremos mantenerla apartada y que se sigan centrando en la búsqueda de Niedermann. Georg Nyström se ocupará de eso. Pase lo que pase, Niedermann carece de importancia. Nos aseguraremos de que sea Faste el que se encargue de la investigación de Salander.

—No parece demasiado complicado —dijo Nyström—. Tan sólo será cuestión de hablar discretamente con el fiscal Ekström.

—¿Y si se opone?...

—No creo que lo haga. Es un trepa y no mira más que por sus propios intereses. Pero ya sabré yo qué tecla tocar si fuera preciso. No le gustaría verse envuelto en un escándalo.

—Bien. El segundo paso es *Millennium* y Mikael Blomkvist. Ésa es la razón por la que Clinton ha vuelto al servicio. Es ahí donde se necesitan medidas extraordinarias.

—Creo que esto no me va a gustar —dijo Wadensjöö.

—Es muy probable que no, pero no podemos manipular a *Millennium* con la misma facilidad. Su amenaza, en cambio, se basa en un solo punto: el informe policial de Björck de 1991. Tal y como están las cosas ahora mismo supongo que ese documento se encuentra en dos sitios, tal vez tres. Fue Lisbeth Salander la que dio con él, pero —no sé cómo— Mikael Blomkvist también consiguió echarle el guante. Eso significa que mientras ella huía de la justicia debió de existir algún tipo de contacto entre Blomkvist y Salander.

Clinton levantó un dedo y pronunció las primeras palabras desde que llegó.

—Eso también dice algo del carácter de nuestro adversario. Blomkvist no teme correr riesgos; acuérdate del asunto Wennerström.

Gullberg hizo un gesto afirmativo.

—Blomkvist le dio el informe a su redactora jefe, Erika Berger, quien a su vez se lo mandó por mensajero a Bublanski. Así que ella también lo ha leído. Podemos dar por descontado que han hecho una copia de seguridad. Adivino que Blomkvist tiene una y que hay otra en la redacción.

—Parece razonable —dijo Wadensjöö.

—*Millennium* es una revista mensual, lo que quiere decir que no van a publicarlo mañana mismo. De modo que hay tiempo. Pero tenemos que hacernos con esas dos copias del informe. Y ese tema no podemos gestionarlo con la ayuda del fiscal general.

—Entiendo.

—O sea, que se trata de iniciar una actividad operativa y entrar tanto en casa de Blomkvist como en la redacción de *Millennium*. Jonas: ¿podrás encargarte de eso?

Jonas Sandberg miró a Wadensjöö por el rabillo del ojo.

—Evert, es preciso que entiendas que… que ya no nos dedicamos a ese tipo de acciones —precisó Wadensjöö—. Estamos en una nueva época que trata más de intrusión informática, escuchas telefónicas y cosas por el estilo. No contamos con los suficientes recursos como para mantener una actividad operativa.

Gullberg se inclinó hacia delante por encima de la mesa.

—En tal caso, Wadensjöö, tendrás que buscar esos recursos echando leches. Contrata a gente de fuera. Contrata a una cuadrilla de matones de la mafia yugoslava para que le den una paliza a Blomkvist si hace falta. Pero tenemos que conseguir esas dos copias del informe como sea. Si se quedan sin ellas, no podrán demostrar una mierda. Si no sois capaces de hacer eso, quédate ahí sentado tocándote los cojones hasta que la comisión constitucional llame a la puerta.

Gullberg y Wadensjöö cruzaron sus miradas durante un largo rato.

—Vale, me encargaré de eso —dijo de repente Jonas Sandberg.

Gullberg miró de reojo al *junior*.

—¿Estás seguro de que serás capaz de organizar algo así?

Sandberg asintió.

—Muy bien. Desde este mismo momento Clinton es tu nuevo jefe. Recibirás órdenes directas de él.

Sandberg hizo un gesto de asentimiento.

—Será, en gran medida, una cuestión de vigilancia. La unidad operativa necesita refuerzos —dijo Nyström—.

Tengo varios nombres en mente. Hay un chico en la organización externa: trabaja en el departamento de protección personal de la Seg y se llama Mårtensson. No le tiene miedo a nada y promete mucho. Llevo ya algún tiempo pensando en traérmelo a la organización interna. Incluso he pensado en él como mi sucesor.

—Está bien —respondió Gullberg—. Que lo decida Clinton.

—Hay otra noticia —dijo Georg Nyström—. Me temo que puede existir una tercera copia.

—¿Dónde?

—Me acabo de enterar de que Lisbeth Salander tiene una abogada. Su nombre es Annika Giannini. Es hermana de Mikael Blomkvist.

Gullberg asintió.

—Es verdad. Blomkvist le habrá dado una copia a su hermana. Cualquier otra cosa sería absurda. Lo que quiere decir que a partir de ahora, y durante algún tiempo, deberemos vigilar de cerca a los tres: a Berger, a Blomkvist y a Giannini.

—No creo que haya que preocuparse por Berger. Hoy mismo han emitido un comunicado de prensa en el que han anunciado que ella va a ser la nueva redactora jefe del *Svenska Morgon-Posten*. Ya no tiene nada que ver con *Millennium*.

—Vale. Pero vigílala de todas maneras. En cuanto a *Millennium,* necesitamos pincharles el teléfono a todos y, además, poner micrófonos en sus domicilios y, por supuesto, en la redacción. Tenemos que acceder a sus correos electrónicos y enterarnos de a quién ven y con quién hablan. Y estaría bien saber qué es lo que van a publicar y cómo van a enfocar sus revelaciones. Y, sobre todo, hemos de echarle el guante al informe. En otras palabras: hay mucha tela por cortar.

Wadensjöö pareció albergar serias dudas.

—Evert, nos estás pidiendo que organicemos una serie de actividades operativas contra la redacción de un periódico. Es una de las cosas más peligrosas que podemos hacer.

—No tienes elección. O te pones manos a la obra o ya va siendo hora de que otra persona asuma la dirección de este lugar.

El desafío flotó sobre la mesa como una nube.

—Creo que seré capaz de controlar el tema de *Millennium* —acabó por decir Jonas Sandberg—. Pero nada de esto resuelve el problema básico. ¿Qué hacemos con Zalachenko? Si él habla, todos los demás esfuerzos serán en vano.

Gullberg movió lentamente la cabeza.

—Ya lo sé. Ésa es mi parte de la operación. Creo que tengo un argumento que convencerá a Zalachenko para que no abra la boca. Pero eso exige cierta preparación. Esta misma tarde salgo para Gotemburgo.

Se calló y miró a su alrededor. Luego centró su mirada en Wadensjöö.

—Durante mi ausencia, Clinton tomará las decisiones operativas —dijo.

Al cabo de un rato, Wadensjöö asintió.

No fue hasta el lunes por la tarde cuando la doctora Helena Endrin, tras haber consultado a su colega Anders Jonasson, juzgó que el estado de Lisbeth Salander era lo suficientemente estable como para que pudiera recibir visitas. Los primeros visitantes fueron dos inspectores de la policía criminal a los que se les concedieron quince minutos para hacer sus preguntas. Cuando entraron en la habitación y acercaron un par de sillas a la cama, Lisbeth los contempló en silencio.

—Hola. Soy el inspector Marcus Erlander. Trabajo en la brigada de delitos violentos de Gotemburgo. Ésta es mi colega Sonja Modig, de la policía de Estocolmo.

Lisbeth Salander no saludó. Ni se inmutó. Reconoció a Modig como uno de los maderos del grupo de Bublanski. Erlander mostró una tímida sonrisa.

—Tengo entendido que no sueles intercambiar muchas palabras con las autoridades. Así que te quería informar de que no es necesario que digas absolutamente nada. En cambio, te agradecería que fueras tan amable de dedicarme unos minutos y escucharme. Tenemos varios asuntos entre manos y no hay tiempo para tratarlos todos hoy. Ya habrá más ocasiones.

Lisbeth Salander no dijo nada.

—En primer lugar te quiero informar de que tu amigo Mikael Blomkvist nos ha dicho que una abogada llamada Annika Giannini está dispuesta a representarte y que ya está al corriente del caso. Dice que ya te ha comunicado su nombre. Necesito que me confirmes que así es y me gustaría saber si deseas que la abogada Giannini venga hasta Gotemburgo para encargarse de tu defensa.

Lisbeth Salander no dijo nada.

Annika Giannini. La hermana de Mikael Blomkvist. Él la había mencionado en un correo. Lisbeth no había reflexionado sobre el hecho de que fuera a necesitar un abogado.

—Lo siento, pero simplemente tengo que pedirte que me contestes a esa pregunta. Me basta con un sí o un no. Si dices que sí, el fiscal de Gotemburgo se pondrá en contacto con la abogada Giannini. Si dices que no, el tribunal te designará un abogado de oficio. ¿Qué quieres?

Lisbeth Salander sopesó la propuesta. Suponía que, en efecto, iba a necesitar un abogado, pero tener a la hermana de Kalle Blomkvist de los Cojones como abogada defensora era demasiado fuerte. Qué contento se pondría el cabrón. Por otra parte, un desconocido abogado de oficio difícilmente resultaría mejor. Finalmente abrió la boca y graznó una sola palabra.

—Giannini.

—Muy bien. Gracias. Ahora sólo me queda una pregunta. No necesitas decir ni una palabra hasta que tu abogada esté presente pero, a mi entender, esta pregunta no os afecta ni a ti ni a tu bienestar. La policía busca ahora al ciudadano alemán de treinta y siete años Ronald Niedermann por el asesinato de un policía.

Lisbeth arqueó una ceja. Eso era toda una noticia: no tenía ni idea de lo que había ocurrido después de darle a Zalachenko el hachazo en la cabeza.

—Por lo que a los hechos de Gotemburgo respecta, queremos detenerlo cuanto antes. Además, mi colega de Estocolmo, aquí presente, quiere interrogarlo en relación con los tres asesinatos de los que tú eras sospechosa. De modo que pedimos tu colaboración. Nuestra pregunta es si tienes alguna idea… si nos puedes dar alguna pista que nos ayude a localizarlo.

Escéptica, Lisbeth desplazó la mirada de Erlander a Modig para volver a centrarla en Erlander.

No saben que es mi hermano.

Luego se preguntó si quería que detuvieran a Niedermann o no. Lo que más deseaba en el mundo era meterlo en un hoyo de Gosseberga y enterrarlo allí. Al final se encogió de hombros. Algo que no debería haber hecho, ya que un intenso dolor le atravesó de inmediato el hombro izquierdo.

—¿Qué día es hoy? —preguntó Lisbeth.

—Lunes.

Hizo memoria.

—La primera vez que oí el nombre de Ronald Niedermann fue el jueves de la semana pasada. Le seguí el rastro hasta Gosseberga. No tengo ni idea de dónde está ni de adónde habrá huido. Lo más probable es que intente ponerse a salvo cuanto antes en el extranjero.

—¿Por qué crees que piensa irse al extranjero?

Lisbeth meditó la respuesta.

—Porque mientras Niedermann salía a cavar mi

tumba, Zalachenko me dijo que él estaba llamando demasiado la atención y que ya estaba previsto que se fuera al extranjero durante un tiempo.

Lisbeth Salander no intercambiaba tantas palabras con un policía desde que tenía doce años.

—De modo que Zalachenko es... tu padre.

Bueno, al menos eso sí lo han averiguado. Sin duda lo han sacado de Kalle Blomkvist de los Cojones.

—Mi deber es informarte de que tu padre ha denunciado que intentaste matarlo. El asunto está ahora mismo en manos del fiscal, quien deberá decidir si dictar un eventual auto de procesamiento. Lo que sí es cierto, en cambio, es que estás detenida por graves malos tratos. Le diste con un hacha en la cabeza.

Lisbeth no realizó ningún comentario. Se hizo un largo silencio. Luego Sonja Modig se inclinó hacia delante y le dijo en voz baja:

—Sólo quiero decirte que nosotros, los policías, no le damos mucho crédito a la historia de Zalachenko. Primero habla seriamente con tu abogada y ya vendremos para hablar contigo.

Erlander asintió. Los agentes se levantaron.

—Gracias por ayudarnos con Niedermann —dijo Erlander.

Lisbeth estaba sorprendida por el comportamiento educado, casi amable, de la policía. Pensó en la respuesta de Sonja Modig. «Aquí hay gato encerrado», concluyó.

Capítulo 7

Lunes, 11 de abril –
Martes, 12 de abril

El lunes, a las seis menos cuarto de la tarde, Mikael Blomkvist cerró la tapa de su iBook y se levantó de la mesa de la cocina de su casa de Bellmansgatan. Se puso un abrigo y se fue andando hasta las oficinas de Milton Security en Slussen. Cogió el ascensor hasta la recepción de la tercera planta y enseguida lo dirigieron a una sala de reuniones. Llegó a las seis en punto y fue el último en personarse.

—Hola, Dragan —dijo al tiempo que le estrechaba la mano—. Gracias por haber aceptado hacer de anfitrión de esta reunión informal.

Miró a su alrededor. Aparte de ellos dos, el grupo estaba formado por Annika Giannini, Holger Palmgren y Malin Eriksson. Por parte de Milton también participaba el antiguo inspector de la policía criminal Sonny Bohman, quien, por encargo de Armanskij, seguía la investigación sobre Salander desde el primer día.

Era la primera vez en más de dos años que Holger Palmgren salía. A su médico, el doctor A. Sivarnandan, no le había hecho mucha gracia dejarle abandonar la residencia de Ersta, pero Palmgren había insistido. Acudió en un coche del servicio municipal de discapacitados. Fue con su asistenta particular, Johanna Karolina Oskarsson, de treinta y nueve años, cuyo salario provenía de un misterioso fondo creado para ofrecerle a Palmgren los mejores cuidados imaginables. Karolina Oskarsson se quedó esperando en una mesa situada fuera de la sala de reuniones. Llevaba un libro. Mikael cerró la puerta.

—Para los que no la conocéis, Malin Eriksson es la nueva redactora jefe de *Millennium*. Le he pedido que nos acompañe en esta reunión, ya que lo que vamos a tratar aquí también afecta a su trabajo.

—Muy bien —dijo Armanskij—. Aquí nos tienes. Somos todo oídos.

Mikael se puso ante la pizarra y cogió un rotulador. Paseó la mirada por cada uno de los allí presentes.

—Ésta es sin duda una de las cosas más surrealistas que me han sucedido en la vida —comentó—. Cuando todo esto haya pasado, voy a fundar una asociación sin ánimo de lucro. La llamaré *Los caballeros de la mesa chalada*, y su objetivo será organizar una cena anual en la que hablaremos mal de Lisbeth Salander. Sois todos miembros.

Hizo una pausa.

—La realidad es ésta —dijo mientras empezaba a escribir palabras sueltas en la pizarra de Armanskij. Habló durante más de treinta minutos. Luego estuvieron debatiendo el tema durante casi tres horas.

Una vez concluida formalmente la reunión, Evert Gullberg se sentó con Fredrik Clinton. Hablaron en voz baja durante un par de minutos. Acto seguido, Gullberg se levantó y los viejos compañeros de armas se dieron la mano.

Gullberg regresó en taxi al Freys Hotel, recogió su ropa, pagó la factura y cogió uno de los trenes que salían por la tarde para Gotemburgo. Eligió primera clase y le dieron un compartimento entero para él solo. Al pasar el puente de Årsta sacó un bolígrafo y un bloc de cartas. Reflexionó un momento y luego se puso a escribir. Llenó más o menos la mitad de la hoja antes de detenerse y arrancarla.

Los documentos falsificados no eran su especialidad, pero en ese caso concreto la tarea se simplificaba por el simple hecho de que las cartas que estaba a punto de redactar iban a ser firmadas por él mismo. La dificultad estribaba en que ni una sola palabra sería cierta.

Cuando pasó Nyköping ya había rechazado una buena cantidad de borradores, pero por fin empezaba a hacerse una idea de los términos en los que debía formular los escritos. Al llegar a Gotemburgo tenía ya terminadas doce cartas con las que se encontraba satisfecho. Se aseguró de que sus huellas dactilares quedaran marcadas en las hojas.

En la estación central de Gotemburgo consiguió encontrar una fotocopiadora e hizo unas cuantas copias. Luego compró sobres y sellos y echó las cartas al buzón, cuya recogida estaba prevista para las 21.00.

Gullberg cogió un taxi hasta el City Hotel de Lorensbergsgatan, donde Clinton ya le había hecho una reserva. De modo que iba a pasar la noche en el mismo hotel en el que Mikael Blomkvist se había alojado un par de días antes. Subió de inmediato a su habitación y se dejó caer en la cama. Se encontraba tremendamente cansado y se dio cuenta de que en todo el día sólo había comido dos rebanadas de pan. Sin embargo, no tenía hambre. Se desnudó, se metió en la cama y se durmió casi enseguida.

Lisbeth Salander se despertó sobresaltada al oír que la puerta se abría. Supo al instante que no se trataba de ninguna de las enfermeras de noche. Sus ojos se abrieron en dos finas líneas y descubrieron en la puerta una silueta con muletas. Zalachenko, quieto, la contemplaba a la luz que se filtraba desde el pasillo.

Sin moverse, Lisbeth desplazó la mirada hasta que consiguió ver que el reloj digital marcaba las 3.10.

Continuó desplazándola unos milímetros más y percibió un vaso de agua cerca del borde de la mesilla. Fijó la vista en él y calculó la distancia. Lo alcanzaría sin necesidad de mover el cuerpo.

Le llevaría una fracción de segundo estirar el brazo y, con un resuelto movimiento, romper el vaso contra el borde de la mesilla. Si él se inclinara sobre ella, Lisbeth tardaría medio segundo más en clavar el filo del cristal en la garganta de Zalachenko. Contempló otras alternativas pero llegó a la conclusión de que ésa era su única arma.

Se relajó y esperó.

Zalachenko permaneció quieto en la puerta durante dos minutos.

Luego la cerró con sumo cuidado. Ella oyó el débil y raspante sonido de las muletas mientras él se alejaba sigilosamente de la habitación.

Cinco minutos después, Lisbeth se apoyó en el codo y, alargando la mano, cogió el vaso y bebió un largo trago. Se sentó en la cama con las piernas colgando y se quitó los electrodos del brazo y del pecho. Se puso de pie a trancas y barrancas, tambaleándose. Le llevó un par de minutos recuperar el control de su cuerpo. Se acercó cojeando a la puerta y se apoyó contra la pared para recuperar el aliento. Tenía un sudor frío. Acto seguido, una gélida rabia se apoderó de ella.

Fuck you, Zalachenko. Terminemos con esto de una vez por todas.

Necesitaba un arma.

Un instante después percibió en el pasillo el ruido de unos pasos rápidos.

Mierda. Los electrodos.

—Pero ¿qué diablos haces tú levantada? —preguntó asombrada la enfermera de noche.

—Tengo que... que ir... al baño —dijo Lisbeth sin aliento.

—Vuelve a la cama inmediatamente.

Cogió a Lisbeth de la mano y la condujo hasta la cama. Luego le dio una cuña.

—Cuando quieras ir al baño, llámanos. Para eso tienes ese botón —le dijo la enfermera.

Lisbeth no pronunció palabra. Se concentró en intentar producir unas gotas de orina.

Mikael Blomkvist se despertó a las diez y media del martes, se duchó, puso la cafetera y luego se sentó ante su iBook. La noche anterior había regresado a casa tras la reunión de Milton Security y se había quedado trabajando hasta las cinco de la mañana. Por fin tenía la sensación de que la historia empezaba a tomar forma. La biografía de Zalachenko seguía siendo un poco difusa: todo lo que tenía era lo que había conseguido sacarle a Björck, así como los detalles que pudo aportar Holger Palmgren. El texto sobre Lisbeth Salander estaba ya prácticamente terminado. Explicaba, paso a paso, cómo ella había sido víctima de una banda de «guerreros fríos» de la DGP/Seg que la encerraron en una clínica psiquiátrica infantil para que no hiciera estallar el secreto de Zalachenko.

Estaba contento con el texto. Tenía una historia cojonuda por la que la gente echaría abajo los quioscos y que, además, crearía una serie de problemas que llegarían hasta lo más alto de la jerarquía estatal.

Mientras reflexionaba encendió un cigarrillo.

Había dos enormes agujeros que debía tapar. Uno de ellos no presentaba grandes dificultades: tenía que centrarse en Peter Teleborian, algo que estaba ansioso por hacer. Cuando hubiera terminado con él, el prestigioso psiquiatra se convertiría en uno de los hombres más odiados de Suecia. Ése era el primero.

El segundo resultaba bastante más complicado.

La conspiración contra Lisbeth Salander —pensó en ellos como *El club de Zalachenko*— provenía de la Säpo. Contaba con un nombre, Gunnar Björck, pero era imposible que Björck fuera el único responsable. Debía de existir un grupo, un departamento de algún tipo. Tenía que haber jefes, responsables y un presupuesto. El problema era que él ignoraba por completo cómo identificar a esas personas. No sabía por dónde empezar. Sólo tenía una vaga idea sobre la organización de la Säpo.

El lunes inició la investigación mandando a Henry Cortez a unas cuantas librerías de viejo de Södermalm para que comprara cualquier obra que tuviese algo que ver con la policía sueca de seguridad. A eso de las cuatro de la tarde, Henry Cortez llegó a casa de Mikael con seis tomos y los dejó sobre una mesa. Mikael contempló la pila de libros.

El espionaje en Suecia de Mikael Rosquist (Tempus, 1988); *Jefe de la Säpo, 1962-1970* de Per Gunnar Vinge (W&W, 1988); *Los poderes secretos* de Jan Ottosson y Lars Magnusson (Tiden, 1991); *Lucha por el poder de la Säpo* de Erik Magnusson (Corona, 1989); *Una misión* de Carl Lidbom (W&W, 1990), así como —algo sorprendente— *An Agent in Place* de Thomas Whiteside (Ballantine, 1966), que trataba del caso Wennerström. El caso Wennerström de los años sesenta, no el que él mismo destapó en el año 2000.

Se pasó la mayor parte de la madrugada del lunes al martes leyendo —o, por lo menos, hojeando— los libros que Henry Cortez le había traído. Cuando terminó, llegó a una serie de conclusiones. Primera: parece ser que la mayoría de los libros escritos sobre la policía de seguridad se publicaron a finales de los años ochenta. Una búsqueda en Internet le confirmó que, en la actualidad, no había ninguna literatura que versara sobre esa materia. Segunda: al parecer no existía ningún libro que ofreciera una visión general e histórica comprensible de la actividad de la policía secreta sueca. Tal vez resultara lógico teniendo en cuenta que muchos casos habían sido clasificados —y, por lo tanto, eran difíciles de tratar—, pero no parecía haber ni una sola institución, un solo investigador o un solo medio de comunicación que hubiese examinado a la Säpo con ojos críticos.

También tomó nota de lo curioso que resultaba que en ninguno de los libros localizados por Henry Cortez figurara una bibliografía. En su lugar, las notas a pie de página contenían referencias a artículos de la prensa vespertina o a entrevistas personales con algún agente jubilado de la Säpo.

El libro *Los poderes secretos* resultaba fascinante, pero se ocupaba, en su mayor parte, de la época de la segunda guerra mundial, así como de los años inmediatamente anteriores. Mikael consideró que las memorias de P. G. Vinge no eran sino un libro propagandístico escrito en defensa propia por un destituido jefe de la Säpo que había recibido duras críticas. *An Agent in Place* contenía —ya desde el primer capítulo— tantas cosas raras sobre Suecia que, sin pensárselo dos veces, tiró el libro a la papelera. Los únicos libros con una explícita ambición de describir el trabajo de la policía de seguridad eran *Lucha por el poder de la Säpo* y *El espionaje en Suecia*. En ellos figuraba una serie de datos, nombres y organigramas. Le pareció que el libro de Erik Magnusson merecía ser leído. Aunque no respondía a ninguna de sus preguntas más inmediatas, ofrecía una buena panorámica general de la Säpo y de sus actividades durante las pasadas décadas.

Sin embargo, la mayor sorpresa la constituyó *Una misión* de Carl Lidbom, que describía los problemas con los que tuvo que enfrentarse el ex embajador sueco en París cuando, por encargo del gobierno, investigó a la Säpo tras la estela dejada por el asesinato de Palme y el caso

Ebbe Carlsson. Mikael no había leído nada de Carl Lidbom con anterioridad y le sorprendió ese lenguaje irónico salpicado de observaciones muy agudas. Pero tampoco el libro de Carl Lidbom daba respuesta a sus preguntas, aunque ya empezaba a hacerse una idea de aquello a lo que se estaba enfrentando.

Después de meditar un instante, cogió el móvil y llamó a Henry Cortez.

—Hola, Henry. Gracias por el trabajo de campo de ayer.

—Mmm. ¿Qué quieres?

—Un poco más de lo mismo.

—Micke, tengo trabajo. Me han nombrado secretario de redacción.

—Un paso estupendo en tu carrera profesional.

—¿Qué quieres?

—A lo largo de los años se han realizado unos cuantos estudios oficiales sobre la Säpo. Carl Lidbom hizo uno. Debe de haber numerosas investigaciones similares.

—Ya.

—Llévate a casa todo lo que puedas encontrar en el Riksdag: presupuestos, informes de comisiones estatales, actas de interpelación y cosas por el estilo. Y pide las memorias anuales de la Säpo hasta donde puedas remontarte.

—Sí, *bwana*.

—Muy bien. Oye, Henry…

—¿Sí?

—… no lo necesito hasta mañana.

Lisbeth Salander se pasó la mañana dándole vueltas a lo de Zalachenko. Sabía que se encontraba a dos puertas de ella, que por las noches deambulaba por los pasillos y que a las tres y diez de la madrugada había estado frente a su habitación.

Ella lo había seguido hasta Gosseberga con la intención de matarlo. Fracasó, y ahora Zalachenko estaba vivo y a menos de diez metros de ella. Estaba metida en la mierda. No sabía muy bien hasta dónde, pero suponía que se vería obligada a escapar de allí y luego desaparecer discretamente fugándose al extranjero si no quería correr el riesgo de que la volviesen a encerrar en algún manicomio con Peter Teleborian como carcelero.

El problema era, por supuesto, que apenas tenía fuerzas para incorporarse en la cama. Advertía mejoras. El dolor de cabeza persistía, pero, en lugar de ser permanente, se producía a intervalos más o menos regulares. El dolor del hombro acechaba bajo la superficie y se manifestaba sólo cuando intentaba moverse.

Oyó pasos delante de su puerta y vio a una enfermera abrir y dejar pasar a una mujer que llevaba pantalones negros, blusa blanca y americana oscura. Se trataba de una mujer guapa y delgada, con el pelo corto y oscuro peinado como si fuera un chico. Irradiaba una complaciente autoconfianza. Llevaba un maletín negro en la mano. Lisbeth descubrió en el acto que tenía los mismos ojos que Mikael Blomkvist.

—Hola, Lisbeth. Me llamo Annika Giannini —dijo—. ¿Puedo entrar?

Lisbeth la observó con ojos inexpresivos. De repente no tuvo ni pizca de ganas de conocer a la hermana de Mikael Blomkvist y se arrepintió de haber aceptado la propuesta de que ella fuera su abogada.

Annika Giannini entró, cerró la puerta tras de sí y se acercó una silla. Permaneció callada durante unos segundos contemplando a su clienta.

Lisbeth Salander tenía una pinta lamentable. Su cabeza era un paquete de vendas. Sus ojos, inyectados en sangre, estaban rodeados de unos enormes y morados hematomas.

—Antes de que empecemos a hablar necesito saber si

realmente quieres que yo sea tu abogada. Por regla general sólo llevo casos civiles y represento a víctimas de violaciones o de malos tratos. No soy una abogada penalista. Sin embargo, he estudiado los detalles de tu caso y me apetece mucho representarte, si tú me lo permites. También debo decirte que Mikael Blomkvist es mi hermano, creo que eso ya lo sabes, y que él y Dragan Armanskij van a pagar mis honorarios.

Esperó un rato, pero como no obtuvo ninguna reacción por parte de su clienta prosiguió.

—Si me quieres como abogada, trabajaré para ti. O sea, que no trabajo ni para mi hermano ni para Dragan Armanskij. En la parte penal me asistirá tu viejo administrador, Holger Palmgren. Es un tipo duro: todavía está convaleciente, pero se ha levantado casi a rastras de su cama para ayudarte.

—¿Palmgren? —preguntó Lisbeth Salander.

—Sí.

—¿Lo has visto?

—Sí. Va a ser mi asesor.

—¿Cómo está?

—Está cabreadísimo, pero, por curioso que pueda resultar, no parece preocupado por ti.

Lisbeth Salander mostró una sonrisa torcida. La primera desde que aterrizó en el hospital de Sahlgrenska.

—Y tú, ¿cómo estás?

—Estoy hecha un saco de mierda —dijo Lisbeth Salander.

—Bueno… ¿Me aceptas como defensora? Armanskij y Mikael pagarán mis honorarios y…

—No.

—¿No? ¿Qué quieres decir?

—Que te pagaré yo. No quiero ni un céntimo de Armanskij ni de Kalle Blomkvist. Sin embargo, no podré pagarte hasta que no tenga acceso a Internet.

—Entiendo. Ya solucionaremos ese tema cuando llegue el momento; de todos modos, las autoridades públicas correrán con la mayor parte de los gastos. ¿Quieres entonces que te represente?

Lisbeth Salander asintió secamente.

—Bien. Empezaré por transmitirte un mensaje de Mikael. Se expresa de manera críptica pero insiste en que tú comprenderás lo que quiere decir.

—¿Ah, sí?

—Dice que me lo ha contado casi todo de ti excepto unas pocas cosas. La primera concierne a las aptitudes que descubrió en Hedestad sobre ti.

Mikael sabe que tengo memoria fotográfica... y que soy una hacker. *No se lo ha dicho a nadie.*

—Vale.

—La segunda es el DVD. No sé a qué se refiere, pero dice que eres tú la que debe decidir si contármelo o no. ¿Tú sabes a qué se refiere?

El DVD de la película que mostraba la violación de Bjurman.

—Sí.

—Bien.

De repente, Annika Giannini dudó.

—A veces mi hermano me irrita un poco. A pesar de haberme contratado, sólo me cuenta lo que le apetece. ¿Tú también piensas ocultarme cosas?

Lisbeth meditó la respuesta.

—No lo sé.

—Vamos a tener que hablar bastante. Sin embargo, ahora no puedo quedarme mucho tiempo porque debo ver a la fiscal Agneta Jervas dentro de cuarenta y cinco minutos. Sólo necesitaba confirmar que realmente me querías como abogada. También tengo que darte una instrucción...

—Vale.

—Es la siguiente: si yo no estoy presente no digas ni una sola palabra a la policía, te pregunten lo que te pregunten. Aunque te provoquen y te acusen de todo tipo de cosas. ¿Me lo prometes?

—Eso no me costará nada —respondió Lisbeth Salander.

Tras el esfuerzo del lunes, Evert Gullberg se encontraba completamente agotado, de modo que no se despertó hasta las nueve de la mañana, casi cuatro horas más tarde de lo habitual. Fue al cuarto de baño, se duchó y se lavó los dientes. Permaneció un buen rato contemplando su cara en el espejo antes de apagar la luz y empezar a vestirse. Eligió la única camisa limpia que le quedaba en el maletín y se puso una corbata con motivos marrones.

Bajó al comedor del hotel y se tomó un café solo y una tostada de pan blanco con una loncha de queso y un poco de mermelada de naranja. Se bebió un gran vaso de agua mineral.

Luego se dirigió al vestíbulo principal y, desde una cabina, llamó al móvil de Fredrik Clinton.

—Soy yo. ¿Estado de la situación?

—Bastante agitado.

—Fredrik, ¿te ves con fuerzas para esto?

—Sí, me resulta igual que en los viejos tiempos. Aunque es una pena que no esté vivo Hans von Rottinger: sabía planificar las operaciones mejor que yo.

—Los dos estabais al mismo nivel. Podíais haberos sustituido el uno al otro en cualquier momento. Algo que, de hecho, hicisteis bastante a menudo.

—Él tenía algo, una especial sensibilidad; siempre fue un poco mejor.

—¿Cómo vais?

—Sandberg es más listo de lo que pensábamos. Hemos cogido una ayuda externa: Mårtensson. No es más que el chico de los recados, pero puede valer. Hemos pinchado el teléfono de casa de Blomkvist y también su móvil. A lo largo del día nos encargaremos de los teléfonos de Giannini y de *Millennium*. Estamos estudiando los planos de los despachos y de los pisos. Entraremos lo antes posible.

—Lo primero que debes hacer es localizar dónde están todas las copias…

—Ya lo he hecho. Hemos tenido una suerte increíble. A las diez de la mañana, Annika Giannini ha llamado a Blomkvist. Le ha preguntado específicamente por el número de copias que existen y ha quedado claro que Mikael Blomkvist está en posesión de la única copia. Berger hizo una copia del informe, pero se la envió a Bublanski.

—Muy bien. No hay tiempo que perder.

—Ya lo sé. Pero tenemos que hacerlo todo seguido. Si no recuperamos todas las copias del informe de Björck al mismo tiempo, fracasaremos.

—Ya lo sé.

—Es un poco complicado, porque Giannini ha salido para Gotemburgo esta misma mañana. He mandado tras ella a un equipo de colaboradores externos. Acaban de coger un vuelo hacia allí.

—Bien.

A Gullberg no se le ocurrió nada más que decir. Permaneció callado un largo rato.

—Gracias, Fredrik —respondió finalmente.

—Gracias a ti. Esto es más divertido que quedarse sentado esperando en vano un riñón.

Se despidieron. Gullberg pagó la factura del hotel y salió a la calle. La suerte ya estaba echada. Ahora sólo faltaba que la coreografía fuese exacta.

Empezó dando un paseo hasta el Park Avenue Hotel, donde pidió usar el fax para mandar las cartas que escribió en el tren el día anterior. No quería utilizar el fax de donde había estado alojado. Luego salió a Avenyn y buscó un taxi. Se detuvo junto a una papelera e hizo trizas las copias que había hecho de las cartas.

Annika Giannini conversó con la fiscal Agneta Jervas durante quince minutos. Quería enterarse de los cargos que ésta tenía intención de presentar contra Lisbeth Salander, pero no tardó en comprender que Jervas no estaba segura de lo que iba a pasar.

—Ahora mismo me contento con detenerla por graves malos tratos o, en su defecto, por intento de homicidio. Me refiero a los hachazos que Lisbeth Salander le dio a su padre. Supongo que apelarás al derecho de legítima defensa.

—Tal vez.

—Pero, sinceramente, Ronald Niedermann, el asesino del policía, es ahora mismo mi prioridad.

—Entiendo.

—Estoy en contacto con el fiscal general. Ahora están tratando de ver si todos los cargos que existen contra tu clienta los va a llevar un único fiscal de Estocolmo y si se va a incluir lo que ha ocurrido aquí.

—Doy por descontado que todo se va a trasladar a Estocolmo.

—Bien. En cualquier caso debo interrogar a Lisbeth Salander. ¿Cuándo podría ser?

—Tengo un informe de su médico, Anders Jonasson. Dice que Lisbeth Salander no estará en condiciones de participar en un interrogatorio hasta que no pasen varios días. Aparte de sus daños físicos, se encuentra fuertemente drogada a causa de los analgésicos.

—A mí me han comunicado algo parecido. Tal vez entiendas lo frustrante que eso me resulta. Te repito que, ahora mismo, mi prioridad es Ronald Niedermann. Tu clienta dice que no sabe dónde se esconde.

—Cosa que se corresponde con la verdad. Ella no conoce a Niedermann. Consiguió identificarlo y dar con él. Pero nada más.

—De acuerdo —respondió Agneta Jervas.

Evert Gullberg llevaba un ramo de flores en la mano cuando entró en el ascensor del Sahlgrenska al mismo tiempo que una mujer de pelo corto y americana oscura. Al llegar a la planta, le abrió educadamente la puerta y le permitió salir en primer lugar y dirigirse a la recepción.

—Me llamo Annika Giannini. Soy abogada y vengo a ver de nuevo a mi clienta, Lisbeth Salander.

Evert Gullbeg volvió la cabeza y, asombrado, se quedó mirando a la mujer que había subido con él en el ascensor. Mientras la enfermera comprobaba la identidad de Giannini y consultaba una lista, Gullberg desplazó la mirada y observó el maletín de la mujer.

—Habitación 12 —dijo la enfermera.

—Gracias. Ya he estado aquí antes, así que conozco el camino.

Cogió su maletín y desapareció del campo de visión de Gullberg.

— ¿Puedo ayudarle? —preguntó la enfermera.

—Sí, por favor, quisiera entregarle estas flores a Karl Axel Bodin.

—No puede recibir visitas.

—Lo sé, sólo quería darle las flores.

—Nosotras nos encargaremos de eso.

Más que nada, Gullberg había traído el ramo de flores para tener una excusa. Quería hacerse una idea del aspecto de la planta. Le dio las gracias y se acercó hasta la salida. De camino pasó por delante de la habitación de Zalachenko, la 14, según Jonas Sandberg.

Esperó fuera en la escalera. A través del cristal pudo ver cómo la enfermera cogía el ramo de flores y entraba en la habitación de Zalachenko. Cuando ella regresó a su puesto, Gullberg abrió la puerta, se dirigió a toda prisa a la habitación 14 y entró.

—Hola, Alexander —saludó.

Zalachenko miró asombrado a su inesperada visita.

—Pensaba que a estas alturas ya estarías muerto —le contestó.

—Aún no —dijo Gullberg.

—¿Qué quieres? —preguntó Zalachenko.

—¿Tú qué crees?

Gullberg acercó la silla a la cama y se sentó.

—Verme muerto, quizá.

—Nada me gustaría más. Joder, ¿cómo has podido ser tan estúpido? Te dimos una vida completamente nueva y acabas aquí.

Si Zalachenko hubiese podido sonreír, lo habría hecho. En su opinión, la policía sueca de seguridad no estaba compuesta más que por un puñado de aficionados. En ese grupo incluía a Evert Gullberg y Sven Jansson, alias de Gunnar Björck. Por no hablar de ese perfecto idiota que había sido el abogado Nils Bjurman.

—Y ahora tenemos que ponerte a salvo de las llamas una vez más.

La expresión no fue del agrado del viejo Zalachenko, el que un día sufriera tan terribles quemaduras.

—No me vengas con moralismos. Sácame de aquí.

—Eso es lo que te quería comentar.

Cogió su maletín, sacó un cuaderno y lo abrió por una página en blanco. Luego le echó una inquisitiva mirada a Zalachenko.

—Hay una cosa que me produce mucha curiosidad: ¿realmente serías capaz de delatarnos después de todo lo que hemos hecho por ti?

—¿Tú qué crees?

—Eso depende de lo loco que estés.

—No me llames loco. Yo soy un superviviente. Hago lo que tengo que hacer para sobrevivir.

Gullberg negó con la cabeza.

—No, Alexander, tú haces lo que haces porque eres malvado y estás podrido. ¿No querías conocer la postura de la Sección? Pues aquí estoy yo para comunicártela: en esta ocasión no moveremos ni un solo dedo para ayudarte.

Por primera vez, Zalachenko pareció inseguro.

—No tienes elección —dijo.

—Siempre hay una elección —contestó Gullberg.

—Voy a…

—No vas a hacer nada de nada.

Gullberg inspiró profundamente, introdujo la mano en el compartimento exterior de su maletín marrón y sacó un Smith & Wesson de 9 milímetros con la culata chapada en oro. Hacía ya veinticinco años que tenía el arma: un regalo del servicio de inteligencia inglés en agradecimiento por una inestimable información que él le sacó a Zalachenko y que convirtió en moneda de cambio en forma del nombre de un estenógrafo del MI-5 inglés, quien, haciendo gala de un auténtico espíritu *philbeano*, estuvo trabajando para los rusos.

Zalachenko pareció asombrarse. Luego se rió.

—¿Y qué vas a hacer con él? ¿Matarme? Pasarás el resto de tus miserables días en la cárcel.

—No creo —dijo Gullberg.

De repente, a Zalachenko le entró la duda de si Gullberg se estaba marcando un farol o no.

—Será un escándalo de enormes proporciones.

—Tampoco lo creo. Saldrá en los periódicos. Pero dentro de una semana nadie recordará ni siquiera el nombre de Zalachenko.

Zalachenko entornó los ojos.

—Maldito hijo de perra —dijo Gullberg con un tono de voz tan frío que Zalachenko se quedó congelado.

Apretó el gatillo y le introdujo la bala en la mitad de la frente en el mismo instante en que Zalachenko empezó a girar su prótesis por encima del borde de la cama. Zalachenko salió impulsado hacia atrás, contra la almohada. Pataleó espasmódicamente unas cuantas veces antes de quedarse quieto. Gullberg vio que en la pared, tras el cabecero de la cama, se había dibujado una flor de salpicaduras rojas. A consecuencia del disparo le empezaron a zumbar los oídos, de modo que, automáticamente, se hurgó el conducto auditivo con el dedo índice que le quedaba libre.

Luego se levantó, se acercó a Zalachenko y, poniéndole la punta de la pistola en la sien, apretó el gatillo otras dos veces. Quería asegurarse de que el viejo cabrón estaba realmente muerto.

Lisbeth Salander se incorporó de golpe en cuanto sonó el primer disparo. Sintió cómo un intenso dolor le penetraba en el hombro. Al oír los dos siguientes, intentó sacar las piernas de la cama.

Cuando se produjeron los tiros, Annika Giannini sólo llevaba un par de minutos hablando con Lisbeth. Al principio se quedó paralizada intentando hacerse una idea de la procedencia del primer y agudo estallido. La reacción de Lisbeth Salander le hizo comprender que algo estaba pasando.

—¡No te muevas! —gritó Annika Giannini para, acto seguido y por puro instinto, poner su mano contra el pecho de su clienta y tumbarla con tanta fuerza que Lisbeth se quedó sin aliento.

Luego Annika atravesó a toda prisa la habitación y se asomó al pasillo: dos enfermeras se acercaban corriendo a una habitación que estaba dos puertas más abajo. La primera de las enfermeras se paró en seco en el umbral. Annika la oyó gritar «¡No, no lo hagas!» y luego la vio retroceder un paso y chocar con la otra enfermera.

—¡Va armado! ¡Corre!

Annika se quedó mirándolas mientras éstas abrían una puerta y buscaban refugio en la habitación contigua a la de Lisbeth Salander.

A continuación, vio salir al pasillo al hombre delgado y canoso de la americana de pata de gallo. Llevaba una pistola en la mano. Annika lo identificó como el señor con el que había subido en el ascensor hacía tan sólo unos pocos minutos.

Sus miradas se cruzaron. Él parecía desconcertado. La apuntó con el arma y dio un paso hacia delante. Ella escondió la cabeza, cerró la puerta de un portazo y miró desesperadamente a su alrededor. Justo a su lado tenía una alta mesita auxiliar; la cogió, la acercó a la puerta con un solo movimiento y aseguró con ella la manivela.

Advirtió unos movimientos, volvió la cabeza y vio que Lisbeth Salander estaba de nuevo a punto de salir de la cama. Cruzó la habitación dando unos pasos rápidos, puso los brazos alrededor de su clienta y la levantó. De un tirón le arrancó los electrodos y la goma del suero, la llevó en brazos hasta el cuarto de baño y la sentó en la taza del váter. Dio media vuelta y cerró la puerta. Luego se sacó el móvil del bolsillo y llamó al 112.

Evert Gullberg se acercó a la habitación de Lisbeth Salander e intentó bajar la manivela. Se hallaba bloqueada con algo. No pudo moverla ni un milímetro.

Indeciso, permaneció un instante ante la puerta. Sabía que Annika Giannini se encontraba dentro y se preguntó si llevaría en su bolso una copia del informe de Björck. No podía entrar en la habitación y no contaba con la suficiente energía para forzar la puerta.

Y, además, eso no formaba parte del plan: de Giannini se iba a encargar Clinton. El trabajo de Gullberg era sólo Zalachenko.

Gullberg recorrió el pasillo con la mirada y se percató

de que en torno a una veintena de personas —entre enfermeras, pacientes y visitas— habían asomado sus cabezas y lo estaban observando. Levantó la pistola y le pegó un tiro a un cuadro que colgaba de la pared que había al final del pasillo. Su público desapareció como por arte de magia.

Le echó un último vistazo a la puerta cerrada y, con paso decidido, regresó a la habitación de Zalachenko y cerró la puerta. Se sentó en una silla y se puso a contemplar al desertor ruso que, durante tantos años, había estado tan íntimamente ligado a su propia vida.

Se quedó quieto durante casi diez minutos antes de percibir unos movimientos en el pasillo y darse cuenta de que había llegado la policía. No pensó en nada en particular.

Luego levantó la pistola una última vez, se la llevó a la sien y apretó el gatillo.

El desarrollo de los acontecimientos dejó patente el riesgo que conllevaba suicidarse en el hospital de Sahlgrenska. Evert Gullberg fue trasladado de urgencia hasta la unidad de traumatología, donde el doctor Anders Jonasson lo atendió y tomó de inmediato una serie de medidas con el fin de mantener sus constantes vitales.

Era la segunda vez en menos de una semana que Jonasson realizaba una operación urgente en la que extraía del tejido cerebral una bala revestida. Tras cinco horas de intervención, el estado de Gullberg era crítico. Pero continuaba vivo.

Sin embargo, las lesiones de Evert Gullberg eran considerablemente más serias que las que tenía a Lisbeth Salander; se debatió unos cuantos días entre la vida y la muerte.

Mikael Blomkvist se encontraba en el Kaffebar de Hornsgatan cuando oyó por la radio la noticia de que el hombre de sesenta y seis años sospechoso de intentar asesinar a Lisbeth Salander había sido abatido a tiros en el hospital Sahlgrenska de Gotemburgo, aunque su nombre no había sido aún facilitado a los medios de comunicación. Dejó la taza de café, cogió el maletín de su ordenador y salió a toda prisa hacia la redacción de Götgatan. Cruzó Mariatorget y acababa de enfilar Sankt Paulsgatan cuando sonó su móvil. Contestó sin aminorar el paso.

—Blomkvist.

—Hola, soy Malin.

—Me acabo de enterar por la radio. ¿Sabemos quién ha apretado el gatillo?

—Todavía no. Henry Cortez está en ello.

—Estoy en camino. Llegaré en cinco minutos.

Justo en la puerta, Mikael se topó con Henry Cortez, que se disponía a salir.

—Ekström ha convocado una rueda de prensa para las tres de la tarde —dijo Henry—. Voy para allá.

—¿Qué sabemos? —gritó Mikael tras él.

—Malin —contestó Henry antes de desaparecer.

Mikael entró en el despacho de Erika Berger… mejor dicho, de Malin Eriksson. Ella estaba hablando por teléfono mientras, frenéticamente, apuntaba algo en un *post-it* amarillo. Le hizo un gesto a Mikael para que esperara. Mikael se dirigió a la cocina y sirvió dos cafés con leche en sendos *mugs* que tenían los logotipos de los jóvenes democristianos y de los jóvenes socialistas. Al regresar al despacho de Malin, ésta acababa de colgar. Mikael le dio el *mug* de los jóvenes socialistas.

—Bueno —dijo Malin—, han matado a Zalachenko a la una y cuarto.

Miró a Mikael.

—Acabo de hablar con una enfermera de Sahlgrenska. Dice que el asesino es un hombre mayor, de unos setenta años, que, unos minutos antes del asesinato, había acudido al hospital para dejarle un ramo de flores a Zalachenko. Le pegó varios tiros en la cabeza y luego trató de suicidarse. Zalachenko está muerto. El asesino sigue vivo y lo están operando ahora mismo.

Mikael respiró aliviado. Desde que escuchara la noticia en el Kaffebar había tenido el corazón encogido: una sensación de pánico ante la posibilidad de que hubiese sido Lisbeth Salander la que empuñó el arma, se había apoderado de él. Algo que, a decir verdad, habría complicado sus planes.

—¿Sabemos el nombre de la persona que disparó? —preguntó.

Malin negó con la cabeza justo cuando el teléfono volvía a sonar. Cogió la llamada y, por la conversación, Mikael dedujo que se trataba de un *freelance* de Gotemburgo que Malin había mandado al Sahlgrenska. Se despidió de ella con un gesto de mano y se dirigió a su despacho.

Tuvo la sensación de que era la primera vez en muchas semanas que pisaba su lugar de trabajo. Sobre la mesa había un montón de correo que, resuelto, echó a un lado. Llamó a su hermana.

—Giannini.

—Hola. Soy Mikael. ¿Te has enterado de lo que ha pasado en Sahlgrenska?

—¿A mí me lo preguntas?

—¿Dónde estás?

—En el Sahlgrenska. Ese cabrón me apuntó con la pistola.

Mikael se quedó mudo durante varios segundos hasta que asimiló lo que su hermana acababa de decirle.

—¿Qué? ¿Estabas allí? ¡Joder!...

—Sí. Ha sido el peor momento de mi vida.

—¿Estás herida?

—No. Pero intentó entrar en la habitación de Lisbeth. Atranqué la puerta y me encerré con ella en el cuarto de baño.

De repente, Mikael sintió que el mundo se tambaleaba bajo sus pies. Su hermana había estado a punto de...

—¿Cómo se encuentra Lisbeth? —preguntó.

—Sana y salva. Bueno, lo que quiero decir es que hoy, por lo menos, no ha sufrido ningún daño.

Mikael respiró algo más aliviado.

—Annika, ¿sabes algo del asesino?

—Nada de nada. Era un hombre mayor, pulcramente vestido. Me pareció algo aturdido. No lo había visto jamás, pero subí con él en el ascensor unos minutos antes del asesinato.

—¿Y es verdad que Zalachenko está muerto?

—Sí. Oí tres disparos y, por lo que he podido pillar por aquí, los tres fueron derechos a la cabeza. Esto ha sido un auténtico caos... miles de policías evacuando la planta donde había ingresadas personas gravemente heridas y enfermas que no podían ser desalojadas. Cuando llegó la policía, alguien quiso interrogar a Salander antes de darse cuenta del estado en el que en realidad se encuentra. Tuve que levantarles la voz.

El inspector Marcus Erlander vio a Annika Giannini a través del vano de la puerta de la habitación de Lisbeth Salander. La abogada tenía el móvil pegado a la oreja, de modo que esperó a que terminara de hablar.

Dos horas después del asesinato todavía reinaba en el pasillo un caos más o menos organizado. La habitación de Zalachenko estaba precintada. Inmediatamente después de que se produjeran los disparos, los médicos intentaron administrarle los primeros auxilios, pero desistieron casi en el acto. Zalachenko ya no necesitaba ningún tipo de asistencia. Le llevaron los restos mortales al forense. El examen del lugar del crimen ya estaba en marcha.

Sonó el móvil de Erlander. Era Fredrik Malmberg, de la brigada de investigación.

—Hemos identificado al asesino —dijo Malmberg—. Se llama Evert Gullberg y tiene setenta y ocho años.

Setenta y ocho años. Un asesino ya entradito en años.

—¿Y quién diablos es Evert Gullberg?

—Un jubilado. Residente en Laholm. Figura como jurista comercial. Me han llamado de la DGP/Seg y me han comunicado que acaban de abrirle una investigación.

—¿Cuándo y por qué?

—El cuándo no lo sé. El porqué se debe a que ha tenido la mala costumbre de enviar absurdas y amenazadoras cartas a una serie de personas públicas.

—Como por ejemplo…

—El ministro de Justicia.

Marcus Erlander suspiró. Un loco. Un fanático obsesionado con la justicia.

—Esta misma mañana unos cuantos periódicos han llamado a la Säpo para comunicar que han recibido cartas de Gullberg. El Ministerio de Justicia también telefoneó después de que ese Gullberg amenazara explícitamente con matar a Karl Axel Bodin.

—Quiero copias de esas cartas.

—¿De la Säpo?

—Sí, joder. Súbete a Estocolmo y búscalas tú mismo si hace falta. Las quiero ver en mi mesa en cuanto vuelva a la comisaría. Y eso sucederá dentro de una o dos horas.

Meditó un segundo y luego añadió una pregunta.

—¿Te ha llamado la Säpo?

—Sí, ya te lo he dicho.

—Quiero decir, ¿fueron ellos los que te llamaron a ti, y no al revés?

—Sí. Eso es.

—Vale —dijo Marcus Erlander antes de colgar.

Se preguntó qué diablos les pasaba a los de la Säpo: de repente se les había ocurrido contactar, por propia iniciativa, con la *policía abierta*. Por lo general resultaba casi imposible sacarles nada.

Wadensjöö abrió bruscamente la puerta de la habitación que Fredrik Clinton usaba para descansar en la Sección. Clinton se incorporó con sumo cuidado.

—¿Qué coño está pasando? —gritó Wadensjöö—. Gullberg ha matado a Zalachenko y luego se ha pegado un tiro en la cabeza.

—Ya lo sé —dijo Clinton.

—¿Que ya lo sabes? —exclamó Wadensjöö.

Wadensjöö estaba rojo como un tomate, como si su intención fuera tener un derrame cerebral de un momento a otro.

—Pero ¿es que no te das cuenta de que se ha pegado un tiro en la cabeza? ¡Ha intentado suicidarse! ¿Es que se ha vuelto completamente loco o qué?

—Pero entonces, ¿sigue vivo?

—Por ahora sí, pero tiene graves daños cerebrales.

Clinton suspiró.

—¡Qué pena! —dijo con tristeza en la voz.

—¿¡Pena!? —exclamó Wadensjöö—. Pero si es un enfermo mental… ¿No entiendes que…?

Clinton no le dejó terminar la frase.

—Gullberg tenía cáncer de estómago, de intestino grueso y de vejiga. Llevaba ya varios meses moribundo; como mucho le quedaban un par de meses.

—¿Cáncer?

—Hace ya seis meses que andaba con esa pistola, firmemente decidido a usarla en cuanto el dolor fuese inaguantable y antes de convertirse en un humillado vegetal de hospital. De este modo se le ha presentado la oportunidad de realizar una última aportación a la Sección. Se ha ido por la puerta grande.

Wadensjöö se quedó prácticamente sin habla.

—Tú sabías que pensaba matar a Zalachenko...

—Claro que sí. Su misión era asegurarse de que Zalachenko nunca tuviese ocasión de hablar. Y, como bien sabes, resulta imposible razonar con él o amenazarlo.

—Pero ¿no te das cuenta del escándalo en el que se puede convertir todo esto? ¿Estás tan perturbado como Gullberg?

Clinton se levantó con no poca dificultad. Lo miró directamente a los ojos y le dio una pila de copias de fax.

—Se trataba de una decisión operativa. Lloro la muerte de mi amigo, aunque lo más probable es que dentro de muy poco tiempo yo le siga los pasos. Pero un escándalo... Un ex jurista comercial ha escrito cartas paranoicas, y con evidentes muestras de trastorno, a numerosos periódicos, a la policía y al Ministerio de Justicia. Aquí tienes una: Gullberg acusa a Zalachenko de todo, desde el asesinato de Palme hasta el intento de envenenar a la población sueca con cloro. El carácter de las cartas es manifiestamente enfermizo; algunas partes han sido redactadas con una letra ilegible, con mayúsculas, con frases subrayadas y abundantes signos de exclamación. Me gusta su manera de escribir en el margen.

Wadensjöö leyó las cartas con creciente asombro. Se tocó la frente. Clinton lo observaba.

—Pase lo que pase, la muerte de Zalachenko no tendrá nada que ver con la Sección. Es un jubilado trastornado y demente el que le ha disparado.

Hizo una pausa.

—Y ahora lo importante es cerrar filas. *Don't rock the boat.*

Le clavó la mirada a Wadensjöö. Había acero en los ojos del enfermo.

—Lo que tienes que entender es que la Sección es la

punta de lanza de la defensa nacional sueca. Somos la última línea de defensa. Nuestro trabajo es velar por la seguridad de la nación. Todo lo demás carece de importancia.

Wadensjöö se quedó mirando fijamente a Clinton con ojos escépticos.

—Somos los que no existimos. Somos aquellos a los que nadie les da las gracias. Somos los que tenemos que tomar las decisiones que nadie más es capaz de tomar... en especial los políticos.

Al pronunciar esta última palabra pudo apreciarse en su voz un tono de desprecio.

—Haz lo que te digo y es muy posible que la Sección sobreviva. Pero para que eso ocurra hay que actuar con determinación y mano dura.

Wadensjöö sintió crecer el pánico en su interior.

Henry Cortez apuntó con frenesí todo lo que se decía desde el estrado de la rueda de prensa de la jefatura de policía de Kungsholmen. Fue el fiscal Richard Ekström quien comenzó a hablar. Explicó que esa misma mañana se había decidido que la investigación concerniente al asesinato del policía cometido en Gosseberga, por el cual se buscaba a un tal Ronald Niedermann, fuera llevada por un fiscal de la jurisdicción de Gotemburgo, pero que el resto de la investigación —por lo que a Niedermann respectaba— fuera gestionado por el propio Ekström. Niedermann, por tanto, era sospechoso de los asesinatos de Dag Svensson y Mia Bergman. Nada se decía sobre el abogado Bjurman. A Ekström, además, le correspondía instruir el caso y dictar auto de procesamiento contra Lisbeth Salander por toda una serie de delitos.

Les explicó que había decidido convocarlos a raíz de lo sucedido en Gotemburgo ese mismo día, esto es: que el padre de Lisbeth Salander, Karl Axel Bodin, había sido asesinado. La razón principal de esa rueda de prensa no era otra que la de desmentir ciertas informaciones aparecidas en los medios de comunicación a propósito de las cuales ya había recibido numerosas llamadas.

—Basándome en la información que obra ahora mismo en mi poder, me atrevo a afirmar que la hija de Karl Axel Bodin, quien, como ustedes ya saben, está detenida por intento de homicidio de su propio padre, no tiene nada que ver con los acontecimientos acaecidos esta misma mañana.

—¿Quién es el asesino? —gritó un reportero del *Dagens Eko*.

—El hombre que pegó los fatídicos tiros contra Karl Axel Bodin y que, acto seguido, intentó quitarse la vida, ya ha sido identificado. Se trata de un jubilado de setenta y ocho años que, durante un largo período de tiempo, ha sido tratado de una enfermedad mortal, así como de los problemas psíquicos que de ella se han derivado.

—¿Tiene algún vínculo con Lisbeth Salander?

—No. Esa hipótesis la podemos descartar categóricamente. No se han visto nunca y no se conocen. Ese anciano es un trágico personaje que ha actuado por su cuenta y riesgo, y siguiendo su propia y a todas luces paranoica concepción de la realidad. No hace mucho, la policía de seguridad le abrió una investigación a raíz de una buena cantidad de cartas que escribió a conocidos políticos y a numerosos medios de comunicación en las cuales daba muestras de su perturbación. Esta misma mañana, sin ir más lejos, unas cuantas redacciones de periódicos y algunas autoridades han recibido cartas en las que amenazaba de muerte a Karl Axel Bodin.

—¿Y por qué la policía no ha protegido a Bodin?

—Las cartas que hablaban de esa amenaza fueron enviadas ayer por la tarde, de manera que han llegado prácticamente en el mismo momento en el que se cometía el asesinato. No ha existido ningún posible margen de actuación.

—¿Y cómo se llama ese hombre?

—No queremos hacer público ese dato hasta que su familia no haya sido informada.

—¿Se sabe algo de su pasado?

—Según he podido saber esta misma mañana, ha trabajado como jurista comercial y auditor financiero. Hace quince años que está jubilado. La investigación sigue abierta pero, como ustedes comprenderán por las cartas que ha enviado, se trata de una tragedia que tal vez podría haberse evitado si la sociedad hubiese estado más alerta.

—¿Ha amenazado a otras personas?

—Según la información de la que dispongo, sí, pero desconozco los detalles.

—¿Qué supone todo esto para el caso de Lisbeth Salander?

—De momento nada. Contamos con la declaración que Karl Axel Bodin les hizo a los policías que lo interrogaron y tenemos numerosas pruebas forenses contra ella.

—¿Y qué hay de cierto en que Bodin intentara matar a su hija?

—Está siendo objeto de una investigación, pero es verdad que existen fundadas sospechas para creer que haya sido así. De la situación actual podemos deducir que se trata de una serie de profundos conflictos en el seno de una familia trágicamente resquebrajada.

Henry Cortez parecía pensativo. Se rascó la oreja. Advirtió que sus colegas lo apuntaban todo con una actitud tan febril como la suya.

Gunnar Björck sintió un pánico más bien maníaco cuando supo de los disparos producidos en el hospital de Sahlgrenska. Tenía unos terribles dolores de espalda.

Al principio se quedó indeciso durante más de una hora. Luego cogió el teléfono e intentó hablar con su antiguo protector Evert Gullberg, de Laholm. Nadie respondió.

Escuchó las noticias y así se enteró de lo dicho en la rueda de prensa de la policía. Zalachenko había sido asesinado por un fanático de la justicia de setenta y ocho años. «¡Dios mío! Setenta y ocho años.» Intentó nuevamente, sin ningún éxito, ponerse en contacto con Evert Gullberg.

El pánico y la angustia acabaron apoderándose de él. No era capaz de quedarse en esa casa de Smådalarö que le habían dejado. Se sentía acorralado y expuesto. Necesitaba tiempo para pensar. Preparó una bolsa con ropa, medicamentos para el dolor y útiles de aseo. No quería usar su teléfono, así que, cojeando, se acercó hasta la cabina que había junto a la tienda de ultramarinos y llamó a Landsort para reservar una habitación en la vieja torre del práctico, que había sido convertida en hotel. Landsort estaba en el fin del mundo; nadie lo buscaría allí. Reservó dos semanas.

Consultó su reloj; si quería coger el último ferri, ya podía darse prisa. Así que volvió a casa a toda la velocidad que su dolorida espalda le permitió. Fue derecho a la cocina y se aseguró de que la cafetera eléctrica estaba apagada. Luego se dirigió a la entrada para coger la bolsa. Al pasar por delante del salón echó un vistazo casual a su interior y se detuvo asombrado.

Al principio no entendió lo que estaba viendo.

De algún misterioso modo, la lámpara del techo había sido quitada y colocada sobre la mesa que había junto al sofá. Del gancho del techo pendía, en su lugar, una cuerda situada justo encima de un taburete que solía estar en la cocina.

Björck se quedó mirando la soga sin comprender nada en absoluto.

Luego oyó un movimiento a sus espaldas y sintió cómo le flaqueaban las piernas.

Se dio lentamente la vuelta.

Eran dos hombres de unos treinta y cinco años. Advirtió que tenían un aspecto mediterráneo. No le dio tiempo a reaccionar; lo cogieron por las axilas y lo arrastraron hacia atrás hasta el taburete. Al intentar oponer resistencia, el dolor le atravesó la espalda como un cuchillo. Ya estaba prácticamente paralizado cuando advirtió que lo levantaban y lo subían al taburete.

A Jonas Sandberg lo acompañaba un hombre de cuarenta y nueve años apodado *Falun*, que en su juventud había sido un ladrón profesional y que luego se recicló y se hizo cerrajero. En 1986, la Sección —en concreto, Hans von Rottinger— lo contrató para realizar una operación que consistía en forzar las puertas de la casa del líder de una organización anarquista. Luego fue contratado esporádicamente hasta mediados de los años noventa, cuando ese tipo de operaciones empezó a ser cada vez menos frecuente. Fue Fredrik Clinton quien, a primera hora de la mañana, reavivó esa relación contratando a Falun para una misión. Éste se llevaría diez mil coronas, libres de impuestos, por un trabajo de apenas diez minutos. A cambio, se comprometió a no robar nada del piso que era objeto de la operación; la Sección, a pesar de todo, no se dedicaba a actividades delictivas.

Falun no sabía exactamente a quién representaba Clinton, pero suponía que tenía algo que ver con lo militar. Había leído a Jan Guillou. No hizo preguntas. Sin embargo, después de tantos años de silencio por parte del arrendatario de sus servicios, se sentía bien pudiendo volver a la acción.

Su trabajo consistiría en abrir una puerta. Era experto en forzar puertas, pero, aunque llevaba una pistola de cerrajería, le costó cinco minutos forzar las cerraduras de la puerta del apartamento de Mikael Blomkvist. Luego Falun esperó en la escalera mientras Jonas Sandberg atravesaba el umbral.

—Estoy dentro —dijo Sandberg a través de su manos libres.

—Bien —contestó Fredrik Clinton—. Estate tranquilo y ten cuidado. Descríbeme lo que ves.

—Me encuentro en el vestíbulo. A la derecha hay un armario y un estante para sombreros, y a la izquierda un cuarto de baño. El resto del piso está conformado por un solo espacio de unos cincuenta metros cuadrados. Hay una pequeña cocina americana a la derecha.

—¿Alguna mesa de trabajo o...?

—Parece ser que trabaja en la mesa de la cocina o en el sofá... Espera.

Clinton aguardó.

—Sí. Hay una carpeta en la mesa de la cocina con el informe de Björck. Parece el original.

—Bien. ¿Hay alguna otra cosa interesante en la mesa?

—Libros. Las memorias de P. G. Vinge. *Lucha por el poder de la Säpo,* de Erik Magnusson. Una media docena de libros sobre ese mismo tema.

—¿Algún ordenador?

—No.

—¿Algún armario de seguridad?

—No... no veo ninguno.

—Vale. Tómate tu tiempo. Repasa metro a metro el apartamento. Mårtensson me acaba de informar de que Blomkvist continúa en la redacción. Llevas guantes, ¿no?

—Por supuesto.

Marcus Erlander pudo conversar un rato con Annika Giannini cuando ninguno de los dos estaba ocupado hablando por el móvil. Entró en la habitación de Lisbeth Salander, le dio la mano y se presentó. Luego saludó a

Lisbeth y le preguntó cómo se sentía. Lisbeth Salander no dijo nada. Marcus se dirigió a Annika Giannini.

—Si me lo permites, me gustaría hacerte unas preguntas.

—Vale.

—¿Puedes contarme lo que pasó?

Annika Giannini describió lo que había vivido y cómo había actuado hasta que se atrincheró en el baño con Lisbeth. Erlander pareció pensativo. Miró de reojo a Lisbeth Salander y luego nuevamente a su abogada.

—Entonces, ¿crees que se acercó a esta habitación?

—Lo oí intentando bajar la manivela.

—¿Estás segura de eso? Es fácil imaginarse cosas cuando uno está asustado o alterado.

—Lo oí. Y él me vio. Me apuntó con el arma.

—¿Crees que intentó dispararte a ti también?

—No lo sé. Metí la cabeza para dentro y bloqueé la puerta.

—Muy bien hecho. Y mucho mejor que te llevaras a tu clienta al cuarto de baño. Esta puerta es tan fina que, si hubiese disparado, lo más seguro es que las balas la hubiesen agujereado sin ningún problema. Lo que intento comprender es si iba a por ti por ser quien eres o si sólo reaccionó así porque tú lo miraste. Tú eras la persona que estaba más cerca de él en el pasillo.

—Cierto.

—¿Te dio la sensación de que te conocía o de que, tal vez, te reconoció?

—No, no creo.

—¿Es posible que te reconociera de la prensa? Has aparecido en relación con varios casos conocidos.

—Tal vez. Pero no sabría decírtelo.

—¿Y era la primera vez que lo veías?

—Bueno, subimos juntos en el ascensor.

—No lo sabía. ¿Hablasteis?

—No. Lo miraría medio segundo como mucho. Llevaba un ramo de flores en una mano y un maletín en la otra.

—¿Os cruzasteis las miradas?

—No. Él miraba al frente.

—¿Entró antes o después que tú?

Annika hizo memoria.

—Creo que entramos más o menos a la vez.

—¿Parecía desconcertado o…?

—No. Estaba allí quieto con sus flores.

—¿Y luego qué pasó?

—Salí del ascensor. Él salió al mismo tiempo y yo entré a ver a mi clienta.

—¿Viniste directamente hacia aquí?

—Sí… No. Bueno, me acerqué a la recepción y me identifiqué, porque el fiscal ha prohibido que mi clienta reciba visitas.

—¿Y dónde se hallaba el hombre en ese momento?

Annika Giannini dudó.

—No estoy del todo segura. Supongo que me siguió. Sí, espera… Salió del ascensor justo antes que yo, pero luego se detuvo y me sostuvo la puerta. No puedo jurarlo, pero creo que también se dirigió a la recepción. Lo que pasa es que yo caminaba más rápidamente que él.

«Un jubilado asesino muy educado», pensó Erlander.

—Sí, él también estuvo en la recepción —reconoció Erlander—. Habló con la enfermera y le dejó el ramo de flores. ¿Eso no lo viste?

—No. No recuerdo nada de eso.

Marcus Erlander reflexionó un instante, pero no se le ocurrió ninguna pregunta más. Una sensación de frustración le reconcomía por dentro. No era la primera vez: ya la conocía y había aprendido a interpretarla como una llamada de su instinto.

El asesino había sido identificado como Evert Gullberg, de setenta y ocho años, ex auditor financiero y tal vez asesor empresarial y jurista fiscal. Un señor de avanzada edad. Un hombre sobre el que hacía poco tiempo que la Säpo había iniciado una investigación porque era un loco que escribía cartas amenazadoras a gente famosa.

Su experiencia policial le había demostrado que existía una gran cantidad de locos, personas patológicamente obsesionadas que perseguían a los famosos y que buscaban amor instalándose en cualquier pinar situado ante el chalet de la estrella de turno. Y cuando ese amor no era correspondido, podía convertirse de inmediato en un implacable odio. Había *stalkers* que venían desde Alemania o Italia para cortejar a una cantante de veintiún años de un conocido grupo de pop y que luego se enfadaban porque ella no quería iniciar una relación con ellos. Había fanáticos de la justicia que se comían el coco con injusticias reales o ficticias y que podían actuar de una forma bastante amenazadora. Había auténticos psicópatas y obsesionados seguidores de teorías conspirativas que tenían la capacidad de ver mensajes ocultos que pasaban desapercibidos para el resto de los mortales.

Tampoco faltaban ejemplos de cómo alguno de estos chalados podía pasar de la fantasía a la acción. ¿Acaso el asesinato de Anna Lindh no fue cometido por el impulso sufrido por una persona así? Tal vez sí. O tal vez no.

Pero al inspector Marcus Erlander no le gustaba en absoluto la idea de que un enfermo mental, ex jurista fiscal o lo que coño fuera, hubiera podido colarse en el hospital de Sahlgrenska con un ramo de flores en una mano y una pistola en la otra para ejecutar a una persona que, de momento, estaba siendo objeto de una amplia investigación policial: la suya. Un hombre que en los registros oficiales figuraba como Karl Axel Bodin pero que, según Mikael Blomkvist, se llamaba Zalachenko y era un maldito agente ruso desertor, además de un asesino.

En el mejor de los casos, Zalachenko no era más que un testigo y, en el peor, un criminal implicado en una cadena de asesinatos. Erlander había tenido ocasión de someterlo a dos breves interrogatorios y en ninguno de ellos creyó, ni por un segundo, en la autoproclamación de inocencia de Zalachenko.

Y el asesino de Zalachenko había manifestado su interés por Lisbeth Salander o, al menos, por su abogada. Había intentado entrar en su habitación.

Y luego intentó suicidarse pegándose un tiro en la cabeza. Según los médicos, su estado era tan malo que lo más probable era que lo hubiese conseguido, aunque su cuerpo aún no se había dado cuenta de que ya era hora de apagarse. Había razones para suponer que Evert Gullberg jamás comparecería ante un juez.

A Marcus Erlander no le gustaba la situación. Nada de nada. Pero no tenía pruebas de que el disparo de Gullberg fuera una cosa distinta de lo que daba la impresión de ser. En cualquier caso decidió jugar sobre seguro. Miró a Annika Giannini.

—He decidido trasladar a Lisbeth Salander a otra habitación. Hay una en el pequeño pasillo que queda a la derecha de la recepción que, desde el punto de vista de la seguridad, es mucho mejor que ésta. Se ve desde la recepción y desde la habitación de las enfermeras. Tendrá prohibidas todas las visitas salvo la tuya. Nadie podrá entrar sin permiso, excepto si se trata de médicos o enfermeras conocidos del hospital. Y yo me aseguraré de que esté vigilada las veinticuatro horas del día.

—¿Crees que se encuentra en peligro?

—No hay nada que así me lo indique. Pero en este caso no quiero correr riesgos.

Lisbeth Salander escuchaba atentamente la conversación que mantenía su abogada con su adversario policial. Le impresionó que Annika Giannini contestara de manera tan exacta, tan lúcida y con tanta profusión de detalles. Pero más impresionada aún la había dejado lo fría que la abogada había mantenido la cabeza en esa situación de estrés que acababan de vivir.

En otro orden de cosas, padecía un descomunal dolor de cabeza desde que Annika la sacara de un tirón de la cama y se la llevase al cuarto de baño. Instintivamente deseaba tener la menor relación posible con el personal. No le gustaba verse obligada a pedir ayuda o mostrar signos de debilidad. Pero el dolor de cabeza resultaba tan implacable que le costaba pensar con lucidez. Alargó la mano y llamó a una enfermera.

Annika Giannini había planificado la visita a Gotemburgo como el prólogo de un trabajo de larga duración. Había previsto conocer a Lisbeth Salander, enterarse de su verdadero estado y hacer un primer borrador de la estrategia que ella y Mikael Blomkvist habían ideado para el futuro proceso judicial. En un principio pensó en regresar a Estocolmo esa misma tarde, pero los dramáticos acontecimientos de Sahlgrenska le impidieron mantener una conversación con Lisbeth Salander. El estado de su clienta era bastante peor de lo que Annika había pensado cuando los médicos lo calificaron de estable. También tenía un intenso dolor de cabeza y una fiebre muy alta, lo que indujo a una médica llamada Helena Endrin a prescribirle un fuerte analgésico, antibióticos y descanso. De modo que, en cuanto su clienta fue trasladada a una nueva habitación y un agente de policía se apostó delante de la puerta, echaron de allí a la abogada.

Annika murmuró algo y miró el reloj, que marcaba las cuatro y media. Dudó. Podía volver a Estocolmo para, con toda probabilidad, tener que regresar a la mañana siguiente. O podía pasar la noche en Gotemburgo y arriesgarse a que su clienta se encontrara demasiado enferma y no se hallara en condiciones de aguantar otra visita al día siguiente. No había reservado ninguna habitación; a pesar de todo, ella era una abogada de bajo presupuesto que representaba a mujeres sin grandes recursos económicos, así que solía evitar cargar sus honorarios con caras facturas de hotel. Primero llamó a casa y luego a Lillian Josefsson, colega y miembro de la Red de mujeres y antigua compañera de facultad. Llevaban dos años sin verse y charlaron un rato antes de que Annika le comentara el verdadero motivo de su llamada.

—Estoy en Gotemburgo —dijo Annika—. Había pensado volver a casa esta misma noche, pero han pasado unas cuantas cosas que me obligan a quedarme un día más. ¿Puedo aprovecharme de ti y pedirte que me acojas esta noche?

—¡Qué bien! Sí, por favor, aprovéchate. Hace un siglo que no nos vemos.

—¿Te supone mucha molestia?

—No, claro que no. Me he mudado. Ahora vivo en una bocacalle de Linnégatan. Tengo un cuarto de invitados. Además, podríamos salir a tomar algo por ahí y reírnos un poco.

—Si es que me quedan fuerzas —dijo Annika—. ¿A qué hora te va bien?

Quedaron en que Annika se pasaría por su casa sobre las seis.

Annika cogió el autobús hasta Linnégatan y pasó la siguiente hora en un restaurante griego. Estaba hambrienta, así que pidió una brocheta con ensalada. Se quedó meditando un largo rato sobre los acontecimientos de la jornada. A pesar de que el nivel de adrenalina ya le había bajado, se encontraba algo nerviosa, pero estaba satisfecha consigo misma: en los momentos de peligro había actuado sin dudar, con eficacia y manteniendo la calma. Había tomado las mejores decisiones sin ni siquiera ser consciente de ello. Resultaba reconfortante saber eso de sí misma.

Un momento después, sacó su agenda Filofax del maletín y la abrió por la parte de las notas. Leyó concentrada. Tenía serias dudas sobre lo que le había explicado su hermano; en su momento le pareció todo muy lógico, pero en realidad el plan presentaba no pocas fisuras. Aunque ella no pensaba echarse atrás.

A las seis pagó y se fue caminando hasta la vivienda de Lillian Josefsson, en Olivedalsgatan. Marcó el código de la puerta de entrada que su amiga le había dado. Entró en el portal y al empezar a buscar el ascensor alguien la atacó. Apareció como un relámpago en medio de un cielo claro. Nada le hizo presagiar lo que le iba a pasar cuando fue directa y brutalmente lanzada contra la pared de ladrillo en la que acabó estampándose la frente. Sintió un fulminante dolor.

A continuación oyó alejarse unos apresurados pasos y, acto seguido, cómo se abría y se cerraba la puerta de la entrada. Se puso de pie, se palpó la frente y se descubrió sangre en la palma de la mano. *¿Qué coño...?* Desconcertada, miró a su alrededor y luego salió a la calle. Apenas si pudo percibir la espalda de una persona que doblaba la esquina de Sveaplan. Se quedó perpleja, completamente parada en medio de la calle durante más de un minuto.

Después se dio cuenta de que su maletín no estaba y de que se lo acababan de robar. Su mente tardó unos cuantos segundos en caer en la cuenta de lo que aquello significaba. No. La carpeta de Zalachenko. Recibió un *shock* que se apoderó de su cuerpo desde el estómago y dio unos dubitativos pasos tras el fugitivo ladrón. Se detuvo casi al instante. No merecía la pena; él ya estaría muy lejos.

Se sentó lentamente en el bordillo de la acera.

Luego se puso en pie de un salto y comenzó a hurgarse el bolsillo de la americana. *La agenda. Gracias a Dios.* Antes de salir del restaurante la había metido allí en vez de hacerlo en el maletín. Contenía, punto por punto, la estrategia que iba a seguir en el caso Lisbeth Salander.

Volvió corriendo al portal y marcó el código de nuevo. Entró, subió corriendo por las escaleras hasta el cuarto piso y aporreó la puerta de Lillian Josefsson.

Eran ya casi las seis y media cuando Annika se sintió lo bastante repuesta del susto como para llamar a Mikael Blomkvist. Tenía un ojo morado y un corte en la ceja que no cesaba de sangrar. Lillian Josefsson se lo había limpiado con alcohol y le había puesto una tirita. No, Annika no quería ir a un hospital. Sí, le gustaría mucho tomar una taza de té. Fue entonces cuando volvió a pensar de manera racional. Lo primero que hizo fue telefonear a su hermano.

Mikael Blomkvist todavía se hallaba en la redacción de *Millennium,* junto a Henry Cortez y Malin Eriksson, recabando información sobre el asesino de Zalachenko. Con creciente estupefacción, escuchó lo que le acababa de ocurrir a Annika.

—¿Estás bien? —preguntó.

—Un ojo morado. Estaré bien cuando haya conseguido tranquilizarme.

—¿Un puto robo?

—Se llevaron mi maletín con la carpeta de Zalachenko que me diste. Me he quedado sin ella.

—No te preocupes, te haré otra copia.

Se calló repentinamente y al instante sintió que se le ponía el vello de punta. Primero Zalachenko. Ahora Annika.

—Annika... luego te llamo.

Cerró el iBook, lo introdujo en su bandolera y sin mediar palabra abandonó a toda pastilla la redacción. Fue corriendo hasta Bellmansgatan y subió por las escaleras.

La puerta estaba cerrada con llave.

Nada más entrar en el piso, se percató de que la carpeta azul que había dejado sobre la mesa de la cocina ya no se encontraba allí. No se molestó en intentar buscarla: sabía perfectamente dónde estaba cuando salió de casa. Se dejó caer lentamente en una silla junto a la mesa de la cocina mientras los pensamientos no paraban de darle vueltas en la cabeza.

Alguien había entrado en su casa. Alguien estaba borrando las huellas de Zalachenko.

Tanto la suya como la copia de Annika habían desaparecido.

Bublanski todavía tenía el informe.

¿O no?

Mikael se levantó y se acercó al teléfono, pero al poner la mano en el auricular se detuvo. Alguien había estado en su casa. De repente, se quedó mirando el aparato con la mayor de las sospechas y, tras buscar en el bolsillo de la americana, sacó su móvil. Se quedó parado con él en la mano.

¿Les resultaría fácil pincharlo?

Lo dejó junto al teléfono fijo y miró a su alrededor. «Son profesionales.» ¿Les supondría mucho esfuerzo meter micrófonos ocultos en una casa?

Volvió a sentarse en la mesa de la cocina.

Miró la bandolera de su iBook.

¿Tendrían mucha dificultad en acceder a su correo electrónico? Lisbeth Salander lo hacía en cinco minutos.

Meditó un largo rato antes de volver al teléfono y llamar a su hermana a Gotemburgo. Tuvo mucho cuidado en emplear las palabras exactas.

—Hola… ¿Cómo estás?

—Estoy bien, Micke.

—Cuéntame lo que pasó desde que llegaste al Sahlgrenska hasta que te robaron.

Tardó diez minutos en dar cumplida cuenta de su

jornada. Mikael no comentó las implicaciones de lo que ella le contaba, pero fue insertando preguntas hasta que se quedó satisfecho. Mientras representaba el papel de hermano preocupado, su cerebro estaba en marcha en una dimensión completamente distinta reconstruyendo los puntos de referencia.

A las cuatro y media de la tarde Annika decidió quedarse en Gotemburgo y llamó por el móvil a una amiga que le dio una dirección y el código del portal. A las seis en punto el atracador ya la estaba esperando en la escalera.

El móvil de su hermana estaba pinchado. Era la única explicación posible.

Lo cual, por consiguiente, significaba que él también estaba siendo escuchado.

Suponer cualquier otra cosa habría sido estúpido.

—Pero se han llevado la carpeta de Zalachenko —repitió Annika.

Mikael dudó un momento. Quien hubiera robado la carpeta ya sabía que la habían robado. Resultaba natural contárselo a Annika Giannini por teléfono.

—Y también la mía —dijo.

—¿Qué?

Le explicó que fue corriendo a casa y que, al entrar, la carpeta azul ya había desaparecido de la mesa de la cocina.

—Bueno… —dijo Mikael con voz sombría—. Es una verdadera catástrofe. La carpeta de Zalachenko ya no está. Era la parte de más peso de las pruebas.

—Micke… Lo siento.

—Yo también —dijo Mikael—. ¡Mierda! Pero no es culpa tuya. Debería haber hecho pública la carpeta el mismo día en que la encontré.

—¿Y qué vamos a hacer ahora?

—No lo sé. Es lo peor que nos podía pasar. Esto da al traste con nuestro plan. Ahora ya no tenemos la más mínima prueba ni contra Björck ni contra Teleborian.

Hablaron durante dos minutos más antes de que Mikael terminara la conversación.

—Quiero que mañana mismo regreses a Estocolmo —dijo.

—*Sorry*. Tengo que ver a Salander.

—Ve a verla por la mañana. Vente por la tarde. Tenemos que sentarnos y reflexionar sobre lo que vamos a hacer.

Nada más colgar, Mikael se quedó inmóvil sentado en el sofá y mirando al vacío. Luego, una creciente sonrisa se fue dibujando en su rostro. Quien hubiera escuchado esa conversación sabía ahora que *Millennium* había perdido el informe de Gunnar Björck de 1991 y la correspondencia mantenida entre Björck y el loquero Peter Teleborian. Sabía que Mikael y Annika estaban desesperados. Si algo había aprendido Mikael al estudiar la noche anterior la historia de la policía de seguridad, era que la desinformación constituía la base de todo espionaje. Y él acababa de difundir una desinformación que, a largo plazo, podría llegar a ser de incalculable valor.

Abrió el maletín de su portátil y sacó la copia que le había hecho a Dragan Armanskij pero que todavía no había tenido tiempo de entregarle. Era el único ejemplar que quedaba. No pensaba deshacerse de él. Todo lo contrario: tenía la intención de hacer cinco copias de inmediato y distribuirlas adecuadamente para ponerlas a salvo.

Luego consultó su reloj y llamó a la redacción de *Millennium*. Malin Eriksson estaba todavía allí, aunque a punto de cerrar.

—¿Por qué te fuiste con tanta prisa?

—¿Podrías quedarte un ratito más, por favor? Ahora mismo voy para allá; hay un tema que quiero tratar contigo antes de que te vayas.

Llevaba unas cuantas semanas sin poner una lavadora. Todas sus camisas estaban en la cesta de la ropa sucia. Cogió su maquinilla de afeitar y *Lucha por el poder de la Säpo,* así como el único ejemplar que quedaba del informe de Björck. Caminó hasta Dressman, donde compró cuatro camisas, dos pantalones y diez calzoncillos que se llevó a la redacción. Se dio una ducha rápida mientras Malin Eriksson esperaba y se preguntaba de qué iba todo aquello.

—Alguien ha entrado en mi casa y ha robado el informe de Zalachenko. Han atacado a Annika en Gotemburgo y le han robado su ejemplar. Tengo pruebas de que su teléfono está pinchado, lo que tal vez quiera decir que el mío, posiblemente el tuyo y quizá todos los teléfonos de *Millennium* estén también pinchados. Y sospecho que si alguien se ha tomado la molestia de entrar en mi casa, sería muy estúpido por su parte no aprovechar la ocasión y colocarme unos cuantos micrófonos.

—Vaya —dijo Malin Eriksson con una tenue voz. Miró de reojo su móvil, que estaba en la mesa que tenía ante ella.

—Tú sigue trabajando como de costumbre. Utiliza el móvil pero no reveles nada importante. Mañana pondremos al corriente a Henry Cortez.

—Vale. Se fue hace una hora. Dejó una pila de informes de comisiones estatales sobre tu mesa. Bueno, ¿y tú qué haces aquí?…

—Pienso quedarme a dormir en *Millennium* esta noche. Si hoy han matado a Zalachenko, robado los informes y pinchado el teléfono de mi casa, el riesgo de que no hayan hecho más que ponerse en marcha y de que, simplemente, todavía no hayan tenido tiempo de entrar en la redacción es bastante grande. Aquí ha habido gente todo el día. No quiero que la redacción se quede vacía durante la noche.

—Crees que el asesinato de Zalachenko… Pero el

asesino era un viejo caso psiquiátrico de setenta y ocho años.

—No creo ni por un segundo en una casualidad así. Alguien está borrando las huellas de Zalachenko. Me importa una mierda quién fuera ese viejo y la cantidad de cartas locas que les haya podido escribir a los ministros. Era una especie de asesino a sueldo. Llegó allí con el objetivo de matar a Zalachenko... y tal vez a Lisbeth Salander.

—Pero se suicidó; o, al menos, lo intentó. ¿Qué sicario hace algo así?

Mikael reflexionó un instante. Su mirada se cruzó con la de la redactora jefe.

—Una persona que tiene setenta y ocho años y que quizá no tenga nada que perder. Está implicado en todo esto y cuando terminemos de investigar vamos a poder demostrarlo.

Malin Eriksson contempló con atención la cara de Mikael. Nunca lo había visto tan fríamente firme y decidido. De repente, un escalofrío le recorrió el cuerpo. Mikael vio su reacción.

—Otra cosa: ahora ya no estamos metidos en una simple pelea con una pandilla de delincuentes, sino con una autoridad estatal. Esto va a ser duro.

Malin asintió con la cabeza.

—Jamás me habría imaginado que esto pudiera llegar tan lejos. Malin: si quieres abandonar, no tienes más que decírmelo.

Ella dudó un momento. Se preguntó qué habría contestado Erika Berger. Luego negó con la cabeza con cierto aire de desafío.

Segunda parte

Hacker Republic

Del 1 al 22 de mayo

Una ley irlandesa del año 697 prohíbe que las mujeres sean militares, lo que da a entender que, antes de ese año, las mujeres *fueron* militares. Los pueblos que en distintos momentos de la historia han tenido mujeres soldado son, entre otros, los árabes, los bereberes, los kurdos, los rajputas, los chinos, los filipinos, los maoríes, los papúas, los aborígenes australianos y los micronesios, así como los indios americanos.

Hay una rica flora de leyendas sobre las temibles guerreras de la Grecia antigua: historias que hablan de mujeres que, desde su más tierna infancia, fueron entrenadas en el arte de la guerra y el manejo de las armas, así como adiestradas para soportar toda clase de sufrimientos físicos. Vivían separadas de los hombres y se fueron a la guerra con sus propios regimientos. Los relatos contienen a menudo pasajes en los que se insinúa que vencieron a los hombres en el campo de batalla. Las amazonas son mencionadas en la literatura griega en obras como la *Ilíada* de Homero, escrita más de setecientos años antes de Cristo.

También fueron los griegos los que acuñaron el término *amazona*. La palabra significa literalmente «sin pecho» porque, con el objetivo de que a las mujeres les resultara más fácil tensar el arco, les quitaban el pecho derecho. Aunque parece ser que dos de los médicos griegos más importantes de la historia, Hipócrates y Galeno, estaban de acuerdo en que ese tipo de operación aumentaba la capacidad de usar armas, resulta dudoso que, en efecto, se les practicara. La palabra encierra una duda lingüística implícita, pues no queda del todo claro que el prefijo «a» de «amazona» signifique en realidad «sin»; incluso se ha llegado a sugerir que su verdadero significado sea el opuesto: que una amazona fuera una mujer con pechos particularmente grandes. Tampoco existe en ningún museo ni un solo ejemplo de imagen, amuleto o estatua que represente a una mujer sin el pecho derecho, cosa que, en el caso de que la leyenda sobre la extirpación del pecho hubiese sido cierta, debería haber sido un motivo más que frecuente de representación artística.

Capítulo 8

Domingo, 1 de mayo –
Lunes, 2 de mayo

Erika Berger inspiró profundamente antes de abrir la
puerta del ascensor y entrar en la redacción del *Svenska
Morgon-Posten*. Eran las diez y cuarto de la mañana. Iba
impecable: unos pantalones negros, un jersey rojo y una
americana oscura. Había amanecido un primer día de
mayo espléndido y, al atravesar la ciudad, advirtió que
los integrantes del movimiento obrero ya se estaban reu-
niendo, lo que la llevó a pensar que ya hacía más de
veinte años que ella no participaba en ninguna manifestación.

Permaneció un momento ante las puertas del ascensor, completamente sola y fuera de la vista de todo el
mundo. El primer día en su nuevo trabajo. Desde su
puesto, junto a la entrada, se divisaba una gran parte de
la redacción, con el mostrador de noticias en el centro.
Alzó un poco la mirada y vio las puertas de cristal del
despacho del redactor jefe que, durante los próximos
años, sería su lugar de trabajo.

No estaba del todo convencida de ser la persona más
adecuada para dirigir esa amorfa organización que el
Svenska Morgon-Posten constituía. Cambiar de *Millennium*
—que tan sólo contaba con cinco empleados— a un periódico compuesto por ochenta periodistas y otras noventa personas más entre administrativos, personal técnico, maquetadores, fotógrafos, vendedores de anuncios,

distribución y todo lo que se necesita para editar un periódico, suponía dar un paso de gigante. A eso había que añadirle una editorial, una productora y una sociedad de gestión. En total, unas doscientas treinta personas. Se preguntó por un breve instante si todo aquello no sería un enorme error.

Luego la mayor de las dos recepcionistas, al percatarse de quién era la recién llegada a la redacción, salió de detrás del mostrador y le estrechó la mano.

—Señora Berger. Bienvenida al *SMP*.

—Llámame Erika. Hola.

—Beatrice. Bienvenida. Te acompañaré al despacho del redactor jefe Morander... Bueno, del antiguo redactor jefe, quiero decir.

—Muy amable, pero ya lo estoy viendo en esa jaula de cristal —dijo Erika, sonriendo—. Creo que encontraré el camino. De todos modos, muchas gracias por tu amabilidad.

Al cruzar la redacción a paso ligero advirtió que el murmullo de la redacción se reducía un poco. De repente sintió que todas las miradas se concentraban en ella. Se detuvo ante el mostrador central de noticias y saludó con un movimiento de cabeza.

—Luego tendremos ocasión de saludarnos como es debido —dijo para continuar caminando y llamar al marco de la puerta de cristal.

El redactor jefe Håkan Morander, que pronto dejaría su cargo, tenía cincuenta y nueve años, doce de los cuales los había pasado en ese cubo de cristal de la redacción del *SMP*. Al igual que Erika Berger, venía de otro periódico y, en su día, fue contratado a dedo; de modo que ya había dado ese mismo primer paseo que ella acababa de dar. Al alzar la vista la contempló algo desconcertado, consultó su reloj y se levantó.

—Hola, Erika —saludó—. Creía que empezabas el lunes.

—No podía aguantar ni un día más en casa. Así que aquí estoy.

Morander le estrechó la mano.

—Bienvenida. ¡Qué bien que alguien me releve, joder!

—¿Cómo estás? —preguntó Erika.

Se encogió de hombros en el mismo momento en que Beatrice, la recepcionista, entraba con café y leche.

—Es como si ya funcionara a medio gas. La verdad es que prefiero no hablar de eso. Uno va por la vida sintiéndose joven e inmortal y luego, de repente, te dicen que te queda muy poco tiempo. Y si hay una cosa que tengo clara, es que no pienso malgastar lo que me quede en esta jaula de cristal.

Se frotó inconscientemente el pecho. Tenía problemas cardiovasculares: la razón de su repentina dimisión y de que Erika empezara varios meses antes de lo que en un principio se había previsto.

Erika se dio la vuelta y abarcó toda la redacción con la mirada. Estaba medio vacía. Vio a un reportero y a un fotógrafo de camino al ascensor dispuestos a cubrir —supuso ella— la manifestación del uno de mayo.

—Si molesto o si estás ocupado, dímelo y me voy.

—Lo único que tengo que hacer hoy es redactar un editorial de cuatro mil quinientos caracteres sobre las manifestaciones del uno de mayo. He escrito ya tantos que podría hacerlo hasta durmiendo. Si los socialistas quieren ir a la guerra con Dinamarca, yo tengo que explicar por qué se equivocan. Y si los socialistas quieren evitar la guerra con Dinamarca, yo tengo que explicar por qué se equivocan.

—¿Con Dinamarca? —preguntó Erika.

—Bueno, es que una parte del mensaje del uno de mayo debe tratar sobre el conflicto de la integración. Y ni que decir tiene que, digan lo que digan, los socialistas están muy equivocados.

De pronto, soltó una carcajada.

—Suena cínico —dijo ella.

—Bienvenida al *SMP*.

Erika no tenía ninguna opinión formada de antemano sobre el redactor jefe Håkan Morander. Para ella era un anónimo y poderoso hombre que pertenecía a la élite de los redactores jefe. Cuando leía sus editoriales, le resultaba aburrido, conservador y todo un experto a la hora de quejarse de los impuestos, el típico liberal apasionado defensor de la libertad de expresión, pero nunca había tenido ocasión de conocerlo en persona ni de hablar con él.

—Háblame del trabajo —dijo ella.

—Yo me iré el último día de junio. Trabajaremos al alimón durante dos meses. Descubrirás cosas positivas y cosas negativas. Yo soy un cínico, de manera que por regla general suelo ver tan sólo lo negativo.

Se levantó y se puso a su lado, junto al cristal.

—Descubrirás que ahí fuera te espera toda una serie de adversarios: jefes del turno de día y veteranos editores de textos que han creado sus propios y pequeños imperios y que son dueños de clubes de los que no puedes ser miembro. Intentarán tantear cuál es tu límite y colocar sus propios titulares y sus propios enfoques; vas a tener que actuar con mucha mano dura para hacerles frente.

Erika asintió.

—Luego están los jefes del turno de noche, Billinger y Karlsson… son un capítulo aparte. Se odian y, gracias a Dios, no hacen el mismo turno, pero se comportan como si fueran tanto los redactores jefe como los máximos responsables del periódico. Y tienes a Anders Holm, que es jefe de Noticias y con el que tendrás bastante relación. Seguro que os pelearéis unas cuantas veces. En realidad es él quien hace el *SMP* todos los días. Contarás con algunos reporteros que van de divos y otros que, para serte sincero, deberían jubilarse.

—¿No hay ningún colaborador bueno?

De repente Morander se rió.

—Pues sí. Pero ya decidirás tú misma con quién quieres llevarte bien. Ahí fuera hay unos cuantos reporteros que son muy pero que muy buenos.

—¿Y la dirección?

—El presidente de la junta directiva es Magnus Borgsjö. Fue él quien te reclutó. Es una persona encantadora, a caballo entre la vieja escuela y un aire renovador, pero, sobre todo, es quien manda. Hay otros miembros de la junta, algunos de ellos pertenecientes a la familia propietaria, que, más que otra cosa, parece que sólo están pasando el rato, y unos cuantos más que son miembros de varias juntas directivas y revolotean de un lado para otro y de reunión en reunión.

—Parece que no estás muy contento con la junta.

—Es que hay una clara división: tú publicas el periódico, ellos se encargan de la economía. No deben entrometerse en el contenido del periódico, pero siempre surgen situaciones comprometidas. Para serte sincero, Erika, esto te resultará muy duro.

—¿Por qué?

—Desde los gloriosos días de los años sesenta, la tirada se ha visto reducida en casi ciento cincuenta mil ejemplares y el *SMP* empieza a acercarse a ese punto en el que no resulta rentable. Hemos reestructurado la empresa y hecho un recorte de más de ciento ochenta puestos de trabajo desde 1980. Hemos pasado al formato tabloide: algo que deberíamos haber hecho hace ya veinte años. El *SMP* sigue perteneciendo a los grandes periódicos, pero no falta mucho para que empiecen a considerarnos un periódico de segunda. Si es que no lo somos ya.

—Entonces, ¿por qué me han contratado? —preguntó Erika.

—Porque la edad media de los que leen el *SMP* es de más de cincuenta años y la incorporación de nuevos lectores de veinte años es prácticamente nula. El *SMP* tiene que renovarse. Y la idea de la junta era la de fichar a la redactora jefe más insospechada que se pudiera imaginar.

—¿A una mujer?

—No sólo a una mujer, sino a la mujer que acabó con el imperio Wennerström, considerada la reina del periodismo de investigación y con fama de ser más dura que ninguna otra. Resultaba irresistible. Si tú no eres capaz de darle un nuevo aire al periódico, nadie podrá hacerlo. El *SMP* no ha contratado tanto a Erika Berger como a su reputación.

Eran poco más de las dos de la tarde cuando Mikael Blomkvist dejó el café Copacabana, situado junto al Kvartersbion de Hornstull. Se puso las gafas de sol y, al torcer por Bergsunds Strand para dirigirse al metro, descubrió casi inmediatamente un Volvo gris aparcado en la esquina. Pasó ante él sin aminorar el paso y constató que se trataba de la misma matrícula y que el coche estaba vacío.

Era la séptima vez que lo veía en los últimos cuatro días. No sabría decir si hacía mucho tiempo que el vehículo andaba rondando por allí, pues el hecho de que hubiese advertido su presencia había sido fruto de la más pura casualidad. La primera vez que reparó en él fue el miércoles por la mañana, cuando, de camino a la redacción de *Millennium*, lo vio aparcado cerca de su domicilio de Bellmansgatan. Se fijó por casualidad en la matrícula, que empezaba con las letras KAB, y reaccionó porque ése era el nombre de la empresa de Alexander Zalachenko: Karl Axel Bodin. Probablemente no habría reflexionado más sobre el tema si no hubiera sido porque, tan sólo unas cuantas horas después, vio ese mismo coche cuando comió con Henry Cortez y Malin Eriksson en Medborgarplatsen. En esa ocasión el Volvo se hallaba aparcado en una calle perpendicular a la redacción de *Millennium*.

Se preguntó si no se estaría convirtiendo en un paranoico, pero poco después visitó a Holger Palmgren en la residencia de Ersta y el Volvo gris estaba en el aparcamiento reservado para las visitas. Demasiada casualidad. Mikael Blomkvist empezó a mantener la vigilancia a su alrededor. No se sorprendió cuando, a la mañana siguiente, lo volvió a descubrir.

En ninguna de las ocasiones pudo ver a su conductor. Una llamada al registro de coches, sin embargo, le informó de que el turismo figuraba registrado a nombre de un tal Göran Mårtensson, de cuarenta años y domiciliado en Vittangigatan, Vällingby. Siguió investigando y descubrió que Göran Mårtensson poseía el título de consultor empresarial y que era el propietario de una sociedad domiciliada en un apartado postal de Fleminggatan, en Kungsholmen. Mårtensson tenía un interesante currículum. En 1983, cuando contaba dieciocho años, hizo el servicio militar en la unidad especial de defensa costera y luego continuó como profesional en las Fuerzas Armadas. Ascendió a teniente y en 1989 se despidió y recondujo su carrera ingresando en la Academia de policía de Solna. Entre 1991 y 1996 trabajó en la policía de Estocolmo. En 1997 desapareció del servicio y en 1999 registró su propia empresa.

Conclusión: la Säpo.

Mikael se mordió el labio inferior. Un periodista de investigación podría volverse paranoico con bastante menos. Mikael llegó a la conclusión de que se hallaba bajo una discreta vigilancia, pero que ésta se efectuaba con tanta torpeza que se había dado cuenta.

O a lo mejor no era tan torpe: la única razón por la que se había percatado de la existencia del coche residía en esa matrícula que, por casualidad, llamó su atención porque encerraba un significado para él. Si no hubiese sido por KAB, ni siquiera se habría dignado a mirar el coche.

Durante toda la jornada del viernes, KAB brilló por su ausencia. Mikael no estaba del todo seguro, pero ese día creía haber sido seguido por un Audi rojo, aunque no consiguió ver la matrícula. El sábado, sin embargo, el Volvo volvió a aparecer.

Justo veinte segundos después de que Mikael Blomkvist abandonara el café Copacabana, Christer Malm, apostado en la sombra de la terraza del café Rosso, al otro lado de la calle, cogió su Nikon digital y sacó una serie de doce fotografías. Fotografió a los dos hombres que salieron del café poco después de Mikael y que fueron tras él pasando por delante del Kvartersbion.

Uno de los hombres era rubio y de una mediana edad difícil de precisar, aunque más tirando a joven que a viejo. El otro, que parecía algo mayor, tenía el pelo fino y rubio, más bien pelirrojo, y llevaba unas gafas de sol. Los dos vestían vaqueros y oscuras cazadoras de cuero.

Se despidieron junto al Volvo gris. El mayor abrió la puerta del coche mientras el joven seguía a Mikael Blomkvist hasta el metro.

Christer Malm bajó la cámara y suspiró. No tenía ni idea de por qué Mikael lo había cogido aparte y le había pedido encarecidamente que el domingo por la tarde se diera unas cuantas vueltas por los alrededores del café Copacabana para ver si podía encontrar un Volvo gris con la matrícula en cuestión. Le dio instrucciones para que se colocara de tal manera que pudiera fotografiar a la persona que, con toda probabilidad, abriría la puerta del coche poco después de las tres. Al mismo tiempo, debía mantener los ojos bien abiertos por si alguien seguía a Mikael Blomkvist.

Sonaba como el inicio de una típica aventura del superdetective Kalle Blomkvist. Christer Malm nunca había tenido del todo claro si Mikael Blomkvist era paranoico por naturaleza o si poseía un don paranormal. Tras los acontecimientos de Gosseberga, Mikael se había vuelto extremadamente cerrado y, en general, de difícil trato. Cierto que eso no resultaba nada extraño cuando Mikael andaba metido en alguna intrincada historia —Christer le conoció esa misma reservada obsesión y ese mismo secretismo con lo del asunto Wennerström—, pero ahora resultaba más evidente que nunca.

En cambio, Christer Malm no tuvo ninguna dificultad en constatar que, en efecto, Mikael Blomkvist estaba siendo perseguido. Se preguntó qué nuevo infierno —que, sin duda, acapararía el tiempo, las fuerzas y los recursos de *Millennium*— se les venía encima. Christer Malm consideró que no era un buen momento para que Blomkvist hiciera una de las suyas ahora que la redactora jefe de la revista les había abandonado por Gran Dragón y que la estabilidad de la revista, conseguida con no poco esfuerzo, se hallaba bajo amenaza.

Pero por otro lado, hacía por lo menos diez años —a excepción del desfile del Festival del orgullo gay— que Christer Malm no participaba en una manifestación, y ese domingo del uno de mayo no tenía nada mejor que hacer que complacer a Mikael. Se levantó y, despreocupadamente, siguió a la persona que estaba persiguiendo a Mikael Blomkvist. Algo que no formaba parte de las instrucciones. No obstante, ya en Långholmsgatan, perdió de vista al hombre.

Una de las primeras medidas que Mikael tomó en cuanto supo que su teléfono estaba pinchado fue mandar a Henry Cortez a comprar móviles de segunda mano. Cortez encontró una partida de restos de serie del modelo Ericsson T10 por cuatro cuartos. Mikael abrió anónimas cuentas de tarjetas prepago en Comviq. Él se quedó con uno y el resto lo repartió entre Malin Eriksson, Henry Cortez, Annika Giannini, Christer Malm y Dragan Armanskij. Los usarían tan sólo para las conversaciones que en absoluto deseaban que fueran escuchadas. Las llamadas normales se harían desde los números habituales. Eso provocó que todo el mundo tuviera que cargar con dos móviles.

Al salir del Copacabana Mikael se dirigió a *Millennium,* donde Henry Cortez tenía guardia ese fin de semana. A raíz del asesinato de Zalachenko, Mikael había confeccionado una lista de guardias con el objetivo de que la redacción no permaneciera vacía y de que alguien se quedara a dormir allí por las noches. Las guardias las hacían él mismo, Henry Cortez, Malin Eriksson y Christer Malm. Lottie Karim, Monica Nilsson y el jefe de *marketing*, Sonny Magnusson, estaban excluidos. Ni siquiera se lo preguntaron. El miedo que Lottie Karim le tenía a la oscuridad era de sobra conocido por todos, de modo que ella nunca jamás habría aceptado pasar la noche sola en la redacción. Monica Nilsson, en cambio, no le temía en absoluto a la oscuridad, pero trabajaba como una loca con sus temas y pertenecía a ese tipo de personas que se van a casa cuando su jornada laboral llega a su fin. Y Sonny Magnusson ya había cumplido sesenta y un años, no tenía nada que ver con el trabajo de redacción y pronto se iría de vacaciones.

—¿Alguna novedad? —preguntó Mikael.

—Nada especial —dijo Henry Cortez—. Las noticias de hoy sólo hablan, como no podía ser de otra manera, del uno de mayo.

Mikael asintió.

—Voy a quedarme aquí unas cuantas horas. Tómate la tarde libre y vuelve sobre las nueve de la noche.

En cuando Henry Cortez desapareció, Mikael se acercó hasta su mesa y sacó su recién adquirido móvil. Llamó a Gotemburgo, al periodista *freelance* Daniel Olofsson. *Millennium* llevaba muchos años publicando textos de Olofsson y Mikael tenía una gran confianza en su capacidad periodística para recabar material de base para una investigación.

—Hola, Daniel. Soy Mikael Blomkvist. ¿Estás libre?

—Sí.

—Necesito que alguien me haga un trabajo de investigación. Puedes facturarme cinco días, pero no necesito que escribas nada. O, mejor dicho, si te apetece escribir algo sobre el tema no tenemos ningún problema en publicártelo, pero lo que buscamos es sólo la investigación.

—*Shoot.*

—Es un poco delicado. Excepto conmigo, no deberás tratar esto con nadie y sólo nos comunicaremos a través de Hotmail. Ni siquiera quiero que digas que estás trabajando para *Millennium*.

—Suena divertido. ¿Qué andas buscando?

—Quiero que hagas un reportaje sobre el hospital de Sahlgrenska. Lo llamaremos *Urgencias* y tu cometido será reflejar la diferencia entre la realidad y la serie de televisión. Quiero que visites aquello un par de días y que des cumplida cuenta de las labores que se realizan tanto en urgencias como en la UVI. Habla con los médicos, las enfermeras, el personal de limpieza y todos los demás empleados. ¿Cómo son las condiciones laborales? ¿Qué hacen? Ese tipo de cosas. Con fotos, por supuesto.

—¿La UVI? —preguntó Olofsson.

—Eso es. Necesito que te centres en los cuidados de los pacientes gravemente heridos del pasillo 11 C. Quiero saber cómo son los planos del pasillo, quiénes trabajan allí, cómo son y cuál es su currículum.

—Mmm —dijo Daniel Olofsson—. Si no me equivoco, el 11 C es donde está ingresada una tal Lisbeth Salander.

Olofsson no se había caído de un guindo.

—¡No me digas! —exclamó Mikael Blomkvist—. ¡Qué interesante! Averigua en qué habitación se encuentra, cuál es su rutina diaria y qué es lo que hay en las habitaciones colindantes.

—Mucho me temo que este reportaje va a tratar sobre algo totalmente diferente —le comentó Daniel Olofsson.

—Bueno... Como ya te he dicho, lo único que me interesa es la información que puedas sacar.

Se intercambiaron las direcciones de Hotmail.

Lisbeth Salander estaba tendida boca arriba, en el suelo de su habitación del Sahlgrenska, cuando Marianne, la enfermera, abrió la puerta.

—Mmm —dijo Marianne, manifestando así sus dudas sobre los beneficios de tumbarse en el suelo de la UVI. Pero aceptó que era el único sitio que había para que la paciente realizara sus ejercicios.

Tras haberse pasado treinta minutos intentando hacer flexiones, estiramientos y abdominales —tal y como le había recomendado su terapeuta—, Lisbeth Salander estaba completamente empapada en sudor. Tenía una tabla con una larga serie de movimientos que debía realizar a diario para reforzar la musculatura de los hombros y las caderas tras la operación efectuada tres semanas antes. Respiraba con dificultad y no se sentía en forma: se cansaba enseguida y el hombro le tiraba y le dolía al menor esfuerzo. No cabía duda, no obstante, de que estaba mejorando. El dolor de cabeza que la atormentó durante los días inmediatamente posteriores a la operación se había ido apagando y sólo se manifestaba de manera esporádica.

Ella se consideraba de sobra recuperada como para, sin dudarlo ni un segundo, marcharse del hospital o, por lo menos, salir cojeando de allí si fuera posible, lo cual no era el caso. Por una parte, los médicos aún no le habían dado el alta y, por otra, la puerta de su habitación siempre estaba cerrada con llave y vigilada por un maldito gorila de Securitas que no se movía de una silla del pasillo.

Lo cierto era que estaba lo bastante bien como para que la trasladaran a una planta de rehabilitación normal. Sin embargo, tras todo tipo de discusiones, la policía y la dirección del hospital acordaron que, de momento, Lisbeth permaneciera en la habitación 18: resultaba fácil de vigilar, estaba bien atendida y se hallaba situada algo apartada de las demás habitaciones, al final de un pasillo con forma de «L».

Por lo tanto, era más sencillo que continuara allí —donde el personal, a raíz del asesinato de Zalachenko, estaba más pendiente de la seguridad y ya conocía el problema de Lisbeth Salander— que trasladarla a otra planta, con todo lo que eso implicaba a la hora de modificar las rutinas diarias.

En cualquier caso, su estancia en el Sahlgrenska era cuestión de unas pocas semanas más. En cuanto los médicos le dieran el alta, sería trasladada a los calabozos de Kronoberg, Estocolmo, en régimen de prisión preventiva, hasta que se celebrara el juicio. Y la persona que decidiría que ese día había llegado era Anders Jonasson.

Tuvieron que pasar no menos de diez días, tras los acontecimientos de Gosseberga, para que el doctor Jonasson permitiera a la policía realizar un primer interrogatorio en condiciones, algo que, a ojos de Annika Giannini, resultaba estupendo. Lo malo era que Anders Jonasson también había puesto trabas para que la abogada pudiera ver a su clienta, y eso la irritaba sobremanera.

Tras el caos ocasionado a raíz del asesinato de Zalachenko, Jonasson efectuó una evaluación a fondo del estado de Lisbeth Salander y concluyó que, considerando que había sido sospechosa de un triple asesinato, debía de haberse visto expuesta a una gran dosis de estrés. Anders Jonasson ignoraba si era culpable o inocente, aunque, como médico, tampoco tenía el menor interés en dar respuesta a esa pregunta. Sólo constató que Lisbeth Salander se hallaba sometida a un enorme estrés. Le habían pegado tres tiros y una de las balas le penetró en el cerebro y casi la mata. Tenía una fiebre que se resistía a remitir y le dolía mucho la cabeza.

Había elegido jugar sobre seguro. Sospechosa de asesinato o no, ella era su paciente y su trabajo consistía en velar por su pronta recuperación. Por ese motivo le prohibió las visitas, cosa que no tenía nada que ver con la prohibición, jurídicamente justificada, que había dictado la fiscal. Le prescribió un tratamiento y reposo absoluto.

Como Anders Jonasson consideraba que el aislamiento total de una persona era una forma de castigo tan inhumana que, de hecho, rayaba en la tortura, y que además no resultaba saludable para nadie hallarse separado por completo de sus amistades, decidió que la abogada de Lisbeth Salander, Annika Giannini, hiciera de amiga en funciones. Jonasson mantuvo una seria conversación con Annika Giannini y le explicó que le concedería una hora de visita al día para que viera a Lisbeth Salander. Durante ese tiempo podría conversar con ella o, si así lo deseaba, permanecer callada y hacerle compañía. No obstante, las conversaciones no deberían, en la medida de lo posible, tratar los problemas mundanos de Lisbeth Salander ni sus inminentes batallas legales.

—A Lisbeth Salander le han disparado en la cabeza y está gravemente herida —remarcó—. Creo que se encuentra fuera de peligro, pero siempre existe el riesgo de que se produzcan hemorragias u otras complicaciones. Necesita descanso y tiempo para curarse. Sólo después de que eso ocurra podrá empezar a enfrentarse a sus problemas jurídicos.

Annika Giannini entendió la lógica del razonamiento del doctor Jonasson. En las conversaciones de carácter general que Annika mantuvo con Lisbeth Salander le dio una ligera pista de la estrategia que ella y Mikael habían diseñado, aunque durante los primeros días no tuvo ninguna posibilidad de entrar en detalles: Lisbeth

Salander se encontraba tan drogada y agotada que a menudo se dormía mientras estaban hablando.

Dragan Armanskij examinó la serie de fotos que Christer Malm había hecho de los dos hombres que siguieron a Mikael Blomkvist desde el Copacabana. Las imágenes eran muy nítidas.

—No —dijo—. No los conozco.

Mikael Blomkvist asintió con la cabeza. Esa mañana de lunes se hallaban reunidos en Milton Security, en el despacho de Dragan Armanskij. Mikael había entrado en el edificio por el garaje.

—Sabemos que el mayor es Göran Mårtensson, el propietario del Volvo. Hace al menos una semana que me persigue como si fuera mi mala conciencia, pero es obvio que puede llevar mucho más tiempo haciéndolo.

—¿Y dices que es de la Säpo?

Mikael señaló la documentación que había reunido sobre la carrera profesional de Mårtensson. Hablaba por sí sola. Armanskij dudó: la revelación de Blomkvist le había producido sentimientos encontrados.

Cierto: los policías secretos del Estado siempre metían la pata. Ése era el orden normal de las cosas, no sólo en la Säpo sino también, probablemente, en todos los servicios de inteligencia del planeta. ¡Por el amor de Dios, si hasta la policía secreta francesa mandó un equipo de buceadores a Nueva Zelanda para hacer estallar el *Rainbow Warrior*, el barco de Greenpeace! Algo que sin duda había que considerar como la operación de inteligencia más estúpida de la historia mundial, exceptuando, tal vez, el robo del presidente Nixon en el Watergate. Con una cadena de mando tan idiota no era de extrañar que se produjeran escándalos. Los éxitos nunca salen a la luz, claro… En cambio, en cuanto la policía secreta hacía algo inadecuado, cometía alguna estupidez o fracasaba, los medios de comunicación se le echaban encima y lo hacían con toda la sabiduría que dan los conocimientos obtenidos a toro pasado.

Armanskij nunca había entendido la relación que los medios de comunicación suecos mantenían con la Säpo. Por una parte, la Säpo era considerada una magnífica fuente: casi cualquier precipitada tontería política ocasionaba llamativos titulares. La Säpo sospecha que… Una declaración de la Säpo constituía una fuente de gran importancia para un titular.

Pero, por otra, tanto los medios de comunicación como los políticos de distinto signo se dedicaban a ejecutar con todas las de la ley a los miembros de la Säpo que eran pillados espiando a los ciudadanos suecos. Allí había algo tan contradictorio que, en más de una ocasión, Armanskij había podido constatar que ni los políticos ni los medios de comunicación estaban bien de la cabeza.

Armanskij no tenía nada en contra de la existencia de la Säpo: alguien debía encargarse de que ninguno de esos chalados nacionalbolcheviques que se habían pasado la vida leyendo a Bakunin —o a quien diablos leyeran esos chalados neonazis— fabricara una bomba de fertilizantes y petróleo y la colocara en una furgoneta ante las mismas puertas de Rosenbad. De modo que la Säpo era necesaria y Armanskij consideraba que, mientras el objetivo fuera proteger la seguridad general de los ciudadanos, un poco de espionaje a pequeña escala no tenía por qué ser siempre tan negativo.

El problema residía, por supuesto, en que una organización cuya misión consistía en espiar a sus propios compatriotas debía ser sometida al más estricto control público y tener una transparencia constitucional excepcionalmente alta. Lo que sucedía con la Säpo era que tanto a los políticos como a los parlamentarios les resultaba casi imposible ejercer ese control, ni siquiera cuando el primer ministro nombró una comisión especial que, sobre el papel, tendría autorización para acceder a todo cuanto deseara. A Armanskij le habían dejado el libro de Carl Lidbom *Una misión* y lo leyó con creciente asombro: en Estados Unidos habrían arrestado en el acto a una decena de miembros destacados de la Säpo por obstrucción a la justicia y los habrían obligado a comparecer ante el Congreso para someterse a un interrogatorio público. En Suecia, al parecer, eran intocables.

El caso Lisbeth Salander ponía en evidencia que algo estaba podrido en la organización, pero cuando Mikael Blomkvist fue a ver a Armanskij para darle un móvil seguro, la primera reacción de éste fue pensar que Blomkvist se había vuelto paranoico. Fue al enterarse de los detalles y examinar las fotos de Christer Malm cuando no tuvo más remedio que aceptar que las sospechas de Blomkvist tenían un fundamento. Algo que no presagiaba nada bueno, sino que más bien daba a entender que la conspiración de la que fue objeto Lisbeth Salander, hacía ya quince años, no había sido una casualidad.

Simplemente, había demasiadas coincidencias para que fuera fruto del azar. Era posible que Zalachenko hubiera sido asesinado por un fanático de la justicia. Pero no en el mismo momento en que tanto a Annika Giannini como a Mikael Blomkvist les robaban los documentos sobre los que se basaban las pruebas del caso. Un auténtico desastre. Y, por si fuera poco, Gunnar Björck, el principal testigo, va y se ahorca.

—Vale —dijo Armanskij mientras reunía la documentación de Mikael—. ¿Te parece bien, entonces, que le lleve todo esto a mi contacto?

—Siempre y cuando se trate de alguien de confianza.

—Sé que es una persona con un gran sentido de la ética y una vida impecablemente democrática.

—¿En la Säpo? —preguntó Mikael Blomkvist con una evidente duda en la voz.

—Tenemos que ponernos de acuerdo. Tanto Holger

Palmgren como yo hemos aceptado tu plan y vamos a colaborar contigo. Pero te aseguro que solos no podemos actuar. Habrá que buscar aliados dentro de la administración si no queremos que esto acabe mal.

—De acuerdo —dijo Mikael a regañadientes—. Estoy demasiado acostumbrado a esperar a que *Millennium* esté en la calle para desentenderme de un tema. Nunca he dado información sobre una historia antes de haberla publicado.

—Pues con ésta ya lo has hecho. No sólo me lo has contado a mí, sino también a tu hermana y a Palmgren.

Mikael asintió.

—Y lo has hecho porque incluso tú te has dado cuenta de que este asunto va mucho más allá de unos titulares en tu revista. En este caso no eres un periodista objetivo sino un personaje que influye en el desarrollo de los acontecimientos.

Mikael movió afirmativamente la cabeza.

—Y, como tal, necesitas ayuda para lograr lo que te has propuesto.

Mikael volvió a asentir. De todos modos, no les había contado toda la verdad ni a Armanskij ni a Annika Giannini. Seguía guardando secretos que sólo compartía con Lisbeth Salander. Le estrechó la mano a Armanskij.

Capítulo 9

Miércoles, 4 de mayo

El redactor jefe Håkan Morander falleció a mediodía, tres días después de que Erika Berger entrara como redactora jefe en prácticas en el *SMP*. Había pasado toda la mañana metido en el cubo de cristal mientras Erika, acompañada del secretario de redacción, Peter Fredriksson, se reunía con la redacción de deportes para saludar a los colaboradores y hacerse una idea de su forma de trabajar. Fredriksson tenía cuarenta y cinco años y, al igual que Erika Berger, era bastante nuevo en el *SMP*. Sólo llevaba cuatro años en el periódico. Era una persona callada y bastante competente y agradable; Erika ya había decidido que confiaría en sus conocimientos cuando le llegara el momento de hacerse con el timón del barco. Consagró gran parte de su tiempo a decidir en quiénes depositar su confianza para poder incorporarlos inmediatamente a su equipo. Fredriksson era, sin duda, uno de los candidatos. Cuando volvieron al mostrador central vieron cómo Håkan Morander se levantaba y se acercaba a la puerta del cubo de cristal.

Parecía asombrado.

Luego se echó bruscamente hacia delante y se agarró al respaldo de una silla durante unos segundos antes de desplomarse al suelo.

Falleció antes de que llegara la ambulancia.

Esa tarde reinó el desconcierto en la redacción. Borgsjö, el presidente de la junta directiva, llegó a eso de las dos y reunió a los colaboradores para pronunciar unas breves palabras de recuerdo. Habló de cómo Morander había consagrado al periódico los últimos quince años de su vida y del precio que a veces exigía el periodismo. Guardaron un minuto de silencio. Acto seguido, miró inseguro a su alrededor como si no supiera muy bien cómo continuar.

Que alguien fallezca en su lugar de trabajo es algo muy poco frecuente; incluso es raro. La gente debe tener la gentileza de retirarse para morir. Debe desaparecer: jubilarse o ingresar en un hospital y reaparecer un día, de repente, para convertirse en tema de conversación en la cafetería: por cierto, ¿te has enterado de que el viejo Karlsson murió el viernes pasado? Sí, el corazón… El sindicato le va a enviar unas flores. Sin embargo, morir en tu puesto de trabajo ante los mismos ojos de tus compañeros resulta bastante más incómodo. Erika advirtió el *shock* que se había apoderado de la redacción. El *SMP* se había quedado sin timonel. De golpe, reparó en que varios de los colaboradores la miraban por el rabillo del ojo. La carta desconocida.

Sin que nadie se lo pidiera y sin saber muy bien qué decir, carraspeó, dio un pequeño paso hacia delante y habló con un tono de voz alto y firme.

—En total sólo he podido tratar a Håkan Morander tres días. No es mucho tiempo pero, por lo poco que he tenido ocasión de ver, lo cierto es que me habría gustado llegar a conocerlo mejor.

Hizo una pausa al darse cuenta por el rabillo del ojo de que Borgsjö la estaba mirando. Parecía sorprendido por el hecho de que ella se hubiese pronunciado. Dio otro paso hacia delante. *No sonrías. No debes sonreír. Eso te da un aire de inseguridad.* Alzó ligeramente la voz.

—Con el inesperado fallecimiento de Morander se nos plantea un problema: yo no iba a sucederle hasta dentro de dos meses y confiaba en aprender de su experiencia durante ese tiempo.

Se percató de que Borgsjö abrió la boca para decir algo.

—Lo cierto es que eso ya no va a suceder y que a partir de ahora vamos a vivir una época de cambios. Pero no olvidemos que Morander era el redactor jefe de este periódico, y este periódico debe salir también mañana. Nos quedan nueve horas para el cierre y sólo cuatro para terminar el editorial. Me gustaría preguntaros... quién de vosotros era el mejor amigo y el más íntimo confidente de Morander.

Los colaboradores se miraron unos a otros y un breve silencio invadió la sala. Al final, Erika oyó una voz por la izquierda:

—Creo que era yo.

Gunnar Magnusson, sesenta y un años, secretario de redacción de la sección de Opinión y colaborador del *SMP* desde hacía treinta y cinco años.

—Alguien tiene que sentarse a escribir una necrológica sobre Morander. Yo no puedo hacerlo: sería demasiado presuntuoso por mi parte. ¿Te ves con fuerzas?

Gunnar Magnusson dudó un instante, pero acabó asintiendo.

—Déjalo en mis manos —respondió.

—Le dedicaremos toda la página del editorial; prescindiremos del resto.

Gunnar asintió nuevamente.

—Necesitamos fotografías...

Erika desplazó la mirada a la derecha y se detuvo en Lennart Torkelsson, el jefe de fotografía. Éste asintió.

—Hay que ponerse en marcha. Es muy posible que esto se tambalee un poco en las próximas semanas. Cuando necesite ayuda para tomar decisiones os pediré consejo y confiaré en vuestra competencia y experiencia. Vosotros sabéis cómo se hace este periódico mientras que a mí aún me queda mucho por aprender.

Se dirigió al secretario de redacción, Peter Fredriksson.

—Peter, sé que Morander confiaba mucho en ti. Durante un tiempo tendrás que ser mi mentor y llevar una carga un poco más pesada de lo habitual. Me gustaría que fueras mi consejero. ¿Te parece bien?

Movió afirmativamente la cabeza. ¿Qué otra cosa podía hacer?

Erika volvió a centrarse en el editorial.

—Otra cosa: esta mañana Morander estuvo redactando el editorial. Gunnar, ¿podrías entrar en su ordenador para ver si lo llegó a terminar? Aunque, de todos modos, lo vamos a publicar: se trata de su último editorial y sería una pena y una vergüenza no hacerlo. El periódico que vamos a hacer hoy sigue siendo el periódico de Håkan Morander.

Silencio.

—Si alguno de vosotros necesita descansar un rato para estar solo y pensar, que lo haga sin el menor remordimiento. Todos sabéis ya cuáles son nuestros *deadlines*.

Silencio. Advirtió que algunos movían la cabeza en señal de semiaprobación.

—*Go to work, boys and girls* —dijo en voz baja.

Jerker Holmberg hizo un gesto de impotencia con las manos. Jan Bublanski y Sonja Modig parecían dudar. Curt Svensson presentaba un aspecto indefinido. Los tres examinaron el resultado de la investigación preliminar que Jerker Holmberg había terminado esa mañana.

—¿Nada? —preguntó sorprendida Sonja Modig.

—Nada —dijo Holmberg mientras negaba con la cabeza—. El informe del forense llegó esta mañana. Todo indica que se trata de un suicidio por ahorcamiento.

Todos dirigieron la mirada a las fotografías que se habían hecho en el salón de la casa de campo de Smådalarö. De ellas se deducía que Gunnar Björck, jefe adjunto del departamento de extranjería de la Säpo, se había subido por su propio pie a un taburete para, acto seguido, colgar una soga en el gancho de la lámpara, ponérsela alrededor del cuello y, de una resuelta patada, enviar el taburete a varios metros de él. El forense dudaba de cuándo se produjo exactamente la muerte, pero al final determinó que fue la tarde del 12 de abril. Björck fue encontrado el 17 de abril por nada más y nada menos que Curt Svensson. Ocurrió después de que Bublanski intentara contactar con Björck en repetidas ocasiones y de que, enervado, acabara mandando a Svensson que volviera a traer a Björck a la comisaría.

En algún momento en el transcurso de esos días, el gancho de la lámpara del techo había cedido por el peso y el cuerpo de Björck se desplomó sobre el suelo. Svensson descubrió el cuerpo a través de la ventana y dio el aviso. Al principio, Bublanski y todos los que llegaron al lugar pensaron que se trataba de un crimen y que alguien había estrangulado a Björck. Fueron los técnicos forenses los que ese mismo día, aunque algo más tarde, encontraron el gancho. Se le encomendó a Jerker Holmberg la tarea de investigar las causas de la muerte.

—No hay nada que induzca a pensar que se haya cometido un crimen o que Björck estuviese acompañado —dijo Holmberg.

—La lámpara…

—La lámpara del techo tiene las huellas dactilares del dueño de la casa —que la colgó hace dos años— y del propio Björck. Lo cual sugiere que él mismo la bajó.

—¿Y de dónde salió la soga?

—Del asta de la bandera del jardín trasero. Alguien cortó más de dos metros de cuerda. Había un cuchillo en el alféizar de la ventana que hay junto a la puerta de la terraza. Según el propietario de la casa, el cuchillo es suyo: lo guardaba en una caja de herramientas que tiene bajo el fregadero. Las huellas dactilares de Björck están tanto en el mango como en la hoja, así como en la caja de herramientas.

—Mmm —dijo Sonja Modig.

—¿Qué tipo de nudos eran? —quiso saber Curt Svensson.

—Nudos vaqueros normales y corrientes. Lo que produce la muerte es un simple nudo corredizo. Tal vez sea eso lo más llamativo: Björck tenía conocimientos de navegación y sabía hacer nudos de verdad. Pero quién sabe hasta qué punto alguien que va a suicidarse se preocupa de la forma de los nudos.

—¿Drogas?

—Según el informe de toxicología, a Björck se le han detectado restos de potentes analgésicos en la sangre: los que le habían recetado. También le han encontrado restos de alcohol, aunque nada remarcable. En otras palabras, estaba más o menos sobrio.

—El forense ha dictaminado que presenta rasguños.

—Un rasponazo de tres centímetros en la parte exterior de la rodilla izquierda. Un arañazo. Le he dado mil vueltas a eso, aunque podría habérselo hecho de un montón de maneras distintas… dándose, por ejemplo, contra el borde de una silla o algo así.

Sonja Modig cogió una foto que mostraba la cara deformada de Björck. El nudo corredizo había penetrado con tanta profundidad que la cuerda ni siquiera se apreciaba bajo los pliegues de la piel. Su rostro presentaba un aspecto grotescamente hinchado.

—Podemos determinar que lo más seguro es que, antes de que el gancho cediese, Björck permaneciera colgado durante varias horas, es muy probable que cerca de veinticuatro. Toda la sangre se le acumuló tanto en la cabeza, donde la soga impidió que le bajara al cuerpo, como en las extremidades inferiores. Cuando el gancho cedió, la caja torácica de Björck fue a dar contra el borde de la mesa del salón, lo que le provocó una fuerte contusión. Pero eso se produjo mucho tiempo después del fallecimiento.

—¡Qué forma más jodida de morir! —dijo Curt Svensson.

—No te creas. La soga era tan fina que penetró profundamente y le cortó el riego sanguíneo. Debió de perder la conciencia en cuestión de segundos y morir al cabo de uno o dos minutos.

Disgustado, Bublanski cerró el informe de la investigación preliminar. Aquello no le gustaba nada. No le gustaba nada que Björck y Zalachenko, al parecer, hubieran muerto el mismo día, uno asesinado a tiros por un loco y el otro por su propia mano. Pero ninguna especulación en el mundo podía cambiar el hecho de que la investigación del lugar del crimen no sustentara en absoluto la teoría de que alguien había ayudado a Björck a emprender su viaje al más allá.

—Se hallaba bajo mucha presión —dijo Bublanski—. Sabía que el caso Zalachenko estaba a punto de salir a la luz y que corría el riesgo de que le salpicara por violar la ley de comercio sexual y de que los medios de comunicación lo dejaran en evidencia. Me pregunto qué sería lo que más miedo le daba. Además, estaba enfermo y llevaba mucho tiempo con dolores crónicos… No lo sé. Me habría gustado que hubiera dejado una carta o algo así.

—Muchos de los que se suicidan no escriben nunca una carta de despedida.

—Ya lo sé. De acuerdo. No tenemos elección. Archivaremos el caso Björck.

Erika Berger fue incapaz de sentarse en la silla que Morander tenía en su jaula de cristal y apartar sus pertenencias. Demasiado pronto. Le pidió a Gunnar Magnusson que hablara con la familia de Morander para que la viuda pasara a recogerlas cuando le fuese bien.

Así que, en medio de aquel océano que era la redacción, buscó un espacio en el mostrador central para instalar su portátil y asumir el control. Aquello era un auténtico caos. Pero tres horas después de haberse hecho a toda prisa con el timón del *SMP*, el editorial ya estaba en la imprenta. Gunnar Magnusson había escrito un texto de cuatro columnas sobre la vida y la obra de Håkan Morander. La página se componía de un retrato central de Morander, su inconcluso editorial a la izquierda y una serie de fotografías en el margen inferior. La maquetación dejaba bastante que desear, pero tenía un impacto emocional que hacía perdonables los defectos.

Poco antes de las seis de la tarde, Erika se encontraba repasando los titulares de la primera página y tratando los textos con el jefe de edición cuando Borgsjö se acercó a ella y le tocó el hombro. Erika levantó la vista.

—¿Puedo hablar contigo un momento?

Se acercaron hasta la máquina de café de la sala de descanso del personal.

—Sólo quería decirte que estoy muy contento por cómo te has hecho hoy con la situación. Creo que nos has sorprendido a todos.

—No me quedaban muchas alternativas. Pero voy a ir dando tumbos hasta que coja rodaje.

—Todos somos conscientes de ello.

—¿Todos?

—Me refiero tanto a la plantilla como a la dirección. Sobre todo a la dirección. Pero después de lo que ha ocurrido hoy estoy más convencido que nunca de que tú eres la elección más acertada. Has llegado justo a tiempo y te has visto obligada a asumir el mando en una situación muy difícil.

Erika casi se sonrojó. No lo hacía desde que tenía catorce años.

—¿Puedo darte un buen consejo?...

—Por supuesto.

—Me he enterado de que has discutido con Anders Holm, el jefe de Noticias, sobre unos titulares.

—No estábamos de acuerdo en el enfoque que se le había dado al texto sobre la propuesta fiscal del Gobierno. Él introdujo una opinión personal en el titular y ahí debemos ser neutrales; las opiniones son para el editorial. Y ya que ha salido el tema, te quería comentar que, de vez en cuando, escribiré un editorial, pero, como ya sabes, no tengo ninguna afiliación política, así que hemos de resolver la cuestión de quién va a ser el jefe de la sección de Opinión.

—De momento se encargará Magnusson —respondió Borgsjö.

Erika Berger se encogió de hombros.

—A mí me da igual a quién nombréis. Pero debe ser una persona que defienda claramente las ideas del periódico.

—Te entiendo. Lo que quería decirte es que creo que debes darle a Holm cierto margen de actuación. Lleva mucho tiempo trabajando en el *SMP* y ha sido jefe de Noticias durante quince años. Sabe lo que hace. Puede resultar arisco, pero es una persona prácticamente imprescindible.

—Ya lo sé. Morander me lo contó. Pero por lo que respecta a la cobertura de noticias me temo que tendrá que mantenerse a raya. Al fin y al cabo, me habéis contratado para darle un nuevo aire al periódico.

Borgsjö movió pensativamente la cabeza.

—De acuerdo. Resolveremos los problemas a medida que vayan surgiendo.

Annika Giannini estaba tan cansada como irritada cuando, el miércoles por la noche, subió al X2000 en la estación central de Gotemburgo para regresar a Estocolmo. Se sentía como si durante el último mes hubiese vivido en el

X2000. Apenas había visto a su familia. Fue a por un café al vagón restaurante, se acomodó en su asiento y abrió la carpeta que contenía las anotaciones de la última conversación mantenida con Lisbeth Salander. Algo que también contribuía a su cansancio e irritación.

«Me oculta algo —pensó Annika Giannini—. La muy idiota no me está diciendo la verdad. Y Micke también me oculta algo. Sabe Dios en qué andarán metidos.»

También constató que, ya que su hermano y su clienta no se habían comunicado entre sí, la conspiración —en el caso de que existiera— debía de ser un acuerdo tácito que les resultaba natural. No sabía de qué se trataba, pero suponía que tenía que ver con algo que a Mikael Blomkvist le parecía importante no sacar a la luz.

Temía que fuera una cuestión de ética, el punto débil de su hermano. Él era amigo de Lisbeth Salander. Annika conocía a su hermano y sabía que su lealtad hacia las personas a las que él definió una vez como amigos sobrepasaba los límites de la estupidez, aunque esos amigos resultaran imposibles y se equivocaran de cabo a rabo. También sabía que Mikael podía tolerar muchas tonterías pero que existía un límite tácito que no se podía traspasar. El punto exacto en el que se situaba ese límite parecía variar de una persona a otra, pero ella sabía que, en más de una ocasión, Mikael había roto por completo su relación con algunos íntimos amigos por haber hecho algo que él consideraba inmoral o inadmisible. En situaciones así se volvía inflexible: la ruptura no sólo era total y definitiva sino que también quedaba fuera de toda discusión. Mikael ni siquiera contestaba al teléfono, aunque la persona en cuestión lo llamara para pedirle perdón de rodillas.

Annika Giannini entendía lo que pasaba en la cabeza de Mikael Blomkvist. En cambio, no tenía ni idea de lo que acontecía en la de Lisbeth Salander; a veces pensaba que allí no sucedía nada en absoluto.

Según le había comentado Mikael, Lisbeth podía ser caprichosa y extremadamente reservada para con su entorno. Hasta el día que la conoció pensó que eso sucedería en una fase transitoria y que sería cuestión de ganarse su confianza. Pero, tras todo un mes de conversaciones, Annika constató que, en la mayoría de las ocasiones, sus charlas resultaban bastante unidireccionales, si bien era cierto que, durante las dos primeras semanas, Lisbeth Salander no se había encontrado con fuerzas para mantener un diálogo.

Annika también pudo advertir que había momentos en los que Lisbeth Salander daba la impresión de hallarse sumida en una profunda depresión y de no tener el menor interés en resolver su situación ni su futuro. Parecía que Lisbeth Salander no entendía que la única posibilidad con la que contaba Annika para procurarle una defensa satisfactoria dependía del acceso que ella tuviera a toda la información. No podía trabajar a ciegas.

Lisbeth Salander era una persona mohína y más bien parca en palabras. Lo poco que decía lo expresaba, no obstante, con mucha exactitud y tras largas y reflexivas pausas. Las más de las veces no contestaba a las cuestiones, y en otras ocasiones respondía, de pronto, a una pregunta que Annika le había hecho días atrás. En los interrogatorios policiales, Lisbeth Salander permaneció sentada en la cama mirando al vacío y sin abrir la boca. No intercambió ni una palabra con los policías. Con una sola excepción: cuando el inspector Marcus Erlander le preguntó acerca de lo que sabía sobre Ronald Niedermann; Lisbeth lo observó y contestó con toda claridad a cada pregunta. En cuanto Erlander cambió de tema, Salander perdió el interés y volvió a fijar la mirada en el vacío.

Annika ya se esperaba que Lisbeth no le dijera nada a la policía: por principio no hablaba con las autoridades. Cosa que, en este caso, resultaba positiva. A pesar de que

Annika, de vez en cuando, incitaba formalmente a su clienta para que respondiera a las preguntas de la policía, en su fuero interno estaba muy contenta con el profundo silencio de Salander. La razón era muy sencilla: se trataba de un silencio coherente. Así no la pillarían con mentiras ni razonamientos contradictorios que podrían causar una mala impresión en el juicio.

Pero aunque Annika ya se esperaba ese silencio, se sorprendió de que fuera tan inquebrantable. Cuando se quedaron solas, le preguntó por qué se negaba a hablar con la policía de esa forma tan ostensible.

—Tergiversarán todo lo que yo diga y lo emplearán en mi contra.

—Pero si no explicas nada, te condenarán.

—Bueno… Pues que lo hagan. No soy yo la que ha montado todo este lío. Si quieren condenarme, no es mi problema.

Sin embargo, aunque en más de una ocasión Annika prácticamente tuvo que sacarle las palabras con sacacorchos, Lisbeth le fue contando, poco a poco, casi todo lo ocurrido en Stallarholmen. Todo menos una cosa: no le había explicado por qué Magge Lundin acabó con una bala en el pie. Por mucho que Annika se lo preguntara y le diese la lata, Lisbeth Salander no hacía más que mirarla con descaro mientras le mostraba su torcida sonrisa.

También le había hablado de lo acontecido en Gosseberga. Pero sin decir ni una palabra de por qué había seguido a su padre. ¿Fue hasta allí para matarlo —tal y como sostenía el fiscal— o para hablar con él y hacerle entrar en razón? Desde el punto de vista jurídico la diferencia resultaba abismal.

Cuando Annika sacó el tema de su anterior administrador, el abogado Nils Bjurman, Lisbeth se volvió aún más parca en palabras. Su respuesta más frecuente era que no había sido ella la que le disparó y que eso tampoco formaba parte de los cargos que se le imputaban.

Y cuando Annika llegó al mismísimo fondo de la cuestión, lo que había desencadenado toda la serie de acontecimientos —el papel desempeñado por el doctor Teleborian en 1991—, Lisbeth se convirtió en una tumba. «Así no vamos bien —constató Annika—. Si Lisbeth no confía en mí, perderemos el juicio. Tengo que hablar con Mikael.»

Lisbeth Salander estaba sentada en el borde de la cama mirando por la ventana. Podía ver la fachada del edificio situado al otro lado del aparcamiento. Llevaba así, sin moverse y sin que nadie la molestara, más de una hora, desde que Annika Giannini, furiosa, se levantara y saliera de la habitación dando un portazo. Volvía a tener dolor de cabeza, aunque era ligero e iba remitiendo. Sin embargo, se sentía mal.

Annika Giannini la irritaba. Desde un punto de vista práctico entendía que su abogada le diera siempre la lata sobre detalles de su pasado. Era lógico y comprensible que Annika Giannini necesitara todos los datos. Pero no le apetecía lo más mínimo hablar de sus sentimientos ni de su modo de actuar. Consideraba que su vida era asunto suyo y de nadie más. Ella no tenía la culpa de que su padre fuera un sádico patológicamente enfermo y un asesino. Tampoco de que su hermano fuera un asesino en masa. Y menos mal que no había nadie que supiera que él era su hermano, algo que, con toda probabilidad, también se usaría en su contra en la evaluación psiquiátrica que tarde o temprano le realizarían. No había sido ella la que asesinó a Dag Svensson y a Mia Bergman. No había sido ella la que nombró un administrador que resultó ser un cerdo y un violador.

Aun así, era su vida la que iba a ser puesta patas arriba y examinada desde todos los ángulos, y ella la que se vería obligada a explicarse y pedir perdón por haberse defendido.

Quería que la dejaran en paz. Al fin y al cabo era ella la que tenía que vivir consigo misma. No esperaba que nadie fuera su amigo. Probablemente Annika Giannini de los Cojones estuviera de su parte, pero se trataba de una amistad profesional, puesto que era su abogada. Kalle Blomkvist de los Cojones también andaba por allí, aunque Annika apenas lo mentaba y Lisbeth nunca preguntaba por él: ahora que el asesinato de Dag Svensson estaba resuelto y que Mikael ya tenía su artículo, Lisbeth no esperaba que se moviera mucho por ella.

Se preguntó qué pensaría Dragan Armanskij de ella después de todo lo ocurrido.

Se preguntó cómo vería Holger Palmgren la situación.

Según Annika Giannini, ambos se habían puesto de su parte, pero eso no eran más que palabras. Ellos no podían hacer nada para resolver sus problemas personales.

Se preguntó qué sentiría Miriam Wu por ella.

Se preguntó qué sentía por sí misma y llegó a la conclusión de que, más que otra cosa, sentía indiferencia ante toda su vida.

De pronto, sus pensamientos fueron interrumpidos por el vigilante jurado, que introdujo la llave en la cerradura, abrió la puerta e hizo pasar al doctor Anders Jonasson.

—Buenas tardes. ¿Cómo se encuentra hoy la señorita Salander?

—O.K. —contestó.

Jonasson consultó su historial y constató que ya no tenía fiebre. Ella se había habituado a sus visitas, que realizaba un par de veces por semana. De todos los que la trataban y tocaban, él era la única persona con la que ella experimentaba cierta confianza. En ninguna ocasión le había dado la impresión de que la mirara de forma rara. Visitaba su cuarto, charlaba con ella un rato y se interesaba por su estado de salud. No le hacía preguntas sobre Ronald Niedermann ni sobre Alexander Zalachenko, ni tampoco si estaba loca o por qué la policía la tenía encerrada. Sólo parecía interesarle cómo respondían sus músculos, cómo progresaba la curación de su cerebro y cómo se encontraba ella en general.

Además, él, literalmente hablando, había estado hurgando en su cerebro; alguien que había hecho eso merecía ser tratado con respeto, consideraba Lisbeth. Para su gran asombro, se dio cuenta de que —a pesar de que la tocara y analizara la evolución de su fiebre— las visitas de Anders Jonasson le resultaban agradables.

—¿Te parece bien que me asegure de ello?

Procedió a efectuarle el habitual examen mirando sus pupilas, auscultándola y tomándole el pulso; a continuación, le extrajo sangre.

—¿Cómo me encuentro? —preguntó ella.

—Está claro que vas mejorando. Pero tienes que aplicarte más con la gimnasia. Y veo que te has rascado la costra de la herida de la cabeza. No lo hagas.

Hizo una pausa.

—¿Te puedo hacer una pregunta personal?

Lisbeth lo miró de reojo. El aguardó hasta que ella asintió con la cabeza.

—Ese dragón que tienes tatuado… no lo he visto entero, pero he podido constatar que es muy grande y que te cubre una buena parte de la espalda. ¿Por qué te lo hiciste?

—¿Que no lo has visto entero?

De repente él sonrió.

—Bueno, quiero decir que lo vi de pasada, porque cuando te tuve desnuda frente a mí yo estaba bastante ocupado cortando hemorragias, sacándote balas y cosas por el estilo.

—¿Por qué lo preguntas?

—Simple curiosidad.

Lisbeth Salander reflexionó durante un buen rato. Luego lo miró.

—Me lo hice por una razón personal de la que no quiero hablar.

Anders Jonasson meditó la respuesta y movió pensativo la cabeza.

—Vale. Perdona la pregunta.

—¿Quieres verlo?

Él pareció asombrarse.

—Sí. ¿Por qué no?

Le volvió la espalda y se quitó el camisón. Se puso de pie y se colocó de tal forma que la luz de la ventana iluminó su espalda. Él constató que el dragón le cubría una zona de la parte derecha de la espalda. Empezaba en el hombro y le bajaba por el omoplato hasta terminar en una cola que descansaba sobre la cadera. Era un trabajo bonito y muy profesional. Una verdadera obra de arte.

Al cabo de un rato, Lisbeth volvió la cabeza.

—¿Satisfecho?

—Es bonito. Pero debieron de hacerte un daño de mil demonios.

—Sí —reconoció ella—. Dolió.

Anders Jonasson abandonó la habitación de Lisbeth Salander algo desconcertado. Estaba contento con el progreso de su rehabilitación física. Pero no llegaba a comprender a esa curiosa chica. No era necesario tener un máster en psicología para darse cuenta de que mentalmente no se encontraba demasiado bien. Su trato con él era correcto, pero no exento de una áspera desconfianza. Jonasson también tenía entendido que ella se mostraba educada con el resto del personal, pero que no pronunciaba palabra cuando la visitaba la policía. Se encerraba a cal y canto en su caparazón y marcaba en todo momento una distancia con su entorno.

La policía la había encerrado y un fiscal iba a procesarla por intento de homicidio y por un delito de lesiones graves. Le intrigaba que una chica tan pequeña y de constitución tan frágil hubiese poseído la fuerza física que se necesitaba para llevar a cabo ese tipo de violencia, en especial teniendo en cuenta que la violencia se había dirigido contra hombres ya talluditos.

Le había preguntado por el tatuaje del dragón más que nada para encontrar un tema personal sobre el que hablar. A decir verdad, no le interesaba en absoluto la razón por la que ella había adornado su cuerpo de esa forma tan exagerada, pero suponía que si había elegido estamparlo con un tatuaje tan grande, era porque sin duda éste tendría un especial significado para ella. De modo que ése podría ser un buen tema para iniciar una conversación.

Había adquirido la costumbre de visitarla un par de veces por semana. En realidad, las visitas quedaban fuera de su horario, y además su médico era Helena Endrin. Pero Anders Jonasson era el jefe de la unidad de traumatología y estaba inmensamente satisfecho del trabajo que realizó la noche en la que Lisbeth Salander entró en urgencias. Tomó la decisión correcta cuando eligió extraerle la bala y, según había podido constatar, la lesión no le había dejado secuelas como lagunas de memoria, disminución de las funciones corporales u otras minusvalías. Si su mejoría siguiera progresando de la misma manera, abandonaría el hospital con una cicatriz en el cuero cabelludo, pero sin más complicaciones. No podía pronunciarse, en cambio, sobre las cicatrices que tal vez tuviera en el alma.

Regresó a su despacho y descubrió que un hombre con americana oscura se encontraba junto a la puerta apoyado en la pared. Tenía el pelo enmarañado y una barba muy bien cuidada.

—¿El doctor Jonasson?

—Sí.

—Hola, soy Peter Teleborian, el médico jefe de la clínica psiquiátrica infantil de Sankt Stefan, en Uppsala.

—Sí, ya te conozco.

—Bien. Me gustaría hablar contigo un momento en privado si tienes tiempo.

Anders Jonasson abrió la puerta de su despacho con la llave.

—¿En qué puedo ayudarte? —le preguntó Anders Jonasson.

—Se trata de una de tus pacientes: Lisbeth Salander. Necesito verla.

—Mmm. En ese caso debes pedirle permiso al fiscal. Está detenida y le han prohibido las visitas. Además, hay que informar con antelación a su abogada...

—Sí, sí, ya lo sé. Pero pensaba que en este caso nos podríamos saltar toda esa burocracia. Soy médico, de modo que me podrías dejar hablar con ella por razones puramente médicas.

—Bueno, tal vez se pueda justificar así. Pero no acabo de entender el motivo.

—Durante años fui el psiquiatra de Salander mientras estuvo ingresada en el Sankt Stefan de Uppsala. Seguí su evolución hasta que cumplió dieciocho años y el tribunal autorizó su inserción en la sociedad, aunque bajo tutela administrativa. Tal vez deba añadir que yo, naturalmente, me opuse a esa decisión. Desde entonces la han dejado ir a la deriva y hoy vemos el resultado.

—Entiendo —dijo Anders Jonasson.

—Sigo sintiendo una gran responsabilidad por ella y me gustaría tener la oportunidad de evaluar hasta qué punto ha empeorado durante los últimos diez años.

—¿Empeorado?

—En comparación con cuando era adolescente y recibía cuidados especializados. He pensado que podríamos buscar una solución adecuada, entre médicos.

—Por cierto, ahora que recuerdo... Quizá me puedas ayudar con un tema que no entiendo muy bien. Entre médicos, quiero decir. Cuando ella ingresó aquí, en

Sahlgrenska, mandé que le hicieran una amplia evaluación médica. Un colega pidió su informe pericial de psiquiatría forense. Estaba redactado por un tal Jesper H. Löderman.

—Correcto. Yo fui el director de su tesis doctoral.

—Muy bien. Pero el informe resultaba muy impreciso.

—¿Ah, sí?

—No se da ningún diagnóstico; más bien parece el estudio académico de un paciente callado.

Peter Teleborian se rió.

—Sí, no siempre es fácil tratar con ella. Como queda claro en el informe, ella se negaba en redondo a participar en las entrevistas de Löderman. Lo que ocasionó que él se viera obligado a expresarse con términos algo vagos, cosa completamente correcta por su parte.

—De acuerdo. Pero, aun así, lo que se recomendaba era que ella fuera internada.

—Eso se basa en su historial. Nuestra experiencia sobre la evolución de su cuadro clínico se remonta a muchos años atrás.

—Eso es justo lo que no acabo de entender. Cuando ella ingresó aquí pedimos su historial a Sankt Stefan. Pero todavía no nos lo han mandado.

—Lo siento. Pero está clasificado por decisión del tribunal.

—Entiendo. ¿Y cómo vamos a ofrecerle una adecuada asistencia médica en el Sahlgrenska si no podemos acceder a su historial? Porque, de hecho, ahora somos nosotros los que tenemos la responsabilidad médica sobre ella.

—Yo me he ocupado de ella desde que tenía doce años y no creo que haya ningún médico en toda Suecia que conozca tan bien su cuadro clínico.

—¿Y cuál es…?

—Lisbeth Salander adolece de un grave trastorno

psicológico. Como tú bien sabes, la psiquiatría no es una ciencia exacta. Prefiero no comprometerme ofreciendo un solo diagnóstico exacto. Pero sufre evidentes alucinaciones que presentan claros rasgos paranoicos y esquizofrénicos. En su cuadro también se incluyen períodos maníaco-depresivos y carece por completo de empatía.

Anders Jonasson examinó al doctor Peter Teleborian durante diez segundos para, acto seguido, realizar un gesto con las manos manifestando su poca intención de discutir.

—No seré yo quien le discuta un diagnóstico al doctor Teleborian, pero ¿nunca has pensado en un diagnóstico más sencillo?

—¿Cuál?

—El síndrome de Asperger, por ejemplo. Es cierto que no le he hecho ningún examen psiquiátrico, pero si tuviera que adivinar a botepronto lo que padece, pensaría en algún tipo de autismo como lo más probable. Eso explicaría su incapacidad para aceptar las convenciones sociales.

—Lo siento, pero los pacientes de Asperger no suelen quemar a sus padres. Créeme: nunca he visto un caso de sociopatía más claro.

—Yo la veo más bien cerrada, pero no como una psicópata paranoica.

—Es manipuladora a más no poder —dijo Peter Teleborian—. Sólo muestra lo que ella cree que tú quieres ver.

Anders Jonasson frunció imperceptiblemente el ceño. De repente, Peter Teleborian contradecía por completo su propia evaluación sobre Lisbeth Salander. Si había algo que Jonasson no creía de ella era que fuera manipuladora. Todo lo contrario: se trataba de una persona que, impertérrita, mantenía la distancia con su entorno y no mostraba ningún tipo de emoción. Intentaba casar la imagen que Teleborian describía con la que él se había forjado sobre Lisbeth Salander.

—Y eso que tú sólo la has tratado durante el breve período de tiempo en el que sus lesiones la han obligado a permanecer quieta. Yo he sido testigo de sus violentos arrebatos y de su odio irracional. He dedicado muchos años a intentar ayudar a Lisbeth Salander. Por eso he venido hasta aquí. Propongo una colaboración entre el Sahlgrenska y Sankt Stefan.

—¿A qué tipo de colaboración te refieres?

—Tú te encargas de sus problemas físicos; no me cabe duda de que le estás dando las mejores atenciones posibles. Pero estoy muy preocupado por su estado psíquico y me gustaría poder tratarla cuanto antes. Estoy dispuesto a prestar toda mi ayuda.

—Ya.

—Necesito verla para realizar, en primer lugar, una evaluación de su estado.

—Entiendo. Pero, desafortunadamente, no te puedo ayudar.

—¿Perdón?

—Como ya te he dicho, está detenida. Si quieres iniciar un tratamiento psiquiátrico con ella, dirígete a la fiscal Jervas, que es quien toma las decisiones en ese tipo de asuntos, y, además, eso tendría que hacerse con el consentimiento de su abogada, Annika Giannini. Si se trata de una evaluación forense, es el tribunal el que debería encargarte esa tarea.

—Ésa es, precisamente, toda la burocracia que yo quería evitar.

—Ya, pero yo respondo de ella y si dentro de poco ha de ir a juicio, necesitamos tener en regla los papeles de todas las medidas que hemos adoptado. De modo que esa vía burocrática se hace imprescindible.

—Muy bien. Entonces puedo informarte de que ya he recibido una petición del fiscal Richard Ekström de Estocolmo para que la someta a un examen psiquiátrico forense. Algo que se realizará de cara a la celebración del juicio.

—Estupendo. Entonces te permitirán visitarla sin que tengamos que saltarnos el reglamento.

—Pero mientras hacemos todo ese papeleo corremos el riesgo de que su estado empeore. Sólo me interesa su salud.

—A mí también —dijo Anders Jonasson—. Y, entre nosotros: no veo ningún síntoma que me indique que es una enferma mental. Se encuentra maltrecha y sometida a una situación de gran tensión. Pero no veo en absoluto que sea esquizofrénica o que sufra de obsesiones paranoicas.

El doctor Peter Teleborian dedicó algún tiempo más a intentar convencer a Anders Jonasson para que cambiara su decisión. Cuando al fin comprendió que resultaba inútil, se levantó bruscamente y se despidió.

Anders Jonasson permaneció un largo instante contemplando pensativo la silla en la que había estado sentado Teleborian. Era cierto que no resultaba del todo inusual que otros médicos contactaran con él para darle sus consejos u opiniones con respecto al tratamiento de algún paciente. Pero se trataba, casi exclusivamente, de doctores que ya eran responsables de un tratamiento en curso; ésta era la primera vez que un psiquiatra aterrizaba como un platillo volante e insistía —saltándose todos los trámites burocráticos— en que le dejara ver a una paciente a quien, al parecer, llevaba años sin tratar. Al cabo de un momento, Anders Jonasson le echó un vistazo al reloj y constató que eran poco menos de las siete de la tarde. Cogió el teléfono y llamó a Martina Karlgren, la psicóloga de apoyo cuyos servicios ofrecía el Sahlgrenska a los pacientes que habían sufrido un trauma.

—Hola. Supongo que ya has acabado por hoy. ¿Te llamo en mal momento?

—No te preocupes. Estoy en casa y no hago nada en particular.

—Es que tengo una duda: tú has hablado con nuestra paciente Lisbeth Salander... ¿Me podrías decir cuáles son tus impresiones?

—Bueno, la he visitado tres veces y me he prestado a hablar con ella. Y siempre ha declinado la oferta, de forma amable pero resuelta.

—Ya, pero ¿qué impresión te produce?

—¿Qué quieres decir?

—Martina, sé que no eres psiquiatra, pero eres una persona inteligente y sensata. ¿Qué impresión te ha dado?

Martina Karlgren dudó un instante.

—No sé muy bien cómo contestar a esa pregunta. La vi dos veces cuando estaba prácticamente recién ingresada y se encontraba en tan mal estado que no conseguí establecer ningún verdadero contacto con ella. Luego la volví a visitar, hará más o menos una semana, porque me lo pidió Helena Endrin.

—¿Y por qué te pidió Helena que la visitaras?

—Lisbeth Salander se está recuperando. Y se pasa la mayor parte del tiempo tumbada en la cama mirando fijamente al techo. La doctora Endrin quería que yo le echara un vistazo.

—¿Y qué pasó?

—Me presenté. Charlamos durante un par de minutos. Quise saber cómo se encontraba y si necesitaba hablar con alguien. Me dijo que no. Le pregunté si podía hacer algo por ella y me pidió que le pasara a escondidas un paquete de tabaco.

—¿Se mostró irritada u hostil?

Martina Karlgren meditó la respuesta un instante.

—No. Yo diría que no. Estaba tranquila, pero mantenía una gran distancia. Que me pidiera que le pasara un paquete de tabaco en plan contrabando me pareció más una broma que una petición seria. Le pregunté si le apetecía leer algo, si quería que le prestara algún libro. Al principio no quiso nada, pero luego me preguntó si tenía alguna revista científica que hablara de la genética y de la investigación neurológica.

—¿De qué?

—De genética.

—¿De genética?

—Sí. Le contesté que en nuestra biblioteca había algunos libros de divulgación general. No era eso lo que le interesaba. Dijo que ya había leído unos cuantos libros sobre el tema y mencionó unos títulos, básicos, por lo visto, de los que no he oído hablar en mi vida. Así que lo que le interesaba era la pura investigación en ese campo.

—¿Ah, sí? —se asombró Anders Jonasson.

—Le comenté que lo más seguro era que no tuviéramos libros tan especializados en nuestra biblioteca; lo cierto es que hay más de Philip Marlowe que de literatura científica, pero que vería si podía encontrar algo.

—¿Y encontraste algo?

—Subí y cogí unos ejemplares de *Nature* y *New England Journal of Medicine*. Se puso muy contenta y me dio las gracias por la molestia.

—Pero son revistas bastante especializadas; allí no hay más que ensayos e investigación pura y dura.

—Pues las lee con gran interés.

Anders Jonasson se quedó mudo un instante.

—¿Cómo juzgas tú su estado psicológico?

—Es muy cerrada. Conmigo no ha hablado de absolutamente nada de carácter privado.

—¿La ves como psíquicamente enferma, maníaco-depresiva o paranoica?

—No, en absoluto. En ese caso te habría avisado. Es cierto que es muy suya, que tiene grandes problemas y que se encuentra en una situación de mucho estrés. Pero está tranquila y lúcida, y parece capaz de controlar la situación.

—De acuerdo.

—¿Por qué lo preguntas? ¿Ha pasado algo?

—No, no ha pasado nada. Es sólo que no llego a comprenderla.

Capítulo 10

Sábado, 7 de mayo –
Jueves, 12 de mayo

Mikael Blomkvist apartó la carpeta con la investigación que le había enviado el *freelance* Daniel Olofsson desde Gotemburgo. Pensativo, miró por la ventana y se puso a contemplar el trasiego de gente que pasaba por Götgatan. Era una de las cosas que más le gustaban de su despacho. Götgatan estaba llena de vida las veinticuatro horas del día y cuando se sentaba junto a la ventana nunca se sentía del todo aislado o solo.

Sin embargo, se sentía estresado a pesar de no tener ningún asunto urgente entre manos. Había seguido trabajando obstinadamente en esos textos con los que tenía intención de llenar el número veraniego de *Millennium,* pero al final se había dado cuenta de que el material era tan abundante que ni siquiera un número temático sería suficiente. Le estaba sucediendo lo mismo que con el caso Wennerström, así que optó por publicar los textos en forma de libro. Ya tenía material para algo más de ciento cincuenta páginas, pero calculaba que podría llegar a trescientas o trescientas cincuenta.

Lo más sencillo ya estaba: había descrito los asesinatos de Dag Svensson y Mia Bergman y dado cuenta de las circunstancias que lo llevaron a descubrir sus cuerpos. Había explicado por qué Lisbeth Salander se convirtió en sospechosa. Dedicó un capítulo entero de treinta y siete páginas a fulminar, por una parte, todo lo que la prensa había escrito sobre Lisbeth y, por otra, al fiscal Richard Ekström y, de forma indirecta, toda la investigación policial. Tras una madura reflexión, había suavizado la crítica dirigida tanto a Bublanski como a sus colegas. Lo hizo después de haber estudiado el vídeo de una rueda de prensa de Ekström en la que resultaba evidente que Bublanski se encontraba sumamente incómodo y manifiestamente descontento con las precipitadas conclusiones de Ekström.

Tras la inicial descripción de los dramáticos acontecimientos, retrocedió en el tiempo hasta la llegada de Zalachenko a Suecia, la infancia de Lisbeth Salander y todo el cúmulo de circunstancias que la llevó a ser recluida en la clínica Sankt Stefan de Uppsala. Se esmeró mucho en cargarse por completo las figuras del doctor Peter Teleborian y la del fallecido Gunnar Björck. Incluyó el informe psiquiátrico forense de 1991 y explicó las razones por las que Lisbeth Salander se había convertido en una amenaza para esos anónimos funcionarios del Estado que se encargaban de proteger al desertor ruso. Reprodujo gran parte de la correspondencia mantenida entre Teleborian y Björck.

Luego reveló la nueva identidad de Zalachenko y su actividad como gánster a tiempo completo. Habló del colaborador Ronald Niedermann, del secuestro de Miriam Wu y de la intervención de Paolo Roberto. Por último, resumió el desenlace de la historia de Gosseberga, donde Lisbeth Salander fue enterrada viva tras recibir un tiro en la cabeza, y explicó los motivos de la inútil y absurda muerte de un agente de policía cuando Niedermann, en realidad, ya había sido capturado.

A partir de ahí el relato avanzaba con más lentitud. El problema de Mikael era que la historia seguía presentando considerables lagunas: Gunnar Björck no había actuado solo; tenía que existir un grupo más grande, influyente y con recursos detrás de todo lo ocurrido. Cualquier otra cosa sería absurda. Pero al final llegaba a la conclusión de que el denigrante y abusivo trato que le habían dispensado a Lisbeth Salander no podría haber sido autorizado por el gobierno ni por la Dirección de la Policía de Seguridad. Tras esa conclusión no se escondía una desmedida confianza en los poderes del Estado sino su fe en la naturaleza humana. Si hubiera tenido una base política, una operación de ese calibre nunca podría haberse mantenido en secreto: alguien habría tenido que arreglar cuentas pendientes con alguien y se habría ido de la lengua, tras lo cual ya haría muchos años que los medios de comunicación habrían descubierto el caso Salander.

Se imaginaba al club de Zalachenko como un reducido y anónimo grupo de activistas. Sin embargo, el problema era que no podía identificar a ninguno de ellos, aparte de, posiblemente, a Göran Mårtensson, de cuarenta años, policía con cargo secreto que se dedicaba a seguir a Mikael Blomkvist.

La idea era que el libro estuviera terminado e impreso para estar en la calle el mismo día en el que se iniciara el juicio contra Lisbeth Salander. Christer Malm y él tenían en mente una edición de bolsillo, que se entregaría plastificada junto con el número especial de verano de *Millennium* y que se vendería a un precio más alto del habitual. Había repartido una serie de tareas entre Henry Cortez y Malin Eriksson, que tendrían que producir textos sobre la historia de la policía de seguridad, el caso IB y temas similares.

Ya estaba claro que iba a haber un juicio contra Lisbeth Salander.

El fiscal Richard Ekström había dictado auto de procesamiento por graves malos tratos en el caso de Magge Lundin y por graves malos tratos o, en su defecto, intento de homicidio en el caso de Karl Axel Bodin, alias *Alexander Zalachenko*.

Aún no se había fijado la fecha de la vista, pero, gracias a unos colegas de profesión, Mikael se había enterado de que Ekström estaba preparando el juicio para el mes de julio, aunque eso dependía del estado de salud de Lisbeth Salander. Mikael entendió la intención: un juicio en pleno verano siempre despierta menos atención que uno en otras épocas del año.

Arrugó la frente y miró por la ventana de su despacho. Todavía no ha terminado: la conspiración contra Lisbeth Salander continúa. Es la única manera de explicar los teléfonos pinchados, que atacaran a Annika, el robo del informe sobre Salander de 1991. Y, tal vez, el asesinato de Zalachenko.

Pero no tenía pruebas.

Tras consultar a Malin Eriksson y Christer Malm, Mikael tomó la decisión de que la editorial de *Millennium* también publicaría, antes del juicio, el libro de Dag Svensson sobre el *trafficking*. Era mejor presentar todo el lote a la vez, y no había razón alguna para esperar. Todo lo contrario: el libro no despertaría el mismo interés en ningún otro momento. Malin era la principal responsable de la edición final del libro de Dag Svensson, mientras que Henry Cortez ayudaba a Mikael a redactar el del caso Salander. De ese modo, Lottie Karim y Christer Malm (este último en contra de su voluntad) pasaban a ser temporales secretarios de redacción de *Millennium* y Monica Nilsson se convertía en la única reportera disponible. La consecuencia de este incremento en la carga de trabajo fue que toda la redacción anduviera de culo y que Malin Eriksson se viera obligada a contratar a numerosos periodistas *freelance* para producir textos. Temían que les saliera caro, pero no les quedó otra elección.

Mikael anotó en un *post-it* amarillo que tenía que aclarar el tema de los derechos de autor con la familia de Dag Svensson. Había averiguado que sus padres vivían en Örebro y que eran los únicos herederos. En la práctica, no necesitaba ningún permiso para publicar el libro en nombre de Dag Svensson, pero, en cualquier caso, tenía la intención de ir a Örebro, hacerles una visita y obtener su consentimiento. Lo había ido aplazando porque había estado demasiado ocupado, pero ya era hora de resolver ese detalle.

Luego sólo quedaban otros cientos de detalles. Algunos de ellos concernían a la cuestión del enfoque que le iba a dar a la figura de Lisbeth Salander en los textos. Para poder determinarlo de manera definitiva debía hablar con ella personalmente para que le permitiera contar toda la verdad o, por lo menos, una parte. Pero esa conversación privada no se llegaría a mantener, ya que Lisbeth Salander se encontraba detenida y tenía prohibidas las visitas.

En ese aspecto tampoco Annika Giannini era de gran ayuda. Ella seguía a rajatabla el reglamento vigente y no tenía intención de hacerle a su hermano de chica de los recados llevándole y trayéndole mensajes secretos. Annika tampoco contaba nada de lo que trataba con su clienta, a excepción de los detalles que se referían a la conspiración maquinada contra ella, con los que Annika necesitaba ayuda. Resultaba frustrante pero correcto. Por lo tanto, Mikael no tenía ni idea de si Lisbeth le había revelado a Annika que su ex administrador la había violado y que ella se había vengado tatuándole un llamativo mensaje en el estómago. Mientras Annika no sacara el tema, Mikael tampoco lo haría.

Pero lo que constituía un verdadero problema era, sobre todo, el aislamiento de Lisbeth Salander. Ella era una experta informática y una *hacker*, cosa que Mikael conocía pero Annika no. Mikael le había hecho a Lisbeth la promesa de que nunca revelaría su secreto. Y la había cumplido. El único inconveniente estaba en que ahora él sentía la imperiosa necesidad de recurrir a las habilidades de Lisbeth Salander.

Así que tenía que ponerse en contacto con ella como fuera.

Suspiró, abrió nuevamente la carpeta de Daniel Olofsson y sacó dos papeles. Uno era un extracto del registro de pasaportes en el que figuraba un tal Idris Ghidi, nacido en 1950. Se trataba de un hombre con bigote, tez morena y pelo negro con canas en las sienes. El otro documento contenía el resumen que había hecho Daniel Olofsson sobre la vida de Idris Ghidi.

Ghidi era un refugiado kurdo de Irak. Daniel Olofsson había buscado bastante más información sobre Idris Ghidi que sobre ningún otro empleado. La explicación de esa descompensación informativa residía en que, durante un tiempo, Idris Ghidi había despertado la atención de los medios de comunicación, por lo que su nombre figuraba en varios textos de la hemeroteca.

Nacido en 1950 en la ciudad de Mosul, al norte de Irak, hizo la carrera de ingeniería y participó en el gran salto económico que se produjo en el país en los años setenta. En 1984 empezó a trabajar como profesor de técnicas de construcción en el instituto de bachillerato de Mosul. No era conocido como activista político. Sin embargo, era kurdo y, por tanto, un criminal en potencia en el Irak de Sadam Hussein. En octubre de 1987 el padre de Idris Ghidi fue detenido, sospechoso de ser un activista kurdo. No se daban más detalles sobre la naturaleza exacta del delito. Lo ejecutaron, probablemente en enero de 1988, acusado de traicionar a la patria. Dos meses más tarde, la policía secreta iraquí fue a buscar a Idris Ghidi cuando acababa de empezar una clase sobre la resistencia de materiales en la construcción de puentes. Lo llevaron a una cárcel de las afueras de Mosul donde, durante once meses, fue sometido a prolongadas torturas con el único objetivo de hacerle confesar. A Idris Ghidi nunca le quedó muy claro qué era lo que debía confesar, de modo que las torturas continuaron.

En marzo de 1989, un tío de Idris Ghidi pagó una cantidad de dinero equivalente a unas cincuenta mil coronas suecas al líder local del Partido Baath, algo que se consideró suficiente recompensa por el daño que había ocasionado Idris Ghidi al Estado iraquí. Lo soltaron dos días más tarde y se lo entregaron a su tío. En el momento de la liberación pesaba treinta y nueve kilos y era incapaz de andar. Antes de liberarlo, le destrozaron la cadera izquierda con un mazo para que en el futuro no anduviera por ahí haciendo tonterías.

Idris Ghidi se debatió entre la vida y la muerte durante varias semanas. Un tiempo después, cuando ya estaba bastante recuperado, su tío lo trasladó a la granja de un pueblo situado a unos sesenta kilómetros de Mosul. Durante el verano fue cogiendo fuerzas hasta que reunió las suficientes para volver a aprender a andar, aunque con la ayuda de unas muletas. Tenía muy claro que no se recuperaría del todo. Su única duda era qué iba a hacer en el futuro. De repente, un día de agosto, le informaron de que sus dos hermanos habían sido detenidos por la policía secreta. Nunca los volvería a ver. Suponía que se hallarían enterrados bajo algún montón de tierra en las afueras de Mosul. En septiembre, su tío se enteró de que la policía de Sadam Hussein lo estaba buscando de nuevo. Fue entonces cuando Idris Ghidi tomó la decisión de ir a ver a uno de esos parásitos anónimos que, a cambio de una recompensa equivalente a unas treinta mil coronas, lo llevó al otro lado de la frontera con Turquía y, de allí, con la ayuda de un pasaporte falso, a Europa.

Idris Ghidi aterrizó en Suecia, en el aeropuerto de Arlanda, el 19 de octubre de 1989. No sabía ni una palabra de sueco, pero le habían dado instrucciones para que se dirigiera a la policía del control de pasaportes y solicitara asilo político de inmediato, cosa que hizo en un defectuoso inglés. Fue trasladado a un centro de refugiados políticos de Upplands-Väsby, donde pasó los dos años siguientes, hasta que la Dirección General de Inmigración decidió que Idris Ghidi carecía de suficientes razones de peso para que le fuera concedido el permiso de residencia. A esas alturas, Ghidi ya había aprendido sueco y recibido asistencia médica por su maltrecha cadera. Lo habían operado dos veces y podía desplazarse sin muletas. Mientras tanto, en Suecia, tuvo lugar el debate de Sjöbo, surgido a raíz de que los gobernantes de ese municipio se hubieran negado a recibir emigrantes, varios centros de acogida de refugiados políticos fuesen objeto de atentados y Bert Karlsson fundara el partido político Nueva Democracia.

Que Idris Ghidi figurara en la hemeroteca se debía, en concreto, a que, a última hora, consiguió un nuevo abogado que se dirigió a los medios de comunicación para explicar su situación. Otros kurdos establecidos en Suecia se comprometieron con el caso, entre ellos algunos miembros de la combativa familia Baksi. Se convocaron reuniones de protesta y se redactaron varias peticiones a la ministra de Inmigración Birgit Friggebo. Todo esto recibió tanta atención mediática que la Dirección General de Inmigración cambió de parecer y Ghidi obtuvo el permiso de residencia y de trabajo en el Reino de Suecia. En enero de 1992 abandonó el centro de refugiados de Upplands-Väsby como un hombre libre.

Tras su salida del centro de refugiados empezó una nueva etapa: debía encontrar un empleo al tiempo que continuaba yendo a fisioterapia por su cadera. Idris Ghidi no tardó en descubrir que el hecho de ser un ingeniero técnico bien preparado, con un buen expediente y muchos años de experiencia, no significaba absolutamente nada. Durante los siguientes años trabajó como repartidor de periódicos, lavaplatos, limpiador y taxista. Tuvo que dejar el empleo de repartidor por algo tan simple como que no podía subir y bajar escaleras al ritmo que se le exigía. Le gustaba ser taxista excepto por dos cosas:

desconocía por completo el plano de las calles y carreteras de la región de Estocolmo y era incapaz de permanecer más de una hora quieto en la misma posición sin que el dolor de cadera se hiciera insufrible.

En el mes de mayo de 1998, Idris Ghidi se mudó a Gotemburgo. La razón fue que un familiar lejano se compadeció de él y le ofreció un empleo fijo en una empresa de limpieza. A Idris Ghidi le resultaba imposible trabajar a jornada completa, así que le dieron un puesto a media jornada como encargado de un equipo de limpieza del hospital de Sahlgrenska con el que la empresa tenía una contrata. Su trabajo era fácil y rutinario y consistía en fregar suelos, seis días por semana, en una serie de pasillos, entre ellos el 11 C.

Mikael Blomkvist leyó el resumen de Daniel Olofsson y examinó el retrato de Idris Ghidi que aparecía en el registro de pasaportes. Luego entró en la hemeroteca y descargó varios de los artículos utilizados por Olofsson para su resumen. Los leyó con mucha atención y se quedó reflexionando durante un buen rato. Encendió un cigarrillo: con Erika Berger fuera, la prohibición de fumar en la redacción no había tardado en ablandarse. Henry Cortez tenía incluso —ostensiblemente— un cenicero sobre su mesa.

Por último, Mikael sacó la hoja que Daniel Olofsson había redactado sobre el doctor Anders Jonasson. La leyó con unos pliegues en la frente de lo más profundos.

El lunes, Mikael Blomkvist no vio el coche con la matrícula KAB y no tuvo la sensación de que lo estuvieran siguiendo pero, aun así, decidió jugar sobre seguro cuando, desde Akademibokhandeln, se dirigió a la entrada lateral de los grandes almacenes NK, por donde accedió, para a continuación salir por la puerta principal; haría falta ser un superhombre para poder vigilar a una persona dentro de NK. Apagó sus dos móviles y pasó por el centro comercial Gallerian hasta la plaza de Gustaf Adolf, llegó hasta el edificio del Riksdag y entró en Gamla Stan. Por lo que pudo ver, nadie lo estaba siguiendo. Se fue metiendo por algunas pequeñas y estrechas calles y dando grandes rodeos hasta que llegó a la dirección correcta y llamó a la puerta de la editorial Svartvitt.

Eran las dos y media de la tarde. Mikael llegó sin previo aviso, pero allí estaba el redactor Kurdo Baksi, a quien se le iluminó la cara cuando descubrió a Mikael Blomkvist.

—¡Hombre, mira quién ha venido! —exclamó Kurdo Baksi cariñosamente—. Ya nunca vienes a verme.

—¿Ah, no? ¿Y qué es lo que estoy haciendo ahora? —dijo Mikael.

—Ya, pero han pasado por lo menos tres años desde la última vez.

Se estrecharon la mano.

Mikael Blomkvist conocía a Kurdo Baksi desde los años ochenta. Él fue una de las personas que le echó una mano a Kurdo cuando éste empezó a sacar su revista *Svartvitt* haciendo fotocopias clandestinas por la noche en las oficinas del sindicato LO. Kurdo fue pillado in fraganti por Per-Erik Åström, por aquel entonces secretario de investigación de LO, quien años más tarde se convertiría en cazador de pedófilos y prestaría sus servicios a la asociación de ayuda a la infancia Rädda Barnen. Una noche, ya tarde, Åström entró en la sala de la fotocopiadora y se encontró con un cabizbajo Kurdo Baksi junto a montones de páginas del primer número de *Svartvitt*. Åström le echó un vistazo a la pésimamente maquetada portada y dijo que con esa puta pinta la revista no iba a ningún sitio. Luego diseñó el logotipo que figuraría en la cabecera de *Svartvitt* durante quince años, hasta que la revista pasó a mejor vida y se convirtió en la editorial

Svartvitt. Por esa época, Mikael estaba atravesando un horrible período como informador del gabinete de prensa de LO: su única experiencia en el mundo de los informadores. Per-Erik Åström lo convenció para que corrigiera las pruebas y ayudara a Kurdo a editar *Svartvitt*. A partir de ese momento, Kurdo Baksi y Mikael Blomkvist se hicieron amigos.

Mikael Blomkvist se sentó en un sofá mientras Kurdo Baksi iba a por café a la máquina del pasillo. Estuvieron charlando un rato de todo un poco, tal y como sucede cuando pasas mucho tiempo sin ver a un amigo, pero fueron interrumpidos una y otra vez porque el móvil de Kurdo no paró de sonar y él no hacía más que mantener breves conversaciones telefónicas en kurdo o posiblemente turco o árabe o alguna otra lengua que Mikael no entendía. Cada vez que Mikael visitaba la editorial Svartvitt se repetía la misma historia: la gente llamaba de todo el mundo para hablar con Kurdo.

—Querido Mikael: te veo preocupado. ¿Qué te pasa? —acabó preguntando Kurdo.

—¿Puedes apagar el móvil durante cinco minutos para que hablemos tranquilos?

Kurdo apagó el teléfono.

—Vale… necesito que me hagas un favor. Un importante y urgente favor… Y el tema no puede salir de esta habitación.

—Tú dirás.

—En 1989 un refugiado kurdo llamado Idris Ghidi llegó a Suecia procedente de Irak. Cuando estaba a punto de ser extraditado, tu familia le ayudó, gracias a lo cual consiguió el permiso de residencia. No sé si fue tu padre u otro miembro de tu familia.

—Fue mi tío, Mahmut Baksi. Conozco a Idris. ¿Qué le pasa?

—En la actualidad trabaja en Gotemburgo. Necesito que me haga un trabajo sencillo. Pagado, claro.

—¿Qué tipo de trabajo?

—Kurdo: ¿tú confías en mí?

—Por supuesto. Somos amigos.

—El trabajo que necesito que haga es algo peculiar. Muy peculiar. No quiero contarte en qué consiste, pero te aseguro que no se trata de nada ilegal o que os vaya a crear problemas a ti o a Idris Ghidi.

Kurdo Baksi observó atentamente a Mikael Blomkvist.

—Entiendo. Y no quieres contarme de qué se trata.

—Cuanta menos gente lo sepa, mejor. Lo que necesito es que le hables a Idris de mí para que esté dispuesto a escuchar lo que tengo que decirle.

Kurdo reflexionó un momento. Luego se acercó a su mesa y abrió una agenda. Tardó poco tiempo en encontrar el número de Idris Ghidi. Acto seguido levantó el auricular. La conversación se mantuvo en kurdo y, a juzgar por la expresión del rostro de Kurdo, se inició con las habituales frases de saludo y cortesía. Luego se puso serio y le explicó la razón de su llamada.

—¿Cuándo quieres verlo?

—Si es posible, el viernes por la tarde. Pregúntale si puedo ir a su casa.

Kurdo siguió hablando un ratito más antes de despedirse y colgar.

—Idris Ghidi vive en Angered —dijo Kurdo Baksi—. ¿Tienes la dirección?

Mikael asintió.

—El viernes llegará a casa sobre las cinco de la tarde. Estará encantado de recibirte.

—Gracias, Kurdo —respondió Mikael.

—Trabaja en el hospital de Sahlgrenska como limpiador —apostilló Kurdo Baksi.

—Ya lo sé —contestó Mikael.

—Bueno, no he podido evitar leer en los periódicos que estás implicado en esa historia de Salander.

—Correcto.

—Le pegaron un tiro.

—Eso es.

—Tengo entendido que está ingresada en el Sahlgrenska.

—También es correcto.

Kurdo Baksi tampoco se había caído de un guindo. Comprendió que Mikael Blomkvist estaba tramando algo; era su especialidad. Conocía a Mikael desde la década de los ochenta. Nunca habían sido amigos íntimos, pero siempre se habían llevado bien y cada vez que Kurdo le pedía un favor ahí estaba Mikael. En todos esos años se habían tomado alguna que otra cerveza juntos si habían coincidido en alguna fiesta o en algún bar.

—¿Me vas a involucrar en algo que debería saber? —preguntó Kurdo.

—No te voy a involucrar en nada. Tu único papel ha sido el de hacerme el favor de presentarme a uno de tus amigos. Y repito: no le voy a pedir a Idris que haga nada ilegal.

Kurdo asintió. Eso le bastaba. Mikael se levantó.

—Te debo una.

—Hoy por ti, mañana por mí —dijo Kurdo Baksi.

Henry Cortez colgó el teléfono y empezó a hacer tanto ruido al tamborilear con los dedos en el borde de la mesa que Monica Nilsson, molesta, arqueó una ceja y le clavó la mirada. Ella constató que él se encontraba profundamente absorto en sus pensamientos. Se sentía algo irritada por todo en general, pero decidió no pagarlo con él.

Monica Nilsson sabía que Blomkvist andaba chismorreando con Cortez, Malin Eriksson y Christer Malm sobre la historia de Salander, mientras que de ella y de Lottie Karim se esperaba que se encargaran del trabajo duro para el próximo número de una revista que se había quedado sin directora desde que Erika se marchó.

Malin era bastante buena, pero no tenía la experiencia ni el peso de Erika Berger. Y Cortez no era más que un niñato.

La irritación de Monica Nilsson no se debía a que se sintiera excluida o a que ella quisiera el trabajo que hacían ellos: nada más lejos de la realidad. Su misión consistía en cubrir la información relativa al gobierno, al Riksdag y a las direcciones generales. Era un trabajo con el que se encontraba a gusto y que controlaba a la perfección. Además, andaba muy liada con otros encargos, como el de escribir una columna semanal para una revista sindical, diversos trabajos de voluntaria para Amnistía Internacional y algunas cosas más. Eso era incompatible con ser redactora jefe de *Millennium*, lo cual significaba trabajar doce horas diarias como mínimo y sacrificar los fines de semana y los días festivos.

Sin embargo, tenía la sensación de que algo había cambiado en *Millennium*. De repente la revista le resultaba extraña. Y no podía precisar con exactitud qué era lo que estaba mal.

Mikael Blomkvist continuaba siendo tan irresponsable como siempre, desaparecía en sus misteriosos viajes e iba y venía como le daba la gana. Cierto: era copropietario de *Millennium* y podía decidir lo que quería hacer, pero, joder, algo de responsabilidad se le podía pedir, ¿no?

Christer Malm era el otro copropietario y resultaba más o menos igual de útil que cuando estaba de vacaciones. Se trataba sin duda de una persona inteligente y, además, había asumido el puesto de jefe cuando Erika se hallaba de vacaciones u ocupada con otras historias, pero lo que él hacía era más bien llevar a cabo lo que otras personas ya habían decidido. Era brillante en todo lo relacionado con el diseño gráfico y la maquetación, pero completamente retrasado cuando se trataba de planificar una revista.

Monica Nilsson frunció el ceño.

No, estaba siendo injusta; lo que la sacaba de quicio era que algo había ocurrido en la redacción: Mikael trabajaba con Malin y Henry y, en cierto modo, todos los demás se habían quedado fuera. Habían creado su propio círculo y se encerraban en el despacho de Erika... de Malin, y salían todos callados. Con Erika la revista siempre había sido un colectivo. Monica no entendía qué era lo que había ocurrido, aunque sí que la hubieran dejado al margen.

Mikael trabajaba en la historia de Salander y no soltaba prenda. Algo que, por otra parte, era lo más normal: tampoco dijo ni mu sobre el reportaje de Wennerström —ni siquiera a Erika—, pero esta vez tenía a Malin y Henry como confidentes.

En fin, que Monica estaba irritada. Necesitaba unas vacaciones. Necesitaba cambiar de aires. Vio a Henry Cortez ponerse la americana de pana.

—Voy a salir un rato —le comentó—. Dile a Malin que estaré fuera un par de horas.

—¿Qué pasa?

—Creo que tengo una buena historia. Muy buena. Sobre inodoros. Quiero comprobar algunos detalles, pero, si todo sale bien, el número de junio tendrá un buen reportaje.

—¿Inodoros? —preguntó Monica Nilsson, siguiéndolo con la mirada.

Erika Berger apretó los dientes y, lentamente, dejó en la mesa el texto sobre el inminente juicio contra Lisbeth Salander. Se trataba de un texto corto, a dos columnas, que aparecería en la página cinco con las noticias nacionales. Se quedó mirándolo un minuto y frunció los labios. Eran las tres y media del jueves. Llevaba doce días trabajando en el *SMP*. Cogió el teléfono y llamó al jefe de Noticias Anders Holm.

—Hola. Soy Berger. ¿Puedes buscarme al reportero Johannes Frisk y traérmelo al despacho ahora mismo? Colgó y esperó pacientemente hasta que Holm entró en el cubo de cristal con paso tranquilo y despreocupado seguido de Johannes Frisk. Erika consultó su reloj.

—Veintidós —dijo.

—¿Qué? —preguntó Holm.

—Veintidós minutos. Has tardado veintidós minutos en levantarte de la mesa, caminar quince metros hasta la de Johannes Frisk y arrastrar tus pies hasta aquí.

—No me has dicho que fuera urgente. Estoy bastante ocupado...

—No te he dicho que no fuera urgente. Te he dicho que buscaras a Johannes Frisk y que vinieras a mi despacho inmediatamente y cuando yo digo inmediatamente es inmediatamente, no esta noche ni la próxima semana ni cuando a ti te plazca levantar el culo de la silla.

—Oye, me parece que...

—Cierra la puerta.

Erika esperó hasta que Anders Holm hubo cerrado la puerta. Lo examinó en silencio. Sin duda, era un jefe de Noticias muy competente y su papel consistía en asegurarse de que el *SMP* se llenara cada día con los textos adecuados, redactados de modo comprensible y presentados en el orden y con el espacio estipulados en la reunión matutina. En consecuencia, Anders Holm tenía cada día entre sus manos una tremenda cantidad de tareas con las cuales hacía malabarismos sin que ninguna de ellas se le cayera.

El problema de Anders Holm era que ignoraba de forma sistemática las decisiones tomadas por Erika Berger. Durante esas dos semanas ella había tratado de encontrar una fórmula para colaborar con él: había razonado amablemente, había probado a darle órdenes directas, lo había animado a que se replanteara las cosas por sí mismo. Lo había intentado todo para que él entendiera cómo quería ella que fuera el periódico.

Sin ningún resultado.

El texto que ella rechazaba por la tarde acababa, a pesar de todo, yendo a la imprenta por la noche, en cuanto ella se iba a casa. «Se nos cayó un texto y nos quedó un hueco que tenía que llenar con algo.»

El titular que Erika había decidido se veía, de pronto, ignorado y sustituido por otro completamente distinto. Y no era que la elección resultara siempre errónea, pero se llevaba a cabo sin consultar con ella. Y se hacía de forma ostensiva y desafiante.

Siempre se trataba de pequeños detalles. La reunión de la redacción prevista para las 14.00 se adelantaba de repente a las 13.50 sin que nadie se lo comunicara, de manera que, cuando ella llegaba, ya se habían tomado casi todas las decisiones. «Lo siento... entre una cosa y otra se me pasó avisarte.»

Por mucho que lo intentara, Erika Berger no alcanzaba a entender el motivo por el que Anders Holm había adoptado esa actitud hacia ella, pero constató que ni las distendidas conversaciones ni las reprimendas en tono amable surtían efecto. Hasta ahora siempre había preferido no discutir delante de los otros colaboradores de la redacción e intentar dejar su irritación para las conversaciones privadas. Eso no había dado ningún fruto, así que ya iba siendo hora de expresarse con mayor claridad, esta vez ante el colaborador Johannes Frisk, algo que garantizaba que el contenido de la conversación se extendiera por toda la redacción.

—Lo primero que hice cuando empecé fue decirte que tenía un especial interés por todo lo relacionado con Lisbeth Salander. Te manifesté mi deseo de ser informada con antelación de todos los artículos previstos y te dije que quería echarle un vistazo y dar mi visto bueno a todo lo que fuera a ser publicado. Y eso te lo he recordado por lo menos una docena de veces, la última en la reunión del viernes pasado. ¿Qué parte de las instrucciones es la que no entiendes?

—Todos los textos programados o en vías de producción se encuentran en la agenda de la intranet. Se te envían siempre a tu ordenador. Estás informada en todo momento.

—Y una mierda. Cuando esta mañana cogí el *SMP* de mi buzón me encontré con un artículo a tres columnas sobre Salander y el desarrollo del asunto en torno a Stallarholmen publicado en el mejor espacio posible de Noticias nacionales.

—Sí, el texto de Margareta Orring. Ella es *freelance* y no me lo dejó hasta las siete de la tarde.

—Margareta Orring llamó para proponer su artículo a las once de la mañana de ayer. Tú lo aprobaste y le encargaste el texto a las once y media. Y en la reunión de las dos de la tarde tú no dijiste ni una palabra al respecto.

—Está en la agenda del día.

—¿Ah, sí? Escucha lo que pone en la agenda del día: «Margareta Orring, entrevista con la fiscal Martina Fransson. Ref: confiscación de droga en Södertälje».

—Sí, claro, la idea original era una entrevista con Martina Fransson referente a una confiscación de esteroides anabolizantes en la que se detiene a un *prospect* de Svavelsjö MC.

—Exacto. Pero en la agenda del día no se dice ni una palabra sobre Svavelsjö MC ni que la entrevista se fuera a centrar en Magge Lundin y Stallarholmen y, por consiguiente, en la investigación sobre Lisbeth Salander.

—Supongo que eso saldría durante la entrevista…

—Anders, no entiendo por qué, pero me estás mintiendo ante mis propias narices. He hablado con Margareta Orring. Te explicó claramente en qué se iba a centrar su entrevista.

—Lo siento; supongo que no me quedó claro que se fuera a centrar en Salander. Y, además, me lo entregó muy tarde. ¿Qué querías que hiciera? ¿Anularlo todo? La entrevista de Orring era muy buena.

—En eso estamos de acuerdo. El texto es excelente. Pero ya llevas tres mentiras en más o menos el mismo número de minutos. Porque Orring lo dejó a las tres y veinte, o sea, mucho antes de que yo me fuera a casa a eso de las seis.

—Berger, no me gusta tu tono.

—¡Qué bien! Porque, para tu información, te diré que a mí no me gustan ni tu tono ni tus excusas ni tus mentiras.

—Me da la sensación de que piensas que estoy maquinando alguna conspiración contra ti.

—Sigues sin contestar a mi pregunta. Y otra cosa: este texto de Johannes Frisk ha aparecido sobre mi mesa. No recuerdo que hayamos hablado de ello en la reunión de las 14.00. ¿Cómo es posible que uno de nuestros reporteros se haya pasado todo el día trabajando sobre Salander sin que yo esté al corriente?

Johannes Frisk se rebulló en su asiento. Sin embargo, se quedó inteligentemente callado.

—Bueno... hacemos un periódico y debe de haber cientos de textos que tú no conozcas. En el *SMP* hay unos hábitos a los que debemos adaptarnos todos. No tengo ni el tiempo ni la posibilidad de ocuparme de unos determinados textos de un modo especial.

—No te he pedido que trates ningún texto de un modo especial. Te he exigido que, en primer lugar, me informes de todo lo relacionado con el caso Salander y luego que yo dé mi visto bueno a todo lo que se publica sobre el tema. En fin, una vez más: ¿qué parte de esas instrucciones es la que no entiendes?

Anders Holm suspiró y dejó ver un rostro un atormentado.

—De acuerdo —dijo Erika Berger—. Me expresaré con más claridad; no tengo la intención de estar discutiendo continuamente contigo. A ver si entiendes este mensaje: si esto se repite una vez más, te destituiré del puesto de jefe de Noticias. Será muy sonado y se armará un revuelo de mil demonios, pero luego se calmará y tú acabarás editando la página de Familia, la de Humor o algo por el estilo. No quiero tener un jefe de Noticias en el que no confío, que no está dispuesto a colaborar y que, además, se dedica a minar mis decisiones. ¿Lo has entendido?

Anders Holm hizo un gesto con las manos que insinuaba que las amenazas de Erika Berger eran absurdas.

—¿Lo has entendido? ¿Sí o no?

—Te estoy escuchando.

—Y yo te he preguntado si lo has entendido. ¿Sí o no?

—Crees realmente que vas a salirte con la tuya… Si este periódico sale cada día es porque yo, y otras piezas indispensables de esta máquina, nos matamos trabajando. La junta directiva va a…

—La junta hará lo que yo diga. Estoy aquí para darle un nuevo aire al periódico. Tengo una misión detalladamente formulada que hemos negociado y que me da derecho a introducir importantes cambios por lo que a los jefes de redacción se refiere. Puedo deshacerme de la carroña y reclutar sangre nueva de fuera si así lo deseo. Y te voy a decir una cosa, Holm: cuantos más días pasan, más carroña me pareces.

Erika se calló. Su mirada se cruzó con la de Anders Holm. Parecía furioso.

—Eso es todo —dijo Erika Berger—. Te sugiero que reflexiones sobre lo que te acabo de decir.

—No pienso…

—Tú verás. Eso es todo. Ahora vete.

Se dio la vuelta y salió del cubo de cristal. Ella lo vio atravesar el inmenso mar que era la redacción y desaparecer en dirección a la sala de café. Johannes Frisk se levantó e hizo amago de seguirle los pasos.

—Tú no, Johannes. Quédate. Siéntate.

Sacó su texto y le echó nuevamente un vistazo.

—Tengo entendido que estás haciendo una suplencia.

—Sí. Llevo cinco meses aquí y ésta es la última semana.

—¿Cuántos años tienes?

—Veintisiete.

—Lamento que hayas tenido que presenciar esta batalla entre Holm y yo. Cuéntame la historia de tu artículo.

—Esta mañana me dieron un soplo y se lo comenté a Holm. Me dijo que continuara con la historia.

—Vale. Hablas de que la policía está investigando si Lisbeth Salander se ha visto implicada en la venta de esteroides anabolizantes. ¿Tiene esto alguna relación con el texto de ayer de Södertälje donde también aparece el tema de los esteroides?

—Que yo sepa no, pero es posible. Esta historia de los esteroides tiene que ver con la relación de Salander con los boxeadores: Paolo Roberto y sus amigos.

—¿Paolo Roberto toma anabolizantes?

—¿Qué?... No, claro que no. Se trata más bien del mundo del boxeo. Salander suele entrenarse con una serie de oscuros personajes de un club de Södermalm. Pero bueno, ése es el enfoque de la policía; no el mío. De ahí habrá surgido la sospecha de que ella podría estar implicada en la venta de anabolizantes.

—¿De modo que en lo único en que se apoya la historia es en un rumor?

—El hecho de que la policía esté investigando esa posibilidad no es un rumor, es algo cierto. Ahora bien, no tengo ni idea de si se equivocan o no...

—De acuerdo, Johannes. Entonces quiero que sepas que lo que te estoy diciendo ahora no tiene nada que ver con mi relación con Anders Holm. Creo que eres un excelente periodista. Escribes bien y tienes muy buen ojo para los detalles. En resumen: que ésta es una buena historia. Mi único problema es que no me la creo.

—Te puedo asegurar que es ciento por ciento verdadera.

—Pues yo voy a explicarte por qué hay un error fundamental en el artículo. ¿Quién te dio el soplo?

—Una fuente policial.

—¿Quién?

Johannes Frisk dudó. Era una reacción automática. Al igual que todos los demás periodistas del mundo, se mostraba reacio a revelar el nombre de su fuente. Pero, por otra parte, Erika Berger era la redactora jefe y, por consiguiente, una de las pocas personas que podían requerirle esa información.

—Un policía de la brigada de delitos violentos llamado Hans Faste.

—¿Te llamó él a ti o lo llamaste tú a él?

—Me llamó él a mí.

Erika Berger movió afirmativamente la cabeza.

—¿Por qué crees que te llamó?

—Lo entrevisté un par de veces cuando perseguían a Salander. Sabe quién soy.

—Y sabe que tienes veintisiete años, que estás haciendo una suplencia y que te puede utilizar a su antojo cada vez que quiere sacar a la luz una información que al fiscal le interesa difundir.

—Sí, ya, todo eso lo entiendo. Pero, mira, un policía me da soplo, voy a tomar un café con Faste y me cuenta todo esto. ¿Qué otra cosa podía haber hecho? Lo he citado tal cual.

—Estoy convencida de que lo has citado tal cual. Pero lo que deberías haber hecho es llevarle la información a Anders Holm, quien, a su vez, debería haber llamado a mi puerta para explicarme la situación y juntos deberíamos haber decidido cómo actuar.

—Entiendo. Pero yo…

—Le diste el material a Holm, el jefe de Noticias. Tú hiciste lo que debías; es Holm quien actuó mal. Pero analicemos tu artículo. Primero, ¿por qué quiere Faste filtrar esa información?

Johannes Frisk se encogió de hombros.

—¿Qué quiere decir eso: que no lo sabes o que pasas del tema?

—Que no lo sé.

—Vale. Y si yo te digo que esta historia es completamente falsa y que Salander no tiene nada que ver con los anabolizantes, ¿qué me dices?

—No puedo demostrar lo contrario.

—Exacto. Con lo cual me estás diciendo que tú crees que debemos publicar una historia que tal vez sea falsa sólo porque carecemos de conocimientos sobre lo contrario.

—No, tenemos una responsabilidad periodística. Pero se trata de buscar el equilibrio. No podemos renunciar a publicar cuando existe una fuente que, de hecho, afirma explícitamente algo.

—Filosofía pura. Podríamos preguntarnos por qué le interesa a esa fuente que esa información salga a la luz. Déjame que te explique por qué he dado la orden de que todo lo que esté relacionado con Salander pase por mi mesa: da la casualidad de que yo tengo ciertos conocimientos sobre el tema que nadie más de esta redacción tiene. Los de la redacción de temas jurídicos están al corriente de ello y saben que no puedo contarles nada. *Millennium* va a publicar un reportaje que, por razones contractuales, no puedo revelarle al *SMP*, a pesar de estar trabajando aquí. Recibí la información en calidad de redactora jefe de *Millennium* y ahora mismo me encuentro entre dos tierras. ¿Entiendes lo que te quiero decir?

—Sí.

—Y esos conocimientos míos de cuando yo estaba en *Millennium* me permiten afirmar, sin el menor atisbo de duda, que esa historia es una mentira y que su único objetivo es hacerle daño a Lisbeth Salander ante el inminente juicio.

—No es fácil hacerle daño a Lisbeth Salander después de todas las cosas que se han dicho sobre ella...

—Cosas que, en su mayoría, son falsas y retorcidas. Hans Faste es uno de los responsables de que se hayan extendido todas esas ideas de que Lisbeth Salander es una paranoica y violenta lesbiana que se dedica al satanismo y al sexo BDSM. Y los medios de comunicación han comprado la campaña de Faste por la sencilla razón de que se trata de una fuente aparentemente seria y porque siempre resulta divertido escribir sobre sexo. Y ahora lo que pretende es darle un nuevo enfoque para continuar minando la imagen que la opinión pública tiene de Lisbeth Salander, y quiere que el *SMP* le ayude a difundirlo. *Sorry,* pero conmigo no.

—Entiendo.

—¿Ah, sí? Bien. Entonces te lo resumiré en una sola frase: tu misión como periodista consiste en cuestionarlo y examinarlo todo con sentido crítico, no en repetir lo primero que alguien te diga, por muy bien situado que esté en la administración del Estado. Que no se te olvide nunca. Escribes muy bien, pero ese talento no tendrá ningún valor si olvidas tu misión.

—Ya.

—Voy a suprimir tu artículo.

—Vale.

—No se sostiene. No me creo el contenido.

—De acuerdo.

—Eso no significa que no confíe en ti.

—Gracias.

—Por eso voy a mandarte a tu mesa y proponerte un nuevo artículo.

—¿Ah, sí?

—Está relacionado con mi contrato con *Millennium*. No puedo revelar, por lo tanto, lo que sé de la historia de

Salander. Al mismo tiempo, soy redactora jefe de un periódico que corre el riesgo de patinar considerablemente porque la redacción no tiene la información de la que yo dispongo.

—Mmm.

—Y eso no puede ser. Nos hallamos ante una situación única y que sólo atañe a Salander. Por eso he decidido buscar a un reportero al que guiar por el buen camino para que no nos pillen con los pantalones bajados y el culo al aire cuando *Millennium* publique la historia.

—¿Y tú crees que *Millennium* va a publicar algo remarcable sobre Salander?

—No es que lo crea; lo sé. *Millennium* está preparando un *scoop* que le dará la vuelta a la historia de Salander y me saca de quicio no poder hacerlo yo. Pero, simplemente, resulta imposible.

—Pero acabas de decir que suprimes mi artículo porque sabes que es falso... Con lo cual has dado a entender que hay algo en esta historia que todos los periodistas han pasado por alto.

—Exacto.

—Perdóname, pero me cuesta creer que todos los medios de comunicación de Suecia hayan caído en la misma trampa...

—Lisbeth Salander ha sido objeto de una persecución mediática. En esos casos las normas establecidas dejan de tener vigencia y cualquier sinsentido va a parar a primera página.

—¿Me quieres decir que Lisbeth Salander no es lo que parece?

—Empieza por imaginarte que es inocente de los cargos de los que se la acusa, que la imagen que se ha dado de ella en las portadas de los periódicos es una tontería y que hay en movimiento otras fuerzas muy diferentes a las que han salido a la luz hasta ahora.

—¿Eso es lo que piensas?

Erika Berger asintió con la cabeza.

—Entonces eso significa que lo que acabo de escribir es parte de una continua campaña contra ella.

—Exacto.

—Pero ¿no me puedes decir de qué va la historia?

—No.

Pensativo, Johannes Frisk se rascó un instante la cabeza. Erika Berger esperó.

—De acuerdo… ¿Qué quieres que haga?

—Vuelve a tu mesa y ponte a pensar en otro reportaje. No te estreses, pero poco antes del juicio me gustaría poder publicar un largo texto, tal vez de dos páginas enteras, que analice el grado de veracidad de todas las afirmaciones que se han hecho hasta ahora sobre Lisbeth Salander. Empieza por los recortes de prensa: haz una lista de todas las cosas que se han dicho sobre ella y luego las vas repasando una por una.

—Vale…

—Piensa como un periodista. Averigua quién difunde la historia, por qué lo hace y a quién beneficia.

—Pero no estaré en el *SMP* cuando empiece el juicio. Como ya te he dicho, ésta es mi última semana de suplencia.

Erika abrió una funda de plástico que sacó de un cajón de su mesa y le dio un papel a Johannes Frisk.

—He prolongado tu suplencia tres meses más. Continúa esta semana con tu trabajo y el lunes vienes a verme.

—Vale…

—Bueno, si es que quieres que prolonguemos tu contrato…

—Claro que sí.

—Se te contratará para hacer una investigación al margen del habitual trabajo de redacción. Estarás bajo mis órdenes directas. Cubrirás de modo especial el juicio de Salander por encargo del *SMP*.

—Me parece que el jefe de Noticias tendrá algo que objetar…

—No te preocupes por Holm. He hablado con el jefe de la redacción de temas jurídicos para que no surja ningún conflicto. Pero vas a investigar el fondo, no a cubrir las noticias. ¿Te parece bien?

—Me parece fenomenal.

—Bueno, pues… venga, ya está. Nos vemos el lunes.

Le hizo señas para que se fuera del cubo de cristal. Al levantar la vista sorprendió a Anders Holm observándola desde el otro lado del mostrador central. Él bajó la mirada y fingió no haberla visto.

Capítulo 11

Viernes, 13 de mayo –
Sábado, 14 de mayo

Mikael Blomkvist tuvo mucho cuidado en asegurarse de que no lo vigilaban cuando el viernes por la mañana, muy temprano, fue andando desde la redacción de *Millennium* hasta la antigua casa de Lisbeth Salander en Lundagatan. Debía ir a Gotemburgo para ver a Idris Ghidi. El problema era dar con un medio de transporte seguro con el que no corriera el riesgo de ser observado ni de dejar huellas. Tras pensarlo bien, decidió rechazar la opción del tren, ya que no quería usar ninguna tarjeta de crédito. Por lo general, solía coger el coche de Erika Berger, algo que, sin embargo, ya no era posible. Pensó en pedirle a Henry Cortez, o a quien fuera, que le alquilara uno, pero siempre aparecía el inconveniente de que todo ese papeleo dejaría una huella.

Al final, se le ocurrió la solución más obvia. Tras sacar una considerable suma de dinero de un cajero automático de Götgatan, utilizó las llaves de Lisbeth Salander para abrir la puerta de su Honda color burdeos, que llevaba abandonado en la calle, delante de su antigua casa, desde el mes de marzo. Ajustó el asiento y advirtió que el depósito de gasolina estaba medio lleno. Por último, dio marcha atrás, se incorporó al tráfico y se dirigió hacia la E4 por el puente de Liljeholmen.

Al llegar a Gotemburgo aparcó en una calle perpendicular a Avenyn a las 14.50. Se tomó un almuerzo tardío en el primer café que encontró. A las 16.10, cogió el tranvía que iba a Angered y se bajó en el centro. Tardó veinte minutos en encontrar la dirección donde vivía Idris Ghidi. Llegó a su cita con él con un retraso de poco más de diez minutos.

Idris Ghidi cojeaba. Le abrió la puerta, estrechó la mano de Mikael y lo invitó a pasar a un salón amueblado de forma espartana. En una cómoda que estaba junto a la mesa ante la cual Idris lo invitó a sentarse había una docena de fotografías enmarcadas que Mikael estudió.

—Mi familia —dijo Idris Ghidi.

Hablaba con un fuerte acento. Mikael sospechaba que no sobreviviría al examen de lengua sueca que proponía el Partido Liberal.

—¿Son tus hermanos?

—Los dos de la izquierda fueron asesinados por Sadam en los años ochenta, al igual que mi padre, el del centro. Y mis dos tíos también fueron asesinados por Sadam, pero en los años noventa. Mi madre murió en el año 2000. Mis tres hermanas viven. Residen en el extranjero: dos en Siria, y la otra, la menor, en Madrid.

Mikael movió afirmativamente la cabeza. Idris Ghidi sirvió café turco.

—Kurdo Baksi te manda saludos.

Idris Ghidi asintió.

—¿Te explicó lo que yo quería?

—Kurdo me comentó que querías contratarme para un trabajo, pero no de qué se trataba. Déjame que te diga, ya desde el principio, que no lo voy a aceptar si es algo ilegal. No me puedo permitir implicarme en una cosa así.

Mikael volvió a asentir.

—No hay nada ilegal en lo que te quiero pedir, pero es raro. El encargo que te voy a hacer durará un par de semanas y tendrás que realizarlo todos los días. Pero sólo te llevará poco más de un minuto y estoy dispuesto a pagarte mil coronas a la semana. El dinero te lo daré en mano de mi propio bolsillo y no lo declararé a Hacienda.

—Entiendo. ¿Qué quieres que haga?

—Tú trabajas como limpiador en el hospital de Sahlgrenska.

Idris Ghidi hizo de nuevo un gesto afirmativo con la cabeza.

—Una de tus tareas consiste en limpiar todos los días, o seis días a la semana si lo he entendido bien, el pasillo 11 C, que es donde está la unidad de cuidados intensivos.

Idris Ghidi asintió.

—Esto es lo que quiero que hagas.

Mikael Blomkvist se inclinó hacia delante y se lo explicó.

El fiscal Richard Ekström contempló pensativo a su visita: un rostro arrugado enmarcado en un pelo corto y canoso. Era la tercera vez que se encontraba con el comisario Georg Nyström. Éste lo visitó por primera vez durante los días que siguieron al asesinato de Zalachenko. Le mostró una placa que confirmaba que trabajaba para la DGP/Seg. Y mantuvieron una larga y discreta conversación.

—Es importante que comprendas que yo no intento influir en absoluto en tu manera de actuar o de hacer tu trabajo —le aclaró Nyström.

Ekström asintió.

—También debo subrayar que, bajo ninguna circunstancia, puedes hacer pública la información que te voy dar.

—Entiendo —dijo Ekström.

A decir verdad, Ekström debía reconocer que no lo entendía muy bien, pero no quería parecer un idiota haciendo demasiadas preguntas. Lo que sí le había quedado claro era que el tema de Zalachenko debía ser tratado con la máxima discreción. Y también que las visitas de

Nyström eran totalmente informales, aunque con el beneplácito de las más altas autoridades de la policía de seguridad.

—Estamos hablando de vidas humanas —le explicó Nyström ya en la primera reunión—. Por lo que a la policía de seguridad respecta, todo lo que concierne a la verdad del caso Zalachenko está clasificado. Te puedo confirmar que es un antiguo agente que desertó del espionaje militar ruso y una de las personas clave en la ofensiva rusa contra la Europa occidental de los años setenta.

—Vale… Eso es, por lo visto, lo que Mikael Blomkvist sostiene.

—Y en este caso tiene toda la razón. Es periodista y se ha tropezado con uno de los asuntos más secretos de toda la historia de la defensa sueca.

—Va a publicarlo.

—Por descontado. Él representa a los medios de comunicación con todas sus ventajas y desventajas. Vivimos en una democracia y, naturalmente, no podemos influir en lo que escribe la prensa. La desventaja en este caso es, por supuesto, que Blomkvist sólo conoce una pequeña parte de la verdad sobre Zalachenko y que gran parte de lo que sabe es mentira.

—Entiendo.

—Pero lo que Blomkvist no entiende es que si la verdad sobre Zalachenko sale a la luz, los rusos podrán identificar a los informadores y a las fuentes que tenemos en Rusia. Eso quiere decir que ciertas personas que se juegan la vida luchando por la democracia corren el riesgo de morir.

—Pero ¿no es Rusia hoy en día una democracia? Quiero decir que si esto hubiese ocurrido durante la época comunista…

—Eso son ilusiones. Se trata de gente que es culpable de espionaje contra Rusia y no hay régimen en el mundo que acepte eso, aunque haya pasado mucho tiempo. Y varias de esas fuentes siguen en activo...

Ya no existían agentes así, pero eso no lo podía saber el fiscal Ekström. Tenía que fiarse de la palabra de Nyström. Y tampoco podía remediar sentirse halagado por compartir, de manera informal, información sobre uno de los secretos mejor guardados de toda Suecia. Le sorprendía un poco que la defensa sueca hubiera conseguido infiltrarse en la defensa rusa del modo que insinuaba Nyström, y entendía que, naturalmente, se trataba de información que no debía difundirse bajo ningún concepto.

—Cuando me encargaron que contactara contigo ya habíamos hecho una completa evaluación de tu persona —dijo Nyström.

El arte de la seducción siempre consiste en dar con los puntos débiles de los seres humanos. La debilidad del fiscal Ekström radicaba en lo convencido que estaba de su propia importancia y en el hecho de que él, como cualquier persona, apreciara los halagos. Se trataba de conseguir que se sintiera elegido.

—Y hemos podido constatar que cuentas con una gran confianza dentro de la policía... y, por supuesto, en los círculos gubernamentales —añadió Nyström.

Ekström parecía contento. Que personas anónimas de los círculos gubernamentales tuvieran *confianza* en él era una información que, de forma tácita, insinuaba que podía contar con cierta gratitud en el caso de que jugara bien sus cartas. Era un buen presagio para el futuro de su carrera profesional.

—Entiendo... ¿Y qué es lo que en realidad quieres?

—Mi misión es, dicho en pocas palabras, ayudarte de la manera más discreta posible con mis conocimientos. Ya sabes lo increíblemente complicada que se ha vuelto esta historia. Por una parte, se está realizando, como es debido, la instrucción de un sumario del que tú eres el máximo responsable. Nadie, ni el gobierno ni la policía de seguridad ni ningún otro, puede entrometerse en cómo la estás llevando a cabo. Tu trabajo consiste en encontrar la verdad y procesar a los culpables. Es una de las funciones más importantes de un Estado de derecho.

Ekström asintió.

—Por otra parte, sería una catástrofe nacional de proporciones más bien incomprensibles que toda la verdad sobre el caso Zalachenko saliera a la luz.

—Entonces, ¿cuál es el objetivo de tu visita?

—Primero, concienciarte de lo delicado del asunto. Creo que Suecia no se ha encontrado en una situación tan delicada desde la segunda guerra mundial. Podríamos decir que el destino de nuestro país está, en cierta medida, en tus manos.

—¿Quién es tu jefe?

—Lo siento, pero no se me permite revelar el nombre de las personas que están trabajando en este tema. Déjame decirte tan sólo que mis instrucciones proceden de la máxima autoridad imaginable.

¡Dios mío! Actúa por orden del gobierno. Pero no lo puede decir porque provocaría una catástrofe política.

Nyström vio que Ekström mordía el anzuelo.

—Lo que sí puedo hacer, en cambio, es proporcionarte alguna información. Tengo amplios poderes para, siguiendo mi propio criterio, iniciarte en el conocimiento de cierto material que se cuenta entre lo más secreto de este país.

—De acuerdo.

—Eso significa que cuando tengas dudas sobre algo, sea lo que sea, es a mí a quien debes dirigirte. No hablarás con nadie más dentro de la policía de seguridad; sólo conmigo. Mi misión consiste en guiarte por este laberinto y, si se produce un choque de diferentes intereses, nos ayudaremos mutuamente a encontrar soluciones.

—Entiendo. En ese caso es mi deber comunicarte

que agradezco que tú y tus colegas estéis dispuestos a facilitarme la labor de esa manera.

—Queremos que el proceso judicial siga su curso, aunque la situación es difícil.

—Bien. Te aseguro que voy a ser muy discreto; no es la primera vez que manejo información clasificada...

—No, ya lo sabemos.

En ese primer encuentro Ekström le había hecho docenas de preguntas que Nyström apuntó con total meticulosidad y que luego intentó contestar en la medida de lo posible. En esta tercera visita le respondería a varias de ellas. La más importante de todas se refería al grado de veracidad del informe de Björck de 1991.

—Eso es un problema —dijo Nyström.

Parecía preocupado.

—Tal vez deba empezar por explicarte que, desde que ese informe salió a flote, hemos tenido un grupo de análisis trabajando prácticamente día y noche con la única misión de averiguar lo que en realidad sucedió. Y estamos llegando a un punto en el que ya podemos empezar a sacar conclusiones. Y son conclusiones muy desagradables.

—Eso lo puedo entender, pues ese informe afirma que la policía de seguridad y el psiquiatra Peter Teleborian conspiraron para meter a Lisbeth Salander en una clínica psiquiátrica.

—¡Ojalá no fuera más que eso! —dijo Nyström con una ligera sonrisa.

—¿Ojalá?

—Sí. Porque, si fuera así, la cosa sería muy sencilla. Entonces se habría cometido un delito que llevaría a un proceso. El problema es que el informe no concuerda con los que se encuentran en nuestros archivos.

—¿Qué quieres decir?

Nyström sacó una carpeta azul y la abrió.

—Éste es el verdadero informe que Gunnar Björck

redactó en 1991. Aquí también están los documentos originales de la correspondencia que mantuvo con Teleborian y que guardamos en nuestro archivo. El problema es que las versiones no se corresponden.

—Aclárame eso.

—Lo peor de la historia es que Björck se ahorcara. Suponemos que no pudo hacer frente al hecho de que se descubrieran sus deslices sexuales. *Millennium* pensaba ponerlo en evidencia. Aquello lo condujo a una desesperación tan profunda que optó por quitarse la vida.

—Sí...

—El informe original es una investigación sobre los intentos de Lisbeth Salander de matar a su padre, Alexander Zalachenko, con una bomba incendiaria. Las primeras treinta páginas del informe que Blomkvist encontró concuerdan con el original. En ellas no hay nada raro. Es a partir de la página treinta y tres, cuando Björck extrae sus conclusiones y hace una serie de recomendaciones, donde surge la discrepancia.

—¿Cómo?

—En la versión original, Björck recomienda claramente cinco cosas. No tenemos por qué ocultar que lo que se pretendía era suavizar el asunto Zalachenko en los medios de comunicación. Björck propone que la rehabilitación de Zalachenko, pues sufría graves quemaduras, se efectuara en el extranjero. Y cuestiones por el estilo. También propone que se le ofrezcan a Lisbeth Salander los mejores cuidados psiquiátricos imaginables.

—Vale...

—El problema es que se han modificado, muy sutilmente, unas cuantas frases. En la página treinta y cuatro hay un pasaje donde Björck parece sugerir que Salander sea tachada de psicótica con el fin de echar por tierra su credibilidad en el caso de que alguien empezara a hacer preguntas sobre Zalachenko.

—¿Y ese pasaje no figura en el informe original?

—Eso es. Gunnar Björck nunca escribió nada semejante. Además, habría constituido una vulneración de la ley. Lo que él propuso fue que ella tuviera la asistencia que en realidad necesitaba. En la copia de Blomkvist eso se ha convertido en una conspiración.

—¿Puedo leer el original?

—Toma. Pero tengo que llevármelo cuando me vaya. Y antes de que lo leas, déjame que llame tu atención sobre el anexo con la correspondencia que a continuación mantuvieron Björck y Teleborian. Casi toda ella es una clara falsificación. Ya no se trata de cambios sutiles sino de graves falsificaciones.

—¿Falsificaciones?

—Creo que, en este caso, es la palabra más adecuada. El original da fe de que Peter Teleborian recibió el encargo que le hizo el tribunal para que le realizara un examen psiquiátrico forense a Lisbeth Salander. Hasta ahí todo resulta de lo más normal: Lisbeth Salander tenía doce años y había intentado matar a su padre con una bomba incendiaria; lo llamativo habría sido que *no* se le hubiera hecho un estudio psiquiátrico.

—Es verdad.

—Si tú hubieses sido el fiscal, supongo que también habrías pedido un informe pericial tanto social como psiquiátrico.

—Por supuesto.

—Por aquel entonces, Teleborian ya era un conocido y respetado psiquiatra infantil y además tenía experiencia en psiquiatría forense. Le encargaron la tarea, efectuó la pertinente evaluación y llegó a la conclusión de que Lisbeth Salander estaba psíquicamente enferma… No creo que sea necesario que entre en los detalles técnicos.

—Bien…

—Teleborian dejó constancia de eso en un informe que envió a Björck y que luego fue presentado ante el tribunal, que decidió que Salander ingresara en Sankt Stefan.

—Entiendo.

—En la versión de Blomkvist, el informe de Teleborian brilla por su ausencia. En su lugar, hay una correspondencia entre Björck y Teleborian que insinúa que Björck le insta a simular una evaluación psiquiátrica.

—Y eso es lo que tú dices que es una falsificación...

—Sin duda.

—Pero ¿a quién le interesaría falsificar eso?

Nyström dejó el informe y frunció el ceño.

—Estás llegando al mismísimo quid de la cuestión.

—Y la respuesta es...

—No la sabemos. Ésa es la pregunta en la que anda trabajando sin parar nuestro grupo de análisis.

—¿Podría ser que Blomkvist se hubiera inventado todo eso?

Nyström se rió.

—Bueno... la verdad es que ésa fue una de nuestras primeras ideas. Pero creemos que no. Lo que pensamos es que la falsificación se realizó hace muchos años, con toda probabilidad al mismo tiempo que se redactó el informe original.

—¿Ah, sí?

—Lo cual nos lleva a una desagradable conclusión: el que hizo la falsificación estaba muy al tanto del asunto. Y, por si fuera poco, tuvo acceso a la misma máquina de escribir que usó Gunnar Björck.

—¿Quieres decir que...?

—No sabemos *dónde* redactó Björck el informe. Es posible que lo hiciera en una máquina de escribir de su casa, de su lugar de trabajo o de algún otro sitio. Podemos imaginar dos cosas: o que el que hizo la falsificación era alguien del mundo de la psiquiatría o de la medicina forense que, por la razón que fuera, quería armarle un escándalo a Teleborian, o que la falsificación fue realizada por algún miembro de la policía de seguridad y estuvo motivada por objetivos completamente distintos.

—¿Por qué?

—Estamos hablando del año 1991. Tal vez fuese un agente ruso infiltrado en la DGP/Seg que le estuviera siguiendo el rastro a Zalachenko. Esa posibilidad es la que nos ha llevado a que en estos momentos nos encontremos estudiando una gran cantidad de antiguos expedientes personales.

—Pero si la KGB se hubiese enterado de... ya hace años que esto habría salido a la luz.

—Bien pensado. Pero no olvides que fue justo en esa época cuando cayó la Unión Soviética y se disolvió la KGB. No sabemos qué salió mal. Quizá se tratara de una operación planificada de antemano que luego se abortó. La KGB dominaba con verdadera maestría el arte de falsificar documentos y el de la desinformación.

—Pero ¿qué objetivo podría tener la KGB falsificando eso?...

—Tampoco lo sabemos. Pero un objetivo obvio sería, por supuesto, el de desacreditar al gobierno sueco.

Ekström se pellizcó el labio inferior.

—¿De modo que la evaluación médica de Salander es correcta?

—Pues, sí. Sin duda. Salander está loca de atar, si me perdonas la expresión. Que no te quepa la menor duda. La medida de ingresarla en aquella unidad cerrada del psiquiátrico fue completamente acertada.

—¿Inodoros? —preguntó la redactora jefe en funciones Malin Eriksson con un deje de duda en la voz, como si pensara que Henry Cortez le estaba tomando el pelo.

—Inodoros —repitió Henry Cortez con un gesto de asentimiento.

—¿Quieres escribir un reportaje sobre inodoros? ¿En *Millennium*?

Monica Nilsson soltó una repentina e inapropiada

carcajada. Ella había visto su mal disimulado entusiasmo en cuanto él entró con su despreocupado y lento andar a la reunión del viernes; reconoció todos los síntomas que presenta un periodista que tiene un artículo cociéndose en el horno.

—Vale, cuéntamelo.

—Es muy sencillo —dijo Henry Cortez—. La industria más grande de Suecia, con diferencia, es la construcción. Se trata de una industria que, en la práctica, no puede mudarse al extranjero por mucho que Skanska finja tener una oficina en Londres y cosas por el estilo. Las casas, en cualquier caso, hay que construirlas en Suecia.

—Ya, pero eso no es nada nuevo.

—No. Pero lo que sí podría decirse que es más o menos nuevo es que, cuando se trata de crear empresas competentes y eficaces, el negocio de la construcción está a años luz de todas las demás industrias de Suecia. Si Volvo construyera coches de la misma manera, el último modelo valdría alrededor de uno o dos millones de coronas. Para cualquier industria normal el objetivo es reducir los precios. Con la industria de la construcción sucede lo contrario: pasan olímpicamente de reducir costes, lo cual hace que el precio del metro cuadrado aumente y que el Estado realice una serie de subvenciones con dinero público para que el precio final no resulte absurdo.

—¿Y ahí hay un artículo?

—Espera. Es complicado. Pongamos, por ejemplo, que si desde los años setenta la evolución de los precios hubiera sido la misma para una hamburguesa, un Big Mac valdría hoy algo más de ciento cincuenta coronas como mínimo. Lo que costaría con patatas fritas y Coca-Cola no me lo quiero ni imaginar, pero con lo que cobro en *Millennium* seguro que no me lo podría permitir. ¿Cuántos de los que os encontráis aquí sentados estaríais dispuestos a pagar más de cien coronas por una hamburguesa de McDonald's?

Nadie dijo nada.

—Muy bien hecho. Pero cuando NCC levanta en un pispás y con cuatro ladrillos unos cuantos bloques en Lidingö (en Gåshaga, para ser más exactos), y cobra unas diez o doce mil coronas de alquiler por un piso de dos dormitorios, ¿cuántos de vosotros las pagaríais?

—Yo no me lo podría permitir —dijo Monica Nilsson.

—No. Pero vives en un piso de Danvikstull que te compró tu padre hace veinte años y por el que te darían, si lo vendieras, digamos que un kilo y medio. Pero ¿qué hace un joven de veinte años que se quiere ir de la casa de sus padres? No se lo puede permitir. De modo que, o vive de alquiler, o subarrendado, o se queda con su vieja hasta que se jubila.

—¿Y qué pintan los inodoros en toda esta historia? —preguntó Christer Malm.

—A eso voy. La pregunta es: ¿por qué son tan endiabladamente caras las casas? Pues porque el que las manda construir no sabe cómo hacerlo. Os pondré un ejemplo: una promotora municipal llama a una empresa de construcción tipo Skanska, le dice que quiere encargar cien pisos y le pregunta que cuánto le costaría. Skanska hace sus cálculos y pongamos que le contesta que quinientos millones. Eso tiene como consecuencia que el precio por metro cuadrado se sitúe en X coronas y que tú tengas que desembolsar diez mil coronas al mes si quieres vivir allí. Porque, a diferencia de lo que pasa con McDonald's, no puedes renunciar a vivir en algún sitio. O sea, que no te queda más remedio que pagar lo que te digan.

—Por favor, Henry... al grano.

—Ése es el grano. ¿Por qué cuesta un pastón trasladarse a esos malditos cajones de mierda del puerto de Hammarby? Pues porque las constructoras pasan de bajar los precios. Y porque al cliente no le queda más remedio que pagar. Una de las cosas que más encarece la vivienda es el material de construcción. El negocio de este material está en manos de empresas mayoristas, que son las que ponen los precios. Como ahí no hay una verdadera competencia, una bañera puede costar en Suecia cinco mil coronas. La misma bañera hecha por el mismo fabricante cuesta en Alemania el equivalente a dos mil coronas. Y no existe ningún coste adicional en Suecia que pueda explicar la diferencia.

—Vale.

—Casi todo esto se puede leer en un informe de la Delegación para el análisis de los costes de construcción que fue designada por el gobierno y que estudió este tema a finales de los años noventa. Desde entonces, no ha pasado gran cosa. Nadie negocia con las empresas de construcción denunciando lo disparatado de sus precios. Los que encargan los edificios pagan sin rechistar lo que cuesta, y, al final, el precio lo asumen los inquilinos y los contribuyentes.

—Henry: ¿y los inodoros?

—Lo poco que ha ocurrido desde aquel informe de la Delegación ha tenido lugar a nivel local, en especial fuera de Estocolmo. Hay clientes que se han cansado de los altos costes. Un buen ejemplo lo constituye Karlskronahem, la empresa municipal de vivienda de Karlskrona, que construye edificios más baratos que ninguna otra, simplemente porque compra el material sin intermediarios. Y la Federación sueca de comercio también se ha metido por medio. Ellos piensan que los precios del material de construcción son del todo absurdos, razón por la cual intentan facilitarle la vida al cliente importando productos equivalentes a un precio más bajo. Y eso motivó un pequeño enfrentamiento en la Feria de la Construcción de Älvsjö de hace un año. La Federación sueca de comercio trajo a un tío de Tailandia que vendía inodoros a quinientas coronas la unidad.

—Vale. ¿Y?

—Su competidor más cercano era una empresa mayorista sueca que se llama Vitavara AB y que vende inodoros auténticamente suecos a mil setecientas coronas cada uno. Así que los compradores inteligentes de las empresas municipales de construcción empezaron a rascarse la cabeza y a preguntarse por qué estaban pagando mil setecientas coronas por un inodoro cuando por quinientas podían traerles de Tailandia uno igual.

—¿Tal vez porque era de mejor calidad? —preguntó Lottie Karim.

—No. La misma.

—Tailandia —dijo Christer Malm—. Eso huele a trabajo infantil y cosas por el estilo. Lo que explicaría el bajo precio.

—No —contestó Henry Cortez—. En Tailandia el trabajo infantil existe sobre todo en la industria textil y en la de los *souvenirs*. Y en el comercio sexual de los pedófilos, por supuesto. Esto es una industria seria. La ONU controla el trabajo infantil y yo he controlado a la empresa. Se han portado bien. Es una empresa grande, moderna y muy respetada en el ramo de los sanitarios.

—Vale… pero estamos hablando de países con bajos salarios, lo cual significa que corres el riesgo de escribir un artículo que abogue por que la industria sueca sea aniquilada por la industria tailandesa. Despide a los trabajadores suecos, cierra las fábricas de aquí y empieza a importar de Tailandia. Me temo que los sindicatos no te van a dar ninguna medalla…

Una sonrisa se dibujó en los labios de Henry Cortez. Se echó hacia atrás y puso una cara de desvergonzada chulería.

—Pues no —contestó—. Adivina dónde fabrica Vitavara AB esos inodoros por los que pagas mil setecientas coronas.

Se hizo el silencio en la redacción.

—En Vietnam —dijo Henry Cortez.

—No puede ser —respondió la redactora jefe Malin Eriksson.

—Sí, querida —terció Henry—. Llevan por lo menos diez años haciendo inodoros en régimen de subcontratación. A los trabajadores suecos los despidieron en los años noventa.

—Joder.

—Pero ahora viene lo mejor. Si los importáramos directamente de la fábrica de Vietnam, el precio rondaría las trescientas noventa coronas. Adivina cómo se explica la diferencia de precio entre Tailandia y Vietnam.

—No me digas que...

Henry Cortez asintió. Su sonrisa ya era más ancha que su cara.

—Vitavara AB le encarga el trabajo a algo que se llama Fong Soo Industries. Figura en la lista de la ONU sobre las empresas que emplean mano de obra infantil; o eso es, al menos, lo que dice una investigación que se realizó en el año 2001. Pero la gran mayoría de los trabajadores son prisioneros.

Malin Eriksson sonrió.

—Esto es bueno —dijo—. Esto es muy bueno. ¿Tú qué quieres ser de mayor? ¿Periodista? ¿Cuándo podrías tener el artículo?

—En dos semanas. Tengo que comprobar algunas cosas sobre comercio internacional. Y luego necesitamos al malo de la película, de modo que debo averiguar quiénes son los propietarios de Vitavara AB.

—Entonces, ¿lo podríamos incluir en el número de junio? —preguntó Malin esperanzada.

—*No problem.*

El inspector Jan Bublanski observó con una mirada inexpresiva al fiscal Richard Ekström. La reunión duraba ya cuarenta minutos y Bublanski sintió un intenso deseo de alargar la mano y coger ese ejemplar de la Ley del Reino de Suecia que estaba sobre la mesa de Ekström y darle un golpe en la cabeza con él. Se preguntó tranquilamente qué ocurriría si lo hiciera. Sin duda provocaría grandes titulares en los periódicos vespertinos y lo más probable es que lo procesaran por malos tratos. Se quitó la idea de la cabeza: el sentido de ser un hombre civilizado era, precisamente, no ceder a ese tipo de impulsos, con independencia de lo provocador que resultara el comportamiento del otro. Además, por lo general, era cuando alguien había cedido a esos impulsos cuando avisaban al inspector Bublanski.

—Bueno —dijo Ekström—. Entiendo que estamos de acuerdo.

—No, no estamos de acuerdo —contestó Bublanski para, acto seguido, levantarse—. Pero tú eres el instructor del sumario.

Iba mascullando algunas palabras cuando enfiló el pasillo que conducía a su despacho y llamó a los inspectores Curt Svensson y Sonja Modig, quienes constituían todo el personal con el que contaba esa tarde. Jerker Holmberg había decidido cogerse, muy intempestivamente, dos semanas de vacaciones.

—A mi despacho —dijo Bublanski—. Llevaos café.

Una vez sentados, Bublanski abrió su cuaderno, que tenía unas notas tomadas en la reunión con Ekström.

—La situación en la que nos encontramos ahora mismo es que nuestro instructor del sumario ha sobreseído todos los cargos contra Lisbeth Salander respecto a los asesinatos por los que se emitió la orden de busca y captura. Así que, por lo que a nosotros concierne, ella ya no forma parte de la investigación.

—Bueno, supongo que, a pesar de todo, eso habrá que considerarlo como un avance —dijo Sonja Modig.

Curt Svensson, fiel a su costumbre, no dijo nada.

—No estoy tan seguro —respondió Bublanski—. Sa-

lander sigue siendo sospechosa de graves delitos en Stallarholmen y Gosseberga. Pero eso ya no forma parte de
nuestra investigación. Nosotros debemos concentrarnos
en encontrar a Niedermann e investigar el tema del cementerio del bosque de Nykvarn.

—De acuerdo.

—Pero ya está claro que Ekström dictará auto de
procesamiento contra Lisbeth Salander. El caso se ha
trasladado a Estocolmo y se ha abierto una investigación
independiente.

—¿Ah, sí?

—Y adivina quién va a investigar a Salander.

—Me temo lo peor.

—Hans Faste se ha reincorporado al trabajo. Será él
quien colabore con Ekström en la investigación sobre Salander.

—¡Joder, pero eso es una locura! Faste es la persona
más inapropiada del mundo para investigar a Salander.

—Ya lo sé. Pero Ekström tiene un buen argumento.
Faste ha estado de baja desde... bueno, desde el colapso
que sufrió en abril, y necesita concentrar sus esfuerzos en
un caso sencillo.

Silencio.

—Así que esta misma tarde debemos entregarle a
Faste todo el material que tenemos sobre Salander.

—¿Y esa historia sobre Gunnar Björck y la Säpo y el
informe de 1991?...

—La llevarán Faste y Ekström.

—Eso no me gusta nada —dijo Sonja Modig.

—A mí tampoco. Pero Ekström es el jefe y cuenta
con el apoyo de las altas esferas. En otras palabras: nuestra misión sigue siendo encontrar al asesino. Curt, ¿cómo
vamos?

Curt Svensson negó con la cabeza.

—Niedermann sigue desaparecido. Es como si se lo
hubiese tragado la tierra. Tengo que reconocer que du-

rante todos los años que llevo en el cuerpo jamás he visto un caso parecido; no hay ni un solo confidente que lo conozca ni que sepa nada sobre su posible paradero.

—¡Qué raro! —exclamó Sonja Modig—. En fin, de todas maneras, si lo he entendido bien, se le busca por el asesinato de un policía en Gosseberga, por un delito de lesiones graves a otro agente, por el intento de asesinato de Lisbeth Salander y por el secuestro y maltrato de la auxiliar dental Anita Kaspersson, así como por los asesinatos de Dag Svensson y de Mia Bergman. En todos los casos, las pruebas forenses son más que concluyentes.

—No está nada mal para empezar… ¿Cómo va la investigación sobre el experto financiero de Svavelsjö MC?

—Viktor Göransson y su pareja, Lena Nygren. Las pruebas forenses con las que contamos vinculan a Niedermann con el lugar. Sus huellas dactilares y su ADN se hallan sobre el cuerpo de Göransson; debió de desollarse los nudillos de lo lindo.

—Vale. ¿Algo nuevo sobre Svavelsjö MC?

—Sonny Nieminen ha asumido el cargo de jefe mientras Magge Lundin está detenido en espera de juicio por el secuestro de Miriam Wu. Se rumorea que Nieminen ha prometido una gran recompensa para el que le sople dónde se esconde Niedermann.

—Lo que todavía hace más raro que aún no se haya dado con él. ¿Qué hay del coche de Göransson?

—Como el coche de Anita Kaspersson lo encontramos en la casa de Göransson, creemos que Niedermann cambió de vehículo. Pero no hay ni rastro de él.

—Así que la pregunta que debemos plantearnos es si Niedermann sigue escondido en algún lugar de Suecia, y en ese caso dónde y con quién, o si ya se ha puesto a salvo en el extranjero. ¿Con qué nos quedamos?

—No hay nada que indique que se ha ido al extranjero, pero la verdad es que es la única hipótesis lógica.

—En ese caso, ¿qué ha hecho con el coche?

Tanto Sonja Modig como Curt Svensson movieron negativamente la cabeza. En nueve de cada diez casos, el trabajo policial resultaba bastante sencillo cuando se trataba de buscar a una persona con nombre y apellido. Tan sólo era cuestión de crear una cadena lógica y empezar a tirar del hilo. ¿Quiénes eran sus amigos? ¿Con quién había compartido celda en el trullo? ¿Dónde vive su novia? ¿Con quién solía salir a tomar copas? ¿Dónde está su vehículo? Al final de esa cadena, terminaban encontrando al tipo que buscaban.

El problema de Ronald Niedermann era que no tenía amigos, ni novia, ni había pasado por el trullo y tampoco se le conocía teléfono móvil alguno.

Por consiguiente, una gran parte de las pesquisas se habían centrado en encontrar el coche de Viktor Göransson que, en teoría, estaba utilizando Ronald Niedermann. Eso debería darles una idea de por dónde continuar la búsqueda. Al principio se imaginaron que el coche aparecería al cabo de unos días, probablemente, en algún aparcamiento de Estocolmo. Sin embargo, a pesar de la orden nacional de búsqueda que se cursó, el vehículo todavía brillaba por su ausencia.

—Y en el caso de que se encuentre en el extranjero… ¿dónde está?

—Es ciudadano alemán, así que lo lógico es que se haya marchado a Alemania.

—Allí está en busca y captura. Además, no parece que se haya puesto en contacto con sus viejos amigos de Hamburgo.

Curt Svensson agitó la mano.

—Si su plan era huir a Alemania… ¿para qué iba a ir a Estocolmo? ¿No debería dirigirse hacia Malmö y coger el puente de Öresund o alguno de los ferris?

—Sí, es verdad. Durante los primeros días Marcus Erlander encaminó las pesquisas en esa dirección. La policía de Dinamarca está avisada de los datos del coche de

Göransson, y sabemos que Niedermann no ha cruzado en ningún ferri.

—Pero fue a Estocolmo y a Svavelsjö MC, donde mató al contable del club y, supuestamente, desapareció con una desconocida suma de dinero. ¿Cuál sería su próximo paso?

—Salir de Suecia como fuera —dijo Bublanski—. Lo lógico sería coger alguno de los ferris que van hasta los países bálticos. Pero Göransson y su pareja fueron asesinados durante la noche del nueve de abril. Eso significa que Niedermann podría haber cogido el barco a la mañana siguiente. Nos dieron el aviso unas dieciséis horas después de que los hubieran matado y, desde ese momento, buscamos el vehículo.

—Si hubiese cogido el ferri por la mañana, el coche de Göransson debería haber sido hallado en alguno de los puertos de donde salen los barcos —constató Sonja Modig.

Curt Svensson asintió.

—¿Y no podría ser algo tan simple como que no hemos dado con el coche de Göransson porque Niedermann abandonó el país por el norte, vía Haparanda? Una vuelta larguísima rodeando el golfo de Botnia, aunque en unas dieciséis horas podría haber conseguido cruzar la frontera con Finlandia.

—Sí, pero luego tendría que haberse deshecho del coche en algún lugar en Finlandia y, a estas alturas, nuestros colegas de allí ya deberían haberlo encontrado.

Permanecieron callados un largo rato. Al final, Bublanski se levantó y se puso junto a la ventana.

—Va en contra de toda lógica, pero el hecho es que el coche de Göransson sigue sin aparecer. ¿Es posible que haya encontrado un escondite y que se haya instalado allí? Una casa de campo o algo…

—En una casa de campo lo veo difícil. A estas alturas del año, todos los propietarios se acercan hasta sus casas de campo para echar un vistazo.

—Y tampoco en ningún sitio que esté relacionado con Svavelsjö MC. No creo que quiera toparse con ninguno de ellos.

—¿Y con eso ya queda excluido todo el mundo del hampa?... Puede que tenga alguna novia que no conocemos...

Les sobraban las teorías pero carecían de datos concretos en los que centrarse.

Cuando Curt Svensson se fue a su casa, Sonja Modig volvió al despacho de Jan Bublanski y llamó a la puerta. Él le hizo señas para que entrara.

—¿Tienes dos minutos?

—¿Qué pasa?

—Salander.

—De acuerdo.

—No me gusta nada este montaje de Ekström y Faste y del nuevo juicio. Tú has leído el informe de Björck. Yo he leído el informe de Björck. A Lisbeth le destrozaron la vida en 1991 y Ekström lo sabe. ¿Qué diablos estarán tramando?

Bublanski se quitó las gafas de leer y se las guardó en el bolsillo de la pechera de la camisa.

—No lo sé.

—¿Tienes alguna idea?

—Ekström afirma que tanto el informe de Björck como su correspondencia con Teleborian son falsificaciones.

—Y una mierda. Si así fuera, Björck nos lo habría dicho cuando lo trajimos a comisaría.

—Ekström dice que Björck se negó a comentar el tema porque se trata de un asunto clasificado. Me ha criticado por haberme adelantado a los acontecimientos y haberlo traído para interrogarlo.

—Ekström cada vez me gusta menos.

—Lo presionan por todos lados.

—No es una excusa.

—No tenemos el monopolio de la verdad. Ekström asegura que tiene pruebas que demuestran que el informe está falsificado: no existe ningún informe verdadero con ese número de registro. También afirma que la falsificación es muy hábil y que el contenido es una mezcla de verdad y fantasía.

—¿Y qué parte se supone que es la verdadera y cuál la inventada?

—El marco de la historia es más o menos cierto. Zalachenko es el padre de Lisbeth y era un cabrón que maltrataba a su madre. El problema es el mismo de siempre: la madre nunca quiso denunciarlo y, por consiguiente, el maltrato continuó durante varios años. El cometido de Björck era investigar qué ocurrió cuando Lisbeth intentó matar a su padre con una bomba incendiaria. Mantuvo correspondencia con Teleborian, pero la que hemos visto nosotros es una falsificación. Teleborian le hizo a Salander un examen psiquiátrico completamente normal, constató que estaba loca y un fiscal decidió no procesarla. Necesitaba asistencia médica y eso fue lo que recibió en Sankt Stefan.

—Si se trata de una falsificación... ¿quién se supone que la hizo? ¿Y con qué objetivo?

Bublanski hizo un gesto de ignorancia con las manos.

—¿Me estás tomando el pelo?

—Según tengo entendido, Ekström va a volver a exigir un examen psiquiátrico de Salander.

—No lo acepto.

—Ya no es asunto nuestro. Ya no trabajamos en el caso Salander.

—Pero Hans Faste, sí. Jan, si esos cabrones vuelven a meterse con Salander iré a los medios de comunicación...

—No, Sonja. No lo hagas. En primer lugar porque el informe ya no está en nuestro poder, de manera que no podrás probar lo que digas. Te tomarán por una maldita paranoica y tu carrera se habrá acabado.

—Yo sí tengo el informe —dijo Sonja Modig en voz baja—. El fiscal general reclamó las copias antes de que pudiera dar a Curt Svensson la que había hecho para él.

—Pero si difundes esa investigación, no sólo te despedirán, sino que además serás culpable de grave prevaricación y de haber filtrado un informe clasificado a los medios de comunicación.

Sonja Modig se quedó callada un segundo contemplando a su jefe.

—Sonja, prométeme que no harás nada.

Ella dudó.

—No, Jan, no te lo puedo prometer. Algo huele a podrido en toda esta historia.

Bublanski asintió.

—Sí. Hay algo podrido. Pero ahora mismo no sabemos quiénes son nuestros enemigos.

Sonja Modig ladeó la cabeza.

—¿Y *tú* piensas hacer algo?

—Eso no te lo voy a decir. Confía en mí. Es viernes por la tarde. Cógete el fin de semana. Vete a casa. Esta conversación nunca ha tenido lugar.

Era la una y media de la tarde del sábado cuando el vigilante jurado de Securitas, Niklas Adamsson, levantó la vista del libro sobre economía política, asignatura de la que tenía un examen dentro de tres semanas. Oyó el rotar de los cepillos de la máquina limpiadora que avanzaba con su discreto y habitual zumbido y constató que se trataba del moro que cojeaba. Siempre solía saludar de modo educado, pero se mostraba muy callado y no solía reírse cuando Niklas intentaba bromear con él. Lo vio sacar un bote de Ajax, echar dos veces *spray* sobre el mostrador de la recepción y limpiarlo con un trapo. Luego cogió una fregona y se puso a limpiar unos rincones de la recepción a los que no llegaban los cepillos de la máquina limpiadora. Niklas Adamsson volvió a sumergirse en su libro y siguió leyendo.

El limpiador tardó diez minutos en llegar hasta donde estaba Adamsson, al final del pasillo. Se saludaron con un movimiento de cabeza. Adamsson se levantó para dejar que el empleado se encargara del suelo de alrededor de la silla que estaba delante de la habitación de Lisbeth Salander. Había visto a ese hombre prácticamente todos los días que había tenido turno de vigilancia, pero por mucho que lo intentara no era capaz de recordar su nombre. En fin, un nombre moro, en cualquier caso. Adamsson no creía necesario comprobar su tarjeta identificativa. En parte porque no iba a limpiar en la habitación de la mujer retenida —eso lo hacían por la mañana dos señoras de la limpieza— y en parte porque no veía que el limpiador que cojeaba supusiera mayor amenaza.

En cuanto el limpiador terminó con el final del pasillo abrió con llave una puerta contigua a la de la habitación de Lisbeth Salander. Adamsson lo miró de reojo, pero tampoco pensaba que eso constituyera una desviación de sus rutinas diarias: era el cuarto de la limpieza. Durante los siguientes cinco minutos, vació el cubo, limpió los cepillos y llenó el carrito de la limpieza con bolsas de plástico para las papeleras. Por último metió el carrito en el trastero.

Idris Ghidi tenía muy en mente la presencia del vigilante jurado de Securitas. Se trataba de un chico rubio de unos veinticinco años que solía estar allí dos o tres veces por semana y que estudiaba libros de economía política. Ghidi sacó la conclusión de que trabajaba en Securitas a tiempo parcial, compaginándolo con los estudios, y que le prestaba a su entorno más o menos la misma atención que un ladrillo.

Idris Ghidi se preguntó qué haría Adamsson si alguien intentara en serio entrar en la habitación de Lisbeth Salander.

Idris Ghidi también se preguntó qué sería lo que en realidad andaba buscando Mikael Blomkvist. No tenía ni idea. Como había leído —claro está— los periódicos, hizo la conexión entre el periodista y la paciente del 11 C, de modo que esperaba que Mikael le pidiera que le entregara algo a Lisbeth de forma clandestina. En ese caso se vería obligado a negarse, ya que no tenía acceso a su habitación y nunca la había visto. Pero fuera lo que fuese lo que él se había imaginado no tenía nada que ver con lo que Blomkvist le pidió.

No vio nada ilegal en el encargo. Miró de reojo por la rendija de la puerta y constató que Adamsson se había vuelto a sentar en su silla y que de nuevo estaba leyendo su libro. Se alegraba de que no hubiera nadie más en los alrededores, algo que por lo general solía ocurrir, ya que el cuarto de la limpieza se hallaba situado en un callejón sin salida, justo al final del pasillo. Se metió la mano en el bolsillo de la bata y sacó un teléfono móvil nuevo de Sony Ericsson, modelo Z600. Idris Ghidi había visto el teléfono en un anuncio y sabía que valía más de tres mil quinientas coronas y que contaba con las últimas y más avanzadas prestaciones del mercado.

Echó un vistazo a la pantalla y notó que el móvil estaba encendido pero que tenía desactivados tanto el timbre de llamada como la función de vibración. Luego se puso de puntillas y quitó, girándola, una blanca y redonda tapa colocada en una rejilla de ventilación que conducía a la habitación de Lisbeth Salander. Colocó el móvil dentro del conducto, fuera de la vista de todo el mundo, exactamente como le había pedido Mikael Blomkvist.

El proceso le llevó en total unos treinta segundos. Al día siguiente necesitaría tan sólo alrededor de diez segundos. Lo que tendría que hacer entonces sería coger el móvil, cambiarle la batería y volver a colocarlo en el conducto de ventilación. La otra batería debería llevársela a casa y cargarla durante la noche.

Esa era toda la misión de Idris Ghidi.

Sin embargo, eso no ayudaría en absoluto a Salander. Al otro lado de la pared había una rejilla fijada con tornillos. Hiciera lo que hiciese, nunca sería capaz de alcanzar el móvil. A no ser que le dieran un destornillador de estrella y una escalera.

—Ya lo sé —le había dicho Mikael—. Pero ella no va a tocar el teléfono.

Idris Ghidi tenía que repetir todos los días el mismo proceso hasta que Mikael Blomkvist le avisara de que ya no resultaba necesario.

Y por ese trabajo, Idris Ghidi se embolsaría mil coronas por semana. Además, una vez concluido el encargo, podría quedarse con el aparato.

Meneó la cabeza. Naturalmente, sabía que Mikael Blomkvist estaba tramando algo, pero por mucho que lo intentara no podía adivinar de qué se trataba. Colocar un móvil en el conducto de ventilación del cuarto de la limpieza, encendido pero no conectado, era una artimaña de un nivel y una sutileza que Ghidi no alcanzaba a comprender. Si Blomkvist quisiera comunicarse con Lisbeth Salander, resultaría bastante más sencillo sobornar a alguna de las enfermeras para que le pasara un móvil. No había ninguna lógica en toda esa maniobra.

Ghidi sacudió la cabeza. Por otra parte no le importaba hacerle ese favor a Mikael Blomkvist mientras éste le pagara mil coronas por semana. Y no pensaba hacerle ni una pregunta.

El doctor Anders Jonasson aminoró algo el paso cuando descubrió a un tipo de unos cuarenta años apoyado contra la verja que había ante el portal de su domicilio de

Hagagatan. El hombre le resultaba ligeramente familiar y éste lo saludó como si se conocieran.

—¿El doctor Jonasson?

—Sí, soy yo.

—Perdona que te aborde así en plena calle delante de tu casa. Pero no quería ir a molestarte a tu trabajo y necesito hablar contigo.

—¿De qué se trata y quién eres?

—Mi nombre es Mikael Blomkvist. Soy periodista y trabajo en la revista *Millennium*. Se trata de Lisbeth Salander.

—Ah, sí, ahora te reconozco. Tú eres el que llamó a Protección Civil cuando le pegaron el tiro. ¿Fuiste tú quien le puso la cinta plateada en la herida?

—Sí, fui yo.

—No estuvo nada mal pensado. Pero lo siento. No puedo hablar de mis pacientes con periodistas. Tendrás que dirigirte al gabinete de prensa del hospital como todos los demás.

—Me estás malinterpretando. No quiero ninguna información; si he venido hasta aquí es por un asunto personal. No hace falta que me digas ni una sola palabra ni que me proporciones ninguna información. Es justo al revés: soy yo el que te va a dar cierta información a ti.

Anders Jonasson frunció el ceño.

—Por favor —pidió Mikael Blomkvist—. No tengo por costumbre abordar a cirujanos así, en plena calle, pero es muy importante que hable contigo. Hay un café a la vuelta de la esquina. ¿Te puedo invitar a un café?

—¿De qué quieres hablar?

—Del futuro de Lisbeth Salander y de su bienestar. Soy su amigo.

Anders Jonasson dudó un buen rato. Se dio cuenta de que si hubiese sido otra persona —si un desconocido se hubiese acercado a él de esa manera—, se habría negado. Pero el hecho de que Mikael Blomkvist fuera una persona conocida hizo que Anders Jonasson se sintiera razonablemente seguro de que no se trataba de nada malo.

—No aceptaré bajo ninguna circunstancia que me hagas una entrevista, y no voy a hablar de mi paciente.

—Me parece muy bien —dijo Mikael.

Al final, Anders Jonasson hizo un breve gesto de cabeza en señal de aprobación y acompañó a Mikael Blomkvist al café en cuestión.

—¿De qué se trata? —preguntó Jonasson en un tono neutro cuando les sirvieron los cafés—. Te escucho pero no pienso comentar nada.

—Tienes miedo de que te cite o te deje en evidencia en algún artículo… Permíteme que, ya desde el principio, te deje muy claro que eso no sucederá nunca. Por lo que a mí respecta, esta conversación nunca ha tenido lugar.

—De acuerdo.

—Quiero pedirte un favor. Pero antes de hacerlo debo explicarte exactamente por qué, para que puedas considerar si te parece aceptable desde un punto de vista moral.

—No me gusta el cariz que está tomando esta conversación.

—Sólo te pido que me escuches. Como médico de Lisbeth Salander, tu trabajo consiste en velar por su salud física y mental. Como amigo de Lisbeth Salander, *mi* trabajo consiste en hacer lo mismo. No soy médico y, por lo tanto, no puedo hurgar en su cabeza para sacarle balas ni nada por el estilo, pero tengo otras aptitudes que son igual de importantes, si no más, para su bienestar.

—Vale.

—Soy periodista y he averiguado la verdad de lo que le ocurrió.

—De acuerdo.

—Puedo contarte a grandes rasgos de qué va para que te hagas tu propia idea.

—Bien.

—Tal vez debería empezar comunicándote que Annika Giannini es la abogada de Lisbeth Salander. Ya la conoces.

Anders Jonasson asintió.

—Annika es mi hermana y soy yo quien le paga para que defienda a Lisbeth Salander.

—¿Ah, sí?

—Que es mi hermana lo puedes comprobar en el registro civil. El favor que te voy a pedir no puedo pedírselo a ella. Annika no habla de Lisbeth conmigo: ella también se acoge al secreto profesional y, además, se rige por un reglamento completamente distinto al mío.

—Mmm.

—Supongo que has leído la historia de Lisbeth en los periódicos.

Jonasson hizo un gesto afirmativo.

—La han descrito como una asesina en masa lesbiana, psicótica y enferma mental. Tonterías. Lisbeth Salander no es ninguna psicótica y sin duda está tan cuerda como tú o como yo. Y sus preferencias sexuales no son asunto de nadie.

—Si lo he entendido bien, creo que se han reconsiderado los hechos. Ahora parece ser que se relaciona a ese alemán con los crímenes.

—Lo cual es totalmente correcto. Ronald Niedermann es culpable; no es más que un asesino sin ningún tipo de escrúpulos. Pero Lisbeth tiene enemigos muy malos. Pero malos malos de verdad. Algunos de esos enemigos se encuentran dentro de la policía sueca de seguridad.

Anders Jonasson arqueó las cejas, escéptico.

—Cuando Lisbeth tenía doce años la encerraron en una clínica psiquiátrica de Uppsala porque había tropezado con un secreto que la Säpo quería mantener oculto a cualquier precio. Su padre, Alexander Zalachenko, el mismo que acaba de ser asesinado en tu hospital, es un espía ruso que desertó, una reliquia de la guerra fría. También era un maltratador de mujeres que, año tras año, maltrató a la madre de Lisbeth. Lisbeth le devolvió el golpe cuando tenía doce años e intentó matar a Zalachenko con una bomba incendiaria de gasolina. Fue por eso por lo que la encerraron en la clínica.

—¿Y dónde está el problema? Si intentó matar a su padre, tal vez no faltaran razones para que la ingresaran y recibiera tratamiento psiquiátrico.

—Mi historia, la que voy a publicar, es que la Säpo sabía lo que había estado ocurriendo pero optaron por proteger a Zalachenko porque él era una importante fuente de información. De manera que se inventaron un falso diagnóstico y se aseguraron de que Lisbeth fuera recluida.

Anders Jonasson puso una cara tan escéptica que Mikael no pudo reprimir una sonrisa.

—Tengo pruebas de todo lo que te estoy contando. Y voy a publicar un extenso reportaje para cuando se celebre el juicio de Lisbeth. Créeme: se va a armar la de Dios.

—Me lo imagino.

—Voy a poner en evidencia y atacar duramente a dos médicos que han hecho de chico de los recados para la Säpo y que colaboraron para encerrar a Lisbeth en el manicomio. Los voy a denunciar y seré implacable con ellos. Uno de esos médicos es una persona muy conocida y respetada. Pero, en fin, ya tengo toda la documentación que necesito.

—Lo entiendo. Sería una vergüenza para todo el cuerpo que un médico hubiera estado implicado en algo así.

—No, yo no creo en la culpa colectiva. Es una vergüenza para los implicados. Eso mismo se puede aplicar a la Säpo. No me cabe duda de que hay buena gente trabajando para la Säpo. Pero esto va de un grupo de sectarios. Cuando Lisbeth tenía dieciocho años intentaron encerrarla de nuevo. Esta vez fracasaron, pero fue sometida a tutela administrativa. En el juicio volverán a intentar echar toda la mierda que puedan sobre ella. Yo voy a... o mejor dicho, mi hermana va a luchar para que Lisbeth sea absuelta y se anule su declaración de incapacidad.

—Me parece bien.

—Pero necesita munición. En fin, ya conoces las reglas de este juego. Tal vez debería mencionar también que en esta batalla hay unos cuantos policías que están de su parte. Pero no el fiscal que instruye el caso contra ella.

—Ya.

—Lisbeth necesita ayuda en el juicio.

—De acuerdo, pero yo no soy abogado.

—No. Pero eres médico y tienes acceso a Lisbeth.

Los ojos de Anders Jonasson se entornaron.

—Lo que quiero pedirte es algo no ético y es posible que incluso se vea como una violación de la ley.

—Vaya.

—Pero es lo correcto desde un punto de vista moral. Los derechos de Lisbeth están siendo conscientemente vulnerados por las personas que deberían protegerla.

—¿Ah, sí?

—Puedo ponerte un ejemplo. Como ya sabes, Lisbeth tiene prohibidas las visitas y no puede leer los periódicos ni comunicarse con el exterior. Además, el fiscal también ha conseguido que se imponga a su abogada la obligación de guardar silencio. Annika está respetando el reglamento estoicamente. En cambio, ese mismo fiscal es la principal fuente de filtración de los periodistas que siguen publicando mierda sobre Lisbeth Salander.

—¿De veras?

—Esta historia, sin ir más lejos —Mikael le enseñó uno de los periódicos vespertinos de la semana anterior—. Una fuente de dentro del equipo de investigación afirma que Lisbeth está trastornada, lo que se traduce en que se están creando toda una serie de especulaciones sobre su estado mental.

—He leído el artículo. No dice más que tonterías.

—Entonces, ¿no piensas que Salander esté loca?

—Ahí no me puedo pronunciar. En cambio, sí sé que no se le ha hecho ningún tipo de evaluación psiquiátrica. Así que el artículo es una chorrada.

—Vale. Pero yo puedo documentar que es un policía que se llama Hans Faste y que trabaja para el fiscal Ekström el que ha filtrado esas informaciones.

—Vaya.

—Ekström va a solicitar que el juicio se celebre a puerta cerrada, lo cual significa que nadie de fuera podrá examinar y evaluar las pruebas que hay contra ella. Pero lo peor es que... ahora el fiscal ha aislado a Lisbeth, de modo que no va a poder hacer la investigación que necesita para poder defenderse.

—Si no me equivoco, es su abogada la que debe encargarse de eso.

—Como seguramente te habrá quedado ya claro a estas alturas, Lisbeth es una persona muy especial. Tiene secretos que yo conozco pero que no puedo revelarle a mi hermana. En cambio, Lisbeth puede elegir si quiere utilizarlos como defensa en el juicio.

—Ajá.

—Y para hacerlo, Lisbeth necesita esto.

Mikael puso sobre la mesa el ordenador de mano Palm Tungsten T3 de Lisbeth Salander y un cargador de batería.

—Ésta es el arma más importante con que cuenta Lisbeth en su arsenal. La necesita.

Anders Jonasson miró con suspicacia el ordenador.

—¿Por qué no se lo das a su abogada?

—Porque sólo Lisbeth sabe cómo acceder a las pruebas.

Anders Jonasson permaneció callado durante un buen rato sin tocar el ordenador de mano.

—Déjame que te hable del doctor Peter Teleborian —dijo Mikael mientras sacaba la carpeta donde había reunido todo el material importante.

Permanecieron sentados durante más de dos horas hablando en voz baja.

Eran poco más de las ocho de la tarde del sábado cuando Dragan Armanskij dejó su despacho de Milton Security y fue andando hasta la sinagoga de la congregación de Södermalm de Sankt Paulsgatan. Llamó a la puerta y, tras presentarse, el rabino en persona lo hizo pasar.

—He quedado aquí con un amigo —dijo Armanskij.

—Una planta más arriba. Le enseñaré el camino.

El rabino le ofreció una kipá que Armanskij se puso con no pocas dudas. Se había criado en una familia musulmana donde lo de ponerse una kipá en la cabeza y visitar la sinagoga no formaba precisamente parte de sus hábitos diarios. Se sentía incómodo con ella.

Jan Bublanski también llevaba una.

—Hola, Dragan. Gracias por haberte tomado la molestia de venir. Le he pedido al rabino que nos deje una sala para que podamos hablar con tranquilidad.

Armanskij se sentó enfrente de Bublanski.

—Supongo que tendrás tus razones para andar con tanto secretismo…

—Iré directamente al grano: sé que eres amigo de Lisbeth Salander.

Armanskij asintió.

—Quiero saber lo que tú y Blomkvist habéis tramado para ayudar a Salander.

—¿Y qué te hace creer que estamos tramando algo?

—Pues que el fiscal Richard Ekström me ha preguntado por lo menos una docena de veces qué es lo que en realidad sabéis en Milton Security sobre la investigación de Salander. Y no pregunta por curiosidad sino porque le preocupa que montes algo que pueda tener repercusiones mediáticas.

—Mmm.

—Y si Ekström está preocupado, es porque sabe que estás tramando algo. O por lo menos se lo teme, o supongo que ha hablado con alguien que tiene miedo de que así sea.

—¿Con alguien?

—Dragan, no juegues conmigo al escondite. Tú sabes muy bien que en 1991 Salander fue objeto de un abuso judicial, y tengo miedo de que vaya a ser objeto de otro cuando empiece el juicio.

—Estamos en una democracia y eres policía: si posees alguna información al respecto, debes actuar.

Bublanski hizo un gesto afirmativo.

—Pienso actuar. La cuestión es cómo.

—Venga, dime lo que tengas que decirme.

—Quiero saber en qué andáis metidos Blomkvist y tú. Supongo que no os habéis quedado de brazos cruzados.

—Es complicado. ¿Cómo sé que me puedo fiar de ti?

—Hay un informe de 1991 que Mikael Blomkvist encontró…

—Lo conozco.

—Ya no tengo acceso a ese informe.

—Yo tampoco. Las dos copias que Blomkvist y su hermana tenían se han extraviado.

—¿Extraviado? —preguntó Bublanski.

—La copia de Blomkvist se la llevaron cuando entraron a robar en su casa, y la de Annika Giannini se la quitaron en un atraco en Gotemburgo. Todo eso ocurrió el mismo día en que mataron a Zalachenko.

Bublanski permaneció callado un largo rato.

—¿Por qué no sabemos nada de ese asunto?

—Mikael Blomkvist lo expresó así: sólo existe un momento bueno para publicar y una infinita cantidad de momentos malos.

—Pero vosotros... o sea, él... ¿piensa publicarlo?

Armanskij asintió.

—Un atraco en Gotemburgo y un robo aquí, en Estocolmo. El mismo día. Eso significa que nuestros enemigos están bien organizados —comentó Bublanski.

—Además, tal vez deba añadir que tenemos pruebas de que el teléfono de Giannini está pinchado.

—Aquí hay alguien que está cometiendo una larga serie de delitos.

—Por lo tanto, la cuestión es saber quién es nuestro enemigo —concluyó Dragan Armanskij.

—Eso es. En última instancia es la Säpo la que tiene interés en silenciar el informe de Björck. Pero, Dragan... estamos hablando de la policía de seguridad sueca. Es una autoridad estatal. No me creo que esto sea algo consentido por la Säpo. Ni siquiera creo que sean capaces de orquestar algo así.

—Ya lo sé. A mí también me cuesta digerir todo esto. Por no mencionar el hecho de que alguien entre en el hospital de Sahlgrenska y le vuele la tapa de los sesos a Zalachenko.

Bublanski permaneció callado. Armanskij remató la faena:

—Y al mismo tiempo Gunnar Björck va y se ahorca.

—Así que creéis que se trata de crímenes premeditados. Conozco a Marcus Erlander, el que hizo la investigación en Gotemburgo. No encuentra nada que indique que fuera algo más que el acto impulsivo de una persona enferma. Y hemos investigado la muerte de Björck minuciosamente. Todo apunta a que fue un suicidio.

Armanskij movía la cabeza mientras escuchaba.

—Evert Gullberg, setenta y ocho años, enfermo de cáncer y a punto de morir, tratado por depresión clínica unos meses antes del asesinato. He puesto a Fräklund a que saque todo lo que pueda sobre Gullberg de los archivos públicos.

—¿Y?

—Hizo el servicio militar en Karlskrona en los años cuarenta, estudió Derecho y luego se introdujo en el mundo de las empresas privadas como asesor fiscal. Durante más de treinta años tuvo un despacho aquí, en Estocolmo: perfil discreto, clientes privados... quienesquiera que fueran. Se jubiló en 1991. Regresó a su ciudad natal, Laholm, en 1994... Nada que destacar.

—Pero...

—Excepto unos detalles desconcertantes. Fräklund no ha podido hallar en ningún sitio ninguna referencia a Gullberg. Jamás se le ha mencionado en ningún periódico y no hay nadie que sepa qué clientes tenía. Es como si nunca hubiese existido como profesional.

—¿Qué quieres decir?

—La Säpo es la conexión obvia. Zalachenko era un desertor ruso; ¿y quién mejor para ocuparse de él que la Säpo? Y luego está lo de la capacidad de organización que fue necesaria para conseguir que en 1991 encerraran a Lisbeth Salander en el psiquiátrico. Por no hablar de robos, atracos y teléfonos pinchados quince años después... Pero yo tampoco creo que la Säpo esté detrás de esto. Mikael Blomkvist los llama *El club de Zalachenko*... una pequeña secta compuesta por veteranos y fríos guerreros salidos de su hibernación que se esconden en algún oscuro pasillo de la Säpo.

Bublanski asintió.

—¿Y qué podemos hacer?

Capítulo 12

Domingo, 15 de mayo –
Lunes, 16 de mayo

El comisario Torsten Edklinth, jefe del Departamento de protección constitucional de la Säpo, se pellizcó el lóbulo de la oreja mientras, pensativo, contemplaba al director ejecutivo de la prestigiosa empresa de seguridad Milton Security, quien de pronto lo había llamado para insistir en invitarlo a cenar el domingo en su casa de Lidingö. La esposa de Armanskij, Ritva, les había servido un guiso delicioso. Comieron y mantuvieron una educada conversación. Edklinth se preguntaba qué sería en realidad lo que quería Armanskij. Después de la cena, Ritva se fue al sofá para ver la tele y los dejó solos en la mesa. Armanskij empezó a contar la historia de Lisbeth Salander paso a paso.

Edklinth giraba lentamente la copa del vino tinto.

Dragan Armanskij no era ningún tonto. Eso ya lo sabía.

Edklinth y Armanskij se conocían desde hacía doce años, cuando una diputada de izquierdas recibió una serie de anónimas amenazas de muerte. Ella lo puso en conocimiento del líder del grupo de su partido, tras lo cual se informó al departamento de seguridad del Riksdag. Se trataba de vulgares amenazas que daban a entender que su desconocido autor poseía ciertos conocimientos personales sobre la diputada. La historia fue, por consiguiente, objeto de interés de la policía de seguridad. La diputada recibió protección mientras duró la investigación.

Por aquel entonces, el Departamento de protección personal contaba con el presupuesto más pequeño de toda la Säpo. Sus recursos eran muy limitados. La brigada responde de la protección de la Casa Real y del primer ministro, así como —según las necesidades— de ciertos ministros y líderes de partidos políticos. Esas necesidades superan a menudo los recursos; en realidad, la mayoría de los políticos suecos carece de todo tipo de protección personal seria. La diputada en cuestión recibió protección en algunos actos públicos en los que participaba, pero al acabar la jornada laboral la abandonaban a su suerte; o sea, justo en ese momento en el que aumenta la probabilidad de que un chiflado que se dedica a perseguir a una persona pase a la acción. La desconfianza de la diputada en la capacidad de la policía para protegerla se incrementó rápidamente.

Vivía en un chalet de Nacka. Una noche en la que llegó tarde a casa, tras haber librado una larga batalla con los de la comisión de finanzas, descubrió que alguien había entrado en su domicilio forzando la puerta de la terraza y había escrito denigrantes epítetos sexuales en la pared del salón, además de haberse masturbado en su dormitorio. Por eso cogió el teléfono y contrató a Milton Security, para que ellos se encargaran de su protección personal. No informó a la Säpo de esa decisión, de modo que cuando a la mañana siguiente fue a dar una charla a un colegio de Täby se produjo una colisión frontal entre los matones del Estado y los privados.

En aquella época, Torsten Edklinth era jefe adjunto en funciones del Departamento de protección personal. Por puro instinto, odiaba una situación en la que esos matones privados realizaran las tareas encomendadas a los matones públicos. Pero también se dio cuenta de que las quejas de la diputada estaban justificadas: su cama manchada constituía una prueba más que suficiente de la ineficacia del Estado. En vez de empezar a medirse las fuerzas, Edklinth se calmó, reflexionó e invitó a comer al jefe de Milton Security, Dragan Armanskij. Llegaron a la conclusión de que la situación tal vez resultara más seria de lo que en un principio había sospechado la Säpo y de que había razones de sobra para reforzar la protección de la diputada. Edklinth también era lo bastante inteligente como para percatarse de que la gente de Armanskij no sólo poseía la competencia requerida para realizar el trabajo, sino también una preparación similar —como mínimo— a la de la policía y hasta era probable que un equipamiento técnico mucho mejor. Resolvieron el problema haciendo que la gente de Armanskij asumiera toda la responsabilidad de la protección personal y que la Säpo se encargara de la investigación criminal y de pagar la factura.

Los dos hombres descubrieron que se caían bien y que tenían facilidad para colaborar, algo que, a lo largo de los años, volvería a suceder en otras muchas ocasiones. Desde entonces, Edklinth tenía un gran respeto por la competencia profesional de Dragan Armanskij, de modo que cuando éste lo invitó a cenar para mantener una conversación privada y en confianza se mostró dispuesto a escucharlo.

Lo que nunca se habría imaginado, sin embargo, era que Armanskij le pusiera en las manos una bomba con la mecha encendida.

—A ver si te he entendido bien: ¿me estás diciendo que la policía de seguridad se dedica a actividades criminales?

—No —dijo Armanskij—. No me has entendido. Lo que te estoy diciendo es que algunas personas pertenecientes a la policía de seguridad se dedican a eso. No creo ni por un momento que esto cuente con el beneplácito de la dirección de la Säpo o que tenga algún tipo de aprobación estatal.

Edklinth contempló las fotos que Christer Malm le

hizo al hombre que se metió en un coche cuya matrícula empezaba con las letras KAB.

—Dragan… Esto no es una *practical joke*, ¿verdad?

—Ojalá fuera una broma.

Edklinth meditó un rato.

—¿Y qué diablos quieres que haga yo?

A la mañana siguiente, Torsten Edklinth limpió con gran meticulosidad sus gafas mientras reflexionaba. Era un hombre de pelo canoso, de grandes orejas y enérgico rostro. Sin embargo, en ese instante, su semblante parecía más desconcertado que otra cosa. Se encontraba en su despacho de la jefatura de policía de Kungsholmen y había pasado gran parte de la noche cavilando sobre cómo iba a manejar la información que Dragan Armanskij le había proporcionado.

No eran ideas agradables. La policía de seguridad era la institución sueca a la que todos los partidos políticos (bueno, casi todos) le concedían un valor imprescindible y de la que, al mismo tiempo, todos parecían desconfiar atribuyéndole disparatadas teorías conspirativas. Era innegable que los escándalos habían sido muchos, sobre todo en la década de los setenta, dominada por ideas tan radicalmente izquierdistas, cuando, a decir verdad, se produjeron algunos… llamémoslos desaciertos constitucionales. Pero después de que la Säpo fuera objeto de cinco investigaciones realizadas por comisiones estatales, todas duramente criticadas, una nueva generación de funcionarios había tomado el relevo. Se trataba de una escuela más joven de activistas reclutados de entre las brigadas de delitos económicos, de armas y de fraudes de la auténtica policía: agentes acostumbrados a investigar delitos de verdad, y no fantasías políticas.

La policía de seguridad se modernizó y, sobre todo, la protección constitucional adquirió un nuevo y más destacado papel. Su misión, tal y como se formulaba en las instrucciones del gobierno, consistía en prevenir y descubrir las amenazas que pudieran atentar contra la seguridad interior del Reino. Por tal se entendía toda *actividad ilegal que, por medio de la violencia, las amenazas o la fuerza, pretendiera modificar nuestra Constitución, provocar que los órganos políticos o las autoridades estatales tomaran decisiones en una determinada dirección o impedir que los ciudadanos ejercieran las libertades y los derechos establecidos en la Constitución.*

La misión de la protección constitucional era, por consiguiente, defender la democracia sueca de reales o presuntos intentos antidemocráticos. Ahí entraban, especialmente, los anarquistas y los nazis. Los anarquistas porque se empeñaban en practicar la desobediencia civil provocando incendios en peleterías; los nazis porque eran nazis y, por definición, enemigos de la democracia.

Con la carrera de Derecho a sus espaldas, Torsten Edklinth empezó como fiscal y luego entró en la Säpo, donde llevaba veintiún años. Al principio trabajó sobre el terreno llevando todo lo referente a protección personal y luego pasó a protección constitucional, donde sus tareas estuvieron a caballo entre el análisis y la gestión administrativa para, algún tiempo después, acabar siendo el director del departamento. En otras palabras, era el jefe supremo de la parte policial de la defensa de la democracia sueca. El comisario Torsten Edklinth se consideraba a sí mismo demócrata. En ese sentido, la definición era sencilla: la Constitución era dictada por el Riksdag y el cometido que él tenía consistía en velar por que se mantuviera intacta.

La democracia sueca se basa en una sola ley y puede expresarse con las letras LFLE, que significan Ley Fundamental de la Libertad de Expresión. La LFLE establece el derecho imprescindible que cada persona tiene a decir, opinar, pensar y creer lo que le apetezca. A este derecho se acogen todos los ciudadanos suecos, desde el nazi más chalado hasta el anarquista que tira piedras, pasando por los que quedan en medio.

Todas las demás leyes fundamentales, como por ejemplo la Constitución, son solamente las florituras prácticas de la libertad de expresión. Por lo tanto, la LFLE es la ley en la que se sustenta la democracia. Edklinth consideraba que su misión primordial consistía en defender los derechos legales que los ciudadanos suecos tienen a opinar y decir exactamente lo que deseen, aunque no compartiera ni por un momento el contenido de sus opiniones o de sus palabras.

Esta libertad, sin embargo, no significa que esté todo permitido, algo que ciertos fundamentalistas de la libertad de expresión —sobre todo pedófilos y grupos racistas— intentan defender en el debate político-cultural. Toda democracia tiene sus limitaciones, y los límites de la LFLE están establecidos por la Ley de la Libertad de Prensa, la LLP. Esta ley establece, en principio, cuatro limitaciones de la democracia. Está prohibido publicar pornografía infantil y ciertas descripciones de violencia sexual independientemente del nivel artístico que el autor pretenda imprimirles. Está prohibido incitar a la revuelta y animar a cometer delitos. Está prohibido difamar o calumniar a otra persona. Y está prohibido acosar a un grupo étnico.

También la LLP fue establecida por el Riksdag y contiene esas limitaciones de la democracia que son aceptables tanto social como democráticamente; es decir, ese contrato social que constituye el marco de una sociedad civilizada. La esencia de la legislación reside en que ningún ser humano tiene derecho a acosar o humillar a otra persona.

Siendo la LFLE y la LLP leyes, se requiere una autoridad estatal capaz de garantizar su cumplimiento. En Suecia esa función se ha repartido en dos instituciones,

345

una de las cuales, la Procuraduría General de Justicia, tiene como misión procesar al que comete una violación de la LLP.

En ese sentido, Torsten Edklinth se sentía cualquier cosa menos satisfecho. Consideraba que la Procuraduría General de Justicia era, por tradición, demasiado permisiva a la hora de procesar lo que en realidad constituían claras violaciones de la Constitución sueca. La PGJ solía contestar que el principio de la democracia era tan importante que sólo debía intervenir y dictar auto de procesamiento en casos de extrema necesidad. Sin embargo, durante los últimos años, esa actitud se había empezado a cuestionar cada vez más, en especial desde que el secretario general de la Comisión de Helsinki sueca, Robert Hårdh, encargara un informe que examinaba la falta de iniciativa de la PGJ durante los últimos años. El informe constató que resultaba prácticamente imposible procesar y conseguir que se condenara a alguien por acosar a un grupo étnico.

La otra institución era el Departamento de protección constitucional de la policía de seguridad, y el comisario Torsten Edklinth se tomó esta misión con la máxima seriedad. Consideraba que se trataba del cargo más importante y más bonito que podía tener un policía, y no cambiaría su puesto por ningún otro de toda la Suecia policial y judicial. Era, simplemente, el único policía del país que tenía como misión la de ser policía político. Se hallaba ante una misión delicada que exigía una gran sabiduría a la par que un milimétrico sentido de la justicia, ya que la experiencia de demasiados países demostraba que una policía política podía convertirse fácilmente en la mayor amenaza de la democracia.

En general, tanto los medios de comunicación como los ciudadanos pensaban que la principal tarea de la protección constitucional era controlar a los nazis y a los veganos militantes. Ciertamente, ese tipo de manifestaciones acaparaba una importante parte del interés de la protección constitucional, pero, aparte de eso, había una larga lista de instituciones y fenómenos de los que también se debía ocupar el departamento. Si al rey, pongamos por caso, o al jefe del Estado Mayor de la Defensa se les antojara decir que el parlamentarismo ya había cumplido sus días y que el Riksdag debía ser reemplazado por una dictadura militar o algo parecido, entonces el rey o el jefe del Estado Mayor pasarían rápidamente a ser objeto de interés de la protección constitucional. Y si a un grupo de policías se les ocurriese estirar los límites de la legalidad hasta el punto de que se vieran reducidos los derechos constitucionales de un individuo, entonces también la protección constitucional se vería obligada a actuar. En esos casos tan serios, además, la investigación debería ser realizada por la Fiscalía General del Estado.

El problema era, por supuesto, que la protección constitucional tenía, casi exclusivamente, una función analítica y controladora y ninguna actividad operativa. Por eso, por regla general, era la policía normal u otros departamentos dentro de la policía de seguridad los que intervenían cuando había que detener a los nazis.

A ojos de Torsten Edklinth, esta circunstancia resultaba profundamente insatisfactoria. Casi todos los países normales cuentan, de una u otra forma, con un tribunal constitucional independiente cuya misión consiste en, entre otras muchas, asegurarse de que las autoridades no violen los principios democráticos. En Suecia esta tarea la realizan el Procurador General de Justicia o el Defensor del Pueblo, quienes, sin embargo, sólo pueden dejarse guiar por lo que otros han decidido. Si Suecia hubiese tenido un tribunal constitucional, entonces la abogada de Lisbeth Salander podría haber procesado inmediatamente al Estado sueco por violar los derechos constitucionales de su clienta. Y el tribunal podría haber pedido que se pusieran todos los papeles sobre la mesa y obligado a comparecer a quien se le hubiese antojado —incluso al primer ministro— hasta que el asunto se esclareciera. Tal y como ahora estaban las cosas, el abogado podría poner, como mucho, una denuncia al Defensor del Pueblo, quien, sin embargo, no tenía atribuciones para presentarse en las oficinas de la policía de seguridad y empezar a exigir que le entregaran documentos.

Desde hacía muchos años, Torsten Edklinth había sido un ferviente defensor de la instauración de un tribunal constitucional. De haber existido, ahora habría podido ocuparse de la información proporcionada por Dragan Armanskij de una manera muy sencilla: redactando una denuncia policial y entregándole la documentación al tribunal. De ese modo se habría iniciado un inexorable proceso.

Sin embargo, tal y como estaban las cosas en la actualidad, Torsten Edklinth carecía de poderes jurídicos para iniciar la instrucción de un caso.

Suspiró y se metió un *snus* en la boca.

Si la información de Dragan Armanskij era cierta, entonces se encontraban ante un caso en el que unos cuantos policías de seguridad que ocupaban cargos importantes habían hecho la vista gorda ante una serie de graves delitos contra los derechos de una mujer sueca; luego, con mentiras, encerraron a su hija en un hospital psiquiátrico y por último le dieron carta blanca a un ex espía ruso para que se dedicara al tráfico de armas, drogas y mujeres. Torsten Edklinth frunció los labios. No quería ni empezar a contar el número de veces que se habría violado la ley en toda esta historia. Por no hablar del robo en la casa de Mikael Blomkvist, el atraco a la abogada de Lisbeth Salander y posiblemente —algo que Torsten Edklinth se negaba a creer— la participación en el asesinato de Alexander Zalachenko.

En fin, un lío en el que a Torsten Edklinth no le apetecía lo más mínimo verse involucrado. Por desgracia, ya lo estaba desde el mismo instante en el que Dragan Armanskij lo invitó a cenar.

Por consiguiente, la pregunta a la que tenía que dar respuesta era cómo manejar la situación. Esa respuesta era formalmente sencilla: si la historia de Armanskij resultaba ser cierta, a Lisbeth Salander —si no a más personas— la habían privado en grado sumo de la posibilidad de ejercer sus derechos y libertades constitucionales.

Ante sus ojos se abrió, asimismo, un verdadero enjambre de sospechas sobre si ciertos órganos políticos o algunas autoridades estatales habrían sido obligados a tomar decisiones en una determinada dirección, algo que llegaba hasta el mismo núcleo de la misión de la protección constitucional. Torsten Edklinth era un policía que conocía la existencia de un posible delito y tenía, por lo tanto, la obligación de contactar con un fiscal y poner una denuncia. Desde un punto de vista más informal, la respuesta no resultaba tan sencilla. Francamente, era complicado.

La inspectora Monica Figuerola, a pesar de su tan poco sueco apellido, nació en Dalecarlia en el seno de una familia cuyos antepasados se instalaron en Suecia como poco en los tiempos de Gustav Vasa. Era una mujer cuya presencia se hacía notar. Y eso se debía a varias circunstancias. Tenía treinta y seis años de edad, ojos azules y medía un metro y ochenta y cuatro centímetros. Su pelo era de un rubio trigueño, corto y rizado. Era guapa y se vestía de una forma que sabía que la hacía atractiva.

Y tenía un cuerpo excepcionalmente atlético.

Esto último se debía a que, de joven, se dedicó al atletismo de élite; incluso estuvo a punto de entrar en el equipo nacional sueco para competir en los Juegos Olímpicos cuando contaba diecisiete años. Ya hacía mucho que había abandonado el atletismo, pero seguía entrenándose afanosamente en el gimnasio cinco días por semana.

Se entregaba tanto al ejercicio que las endorfinas funcionaban como una droga que le producía síndrome de abstinencia cada vez que lo dejaba. Corría, jugaba al tenis, practicaba kárate y levantaba pesas; además, durante más de diez años se dedicó en serio al culturismo. Sin embargo, redujo la actividad de esta variante extrema de culto al cuerpo dos años antes, en una época en la que se pasaba dos horas diarias en el gimnasio. Ahora tan sólo lo practicaba unos cuantos minutos al día. No obstante, visto en su conjunto, el ejercicio que practicaba seguía siendo de tal calibre y su cuerpo estaba tan musculado que sus malintencionados colegas solían llamarla «señor Figuerola». Cuando se ponía camisetas de tirantes o vestidos de verano, a nadie le pasaban inadvertidos sus bíceps ni sus omoplatos.

Algo que molestaba a muchos de sus compañeros de trabajo masculinos —aparte de su constitución física— era el hecho de que, además, fuera algo más que una cara bonita. Acabó el bachillerato obteniendo las mejores notas posibles, ingresó en la Academia de policía con poco más de veinte años y, terminada su formación, trabajó en la policía de Uppsala durante nueve años, mientras estudiaba Derecho en su tiempo libre. Por puro gusto, hizo también la carrera de Ciencias Políticas. No le costaba nada memorizar y analizar conocimientos. Raramente leía novelas policíacas u otra literatura de entretenimiento. En cambio, se sumergía con gran interés en libros que versaban sobre temas de lo más variopinto, desde el Derecho internacional hasta la historia de la Antigüedad.

Estando en la policía pasó de trabajar en el servicio de patrulla —lo que representó una gran pérdida para la seguridad callejera de Uppsala— a ocupar un puesto como inspectora, en un primer momento en la brigada de delitos violentos y más tarde en la brigada especializada en delitos económicos. En el año 2000 solicitó plaza en la policía de seguridad de Uppsala y en el año 2001 se trasladó a Estocolmo. Al principio trabajó en el contraespionaje pero, casi de inmediato, Torsten Edklinth —que daba la casualidad de que conocía al padre de Monica Figuerola y que había seguido de cerca la carrera de la chica— se la llevó al Departamento de protección constitucional.

Cuando finalmente Edklinth decidió que, tras lo que le había contado Armanskij, tenía que actuar, meditó un instante y luego llamó a Monica Figuerola para que se presentara en su despacho. Ella llevaba menos de tres años en protección constitucional, lo cual significaba que seguía siendo más un policía de verdad que un guerrero chupatintas.

Ese día iba vestida con unos vaqueros ceñidos, unas sandalias de color turquesa con un ligero tacón y una americana azul marino.

—¿En qué andas trabajando ahora? —preguntó Edklinth mientras la invitaba a sentarse.

—Estamos investigando el robo que se cometió hace dos semanas en ese supermercado de barrio de Sunne.

La policía de seguridad no solía investigar robos producidos contra supermercados; ese tipo de trabajo policial le correspondía exclusivamente a la policía ordinaria. Monica Figuerola era la jefa de una sección compuesta por cinco colaboradores que se dedicaban a analizar la delincuencia política. La herramienta más importante con que contaban consistía en una serie de ordenadores que estaban conectados con la información de incidencias de la *policía abierta*. Prácticamente todas las denuncias que se hacían en todos los distritos policiales de Suecia pasaban por los ordenadores que estaban al mando de Monica Figuerola. Los equipos poseían un *software* que escaneaba automáticamente todos los informes policiales y que tenía por objeto reaccionar a trescientos diez términos específicos, como por ejemplo moraco, cabeza rapada, esvástica, inmigrante, anarquista, saludo hitleriano, nazi, nacionaldemócrata, traidor nacional, puta judía o follanegros. Si uno de esos términos figuraba en un informe policial, el ordenador les daba el aviso y el informe en cuestión se sacaba y se examinaba de modo individual. Dependiendo de la situación, luego se podía solicitar el sumario y seguir estudiando el caso.

Una de las tareas de la protección constitucional es la de publicar todos los años el informe *Amenazas contra la seguridad nacional*, que constituye la única estadística fiable sobre la delincuencia política. Dicha estadística se basa exclusivamente en denuncias efectuadas en comisarías locales. En el caso del robo del supermercado de Sunne, el ordenador reaccionó ante tres términos clave: inmigrante, charretera y moraco. Dos jóvenes enmascarados, con amenazas y a punta de pistola, habían robado en un supermercado de barrio cuyo propietario era inmigrante. Se hicieron con una suma de dinero que ascendía a dos mil setecientas ochenta coronas, además de con un cartón de cigarrillos. Uno de los atracadores llevaba una cazadora de media cintura con una bandera sueca en las charreteras del hombro. El otro joven le gritó varias veces «puto moraco» al dueño de la tienda y lo obligó a tumbarse en el suelo.

Todo eso en su conjunto fue suficiente para que los colaboradores de Figuerola sacaran el sumario e intentaran averiguar si los atracadores tenían algún vínculo con las pandillas de nazis locales de la provincia de Värmland y si, en tal caso, el robo podría ser etiquetado de racista, ya que uno de los atracadores había manifestado opiniones racistas. De ser así, dicho robo constituiría uno más de los datos que engrosarían la estadística del año siguiente, algo que luego se analizaría y se adjuntaría a la estadística europea que las oficinas de la UE de Viena publicaban anualmente. También podría darse el caso de que los atracadores fueran *boy scouts* que se habían comprado una cazadora Frövik con la bandera sueca, que fuese pura casualidad que el propietario del supermercado resultara ser inmigrante y que se hubiese pronunciado el término «moraco». En ese caso, el departamento de Figuerola suprimiría el robo de las estadísticas.

—Tengo una misión complicada para ti —dijo Torsten Edklinth.

—Vale —contestó Monica Figuerola.

—Es un trabajo que acarrea el potencial riesgo de llevarte a la más absoluta desgracia e incluso acabar con tu carrera profesional.

—Entiendo.

—Sin embargo, si tienes éxito y las cosas salen bien, puede suponer un gran avance profesional. He pensado en trasladarte a la unidad operativa del Departamento de protección constitucional.

—Perdona que te lo diga, pero la protección constitucional no tiene unidad operativa.

—Sí —le respondió Torsten Edklinth—. Ahora sí. La he creado esta misma mañana. De momento sólo cuenta con una persona: tú.

Monica Figuerola puso cara de escepticismo.

—La misión de la protección constitucional es proteger la Constitución de una amenaza interna, lo que por regla general significa nazis o anarquistas. Pero ¿qué hacemos si resulta que la amenaza proviene de nuestra propia organización?

Edklinth dedicó la siguiente media hora a relatar toda aquella historia que Dragan Armanskij le contó la noche anterior.

—¿Quién es la fuente de todas esas afirmaciones? —preguntó Monica Figuerola.

—Eso, de momento, carece de importancia. Céntrate en la información que nos ha facilitado.

—Lo que quiero saber es si tú consideras que esa fuente tiene credibilidad.

—La conozco desde hace muchos años y considero que es una persona de la máxima credibilidad.

—Es que suena completamente… No sé: decir inverosímil es quedarse corta.

Edklinth asintió.

—A una novela de espías —precisó.

—¿Y qué es lo quieres que haga?

—Desde este mismo instante quedas relevada de todas las demás tareas. Tu única misión es ésta: averiguar el grado de veracidad de esta historia. Debes verificar o desechar las afirmaciones. Sólo me informarás a mí; a nadie más.

—¡Dios mío! —exclamó Monica Figuerola—. Ahora entiendo a qué te referías con eso de que podría llevarme a la desgracia.

—Sí. Pero si la historia es verdadera… si tan sólo una mínima fracción de todas esas declaraciones es verdadera, tendremos que hacer frente a una crisis constitucional.

—¿Por dónde empiezo? ¿Cómo lo hago?

—Empieza por lo más fácil. Empieza con la lectura de aquel informe que redactó Gunnar Björck en 1991. Después quiero que identifiques a las personas que, supuestamente, están persiguiendo a Mikael Blomkvist. Según mi fuente, el propietario del coche es un tal Göran Mårtensson, de cuarenta años de edad, policía y residente en Vittangigatan, en Vällingby. Luego identifica a la otra persona que aparece en las fotos que hizo el fotógrafo de Mikael Blomkvist. Este joven rubio de aquí.

—De acuerdo.

—A continuación deberás investigar el pasado de Evert Gullberg. Yo no he oído hablar de él en mi vida, pero, según mi fuente, tiene que existir algún vínculo con la policía de seguridad.

—Eso quiere decir que alguien de aquí contrató a un

viejo de setenta y ocho años para que asesinara a un espía. No me lo creo.

—Aun así, debes comprobarlo. Y la investigación la harás en secreto. Consúltame antes si piensas tomar alguna medida concreta. No quiero que esto levante olas.

—Lo que me estás pidiendo supone una investigación enorme. ¿Cómo voy a poder hacerla yo sola?

—No vas a estar sola. Si acaso al principio. Si vuelves y me dices que no has encontrado nada, pues ya está y nos olvidamos del asunto. Pero si das con algo sospechoso, ya decidiremos cómo seguir.

Monica Figuerola dedicó la hora del almuerzo a levantar pesas en el gimnasio de la policía. Su comida consistió en un bocadillo de albóndigas con ensaladilla de remolacha y un café solo que se llevó a su despacho al volver del gimnasio. Cerró la puerta, limpió su mesa y se puso a leer el informe de Gunnar Björck mientras se tomaba el bocadillo.

También leyó el anexo con la correspondencia que mantuvieron Björck y el doctor Peter Teleborian. Apuntó cada nombre y cada hecho concreto que figuraba en el informe y que podía ser objeto de verificación. Al cabo de dos horas se levantó y fue a por más café a la máquina. Al salir del despacho cerró la puerta con llave, algo que formaba parte de las rutinas de la DGP/Seg.

Lo primero que hizo fue comprobar el número de registro del informe. Llamó al encargado del registro, quien le comunicó que no existía ningún informe con ese número. El segundo paso consistió en consultar una hemeroteca. Allí hubo más suerte. Los dos periódicos vespertinos y uno de los matutinos habían informado de que, aquel día, una persona había sufrido graves quemaduras en el incendio de un coche en Lundagatan. La víctima del incidente era un hombre de mediana edad cuyo nombre no se revelaba. Uno de los vespertinos decía, además, que, según un testigo, el incendio había sido provocado por una niña pequeña. Ésa sería, por tanto, la famosa bomba incendiaria que Lisbeth Salander le tiró a un agente ruso llamado Zalachenko. Por lo menos, eso sí parecía ser cierto.

Gunnar Björck, que figuraba como el autor del informe, existió en realidad. Se trataba de una persona conocida que había ocupado un cargo importante en el Departamento de extranjería, que estuvo de baja debido a una hernia discal y que, por desgracia, acabó suicidándose.

No obstante, el Departamento de recursos humanos no podía informar sobre las actividades realizadas por Gunnar Björck en 1991. Esa información era confidencial incluso para otros colaboradores de la DGP/Seg. Normas de la casa.

Que Lisbeth Salander residió en Lundagatan en el año 1991 y que se pasó los dos siguientes años en la clínica psiquiátrica de Sankt Stefan eran datos fáciles de verificar. En lo relativo a esos detalles por lo menos, la realidad no parecía contradecir el contenido del informe.

Peter Teleborian era un conocido psiquiatra que solía dejarse ver por la tele. Había trabajado en Sankt Stefan en 1991 y en la actualidad era el médico jefe de la clínica.

Monica Figuerola reflexionó un largo rato sobre el significado del informe. Luego llamó al jefe adjunto del Departamento de personal.

—Tengo una pregunta complicada —anunció.

—¿Cuál?

—Estamos haciendo un análisis que trata de evaluar la credibilidad de una persona y su salud psíquica general. Necesito contactar con un psiquiatra u otro experto que tenga autorización para acceder a información clasificada. Me han hablado de un tal doctor Peter Teleborian y me gustaría saber si podría contratarle.

La respuesta se hizo esperar un rato.

—El doctor Peter Teleborian ha sido asesor externo de la Seg en un par de ocasiones. Está autorizado y puedes hablar con él, en términos generales, sobre información clasificada. Pero antes de dirigirte a él, debes seguir el procedimiento burocrático habitual: tu jefe tiene que dar su visto bueno y hacer una petición formal.

A Monica Figuerola se le encogió ligeramente el corazón. Acababa de verificar un dato que era imposible que se conociera fuera de un círculo muy reducido de personas: Peter Teleborian había tenido que ver con la DGP/Seg. Con ese dato, la credibilidad del informe quedaba reforzada.

Dejó de lado el informe y se dedicó al resto de la información que le había proporcionado Torsten Edklinth. Estudió las fotos de Christer Malm de las dos personas que, presuntamente, siguieron a Mikael Blomkvist desde el café Copacabana el uno de mayo.

Consultó el registro de coches y constató que, en efecto, Göran Mårtensson existía y poseía un Volvo gris con la matrícula en cuestión. Luego, a través del Departamento de recursos humanos, pudo confirmar que era empleado de la DGP/Seg. Se trataba de la comprobación más sencilla que podía efectuar y también esa circunstancia parecía ser correcta. El corazón se le encogió un poco más.

Göran Mårtensson trabajaba en protección personal. Era guardaespaldas. Formaba parte de ese grupo de colaboradores que, en numerosas ocasiones, se había encargado de la seguridad del primer ministro. Sin embargo, hacía unas cuantas semanas que estaba en comisión de servicios en el Departamento de contraespionaje. La había iniciado el 10 de abril, unos días después de que Alexander Zalachenko y Lisbeth Salander hubieran sido ingresados en el hospital de Sahlgrenska; no obstante, ese tipo de traslados no eran nada raros si faltaba personal para algún asunto urgente.

A continuación, Monica Figuerola llamó al jefe adjunto de contraespionaje, un hombre al que conocía personalmente y para el que había trabajado durante su breve estancia en ese departamento. Le preguntó si Göran Mårtensson estaba ocupado con alguna misión importante y si podría cedérselo para una investigación de la protección constitucional.

El jefe adjunto del contraespionaje se quedó perplejo. Sin duda la habían informado mal: Göran Mårtensson, de protección personal, no se hallaba allí en comisión de servicios. Lo sentía mucho.

Monica Figuerola colgó el teléfono y se quedó mirándolo durante dos minutos. En protección personal pensaban que Göran Mårtensson se hallaba en contraespionaje. Pero allí no estaba. Ese tipo de traslados tienen que ser aprobados y gestionados por el jefe administrativo. Se estiró para coger el teléfono y llamarlo, pero se detuvo. Si los de protección personal hubiesen trasladado a Mårtensson, el jefe administrativo tendría que haber dado su visto bueno. Pero Mårtensson no se encontraba en contraespionaje. Algo que el jefe administrativo tenía que saber. Y si hubiesen trasladado a Mårtensson a algún departamento que se dedicara a seguir a Mikael Blomkvist, el jefe administrativo también debería estar al corriente de eso.

Torsten Edklinth le había dicho que no levantara olas. Preguntar al jefe administrativo podría ser sinónimo de tirar una piedra muy grande en un pequeño estanque.

Erika Berger suspiró aliviada cuando, poco después de las diez y media de la mañana del lunes, se sentó tras la mesa de su cubo de cristal. Necesitaba imperiosamente la taza de café que acababa de traerse de la máquina. Había pasado las primeras horas de trabajo en dos reuniones. La primera había sido una reunión matinal de quince minutos en la que el secretario de redacción Peter Fredriksson trazó las directrices de trabajo de ese día. Ante la escasa confianza que le inspiraba Anders Holm, Erika se vio obligada a fiarse cada vez más del juicio de Fredriksson. La otra fue una reunión de una hora de duración con el presidente de la junta directiva, Magnus Borgsjö, el jefe de asuntos económicos del *SMP*, Christer Sellberg, y el responsable del presupuesto, Ulf Flodin. La reunión versó sobre el descenso del mercado publicitario y la bajada de ventas del periódico. Tanto el responsable del presupuesto como el jefe de asuntos económicos se mostraron de acuerdo en que había que tomar medidas para reducir el déficit del *SMP*.

—El primer trimestre de este año nos hemos mantenido a flote gracias a una ligera subida del mercado publicitario y a la jubilación de dos colaboradores. Sus puestos quedan vacantes —dijo Ulf Flodin—. Es muy probable que consigamos acabar el actual trimestre con un déficit muy pequeño. Pero no cabe duda de que los periódicos gratuitos *Metro* y *Stockholm City* siguen comiéndose el mercado publicitario de Estocolmo. El único pronóstico que podemos ofrecer para el tercer trimestre es que tendrá un claro déficit.

—¿Y cómo hacemos frente a eso? —preguntó Borgsjö.

—La única alternativa razonable son los recortes. No reducimos la plantilla desde el año 2002. Pero calculo que antes de fin de año nos veremos obligados a prescindir de al menos diez puestos.

—¿Cuáles? —preguntó Erika Berger.

—Tenemos que actuar según el principio del cortaquesos y quitar un puesto aquí y otro allá. La redacción de deportes tiene ahora seis puestos y medio. Habrá que reducir la plantilla a cinco empleados a jornada completa.

—Si no me equivoco, la redacción de deportes va de

cabeza. Eso significa que habrá que reducir la cobertura de deportes.

Flodin se encogió de hombros.

—Si a alguien se le ocurre otra propuesta mejor, soy todo oídos.

—No tengo nada mejor que proponer, pero lo cierto es que si reducimos personal, no nos quedará más remedio que hacer un periódico más fino, y si hacemos un periódico más fino, el número de lectores disminuirá y, con ello, también el número de anunciantes.

—El eterno círculo vicioso —dijo Sellberg, el jefe de asuntos económicos.

—Me habéis contratado para que le dé la vuelta a esta situación. Para lograrlo voy a apostar fuerte por mejorar el periódico y hacerlo más atractivo para los lectores. Pero eso no será posible si me tengo que dedicar a cortar cabezas.

Se dirigió a Borgsjö.

—¿Cuánto tiempo puede seguir haciendo aguas el periódico? ¿Cuánto déficit podemos soportar antes de que nos vayamos a pique?

Borgsjö frunció los labios.

—Desde principios de los años noventa, el *SMP* se ha ido comiendo una gran parte de los antiguos fondos. Tenemos una cartera de acciones que ha reducido su valor en más de un treinta por ciento a lo largo de los últimos diez años. Se ha invertido mucho dinero en tecnología informática. O sea, que hemos tenido unos gastos enormes.

—He visto que el *SMP* ha desarrollado un sistema propio de edición de textos, el AXT. ¿Cuánto costó eso?

—Unos cinco millones de coronas.

—Pues no le veo la lógica. Hoy en día tienes en el mercado programas muy baratos. ¿Por qué el *SMP* ha apostado por invertir tanto dinero en desarrollar los suyos propios?

—Bueno, Erika... no sé qué decirte. Fue el anterior jefe técnico el que nos convenció. Él decía que, a la larga, resultaría más barato y que, además, el *SMP* podría luego vender licencias del programa a otros periódicos.

—¿Y alguien lo ha comprado?

—Sí, la verdad es que sí. Un periódico local de Noruega.

—Fantástico —dijo Erika Berger con una voz seca—. Siguiente cuestión: estamos usando PC que tienen más de cinco o seis años…

—Por este año queda descartado invertir en nuevos ordenadores —dijo Flodin.

La reunión continuó. Erika empezó a ser consciente de que Flodin y Sellberg ignoraban sus objeciones y propuestas. Para ellos sólo había que hablar de recortes; algo que resultaba comprensible desde el punto de vista de un responsable de presupuesto y un jefe de asuntos económicos, pero inaceptable para la visión de una redactora jefe recién entrada. Sin embargo, lo que a ella le molestaba de verdad era que rechazaran constantemente sus argumentos con amables sonrisas que la hacían sentirse como una colegiala dando cuenta de sus deberes. Sin pronunciar ni una sola palabra inapropiada, los dos adoptaban una actitud tan estereotipada hacia ella que hasta le resultaba divertido. *No te estrujes el cerebro con cosas tan complicadas, nena.*

Borgsjö tampoco resultó de gran ayuda. Él se mantuvo a la espera y dejó que los demás participantes de la reunión terminaran de hablar; pero Erika no vio en él esa actitud paternalista.

Suspiró, conectó su *laptop* y abrió el correo electrónico. Había recibido diecinueve correos. Cuatro de ellos eran *spam* de alguien que quería (1) que comprara Viagra, (2) ofrecerle cybersexo con *The sexiest Lolitas on the net* a cambio de una modesta suma de cuatro dólares americanos por minuto, (3) hacerle una oferta algo más fuerte de *Animal Sex, the Juiciest Horse Fuck in the Universe,* y (4) que se suscribiera a *mode.nu,* un *newsletter* producido por una empresa basura que inundaba el mercado de anuncios y que no paraba de mandar esa mierda por mucho que ella les avisara de que no le interesaban sus ofertas promocionales. Otros siete correos consistían en las llamadas «cartas de Nigeria», remitidas por la viuda del ex jefe del Banco Nacional de Abu Dhabi, que le ofrecía fantásticas sumas de dinero; bastaba con que estuviera dispuesta a contribuir con un capital menor para crear confianza, y otras chorradas por el estilo.

Los restantes *mails* estaban compuestos por la agenda matinal; la de mediodía; tres correos del secretario de redacción Peter Fredriksson, que la ponía al tanto del desarrollo de la principal noticia del día; un correo de su asesor fiscal personal, que quería concertar una reunión para hablar de los cambios de su sueldo tras haberse pasado de *Millennium* al *SMP*, así como un correo de su higienista dental, que le recordaba que ya le tocaba hacerse su chequeo trimestral. Apuntó la hora en su agenda electrónica y se dio cuenta de que iba a tener que cancelarla porque para ese día tenía fijada una importante reunión con la redacción.

Por último abrió un correo cuyo remitente era centralred@smpost.se y el asunto [Para el conocimiento de la redactora jefe]. Dejó lentamente la taza de café.

[¡PUTA! ¿QUIÉN COÑO TE CREES QUE ERES, MALDITA ZORRA? NO VENGAS AQUÍ TODA CHULA. ¡QUE TE DEN POR EL CULO CON UN DESTORNILLADOR, PUTA! CUANTO ANTES TE LARGUES DE AQUÍ MEJOR.]

Erika Berger levantó automáticamente la mirada y buscó al jefe de Noticias Anders Holm. No estaba en su sitio y no lo veía por la redacción. Volvió a mirar quién lo mandaba y luego levantó el auricular y llamó a Peter Fleming, jefe técnico del *SMP*.

—Hola. ¿A quién pertenece la dirección centralred@smpost.se?

—A nadie. Esa dirección no es del *SMP*.

—Pues acabo de recibir un correo con ese remite.

—Es falso. ¿Tiene un virus?

—No. O al menos el programa antivirus no se ha activado.

—Vale. La dirección no existe. Pero es muy fácil falsificar una dirección para que parezca auténtica. En la red hay páginas web mediante las cuales puedes enviar ese tipo de correos.

—¿Es posible rastrearlo?

—Resulta prácticamente imposible, aunque la persona en cuestión sea tan tonta como para haberlo mandado desde su ordenador personal de casa. Como mucho se podría rastrear el número IP hasta un servidor, pero si ha usado una cuenta de Hotmail, por ejemplo, no hay nada que hacer.

Erika le dio las gracias por la información. Reflexionó unos instantes. No era precisamente la primera vez que recibía un correo amenazador o el mensaje de un chalado. El correo se refería, como era obvio, a su nuevo trabajo como redactora jefe del *SMP*. Se preguntó si procedería de algún loco que hubiera leído algo sobre ella relacionado con la muerte de Morander o si el remitente se encontraba en el edificio.

Monica Figuerola reflexionó largo y tendido sobre lo que iba a hacer con lo de Evert Gullberg. Una de las ventajas que conllevaba trabajar en el Departamento de protección constitucional era que le otorgaba amplios poderes para consultar prácticamente cualquier investigación policial de Suecia que pudiera estar relacionada con algún delito racista o político. Constató que Alexander Zalachenko era inmigrante y que analizar la violencia dirigida contra personas nacidas en el extranjero, para comprobar si se trataba de delitos motivados por racismo o no, formaba parte de su cometido. Por lo tanto, tenía legítimo derecho a acceder a la investigación sobre el asesinato de Zalachenko para determinar si Evert Gullberg estaba vinculado a una organización racista o si había expresado ideas racistas en relación con el homicidio. Pidió el informe de la investigación y lo estudió meticulosamente. Allí encontró las cartas que en su día fueron enviadas al ministro de Justicia y se percató de que, aparte de una serie de ataques personales de carácter denigrante y obsesivo, también figuraban los términos «follamoros» y «traidor de la patria».

Luego dieron las cinco. Monica Figuerola guardó todo el material en la caja fuerte de su despacho, quitó la taza de café de la mesa, apagó el ordenador y fichó al salir. Con paso decidido y rápido, fue andando hasta un gimnasio de Sankt Eriksplan y dedicó la siguiente hora a hacer pesas en plan tranquilo.

Cuando hubo acabado, volvió caminando a su apartamento en Pontonjärgatan, se duchó y se tomó una cena tardía pero sana. Pensó por un instante en llamar a Daniel Mogren, que vivía tres manzanas más abajo en la misma calle. Daniel era carpintero y culturista y durante tres años había sido, de vez en cuando, su compañero de entrenamiento. Durante los últimos meses también se habían enrollado en varias ocasiones.

Era cierto que el sexo resultaba casi tan satisfactorio como un duro entrenamiento en el gimnasio, pero a los treinta y tantos, o más bien cuarenta menos algo, Monica Figuerola había empezado a pensar si no debería, a pesar de todo, empezar a interesarse por un hombre y una situación vital más permanente. Tal vez incluso niños. Aunque no con Daniel Mogren.

Tras un momento de reflexión llegó a la conclusión de que en realidad no tenía ganas de ver a nadie. En su lugar se fue a la cama con un libro sobre la historia de la Antigüedad. Se durmió poco antes de medianoche.

Capítulo 13

Martes, 17 de mayo

Monica Figuerola se despertó a las seis y diez de la mañana del martes, salió a correr una larga vuelta por Norr Mälarstrand, se duchó y fichó la entrada en la jefatura de policía a las ocho y diez. Dedicó la primera hora de la mañana a redactar un informe sobre las conclusiones a las que había llegado el día anterior.

A las nueve llegó Torsten Edklinth. Monica le dio veinte minutos para que despachara el posible correo de la mañana y luego se acercó a su despacho y llamó a la puerta. Esperó diez minutos mientras su jefe leía el informe que ella acababa de redactar. Leyó las cuatro hojas, de principio a fin, dos veces. Al final alzó la vista y la miró.

—El jefe administrativo —dijo pensativo.

Ella asintió.

—Él tiene que haber dado su visto bueno a la comisión de servicios de Mårtensson. Por lo tanto, ha de saber que Mårtensson no está en contraespionaje, donde, según el Departamento de protección personal, se supone que debe encontrarse.

Torsten Edklinth se quitó las gafas, sacó un pañuelo de papel y las limpió con toda meticulosidad. Reflexionó. Había visto en incontables ocasiones al jefe administrativo Albert Shenke en reuniones y jornadas organizadas por la casa, pero no podía afirmar que lo conociera demasiado. Se trataba de una persona de estatura más bien baja, de pelo fino y rubio tirando a pelirrojo y con una cintura que, con el paso de los años, había dado bastante de sí. Sabía que Shenke tenía unos cincuenta y cinco años y que llevaba prestando sus servicios en la DGP/Seg desde hacía, como poco, veinticinco; tal vez más. Durante la última década había ocupado el puesto de jefe administrativo, y antes trabajó como jefe administrativo adjunto y en otros cargos dentro de la administración. Lo consideraba una persona callada que era capaz de actuar con mano dura si hacía falta. Edklinth no tenía ni idea de a qué se dedicaba Shenke en su tiempo libre, pero recordaba haberlo visto en alguna ocasión en el garaje de la jefatura de policía vestido de *sport* y con unos palos de golf en el hombro. Asimismo, una vez, hacía ya años y por pura casualidad, se topó con él en la ópera.

—Hay una cosa que me ha llamado la atención —dijo ella.

—¿Qué?

—Evert Gullberg. Hizo el servicio militar en los años cuarenta, se convirtió en asesor fiscal y luego desapareció entre la niebla en los cincuenta.

—¿Sí?

—Cuando el otro día tratamos ese tema, hablamos de él como si fuese un asesino contratado.

—Sé que suena rebuscado, pero…

—Lo que más me ha llamado la atención ha sido que he encontrado tan poco sobre su pasado que me da la sensación de que más bien parece algo fabricado. Durante los años cincuenta y sesenta, tanto IB como la Seg montaron empresas fuera de casa.

Torsten Edklinth hizo un gesto afirmativo con la cabeza.

—Me estaba preguntando cuándo te plantearías esa posibilidad.

—Necesitaría una autorización para acceder a los expedientes personales de los años cincuenta —dijo Monica Figuerola.

—No —respondió Torsten Edklinth, negando con la cabeza—. No podemos entrar en el archivo sin permiso del jefe administrativo y no queremos llamar la atención hasta que tengamos las espaldas bien cubiertas.

—¿Y cómo piensas que debemos proceder?

—Mårtensson —dijo Edklinth—. Averigua qué está haciendo.

Lisbeth Salander estaba examinando la ventana de ventilación de su habitación, cerrada con llave, cuando oyó que se abría la puerta y entraba Anders Jonasson. Eran más de las diez de la noche del martes. El médico frustraba así sus planes para huir del hospital.

Ella ya había medido los centímetros que la ventana podía abrirse, constatado que su cabeza podría pasar y que probablemente no tendría mayores problemas en introducir el resto del cuerpo. Había tres pisos hasta el suelo, pero, con la ayuda de unas sábanas y el cable alargador de tres metros de largo que estaba enchufado a una lámpara, ese problema quedaría resuelto.

Había planificado mentalmente su huida paso a paso. El problema era la ropa. Tenía unas bragas, el camisón del hospital y un par de sandalias de goma que le habían dejado. Contaba con doscientas coronas que Annika Giannini le había prestado para que pudiera pedir golosinas del quiosco del hospital. Sería suficiente para hacerse con unos vaqueros baratos y una camiseta en la tienda del Ejército de Salvación, siempre y cuando pudiera dar con ella en Gotemburgo. El resto del dinero tenía que alcanzar, como fuera, para llamar por teléfono a Plague. Luego ya vería. Había previsto aterrizar en Gibraltar un par de días después de escaparse y hacerse luego con una nueva identidad en alguna parte del mundo.

Anders Jonasson saludó con un movimiento de cabeza y se sentó en la silla destinada a las visitas. Ella se sentó en el borde de la cama.

—Hola, Lisbeth. Perdona que no te haya visitado durante los últimos días, pero he estado muy liado en urgencias y además me han hecho mentor de un par de médicos jóvenes.

Ella asintió. No se esperaba que el doctor Anders Jonasson le hiciera visitas particulares.

Él sacó el historial de Lisbeth y estudió con atención la evolución de la curva de la temperatura y la medicación. Observó que tenía una temperatura estable, de entre 37 y 37.2 grados, y que durante la última semana no le habían dado ninguna pastilla para el dolor de cabeza.

—Tu médica es la doctora Endrin, ¿no? ¿Te llevas bien con ella?

—Sí… Bien —dijo Lisbeth sin mayor entusiasmo.

—¿Me dejas que te eche un vistazo?

Ella asintió. Jonasson sacó una pequeña linterna del bolsillo, se inclinó hacia delante e iluminó los ojos de Lisbeth para estudiar las contracciones y dilataciones de sus pupilas. Le pidió que abriera la boca y le examinó la garganta. Luego, con mucho cuidado, le puso las manos alrededor del cuello y le movió la cabeza de un lado a otro un par de veces.

—¿Tienes molestias en el cuello? —preguntó.

Ella negó con un gesto.

—¿Y qué tal el dolor de cabeza?

—Me viene de vez en cuando, pero se me pasa.

—El proceso de cicatrización sigue su curso. El dolor de cabeza te irá desapareciendo poco a poco.

Ella continuaba teniendo el pelo tan corto que no tuvo más que apartar un poco para palpar la cicatriz que se hallaba por encima de su oreja. Se estaba curando sin problemas, pero todavía le quedaba una pequeña costra.

—Has vuelto a rascarte la herida. Ni se te ocurra hacerlo de nuevo, ¿vale?

Ella dijo que sí con la cabeza. Él cogió su codo izquierdo y le alzó el brazo.

—¿Puedes levantarlo tú sola?

Lisbeth lo levantó.

—¿Tienes algún dolor o alguna molestia en el hombro?

Ella negó con la cabeza.

—¿Te tira?

—Un poco.

—Creo que debes entrenar los músculos del hombro un poquito más.

—No es fácil cuando una está encerrada.

Él sonrió.

—Eso no será para siempre. ¿Estás haciendo los ejercicios que te manda el fisioterapeuta?

Ella volvió a asentir.

Sacó el estetoscopio y lo apretó un rato contra su muñeca para calentarlo. Luego se sentó en el borde de la cama, le desabrochó el camisón, le auscultó el corazón y le tomó el pulso. Le pidió que se inclinara hacia delante y le colocó el estetoscopio en la espalda para auscultarle los pulmones.

—Tose.

Ella tosió.

—Vale. Ya puedes abrocharte el camisón. Desde un punto de vista médico estás más o menos recuperada.

Ella asintió. Esperaba que con eso él se levantara y le prometiera que volvería al cabo de unos días, pero se quedó sentado en la silla. Permaneció en silencio un largo rato dando la impresión de estar pensando en algo. Lisbeth esperó pacientemente.

—¿Sabes por qué me hice médico? —preguntó de repente.

Ella negó con la cabeza.

—Vengo de una familia obrera. Siempre quise ser médico. Bueno, la verdad es que de joven pensaba hacerme psiquiatra. Era terriblemente intelectual.

Lisbeth lo miró con una repentina atención en cuanto mencionó la palabra «psiquiatra».

—Pero no estaba muy seguro de ser capaz de hacer una carrera así. De modo que cuando salí del bachillerato me formé como soldador y trabajé de eso durante unos años.

Movió la cabeza afirmativamente como para mostrarle a Lisbeth que no le estaba mintiendo.

—Me pareció buena idea tener algo a lo que recurrir si fracasaba en la carrera de Medicina. Y ser soldador tampoco es tan diferente a ser médico. Se trata de reparar y unir piezas sueltas. Y ahora trabajo aquí en el Sahlgrenska y reparo a gente como tú.

Ella frunció el ceño y se preguntó, llena de suspicacia, si no le estaría tomando el pelo. Pero parecía completamente serio.

—Lisbeth… me pregunto…

Permaneció callado durante tanto tiempo que ella estuvo a punto de preguntarle lo que quería. Pero se contuvo y esperó.

—Me pregunto si te enfadarías conmigo si te hiciera una pregunta íntima y personal. Me gustaría hacértela como persona. O sea, no como médico. No voy a apuntar tu respuesta y no voy a tratar el tema con nadie. Y no hace falta que me respondas si no quieres.

—¿Cuál?

—Es una pregunta indiscreta y personal.

Ella se topó con su mirada.

—Desde que te encerraron en el Sankt Stefan de Uppsala cuando tenías doce años, te has negado a contestar cuando algún psiquiatra ha intentado hablar contigo. ¿Por qué?

Los ojos de Lisbeth Salander se oscurecieron levemente. Contempló a Anders Jonasson con una mirada desprovista de toda expresión. Permaneció callada durante dos minutos.

—¿Por qué quieres saberlo?

—Si te soy sincero, no lo sé a ciencia cierta. Creo que estoy intentando comprender algo.

La boca de Lisbeth Salander se frunció ligeramente.

—No hablo con los loqueros porque nunca escuchan lo que les digo.

Anders Jonasson asintió y, de buenas a primeras, se rió.

—Muy bien. Dime... ¿qué piensas de Peter Teleborian?

Anders Jonasson le soltó el nombre de manera tan inesperada que Lisbeth casi se sobresaltó. Sus ojos se estrecharon considerablemente.

—Joder, esto qué es, ¿el juego de las veinte preguntas? ¿Qué andas buscando?

De repente su voz sonó como a papel de lija. Anders Jonasson se echó hacia delante y se aproximó tanto a ella que casi invadió su territorio personal.

—Porque un... ¿cuál es la palabra que has usado?... loquero llamado Peter Teleborian, no del todo desconocido dentro del gremio, me ha presionado dos veces durante los últimos días para que le permita examinarte.

Lisbeth sintió de golpe un frío gélido recorriéndole la espina dorsal.

—El tribunal de primera instancia va a designarlo para que te haga una evaluación psiquiátrica legal.

—¿Y?

—No me cae nada bien ese Peter Teleborian. Le he negado el acceso. La última vez se presentó en esta planta sin avisar e intentó engañar a una enfermera para que le dejara pasar a tu habitación.

Lisbeth apretó la boca.

—Su comportamiento resultaba un poco extraño y su insistencia algo excesiva para ser normal. Por eso quiero conocer tu opinión sobre él.

Esta vez le tocó a Anders Jonasson esperar pacientemente la respuesta de Lisbeth Salander.

—Teleborian es un hijo de puta —acabó contestando ella.

—¿Es algo personal entre vosotros?

—Sí, se podría decir eso; sí.

—También he mantenido una conversación con un representante de las autoridades que, por decirlo de alguna manera, desea que permita a Teleborian que te vea.

—¿Y?

—Le pregunté qué competencia médica tenía como para evaluar tu estado y le pedí que se fuera al cuerno. Pero con palabras más diplomáticas, claro.

—Muy bien.

—Una última pregunta: ¿por qué me cuentas esto a mí?

—Bueno, porque me has preguntado.

—Ya, pero mira… soy médico y he estudiado psiquiatría. Así que no entiendo por qué hablas conmigo. ¿Debo interpretarlo como una muestra de confianza?

Ella no contestó.

—Vale, lo interpretaré como un sí. Quiero que sepas que eres mi paciente. Eso significa que trabajo para ti y para nadie más.

Ella le observó, escéptica. Él se quedó un rato mirándola en silencio. Luego habló en un tono más distendido.

—Desde un punto de vista estrictamente médico estás casi recuperada. Necesitarás un par de semanas más de rehabilitación. Pero, por desgracia, estás muy sana.

—¿Por desgracia?

—Sí —le contestó, mostrándole una alegre sonrisa—. Más de la cuenta.

—¿Qué quieres decir?

—Lo que quiero decir es que ya no tengo razones legítimas para mantenerte aquí aislada y que el fiscal pronto te trasladará a Estocolmo y te aplicará prisión preventiva hasta que se celebre el juicio, dentro de seis semanas. No me sorprendería que la semana que viene llegara ya la petición. Y eso significa que Peter Teleborian tendrá ocasión de examinarte.

Ella se quedó completamente quieta en la cama. Anders Jonasson parecía distraído y se inclinó hacia delante para colocarle bien la almohada. Habló como si pensara en voz alta.

—No tienes ni dolor de cabeza ni la más mínima fiebre, así que lo más probable es que la doctora Endrin te dé el alta.

De pronto se levantó.

—Gracias por hablar conmigo. Volveré a visitarte antes de que te vayas.

Ya había llegado a la puerta cuando ella abrió la boca y lo llamó:

—Doctor Jonasson.

Se volvió hacia ella.

—Gracias.

Él asintió antes de salir y cerrar la puerta con llave.

Lisbeth Salander permaneció un buen rato con los ojos puestos en la puerta cerrada. Al final se echó hacia atrás y fijó la mirada en el techo.

Fue entonces cuando descubrió que tenía algo duro bajo la almohada. La levantó y descubrió, para su gran asombro, una pequeña bolsa de tela que, sin lugar a dudas, no estaba antes allí. La abrió y se quedó atónita al descubrir un ordenador de mano Palm Tungsten T3 y un cargador. Luego lo estudió más detenidamente y apreció una pequeña raya en el borde superior. El corazón le dio un vuelco. *Es mi Palm. Pero cómo...* Perpleja, desplazó de nuevo la mirada hasta la puerta. Anders Jonasson era una caja de sorpresas. De repente, sintió una gran excitación. Encendió el ordenador de inmediato y descubrió que estaba protegido por una contraseña.

Frustrada, clavó la mirada en la pantalla, que centelleaba exigente y con impaciencia. *Y cómo diablos se supone que voy a...* Luego miró en la bolsa de tela y descubrió un papelito doblado en el fondo. Lo sacó sacudiendo la bolsa, lo abrió y leyó una línea escrita en una letra pulcra.

Tú eres la hacker. ¡Averígualo! Kalle B.

Lisbeth se rió por primera vez en varias semanas: Blomkvist le estaba pagando con la misma moneda. Reflexionó unos segundos. Luego cogió el boli digital y escribió la combinación 9277, que se correspondía en el teclado con las letras de WASP. Ése era el código que a Kalle Blomkvist de los Cojones no le quedó más remedio que deducir cuando entró en su piso de Fiskargatan, en Mosebacke, e hizo saltar la alarma antirrobo.

No funcionó.

Lo intentó con 52553, que equivalía a las letras de KALLE.

Tampoco funcionó. Como ese Kalle Blomkvist de los Cojones quería, sin duda, que ella usara el ordenador, lo más probable es que hubiera elegido alguna contraseña sencilla. Había firmado como Kalle, nombre que él odiaba. Ella reflexionó un instante e hizo sus cábalas: tenía que ser algo para pincharla. Luego marcó 63663, que componían la palabra PIPPI.

El ordenador se puso en marcha sin el menor problema.

Le salió un *smiley* en la pantalla con un bocadillo:

¿Has visto? ¿A que no era tan difícil? Te sugiero que hagas clic en «documentos guardados».

Enseguida encontró el documento «Hola Sally» al principio de la lista. Ella lo abrió y lo leyó:

En primer lugar: esto es algo entre tú y yo. Tu abogada, o sea, mi hermana Annika, no sabe que tienes acceso a este ordenador. Y así debe seguir siendo.

Ignoro hasta qué punto estás enterada de lo que está sucediendo fuera de tu habitación, pero, por raro que pueda resultar, hay (a pesar de tu carácter) unas cuantas personas tontas de remate y llenas de lealtad que están trabajando para ti. Cuando todo esto haya pasado voy a fundar una asociación, sin ánimo de lucro, a la que bautizaré como «Los Caballeros de la Mesa Chalada». Su único objetivo será organizar una cena anual durante la cual nos dedicaremos a hablar mal de ti. (No, no estás invitada.)

Bueno, al grano. Annika anda en plena preparación del juicio. Un problema en cuanto a ese tema es, por supuesto, que ella trabaja para ti e insiste en esas malditas chorradas de la integridad. Así que ni siquiera a mí me cuenta nada de lo que habláis, lo cual me supone un cierto *handicap*. Por suerte, acepta recibir información.

Tú y yo tenemos que coordinarnos.

No uses mi correo electrónico.

Puede que me haya vuelto paranoico, pero sospecho —y tengo mis buenas razones— que no soy la única persona que lo está leyendo. Si me quieres mandar algo, entra en el foro de Yahoo [La_ Mesa_Chalada]. Usuario: Pippi, y contraseña: p9i2p7p7i. Mikael.

Lisbeth leyó dos veces la carta de Mikael y miró desconcertada el ordenador de mano. Tras un período de total celibato informático, acusaba una inmensa abstinencia cibernética. Se preguntó con qué dedo del pie habría estado pensando Kalle Blomkvist de los Cojones para meterle a escondidas un ordenador y no tener en cuenta que necesitaba su móvil para poder conectarse a la red.

Se quedó pensando hasta que, de pronto, percibió unos pasos en el pasillo. Apagó enseguida el ordenador y lo guardó debajo de la almohada. Cuando oyó la llave introducirse en la cerradura de la puerta se dio cuenta de que la bolsa de tela y el cargador continuaban sobre la mesilla. Alargó la mano y, de un tirón, metió la bolsa y el cargador debajo del edredón y se subió el lío de cables hasta la entrepierna. Permaneció sin moverse mirando al techo cuando la enfermera de noche entró, la saludó amablemente y le preguntó cómo se encontraba y si necesitaba algo.

Lisbeth le contestó que estaba bien y que quería un paquete de cigarrillos. Su petición fue rechazada de modo amable pero firme. Le dio un paquete de chicles de nicotina. Cuando la enfermera salió por la puerta, Lisbeth divisó al vigilante jurado de Securitas apostado en una silla en el pasillo. Lisbeth esperó a que los pasos se hubieran alejado para volver a sacar el ordenador.

Lo encendió e intentó conectarse a la red.

Casi sufre un *shock* cuando, de repente, el ordenador de mano indicó que había encontrado una conexión y se conectó automáticamente. *¡Conectada a la red! ¡Imposible!*

Saltó de la cama con tanta rapidez que un dolor le recorrió la cadera lesionada. Asombrada, escudriñó la habitación. ¿Cómo? Muy despacio, dio una vuelta examinando cada ángulo y cada rincón… *No, allí no había ningún móvil.* Aun así, estaba conectada a la red. Luego se dibujó una torcida sonrisa en su cara. Era una conexión inalámbrica realizada a través de un móvil por medio de un *Bluetooth* que tenía un alcance de diez a doce metros. Dirigió la mirada hacia la rejilla situada cerca del techo.

Kalle Blomkvist de los Cojones le había puesto un teléfono allí mismo. Era la única explicación.

Pero ¿por qué no le pasó también a escondidas el teléfono...? *Ah, claro. La batería.* El Palm sólo hacía falta cargarlo más o menos cada tres días. Un móvil enchufado y por el que iba a navegar mucho por la red quemaría la batería rápidamente. Blomkvist, o más bien alguien al que habría contratado y que estaba allí fuera, debía de estar cambiándola con cierta frecuencia.

En cambio, naturalmente, le había pasado el cargador del Palm. Resultaba imprescindible. Pero era más fácil esconder un objeto que dos. *Puede que, a pesar de todo, no sea tan tonto.*

Lisbeth empezó por buscar un sitio donde guardar el ordenador. Tenía que encontrar un escondite. Había enchufes al lado de la puerta y en el panel de la pared de detrás de la cama; de ahí salía la corriente de la lámpara de la mesilla y del reloj digital. Y entonces descubrió el hueco dejado por una radio que alguien había sacado de allí. Sonrió. Cabían perfectamente tanto el cargador como el ordenador. Podría utilizar el enchufe de la mesilla de noche para cargar el ordenador durante el día.

Lisbeth Salander se sentía feliz. El corazón le palpitó con intensidad cuando, por primera vez en dos meses, encendió su ordenador de mano y se metió en Internet.

Navegar en un Palm con una pantalla pequeñísima y un boli digital no era lo mismo que navegar en un PowerBook con una pantalla de diecisiete pulgadas. *Pero estoy conectada.* Desde su cama de Sahlgrenska podía llegar a todo el mundo.

Empezó entrando en una página web personal que hacía publicidad de fotografías de bastante poco interés realizadas por un desconocido y no muy competente fotógrafo aficionado llamado Gill Bates, de Jobsville, Pensilvania. En una ocasión, a Lisbeth se le ocurrió comprobarlo y constató que la localidad de Jobsville no existía. A pesar de eso, Bates había hecho más de doscientas fotografías de la población que había colgado en su página en una galería de imágenes en formato *thumbnails*. Bajó hasta la número 167 e hizo clic en ella para ampliarla. La foto representaba la iglesia de Jobsville. Llevó el puntero hasta la punta de la aguja de la torre e hizo nuevamente clic. Apareció al instante una ventana que le pidió el nombre del usuario y la contraseña. Sacó el boli digital y escribió la palabra *Remarkable* en la casilla del usuario y *A (89)Cx#magnolia* como contraseña.

Le salió una ventana con el texto [*ERROR – You have the wrong password*] y un botón con [*OK – Try again*]. Lisbeth sabía que si hacía clic encima de [*OK – Try again*] y probaba con una nueva contraseña, le volvería a saltar, año tras año, la misma ventanilla hasta la eternidad, con independencia de cuántas veces lo intentara. Así que, en su lugar, hizo clic sobre la letra O de la palabra *ERROR*.

La pantalla se volvió negra. Luego se abrió una puerta animada y se asomó alguien parecido a Lara Croft. Surgió un bocadillo con el texto [*WHO GOES THERE?*]

Hizo clic en él y escribió la palabra WASP. Recibió casi en el acto la respuesta [*PROVE IT – OR ELSE...*] mientras la Lara Croft animada le quitaba el seguro a una pistola. Lisbeth sabía que no se trataba de una amenaza ficticia. Si escribía mal la contraseña tres veces seguidas, la página se apagaría y el nombre de WASP se borraría de la lista de miembros. Escribió con mucho cuidado la contraseña *MonkeyBusiness*.

La pantalla volvió a cambiar de forma una vez más y apareció un fondo azul con el texto:

Welcome to Hacker Republic, citizen Wasp. It is 56 days since your last visit. There are 10 citizens online. Do you want to (a) Browse the Forum (b) Send a Message (c) Search the Archive (d) Talk (e) Get laid?

Hizo clic sobre la casilla (d) [*Talk*] y luego fue al [*Who's online?*] del menú, donde le salió una lista de los nombres Andy, Bambi, Dakota, Jabba, BuckRogers, Mandrake, Pred, Slip, SisterJen, SixOfOne y Trinity.

—*Hi gang* —escribió Wasp.

—*Wasp. That really U?* —escribió SixOfOne de inmediato—. *Look who's home.*

—¿Dónde has estado metida? —preguntó Trinity.

—Plague nos dijo que te habías metido en un lío —escribió Dakota.

Aunque Lisbeth no estaba segura, sospechaba que Dakota era una mujer. Los demás ciudadanos *on-line,* incluido el que se hacía llamar SisterJen, eran chicos. La última vez que se conectó, *Hacker Republic* contaba con un total de sesenta y dos ciudadanos, cuatro de los cuales eran chicas.

—Hola, Trinity —escribió Lisbeth—. Hola a todos.

—¿Por qué saludas sólo a Trin? ¿Estáis tramando algo, o te pasa algo con nosotros? —escribió Dakota.

—Estamos saliendo —escribió Trinity—. Wasp sólo se relaciona con gente inteligente.

Enseguida le llovieron *abuse* de cinco sitios.

De los sesenta y dos ciudadanos, Wasp sólo había visto frente a frente a dos personas. Plague, que, por una vez, no estaba conectado, era uno. El otro era Trinity. Era inglés y vivía en Londres. Estuvo con él unas cuantas horas cuando, dos años antes, les ayudó a ella y a Mikael Blomkvist a dar con Harriet Vanger pinchando un teléfono privado del elegante barrio de Saint Albans. Lisbeth movió torpemente el boli digital deseando haber tenido un teclado.

—¿Sigues ahí? —preguntó Mandrake.

Ella escribía letra a letra.

—*Sorry*. Sólo tengo un Palm. Va lento.

—¿Qué le ha pasado a tu ordenador? —preguntó Pred.

—No le ha pasado nada. Es a mí a quien le están pasando cosas.

—Cuéntaselo a tu hermano mayor —escribió Slip.

—El Estado me tiene encerrada.

—¿Qué? ¿Por qué? —apareció rápidamente de tres chateadores.

Lisbeth resumió su situación en cinco líneas, las cuales fueron recibidas con lo que parecía ser un murmullo de preocupación.

—¿Y cómo estás? —preguntó Trinity.

—Tengo un agujero en la cabeza.

—Pues no te noto nada raro, yo te veo igual —constató Bambi.

—Wasp siempre ha tenido aire en el coco —dijo Sister Jen; comentario que fue seguido por una serie de invectivas peyorativas que hacían referencia a las dotes intelectuales de Wasp. Lisbeth sonrió. La conversación se retomó con la intervención de Dakota.

—Espera. Esto es un ataque contra un ciudadano de *Hacker Republic*. ¿Cómo respondemos a esto?

—¿Ataque nuclear contra Estocolmo? —propuso SixOfOne.

—No, sería exagerado —dijo Wasp.

—¿Una bomba muy pequeña?

—Vete a la mierda, SixOO.

—Podríamos organizar un apagón en Estocolmo —propuso Mandrake.

—¿Un virus que cause un apagón en la sede del gobierno?

380

Por regla general, los ciudadanos de *Hacker Republic* no solían propagar virus informáticos. Todo lo contrario: eran *hackers* y, por lo tanto, enemigos irreconciliables de los idiotas que enviaban virus con el solo propósito de sabotear la red y averiar los ordenadores. Eran adictos a la información y querían una red que funcionara para poder piratearla.

Sin embargo, la idea de organizar un apagón en el gobierno sueco no era una amenaza vacía. *Hacker Republic* constituía un club muy exclusivo, integrado por lo mejor de lo mejor, un comando de élite al que cualquier ejército estaría dispuesto a pagar una fortuna para poderlo utilizar con objetivos cibermilitares, siempre y cuando fueran capaces de incitar a *the citizens* a que sintieran ese tipo de lealtad por un Estado. Algo que no resultaba muy probable.

Pero todos eran *Computer Wizards,* y no precisamente ignorantes en el arte de crear virus informáticos. Tampoco eran reacios a llevar a cabo campañas especiales si la situación lo requería. Unos años antes, a un *citizen* de *Hacker Rep* que en la vida civil era creador de programas en California, una nueva empresa puntocom le robó una patente y encima tuvo la desfachatez de llevarlo a juicio. Eso indujo a todos los ciudadanos de *Hacker Rep* a dedicar, durante seis meses, una enorme energía a piratear y destruir todos los ordenadores de la empresa en cuestión. Con gran deleite, colgaron en la red cada secreto profesional de la empresa y cada correo electrónico —así como algunos documentos falsificados que podían ser interpretados como que el director ejecutivo de la empresa defraudaba al fisco—, junto a información sobre la amante secreta de éste y fotos de una fiesta de Hollywood en la que se lo veía esnifando cocaína. La empresa quebró al cabo de seis meses, pero todavía, varios años después, había miembros rencorosos de la *milicia popular* de *Hacker Rep* que se dedicaban de vez en cuando a acosar al ex ejecutivo.

Si una cincuentena de los mejores *hackers* del mundo se decidiera a realizar un ataque coordinado contra un Estado, lo más seguro es que el Estado en cuestión sobreviviera, aunque no sin haber sufrido importantes daños. Es muy probable que los costes ascendieran a miles de millones de coronas si Lisbeth diese su visto bueno para una acción así. Ella lo meditó un instante.

—Ahora no. Pero si las cosas no salen como yo quiero, quizá os pida ayuda.

—No tienes más que decírnoslo —se ofreció Dakota.

—Hace mucho que no nos metemos con un gobierno —dijo Mandrake.

—Tengo una propuesta; la idea sería invertir el sistema fiscal. Un programa que sería perfecto para un pequeño país como Noruega —escribió Bambi.

—Bien, pero Estocolmo está en Suecia —escribió Trinity.

—¿Qué más da? Se puede hacer de la siguiente manera...

Lisbeth Salander se apoyó contra la almohada y siguió la conversación con una sonrisa torcida. Se preguntó por qué ella, a la que le costaba tanto hablar de sí misma con gente a la que veía cara a cara, podía confiarle, sin la menor preocupación, sus secretos más íntimos a una pandilla de chalados completamente desconocidos de Internet. Pero la verdad era que si Lisbeth Salander tenía una familia y se sentía parte integrante de un grupo, era junto a esos locos. En realidad, ninguno de ellos tenía posibilidades de ayudarla con sus problemas con el Estado sueco. Pero ella sabía que si hiciera falta, dedicarían un tiempo y una energía considerables a unas apropiadas manifestaciones de fuerza. A través de esta red de contactos también podía conseguir escondites en el extranjero. Fue gracias a los contactos de Plague en la red como logró hacerse con un pasaporte a nombre de Irene Nesser.

Lisbeth ignoraba por completo el aspecto de los ciudadanos de *Hacker Rep* y no tenía más que una vaga idea de a lo que se dedicaban fuera de la red: su imprecisión a la hora de referirse a sus identidades era notoria. Por ejemplo, SixOfOne afirmaba que era un ciudadano americano negro de origen católico y residente en Toronto, Canadá. Pero igual podría ser una mujer blanca luterana residente en Skövde.

Al que mejor conocía era a Plague: fue él quien la introdujo en la familia, y nadie podía ser miembro de este exclusivo grupo sin una buena recomendación. Además, todo aquel que entrara debía conocer en persona a otro ciudadano: en el caso de Lisbeth, Plague.

En la red, Plague era un ciudadano inteligente y con buenas aptitudes sociales. En la realidad, se trataba de un asocial y extremadamente obeso treintañero de Sundbyberg que cobraba una pensión de invalidez. No se lavaba lo suficiente —ni de lejos—, y su piso olía a tigre. Lisbeth no solía visitarlo muy a menudo que digamos. Ya tenía bastante con relacionarse con él en la red.

Mientras seguían chateando, Wasp fue descargando los archivos de los correos electrónicos que habían llegado a su buzón particular de *Hacker Rep*. Uno de ellos procedía de un miembro llamado Poison y contenía una versión mejorada de su programa Asphyxia I.3, que Lisbeth había colocado en el Archivo para que fuera accesible a todos los ciudadanos de la república. Asphyxia era un programa con el cual se podían controlar los ordenadores de otras personas en Internet. Poison le comentaba que lo había usado con éxito y que su versión actualizada incluía las últimas versiones de Unix, Apple y Windows. Lisbeth le respondió dándole las gracias por la nueva versión.

Durante la siguiente hora, mientras empezaba a hacerse de noche en Estados Unidos, otra media docena de *citizens* entraron *on-line*, le dieron la bienvenida a Wasp e intervinieron en el debate. Cuando Lisbeth finalmente se dispuso a salir, la discusión versaba sobre si se podría manipular el ordenador del primer ministro sueco de modo que enviara correos educados pero completamente disparatados a otros jefes de gobierno del mundo. Para abordar la cuestión se creó un grupo de trabajo. Lisbeth se despidió con una breve intervención:

—Seguid hablando, pero no hagáis nada sin mi visto bueno. Volveré cuando pueda.

Todos le mandaron besos y abrazos y la instaron a que se cuidara el agujero de la cabeza.

Cuando Lisbeth abandonó *Hacker Republic* entró en www.yahoo.com para luego ir hasta el foro privado [La_Mesa_Chalada]. Descubrió que sólo tenía dos miembros: ella y Mikael Blomkvist. El buzón contenía un solo mensaje que había sido enviado dos días antes. Llevaba el título de [Lee esto primero].

> Hola, Sally. La situación es la siguiente:
> • La policía no ha dado aún con tu casa y no dispone del DVD con la violación de Bjurman. El disco constituye una prueba muy contundente pero no quiero dárselo a Annika sin tu consentimiento. También tengo las llaves de tu casa y el pasaporte a nombre de Irene Nesser.
> • En cambio, la policía tiene la mochila que te llevaste a Gosseberga. No sé si contiene algo inapropiado.

Lisbeth reflexionó un instante. Bueno, pues no mucho: un termo de café medio vacío, unas manzanas y una muda. Nada por lo que preocuparse.

> Te van a procesar por un delito de lesiones graves y por el intento de homicidio de Zalachenko, así como por otro delito de lesiones graves contra Carl-Magnus Lun-

din, de Svavelsjö MC, en Stallarholmen. Es decir: por pegarle un tiro en el pie y partirle la mandíbula de una patada. Sin embargo, una fuente fiable de la policía afirma que, en ambos casos, las pruebas resultan algo vagas. Lo siguiente es importante:

(1) Antes de que mataran a Zalachenko, él lo negó todo y dijo que tenía que haber sido Niedermann el que te disparó y te enterró en el bosque. Te denunció por intento de homicidio. El fiscal va a insistir en que es la segunda vez que intentas matar a Zalachenko.

(2) Ni Magge Lundin ni Sonny Nieminen han dicho una sola palabra de lo ocurrido en Stallarholmen. Lundin está detenido por el secuestro de Miriam Wu. Nieminen está libre.

Lisbeth sopesó las palabras de Mikael y se encogió de hombros. Todo eso ya lo había hablado con Annika Giannini. Era una situación pésima, pero nada novedosa. Ya había dado cuenta con toda franqueza de lo sucedido en Gosseberga, aunque se había abstenido de entrar en detalles sobre Bjurman.

Durante quince años estuvieron protegiendo a Zala sin importarles prácticamente lo que hiciera. Muchas carreras se forjaron aprovechándose de la importancia de Zalachenko. En numerosas ocasiones fueron detrás de él limpiando sus fechorías. Todo eso constituye una actividad delictiva. Las autoridades suecas, por consiguiente, han contribuido a ocultar delitos cometidos contra algunos individuos.

Si esto sale a la luz, se armará un escándalo político que salpicará tanto a gobiernos socialdemócratas como a gobiernos no socialistas. Pero lo más importante es que unas cuantas personas de la Säpo serán denunciadas por haber apoyado actividades delictivas e inmorales. Aunque los delitos ya han prescrito, el escándalo va a ser inevitable: se trata de pesos pesados que ya se han jubilado o que están a punto de hacerlo.

Harán todo lo posible para reducir daños y ahí es donde tú te vas a convertir, una vez más, en una pieza de la partida. En esta ocasión, sin embargo, no sacrificarán a ningún peón; ahora están obligados a actuar para poder limitar los daños y salvar el pellejo. De modo que te tienen que neutralizar.

Pensativa, Lisbeth se mordió el labio inferior.

Lo que pasa es lo siguiente: saben que no van a poder guardar el secreto sobre Zalachenko mucho más tiempo. Yo conozco la historia y soy periodista. Saben que, tarde o temprano, la publicaré. Ya no tiene tanta importancia, porque está muerto. Pero ahora luchan por su propia supervivencia. Por eso, los siguientes puntos ocupan un puesto destacado en su orden de día:

(1) Tienen que convencer al tribunal de primera instancia (o sea, a la opinión pública) de que la decisión de encerrarte en Sankt Stefan en 1991 fue una decisión justificada: que estabas realmente enferma psíquicamente.

(2) Tienen que separar «el asunto Lisbeth Salander» del «asunto Zalachenko». Intentan hacerse con una posición desde la que poder decir «Sí, claro que Zalachenko era un hijo de puta, pero eso no tiene nada que ver con la decisión de encerrar a su hija. Ella fue recluida porque era una enferma mental; cualquier otra afirmación son imaginaciones morbosas de periodistas amargados. No, no hemos ayudado a Zalachenko a ocultar ningún delito: eso son sólo tonterías y fantasías de una adolescente psíquicamente enferma».

(3) El problema es, por supuesto, que si te absuelven en el juicio, el tribunal estará diciendo que no estás loca, lo que, en consecuencia, constituiría una prueba de que en tu internamiento de 1991 hubo algo raro. Así que, cueste lo que cueste, harán lo que sea para que te condenen a reclusión forzosa en el psiquiátrico. Si el tribunal determina que eres una enferma mental, el interés de los medios de

comunicación por seguir hurgando en el asunto Salander disminuirá. Los medios funcionan así.

¿Me sigues?

Lisbeth asintió para sí misma. Todo eso ya lo había deducido ella. El problema era que no sabía muy bien qué hacer.

Lisbeth, en serio, este combate se decidirá en los medios de comunicación y no en la sala del tribunal. Desgraciadamente, el juicio, «por razones de integridad», se celebrará a puerta cerrada.

El mismo día en que asesinaron a Zalachenko entraron a robar en mi casa. No hay ninguna marca en la puerta que indique que la forzaran, y no tocaron ni movieron nada, a excepción de una sola cosa: se llevaron la carpeta que estaba en la casa de campo de Bjurman y que contenía el informe de Gunnar Björck de 1991. Mientras eso ocurría, alguien atracó a mi hermana y le robó su copia. Esa carpeta constituye tu prueba más importante.

Yo he actuado como si hubiese perdido los papeles de Zalachenko. En realidad, me quedaba una tercera copia que le iba a dar a Armanskij. He hecho más y las he ido colocando aquí y allá.

Nuestros adversarios, esto es, algunos representantes de las autoridades y ciertos psiquiatras, también se dedican, claro está, a preparar el juicio con la ayuda del fiscal Richard Ekström. Tengo una fuente que me proporciona información sobre lo que están tramando, pero sospecho que tú tendrás mejores formas de encontrar información relevante... En el caso de que así sea, urge.

El fiscal va a intentar hacer que te condenen a reclusión psiquiátrica forzosa. Para ayudarle está tu viejo amigo, Peter Teleborian.

Annika no va a poder llevar una campaña mediática de la misma manera que el fiscal, que filtrará la información que le convenga. Así que las manos de Annika están atadas.

En cambio, a mí no se me han impuesto ese tipo de restricciones. Puedo escribir exactamente lo que quiera; además, tengo una revista entera a mi disposición.

Me faltan dos detalles importantes:

1. En primer lugar, quiero algo que demuestre que, en la actualidad, el fiscal Ekström está colaborando ilícitamente con Teleborian con el objetivo de meterte de nuevo en el manicomio. Quiero aparecer en el mejor programa de la tele y presentar documentos que echen por tierra los argumentos del fiscal.

2. Para poder llevar una guerra mediática contra la Säpo necesito hablar en público de cosas que es probable que tú consideres asuntos privados tuyos. A estas alturas ya es tarde para el anonimato, teniendo en cuenta todo lo que se ha escrito de ti desde Pascua. Tengo que construirte una imagen mediática completamente nueva —por mucho que pienses que eso vulnera tu integridad— y me gustaría contar con tu visto bueno. ¿Entiendes lo que quiero decir?

Lisbeth abrió el archivo de [La_Mesa_Chalada]. Contenía veintiséis documentos de diverso tamaño.

Capítulo 14

Miércoles, 18 de mayo

Monica Figuerola se levantó a las cinco de la mañana del miércoles y salió a correr dando una vuelta inusualmente corta. Luego se duchó y se vistió con unos vaqueros negros, camiseta blanca de tirantes y una fina americana gris de lino. Preparó café, lo metió en un termo e hizo unos bocadillos. También se puso la funda para la pistola y fue a buscar su Sig Sauer al armario de las armas. Poco después de las seis arrancó su Saab 9-5 blanco y se fue a Vittangigatan, en Vällingby.

Göran Mårtensson vivía en un apartamento de la última planta de un edificio de tres niveles situado en un barrio de la periferia de Estocolmo. Monica se había pasado la jornada del martes sacando de los archivos públicos todo lo que pudo encontrar sobre él. Era soltero, lo que, sin embargo, no impedía que pudiera vivir con alguien. No tenía ninguna deuda pendiente con Hacienda; no poseía ninguna fortuna importante y tampoco parecía llevar una vida especialmente disoluta. Raramente estaba de baja.

Lo único llamativo era que tenía licencia para no menos de dieciséis armas de fuego: tres escopetas de caza y trece armas de fuego ligeras de diverso tipo. Lo cierto era que, mientras tuviera licencia, no estaba cometiendo ningún delito, pero Monica Figuerola albergaba un escepticismo bien fundado hacia la gente que coleccionaba grandes cantidades de armas.

El Volvo con la matrícula que empezaba por KAB se hallaba en el aparcamiento que estaba a unos cuarenta metros del lugar donde Monica Figuerola había aparcado. Cogió un vaso de papel, lo llenó hasta la mitad de café solo y se comió una *baguette* con queso y lechuga.

Cuando pasaron los médicos por la mañana, Lisbeth Salander se encontraba mal y sufría un intenso dolor de cabeza. Pidió un Alvedon y se lo dieron sin discusión.

Una hora después, el dolor de cabeza se había agravado. Llamó a la enfermera y pidió otro Alvedon. Tampoco esa pastilla remedió el dolor. A la hora de comer, a Lisbeth le dolía tanto la cabeza que la enfermera llamó a la doctora Endrin, quien, tras un breve examen, le recetó unos analgésicos más fuertes.

Lisbeth se los puso bajo la lengua y los escupió en cuanto la dejaron sola.

Alrededor de las dos de la tarde empezó a vomitar. Eso se repitió hacia las tres.

En torno a las cuatro, el doctor Anders Jonasson subió a la planta, poco antes de que la doctora Helena Endrin se dispusiera a marcharse a casa. Intercambiaron opiniones durante un momento.

—Está mareada y sufre un fuerte dolor de cabeza. Le he dado Dexofen. No entiendo muy bien qué le está pasando... últimamente estaba teniendo una evolución muy positiva. Puede ser algún tipo de gripe...

—¿Tiene fiebre? —preguntó el doctor Jonasson.

—No, hace una hora tenía sólo 37.2. Y el análisis de sangre está bien.

—De acuerdo. Le echaré un vistazo esta noche.

—El caso es que me voy de vacaciones tres semanas —dijo la doctora Endrin—. Tendréis que ser tú o el doctor Svantesson los que os ocupéis de ella. Pero, claro, Svantesson no la ha tratado antes...

—Vale, no te preocupes. Yo me encargaré de ella mientras tú estás fuera.

—Muy bien. Si se produce alguna crisis y necesitas ayuda, no dudes en llamarme.

Le hicieron una breve visita a Lisbeth. Ella se hallaba en la cama tapada con el edredón hasta la punta de la nariz y tenía una pinta que daba pena. Anders Jonasson le puso una mano en la frente y constató que estaba algo sudorosa.

—Creo que vamos a tener que hacer un pequeño examen.

Le dio las gracias a la doctora Endrin y se despidió de ella.

Hacia las cinco, el doctor Jonasson descubrió que la temperatura de Lisbeth había subido rápidamente hasta 37,8 grados, dato que fue introducido en su historial. A lo largo de la tarde le hizo tres visitas más y anotó que la temperatura seguía rondando los 38 grados: demasiado alta para ser normal, pero tampoco tanto para que constituyera un verdadero problema. Hacia las ocho mandó que le hicieran un escáner de la cabeza.

Cuando le dieron el resultado lo estudió con detenimiento. No podía observar nada llamativo, pero constató que había una zona más oscura apenas perceptible en las inmediaciones del orificio de la bala. Escribió en su historial una observación meticulosamente pensada, pero nada comprometedora:

«Los datos que proporciona el escáner no son suficientes para extraer conclusiones definitivas, pero el estado general de la paciente ha empeorado de forma rápida y manifiesta a lo largo del día de hoy. No se puede excluir la posibilidad de que exista una pequeña hemorragia que no se aprecia en la imagen. La paciente debe mantenerse en reposo y bajo la más estricta observación durante los próximos días.»

Erika Berger tenía veintitrés correos cuando llegó al *SMP* a las seis y media de la mañana del miércoles.

Uno de ellos procedía de redaktion-sr@sverigesra dio.com. El texto era corto. Contenía una sola palabra:

PUTA

Suspiró y levantó el dedo índice para borrarlo. En el último momento cambió de opinión. Miró la lista de correos recibidos y abrió uno que había llegado hacía dos días. El remitente era centralred@smpost.se. *Mmm. Dos correos con la palabra puta y remitentes falsos del mundo mediático.* Creó una carpeta nueva que bautizó como [ChaladoMediático] y los guardó ambos allí. Luego se puso con la agenda de la mañana.

Göran Mårtensson abandonó la vivienda a las 07.40 de la mañana. Se metió en su Volvo, condujo en dirección al centro de la ciudad y luego giró y pasó por Stora Essingen y Gröndal hasta llegar a Södermalm. Enfiló Hornsgatan y llegó a Bellmansgatan por Brännkyrkagatan. Torció a la izquierda entrando en Tavastgatan a la altura del *pub* Bishop's Arms y aparcó en la misma esquina.

Monica Figuerola tuvo una suerte loca. Justo cuando se encontraba delante de Bishop's Arms, una furgoneta salió y le dejó un sitio en plena Bellmansgatan. Aparcó con el morro del coche mirando al cruce de Bellmansgatan con Tavastgatan. Desde allí, en lo alto de la calle, ante la misma puerta del Bishop's Arms, poseía unas estupendas vistas del escenario. Pudo ver un trozo de la luna trasera del Volvo de Mårtensson, que estaba aparcado en Tavastgatan. Bellmansgatan 1 quedaba justo enfrente, en la terriblemente empinada cuesta que descendía hasta Pryssgränd. Monica Figuerola divisaba un lado de la fachada, pero no el portal; aunque si alguien saliera a la calle, lo vería. No le cabía la menor duda de que ésa era la casa que había provocado la visita de Göran Mårtensson al barrio: se trataba del portal de Mikael Blomkvist.

Monica Figuerola constató que las inmediaciones de Bellmansgatan 1 resultaban una pesadilla a la hora de vigilarlas. Los únicos lugares desde los cuales se observaba directamente el portal, situado allí abajo, en la hondonada de Bellmansgatan, eran el paseo y la pasarela que se hallaban en lo alto de la calle, junto a Mariahissen y el edificio de Laurinska huset. Allí no había ningún sitio para aparcar, y un observador en esa pasarela quedaría tan desprotegido como una golondrina en un viejo cable telefónico. El cruce de Bellmansgatan con Tavastgatan donde Monica Figuerola había conseguido aparcar era, en principio, el único lugar desde donde podía controlar toda la zona sentada en el coche. Pero también era un sitio malo, ya que resultaba fácil que una persona atenta se fijara en ella.

Volvió la cabeza. No quería abandonar el coche y ponerse a deambular por la zona; era consciente de que su presencia no pasaba desapercibida. En lo que a su trabajo policial se refería, su físico obraba en su contra.

Mikael Blomkvist salió del portal a las nueve y diez. Monica Figuerola apuntó la hora. Lo vio barrer con la mirada la pasarela de la parte alta de Bellmansgatan. Luego él echó a andar subiendo la cuesta directo hacia ella.

Monica Figuerola sacó de la guantera un plano de Estocolmo que desplegó sobre el asiento de copiloto. Luego abrió un cuaderno, cogió un bolígrafo del bolsillo de la cazadora, se llevó el móvil a la oreja y fingió hablar por teléfono. Mantuvo la cabeza inclinada, de modo que entre la mano y el teléfono pudo ocultar una parte de su cara.

Se percató de que Mikael Blomkvist le echó un rápido vistazo a Tavastgatan. Sabía que lo estaban vigilando y sin duda advirtió el coche de Göran Mårtensson, pero continuó andando tranquilamente sin prestarle la más mínima atención. *Actúa con calma y mantiene la cabeza fría. Otros habrían abierto la puerta del coche y le hubieran dado una paliza a su ocupante.*

Un instante después pasó por delante de ella. Monica Figuerola estaba muy ocupada buscando alguna calle en el plano de Estocolmo mientras hablaba por el móvil, pero se dio cuenta de que Mikael Blomkvist la miró. *Desconfiado con todo lo que le rodea.* Él continuó andando hacia Hornsgatan y ella lo siguió por el retrovisor del copiloto. Lo había visto en la tele un par de veces, pero ésta era la primera que lo veía en persona. Vestía vaqueros, camiseta y una americana gris, y llevaba al hombro una cartera. Caminaba dando largos y despreocupados pasos. Un hombre bastante atractivo.

Göran Mårtensson apareció en la esquina del Bishop's Arms y siguió a Mikael Blomkvist con la mirada. Le colgaba del hombro una bolsa de deporte bastante grande y acababa de hablar por el móvil. Monica esperaba que echara a andar tras Mikael Blomkvist pero, para su gran asombro, cruzó la calle justo delante de su coche y giró a la izquierda para, a continuación, bajar hacia la casa de Blomkvist. Un segundo después, un hombre con un mono azul pasó por delante del coche de Monica Figuerola y se unió a Mårtensson. *Pero, bueno, ¿y tú de dónde has salido?*

Se detuvieron ante el portal de Bellmansgatan 1. Mårtensson marcó el código y entraron. *Piensan entrar en la casa. Menudo espectáculo están dando estos aficionados. ¿Qué diablos creen que están haciendo?*

Monica Figuerola miró por el retrovisor y se sobresaltó cuando, de repente, descubrió a Mikael Blomkvist de nuevo. Había vuelto y se encontraba a unos diez metros de ella, justo a una distancia y a una altura que le permitía seguir con la vista —mirando por encima de lo más alto de la empinada cuesta que bajaba luego hacia

Bellmansgatan 1— a Mårtensson y su cómplice. Ella contempló el rostro de Blomkvist. Él no la miró. En cambio, había visto a Göran Mårtensson entrando en el portal. Un instante después, Blomkvist dio media vuelta y continuó caminando hacia Hornsgatan.

Monica Figuerola se quedó quieta durante treinta segundos. *Sabe que lo están vigilando. Controla su entorno. Pero ¿por qué no actúa? Otro, en su lugar, removería cielo y tierra... Está tramando algo.*

Mikael Blomkvist colgó el teléfono y contempló pensativo el cuaderno que se hallaba sobre la mesa. Desde el registro de vehículos le acababan de informar de que el coche, cuya presencia había advertido en lo más alto de la cuesta de Bellmansgatan, con una mujer rubia en su interior, pertenecía a una tal Monica Figuerola, nacida en 1969 y residente en Pontonjärgatan, Kungsholmen. Resultando ser una mujer la que se encontraba en el automóvil, Mikael supuso que se podía tratar de la propia Figuerola.

La vio hablar por el móvil y consultar un plano que estaba desplegado en el asiento del copiloto. Mikael carecía de razones para sospechar que tuviera algo que ver con el club de Zalachenko, pero lo cierto era que ahora se fijaba en cualquier detalle de su alrededor que se saliera de lo normal, sobre todo en las inmediaciones de su casa.

Alzó la voz y llamó a Lottie Karim.

—¿Quién es esta chica? Busca una foto suya en el registro de pasaportes, averigua dónde trabaja y todo lo que puedas sobre su pasado.

—Vale —dijo Lottie, y volvió a su mesa.

El jefe de asuntos económicos del *SMP*, Christer Sellberg, parecía más bien sorprendido. Dejó de lado esa hoja con nueve puntos breves que Erika Berger había presentado en la reunión semanal de la comisión presupuestaria. El jefe de presupuesto, Ulf Flodin, daba la impresión de estar preocupado. El presidente de la junta, Borgsjö, presentaba como siempre un aspecto neutro.

—Esto es imposible —constató Sellberg con una educada sonrisa.

—¿Por qué? —preguntó Erika Berger.

—La junta nunca lo aprobará. No tiene ni pies ni cabeza.

—Volvamos al principio —propuso Erika Berger—. A mí me han contratado para que el *SMP* vuelva a reportar beneficios. Pero para conseguirlo, necesito algo con lo que trabajar, ¿no?

—Sí, pero…

—No puedo sacarme de la manga el contenido del periódico como por arte de magia, formulando deseos desde mi jaula.

—Me temo que no has entendido cuál es nuestra realidad económica.

—Es posible. Pero sé cómo hacer un periódico. Y la realidad es que durante los últimos quince años la plantilla del *SMP* se ha visto reducida en ciento dieciocho personas. Es cierto que la mitad eran grafistas que han sido sustituidos por las nuevas tecnologías etcétera, pero durante ese mismo tiempo el número de reporteros despedidos ha sido de cuarenta y ocho.

—Esos recortes fueron necesarios. Si no los hubiésemos realizado, haría ya mucho tiempo que el periódico habría cerrado.

—Dejemos por un momento lo que es necesario y lo que no. Durante los últimos tres años han desaparecido dieciocho puestos de reportero. Encima, la situación actual es que nueve puestos del *SMP* se encuentran vacantes y han sido sólo parcialmente cubiertos por suplentes temporales. La redacción de deportes necesita con urgen-

cia más personal. Se supone que deben ser nueve empleados, pero hace más de un año que están con dos puestos
sin cubrir.

—Se trata de ahorrar dinero. *Es así de sencillo.*

—La sección de cultura tiene tres puestos vacantes. En
la de economía falta una persona. En la práctica, la redacción de asuntos jurídicos no existe: allí lo que hay es un jefe
de redacción que va cogiendo reporteros de la redacción
general para cada trabajo. Etcétera. El *SMP* lleva al menos
ocho años sin efectuar una cobertura seria ni de las instituciones ni de las autoridades oficiales. Ahí dependemos totalmente de los *freelance* y del material que produce la
agencia TT… y, como ya sabes, hace años que la TT cerró
la redacción especializada en esos temas. En otras palabras,
no hay ni una sola redacción en toda Suecia que se ocupe
de las autoridades y de las instituciones del Estado.

—La prensa escrita se encuentra en una situación delicada…

—La realidad es ésta: o se cierra inmediatamente el
SMP o la junta se decanta por una solución ofensiva. Cada
vez tenemos menos empleados, y los que quedan se ven
obligados a producir cada vez más textos. Los artículos
son pésimos, superficiales y sin ninguna credibilidad. Por
lo tanto, la gente deja de leer el *SMP*.

—No lo entiendes…

—Ya me he cansado de oír que no lo entiendo. No soy
una becaria que ha venido aquí para que la entretengan.

—Pero tu propuesta es una locura.

—¿Por qué?

—Estás proponiendo que el periódico deje de ser una
empresa que obtenga beneficios.

—Oye, Sellberg, durante este año les vas a entregar
unos enormes dividendos a los veintitrés accionistas del
diario. A eso hay que sumarle unas bonificaciones completamente absurdas que van a recibir nueve personas de la
junta directiva y que le costarán al periódico cerca de

diez millones de coronas. Te has asignado a ti mismo una bonificación de cuatrocientas mil coronas como premio por haber administrado los recortes del *SMP*. Es cierto que no es nada en comparación con las bonificaciones que han rapiñado algunos directores de Skandia, pero para mí no vales ni un solo céntimo. Las bonificaciones deben entregarse cuando alguien hace algo que fortalece al *SMP*. En realidad tus recortes han debilitado al periódico y han incrementado la crisis.

—Eso es muy injusto. La junta ha aprobado cada una de las medidas que he tomado.

—La junta ha aprobado tus medidas porque le garantizas un reparto de dividendos cada año. Eso tiene que acabar ya. Ahora mismo.

—¿Hablas en serio cuando propones que la junta elimine todos los dividendos de las acciones y todas las bonificaciones? ¿Y crees que los accionistas van a aceptarlo?

—Lo que propongo es que este año se adopte un sistema de cero beneficios. Supondría un ahorro de casi veintiún millones y la posibilidad de reforzar la plantilla y la economía del *SMP*. También propongo una reducción del salario de los jefes. Yo cobro al mes ochenta y ocho mil coronas, algo que es un auténtico disparate para un periódico que ni siquiera se pueda permitir cubrir las vacantes de la redacción de deportes.

—O sea, ¿que quieres bajarte el sueldo? ¿Estás abogando por una especie de comunismo salarial?

—No digas chorradas. Incluyendo tus bonificaciones anuales, tu sueldo es de ciento doce mil coronas al mes. Es demencial. Si el periódico tuviera estabilidad y reportara unos tremendos beneficios no me importaría que entregaras los dividendos que quisieras. Pero este año no es precisamente el mejor momento para que te aumentes la bonificación. Mi sugerencia es que se reduzcan a la mitad todos los salarios de la dirección.

—Creo que no entiendes que si nuestros accionistas son accionistas, es porque quieren ganar dinero. Se llama capitalismo. Si tu idea es que pierdan dinero, ya no querrán ser accionistas.

—Mi idea no es que pierdan dinero, aunque también se podría llegar a esa situación. La propiedad conlleva una responsabilidad. Como bien señalas, estamos hablando de capitalismo. Los propietarios del *SMP* quieren obtener beneficios. Pero son las leyes del mercado las que dictan si habrá beneficios o pérdidas. Con tu razonamiento lo que consigues es que las reglas del capitalismo se apliquen de modo selectivo a los empleados del *SMP*, pero no a los accionistas ni a ti mismo.

Sellberg suspiró y, elevando la vista, puso los ojos en blanco. Desamparado, buscó a Borgsjö con la mirada. Éste estudiaba pensativamente el programa con los nueve puntos de Erika Berger.

Monica Figuerola esperó durante cuarenta y nueve minutos a que Göran Mårtensson y esa persona desconocida que lo acompañaba salieran del portal de Bellmansgatan 1. Cuando echaron a andar cuesta arriba, en dirección a ella, Monica levantó su Nikon con teleobjetivo de 300 milímetros e hizo dos fotos. Dejó la cámara en la guantera y, al ponerse a mirar el mapa de nuevo, alzó casualmente la vista. Abrió los ojos de par en par. En lo alto de Bellmansgatan, justo al lado de la puerta de Mariahissen, había una mujer morena grabando a Mårtensson y a su cómplice con una cámara digital. *¿Qué coño es esto…? ¿Se está celebrando algún congreso de espías en Bellmansgatan?*

Mårtensson y el hombre desconocido se separaron en lo alto de la cuesta sin intercambiar ni una sola palabra. Mårtensson se dirigió hacia Tavastgatan para coger su coche. Arrancó, se incorporó al tráfico y desapareció del campo de visión de Monica Figuerola.

Monika miró por el retrovisor y se encontró con la espalda del hombre del mono azul. Levantó la mirada y vio que la mujer de la cámara había dejado de filmar y que venía hacia ella pasando por delante de Laurinska huset. *¿Cara o cruz?* Ya sabía quién era Göran Mårtensson y a qué se dedicaba. Tanto el hombre del mono azul como la mujer de la cámara eran caras desconocidas. Pero si salía del coche corría el riesgo de ser descubierta por la mujer.

Se quedó quieta. Por el retrovisor vio al hombre del mono azul girar a la izquierda y adentrarse en Brännkyrkagatan. Esperó a que la mujer de la cámara llegara al cruce, pero ésta, en vez de seguir al hombre del mono, giró 180 grados y empezó a caminar cuesta abajo en dirección a Bellmansgatan 1. Mónica Figuerola le echó unos treinta y cinco años. Tenía el pelo moreno y corto y vestía vaqueros oscuros y cazadora negra. En cuanto bajó la cuesta un poco, Monica Figuerola abrió de golpe la puerta del coche y salió corriendo hacia Brännkyrkagatan. No pudo ver al hombre del mono. Un segundo después, una furgoneta Toyota, que estaba aparcada junto a la acera, arrancó y se incorporó al tráfico. Monica Figuerola vio a un hombre de medio perfil y memorizó la matrícula. De todos modos, aunque perdiera la matrícula no sería difícil rastrearlo. En los laterales del vehículo se podía leer «Cerrajería Lars Faulsson» y había un número de teléfono.

No hizo ningún intento de volver a su coche para seguir a la Toyota. En su lugar, volvió andando a paso lento. Llegó a lo alto de la cuesta justo a tiempo para ver a la mujer de la cámara entrando en el portal del edificio donde se hallaba el apartamento de Mikael Blomkvist.

Se sentó en el coche y apuntó tanto la matrícula como el número de teléfono de la cerrajería de Lars Faulsson. Luego se rascó la cabeza: qué tráfico más misterioso había en torno al domicilio de Mikael Blomkvist. Acto seguido, levantó la mirada hacia el tejado del inmueble de Bellmansgatan 1. Sabía que Mikael Blomkvist vivía en un ático, pero según los planos de la oficina municipal de urbanismo estaba ubicado en la parte trasera del inmueble y tenía unas ventanas abuhardilladas que daban a la bahía de Riddarfjärden y a Gamla Stan. Una vivienda exclusiva en un barrio histórico. Se preguntó si Blomkvist sería uno de esos arrogantes nuevos ricos.

Tras nueve minutos de espera, la mujer de la cámara salió del portal. En lugar de subir la cuesta hasta Tavastgatan, siguió bajando y giró a la derecha doblando la esquina del Pryssgränd. «Mmm.» Como tuviera un coche aparcado en Pryssgränd, Monica Figuerola ya estaba perdida. Pero si se fuera andando, sólo podría salir de aquel fregado de un único modo: subiendo a Brännkyrkagatan por Pustegränd, cerca de Slussen.

Monica Figuerola salió del vehículo y giró a la izquierda entrando por Brännkyrkagatan con dirección a Slussen. Casi había llegado a Pustegränd cuando la mujer de la cámara apareció ante ella. Bingo. La siguió. Pasó el Hilton y fue a salir a Södermalmstorg, frente al museo de la ciudad, en Slussen. La mujer caminaba apresurada y decididamente sin mirar a su alrededor. Monica Figuerola le dio unos treinta metros. Desapareció por la entrada del metro de Slussen y Monica Figuerola aligeró el paso, pero se detuvo al ver que la mujer se dirigía al quiosco de Pressbyrån en vez de pasar por los torniquetes.

Monica Figuerola contempló a la mujer mientras ésta esperaba su turno. Medía poco más de un metro y setenta centímetros y parecía estar en relativa buena forma. Llevaba zapatillas de hacer *footing*. Cuando la vio plantada allí de pie, frente a la ventanilla del quiosco, a Monica Figuerola se le ocurrió de repente que se trataba de una policía. La mujer compró una cajita de *snus* Catch Dry, volvió a salir a Södermalmstorg y giró a la derecha por Katarinavägen.

Monica Figuerola la siguió. Estaba bastante segura de que la mujer no había reparado en su presencia. A la altura de McDonald's, ésta desapareció de su campo de visión al doblar la esquina y Monica fue tras ella a toda prisa, aunque manteniendo una distancia de unos cuarenta metros.

Al volver la esquina, la mujer se había esfumado sin dejar rastro. Monica Figuerola se detuvo asombrada. *Mierda*. Paseó despacio examinando los portales. Luego sus ojos se fijaron en un letrero: Milton Security.

Monica Figuerola asintió para sí misma y regresó caminando a Bellmansgatan.

Cogió el coche, subió hasta Götgatan, donde se encontraba la redacción de *Millennium,* y se pasó la siguiente media hora dando vueltas por las calles aledañas a la redacción. Fue incapaz de encontrar el coche de Mårtensson. A la hora de comer, volvió a la jefatura de Kungsholmen y estuvo una hora haciendo pesas en el gimnasio.

—Tenemos un problema —dijo Henry Cortez.

Malin Eriksson y Mikael Blomkvist levantaron la vista del manuscrito del libro sobre el caso Zalachenko. Era la una y media de la tarde.

—Siéntate —dijo Malin.

—Se trata de Vitavara AB, la empresa que fabrica inodoros en Vietnam para venderlos luego a mil setecientas coronas la unidad.

—Vale. ¿Y en qué consiste el problema? —preguntó Mikael.

—Vitavara AB es una filial de SveaBygg AB.

—Ya. Es una empresa bastante grande.

—Sí. El presidente de la junta directiva se llama Magnus Borgsjö y es un profesional de las juntas directivas. Entre otras, preside la del *Svenska Morgon-Posten,* de la cual posee más del diez por ciento.

Mikael le echó una incisiva mirada a Henry Cortez.

—¿Estás seguro?

—Sí. El jefe de Erika Berger es un puto delincuente que utiliza mano de obra infantil en Vietnam.

—¡Ufff! —soltó Malin Eriksson.

El secretario de redacción, Peter Fredriksson, parecía sentirse incómodo cuando, con toda prudencia, llamó a la puerta de Erika Berger sobre las dos de la tarde.

—Sí.

—Bueno, verás, me da un poco de vergüenza. Pero hay alguien de la redacción que ha recibido un correo tuyo.

—¿Mío?

—Sí. Me temo que sí.

—¿Y de qué trata?

Le dio unos folios que contenían unos cuantos correos dirigidos a una tal Eva Carlsson, una suplente de veintiséis años de la sección de cultura. En la casilla del remitente se podía leer erika.berger@smpost.se.

Eva, amor mío: Quiero acariciarte y besarte los pechos. Ardo en deseos y no me puedo controlar. Te pido que correspondas a mis sentimientos. ¿Podríamos vernos? Erika.

Eva Carlsson no había contestado a esta primera propuesta, lo cual provocó otros dos correos durante los siguientes días:

Eva, mi amor: Te pido que no me rechaces. Estoy loca de deseo. Te quiero desnuda. Tengo que poseerte. Haré que lo pases muy bien. Nunca te arrepentirás. Voy a besar cada centímetro de tu desnuda piel, tus hermosos pechos y tu deliciosa cueva. Erika.

Eva: ¿Por qué no contestas? No tengas miedo. No me rechaces. Tú ya no eres virgen; ya sabes de qué va esto. Quiero acostarme contigo, te recompensaré de sobra. Si tú eres buena conmigo, yo lo seré contigo. Has pedido que se te prolongue la suplencia. En mi mano está prolongarla e incluso convertirla en un puesto fijo. Te espero esta noche a las 21.00 en el aparcamiento, junto a mi coche. Tu Erika.

—Vale —dijo Erika Berger—. Y ahora ella se está preguntando si soy yo la que le está enviando esas cochinas proposiciones.

—No exactamente... Quiero decir... Bah...

—Peter, habla claro.

—Puede que lo medio pensara en un primer momento, cuando recibió el primer correo, o, por lo menos, que se sorprendiera bastante. Pero luego se dio cuenta de que era absurdo y de que ése no era precisamente tu estilo. Y...

—¿Y qué?

—Bueno, pues que le da corte y no sabe qué hacer. Hay que mencionar también que te admira mucho y que le gustas mucho... como jefa, quiero decir. Así que ha venido a verme y me ha pedido consejo.

—Entiendo. ¿Y tú qué le has dicho?

—Le he dicho que esto es obra de alguien que ha falsificado tu dirección de correo y que la está acosando. O que os está acosando a las dos. Y me he ofrecido a hablar contigo sobre el asunto.

—Gracias. ¿Puedes hacerme el favor de decirle que venga a verme dentro de diez minutos?

Erika empleó ese tiempo en escribir un correo cien por cien suyo:

Debido a los hechos acontecidos debo informar de que una colaboradora del *SMP* ha recibido una serie de correos electrónicos que dan la impresión de haber sido enviados por mí y que contienen groseras insinuaciones sexuales. Yo misma he recibido unos cuantos correos de contenido vulgar de una presunta «redacción central» del *SMP*. Como ya sabéis, no existe tal dirección en el periódico.

He consultado con el jefe técnico y me ha dicho que es muy fácil falsificar una dirección de correo electrónico. No sé muy bien cómo se hace pero, al parecer, hay páginas web en Internet donde se pueden conseguir cosas así. Por desgracia, debo llegar a la conclusión de que hay alguna persona enferma que se está dedicando a esto.

Quiero saber si hay más colaboradores que hayan recibido correos electrónicos raros. En tal caso, quiero que se pongan inmediatamente en contacto con el secretario de redacción, Peter Fredriksson. Si esta ignominia continúa, tendremos que considerar la posibilidad de denunciarlo a la policía.

Erika Berger, redactora jefe.

Lo imprimió y luego le dio a «enviar» para que les llegara a todos los empleados del *SMP*. En el mismo instante, Eva Carlsson llamó a la puerta.

—Hola. Siéntate —le pidió Erika—. Me han dicho que has recibido correos míos.

—Bah, no creo que sean tuyos.

—Pues hace treinta segundos sí has recibido uno mío. Lo he redactado yo misma y se lo he enviado a todos los empleados.

Le dio a Eva Carlsson la hoja impresa.

—De acuerdo. Muy bien —dijo Eva Carlsson.

—Lamento que alguien te haya elegido como blanco para esta desagradable campaña.

—No tienes que pedir perdón por algo que es obra de algún chalado.

—Sólo quería asegurarme de que no te quedaba ninguna sospecha en cuanto a mi relación con esos correos.

—Nunca he pensado que los hayas mandado tú.

—Vale, gracias —respondió Erika sonriendo.

Monica Figuerola dedicó la tarde a recabar información. Empezó solicitando al registro de pasaportes una foto de Lars Faulsson para verificar que se trataba de la persona a la que había visto en compañía de Göran Mårtensson. Luego efectuó una búsqueda en el registro criminal y obtuvo un rápido resultado.

Lars Faulsson, de cuarenta y siete años de edad y conocido con el apodo de *Falun*, inició su carrera con el robo de un coche cuando contaba diecisiete. En los años setenta y ochenta fue detenido en dos ocasiones y procesado por robo, hurto grave y receptación. La primera vez lo condenaron a una pena de cárcel no muy dura y la segunda a tres años de reclusión. Por aquel entonces era considerado como *up and coming* en los círculos delictivos. Lo interrogaron como sospechoso de al menos otros tres robos, uno de los cuales fue un golpe relativamente complicado que recibió mucha atención mediática y en el que abrieron la caja fuerte de unos grandes almacenes de Västerås. A partir de 1984, una vez cumplida la condena se mantuvo a raya, o como mínimo no participó en ningún golpe que acabara en arresto o condena. Se reeducó como cerrajero (¡menuda casualidad!) y en 1987 fundó su propia empresa: Cerrajería Lars Faulsson, con domicilio fiscal en Norrtull.

Identificar a la desconocida mujer que había filmado a Mårtensson y Faulsson resultó ser más sencillo de lo que Monica se había imaginado. Simplemente, llamó a Milton Security y explicó que buscaba a una empleada que conoció hacía ya tiempo y de cuyo nombre se había olvidado. Sin embargo, podía dar una buena descripción de ella. La recepción le informó de que parecía tratarse de Susanne Linder y le pasó la llamada. Cuando Susanne

Linder se puso al teléfono, Monica Figuerola pidió perdón y dijo que se había confundido de número.

Entró en los registros del padrón y constató que en la región de Estocolmo había dieciocho Susanne Linder. Tres de ellas rondaban los treinta y cinco años. Una vivía en Norrtälje, otra en Estocolmo y la última en Nacka. Solicitó sus fotos de pasaporte y enseguida pudo identificar a la mujer a la que había seguido desde Bellmansgatan como la Susanne Linder que residía en Nacka.

Redactó un informe en el que resumió el trabajo del día y fue a ver a Torsten Edklinth a su despacho.

A eso de las cinco, Mikael Blomkvist cerró la carpeta del material de investigación de Henry Cortez y la apartó con desprecio. Christer Malm dejó el texto impreso de Henry Cortez que había leído ya cuatro veces. Henry Cortez estaba sentado en el sofá del despacho de Malin Eriksson con cara de culpable.

—¿Un café? —preguntó Malin, levantándose. Volvió con una cafetera y cuatro tazas.

Mikael suspiró.

—Es un reportaje cojonudo —dijo—. Una investigación de primera. Todo documentado. Una dramaturgia perfecta con un *bad guy* que estafa a los suecos valiéndose del sistema, algo que es cien por cien legal, pero que es tan jodidamente avaro y estúpido que se aprovecha de una empresa de Vietnam que utiliza mano de obra infantil.

—Además, está muy bien escrito —dijo Christer Malm—. En cuanto esto se publique, Borgsjö se convertirá en *persona non grata* para toda la industria sueca. La televisión va a morder el anzuelo. Acabará junto a los directores de Skandia y otros timadores. Un auténtico *scoop* de *Millennium*. Buen trabajo, Henry.

Mikael asintió.

—Pero lo de Erika nos ha aguado la fiesta —dijo.

Christer Malm asintió.

—Pero ¿por qué es eso un problema? —preguntó Malin—. No es ella la que ha cometido el delito. Se supone que podemos investigar al presidente de cualquier junta directiva, aunque dé la casualidad de que se trate del jefe de Erika.

—Es un problema gordo —dijo Mikael.

—Erika Berger no ha dejado de trabajar aquí —comentó Christer Malm—. Es propietaria de un treinta por ciento de *Millennium* y está en nuestra junta. Es incluso presidenta de la junta hasta que podamos elegir a Harriet Vanger en la próxima reunión, que no se celebrará hasta agosto. Y Erika trabaja para el *SMP*, de cuya junta directiva también forma parte y a cuyo presidente vamos a denunciar nosotros.

Silencio sepulcral.

—Entonces, ¿qué diablos hacemos? —preguntó Henry Cortez—. ¿Cancelamos el reportaje?

Mikael miró a Henry Cortez a los ojos.

—No, Henry. No vamos a cancelar ningún reportaje. En *Millennium* no trabajamos así. Pero eso va a exigir un poco de esfuerzo por nuestra parte. No podemos echárselo a Erika así como así, publicándolo sin hablar antes con ella.

Christer Malm asintió y levantó un dedo al aire.

—Vamos a poner a Erika en un aprieto que no veas. Ahora tendrá que elegir entre vender su parte y dimitir de inmediato de la junta de *Millennium* o, en el peor de los casos, ser despedida del *SMP*. Pase lo que pase acabará viéndose envuelta en un terrible conflicto de intereses. Sinceramente, Henry: estoy con Mikael en que hay que publicar la historia, pero quizá tengamos que aplazarlo un mes.

Mikael asintió.

—Porque nosotros también estamos en un conflicto de lealtades —dijo.

—¿La llamo? —preguntó Christer Malm.

—No —dijo Mikael—. Ya la llamaré yo para quedar con ella. Esta misma noche, si puede ser.

Torsten Edklinth escuchaba con atención a Monica Figuerola mientras ésta le resumía toda la movida que se había montado en torno a la vivienda de Mikael Blomkvist en Bellmansgatan I. Sintió que el suelo se movía levemente bajo sus pies.

—O sea, que un empleado de la DGP/Seg entró en el portal de la casa de Mikael Blomkvist acompañado de un reventador de cajas fuertes convertido en cerrajero.

—Correcto.

—¿Y qué crees que harían allí?

—No lo sé. Pero estuvieron cuarenta y nueve minutos. Una posibilidad sería, por supuesto, que Faulsson abriera la puerta y que Mårtensson pasara ese tiempo en el apartamento de Blomkvist.

—Pero ¿para qué?

—Bueno, no creo que fueran a instalar equipos de escucha porque en eso sólo se tarda un minuto. Así que supongo que Mårtensson ha estado hurgando entre los papeles de Blomkvist o en lo que haya de interés en esa casa.

—Pero Blomkvist está prevenido… ya robaron el informe de Björck de su casa.

—Eso es. Sabe que lo están vigilando y él vigila a los que lo vigilan a él. Mantiene la cabeza fría.

—¿Por qué?

—Tendrá un plan. Estará recopilando información para denunciar a Mårtensson. Es lo único lógico.

—Y luego va y aparece esa mujer: Linder.

—Susanne Linder, de treinta y cuatro años de edad, residente en Nacka. Ex policía.

—¿Policía?

—Se graduó en la Academia de policía y trabajó durante seis años en una patrulla del distrito de Södermalm. Y, de repente, dejó el cuerpo. No hay nada entre sus papeles que explique por qué. Estuvo unos meses en el paro hasta que fue contratada por Milton Security.

—Dragan Armanskij —dijo Edklinth, pensativo—. ¿Cuánto tiempo permaneció en el edificio?

—Nueve minutos.

—¿Y qué hizo?

—Yo diría que, como estuvo grabando a Mårtensson y Faulsson en la calle, estaba documentando sus actividades. Eso quiere decir que Milton Security trabaja con Blomkvist y que han colocado cámaras de vigilancia en la casa o en la escalera. Es probable que ella entrara para hacerse con el contenido de las cámaras.

Edklinth suspiró. El asunto Zalachenko empezaba a resultar extremadamente complicado.

—De acuerdo. Gracias. Puedes irte a casa. Tengo que reflexionar sobre todo esto.

Monica Figuerola se fue al gimnasio de Sankt Eriksplan y se entregó al ejercicio.

Mikael Blomkvist usó su otro teléfono, el T10 azul de Ericsson, para marcar el número de Erika Berger del *SMP*. La cogió en medio de una discusión que estaba teniendo con los editores de textos acerca del enfoque que había que darle a un artículo sobre terrorismo internacional.

—Hombre, Mikael, hola… Espera un momento.

Erika tapó el auricular con la mano y miró a su alrededor.

—Creo que hemos terminado —dijo antes de dar unas últimas instrucciones sobre cómo lo quería. Cuando se quedó sola en su jaula de cristal se llevó nuevamente el teléfono a la oreja.

—Hola, Mikael. Perdóname por no haberte llamado. Es que estoy hasta arriba de trabajo. Hay miles de cosas nuevas.

—Pues yo tampoco he estado lo que se dice ocioso —le contestó Mikael.

—¿Cómo va la historia Salander?

—Bien. Pero no te llamo por eso. Necesito verte. Esta noche.

—Ojalá pudiera, pero tengo que quedarme aquí hasta las ocho. Y estoy hecha polvo. Llevo al pie del cañón desde las seis de la mañana.

—Ricky... no me refiero a alimentar tu vida sexual. Necesito hablar contigo. Es importante.

Erika se calló un segundo.

—¿De qué se trata?

—Te lo diré cuando nos veamos. Pero no es muy divertido.

—De acuerdo. Pasaré por tu casa sobre las ocho y media.

—No, en mi casa no. Es una larga historia, pero, de momento, no es un buen sitio. Pásate por Samirs gryta y nos tomamos una caña.

—Conduzco.

—Vale. Entonces una sin alcohol.

Erika Berger estaba algo irritada cuando apareció por la puerta de Samirs gryta a las ocho y media. Tenía cargo de conciencia por no haber dado señales de vida a Mikael desde que entró en el *SMP*. Pero es que en su vida había andado tan liada como ahora.

Mikael levantó la mano desde una mesa del rincón que estaba junto a la ventana. Ella se detuvo en seco en la misma entrada. Por un instante, Mikael le pareció una persona completamente extraña; fue como si lo viera con nuevos ojos: *¿Quién es ése? ¡Dios mío, qué cansada estoy!*

Luego él se levantó, le dio un beso en la mejilla y ella cayó en la cuenta, para su gran horror, de que llevaba varias semanas sin ni siquiera pensar en él y de que lo echaba de menos con locura. Tuvo la sensación de que los días pasados en el *SMP* habían sido un sueño y de que, de un momento a otro, iba a despertarse en el sofá de *Millennium*. Todo le pareció irreal.

—Hola, Mikael.

—Hola, redactora jefe. ¿Has cenado?

—Son las ocho y media. No comparto tus asquerosos horarios de cena.

Pero luego notó que tenía un hambre de mil demonios. Samir se acercó con la carta y ella pidió una cerveza sin alcohol y un pequeño plato de calamares con patatas al horno. Mikael pidió un cuscús y otra cerveza «sin».

—¿Cómo estás? —preguntó ella.

—Estamos viviendo una época interesante. Bastante liado, la verdad.

—¿Qué tal Salander?

—Ella forma parte de lo interesante.

—Micke, no tengo ninguna intención de robarte el reportaje.

—Perdona… no es que esté esquivando tus preguntas. Ahora mismo las cosas son un poco confusas. No me importa contártelo todo, pero me llevaría la noche entera. ¿Qué tal es ser jefa del *SMP*?

—Bueno, no es precisamente como *Millennium*.

Guardó silencio un instante.

—Cuando llego a casa me apago como una vela y me quedo frita enseguida, y en cuanto me despierto no hago más que ver cálculos de presupuestos por todas partes. Te he echado de menos. ¿Nos vamos a tu casa? No me quedan fuerzas para el sexo, pero me encantaría acurrucarme contigo y dormir a tu lado.

—*Sorry,* Ricky. Ahora mismo mi apartamento no es el mejor sitio.

—¿Por qué no? ¿Ha pasado algo?

—Bueno… una banda ha pinchado los teléfonos y están escuchando lo que allí se dice. He instalado cámaras ocultas de vigilancia que muestran todo lo que ocurre en cuanto salgo por la puerta. Creo que vamos a privar a la posteridad de tu culo desnudo.

—¿Me estás tomando el pelo?

Él negó con la cabeza.

—No. Pero no es por eso por lo que necesitaba verte.

—¿Qué ha pasado? Tienes una cara muy rara.

—Bueno… tú has empezado a trabajar en el *SMP*. Y en *Millennium* nos hemos topado con una historia que va a hundir al presidente de tu junta directiva. Va sobre la explotación laboral infantil y sobre presos políticos en Vietnam. Creo que hemos ido a parar a un conflicto de intereses.

Erika dejó el tenedor y se quedó mirando fijamente a Mikael. Se dio cuenta enseguida de que no estaba bromeando.

—Como lo oyes —dijo—. Borgsjö es el presidente de la junta directiva y el mayor accionista de una empresa que se llama SveaBygg y que tiene una filial, llamada Vitavara AB, de la cual es la única propietaria. Fabrican inodoros en una empresa en Vietnam que ha sido denunciada por la ONU por utilizar mano de obra infantil.

—¿Me lo puedes repetir, por favor?

Mikael le contó con todo detalle la historia que Henry Cortez había descubierto. Abrió su cartera y sacó una copia de la documentación. Erika leyó lentamente el artículo de Cortez. Al final levantó la mirada, que se cruzó con la de Mikael. Sintió una mezcla de pánico irracional y desconfianza.

—¿Cómo coño es posible que lo primero que hace *Millennium* cuando yo lo dejo sea investigar con lupa a la junta directiva del *SMP*?

—No es eso, Ricky.

Explicó cómo se había ido componiendo el reportaje.

—¿Y cuánto tiempo hace que lo sabes?

—Desde esta misma tarde. Siento un profundo malestar ante todo esto.

—¿Y qué vais a hacer?

—No lo sé. Tenemos que publicarlo. No podemos hacer una excepción sólo porque se trate de tu jefe. Pero no queremos hacerte daño. —Abrió los brazos en un gesto de desesperación—. Lo estamos pasando bastante mal. Sobre todo Henry.

—Estoy todavía en la junta directiva de *Millennium*. Soy copropietaria... Lo van a ver como...

—Sé cómo lo van a ver. Te cubrirán de mierda.

Un profundo cansancio se apoderó de Erika. Apretó los dientes y reprimió el impulso de pedirle a Mikael que silenciara el reportaje.

—¡Dios! ¡Mierda! —dijo—. ¿Y estáis seguros de que la historia se sostiene?...

Mikael asintió.

—Me he pasado toda la tarde repasando la documentación de Henry. Ya sólo queda entrar a matar.

—¿Y qué vais a hacer?

—¿Qué habrías hecho tú si hubiésemos encontrado esta historia dos meses antes?

Erika Berger observó atentamente al que, desde hacía más de veinte años, era su amigo y amante. Luego bajó la mirada.

—Lo sabes muy bien.

—Todo esto es una maldita y desafortunada casualidad. Nada de esto va dirigido contra ti. Lo siento mucho, de verdad. Por eso he insistido tanto en verte cuanto antes. Tenemos que buscar una solución.

—¿Tenemos? ¿Quiénes? ¿Tú y yo?

—Eso es... Este reportaje iba a publicarse en el número de junio. Lo he aplazado. Se publicará como muy pronto en agosto, pero lo podemos aplazar algo más si es necesario.

—Entiendo.

Su voz adquirió un tono amargo.

—Propongo que esta noche no tomemos ninguna decisión. Coge esta documentación, llévatela a casa y reflexiona sobre todo esto con tranquilidad. No hagas nada hasta que no hayamos decidido una estrategia común. Hay tiempo.

—¿Estrategia común?

—O dimites de la junta de *Millennium* antes de que lo publiquemos o te vas del *SMP*. Pero no puedes estar en misa y repicando.

Ella asintió.

—Todo el mundo me asocia tanto a *Millennium* que, por mucho que dimita, nadie se va a creer que no tenga nada que ver con esto.

—Hay otra alternativa. Puedes llevarte el reportaje al *SMP*, te enfrentas a Borgsjö y exiges su dimisión. Estoy convencido de que Henry Cortez no tendrá nada en contra. Pero ni si te ocurra mover un dedo antes de que nos pongamos todos de acuerdo.

—Así que pretendes que lo primero que haga nada más entrar en el periódico sea conseguir que el hombre que me contrató dimita.

—Lo siento.

—No es mala persona.

Mikael movió la cabeza en un gesto afirmativo.

—Te creo. Pero es avaro.

Erika asintió. Se levantó.

—Me voy a casa.

—Ricky, yo...

Ella le interrumpió.

—Es que estoy hecha polvo. Gracias por ponerme sobre aviso. Necesito tiempo para pensar en las consecuencias de todo esto.

Se fue sin darle un beso y lo dejó con la cuenta.

Erika Berger tenía el coche aparcado a doscientos metros de Samirs gryta y ya había recorrido la mitad del camino cuando sintió que le palpitaba tanto el corazón que tuvo que parar y apoyarse contra la pared de un portal. Estaba mareada.

Se quedó un buen rato respirando el aire fresco de mayo. De repente, se dio cuenta de que, desde el uno de mayo, llevaba trabajando una media de quince horas diarias. Casi tres semanas. ¿Cómo estaría dentro de tres años? ¿Qué sentiría Morander cuando cayó muerto al suelo en medio de la redacción?

Al cabo de diez minutos volvió a Samirs gryta y se cruzó con Mikael justo cuando éste salía por la puerta. Él se detuvo asombrado.

—Erika...

—No digas nada, Mikael. Llevamos tanto tiempo de amistad que no hay nada que pueda destruirla. Tú eres mi mejor amigo y esto es como cuando tú te fuiste a Hedestad hace dos años, aunque al revés. Me siento muy infeliz y bajo mucha presión.

Él asintió y la abrazó. Ella notó que de golpe los ojos se le llenaban de lágrimas.

—Tres semanas en el *SMP* y ya estoy destrozada —dijo ella, riéndose.

—Bueno, bueno. Creo que se necesita un poco más para destrozar a Erika Berger.

—¡A la mierda tu casa! Estoy demasiado cansada como para volver a Saltsjöbaden. Me dormiré al volante y me mataré. Acabo de decidirlo. Iré andando hasta el Scandic Crown y cogeré una habitación. Acompáñame.

Él asintió.

—Ahora se llama Hilton.

—Pues como mierda se llame.

Recorrieron a pie la corta distancia. Ninguno de los dos dijo nada. Mikael había puesto el brazo sobre el hombro de Erika. Ella lo miró de reojo y se dio cuenta de que él estaba tan cansado como ella.

Nada más entrar en el hotel se dirigieron a la recepción, pidieron una habitación doble y pagaron con la tarjeta de crédito de Erika. Subieron, se desnudaron, se ducharon y se metieron bajo las sábanas. A Erika le dolían mucho los músculos, como si acabara de correr el maratón de Estocolmo. Estuvieron abrazados un rato y luego se apagaron como velas.

Ninguno de los dos tuvo la sensación de que los habían estado vigilando. No advirtieron al hombre que los observaba en la misma entrada del hotel.

Capítulo 15

Jueves, 19 de mayo –
Domingo, 22 de mayo

Lisbeth Salander dedicó la mayor parte de la noche del jueves a leer los artículos de Mikael Blomkvist y los capítulos de su libro, que ya estaban más o menos terminados. Como el fiscal Ekström tenía previsto celebrar el juicio en julio, Mikael había fijado el *deadline* para la imprenta para el 20 de junio. Eso quería decir que a Kalle Blomkvist de los Cojones le quedaba poco más de un mes para acabar el texto y rellenar todos los huecos.

Lisbeth no entendía cómo le iba a dar tiempo, pero eso era problema de él, no de ella. Ella ya tenía bastante con decidir qué postura adoptar con respecto a las preguntas que él le había hecho.

Cogió su Palm Tungsten T3 y entró en [La_Mesa_Chalada] para ver si Mikael había escrito algo nuevo durante las últimas veinticuatro horas. Constató que no. Luego abrió el documento que él había titulado [Cuestiones fundamentales]. Ya se sabía el texto de memoria, pero aun así lo leyó una vez más.

Él había esbozado la estrategia que Annika Giannini le había explicado a ella. Cuando Annika se la presentó, Lisbeth la escuchó con un distraído y distanciado interés, como si no fuera con ella. Pero Mikael Blomkvist conocía secretos que Annika Giannini desconocía; por eso podía presentar ese plan de actuación de una manera más contundente. Bajó hasta el cuarto párrafo.

La única persona que puede decidir cómo va a ser tu futuro eres tú misma. No importa lo que Annika luche por ti ni cómo te apoyemos Armanskij, Palmgren, yo o quien sea. No pienso intentar convencerte de nada; eres tú la que debe decidir qué hacer. O le das un giro al juicio a tu favor o dejas que te condenen. Pero si lo que pretendes es ganar, tendrás que luchar.

Apagó el ordenador y miró al techo: Mikael le pedía permiso para contar en su libro toda la verdad. Tenía intención de ocultar la parte de la violación de Bjurman: ese capítulo ya estaba redactado y Mikael había disfrazado la verdad concluyendo que Bjurman había iniciado una colaboración con Zalachenko que se torció porque el abogado perdió los estribos, razón por la cual Niedermann se vio obligado a matarlo. No entró en los motivos de Bjurman.

Kalle Blomkvist de los Cojones le estaba complicando la vida.

Meditó un largo rato.

A las dos de la mañana cogió su Palm Tungsten T3 y entró en el programa de tratamiento de textos. Abrió un nuevo documento, sacó el puntero y empezó a marcar letras sobre el teclado digital.

Mi nombre es Lisbeth Salander. Nací el 30 de abril de 1978. Mi madre era Agneta Sofia Salander. Me tuvo con diecisiete años. Mi padre era un psicópata, un asesino y un maltratador de mujeres llamado Alexander Zalachenko. Trabajó como agente ilegal en la Europa occidental para el servicio de inteligencia militar de la Unión Soviética, el GRU.

Iba despacio porque tenía que ir marcando una a una las letras. Formulaba cada frase en la cabeza antes de escribirla. No hizo ni un solo cambio en el texto. Eran las cuatro de la mañana cuando apagó su ordenador de mano y lo puso a cargar en el hueco que quedaba por detrás de la mesilla de noche. Había redactado el equivalente a dos hojas DIN A4 a un espacio.

Erika Berger se despertó a las siete de la mañana. A pesar de haber dormido más de ocho horas sin interrupciones, estaba muy lejos de sentirse descansada. Miró a Mikael Blomkvist, que seguía durmiendo profundamente.

Lo primero que hizo fue encender el móvil para comprobar si había recibido mensajes. La pantalla le indicó que su marido, Greger Backman, la había llamado once veces. *¡Mierda! Se me olvidó llamarlo.* Marcó su número y le explicó dónde estaba y por qué no había vuelto a casa la noche anterior. Él estaba cabreado.

—Erika, no vuelvas a hacerme esto. Sabes que no es nada personal contra Mikael, pero me has tenido en un estado de desesperación toda la noche. Me moría sólo de pensar que te hubiese ocurrido algo. Si no vienes a dormir, llámame, joder. ¿Cómo se te puede olvidar una cosa así?

Greger Backman estaba del todo conforme con el hecho de que Mikael Blomkvist fuera el amante de su mujer. La relación tenía lugar con su consentimiento y aprobación. Pero cada vez que ella decidía pasar la noche con Mikael siempre llamaba a su marido para decírselo. Esta vez se fue al Hilton sin otra idea en la cabeza más que dormir.

—Perdóname —dijo ella—. Es que anoche caí redonda.

Él siguió gruñendo un rato más.

—No te enfades conmigo, Greger. Ahora no. Ya me echarás esta noche todas las broncas que quieras.

Gruñó un poco menos y prometió echarle una buena bronca en cuanto la tuviera delante.

—De acuerdo. ¿Y qué tal Blomkvist?

—Está durmiendo. —De repente, soltó una carcajada—. Te lo creas o no, nos dormimos cinco minutos después de acostarnos. No nos había pasado nunca.

—Erika, esto es serio. Tal vez deberías ver a un médico.

Cuando acabó la conversación con su marido llamó a la centralita del *SMP* y dejó un mensaje para el secretario de redacción, Peter Fredriksson. Comunicó que le había surgido un imprevisto y que iría un poco más tarde de lo habitual. Le pidió que cancelara una reunión con los colaboradores de la sección de cultura.

Después cogió su bandolera, buscó un cepillo de dientes y se fue al baño. Luego volvió a la cama y despertó a Mikael.

—Hola —murmuró.

—Hola —dijo ella—. Venga, deprisa, al baño; dúchate y lávate los dientes.

—¿Q… qué?

Se incorporó y miró a su alrededor con tanto desconcierto que ella tuvo que recordarle que se encontraba en el Hilton de Slussen. Él asintió.

—Anda, corre. Al baño.

—¿Por qué?

—Porque en cuanto vuelvas quiero sexo.

Ella consultó su reloj.

—Y date prisa. Tengo una reunión a las once y necesito por lo menos media hora para ofrecer una cara presentable. Y quiero comprarme una camiseta de camino al trabajo. De modo que sólo disponemos de unas dos horas para recuperar todo el tiempo perdido.

Mikael se fue al baño.

Jerker Holmberg aparcó el Ford de su padre en el patio de la casa del ex primer ministro Thorbjörn Fälldin en Ås, una granja a las afueras de Ramvik, en el municipio de Härnösand. Bajó del coche y miró a su alrededor. Era jueves por la mañana. Estaba chispeando y los campos se veían muy verdes. A sus setenta y nueve años, Fälldin ya no era un agricultor en activo, así que Holmberg se preguntó quién sembraría y recogería la cosecha. Sabía que lo observaban desde la ventana de la cocina. Formaba parte del reglamento rural. Él mismo había crecido en Hälledal, cerca de Ramvik, a un tiro de piedra del puente de Sandö, uno de los lugares más bonitos del mundo. Según Jerker Holmberg.

Se acercó hasta el porche y llamó a la puerta.

El ex líder del Partido de Centro había envejecido, pero daba la impresión de mantenerse todavía fuerte y lleno de vitalidad.

—Hola, Thorbjörn. Me llamo Jerker Holmberg. No es la primera vez que nos vemos, aunque ya hace unos cuantos años de eso. Mi padre es Gustav Holmberg; representó al partido en el consejo municipal en los años setenta y ochenta.

—Hola. Sí, ya me acuerdo de ti, Jerker. Trabajas de policía en Estocolmo, si no me equivoco. Hará unos diez o quince años que no te veía.

—Creo que más. ¿Puedo entrar?

Se sentó a la mesa de la cocina mientras Thorbjörn Fälldin le servía café.

—Espero que tu padre se encuentre bien. Pero no es ésa la razón de tu visita, ¿verdad?

—No. Mi padre está bien. Anda reformando el tejado de la casa de campo.

—¿Cuántos años tiene ahora?

—Cumplió setenta y uno hace dos meses.

—Ajá —dijo Fälldin mientras se sentaba—. ¿Y qué te trae por aquí?

Jerker Holmberg miró por la ventana de la cocina y vio cómo una urraca se posaba junto a su coche y se ponía a inspeccionar el suelo. Luego se dirigió a Fälldin.

—Vengo sin haber sido invitado y con un problema muy gordo. Es posible que cuando termine esta conversación pierda el empleo, pues, aunque estoy aquí por razones de trabajo, mi jefe, el inspector Jan Bublanski, de la brigada de delitos violentos de Estocolmo, no está al tanto de esta visita.

—Parece grave.

—Si mis superiores se enteraran de esto, mi carrera pendería de un hilo.

—Entiendo.

—Pero tengo miedo de que, si no actúo, pueda producirse una terrible injusticia. Y ya irían dos veces...

—Creo que es mejor que me lo expliques todo.

—Se trata de un hombre llamado Alexander Zalachenko. Era espía del GRU soviético y desertó a Suecia el día de las elecciones de 1976. Se le dio asilo político y empezó a trabajar para la Säpo. Tengo razones para creer que estás al tanto de ese asunto.

Thorbjörn Fälldin contempló atentamente a Jerker Holmberg.

—Es una larga historia —dijo Holmberg para, acto seguido, empezar a hablar de la investigación en la que se había visto involucrado durante los últimos meses.

Erika Berger se puso boca abajo y apoyó la cabeza sobre los nudillos. De repente sonrió.

—Mikael, ¿nunca te has parado a pensar si, en realidad, no estaremos locos de remate los dos?

—¿Por qué?

—Pues yo, por lo menos, sí. Me despiertas un irrefrenable deseo. Me siento como una adolescente loca.

—Ajá.

—Y luego quiero ir a casa y acostarme con mi marido.

Mikael se rió.

—Conozco a un buen terapeuta —dijo.

Ella le hundió un dedo en la cintura.

—Mikael, trabajar en el *SMP* me está empezando a parecer un gran error.

—¡Y una mierda! Es una gran oportunidad para ti. Si alguien puede resucitar a ese muerto, eres tú.

—Sí, tal vez. Pero ése es precisamente el problema. El *SMP* es como un muerto. Y encima anoche vas y rematas la faena con lo de Magnus Borgsjö. No entiendo qué diablos pinto yo allí.

—Dale tiempo al tiempo.

—Ya, pero lo de Borgsjö no me hace ninguna gracia. No tengo ni idea de cómo voy a llevarlo.

—Yo tampoco. Pero ya pensaremos en algo.

Ella permaneció callada un instante.

—Te echo de menos.

Él asintió y la miró.

—Yo también te echo de menos.

—¿Cuánto pedirías por venirte al *SMP* y convertirte en jefe de Noticias?

—¡En mi vida! ¿No lo es ya ese Holm, o como se llame?

—Sí. Pero es un idiota.

—En eso te doy la razón.

—¿Lo conoces?

—Claro que sí. Fue mi jefe durante tres meses a mediados de los años ochenta, cuando trabajé cubriendo una baja. Es un cabrón que manipula a la gente. Además…

—¿Además qué?

—Bah, nada. No quiero ir por ahí soltando cotilleos.

—Dime.

—Una chica llamada Ulla no sé qué y que también trabajaba como sustituta dijo que él la acosaba sexualmente. No sé cuánto hubo de verdad y cuánto de falso en todo aquello, pero el comité de empresa no hizo nada al respecto y a ella no le prorrogaron el contrato, cosa que sí iban a hacer antes.

Erika Berger miró el reloj, suspiró, salió de la cama y desapareció en dirección a la ducha. Mikael ni se había movido cuando ella salió, se secó y se puso la ropa.

—Yo me quedo un rato más —dijo él.

Ella le dio un beso en la mejilla, se despidió con la mano y se marchó.

Monica Figuerola aparcó a veinte metros del coche de Göran Mårtensson, en Luntmakargatan, muy cerca de Olof Palmes gata. Lo vio caminar unos sesenta metros hasta el parquímetro y pagar. Luego él se fue andando hasta Sveavägen.

Monica Figuerola pasó de pagar el aparcamiento: si se entretuviera en el parquímetro lo perdería. Siguió a Mårtensson hasta Kungsgatan, donde éste giró a la izquierda y entró en Kungstornet. Ella refunfuñó pero no le quedaba otra elección, así que esperó tres minutos y luego entró en el café. Estaba sentado en la planta baja hablando con un hombre de unos treinta y cinco años. Era rubio y parecía estar en bastante buena forma. «Un madero, pensó Monica Figuerola.»

Lo identificó como el hombre que Christer Malm había fotografiado delante del Copacabana el uno de mayo.

Pidió un café, se sentó en el otro extremo del local y abrió el *Dagens Nyheter*. Mårtensson y su acompañante hablaban en voz baja. No pudo oír ni una sola palabra de lo que decían. Sacó su teléfono y fingió hacer una llamada, algo totalmente innecesario, ya que ninguno de los dos hombres la estaba mirando. Les hizo una foto que sabía que iba a ser de 72 dpi y, por lo tanto, de demasiada baja calidad para publicarla. Sin embargo, podía servir como prueba de que el encuentro se había celebrado.

Al cabo de algo más de quince minutos, el hombre

rubio se levantó y abandonó el Kungstornet. Monica Figuerola se maldijo por dentro: ¿por qué no se habría quedado fuera? Lo habría reconocido en cuanto hubiera salido. Quiso levantarse e ir tras él enseguida. Pero Mårtensson continuaba allí, tranquilo, tomándose su café. No quería llamar la atención levantándose y siguiendo a ese desconocido interlocutor.

Pasados unos cuarenta segundos Mårtensson fue al baño. En cuanto cerró la puerta, Monica Figuerola se puso de pie y salió a Kungsgatan. Miró a diestro y siniestro, pero el hombre rubio ya no estaba.

Se la jugó y fue corriendo hasta la intersección de Kungsgatan con Sveavägen. No lo vio por ninguna parte, de modo que bajó a toda prisa hasta el metro. Ni el menor rastro de él.

Volvió a Kungstornet. Mårtensson también había desaparecido.

Erika Berger empezó a soltar palabrotas descontroladamente cuando volvió al sitio donde había aparcado su BMW el día anterior, a dos manzanas de Samirs gryta.

El coche permanecía allí. Pero durante la noche alguien le había pinchado las cuatro ruedas. «Malditas putas ratas de alcantarilla», comenzó a decir mientras le hervía la sangre de rabia.

No había muchas alternativas. Llamó a la grúa y explicó la situación. No tenía tiempo de quedarse esperando, de modo que introdujo las llaves en el tubo de escape para que los de la grúa pudieran entrar en el coche. Luego bajó a Mariatorget y paró un taxi.

Lisbeth Salander entró en la página web de *Hacker Republic* y constató que Plague estaba conectado. Le pinchó.

426

—Hola, Wasp. ¿Qué tal las cosas por Sahlgrenska?

—Relajadas. Necesito tu ayuda.

—Vaya, vaya.

—Nunca creí que te la fuera a pedir.

—Debe de ser algo serio.

—Göran Mårtensson, residente en Vällingby. Necesito acceso a su ordenador.

—Vale.

—Debes transferirle todo el material a Mikael Blomkvist, a *Millennium*.

—De acuerdo. Eso está hecho.

—Gran hermano tiene pinchado el teléfono de Blomkvist y probablemente también su correo. Tienes que mandarlo todo a una dirección de Hotmail.

—Vale.

—Si yo no estoy accesible, Blomkvist te pedirá ayuda. Necesita poder ponerse en contacto contigo.

—Mmm.

—Es un poco cabeza cuadrada, pero te puedes fiar de él.

—Mmm.

—¿Cuánto quieres?

Plague permaneció en silencio durante unos segundos.

—¿Esto tiene que ver con tu situación?

—Sí.

—¿Te puede ayudar?

—Sí.

—Entonces te lo regalo.

—Gracias. Pero siempre pago mis deudas. Voy a necesitar tu ayuda hasta el juicio. Te pagaré 30.000.

—¿Te lo puedes permitir?

—Me lo puedo permitir.

—Vale.

—Me parece que tendremos que recurrir a Trinity. ¿Crees que podrás convencerlo para que venga a Suecia?

—¿Para hacer qué?

—Lo que mejor sabe hacer. Le pagaré sus honorarios habituales + gastos.

—De acuerdo. ¿Quién?

Le explicó lo que quería que hicieran.

El viernes por la mañana, el doctor Anders Jonasson parecía preocupado cuando contempló de modo educado a un inspector Hans Faste sumamente irritado al otro lado de la mesa.

—Lo lamento —dijo Anders Jonasson.

—No lo entiendo. Pensé que Salander se había recuperado. He venido a Gotemburgo en parte para poder interrogarla y en parte para preparar su traslado a una celda de Estocolmo, que es donde debe estar.

—Lo lamento —repitió Anders Jonasson—. Me encantaría deshacerme de ella porque no nos sobran precisamente habitaciones en el hospital. Pero…

—¿Y si está fingiendo?

Anders Jonasson se rió.

—No creo que sea muy probable. Debes entender lo siguiente: a Lisbeth Salander le han pegado un tiro en la cabeza. Yo le saqué una bala del cerebro, pero, a partir de ese momento, que sobreviviera o no era una lotería. Sobrevivió y su evolución ha sido extraordinariamente satisfactoria… tan buena que mis colegas y yo estábamos dispuestos a darle el alta. Y justo ayer observamos un claro empeoramiento. Se quejó de un fuerte dolor de cabeza y, de repente, la fiebre le empieza a subir y bajar. Ayer por la tarde tenía 38 y vomitó en dos ocasiones. Le bajó en el transcurso de la noche y se mantuvo casi sin fiebre, de modo que pensé que se trataba de algo pasajero. Pero cuando la examiné esta mañana le había subido a 39, lo cual es grave. Durante el día le ha vuelto a bajar.

—Entonces, ¿qué le pasa?

—No lo sé, pero el hecho de que su fiebre esté oscilando indica que no se trata de una gripe ni de nada parecido. No sabría decirte a qué se debe con exactitud, pero podría ser algo tan sencillo como una alergia a algún medicamento o alguna otra cosa con la que haya tenido contacto.

Buscó una imagen en el ordenador y le mostró la pantalla a Hans Faste.

—He mandado hacer un escáner craneal. Como puedes observar, justo aquí, en torno a la herida de la bala, hay una zona más oscura. No consigo saber de qué se trata. Podría ser la misma cicatrización, pero también una pequeña hemorragia. Así que, hasta que no sepamos qué es lo que ocurre, no le voy a dar el alta; por muy urgente que sea.

Hans Faste asintió, resignado. No era cuestión de contradecir a un médico, una persona que tiene poder sobre la vida y la muerte y es lo más cercano al representante de Dios que hay sobre la tierra. A excepción de la policía, tal vez. Fuera como fuese, Faste no tenía ni competencia ni conocimientos para determinar la gravedad del estado de Lisbeth Salander.

—¿Y ahora qué va a pasar?

—He prescrito reposo absoluto y una interrupción de su rehabilitación: necesita fisioterapia debido a las lesiones que la bala le produjo en el hombro y la cadera.

—De acuerdo… Debo contactar con el fiscal Ekström de Estocolmo. Esto ha sido toda una sorpresa. ¿Qué le puedo decir?

—Hace dos días estaba dispuesto a autorizar su traslado para finales de esta semana. Pero, tal y como están las cosas, vamos a esperar más tiempo. Tienes que advertirle que de momento no voy a tomar ninguna decisión al respecto, y que quizá no os la podáis llevar a Estocolmo para ingresarla en prisión preventiva hasta dentro de dos semanas. Depende por completo de su evolución.

—La fecha del juicio está fijada para el mes de julio…

—Si no surge ningún imprevisto, hay tiempo de sobra para que entonces ya esté en pie.

El inspector Jan Bublanski observó con desconfianza a la musculosa mujer que se hallaba al otro lado de la mesa. Estaban sentados en una terraza de Norr Mälarstrand tomando café. Era viernes, 20 de mayo, y hacía un calor veraniego. Ella lo había pillado a las cinco, justo cuando él ya se iba a casa. Se identificó como Monica Figuerola, de la DGP/Seg, y le propuso una conversación privada en torno a una taza de café.

Al principio, Bublanski se mostró reacio y malhumorado. Luego ella lo miró a los ojos y le aclaró que no venía a interrogarlo oficialmente y que, por supuesto, no necesitaba decirle nada si no quería. Él le preguntó de qué se trataba y ella le explicó con toda franqueza que su jefe le había encomendado la misión de averiguar, de forma extraoficial, qué había de falso y qué de verdadero en el así llamado «asunto Zalachenko», también conocido en otras ocasiones como el «asunto Salander». Le explicó, asimismo, que ni siquiera estaba del todo claro que tuviera derecho a hacerle preguntas, y que si deseaba contestárselas o no, era decisión suya.

—¿Qué es lo que quieres saber? —preguntó Bublanski finalmente.

—Cuéntame lo que sepas de Lisbeth Salander, Mikael Blomkvist, Gunnar Björck y Alexander Zalachenko. ¿Cómo encajan todas esas piezas?

Hablaron durante más de dos horas.

Torsten Edklinth reflexionó mucho sobre cómo proseguir. Después de cinco días de pesquisas, Monica Figuerola le había dado una serie de claros indicios de que algo iba extraordinariamente mal en la DGP/Seg. Comprendía la necesidad de actuar con sumo cuidado hasta que no tuviera bien cubiertas las espaldas. En esos momentos, él mismo se encontraba en medio de un apuro constitucional, ya que no estaba autorizado a llevar a cabo investigaciones operativas en secreto, sobre todo cuando iban en contra de sus propios compañeros.

De manera que se hacía imprescindible dar con una fórmula que legitimara sus actividades. En caso de emergencia, siempre podría recurrir a su condición de policía y decir que el deber de todo miembro del cuerpo era siempre investigar un delito; sin embargo, ahora se trataba de un delito de una naturaleza tan extremadamente delicada desde un punto de vista constitucional que, si diera un solo paso en falso, lo más seguro es que acabara siendo relegado de su puesto. Pasó el viernes encerrado en su despacho cavilando en solitario.

Las conclusiones a las que llegó, por muy inverosímiles que se le antojaran, fueron que Dragan Armanskij tenía razón: había una conspiración en el seno de la DGP/Seg en la cual una serie de personas actuaban al margen de las actividades ordinarias del cuerpo. Como esta actividad venía existiendo desde hacía muchos años —por lo menos desde 1976, cuando Zalachenko llegó a Suecia— debía de haber sido organizada desde más arriba y haber contado con el beneplácito de las altas esferas. Pero no tenía ni idea de hasta dónde llegaba en la jerarquía.

Escribió tres nombres en un cuaderno que estaba sobre su mesa:

Göran Mårtensson, protección personal. Inspector de policía.

Gunnar Björck, jefe adjunto del Departamento de extranjería. Fallecido. (¿Suicidio?)
Albert Shenke, jefe administrativo, DGP/Seg.

Monica Figuerola había llegado a la conclusión de que por lo menos el jefe administrativo tenía que haber manejado los hilos cuando Mårtensson, de protección personal, fue —en teoría— trasladado al contraespionaje; algo que nunca llegó a ocurrir en realidad, pues se dedicó a vigilar al periodista Mikael Blomkvist, lo cual no tenía nada que ver con el contraespionaje.

A la lista había que añadirle otros nombres, esta vez ajenos a la DGP/Seg:

Peter Teleborian, psiquiatra.
Lars Faulsson, cerrajero.

Teleborian fue contratado por la DGP/Seg como asesor psiquiátrico en unas cuantas ocasiones a finales de los años ochenta y principios de los noventa. Eso ocurrió en tres momentos concretos, así que Edklinth había sacado los informes del archivo para estudiarlos. La primera vez tuvo un carácter extraordinario: el contraespionaje había identificado a un informador ruso dentro de la industria sueca de telecomunicaciones, y el pasado de aquel espía inducía a temer que tal vez se le manifestaran ciertas inclinaciones suicidas en el caso de que fuera desenmascarado. Teleborian efectuó un análisis —remarcable por su agudeza— en el que se sugería que se convirtiera al informador en agente doble. Las otras dos ocasiones en las que consultaron a Teleborian fueron evaluaciones psiquiátricas en casos de menor importancia: una acerca de un empleado de la DGP/Seg que tenía problemas con la bebida y la otra sobre el extraño comportamiento sexual de un diplomático de un país africano.

Pero ni Teleborian ni Faulsson —en especial, Faulsson— ocuparon ningún puesto en la DGP/Seg. Aun así, a través de sus trabajos de asesoramiento, estaban vinculados a... ¿a qué?

La conspiración estaba íntimamente ligada al difunto Alexander Zalachenko, agente ruso que desertó del GRU y que, según todas las fuentes, llegó a Suecia el día de las elecciones de 1976. Y del cual nunca nadie había oído hablar. *¿Cómo era posible?*

Edklinth intentó imaginarse lo que podría haber pasado si él hubiese estado al mando de la DGP/Seg en 1976, cuando Zalachenko desertó. ¿Cómo habría actuado? Máxima confidencialidad. Algo fundamental. La deserción sólo podría haber sido conocida por un reducido y exclusivo círculo; si no, la información corría el riesgo de ser filtrada a los rusos y... Pero ¿cuán reducido era el círculo?

¿Un departamento operativo?

¿Un departamento operativo desconocido?

Si todo hubiese sido *kosher,* el asunto Zalachenko debería haberse confiado al Departamento de contraespionaje. Lo mejor de todo habría sido, claro está, que el servicio de inteligencia militar se hubiera ocupado del caso, pero allí no tenían ni recursos ni competencia para dedicarse a ese tipo de actividades operativas. Así que fue a la DGP/Seg.

No obstante, el asunto nunca llegó al contraespionaje. Björck era la clave; él fue, al parecer, una de las personas que trató con Zalachenko. Aunque Björck nunca había tenido nada que ver con el contraespionaje. Björck constituía un misterio. Formalmente, ocupó un cargo en el Departamento de extranjería desde los años setenta, pero lo cierto es que apenas se le vio por el departamento hasta los años noventa, cuando, de la noche a la mañana, se convirtió en jefe adjunto.

Aun así, Björck constituía la principal fuente de la información de Blomkvist. ¿Cómo habría convencido

Blomkvist a Björck para que le revelara esa bomba informativa? ¿A un periodista?

Las putas. Björck iba con putas adolescentes y *Millennium* pensaba denunciarlo. Blomkvist tenía que haber chantajeado a Björck.

Luego entró Salander en la historia.

El difunto letrado Nils Bjurman trabajó en el Departamento de extranjería al mismo tiempo que el difunto Björck. Fueron ellos los que se encargaron de Zalachenko. Pero ¿dónde lo metieron?

Alguien tuvo que tomar las decisiones. Con un desertor de esa categoría, la orden debió de llegar desde lo más alto.

Desde el gobierno. Tuvieron que contar con el apoyo gubernamental. Todo lo demás resultaba impensable.

¿O no?

Un escalofrío de malestar recorrió el cuerpo de Edklinth. Desde un punto de vista formal todo eso resultaba comprensible. Un desertor de la talla de Zalachenko debía ser tratado con la máxima confidencialidad. Eso era lo que él mismo habría decidido. Eso era lo que el gobierno de Fälldin tenía que haber decidido. Resultaba perfectamente lógico.

Pero lo que ocurrió en 1991 no seguía ninguna lógica. Björck contrató a Teleborian para meter a Lisbeth Salander en un hospital psiquiátrico con el pretexto de que estaba psíquicamente enferma. Eso constituía un delito. Y se trataba de un delito tan grave que Edklinth volvió a sentir un escalofrío de malestar.

Alguien tenía que haber tomado las decisiones pertinentes. Y en ese caso, en absoluto podía haber sido el gobierno... Ingvar Carlsson había sido primer ministro, y luego Carl Bildt. Pero ningún político se atrevería ni siquiera a imaginar una decisión así, que no sólo iba en contra de toda ley y justicia, sino que también —si alguna vez se llegara a conocer— acabaría provocando un verdadero escándalo de catastróficas dimensiones.

Si el gobierno se hubiese visto implicado, entonces Suecia no sería ni un ápice mejor que cualquier dictadura del mundo.

No era posible.

Y luego estaban los acontecimientos del 12 de abril en Sahlgrenska. Zalachenko oportunamente asesinado por un trastornado obseso de la justicia justo en el momento en el que se producía un robo en casa de Mikael Blomkvist y atracaban a Annika Giannini. En ambos casos robaron el extraño informe de Gunnar Björck de 1991. Era información con la que Dragan Armanskij había contribuido *off the record*. No se había puesto ninguna denuncia policial.

Y al mismo tiempo, Gunnar Björck va y se ahorca. Precisamente la persona con la que, más que con ninguna otra, desearía hablar muy en serio.

Torsten Edklinth no creía en una casualidad de tal megacalibre. El inspector Jan Bublanski no creía en una casualidad así. Mikael Blomkvist no creía en ella. Edklinth volvió a coger el rotulador.

Evert Gullberg, 78 años. ¿¿¿Asesor fiscal???

¿Quién diablos era Evert Gullberg?

Pensó en llamar al jefe de la DGP/Seg, pero se abstuvo de hacerlo por la simple razón de que no sabía hasta qué escalafón llegaba la conspiración dentro de la jerarquía del cuerpo. En resumen: no sabía en quién confiar.

Después de haber rechazado la posibilidad de recurrir a alguien de la DGP/Seg, pensó por un instante en dirigirse a la *policía abierta*. Jan Bublanski era el encargado de la investigación sobre Ronald Niedermann y, naturalmente, debería estar interesado en toda la información relacionada con ella. Pero, por razones políticas, resultaba imposible.

Sintió un enorme peso sobre los hombros.

Por último, sólo le quedaba una alternativa que era correcta desde un punto de vista constitucional y que tal vez pudiera servirle de protección en el caso de que, en el futuro, llegara a caer en desgracia política. Tenía que dirigirse al *jefe* y conseguir un apoyo político para lo que estaba haciendo.

Miró el reloj: poco menos de las cuatro de la tarde del viernes. Levantó el auricular y llamó al ministro de Justicia, al que conocía desde hacía varios años y con el que había coincidido en varias presentaciones que había hecho en el ministerio. Consiguió localizarlo en apenas cinco minutos.

—Hola, Torsten —le dijo el ministro de Justicia—. ¡Cuánto tiempo! ¿De qué se trata?

—Sinceramente, creo que te estoy llamando para ver cuánta credibilidad me otorgas.

—¿Cuánta credibilidad? Qué pregunta más extraña. Por lo que a mí respecta tienes una credibilidad muy grande. ¿A qué se debe esa pregunta?

—A una petición urgente y extraordinaria. Necesito reunirme contigo y con el primer ministro. Y corre prisa.

—Vaya.

—Si no te importa, esperaré a tenerte frente a frente para explicártelo. Tengo un asunto sobre mi mesa tan desconcertante que considero que tanto tú como el primer ministro debéis ser informados.

—Parece serio.

—Es serio.

—¿Tiene algo que ver con terroristas y amenazas?…

—No. Es más serio que todo eso. Con esta llamada estoy poniendo en juego no sólo mi reputación sino también toda mi carrera. No lo haría si no fuera porque considero que la situación es sumamente grave.

—Entiendo. De ahí tu pregunta sobre la credibilidad… ¿Cuándo necesitas ver al primer ministro?

—Esta misma noche si es posible.

—Me estás empezando a preocupar.

—Por desgracia, tienes razones para ello.

—¿Cuánto tiempo durará la reunión?

Edklinth reflexionó.

—Me llevará una hora resumir todos los detalles.

—Te llamo dentro de un rato.

El ministro de Justicia volvió a llamar transcurridos quince minutos y le comunicó a Torsten Edklinth que el primer ministro podría recibirlo en su domicilio a las 21.30 horas de esa misma noche. A Edklinth le sudaba la mano cuando colgó. *Bueno... Mañana por la mañana mi carrera podría finalizar.*

Volvió a coger el teléfono y llamó a Monica Figuerola.

—Hola, Monica. Tienes servicio esta noche. Preséntate aquí a las 21.00. Correctamente vestida.

—Yo siempre voy correctamente vestida —dijo Monica Figuerola.

El primer ministro contempló al jefe de protección constitucional con un aire que más bien podría describirse como desconfiado. A Edklinth le dio la sensación de que, tras las gafas del primer ministro, había unas ruedas dentadas girando a toda velocidad.

Luego, el primer ministro desplazó la mirada hasta donde estaba Monica Figuerola, que no había dicho nada en toda la hora que duró la presentación. Vio a una mujer inusualmente alta y musculosa que le devolvió una mirada educada y expectante. Acto seguido, observó al ministro de Justicia, que se había puesto algo pálido durante la presentación.

Por último, el primer ministro inspiró profundamente, se quitó las gafas y permaneció un largo instante mirando al vacío.

—Creo que necesitamos más café —acabó diciendo.

—Sí, por favor —pidió Monica Figuerola.

Edklint asintió con la cabeza y el ministro de Justicia se lo sirvió de una cafetera termo que se hallaba sobre la mesa.

—Déjeme resumírselo para asegurarme de que lo he entendido bien —dijo el primer ministro—: sospecha usted que hay una conspiración dentro de la policía de seguridad que está actuando al margen de su misión constitucional, y que esa conspiración se ha dedicado durante muchos años a algo que se podría denominar actividades delictivas.

Edklinth asintió.

—¿Y viene a verme a mí porque no confía en la Dirección de la Policía de Seguridad?

—Bueno —contestó Edklinth—. Decidí dirigirme directamente a usted porque esas actividades violan la Constitución, pero no conozco el objetivo de la conspiración ni tampoco si he interpretado algo mal. A lo mejor resulta que la actividad es legítima y está autorizada por el gobierno. En ese caso, podría estar actuando basándome en una información errónea o en un malentendido y se correría el riesgo de que yo desvelara una operación secreta en curso.

El primer ministro miró al ministro de Justicia. Los dos entendían que Edklinth estaba cubriéndose las espaldas.

—Nunca he oído hablar de nada parecido. ¿Tú sabes algo de todo esto?

—En absoluto —contestó el ministro de Justicia—. No he visto nada en ningún informe de la policía de seguridad que pueda hacer referencia a algo así.

—Mikael Blomkvist piensa que se trata de una fracción dentro de la Säpo. Él los llama *El club de Zalachenko*.

—Ni siquiera he oído hablar jamás de que Suecia haya recibido y mantenido a un desertor ruso de ese calibre... Así que desertó durante el gobierno de Fälldin.

—Me cuesta creer que Fälldin ocultara semejante información —dijo el ministro de Justicia—. Una deserción así debería haber sido un asunto de alta prioridad a la hora de informar al siguiente gobierno.

Edklinth carraspeó.

—Ese gobierno de centro-derecha cedió el poder al gobierno de Olof Palme. No es ningún secreto que algunos de los que me precedieron en la DGP/Seg albergaban unas ideas bastante curiosas sobre Palme...

—¿Quiere eso decir que a alguien se le olvidó informar al gobierno socialdemócrata?...

Edklinth asintió.

—Quiero recordarles que Fälldin estuvo en el poder durante dos mandatos. Y en ambos se resquebrajó el gobierno de coalición. Al principio le entregó el poder a Ola Ullsten, quien lideró un gobierno de minoría en 1979. Luego, el gobierno volvió a romperse una vez más, cuando el Partido Moderado abandonó y Fälldin gobernó con los liberales. Lo más seguro es que, durante el traspaso de poderes al gobierno entrante se produjera un cierto caos en la Cancillería del gobierno. Es incluso posible que un asunto como el de Zalachenko se mantuviese dentro de un círculo tan reducido que, simplemente, el primer ministro Fälldin no estuviera muy al corriente y que por eso no tuviera en realidad nada sustancial sobre lo que informar a Palme.

—Y en ese caso ¿quién es el responsable? —preguntó el primer ministro.

Todos menos Monica Figuerola negaron con la cabeza.

—Supongo que resulta inevitable que esto se filtre a los medios de comunicación —dijo el primer ministro.

—Lo van a publicar Mikael Blomkvist y *Millennium*. Dicho de otro modo: nos encontramos en una situación que nos obliga a actuar.

Edklinth se afanó en incluir las palabras «nos encontramos». El primer ministro asintió. Se dio cuenta de la gravedad de la situación.

—Bueno, ante todo debo agradecerle que haya venido a informarme de este asunto con tanta celeridad. No suelo aceptar este tipo de visitas apresuradas, pero el ministro de Justicia me dijo que usted era una persona sensata y que algo extraordinario tenía que haber ocurrido para que quisiera verme saltándose todos los cauces normales.

Edlinth suspiró algo aliviado. Pasara lo que pasase, por lo menos no sería objeto de la ira del primer ministro.

—Ahora sólo nos queda decidir cómo actuar. ¿Tiene alguna idea?

—Quizá —contestó Edklinth dubitativo.

Permaneció callado tanto tiempo que Monica Figuerola carraspeó.

—¿Podría decir algo?

—Adelante —le respondió el primer ministro.

—Si resulta que el gobierno no está al tanto de esta operación, entonces es ilegal. El responsable en esos casos es el delincuente, o sea, el o los funcionarios que hayan sobrepasado sus límites. Si podemos verificar todas las afirmaciones que hace Mikael Blomkvist, un grupo de empleados de la policía de seguridad se ha dedicado a realizar actividades delictivas. A partir de ahí el problema se divide en dos.

—¿Qué quiere usted decir?

—Primero hay que responder a la pregunta de cómo ha sido posible todo esto. ¿De quién es la responsabilidad? ¿Cómo ha podido surgir una conspiración así dentro del marco de una organización policial establecida? Quiero recordarles que yo misma trabajo para la DGP/Seg y que estoy orgullosa de hacerlo. ¿Cómo ha podido prolongarse durante tanto tiempo? ¿Cómo han podido ocultar y financiar las actividades?

El primer ministro asintió.

—Por lo que se refiere a ese primer aspecto, ya se escribirán libros sobre todo eso —prosiguió Monica Figuerola—. Pero una cosa está clara: tiene que haber una financiación y estamos hablando, como poco, de varios millones de coronas al año. He echado un vistazo al presupuesto de la policía de seguridad y no he encontrado nada que pueda hacer referencia al club de Zalachenko. Pero, como usted bien sabe, hay una serie de fondos ocultos a los que tienen acceso el jefe administrativo y el jefe de presupuesto, pero no yo.

El primer ministro asintió apesadumbrado. ¿Por qué la gestión de la Säpo tenía que ser siempre una pesadilla?

—El otro aspecto del problema versa sobre las personas involucradas. O, más concretamente, sobre las que habría que detener.

El primer ministro hizo una mueca.

—Desde mi punto de vista, todas esas cuestiones dependen de la decisión que usted tome durante los próximos minutos.

Torsten Edklinth contuvo la respiración. Si hubiese podido darle una patada en la espinilla a Monica Figuerola, lo habría hecho: al afirmar que el responsable era el primer ministro en persona, se acababa de cargar de un solo golpe toda la retórica. Él ya había pensado llegar a la misma conclusión, pero no sin antes dar un largo rodeo diplomático.

—¿Y qué decisión piensa usted que debería tomar? —preguntó el primer ministro.

—Tenemos intereses comunes. Llevo tres años trabajando en protección constitucional y considero que es una misión de capital importancia para la democracia sueca. Durante los últimos años la policía se ha portado bien en contextos constitucionales. Como es natural, no quiero que el escándalo afecte a la DGP/Seg. Para nosotros es importante destacar que se trata de una actividad delictiva llevada a cabo por ciertos individuos a título personal.

—Definitivamente, una actividad de este tipo no cuenta con la autorización del gobierno —aclaró el ministro de Justicia.

Monica Figuerola asintió con la cabeza y reflexionó unos segundos.

—Desde su perspectiva, supongo que resulta importante que el escándalo no afecte al gobierno, que es lo que sucedería si se intentara ocultar la historia —dijo ella.

—El gobierno no suele ocultar actividades criminales —le respondió el ministro de Justicia.

—No, pero partamos de la hipótesis de que quisiera hacerlo: se convertiría en un escándalo de enormes proporciones.

—Continúe —dijo el primer ministro.

—La situación actual se complica por el hecho de que, para poder investigar esta historia, los de protección constitucional, en la práctica, nos vemos obligados a ir en contra de nuestro reglamento. Queremos que se haga de forma jurídica y constitucionalmente correcta.

—Todos lo queremos —apostilló el primer ministro.

—En tal caso, propongo que usted, en calidad de primer ministro, le ordene a protección constitucional que investigue todo este lío cuanto antes. Denos una orden por escrito y concédanos las competencias necesarias.

—No estoy seguro de que lo que usted propone sea legal —dijo el ministro de Justicia.

—Sí. Es legal. El gobierno tiene poder para tomar medidas de gran alcance en el caso de que la Constitución se vea amenazada de ser modificada de una forma ilegítima. Si un grupo de militares o policías empieza a llevar una política exterior independiente, lo que tenemos, *de facto*, es que en nuestro país se ha producido un golpe de Estado.

—¿Una política exterior?... —preguntó el ministro de Justicia.

El primer ministro asintió de repente.

—Zalachenko era desertor de un país extranjero —le recordó Monica Figuerola—. La información que él iba revelando se entregaba, según Mikael Blomkvist, a servicios de inteligencia extranjeros. Si el gobierno no estaba informado, nos encontramos con que se ha dado un golpe de Estado.

—Entiendo su argumentación —dijo el primer ministro—. Ahora déjeme hablar a mí.

Se levantó y dio una vuelta alrededor de la mesa del salón. Al final se detuvo delante de Edklinth.

—Tiene usted una colaboradora muy inteligente. Además, no se anda con rodeos.

Edklinth tragó saliva y asintió. El primer ministro se volvió hacia su ministro de Justicia.

—Llama a tu secretario de Estado y al director jurídico. Mañana por la mañana quiero un documento que le otorgue a protección constitucional poderes extraordinarios para actuar en este asunto. La misión consiste en estudiar el grado de veracidad de las afirmaciones que hemos comentado hoy, recabar documentación acerca de su envergadura e identificar a las personas que son responsables o están implicadas.

Edklinth asintió con la cabeza.

—En el documento no figurará que está usted trabajando en la instrucción de un sumario; puede que me equivoque, pero creo que es tan sólo el fiscal general quien puede designar al instructor de un sumario en esta situación. No obstante, lo que sí puedo hacer es encomendarle la tarea de formar una comisión unipersonal para averiguar la verdad. De modo que lo que realizará será la investigación de una comisión estatal. ¿Entiende?

—Sí. Pero permítame mencionar que en el pasado yo he sido fiscal.

—Mmm. Tenemos que pedirle al director jurídico que le eche un vistazo a esto y que determine qué sería lo formalmente correcto. En cualquier caso, usted será el único responsable de esta investigación; usted mismo designará a cuantos colaboradores necesite. Si encuentra pruebas de actividades delictivas, deberá ponerlo en conocimiento del fiscal general, quien decidirá si dictar auto de procesamiento o no.

—Tengo que consultar el procedimiento legal exacto, pero creo que hay que informar al presidente del Riksdag y a la comisión constitucional... Esto se va a filtrar rápidamente —apostilló el ministro de Justicia.

—En otras palabras, debemos actuar ya —concluyó el primer ministro.

—Mmm —dijo Monica Figuerola.

—¿Qué? —preguntó el primer ministro.

—Hay dos problemas... Primero, la publicación de *Millennium* puede entrar en conflicto con nuestra investigación, y segundo, el juicio contra Lisbeth Salander empieza dentro de un par de semanas.

—¿Sería posible averiguar para cuándo tiene prevista *Millennium* la publicación?

—Podríamos preguntarlo —contestó Edklinth—. Lo que menos deseamos es meternos en la actividad de los medios de comunicación.

—Por lo que se refiere a esa tal Salander... —empezó diciendo el ministro de Justicia para, acto seguido, reflexionar un breve instante antes de seguir— sería terrible que hubiese sido objeto de los abusos de los que habla *Millennium*... ¿Cabe la posibilidad de que eso sea realmente cierto?

—Me temo que sí —respondió Edklinth.

—En ese caso, tenemos que asegurarnos de que sea indemnizada y, sobre todo, de que no vuelva a ser víctima de otra vulneración de sus derechos —dijo el primer ministro.

—¿Y eso cómo se hace? —preguntó el ministro de Justicia—. El gobierno no debe, bajo ninguna circunstancia, intervenir en un proceso jurídico en curso. Sería una violación de la ley.

—¿Y si hablamos con el fiscal?...

—No —contestó Edklinth—. Como primer ministro no debe influir en el proceso jurídico de ninguna manera.

—En otras palabras, Salander tendrá que pelear sus asaltos en la sala del tribunal —dijo el ministro de Justicia—. Hasta que no pierda el juicio y recurra al gobierno no podemos intervenir para indultarla u ordenarle al fiscal general que investigue si hay razones para celebrar un nuevo juicio.

Luego añadió algo:

—Pero eso sólo valdrá en el caso de que la condenen a prisión. Si dictan una sentencia de internamiento en una clínica psiquiátrica, el gobierno no podrá hacer nada: se trataría de una cuestión médica y el primer ministro no tiene competencia para decidir si está loca o no.

A las diez de la noche del viernes, Lisbeth Salander oyó una llave introduciéndose en la cerradura. Apagó inmediatamente el ordenador de mano y lo metió bajo la almohada. Al levantar la vista, vio a Anders Jonasson cerrar la puerta.

—Buenas noches, señorita Salander —saludó—. ¿Cómo te encuentras esta noche?

—Tengo un terrible dolor de cabeza y también fiebre —dijo Lisbeth.

—Eso no suena nada bien.

Lisbeth Salander no parecía estar especialmente torturada por la fiebre ni los dolores de cabeza. El doctor Anders Jonasson la examinó durante diez minutos. Constató que en el transcurso de la tarde la fiebre le había vuelto a subir en exceso.

—Es una pena que se nos presente ahora esto con lo

que habías mejorado en las últimas semanas. Me temo que ya no te podré dar el alta hasta dentro de dos semanas como mínimo.

—Dos semanas deberían ser suficientes.

Jonasson le echó una larga mirada.

La distancia que hay entre Londres y Estocolmo por tierra es, grosso modo, de 1.800 kilómetros que, en teoría, se recorren en aproximadamente veinte horas. En la práctica, tras casi veinte horas de viaje sólo habían llegado a la frontera de Alemania con Dinamarca. El cielo estaba cubierto de nubes de un gris plomizo, y el lunes, cuando el hombre al que llamaban Trinity se encontraba en medio del puente de Öresund, empezó a diluviar. Redujo la velocidad y activó los limpiaparabrisas.

A Trinity le parecía un infierno conducir por Europa, ya que toda la Europa continental se empeñaba en conducir por el lado erróneo de la calzada. Había metido su equipaje en la furgoneta el sábado por la mañana y cogido un ferri entre Dover y Calais para luego atravesar Bélgica vía Lieja. Cruzó la frontera con Alemania en Aquisgrán y luego cogió la *Autobahn* con dirección a Hamburgo y desde allí continuó hasta Dinamarca.

Su compañero, Bob the Dog, dormía en el asiento de atrás. Se habían turnado al volante y, aparte de las paradas que habían hecho para comer en restaurantes de carretera, habían conducido a una velocidad fija de unos noventa kilómetros por hora. La furgoneta tenía dieciocho años y no podía alcanzar mucho más.

Había maneras más sencillas de desplazarse entre Londres y Estocolmo, pero en un vuelo regular, desafortunadamente, no resultaba muy probable que les dejaran pasar los controles con más de treinta kilos de equipos electrónicos. Por tierra, sin embargo, a pesar de haber pasado seis fronteras, no los paró ni un solo aduanero ni controlador de pasaportes. Trinity era un entusiasta defensor de la UE, cuyas normas facilitaban sus viajes continentales.

Trinity contaba treinta y dos años de edad y había nacido en la ciudad de Bradford, aunque vivía en el norte de Londres desde que era pequeño. Sus estudios fueron bastante mediocres: en una escuela de formación profesional donde le dieron un certificado en el que se hacía constar que era técnico en telecomunicaciones; y, en efecto, durante tres años, desde que cumplió los diecinueve, había trabajado como instalador para British Telecom.

En realidad, sus conocimientos teóricos en electrónica e informática le habrían permitido participar sin miedo en debates sobre la materia y superar sin problema a cualquier arrogante y experto catedrático. Había vivido rodeado de ordenadores desde que contaba unos diez años de edad y su primer pirateo lo realizó con trece. Le cogió el gusto, y cuando tenía dieciséis sus conocimientos eran tales que ya estaba compitiendo con los mejores del mundo. Hubo una época en la que cada minuto que estaba despierto se lo pasó delante de la pantalla del ordenador haciendo sus propios programas y colocando insidiosos bucles en la red. Se metió en la BBC, en el Ministerio de Defensa inglés y en Scotland Yard. Incluso consiguió tomar, por un momento, el mando de un submarino atómico británico que patrullaba en el Mar del Norte. Por fortuna, dentro del mundo de los piratas informáticos, Trinity más bien pertenecía a la categoría de los curiosos que a la de los malvados. Su fascinación cesaba en el instante en que conseguía violar los códigos de un ordenador, acceder a él y enterarse de sus secretos. Como mucho, gastaba alguna que otra *practical joke* como, por ejemplo, dar instrucciones a un ordenador del submarino para que le dijera al capitán que se limpiara el culo, cuando lo que éste había pedido era que le indicara la posición. Este último incidente dio lugar a una serie de gabinetes de crisis en el Ministerio de Defensa, por lo que, pasado algún tiempo, Trinity empezó a comprender que tal vez no fuera una buena idea ir alardeando de sus habilidades, si es que el Estado iba en serio con sus amenazas de condenar a los *hackers* a duras penas de cárcel.

Se hizo técnico en telecomunicaciones porque ya sabía cómo funcionaba la red telefónica. Constató de inmediato que estaba tremendamente anticuada y cambió de profesión: se hizo asesor de seguridad y empezó a instalar sistemas de alarma y a supervisar las medidas de protección de robos. A ciertos clientes especialmente elegidos también podía ofrecerles servicios tan sofisticados como vigilancia y escuchas telefónicas.

Era uno de los fundadores de *Hacker Republic,* de la cual Wasp era ciudadana.

Eran las siete y media de la tarde del domingo cuando él y Bob the Dog llegaron a Estocolmo. Cuando pasaron el IKEA de Kungens kurva, en Skärholmen, Trinity abrió su móvil y marcó un número que tenía memorizado.

—¡Plague! —dijo Trinity.

—¿Dónde estáis?

—Me dijiste que te llamara al pasar IKEA.

Plague les describió el camino hasta el albergue de Långholmen, donde había hecho una reserva para sus colegas de Inglaterra. Como Plague no salía prácticamente nunca de su apartamento, quedaron en verse en su casa al día siguiente a las diez de la mañana.

Tras un instante de reflexión, Plague decidió hacer un gran esfuerzo y se puso a fregar, limpiar y ventilar la casa para recibir a sus invitados.

TERCERA PARTE

Disc crash

Del 27 de mayo al 6 de junio

En el siglo I a.C., el historiador Diodoro de Sicilia (considerado por otros historiadores como fuente poco fiable) describió a unas amazonas que vivían en Libia, nombre con el que se conocía en la época a la zona de África del norte que quedaba al oeste de Egipto. Ese imperio de amazonas era una ginecocracia, lo cual quiere decir que solamente las mujeres podían ocupar cargos públicos, incluidos los militares. Cuenta la leyenda que aquel territorio fue gobernado por una reina llamada Myrina que, acompañada de treinta mil mujeres soldados de infantería y tres mil de caballería, arrasó Egipto y Siria y llegó hasta el mar Egeo venciendo a un buen número de ejércitos de hombres que le salieron al paso. Cuando la reina Myrina fue finalmente derrotada en la batalla su ejército se dispersó.

Sin embargo, el ejército de Myrina dejó huella en la región: después de que los soldados de Anatolia fueran aniquilados en un enorme genocidio, las mujeres del lugar se levantaron en armas para aplastar una invasión procedente del Cáucaso. Esas mujeres eran entrenadas en el manejo de todo tipo de armas, entre ellas el arco, la jabalina, el hacha y las lanzas. Copiaron de los griegos las cotas de malla de bronce y las armaduras.

Rechazaban el matrimonio por considerarlo una sumisión. Para procrear se les concedía un permiso durante el cual se acostaban con una serie de hombres elegidos al azar y de pueblos cercanos. Sólo la mujer que había matado a un hombre en la batalla tenía derecho a perder su virginidad.

Capítulo 16

Viernes, 27 de mayo –
Martes, 31 de mayo

Mikael Blomkvist dejó la redacción de *Millennium* a las diez y media de la noche del viernes. Bajó a la planta baja pero en vez de salir por la puerta giró a la izquierda, atravesó el sótano, cruzó el patio interior y apareció en la calle a través de la salida del edificio contiguo, que daba a Hökens gata. Se topó con un grupo de jóvenes que venían de Mosebacke, aunque ninguno de ellos le prestó la menor atención. Si alguien lo estuviera vigilando pensaría que, como ya venía siendo habitual, se quedaba a pasar la noche en la redacción. Mikael había establecido esa pauta en el mes de abril. En realidad, era Christer Malm quien tenía el turno de noche en la redacción.

Se entretuvo cinco minutos paseando por algunas callejuelas y vías peatonales aledañas a Mosebacke antes de dirigirse a Fiskargatan 9. Una vez allí, introdujo el código, abrió la puerta y subió las escaleras hasta el ático, donde usó las llaves de Lisbeth Salander. Desactivó la alarma. Siempre se sentía igual de desconcertado cuando entraba en esa casa compuesta de veintiuna habitaciones, de las cuales sólo tres estaban amuebladas.

Empezó por prepararse una cafetera y unos sándwiches antes de entrar en el despacho de Lisbeth y encender su PowerBook.

Desde aquel día de mediados de abril en el que robaron el informe de Björck y fue consciente de que estaba siendo vigilado, Mikael había establecido su particular centro de operaciones en la casa de Lisbeth y se había traído todos los papeles importantes. Pasaba varias noches por semana en esa casa, dormía en la cama de Lisbeth y trabajaba en su ordenador. Ella lo había dejado completamente vacío antes de dirigirse a Gosseberga para enfrentarse a Zalachenko, de modo que él imaginó que era muy probable que no pensara regresar. Mikael usó los discos del sistema que tenía Lisbeth para poner de nuevo el equipo en marcha.

Desde el mes de abril ni siquiera había conectado el cable de la banda ancha a su propio ordenador. Utilizó la conexión de Lisbeth, inició el ICQ y abrió la dirección que ella había creado exclusivamente para él y que le había comunicado a través del foro de Yahoo [La_Mesa_Chalada].

—Hola, Sally.
—Dime.
—He reelaborado los dos capítulos de los que estuvimos hablando el otro día. Tienes la nueva versión en Yahoo. ¿Qué tal te va?
—He terminado diecisiete páginas. Ahora mismo las subo a La Mesa Chalada.

Clin
—Vale. Ya las tengo. Déjame leerlas y luego hablamos.
—Otra cosa.
—¿Qué?
—He creado otro foro en Yahoo llamado Los Caballeros.

Mikael sonrió.
—Vale. Los Caballeros de la Mesa Chalada.
—Contraseña: yacaraca12.
—De acuerdo.
—Cuatro miembros: tú, yo, Plague y Trinity.
—Tus misteriosos amigos de la red.

—Por si acaso.

—Vale.

—Plague ha copiado información del ordenador del fiscal Ekström. Lo pirateamos en abril.

—Vale.

—Si pierdo el ordenador de mano, él te mantendrá informado.

—Muy bien. Gracias.

Mikael cerró el ICQ y entró en el recién creado foro de Yahoo [Los Caballeros]. Todo lo que encontró fue un enlace de Plague a una anónima dirección *http* que sólo estaba compuesta por números. Copió la dirección en el Explorer, le dio al botón de *Enter* y accedió en el acto a una página web de algún lugar de la red que contenía los dieciséis *gigabytes* que conformaban el disco duro del fiscal Richard Ekström.

Plague no se había complicado la vida al copiar, tal cual, el disco duro de Ekström. Mikael dedicó más de una hora a organizar el contenido. Pasó de los archivos del sistema, de los programas y de una infinita cantidad de sumarios que parecían remontarse a varios años atrás. Al final descargó cuatro carpetas. Tres de ellas se llamaban [Sum/Sal], [Papelera/Sal] y [Sum/Niedermann] respectivamente. La cuarta carpeta era una copia de todos los correos que el fiscal Ekström había recibido hasta las dos de la tarde del día anterior.

—Gracias, Plague —dijo Mikael Blomkvist para sí mismo.

Tardó tres horas en leer el sumario y la estrategia de Ekström para el juicio contra Lisbeth Salander. Como cabía esperar, gran parte de la estrategia se centraba en torno a su estado mental. Ekström solicitaba un examen psiquiátrico a fondo y había enviado una gran cantidad de correos con el objetivo de agilizar el traslado de Lisbeth Salander a los calabozos de Kronoberg.

Mikael pudo constatar que las pesquisas para dar con Niedermann parecían haberse estancado. El jefe de la investigación era Bublanski. Había conseguido encontrar ciertas pruebas forenses que inculpaban a Niedermann en el caso de los asesinatos de Dag Svensson y Mia Bergman, así como en el del abogado Bjurman. El propio Mikael Blomkvist había aportado una buena parte de esas pruebas durante los tres largos interrogatorios a los que le sometieron en el mes de abril, de modo que, si alguna vez cogieran a Niedermann, se vería obligado a testificar. Al final consiguieron asociar el ADN de unas gotas de sudor y de dos pelos que recogieron en el apartamento de Bjurman con el ADN encontrado en la habitación de Niedermann en Gosseberga. El mismo ADN también fue hallado en abundancia en los restos del experto financiero de Svavelsjö MC, Viktor Göransson.

Sin embargo, Ekström contaba con una información tan escasa sobre Zalachenko que resultaba muy extraño.

Mikael encendió un cigarrillo, se acercó a la ventana y miró hacia Djurgården.

En la actualidad, Ekström instruía dos sumarios que habían sido separados por completo: el inspector Hans Faste era el jefe de la investigación de todo lo relacionado con Lisbeth Salander; Bublanski se ocupaba únicamente de Niedermann.

Lo normal habría sido, cuando apareció el nombre de Zalachenko en la investigación preliminar, que Ekström hubiera contactado con el jefe de la policía de seguridad para preguntarle por la verdadera identidad de esa persona. Mikael no pudo encontrar entre los correos de Ekström —ni en su agenda, ni en sus apuntes— nada que probara que ese contacto se había producido. En cambio, resultaba evidente que poseía cierta información sobre Zalachenko: entre sus notas encontró varias frases crípticas:

La investigación sobre Salander es falsa. El original de

Björck no se corresponde con la versión de Blomkvist. Confidencial.

Mmm. Luego unos cuantos apuntes que afirmaban que Lisbeth Salander era una esquizofrénica paranoica:

Correcto encerrar a Salander en 1991.

El vínculo entre ambas investigaciones lo encontró Mikael en [Papelera/Sal], es decir, toda esa información adicional que el fiscal consideraba irrelevante para el caso y que, por lo tanto, no se iba a usar en el juicio ni iba a formar parte de la serie de pruebas que se aportaran contra ella. Allí se hallaba casi todo lo que tenía que ver con el pasado de Zalachenko.

La investigación era penosa.

Mikael se preguntó cuánto había sido fruto de la casualidad y cuánto orquestado. ¿Dónde estaba el límite que separaba una cosa de la otra? ¿Era Ekström consciente de la existencia de ese límite?

¿O podría ser que alguien le proporcionara a Ekström, conscientemente, una información creíble pero falsa?

Por último, entró en Hotmail y dedicó los diez minutos siguientes a comprobar la media docena de cuentas anónimas de correo electrónico que había creado. Todos los días consultaba religiosamente la dirección de Hotmail que le había facilitado a la inspectora Sonja Modig. No albergaba mayores esperanzas de que ella diera señales de vida. Por eso, se quedó algo asombrado cuando abrió el buzón y encontró un correo de compañeradeviajegabril@hotmail.com. El mensaje constaba de una sola línea.

Café Madeleine, planta superior, 11.00 horas, sábado.

Mikael Blomkvist asintió pensativo.

Plague pinchó sobre Lisbeth Salander a medianoche y la pilló en mitad de una frase que ella estaba escribiendo y que hablaba de su vida con Holger Palmgren como administrador. Algo irritada, dirigió la mirada a la pantalla.

—¿Qué quieres?

—Hola, Wasp; yo también me alegro de saber de ti.

—Vale, vale. ¿Qué?

—Teleborian.

Se incorporó en la cama y clavó una tensa mirada en la pantalla del ordenador.

—Cuéntame.

—Trinity lo ha arreglado todo en un tiempo récord.

—¿Cómo?

—El loquero no para quieto. Se pasa la vida viajando entre Uppsala y Estocolmo y no podemos hacer un *hostile takeover*.

—Ya lo sé. ¿Cómo?

—Juega al tenis dos veces por semana. Más de dos horas. Dejó el ordenador en el coche en un aparcamiento subterráneo.

—Ajá.

—Trinity no tuvo ningún problema para desactivar la alarma del coche y sacar el ordenador. Sólo necesitó treinta minutos para copiarlo todo con el Firewire e instalarle el Asphyxia.

—¿Dónde?

Plague le dio la dirección http del servidor donde guardaba el disco duro de Peter Teleborian.

—Como diría Trinity: *This is some nasty shit*.

—¿…?

—Echale un vistazo a su disco duro.

Lisbeth Salander se desconectó de Plague y entró en Internet para buscar el servidor que éste le había indicado. Dedicó las siguientes tres horas a examinar, carpeta por carpeta, el ordenador de Teleborian.

Se topó con cierta correspondencia que Teleborian había mantenido con una persona que, desde una dirección de Hotmail, le había enviado una serie de correos encriptados. Como Lisbeth tenía acceso a la clave PGP de Teleborian, no le costó nada leerlos. Su nombre era Jonas; allí no figuraba ningún apellido. Jonas y Teleborian compartían un interés malsano por la falta de salud de Lisbeth Salander.

Yes… podemos probar que existe una conspiración.

Pero lo que realmente le interesó a Lisbeth Salander fueron cuarenta y siete carpetas que contenían ocho mil setecientas cincuenta y seis fotografías de pornografía infantil dura. Las abrió una a una y vio que se trataba de chicos que rondaban los quince años, si no menos. En una de las series aparecían niños de muy corta edad. La mayoría eran niñas. Varias de las imágenes tenían un contenido sádico.

Encontró algunos enlaces de, al menos, una docena de personas de distintos países que se intercambiaban pornografía infantil.

Lisbeth se mordió el labio inferior. Por lo demás, su rostro ni se inmutó.

Le vinieron a la memoria esas noches de cuando tenía doce años y se encontraba inmovilizada en la camilla de un cuarto libre de estímulos de la clínica psiquiátrica infantil de Sankt Stefan. Teleborian acudía una y otra vez a la penumbra de la habitación y la contemplaba al brillo de la tenue luz de la iluminación nocturna.

Ella lo sabía. Él nunca la tocó, pero ella siempre lo había sabido.

Se maldijo a sí misma: debería haberse ocupado de Teleborian hacía ya muchos años. Pero había reprimido su recuerdo e ignorado su existencia.

Ella lo había dejado en paz.

Al cabo de un rato, clicó a Mikael Blomkvist en el ICQ.

Mikael Blomkvist pasó la noche en el apartamento de Lisbeth Salander, de Fiskargatan. No apagó el ordenador hasta las seis y media de la mañana. Se durmió con imágenes de una pornografía infantil muy dura clavadas en la retina. Se despertó a las diez y cuarto y, de un salto, salió de la cama de Lisbeth Salander. Se duchó y pidió un taxi que le esperó delante de Södra Teatern. Se bajó en Birger Jarlsgatan a las once menos cinco y se acercó andando al café Madeleine.

Sonja Modig lo estaba esperando sentada ante una taza de café solo.

—Hola —dijo Mikael.

—Me la estoy jugando —contestó ella sin saludar—. Si alguna vez se descubre que me he reunido contigo, me despedirán y hasta es posible que me lleven a juicio.

—No diré nada.

Ella parecía estresada.

—Un colega mío acaba de visitar al ex primer ministro Thorbjörn Fälldin. Ha ido a verlo a título personal, así que su trabajo también pende de un hilo.

—Entiendo.

—De modo que exijo un total anonimato para los dos.

—Ni siquiera sé de qué colega estás hablando.

—Ahora te lo digo, pero quiero que me prometas que le vas a dar protección de fuente.

—Te doy mi palabra.

Ella miró el reloj.

—¿Tienes prisa?

—Sí. He quedado con mi marido y mis hijos en Sturegallerian dentro de diez minutos. Mi marido cree que estoy en el trabajo.

—¿Y Bublanski no sabe nada de esto?

—No.

—De acuerdo. Tú y tu colega sois fuentes y contáis con la más absoluta protección. Los dos. Hasta la tumba.

—Mi colega es Jerker Holmberg; lo conociste en Gotemburgo. Su padre es del Partido de Centro y Jerker conoce a Fälldin desde que era niño. Holmberg fue a hacerle una visita privada para preguntarle sobre Zalachenko.

—Entiendo.

De repente, el corazón de Mikael se puso a palpitar con intensidad.

—Fälldin parece un hombre simpático. Holmberg le habló de Zalachenko y le pidió que le contara lo que sabía de su deserción. Fälldin no dijo nada. Luego Holmberg le explicó que sospechamos que Lisbeth Salander fue encerrada en la clínica psiquiátrica por los que estaban protegiendo a Zalachenko. Fälldin se indignó mucho.

—Entiendo.

—Fälldin dijo que el jefe de la Säpo de aquel entonces y un colega suyo fueron a verlo poco tiempo después de que se hubiera convertido en primer ministro. Le contaron una increíble historia de espías sobre un desertor ruso que acababa de llegar a Suecia. Y también le aseguraron que se trataba del secreto militar más delicado de toda Suecia… que ni de lejos había nada en toda la defensa sueca que se acercara a la importancia que ese secreto tenía.

—Mmm.

—Fälldin dijo que no sabía cómo tratar el asunto. Acababa de ser elegido primer ministro y su gobierno carecía de experiencia, pues los socialistas llevaban más de cuarenta años en el poder. Le comunicaron que la responsabilidad de tomar una decisión le correspondía a él, y que si consultaba a sus compañeros de gobierno, entonces la Säpo declinaría cualquier responsabilidad en el asunto. Vivió todo aquello como algo muy desagradable y, simplemente, no supo qué hacer.

—Comprendo.

—Al final se vio obligado a hacer lo que le propusieron aquellos señores de la Säpo. Redactó una directiva por la que le otorgaba en exclusiva a la Säpo la custodia de Zalachenko. Se comprometió a no hablar nunca del asunto con nadie. Fälldin ni siquiera llegó a saber el nombre del desertor.

—Ya veo.

—Fälldin no supo prácticamente nada del asunto durante sus dos mandatos. En cambio, hizo algo de una extraordinaria inteligencia: insistió en que también fuera partícipe del secreto un secretario de Estado, que funcionaría como intermediario entre el gobierno y los que protegían a Zalachenko.

—¿Ah, sí?

—Ese secretario de Estado se llama Bertil K. Janeryd, tiene hoy en día sesenta y tres años y es el embajador de Suecia en Amsterdam.

—¡Anda!

—Cuando Fälldin se dio cuenta de la seriedad de la investigación le escribió una carta a Janeryd.

Sonja Modig le pasó a Mikael un sobre por encima de la mesa:

> Querido Bertil:
>
> El secreto que los dos protegimos durante mi mandato se ve ahora muy seriamente puesto en duda. La persona en cuestión ha fallecido y ya no puede sufrir ningún daño. En cambio, otras personas sí.
>
> Es de vital importancia que nos ayudes a aclarar ciertas cuestiones.
>
> La persona que lleva esta carta trabaja de manera extraoficial y tiene mi confianza. Te ruego que la escuches y que contestes a las preguntas que te haga.
>
> Usa tu reconocido buen juicio.
>
> TF

—Entonces esta carta se refiere a Jerker Holmberg.

—No. Holmberg le pidió a Fälldin que no pusiera

ningún nombre. Le dijo expresamente que no sabía quién iba a ir a Amsterdam.

—¿Quieres decir que…?

—Jerker y yo ya hemos hablado del tema. Estamos caminando sobre un hielo tan fino que si se rompiera, no habría quien nos salvara. No tenemos en absoluto ninguna autorización para ir a Ámsterdam e interrogar al embajador. En cambio tú sí podrías hacerlo.

Mikael dobló la carta y estaba a punto de metérsela en el bolsillo de la americana cuando Sonja Modig le agarró la mano. Muy fuertemente.

—Información a cambio de información —dijo ella—. Queremos saber lo que te cuente Janeryd.

Mikael asintió. Sonja Modig se levantó.

—Espera: has dicho que a Fälldin lo fueron a ver dos personas de la Säpo. Una era el jefe. ¿Quién era la otra?

—Fälldin no lo vio más que en esa ocasión y no pudo recordar su nombre. No se apuntó nada en la reunión. Lo recuerda como un hombre delgado con bigote. Fue presentado como el jefe de la Sección para el Análisis Especial o algo por el estilo. Después de la reunión, Fälldin miró un organigrama de la Säpo y fue incapaz de encontrar ese departamento.

El club de Zalachenko, pensó Mikael.

Sonja Modig se volvió a sentar. Parecía medir sus palabras.

—De acuerdo —acabó diciendo—. Aun a riesgo de ser fusilado… Hay una cosa en la que no pensaron ni Fälldin ni los visitantes.

—¿Cuál?

—El registro de las visitas a Rosenbad que se le realizaron al primer ministro.

—¿Y?

—Jerker lo solicitó. Es un documento público.

—¿Y?

Sonja Modig volvió a dudar.

—Ese libro de visitas sólo indica que el primer ministro se reunió con el jefe de la Säpo y un colaborador suyo para tratar un tema de carácter general.

—¿Había algún nombre?

—Sí. E. Gullberg.

Mikael sintió cómo la sangre le subía a la cabeza.

—Evert Gullberg —dijo.

Sonja Modig asintió con semblante serio. Se levantó y se fue.

Mikael Blomkvist seguía sentado en el café Madeleine cuando abrió su móvil anónimo y reservó un vuelo a Amsterdam. El vuelo salía de Arlanda a las 14.50 horas. Se fue andando hasta el Dressman de Kungsgatan y compró una camisa y una muda. Luego se dirigió a la farmacia de Klara, donde compró un cepillo de dientes y otros útiles de aseo. Se aseguró de que nadie lo estuviera siguiendo cuando echó a correr para coger el Arlanda Express. Cuando llegó al aeropuerto faltaban diez minutos para cerrar el vuelo.

A las seis y media entró en un destartalado hotel del Red Light district, a unos diez minutos a pie desde la estación central de Amsterdam, y pidió una habitación.

Pasó dos horas intentando localizar al embajador de Suecia hasta que consiguió contactar con él por teléfono a eso de las nueve. Empleó toda su capacidad de persuasión y subrayó que tenía un asunto de máxima importancia que debía tratar sin demora. El embajador acabó cediendo y accedió a verlo a las diez de la mañana del domingo.

Luego Mikael salió a cenar frugalmente en un restaurante cercano al hotel. A las once de la noche ya estaba durmiendo.

El embajador Bertil K. Janeryd se mostró parco en palabras mientras tomaban café en su residencia privada.

—Bueno… ¿Cuál es ese asunto tan importante?

—Alexander Zalachenko. El desertor ruso que llegó a Suecia en 1976 —dijo Mikael, entregándole la carta de Fälldin.

Janeryd pareció quedarse perplejo. Tras leerla, la dejó cuidadosamente.

Mikael dedicó la siguiente media hora a explicarle en qué consistía el problema y por qué Fälldin redactó la carta.

—Yo… yo no puedo tratar ese asunto —terminó diciendo Janeryd.

—Sí puede.

—No, sólo puedo comentarlo ante la comisión constitucional.

—Es muy probable que tenga que comparecer ante ellos. Pero en la carta dice que utilice su buen juicio.

—Fälldin es una persona honrada.

—No me cabe la menor duda. Pero yo no voy a por ustedes. No le pido que revele ni uno solo de esos secretos militares que tal vez Zalachenko revelara.

—Yo no conozco ningún secreto. Ni siquiera sabía que se llamara Zalachenko… Sólo lo conocía bajo un nombre falso.

—¿Cuál?

—Lo conocíamos como Ruben.

—De acuerdo, siga.

—No puedo hablar de eso.

—Sí puede —repitió Mikael mientras se acomodaba—. Porque esta historia se hará pública dentro de poco. Y cuando eso ocurra, los medios de comunicación o le cortarán la cabeza o le describirán como un funcionario honrado que hizo cuanto estuvo en su mano para enfrentarse a esa horrible situación. Fue a usted a quien Fälldin eligió para que hiciera de intermediario entre él y los que se encargaron de Zalachenko. Eso ya lo sé.

Janeryd asintió.

—Cuénteme.

Janeryd permaneció callado durante casi un minuto.

—Nadie me comunicó nada. Yo era joven... y no sabía cómo tratar el asunto. Los vi unas dos veces al año durante el tiempo que duró aquello. Me decían que Ruben... Zalachenko se encontraba bien de salud, que estaba colaborando y que la información que entregaba resultaba inapreciable. Nunca me dieron más detalles. No tenía ninguna *necesidad* de saber ningún detalle.

Mikael aguardaba.

—El desertor había actuado en otros países y no sabía nada de Suecia, y por eso nunca fue considerado como un asunto importante en nuestra política de seguridad. Informé al primer ministro en un par de ocasiones, pero, por lo general, no había nada que comentar.

—Vale.

—Siempre decían que el asunto se llevaba de la forma habitual y que la información que él daba era procesada a través de nuestros canales habituales. ¿Qué les iba yo a contestar? Si les preguntaba qué querían decir, sonreían y me soltaban que eso quedaba fuera de mi competencia. Me sentía como un idiota.

—¿Nunca se le ocurrió pensar que hubiera algo raro en todo aquello?

—No. Allí no había nada raro. Yo daba por descontado que en la Säpo sabían lo que hacían y que tenían la experiencia y la práctica necesarias para llevar un caso así. Pero no puedo hablar del asunto.

A esas alturas, Janeryd llevaba ya, de hecho, varios minutos hablando del asunto.

—Todo eso resulta irrelevante. Lo único relevante ahora mismo es una sola cosa.

—¿Cuál?

—El nombre de las personas con las que trataba.

Janeryd le echó a Mikael una mirada inquisidora.

—Las personas que se encargaban de Zalachenko han ido mucho más allá de todas las competencias imaginables. Se han dedicado a ejercer una grave actividad delictiva y deben ser objeto de la instrucción de un sumario. Por eso me ha enviado Fälldin aquí. Fälldin no conoce los nombres. Fue usted el que se reunió con ellos.

Janeryd parpadeó y apretó los labios.

—Se reunió con Evert Gullberg... Él era el jefe.

Janeryd asintió.

—¿Cuántas veces lo vio?

—Acudió a todas las reuniones excepto a una. Habría una decena de reuniones mientras Fälldin fue primer ministro.

—¿Y dónde se reunían?

—En el vestíbulo de algún hotel. Por lo general, el Sheraton. Una vez en el Amaranten de Kungsholmen y algunas veces en el *pub* del Continental.

—¿Y quién más participó en las reuniones?

Janeryd parpadeó resignado.

—Hace tanto tiempo... No me acuerdo.

—Inténtelo.

—Había un tal... Clinton. Como el presidente americano.

—¿Su nombre?

—Fredrik Clinton. Lo vi unas cuatro o cinco veces.

—De acuerdo... ¿Más?

—Hans von Rottinger. Ya lo conocía por mi madre.

—¿Su madre?

—Sí, mi madre conocía a la familia Von Rottinger. Hans von Rottinger era una persona simpática. Hasta que se presentó en una reunión, acompañado de Gullberg, no me enteré de que trabajaba para la Säpo.

—Pues no era así —dijo Mikael.

Janeryd palideció.

—Trabajaba para una cosa llamada «Sección para el

Análisis Especial» —dijo Mikael—. ¿Qué es lo que le dijeron sobre ese grupo?

—Nada... Quiero decir... bueno, que eran ellos los que se encargaban del desertor.

—Sí. Pero ¿a que resulta raro que no figuren en ninguna parte del organigrama de la Säpo?

—Eso es absurdo...

—Ya, ¿a que sí? Bueno, y ¿cómo se procedía para convocar las reuniones? ¿Le llamaban ellos a usted o los llamaba usted a ellos?

—No... La hora y el lugar se decidían en la reunión anterior.

—¿Y qué hacía si necesitaba ponerse en contacto con ellos? Por ejemplo, para cambiar la hora de la reunión o algo así...

—Tenía un número de teléfono al que llamar.

—¿Qué número?

—Sinceramente, no me acuerdo.

—¿De quién era el número?

—No lo sé. Nunca lo utilicé.

—De acuerdo. Siguiente pregunta: ¿a quién le cedió el puesto?

—¿Qué quiere decir?

—Cuando Fälldin dimitió. ¿Quién ocupó su lugar?

—No lo sé.

—¿Redactó algún informe?

—No, porque todo era secreto. Ni siquiera podía llevar un cuaderno.

—¿Y nunca informó a ninguno de sus sucesores?

—No.

—¿Y qué pasó?

—Bueno... Fälldin dimitió y le entregó el testigo a Ola Ullsten. A mí me comunicaron que íbamos a esperar hasta después de las siguientes elecciones. Entonces, Fälldin volvió a ganar y se reanudaron nuestras reuniones. Luego se convocaron las elecciones de 1985 y ganaron los socialistas. Y supongo que Palme habría nombrado a alguien para que me sucediera. Yo empecé en el Ministerio de Asuntos Exteriores y me hice diplomático. Me destinaron a Egipto y después a la India.

Mikael continuó haciéndole preguntas durante unos cuantos minutos más, aunque estaba convencido de que ya sabía todo lo que Janeryd iba a poder contarle. Tres nombres:

Fredrik Clinton.

Hans von Rottinger.

Y Evert Gullberg: el hombre que mató a Zalachenko.

El club de Zalachenko.

Dio las gracias a Janeryd por la información y cogió un taxi de vuelta a la estación central. Hasta que se sentó en el taxi no abrió el bolsillo de la americana para apagar la grabadora. Aterrizó en Arlanda a las siete y media de la tarde del domingo.

Erika Berger contempló pensativa la foto de la pantalla. Levantó la mirada y escudriñó la redacción medio vacía que quedaba al otro lado de su jaula de cristal. Anders Holm tenía el día libre. No le pareció que nadie le estuviera prestando la más mínima atención, ni abierta ni furtivamente. Tampoco tenía razones para creer que hubiese alguien en la redacción que quisiera hacerle daño.

El correo había llegado un minuto antes. El remitente era redax@aftonbladet.com. *¿Por qué precisamente Aftonbladet?* La dirección era falsa.

Pero esta vez no había ningún texto; tan sólo una foto jpg que abrió con Photoshop.

La imagen era pornográfica y representaba a una mujer desnuda, con unos pechos excepcionalmente grandes y una correa de perro alrededor del cuello. Estaba a cuatro patas y alguien se la estaba follando por detrás.

El rostro de la mujer había sido sustituido por otro.

No se trataba de un retoque hecho con mucha habilidad, aunque sin duda no era ésa la intención. En vez de la cara original, aparecía la de Erika Berger. La foto pertenecía al *byline* que tenía en *Millennium* y podía ser bajada de Internet.

En la parte inferior de la imagen habían escrito una palabra con letras de imprenta valiéndose de la función *spray* del Photoshop.

«Puta.»

Era el noveno correo anónimo que recibía Erika con la palabra «puta» y que parecía tener como remitente a una gran y conocida empresa mediática de Suecia. Al parecer, ese *cyber stalker* que le había caído encima se empeñaba en seguir acosándola.

El capítulo de la escucha telefónica resultó mucho más complicado que el de la vigilancia informática. A Trinity no le costó nada localizar el cable del teléfono de la casa del fiscal Ekström; el problema era, por supuesto, que Ekström usaba muy raramente ese teléfono —por no decir nunca— para realizar llamadas relacionadas con su trabajo. Trinity ni siquiera se molestó en intentar pinchar el que tenía en el edificio de la jefatura de policía de Kungsholmen. Eso habría requerido un acceso a la red de cables sueca que iba más allá de sus posibilidades.

No obstante, Trinity y Bob the Dog dedicaron la mayor parte de la semana a identificar e intentar distinguir el móvil de Ekström de entre el ruido de fondo de casi doscientos mil móviles dentro de un radio de un kilómetro alrededor de la jefatura de policía.

Trinity y Bob the Dog emplearon una técnica que se llamaba *Random Frequency Tracking System*, RFTS. No se trataba de una técnica desconocida. Había sido desarrollada por la National Security Agency norteamericana, la NSA, y había sido incorporada a una desconocida cantidad de satélites que vigilaban determinados centros de crisis y capitales de especial interés de todo el mundo.

La NSA contaba con enormes recursos a su disposición y usaba una especie de red para captar simultáneamente un gran número de llamadas de móvil en la región que fuera. Cada llamada era separada y procesada digitalmente a través de ordenadores que estaban programados para reaccionar ante palabras como, por ejemplo, «terrorista» o «kalashnikov». Si una de esas palabras aparecía, el ordenador enviaba de forma automática un aviso, y un operador entraba y escuchaba la conversación para decidir si era de interés o no.

Las cosas se complicaban a la hora de identificar un móvil concreto. Cada teléfono móvil tiene una firma propia y única —una huella dactilar— en forma de número de teléfono. Con un equipamiento dotado de una extremada sensibilidad, la NSA podía centrarse en una zona específica y discernir y escuchar las conversaciones. La técnica resultaba sencilla, pero no completamente segura. Las llamadas salientes eran especialmente difíciles de reconocer, mientras que, en cambio, una llamada entrante se identificaba con mayor facilidad, ya que se iniciaba justo con esa huella dactilar cuya función consistía en que el teléfono en cuestión captara la señal.

La diferencia entre las ambiciones de Trinity y las de la NSA con respecto a las escuchas era de carácter económico. NSA tenía un presupuesto anual que ascendía a miles de millones de dólares americanos, cerca de doce mil agentes empleados a tiempo completo y acceso a la más absoluta tecnología punta del mundo de la informática y la telefonía. Trinity no contaba más que con su furgoneta y con unos treinta kilos de material electrónico que, en su mayoría, estaba compuesto por aparatos caseros fabricados por Bob the Dog. La NSA, a través de la vigilancia por satélite, podía dirigir antenas muy sensibles hacia un edificio concreto de cualquier lugar del mundo. Trinity tenía un antena construida por Bob the Dog cuyo alcance efectivo era de unos quinientos metros. La técnica de la que disponía Trinity le obligaba a aparcar la furgoneta en Bergsgatan o en alguna de las calles colindantes y calibrar laboriosamente el equipo hasta que identificara esa huella dactilar que constituía el número de móvil del fiscal Richard Ekström. Como no sabía sueco, debía enviar las llamadas, a través de otro móvil, a casa de Plague, que era quien las escuchaba en realidad.

Durante cinco días con sus cinco noches, un Plague cada vez más ojeroso escuchó hasta la saciedad una enorme cantidad de llamadas que entraban y salían de la jefatura de policía y los edificios cercanos. Escuchó fragmentos de investigaciones en curso, descubrió furtivos encuentros amorosos y grabó una gran cantidad de llamadas que contenían chorradas sin ningún tipo de interés. La noche del quinto día, Trinity le envió una señal que una pantalla digital identificó en el acto como el número del fiscal Ekström. Plague sintonizó la antena parabólica en la frecuencia exacta.

La técnica RFTS funcionaba sobre todo en las llamadas que le entraban a Ekström. Lo que la antena parabólica de Trinity hacía era simplemente captar la señal de búsqueda del número de móvil de Ekström, que se desviaba por el espacio de toda Suecia.

En cuanto Trinity empezó a grabar las llamadas de Ekström, pudo también obtener las huellas de su voz para que Plague trabajara con ellas.

Plague procesaba la voz de Ekström a través de un programa llamado VPRS, que significa *Voiceprint Recognition System*. Eligió una docena de palabras frecuentes, como por ejemplo «vale» o «Salander». En cuanto dispuso de cinco ejemplos diferentes de una palabra, el programa analizó el tiempo que se tardaba en pronunciarla, la profundidad del tono de la voz y su registro de frecuencia, cómo acentuaba la terminaciones y una docena más de marcadores. El resultado fue un gráfico que permitía a Plague escuchar también las llamadas que salían del móvil del fiscal Ekström. La antena parabólica se mantenía en permanente escucha buscando una llamada en la que apareciera, precisamente, la curva gráfica de Ekström en alguna de esa docena de palabras de uso frecuente. La técnica no era perfecta. Pero alrededor del cincuenta por ciento de las llamadas que Ekström hacía desde su móvil y desde las inmediaciones de la jefatura era escuchado y grabado.

Por desgracia, la técnica adolecía de una obvia desventaja: en cuanto el fiscal Ekström abandonaba la jefatura cesaban las posibilidades de realizar escuchas; a no ser que Trinity supiera dónde se encontraba Ekström y pudiera aparcar por los alrededores.

Una vez obtenida la orden de la máxima autoridad, Torsten Edklinth pudo crear por fin una pequeña pero legítima unidad operativa. Eligió a dedo a cuatro colaboradores. Optó, conscientemente, por aquellos jóvenes talentos que contaban con cierta experiencia en la *policía abierta* y que acababan de ser reclutados para la DGP/Seg. Dos procedían de la brigada de fraudes, otro de la policía financiera y el cuarto de la brigada de delitos violentos. Fueron convocados al despacho de Edklinth, donde éste les dio una charla sobre el carácter de la misión y la necesidad de mantenerla bajo una absoluta confidencialidad. También subrayó que la investigación se realizaba obedeciendo una petición directa del primer ministro. Monica Figuerola se convirtió en el jefe de los nuevos agentes y dirigió la investigación con una fuerza que se correspondía con la de su físico.

Pero la investigación avanzaba despacio, algo que en gran parte se debía a que nadie estaba muy seguro de a quién o a quiénes investigar. En más de una ocasión, Edklinth y Figuerola sopesaron la posibilidad de detener simplemente a Mårtensson y empezar a hacerle preguntas. Pero siempre acababan decidiendo que debían esperar: una detención significaría que toda la investigación saldría a la luz.

No fue hasta el martes, once días después de la reunión con el primer ministro, cuando Monica Figuerola llamó a la puerta del despacho de Edklinth y le dijo:

—Creo que tenemos algo.

—Siéntate.

—Evert Gullberg.

—¿Sí?

—Uno de nuestros investigadores habló con Marcus Erlander, el que está investigando el asesinato de Zalachenko. Según Erlander, la DGP/Seg se puso en contacto con la policía de Gotemburgo apenas dos horas después del asesinato y le entregó información sobre las amenazadoras cartas de Gullberg.

—Menuda diligencia.

—Sí. Demasiada. Los de la DGP/Seg enviaron por fax nueve cartas, supuestamente redactadas por Gullberg, a la policía de Gotemburgo. Sin embargo, hay un problema.

—¿Cuál?

—Dos de ellas iban dirigidas al Ministerio de Justicia: al ministro de Justicia y al ministro de la Democracia.

—Sí. Eso ya lo sabía.

—Ya, lo que pasa es que la carta que era para el ministro de la Democracia no se registró en el ministerio hasta el día siguiente. Llegó en una entrega postal más tardía.

Edklinth se quedó mirando fijamente a Monica Figuerola. Por primera vez sintió verdadero miedo ante la posibilidad de que todas sus peores sospechas se confirmaran. Monica Figuerola siguió, implacable.

—En otras palabras, la DGP/Seg mandó por fax una carta que aún no había sido recibida por el destinatario.

—¡Dios mío! —dijo Edklinth.

—Fue un colaborador de protección personal el que envió las cartas por fax.

—¿Quién?

—No creo que tenga nada que ver con esto. Por la mañana ya las tenía sobre su mesa, y poco después del asesinato le encargaron que contactara con la policía de Gotemburgo.

—¿Y quién le hizo ese encargo?

—La secretaria del jefe administrativo.

—Dios mío, Monica… ¿Entiendes lo que eso significa?

—Sí.

—Que la DGP/Seg está implicada en el homicidio de Zalachenko.

—No. Lo que significa, definitivamente, es que había personas *dentro* de la DGP/Seg que estaban al tanto del asesinato antes de que se cometiera. La única cuestión es saber quiénes.

—El jefe administrativo…

—Sí. Pero empiezo a sospechar que ese club de Zalachenko se encuentra fuera de la casa.

—¿Qué quieres decir?

—Mårtensson. Fue trasladado desde protección personal y trabaja por su cuenta. Durante la última semana lo hemos estado vigilando a jornada completa. Que sepamos, no ha estado en contacto con nadie de dentro de la casa. Recibe llamadas a un móvil, pero no conseguimos escucharlas porque no sabemos qué número es; lo único que sabemos es que no es su móvil privado. Se ha reunido con ese hombre rubio al que no hemos podido identificar todavía.

Edklinth frunció el ceño. En ese mismo instante, Anders Berglund llamó a la puerta. Era el colaborador de entre los recién reclutados que había trabajado para la policía financiera.

—Creo que he encontrado a Evert Gullberg —dijo Berglund.

—Entra —dijo Edklinth.

Berglund puso una descantillada fotografía en blanco y negro sobre la mesa. Edklinth y Figuerola contemplaron la foto. En ella aparecía un hombre al que los dos reconocieron de inmediato. Se veía a dos corpulentos policías vestidos de paisano haciéndole pasar por una puerta. Se trataba del legendario coronel espía Stig Wennerström.

—Esta foto procede de la editorial Åhlén & Åkerlund y se publicó en la revista *Se* en la primavera de 1964. Fue realizada durante el juicio en el que Wennerström fue condenado a cadena perpetua.

—Vale.

—Al fondo se ven tres personas. A la derecha, el comisario Otto Danielsson, o sea, el que detuvo a Wennerström.

—Sí...

—Mira al hombre que está detrás de Danielsson, a su izquierda.

Edklinth y Figuerola vieron a un hombre alto con un fino bigote y un sombrero. Recordaba vagamente al escritor Dashiell Hammett.

—Comparad su cara con la que tiene Gullberg en su foto de pasaporte. Ya había cumplido los sesenta y seis años cuando se la hizo.

Edklinth frunció las cejas.

—No me atrevería a jurar que se trata de la misma persona...

—Pero yo sí —dijo Berglund—. Dale la vuelta.

El dorso llevaba un sello que indicaba que la foto pertenecía a la editorial Åhlén & Åkerlund y que el nombre del fotógrafo era Julius Estholm. El texto estaba escrito a lápiz: Stig Wennerström flanqueado por dos policías entrando en el tribunal de Estocolmo. Al fondo O. Danielsson, E. Gullberg y H. W. Francke.

—Evert Gullberg —dijo Monica Figuerola—. Estaba en la DGP/Seg.

—No —dijo Berglund—. Técnicamente hablando no estaba allí. Por lo menos, no cuando se hizo esta foto.

—¿No?

—La DGP/Seg no se fundó hasta cuatro días después. Aquí todavía pertenecía a la Policía Secreta del Estado.

—¿Quién es H. W. Francke? —preguntó Monica Figuerola.

—Hans Wilhelm Francke —respondió Edklinth—. Murió a principios de los años noventa, pero fue el director adjunto de la Policía Secreta del Estado a finales de los cincuenta y principios de los sesenta. Toda una leyenda, al igual que Otto Danielsson. De hecho, lo he visto en un par de ocasiones.

—¿Sí? —dijo Monica Figuerola.

—Dejó la DGP/Seg a finales de los sesenta. Francke y P. G. Vinge nunca se llevaron bien; siempre estaban discutiendo, y supongo que lo echarían con unos cincuenta o cincuenta y cinco años. Abrió su propio negocio.

—¿Su propio negocio?

—Sí, se convirtió en asesor de seguridad para la industria privada. Tenía las oficinas cerca de Stureplan, pero de vez en cuando también daba conferencias para formar al personal de la DGP/Seg. Fue así como lo conocí yo.

—Bien. ¿Y por qué discutían Vinge y Francke?

—Chocaban; eran muy distintos. Francke era algo así como un *cowboy* que veía agentes de la KGB por todas partes, mientras que Vinge era un burócrata de la vieja escuela. Poco tiempo después echaron a Vinge porque pensaba que Palme trabajaba para la KGB, lo que es bastante irónico.

—Mmm —dijo Monica Figuerola, observando la foto en la que Gullberg y Francke estaban juntos.

—Creo que ya va siendo hora de que volvamos a hablar con el ministro de Justicia —intervino Edklinth.

—*Millennium* ha salido hoy— comentó Monica Figuerola.

Edklinth le echó una incisiva mirada.

—Ni una palabra sobre el asunto Zalachenko —añadió ella.

—Total, que nos queda probablemente un mes hasta que salga el próximo número. Es bueno saberlo. Pero tenemos que ocuparnos de Blomkvist; es como una bomba de relojería en medio de todo este lío.

Capítulo 17

Miércoles, 1 de junio

Nada advirtió previamente a Mikael Blomkvist de que alguien se encontraba en el rellano de la escalera cuando llegó a la puerta de su ático de Bellmansgatan 1. Eran las siete de la tarde. Se detuvo en seco al descubrir a una mujer rubia con el pelo corto y rizado sentada en el último escalón. La identificó de inmediato gracias a la foto de pasaporte que le había facilitado Lottie Karim: Monica Figuerola, de la DGP/Seg.

—Hola, Blomkvist —lo saludó alegremente y cerró el libro que había estado leyendo. Mikael miró la portada por el rabillo del ojo y constató que estaba en inglés y que trataba de la visión que se tenía de los dioses en la Antigüedad. Alzó la mirada y examinó a su inesperada visitante. Ella se levantó. Llevaba un veraniego vestido blanco de manga corta y había colgado una cazadora roja de cuero en la barandilla de la escalera.

—Nos gustaría hablar contigo —dijo.

Mikael Blomkvist la observó. Era alta, más alta que él, y la impresión se reforzaba por el hecho de que estaba dos peldaños más arriba. Contempló sus brazos, bajó la mirada hacia sus piernas y se dio cuenta de que tenía bastantes más músculos que él.

—Ya veo que vas mucho al gimnasio —dijo él.

Ella sonrió y sacó su placa.

—Me llamo…

—Te llamas Monica Figuerola, naciste en 1969 y vives en Pontonjärgatan, en Kungsholmen. Eres oriunda de Borlänge, pero has trabajado como policía en Uppsala. Hace tres años que estás en la DGP/Seg, en protección constitucional. Eres una fanática del ejercicio físico y una vez fuiste una atleta de élite, y casi te clasificaste para entrar en el equipo nacional sueco que participó en los Juegos Olímpicos. ¿Qué quieres de mí?

Ella se quedó sorprendida, pero asintió y se recuperó con rapidez.

—¡Qué bien! —dijo con voz aliviada—. Entonces ya sabes quién soy y no tienes por qué tenerme miedo.

—¿No?

—Ciertas personas necesitan hablar tranquilamente contigo. Como tu casa y tu móvil parecen estar bajo escucha y hay razones para ser discreto, me han enviado a mí para invitarte.

—¿Y por qué querría yo ir a algún sitio con una persona que trabaja en la Säpo?

Reflexionó un rato.

—Bueno… puedes acompañarme aceptando una amable invitación, pero si lo prefieres, te esposo y te llevo conmigo.

Ella sonrió dulcemente. Mikael Blomkvist le devolvió la sonrisa.

—Oye, Blomkvist: entiendo que tengas motivos de sobra para desconfiar de alguien que viene de la Säpo. Pero lo cierto es que no todos los que trabajamos allí somos tus enemigos, y hay muy buenas razones para hablar con mis jefes.

Él aguardó.

—Bueno, ¿qué prefieres? ¿Esposado o voluntario?

—Este año ya me han esposado una vez. Ya tengo el cupo cubierto. ¿Adónde vamos?

Monica Figuerola conducía un Saab 9-5 nuevo, que estaba aparcado a la vuelta de la esquina de Pryssgränd.

Al subir al coche, ella abrió su móvil y marcó un número predeterminado.

—Llegaremos en quince minutos —comunicó.

Le dijo a Mikael Blomkvist que se abrochara el cinturón de seguridad y pasó por Slussen hasta llegar a Östermalm, donde aparcó en una calle perpendicular a Artillerigatan. Se quedó quieta un instante y lo observó.

—Blomkvist: ésta es una invitación amistosa. No te va a pasar nada.

Mikael Blomkvist no dijo nada. Se guardó sus comentarios para cuando supiera de qué iba todo aquello. Ella marcó el código de la puerta. Subieron en el ascensor hasta la cuarta planta, a un apartamento en cuya puerta figuraba el nombre de Martinsson.

—Sólo hemos tomado prestado el piso para la reunión de esta tarde —dijo ella antes de abrir—. A la derecha, al salón.

La primera persona a la que Mikael vio fue Torsten Edklinth, algo que no le produjo ninguna sorpresa, ya que la Säpo estaba implicada en grado sumo en el desarrollo de los acontecimientos y porque, además, Edklinth era el jefe de Monica Figuerola. Que el jefe de protección constitucional se hubiera molestado en ir a buscarlo indicaba que alguien estaba preocupado.

Luego percibió que una figura que se hallaba junto a la ventana se volvía hacia él. El ministro de Justicia. Eso sí que resultó sorprendente.

A continuación, oyó un ruido por la derecha y vio a una persona enormemente familiar levantarse de un sillón. Nunca se habría imaginado que Monica Figuerola lo trajera a una más bien nocturna reunión conspirativa con el primer ministro.

—Buenas noches, señor Blomkvist —dijo el primer ministro—. Discúlpenos por haberle pedido con tan poca antelación que venga a esta reunión, pero hemos comentado la situación y todos estamos de acuerdo en que debemos hablar con usted, bueno... contigo. Pasemos de formalidades. ¿Te apetece un café o alguna otra cosa?

Mikael miró a su alrededor. Vio un mueble de comedor de madera oscura repleto de vasos, tazas vacías y restos de una tarta salada. *Ya deben de llevar aquí unas cuantas horas.*

—Ramlösa —dijo.

Se la sirvió Monica Figuerola. Luego ellos se sentaron en unos sofás que había al fondo de la habitación y ella permaneció de pie.

—Me ha reconocido y sabe cómo me llamo, dónde vivo, dónde trabajo y que soy una adicta al ejercicio físico —les comentó Monica Figuerola.

El primer ministro le echó una rápida mirada a Torsten Edklinth en primer lugar y luego a Mikael Blomkvist. De repente, Mikael se dio cuenta de que se encontraba en una posición de poder: el primer ministro necesitaba algo de él y probablemente no tuviera ni idea de lo que Mikael Blomkvist sabía.

—Intento hacerme una idea de quién es quién en todo este cacao —dijo Mikael con un tono ligero de voz. *No seré yo el que engañe al primer ministro.*

—¿Y cómo conocías el nombre de Monica Figuerola? —preguntó Edklinth.

Mikael miró de reojo al jefe de protección constitucional. No tenía ni idea de lo que había llevado al primer ministro a convocar una reunión secreta en un piso prestado del barrio de Östermalm, pero se sentía inspirado. En la práctica, no había tantas posibilidades: era Dragan Armanskij quien había puesto la bola en juego dándole la información a alguien en quien confiaba. Y ese alguien debía haber sido Edklinth o alguna persona cercana. Mikael se arriesgó.

—Un amigo común habló contigo —le dijo a Edklinth—. Pusiste a Figuerola a investigar lo que estaba pasando y ella descubrió que unos activistas de la Säpo se dedican a realizar escuchas ilegales, a robar en mi casa y actividades por el estilo, con lo cual confirmaste la existencia del club de Zalachenko. Eso te preocupó tanto que sentiste la necesidad de llevar el asunto más allá, pero te quedaste sentado en tu despacho sin saber muy bien a quién acudir. Así que te dirigiste al ministro de Justicia, quien, a su vez, se dirigió al primer ministro. Y aquí estamos. ¿Qué queréis de mí?

Mikael habló con un tono que daba a entender que disponía de una fuente muy bien situada y que le había permitido seguir cada paso dado por Edklinth. Cuando los ojos de éste se abrieron de par en par, vio que el farol que se acababa de marcar había dado resultado. Prosiguió.

—El club de Zalachenko me espía a mí, yo los espío a ellos y tú espías al club de Zalachenko, de modo que, a estas alturas, el primer ministro está tan preocupado como cabreado. Sabe que cuando terminemos esta conversación le espera un escándalo al que tal vez no sobreviva el gobierno.

Monica Figuerola esbozó una repentina sonrisa, pero la ocultó tras un vaso de Ramlösa. Acababa de percatarse de que Blomkvist se estaba marcando un farol, y de entender cómo la había podido sorprender con el conocimiento de su nombre y hasta del número de zapato que calzaba.

Me vio en el coche en Bellmansgatan. Es una persona que siempre está en guardia. Se quedó con la matrícula y me identificó. Pero todo lo demás son conjeturas.

Ella no dijo nada.

El primer ministro parecía preocupado.

—¿Es eso lo que nos espera? —preguntó—. ¿Un escándalo que va a derrotar al gobierno?

—El gobierno no es mi problema —dijo Mikael—. Mi trabajo consiste en sacar a la luz mierdas como la del club de Zalachenko.

El primer ministro asintió.

—Y el mío consiste en gobernar el país de acuerdo con los principios de la Constitución.

—Lo cual quiere decir que mi problema, en definitiva, también es el problema del gobierno. Pero no al revés.

—Dejemos de dar rodeos. ¿Por qué crees que he preparado este encuentro?

—Para averiguar cuánto sé y qué pienso hacer.

—Por una parte sí. Pero, más concretamente, porque todo esto ha ocasionado una crisis constitucional. Déjame comentarte en primer lugar que el gobierno no tiene nada que ver con este asunto. Nos ha cogido completamente por sorpresa. Nunca he oído hablar de ese... ese club al que llamas el club de Zalachenko. El ministro de Justicia no sabe nada al respecto. Torsten Edklinth, que ocupa un alto cargo dentro de la DGP/Seg y que lleva trabajando allí muchos años, nunca ha oído hablar del tema.

—Sigue sin ser mi problema.

—Ya lo sé. Lo que queremos saber es cuándo piensas publicar tu texto y, preferentemente, el contenido exacto de lo que quieres publicar. Es sólo una pregunta; no tiene nada que ver con una pretensión de controlar posibles daños.

—¿No?

—Blomkvist, lo peor que yo podría hacer en este momento sería intentar influir en el contenido de tu reportaje. En su lugar, voy a proponerte una colaboración.

—Soy todo oídos.

—Ahora que hemos confirmado que existe una conspiración dentro de una parte excepcionalmente delicada de la administración del Estado, he ordenado que se lleve a cabo una investigación —el primer ministro se volvió hacia el ministro de Justicia—: ¿puedes explicarle en qué consiste la orden del gobierno?

—Es muy fácil. Se le ha encomendado a Torsten Edklinth la misión de que investigue con urgencia si todo esto se puede confirmar. Su encargo consiste en recopilar información para que pueda serle entregada al fiscal general, quien, a su vez, ha de decidir si dictar auto de procesamiento o no. En otras palabras, una orden muy clara.

Mikael asintió con la cabeza.

—A lo largo de la tarde, Edklinth nos ha ido informando del desarrollo de la investigación. Hemos tenido una larga discusión sobre algunos detalles constitucionales: queremos, por supuesto, que se hagan bien las cosas.

—Naturalmente —dijo Mikael en un tono que daba a entender que no se fiaba nada de las garantías del primer ministro.

—La investigación se encuentra ahora en una fase delicada. Aún no sabemos con exactitud qué personas están implicadas. Necesitamos tiempo para identificarlas. Por eso enviamos a Monica Figuerola para que te invitara a esta reunión.

—Pues ha hecho muy bien su trabajo: no me ha dado muchas opciones.

El primer ministro frunció el ceño y miró de reojo a Monica Figuerola.

—Olvídalo —dijo Mikael—. Su comportamiento ha sido ejemplar. ¿Qué es lo que deseas?

—Queremos saber cuándo piensas publicar tu texto. Ahora mismo la investigación se está llevando a cabo con la máxima confidencialidad, de manera que, si actúas antes de que Edklinth termine, podrías echarlo todo a perder.

—Mmm. ¿Y cuándo quieres que lo publique? ¿Después de las próximas elecciones?

—Eso lo decides tú; yo no puedo influir sobre eso. Lo que te pido es que, antes de hacerlo, nos avises para que nosotros sepamos qué fecha límite tenemos para llevar a cabo nuestra investigación.

—Entiendo. Antes mencionaste algo sobre una colaboración…

El primer ministro asintió.

—Primero quiero decir que, en circunstancias normales, ni se me habría pasado por la cabeza pedirle a un periodista que asistiera a una reunión como ésta.

—Creo que en circunstancias normales habrías hecho todo lo que hubiera estado en tu mano para mantener alejados a los periodistas de una reunión así.

—Sí. Pero tengo entendido que a ti te motivan varios factores. Como periodista tienes fama de no andarte con chiquitas cuando se trata de corrupción. En ese caso, no hay ninguna discrepancia con respecto a nosotros.

—¿No?

—No. Ni la más mínima. O, mejor dicho… si hay alguna, es más bien de carácter jurídico, pero no en lo que se refiere al objetivo. Si es verdad que existe ese club de Zalachenko, no sólo se trata de una organización criminal, sino también de una amenaza para la seguridad del país. Hay que pararlos y los responsables tienen que ser entregados a la justicia. En eso tú y yo estamos de acuerdo ¿no?

Mikael asintió.

—Tengo entendido que conoces esta historia mejor que nadie. Lo que te proponemos es que compartas tus conocimientos. Si esto hubiera sido una investigación policial normal y corriente en torno a un simple delito, el que instruyera el caso podría haberte convocado a un interrogatorio. Pero esto es, como ya sabes, una situación extrema.

Mikael permaneció callado un instante mientras reflexionaba sobre el asunto.

—¿Y qué me dais a cambio si colaboro?

—Nada. No voy a negociar contigo. Si quieres publicar el texto mañana mismo, hazlo. No quiero verme envuelto en ningún tipo de regateo que pueda ser dudoso desde un punto de vista constitucional. Pido tu colaboración por el bien de la nación.

—Nada puede ser bastante —dijo Mikael Blomkvist—. Déjame decirte una cosa: estoy muy cabreado. Estoy muy cabreado con el Estado, con el gobierno, con la Säpo y con esos malditos cabrones que, sin ninguna razón, encerraron a una niña de doce años en el manicomio para luego asegurarse de que la declaraban incapacitada.

—Lisbeth Salander se ha convertido en un asunto gubernamental —dijo el primer ministro, sonriendo incluso—. Mikael: personalmente estoy muy indignado por todo lo que le ha pasado. Y créeme cuando te digo que los responsables van a pagar por lo que han hecho. Pero antes de hacer nada, necesitamos saber quiénes son.

—Tú tienes tus problemas. El mío es que quiero que se absuelva a Lisbeth Salander y que anulen su declaración de incapacidad.

—Ahí no te puedo ayudar. No estoy por encima de la ley y no puedo dictar lo que han de decidir los fiscales y los jueces. Debe ser absuelta en un juicio.

—De acuerdo —dijo Mikael Blomkvist—. Quieres una colaboración. Dame acceso a la investigación de Edklinth y contaré qué es lo que pienso publicar y cuándo.

—No puedo. Eso me pondría a mí con respecto a ti en la misma situación que vivió el predecesor del ministro de Justicia con aquel Ebbe Carlsson.

—Yo no soy Ebbe Carlsson —dijo Mikael tranquilamente.

—Eso ya me ha quedado claro. Sin embargo, Torsten Edklinth sí que puede decidir, claro está, qué información es la que desea compartir mientras el marco de su misión se lo permita.

—Mmm —murmuró Mikael Blomkvist—. Quiero saber quién era Evert Gullberg.

Un silencio se instaló en el salón.

—Lo más probable es que, durante muchos años, Evert Gullberg fuera el jefe de esa sección de la DGP/Seg a la que tú llamas *El club de Zalachenko* —dijo Edklinth.

El primer ministro le echó una mirada incisiva a Edklinth.

—Creo que eso ya lo sabía —dijo Edklinth, excusándose.

—Es correcto —intervino Mikael—. Empezó en los años cincuenta en la Säpo y en los sesenta se convirtió en jefe de algo llamado Sección para el Análisis Especial. Fue él quien se ocupó de todo el asunto Zalachenko.

El primer ministro negó con la cabeza.

—Sabes más de lo debido. Y me encantaría enterarme de cómo lo has averiguado. Pero no te lo voy a preguntar.

—Mi historia tiene algunos agujeros —dijo Mikael—. Y quiero taparlos. Dame la información que me falta y no os pondré la zancadilla.

—Como primer ministro no puedo darte esa información. Y Torsten Edklinth estaría en la cuerda floja si lo hiciera.

—¡Y una mierda! Yo sé lo que queréis. Tú sabes lo que yo quiero. Si me dais esa información, os trataré como fuente, con toda la garantía de anonimato que eso implica. No me malentendáis: en mi reportaje voy a contar la verdad tal y como yo la veo. Si tú estás implicado, te dejaré en evidencia y me aseguraré de que nunca jamás vuelvas a ser elegido. Pero, de momento, no tengo motivos para creer que ése sea el caso.

El primer ministro miró de reojo a Edklinth. Tras un instante de duda, movió afirmativamente la cabeza. Mikael lo vio como una señal de que el primer ministro acababa de violar la ley —si bien era cierto que de un modo muy teórico— dando su consentimiento a que Mikael pudiese acceder a información clasificada.

—Esto se soluciona de una forma bastante sencilla —dijo Edklinth—. Soy el responsable de una comisión unipersonal, de modo que yo mismo elijo a mis colaboradores. Tú no puedes formar parte de esa comisión, ya que eso implicaría que te vieras obligado a firmar una declaración de secreto profesional. Pero no hay nada que me impida contratarte como asesor externo.

Desde que Erika Berger tuvo que meterse en el traje del difunto redactor jefe Håkan Morander, su vida se había llenado, día y noche, de un sinfín de reuniones y trabajo. Se sentía en todo momento mal preparada, incapaz y poco puesta al día.

Hasta la tarde del miércoles, casi dos semanas después de que Mikael Blomkvist le diera la carpeta de la investigación de Henry Cortez sobre el presidente de su junta directiva, Magnus Borgsjö, Erika no tuvo tiempo para dedicarse a ese asunto. Cuando la abrió se dio cuenta de que su tardanza también se debía al hecho de que no le apetecía mucho abordar ese tema. Ya sabía que, hiciera lo que hiciese, acabaría en catástrofe.

Llegó al chalet de Saltsjöbaden más pronto de lo habitual, a eso de las siete de la tarde, desactivó la alarma de la entrada y constató sorprendida que su marido, Greger Backman, no estaba en casa. Tardó un rato en recordar que esa mañana ella lo había besado con un cariño especial porque él se iba a París para dar unas conferencias y no volvería hasta el fin de semana. Fue consciente de que no tenía ni idea de a quién le iba a dar las charlas, ni de qué trataban ni de cuándo había recibido la invitación.

Mire, perdone, pero he perdido a mi marido. Se sintió como el personaje de un libro del doctor Richard Schwartz y se preguntó si necesitaría la ayuda de un psicoterapeuta.

Subió a la planta superior, llenó la bañera y se desnudó. Cogió la carpeta de la investigación, se metió con ella en la bañera y dedicó la siguiente media hora a leerla. Cuando terminó no pudo reprimir una sonrisa: Henry Cortez iba a ser un periodista formidable. Tenía veintiséis años y llevaba cuatro trabajando en *Millennium*, desde que se licenció. Ella sintió un cierto orgullo. Toda esa historia de los inodoros y del señor Borgsjö llevaba la firma de *Millennium* de principio a fin y no había ni una sola línea que no estuviera muy bien documentada.

Pero también se sintió triste. Magnus Borgsjö era una buena persona y le caía bien. Era discreto, escuchaba, tenía encanto y no le parecía nada arrogante. Además, era su jefe y el que le había dado el trabajo. *Maldito Borgsjö... ¿Cómo coño has podido ser tan estúpido?*

Reflexionó un rato intentando encontrar una conexión alternativa o alguna circunstancia atenuante, pero ya sabía que no iba a dar con nada que le sirviera de excusa.

Dejó la carpeta de la investigación en el alféizar de la ventana y se estiró en la bañera para meditar sobre el tema.

Era inevitable que *Millennium* publicara el reportaje. Si ella hubiese seguido como redactora jefe de la revista, no lo habría dudado ni un segundo, y el hecho de que la hubieran puesto al corriente de la historia con antelación no era más que un gesto personal que dejaba claro que *Millennium,* en la medida de lo posible, quería paliar los daños que a ella, como persona, le pudiesen ocasionar. Si la situación hubiera sido al revés —esto es: si el *SMP* hubiese encontrado alguna mierda oculta sobre el presidente de la junta de *Millennium* (aunque, en realidad, fuera ella)—, tampoco habría dudado sobre si publicarlo o no.

La publicación iba a dañar seriamente a Magnus Borgsjö. En realidad, lo más grave del asunto no era que su empresa Vitavara AB le hubiese pedido inodoros a una empresa de Vietnam que figuraba en la lista negra que la ONU había confeccionado con las empresas que se dedican a la explotación laboral infantil. En este caso concreto, la empresa utilizaba, además, mano de obra esclava, la de los prisioneros, algunos de los cuales podrían ser definidos, sin duda, como prisioneros políticos. Lo más grave era que Magnus Borgsjö conocía esas circunstancias y, aun así, había elegido continuar solicitando los inodoros de Fong Soo Industries. Se trataba de una avaricia que, tras la estela dejada por otros gánsteres capitalistas como el destituido director ejecutivo de Skandia, no gustaba mucho al pueblo sueco.

Magnus Borgsjö, naturalmente, afirmaría que no conocía las condiciones de trabajo de Fong Soo, pero Henry Cortez tenía una buena documentación al respecto, de modo que, en el instante en que Borgsjö intentara poner esa excusa, también sería tachado de mentiroso. Porque la verdad era que en el mes de junio de 1997, Magnus Borgsjö viajó a Vietnam para firmar los primeros contratos. En esa ocasión pasó diez días en el país y, entre otras cosas, visitó las fábricas de la empresa. Si intentara mantener que nunca supo que varios de los trabajadores de la fábrica sólo tenían doce o trece años, quedaría como un idiota.

La cuestión de la posible falta de conocimientos de Borgsjö se zanjaría definitivamente por el hecho de que Henry Cortez podría probar que la comisión de la ONU que se ocupaba de estudiar la explotación laboral de los niños incluyó en 1999 a Fong Soo Industries en la lista de empresas que utilizaban mano de obra infantil. Eso provocó la aparición de numerosos artículos en la prensa e indujo a dos organizaciones sin ánimo de lucro, independientes entre sí, entre ellas la mundialmente reconocida International Joint Effort Against Child Labour de Londres, a escribir una serie de cartas a empresas que eran clientes de Fong Soo. A Vitavara AB se mandaron no menos de siete, dos de las cuales se dirigieron personalmente a Magnus Borgsjö. La organización de Londres, encantada, había entregado la documentación a Henry Cortez y aprovechó para comentarle que Vitavara AB no había contestado a ninguna de las cartas.

Sin embargo, Magnus Borgsjö viajó a Vietnam en otras dos ocasiones —2001 y 2004— para renovar los contratos. Ése era el golpe de gracia. Todas las posibilidades con que Borgsjö contaba para alegar ignorancia se acababan ahí.

La atención mediática que se desencadenaría sólo podría conducir a una sola cosa: si Borgsjö fuera inteligente, pediría perdón públicamente y dimitiría de todos sus cargos, porque si se intentara defender, sería aniquilado en el proceso.

A Erika le daba igual que Borgsjö fuese el presidente de la junta de Vitavara AB o no. Para ella, lo más grave era que también fuera presidente del *SMP*. La publicación de todo ese asunto significaría que se vería obligado a dimitir. En una época en la que el periódico se encontraba al borde del abismo y se acababa de poner en marcha un plan de renovación, el *SMP* no se podía permitir un presidente de junta que tuviera una vida dudosa. Perjudicaría al periódico. Así que él tendría que irse del *SMP*.

A Erika Berger, por consiguiente, se le presentaban dos líneas distintas de actuación:

Podía ir a hablar con Borgsjö, ponerle las cartas sobre la mesa, enseñarle la documentación e inducirlo a que él mismo llegara a la conclusión de que debía dimitir antes de que se publicara el reportaje.

Pero si ponía trabas, entonces convocaría a los miembros de la junta, les informaría de la situación y les obligaría a destituirlo. Y si la junta no estuviera de acuerdo con esa forma de proceder, se vería obligada a dimitir de inmediato como redactora jefe del *SMP*.

Cuando Erika Berger llegó a ese punto de su reflexión, el agua de la bañera ya se había enfriado. Se duchó, se secó, entró en el dormitorio y se puso una bata. Luego cogió el móvil y llamó a Mikael Blomkvist. No hubo respuesta. En su lugar, bajó a la planta baja para preparar café y, por primera vez desde que había empezado a trabajar en el *SMP*, comprobar si, por casualidad, ponían alguna película en la tele con la que poder relajarse.

Al pasar por delante de la entrada del salón sintió un agudo dolor en el pie, bajó la mirada y descubrió que sangraba profusamente. Dio otro paso y el dolor le recorrió todo el pie. Se acercó hasta una silla de época saltando sobre una pierna y se sentó. Al levantar el pie descubrió, para su horror, que se había clavado un trozo de cristal en el talón. Al principio se sintió desfallecer. Luego se armó de valor, agarró el trozo de cristal y se lo sacó. Le dolió endiabladamente y la sangre empezó a salir a borbotones de la herida.

Abrió un cajón de la cómoda de la entrada donde tenía los fulares, los guantes y los gorros. Encontró un fular que se apresuró a envolver alrededor del pie y atar con fuerza. No fue suficiente y lo reforzó con otra improvisada venda. El flujo de sangre se redujo un poco.

Asombrada, se quedó mirando el ensangrentado trozo de cristal. *¿Cómo ha venido a parar hasta aquí?* Luego descubrió más cristales en el suelo. *¿Qué coño…?* Se levantó, echó un vistazo al salón y vio que el gran ventanal panorámico con vistas al mar se hallaba roto y que todo el suelo estaba lleno de cristales.

Fue retrocediendo hasta la puerta y se puso los zapatos que se había quitado al llegar a casa. Bueno, se puso un zapato, introdujo los dedos del pie dañado en el otro y entró más o menos saltando a la pata coja para observar los destrozos.

Luego descubrió un ladrillo en medio de la mesa del salón.

Se acercó cojeando hasta la puerta de la terraza y salió.

En la fachada, alguien había pintado con *spray* una palabra cuyas letras tenían un metro de alto:

P U T A

Eran más de las nueve de la noche cuando Monica Figuerola le abrió la puerta del coche a Mikael Blomkvist. Acto seguido, rodeó el vehículo y se sentó al volante.

—¿Te llevo a casa o quieres que te deje en algún otro sitio?

Mikael Blomkvist miraba al vacío.

—Si te soy sincero... no sé muy bien dónde. Es la primera vez que presiono a un primer ministro.

Monica Figuerola se rió.

—Has jugado tus cartas bastante bien —dijo—. No tenía ni idea de que tuvieras tanto talento para jugar al póquer y marcarte esos faroles.

—Todo lo que he dicho iba en serio.

—Ya, me refiero a que has dado la impresión de saber bastante más de lo que en realidad sabes. Me di cuenta de ello cuando entendí cómo me habías identificado.

Mikael volvió la cabeza y miró el perfil de Monica.

—Te quedaste con la matrícula de mi coche cuando estaba aparcado en la cuesta de delante de tu casa.

Él asintió.

—Les has hecho creer que estabas al corriente de todo lo que se hablaba en el despacho del primer ministro.

—¿Y por qué no has dicho nada?

Ella le echó una rápida mirada y se incorporó a Grev Turegatan.

—Son las reglas del juego... No debería haber aparcado allí. Pero fue el único sitio que encontré. Joder, cómo controlas tus alrededores, tío.

—Estabas con un plano en al asiento delantero y hablando por teléfono. Cogí la matrícula y la comprobé por pura rutina. Como hago con todos los coches que me llaman la atención. En general, sin resultados. Pero en tu caso descubrí que trabajas para la Säpo.

—Seguía a Mårtensson. Luego me enteré de que tú ya lo estabas controlando con la ayuda de Susanne Linder, de Milton Security.

—Armanskij la puso allí para que documentara todo lo que sucediera en los alrededores de mi casa.

—La vi entrar en el portal, así que supongo que Armanskij ha instalado algún tipo de vigilancia oculta en tu domicilio.

—Correcto. Tenemos un excelente vídeo de cómo entran en mi apartamento y revisan todos mis papeles. Mårtensson llevaba consigo una fotocopiadora portátil. ¿Habéis identificado al cómplice de Mårtensson?

—Un tipo sin importancia. Un cerrajero con un pasado delictivo al que probablemente están pagando para que abra tu puerta.

—¿Nombre?

—¿Estoy protegida como fuente?

—Por supuesto.

—Lars Faulsson. Cuarenta y siete años. Le llaman Falun. Condenado por reventar una caja fuerte en los años ochenta y otras cosillas. Tiene un negocio en Norrtull.

—Gracias.

—Pero dejemos los secretos para la reunión de mañana.

La reunión con el primer ministro había acabado en un acuerdo que significaba que, al día siguiente, Mikael Blomkvist visitaría el Departamento de protección personal para iniciar el intercambio de información. Mikael reflexionó. Acababan de pasar la plaza de Sergel.

—¿Sabes una cosa? Me muero de hambre. Comí sobre las dos y había pensado preparar pasta al llegar a casa, pero justo entonces me pillaste tú. ¿Has cenado?

—Hace un rato.

—Llévame a algún garito donde den comida decente.

—Toda la comida es decente.

Mikael la miró por el rabillo del ojo.

—Yo pensaba que tú eras una fanática de la dieta sana.

—No, yo soy una fanática del ejercicio. Y si haces ejercicio, puedes comer lo que quieras. Dentro de unos límites razonables, claro está.

Ella fue frenando en el viaducto de Klaraberg sopesando las alternativas. En vez de girar hacia Södermalm siguió recto hasta Kungsholmen.

—No sé cómo son los restaurantes de Södermalm, pero conozco un excelente restaurante bosnio en Fridhemsplan. Tienen un *burek* fantástico.

—Eso suena muy bien —dijo Mikael Blomkvist.

Tocando las letras una a una con el puntero, Lisbeth Salander iba avanzando en su redacción. Trabajaba una media de cinco horas al día. Se expresaba con exactitud. Tenía mucho cuidado en ocultar todos los detalles que pudieran ser utilizados en su contra.

El hecho de que estuviera encerrada se había convertido en una bendición. Podía trabajar cada vez que la dejaban sola en la habitación y siempre recibía el aviso de que había que esconder el ordenador de mano cuando oía el sonido de un llavero o de una llave que se introducía en la cerradura.

Cuando estaba a punto de cerrar con llave la casa de Bjurman, en las afueras de Stallarholmen, llegaron Carl-Magnus Lundin y Sonny Nieminen en sendas motos. Debido al hecho de que llevaban un tiempo buscándome por encargo de Zalachenko/Niedermann se asombraron al verme allí. Magge Lundin se bajó de la moto y comentó: «Creo que la bollera necesita una buena polla». Tanto él como Nieminen se comportaron de una forma tan amenazadora que me vi obligada a recurrir a mi derecho de actuar en legítima defensa. Abandoné el lugar montada en la moto de Lundin, la cual dejé luego delante del recinto ferial de Älvsjö.

Leyó el párrafo y asintió para sí misma en señal de aprobación. No había razones para añadir que, además, Magge Lundin la había llamado puta y que, por eso, ella se agachó, cogió el P-83 Wanad de Nieminen y castigó a Lundin pegándole un tiro en el pie. La policía, sin duda, podía imaginárselo, pero era cosa suya probar que fue eso lo que ocurrió. No tenía ninguna intención de facilitarles el trabajo confesando algo que le podría acarrear una sentencia de cárcel por lesiones graves.

El texto contaba ya con el equivalente a treinta y tres páginas y se estaba acercando al final. En ciertos pasajes se mostró enormemente parca con los detalles y se esmeró mucho en asegurarse de que en ningún momento presentaba pruebas que pudieran demostrar alguna de las muchas afirmaciones que hacía. Llegó incluso al extremo de ocultar ciertas pruebas obvias para, en su lugar, centrarse en el siguiente eslabón de la cadena de acontecimientos.

Reflexionó un rato y volvió a leer esa parte del escrito en la que daba cuenta de la sádica y brutal violación cometida por el abogado Nils Bjurman. Era el pasaje al que le había dedicado más tiempo y uno de los pocos que redactó varias veces hasta que estuvo contenta con el resultado final. El párrafo comprendía diecinueve líneas. En un tono neutro y objetivo daba cumplida cuenta de cómo él le pegó, la tiró boca abajo sobre la cama, le tapó la boca con cinta y la esposó. A continuación explicaba que, a lo largo de la noche, practicó con ella repetidos y violentos actos sexuales en los que se incluían tanto la penetración oral como la anal. Después describía cómo, en una de las violaciones, él cogió una prenda de ella —su camiseta—, se la pasó alrededor del cuello y se la mantuvo apretada durante tanto tiempo que, en algunos momentos, ella llegó a perder la conciencia. A todo eso le seguían unas cuantas líneas más en las que hacía alusión a los objetos que él usó durante la violación, como por ejemplo un látigo corto, un tapón anal, un grueso consolador y unas pinzas con las que le pellizcó los pezones.

Frunció el ceño y estudió el texto. Después levantó el puntero y redactó unas cuantas líneas más.

En una ocasión en la que todavía tenía la boca tapada, Bjurman comentó el hecho de que yo llevara varios tatuajes y *piercings*, entre ellos un arito en el pezón izquierdo. Me preguntó si me gustaban los *piercings* y, acto seguido, dejó un instante la habitación. Volvió con una aguja con la que me perforó el pezón derecho.

Tras leerlo dos veces, asintió de forma aprobatoria. El tono burocrático le confería al pasaje un carácter tan surrealista que parecía una absurda fabulación.

Dicho de forma simple: la historia no sonaba crcíble.

Eso era, justamente, lo que Lisbeth Salander pretendía.

En ese instante oyó el sonido del llavero del vigilante de Securitas. Apagó enseguida el ordenador de mano y lo colocó en el hueco de detrás de la mesilla. Era Annika Giannini. Frunció el ceño: eran más de las nueve de la noche y Giannini no solía aparecer tan tarde.

—Hola, Lisbeth.

—Hola.

—¿Cómo estás?

—No la he terminado todavía.

Annika Giannini suspiró.

—Lisbeth: han fijado la fecha del juicio para el trece de julio.

—Está bien.

—No, no está bien. El tiempo pasa y no confías en mí. Empiezo a tener miedo de haber cometido un terrible error aceptando ser tu abogada. Si queremos tener la más mínima oportunidad, has de fiarte de mí. Debes colaborar conmigo.

Lisbeth examinó a Annika Giannini durante un buen rato. Al final echó la cabeza hacia atrás y miró al techo.

—Ya sé cómo lo vamos a hacer —dijo Lisbeth—. He entendido el plan de Mikael. Y tiene razón.

—No estoy tan segura —dijo Annika.

—Pero yo sí.

—La policía quiere volver a interrogarte. Un tal Hans Faste, de Estocolmo.

—Deja que me interrogue. No diré ni una palabra.

—Debes dar una explicación.

Lisbeth miró fijamente a Annika Giannini.

—Repito: no le vamos a decir ni una sola palabra a la policía. Cuando nos presentemos en la sala del juicio, el fiscal no va a tener ni una sola sílaba sobre la que apoyarse. Todo lo que conseguirá será la declaración que estoy preparando ahora y que, en su mayoría, le va a parecer absurda. Y se la daré unos pocos días antes del juicio.

—¿Y cuándo vas a coger un boli y terminar esa presentación?

—Te la daré dentro de unos días. Pero el fiscal no la verá hasta poco antes del juicio.

Annika Giannini parecía escéptica. De repente, Lisbeth mostró una prudente y torcida sonrisa.

—Hablas de confianza. ¿Yo me puedo fiar de ti?

—Por supuesto.

—Vale, ¿puedes pasarme a escondidas un ordenador de mano para que me mantenga en contacto con la gente por Internet?

—No. Claro que no. Si se descubriera, me procesarían y perdería mi licencia de abogada.

—Pero ¿y si otra persona me pasara uno… lo denunciarías a la policía?

Annika arqueó las cejas.

—Bueno, si no lo conociera…

—Pero ¿y si lo conocieras? ¿Cómo actuarías?

Annika reflexionó un largo rato.

—Haría la vista gorda. ¿Por qué?

—Dentro de poco, ese hipotético ordenador te enviará un hipotético correo. Cuando lo hayas leído, quiero que vuelvas a visitarme.

—Lisbeth…

—Espera. Verás, esto es así: el fiscal juega con las cartas marcadas. Haga lo que haga, me encuentro en una posición de inferioridad, y el objetivo del juicio es volver a encerrarme en una clínica psiquiátrica.

—Lo sé.

—Si quiero sobrevivir, también tengo que recurrir a métodos ilegales.

Al final, Annika Giannini asintió.

—Cuando viniste a verme por primera vez me diste saludos de parte de Mikael Blomkvist. Me ha dicho que te lo ha contado casi todo sobre mí, excepto algunas cosas. Una de esas excepciones es la destreza que él descubrió en mí cuando estuvimos en Hedestad.

—Sí.

—Se refería a que soy cojonuda con los ordenadores. Tan cojonuda que puedo leer y copiar lo que hay en el ordenador del fiscal Ekström.

Annika Giannini palideció.

—Tú no puedes implicarte en eso. Quiero decir que no puedes usar ese material en el juicio —le aclaró Lisbeth.

—No, claro que no.

—O sea, que no lo sabes.

—De acuerdo.

—En cambio, otra persona, digamos tu hermano, puede publicar determinadas partes de ese material. Eso lo debes tener en cuenta cuando planees nuestra estrategia de cara al juicio.

—Entiendo.

—Annika, este juicio lo ganará quien utilice los métodos más duros.

—Ya lo sé.

—Estoy contenta contigo como abogada. Confío en ti y necesito tu ayuda.

—Mmm.

—Pero si vas a ponerme trabas porque yo también empleo métodos poco éticos, entonces perderemos.

—Sí.

—Y si eso es así, quiero saberlo ya. Pero me veré obligada a despedirte y buscar a otra persona.

—Lisbeth, no puedo violar la ley.

—Tú no vas a violar ninguna ley. Pero tienes que cerrar los ojos cuando yo lo haga. ¿Podrás hacerlo?

Lisbeth Salander esperó pacientemente durante casi un minuto hasta que Annika Giannini hizo un gesto afirmativo.

—Bien. Déjame que te ponga al tanto de las líneas generales de mi presentación.

Hablaron durante más de dos horas.

Tenía razón Monica Figuerola cuando dijo que el *burek* del restaurante bosnio era fantástico. Mikael Blomkvist la miró con disimulo mientras ella volvía del cuarto de baño. Se movía con la gracia de una bailarina de ballet, pero su cuerpo era como... Mikael no podía remediar sentirse fascinado. Reprimió el impulso de alargar la mano y tocarle los músculos de las piernas.

—¿Desde cuándo haces deporte? —preguntó.

—Desde que era joven.

—¿Y cuántas horas por semana le dedicas?

—Dos horas al día. A veces tres.

—¿Por qué? Quiero decir, entiendo por qué debe uno hacer ejercicio y todo eso, pero...

—Te parece que es exagerado.

—No sé muy bien qué es lo que me parece.

Ella sonrió y en absoluto pareció irritarse por sus preguntas.

—Tal vez sólo sea que te molesta ver a una tía con músculos y que piensas que es poco atractivo y poco femenino.

—No. En absoluto. Lo cierto es que te sienta bien. Te hace muy *sexy*.

Ella volvió a reírse.

—Ahora estoy bajando el ritmo. Hace diez años me dediqué en serio al culturismo; me machaqué mucho en el gimnasio. Era divertido. Pero ahora debo tener cuidado para que todos los músculos no se conviertan en grasa y empiece a engordar. Así que sólo hago pesas una vez por semana y el resto del tiempo me dedico a correr, nadar, jugar al bádminton y cosas por el estilo. Ejercicio más que entrenamiento duro.

—Vale.

—Si hago ejercicio es porque me resulta placentero. Es un fenómeno normal entre los que nos entrenamos mucho. El cuerpo desarrolla una sustancia analgésica que te crea adicción. Al cabo de un tiempo te produce síndrome de abstinencia si no sales a correr todos los días. Es un subidón enorme de bienestar darlo absolutamente todo. Casi tan bueno como el sexo.

Mikael se rió.

—Tú también deberías hacer ejercicio —dijo ella—. Se te empieza a notar la tripa.

—Ya lo sé —respondió—. Es un eterno cargo de conciencia. De vez en cuando me da la neura y salgo a correr para quitarme un par de kilos, pero luego me lío con temas del trabajo y no hago nada durante uno o dos meses.

—Has estado bastante ocupado durante los últimos meses.

De repente se puso serio. Luego asintió.

—En las últimas dos semanas he leído un montón de cosas sobre ti —siguió Monica Figuerola—. Le diste mil vueltas a la policía cuando conseguiste localizar a Zalachenko e identificar a Niedermann.

—Lisbeth Salander fue más rápida.

—¿Cómo diste con Gosseberga?

Mikael se encogió de hombros.

—Investigación normal y corriente. No fui yo quien la encontró sino nuestra secretaria de redacción, la actual redactora jefe, Malin Eriksson. Lo consiguió a través del registro de sociedades. Niedermann era miembro de la junta de la empresa de Zalachenko, KAB.

—Entiendo.

—¿Por qué te convertiste en activista de la Säpo? —preguntó Mikael.

—Lo creas o no, estoy tan pasada de moda como un demócrata. Opino que la policía es necesaria y que una democracia necesita una protección política. Por eso me siento muy orgullosa de poder trabajar para la protección constitucional.

—Mmm —dijo Mikael Blomkvist.

—No te gusta la Säpo.

—No me gustan las instituciones que están por encima del control parlamentario habitual: es una invitación al abuso de poder, por muy buenas que sean las intenciones. ¿Por qué te interesa el deísmo de la Antigüedad?

Ella arqueó las cejas.

—Estabas leyendo un libro sobre ese tema en mi escalera.

—Ah sí, es verdad. El tema me fascina.

—Ajá.

—Me interesan bastantes cosas. En mi época de policía estudié Derecho y Ciencias Políticas. Y antes hice algunos cursos de Historia de las ideas y Filosofía.

—¿No tienes ningún defecto?

—No leo ficción, nunca voy al cine y no veo más que las noticias de la tele. Y tú, ¿por qué te hiciste periodista?

—Porque existen instituciones como la Säpo en las que no hay transparencia ni control parlamentario y es preciso denunciarlas de vez en cuando.

Mikael sonrió.

—Si te digo la verdad, no lo sé muy bien. Pero en realidad la respuesta es la misma que la tuya: creo en una democracia constitucional a la que hay que defender de vez en cuando.

—Como hiciste con el financiero Hans-Erik Wennerström.

—Algo así.

—No estás casado. ¿Estás con Erika Berger?

—Erika Berger está casada.

—Vale. De modo que todos esos rumores que circulan sobre vosotros no son más que chorradas... ¿Tienes novia?

—Ninguna fija.

—Así que esos rumores también son verdaderos...

Mikael se encogió de hombros y volvió a sonreír.

La redactora jefe Malin Eriksson estuvo trabajando en la mesa de la cocina de su casa de Årsta hasta bien entrada la madrugada. Se pasó la noche con los ojos pegados a unas copias del presupuesto de *Millennium* y se la veía tan ocupada que, al cabo de un rato, su novio, Anton, desistió en sus intentos de mantener una conversación normal con ella. Así que primero se puso a fregar y después se preparó un intempestivo sándwich y un café. Luego la dejó en paz y se sentó ante la tele para ver una reposición de *CSI*.

Hasta ese momento, Malin Eriksson no había administrado en su vida más presupuesto que el doméstico, pero había visto cómo Erika hacía los balances mensuales, de manera que entendía bien los principios. Ahora se había convertido de repente en redactora jefe, lo que conllevaba una cierta responsabilidad presupuestaria. Pasada la medianoche, decidió que, ocurriera lo que ocurriese, necesitaba a alguien con quien hablar de esos temas. Su colega Ingela Oscarsson, que se encargaba de la contabilidad una vez por semana, no tenía ninguna responsabilidad en cuanto al presupuesto y no era de ninguna ayuda cuando se trataba de decidir cuánto pagarle a un *freelance* o si se podían permitir una nueva impresora láser cogiendo dinero de fondos distintos a los destinados a las mejoras técnicas. En la práctica era una situación ridícula; *Millennium* incluso producía beneficios, pero eso era gracias al hecho de que Erika Berger siempre había hecho equilibrios para cerrar los balances con un presupuesto cero. Algo tan sencillo como una nueva impresora láser de color de cuarenta y cinco mil coronas tenía que convertirse en una de blanco y negro de ocho mil.

Por un segundo, sintió envidia de Erika Berger: en el *SMP* contaban con un presupuesto en el que un gasto así se habría considerado calderilla.

La situación económica de *Millennium* resultó positiva en la última junta anual, pero el excedente del presupuesto procedía fundamentalmente del libro de Mikael Blomkvist sobre el asunto Wennerström. La cantidad destinada a inversiones iba reduciéndose a un ritmo preocupante. Una de las causas que habían contribuido a crear esa situación eran los gastos de Mikael en relación con la historia Salander. *Millennium* no disponía de los recursos que se requerían para mantener a un colaborador con un presupuesto corriente y hacer frente a todos los gastos que eso conllevaba, como coches de alquiler, habitaciones de hotel, taxis, compras de material de investigación y teléfonos móviles, y cosas similares.

Malin le dio su visto bueno a una factura del *freelance* Daniel Olofsson de Gotemburgo. Suspiró. Mikael Blomkvist había aprobado una suma de catorce mil coronas para investigar, durante una semana, una historia que ni siquiera se iba a publicar. Los honorarios a un tal Idris Ghidi de Gotemburgo se incluían en el presupuesto dedicado a honorarios de fuentes anónimas cuyo nombre no se podía mencionar, algo que provocaría que el contable los criticara por la ausencia de recibos y que el asunto se convirtiera en un gasto que tendría que ser aprobado por la junta. Para más inri, *Millennium* le pagaba unos honorarios a Annika Giannini, que aunque ciertamente iba a ser retribuida con fondos públicos, necesitaba dinero para los billetes de tren y otros gastos.

Dejó el bolígrafo y se quedó mirando los totales obtenidos. Mikael Blomkvist se había fundido, sin ninguna consideración, más de ciento cincuenta mil coronas en la historia Salander, lo cual se escapaba por completo del presupuesto. No podía continuar así.

Llegó a la conclusión de que tenía que hablar con él.

En vez de relajarse tumbada en el sofá delante de la tele, Erika Berger se pasó la noche en el servicio de urgencias del hospital de Nacka. El trozo de cristal había penetrado tan profundamente que la herida no cesaba de sangrar y en el reconocimiento médico se vio que todavía tenía clavada en el talón una punta de cristal que había que extraer. Le dieron anestesia local y luego cerraron la herida con tres puntos de sutura.

Todo el tiempo que Erika Berger permaneció en el hospital se lo pasó blasfemando e intentando llamar, ora a Greger Backman, ora a Mikael Blomkvist. No obstante, ni su marido ni su amante se dignaban coger el teléfono. A eso de las diez de la noche le habían puesto un fuerte vendaje. Le dejaron unas muletas y cogió un taxi hasta su casa.

Cojeando de un pie y apoyándose en algunos dedos del otro, le llevó un buen rato barrer y limpiar el salón. Pidió un nuevo cristal a Glasakuten. Tuvo suerte: había sido una noche tranquila en el centro y los de Glasakuten llegaron en veinte minutos. Luego la suerte la abandonó: el cristal del salón era demasiado grande y en esos momentos no disponían de un tamaño así. El operario se ofreció a cubrir el ventanal, de forma provisional, con madera de contrachapado, algo que Erika aceptó agradecida.

Mientras colocaban la madera llamó al número de teléfono de guardia de la compañía de seguros NIP, esto es,

Nacka Integrated Protection, y preguntó por qué diablos la costosa alarma de la casa no se había activado cuando alguien tiró un ladrillo a través de la ventana más grande de su chalet de doscientos cincuenta metros cuadrados.

Un coche de la NIP pasó para echar un vistazo y se constató que el técnico que en su día instaló la alarma se olvidó, al parecer, de conectar los hilos de esa ventana.

Erika Berger se quedó sin palabras.

La NIP se ofreció a enmendar el error a la mañana siguiente. Erika contestó que no se molestaran. En su lugar, llamó al número de guardia de Milton Security, explicó la situación y dijo que quería un sistema de alarma completo cuanto antes. «Sí, ya sé que hay que firmar un contrato, pero dile a Dragan Armanskij que soy Erika Berger… y aseguraos de que la alarma esté instalada mañana por la mañana.»

Por último, también llamó a la policía. Le comunicaron que en esos momentos no había ningún coche patrulla disponible para ir a tomar nota de la denuncia. Le aconsejaron que se dirigiera a la comisaría más cercana al día siguiente. «Gracias.» *Fuck off.*

Luego se quedó sola y, de la misma rabia, la sangre le hirvió durante un largo rato hasta que la adrenalina le empezó a bajar y se dio cuenta de que iba a pasar la noche sola en un chalet sin alarma mientras alguien que la estaba llamando puta y que mostraba tendencia a la violencia rondaba por los alrededores.

Se preguntó por un instante si no debería irse al centro y pasar la noche en un hotel, pero la verdad era que Erika Berger era una de esas personas que odiaban que la expusieran a amenazas y, mucho más, que la obligaran a doblegarse ante ellas. *Joder, me cago en diez. No voy a dejar que un puto saco de mierda me eche de mi propia casa.*

Sin embargo, tomó unas sencillas medidas de seguridad.

Mikael Blomkvist le había contado cómo con un palo de golf Lisbeth Salander había despachado al asesino en serie Martin Vanger. Así que salió al garaje y estuvo diez minutos buscando su bolsa de golf, a la que llevaba unos quince años sin acercarse. Eligió el palo de hierro que mejor *swing* tenía y lo colocó a una distancia cómoda de la cama de su dormitorio. Colocó un *putter* en la entrada y un palo más en la cocina. Cogió un martillo de la caja de herramientas del sótano y lo dejó en el cuarto de baño contiguo al dormitorio.

Sacó su bote de gas lacrimógeno de su bolso y lo puso en la mesilla de noche. Finalmente buscó una cuña de goma, cerró la puerta del dormitorio y metió la cuña por debajo. Luego casi deseó que ese maldito idiota que la llamaba puta y que se dedicaba a romper los cristales de su casa volviese durante la noche.

Cuando se sintió satisfactoriamente escudada era ya la una de la madrugada. Debía estar en el *SMP* a las ocho. Consultó su agenda y constató que, a partir de las diez, tenía concertadas cuatro reuniones. El pie le dolía muchísimo y cojeaba. Se desnudó y se metió bajo las sábanas. Como ella no utilizaba camisones, se preguntó si no debería ponerse una camiseta o algo así, pero decidió que, como había dormido desnuda desde que era adolescente, un ladrillo por la ventana del salón no iba a cambiar sus hábitos.

Luego, claro está, se quedó despierta cavilando.

Puta.

Había recibido nueve correos que contenían la palabra «puta» y que parecían proceder de distintas fuentes dentro de los medios de comunicación. El primero llegó desde su misma redacción, pero el remitente era falso.

Salió de la cama y cogió el nuevo *Dell laptop* que le habían dado nada más empezar a trabajar en el *SMP*.

El primer correo —que también era el más vulgar y amenazador y en el que le decían que le dieran por el culo con un destornillador— había llegado el 16 de mayo, hacía ya diez días.

El segundo apareció dos días más tarde, el 18 de mayo.

Cesaron una semana y luego volvió a recibirlos, esta vez con un intervalo de aproximadamente veinticuatro horas. Después, el ataque contra su casa. *Puta*.

Mientras tanto, Eva Carlsson, de cultura, había recibido unos cuantos correos idiotas que daban la impresión de proceder de la propia Erika. Y si Eva Carlsson había recibido ese tipo de correos, era perfectamente posible que el autor también se hubiese aplicado en otros lares: o sea, que más personas desconocidas por ella hubieran recibido supuestos correos de «ella».

Era un pensamiento desagradable.

Sin embargo, lo que más la preocupaba era el ataque contra su chalet de Saltsjöbaden.

Significaba que alguien se había molestado en ir allí, localizar su casa y tirar un ladrillo por la ventana. El ataque había sido preparado: el agresor se había traído un bote de pintura en *spray*. Un instante después se quedó helada cuando se dio cuenta de que posiblemente hubiera que añadir otra agresión a la lista; alguien le había pinchado las cuatro ruedas del coche cuando pasó la noche con Mikael Blomkvist en el Hilton de Slussen.

La conclusión resultaba tan obvia como desagradable: un *stalker* andaba tras ella.

Ahí fuera había ahora una persona que, por razones desconocidas, se dedicaba a acosar a Erika Berger.

Que la casa de Erika fuese objeto de un ataque resultaba comprensible: estaba donde estaba y era difícil esconderla o cambiarla de lugar. Pero que su coche hubiese sido objeto de un ataque mientras se encontraba aparcado en una calle cualquiera del barrio de Södermalm quería decir que el *stalker* siempre rondaba a su alrededor.

Capítulo 18

Jueves, 2 de junio

Una llamada de móvil despertó a Erika Berger a las nueve menos cinco.

—Buenos días, señora Berger. Dragan Armanskij. Tengo entendido que anoche sucedió algo.

Erika contó lo ocurrido y preguntó si Milton Security podía reemplazar a Nacka Integrated Protection.

—Por lo menos sabemos instalar una alarma y hacer que funcione —dijo Armanskij con sarcasmo—. El problema es que el coche más cercano del que disponemos por las noches se encuentra en el centro de Nacka. Tardaría en llegar unos treinta minutos. Si aceptamos el trabajo, tendría que sacar su casa a contrata: hemos firmado un acuerdo de colaboración con una empresa local, Adam Säkerhet, de Fisksätra, cuyo tiempo de llegada sería de unos diez minutos si nada falla.

—Es mejor que la NIP, que no aparece.

—Quiero informarle de que se trata de una empresa familiar compuesta por el padre, dos hijos y un par de primos. Griegos, buena gente; conozco al padre desde hace muchos años. Tienen cobertura unos trescientos veinte días al año. Cuando ellos no pueden acudir, por vacaciones u otras razones, me lo comunican con antelación y entonces es nuestro coche de Nacka el que está disponible.

—Me parece muy bien.

—Le voy a enviar una persona. Se llama David Rosin y puede que ya esté en camino. Va a hacer un análisis de seguridad. Si no va a estar ahí, necesitará las llaves y su permiso para revisarlo todo de arriba abajo. Hará fotos de la casa, del jardín y de los alrededores.

—De acuerdo.

—Rosin tiene mucha experiencia. Luego le haremos una propuesta de medidas de seguridad. La tendrá lista en unos cuantos días. Comprende alarma antiagresión, seguridad contra incendios, evacuación y protección ante posibles intrusos.

—Vale.

—Si ocurre algo también queremos que sepa lo que debes hacer durante los diez minutos que tarda en llegar el coche de Fisksätra.

—¿Sí?

—Esta misma tarde le instalaremos la alarma. Después habrá que firmar el contrato.

Inmediatamente después de la llamada de Dragan Armanskij Erika se dio cuenta de que se había dormido. Cogió el móvil, llamó al secretario de redacción Peter Fredriksson, le explicó que se había hecho daño y le pidió que cancelara la reunión de las diez.

—¿No te encuentras bien? —preguntó.

—Me he hecho un corte en el pie —dijo Erika—. Iré en cuanto pueda. Cojeando.

Lo primero que hizo fue ir al baño contiguo al dormitorio. Luego se puso unos pantalones negros y le cogió a su marido una zapatilla que podría colocarse en el pie lesionado. Eligió una blusa negra y fue a por una americana. Antes de quitar la cuña de goma de debajo de la puerta del dormitorio se armó con el bote de gas lacrimógeno.

Recorrió la casa en estado de máxima alerta, se dirigió a la cocina y encendió la cafetera eléctrica. Desayunó en la mesa, atenta constantemente a cualquier ruido que se produjera alrededor. Acababa de servirse un segundo café cuando David Rosin, de Milton Security, llamó a la puerta.

Monica Figuerola fue paseando hasta Bergsgatan y reunió a sus cuatro colaboradores para una temprana charla matutina.

—Ahora tenemos un *deadline* —dijo Monica Figuerola—. Nuestro trabajo tiene que estar para el trece de julio, fecha del juicio de Lisbeth Salander. Así que nos queda un mes y pico. Hagamos una puesta en común y decidamos qué cosas son las más importantes ahora mismo. ¿Quién quiere empezar?

Berglund se aclaró la voz.

—Ese hombre rubio que se ve con Mårtensson... ¿quién es?

Todos asintieron con la cabeza. Iniciaron la conversación:

—Tenemos fotos suyas, pero ni idea sobre cómo dar con él. No podemos salir con una orden de busca y captura.

—¿Y Gullberg? Tiene que haber un hilo del que tirar. Trabajó para la Policía Secreta del Estado desde principios de los años cincuenta hasta 1964, cuando se fundó la DGP/Seg. Luego desapareció.

Figuerola asintió.

—¿Debemos sacar la conclusión de que el club de Zalachenko fue algo que se fundó en 1964? O sea, ¿mucho antes de que llegara Zalachenko?

—El objetivo tuvo que ser otro: una organización secreta dentro de la organización.

—Eso fue después de lo de Wennerström. Todo el mundo andaba paranoico.

—¿Una especie de policía de espías secreta?

—La verdad es que hay algunos casos paralelos en el

extranjero. En Estados Unidos se creó en los años sesenta un grupo especial de cazadores internos de espías dentro de la CIA. Fue liderado por un tal James Jesus Angleton y estuvo a punto de dar al traste con toda la CIA. La pandilla de Angleton se componía de fanáticos y paranoicos: sospechaban que todos los de la CIA eran agentes rusos. Uno de los resultados de sus empeños fue que gran parte de la actividad de la CIA quedara prácticamente paralizada.

—Pero eso no son más que especulaciones…

—¿Dónde se guardan los antiguos expedientes del personal?

—Gullberg no figura ahí. Ya lo he buscado.

—¿Y el presupuesto? Una operación así debe ser financiada de alguna manera…

Siguieron hablando hasta la hora de la comida, cuando Monica Figuerola se disculpó y se fue al gimnasio para poder reflexionar con tranquilidad.

Erika Berger entró cojeando en la redacción del *SMP* a mediodía. Le dolía tanto el pie que no podía apoyar la planta ni lo más mínimo. Fue saltando a la pata coja hasta su jaula de cristal y, aliviada, se dejó caer en la silla. Peter Fredriksson la vio desde el lugar que ocupaba en el mostrador central. Ella le hizo señas para que viniera.

—¿Qué te ha pasado? —preguntó.

—Pisé un trozo de cristal que se rompió y se quedó dentro del talón.

—Pues vaya gracia…

—Pues sí, vaya gracia. Peter, ¿alguien ha recibido algún nuevo correo electrónico raro?

—Que yo sepa no.

—Vale. Estate atento. Quiero saber si está pasando algo extraño en torno al *SMP*.

—¿Qué quieres decir?

—Me temo que algún chalado está mandando correos envenenados y que me ha elegido a mí como su víctima. Así que quiero que me informes si te enteras de algo.

—¿Tipo el correo que recibió Eva Carlsson?

—Cualquier historia que te parezca rara. Yo he recibido un montón de correos absurdos que me acusan de todo y que proponen diversas cosas perversas que deberían hacerse conmigo.

El rostro de Peter Fredriksson se ensombreció.

—¿Durante cuánto tiempo?

—Un par de semanas. Venga, ahora cuéntame: ¿qué vamos a poner en el periódico mañana?

—Mmm.

—¿Mmm qué?

—Holm y el jefe de la redacción de asuntos jurídicos están en pie de guerra.

—Vale, y ¿por qué?

—Por Johannes Frisk. Has prolongado su suplencia y le has encargado un reportaje, y él no quiere comentar de qué va.

—No puede hacerlo. Órdenes mías.

—Eso es lo que él dice. Lo cual ha provocado que Holm y la redacción de asuntos jurídicos estén molestos contigo.

—Entiendo. Concierta una reunión con ellos para esta tarde a las tres; se lo explicaré.

—Holm está bastante mosqueado…

—Y yo estoy bastante mosqueada con él, así que estamos en paz.

—Está tan mosqueado que se ha quejado a la junta.

Erika levantó la vista. *Mierda. Tengo que ocuparme del tema de Borgsjö.*

—Borgsjö viene esta tarde y quiere reunirse contigo. Sospecho que es por Holm.

—De acuerdo. ¿A qué hora?

—A las dos.

Empezó a repasar la agenda del mediodía.

El doctor Anders Jonasson visitó a Lisbeth Salander durante la comida. Ella apartó un plato de verduras en salsa. Como siempre, le realizó un breve reconocimiento, pero ella notó que él ya no ponía tanto empeño.

—Estás bien —constató.

—Mmm. Deberías hacer algo con la comida de este sitio.

—¿Con la comida?

—¿No podrías conseguirme una pizza o algo así?

—Lo siento. El presupuesto no da para tanto.

—Me lo imaginaba.

—Lisbeth, mañana tendremos una reunión para hablar de tu estado de salud...

—Entiendo. Ya estoy bien.

—Estás lo suficientemente bien como para que te trasladen a Estocolmo, a los calabozos de Kronoberg.

Ella asintió.

—A lo mejor podría prolongar el traslado una semana más, pero mis colegas empezarían a sospechar.

—No lo hagas.

—¿Seguro?

Ella hizo un gesto afirmativo.

—Estoy preparada. Y tarde o temprano tenía que ocurrir.

—Vale —dijo Anders Jonasson—. Entonces mañana daré luz verde para que te trasladen. Lo cual significa que es muy probable que lo hagan de inmediato.

Ella asintió.

—Es posible, incluso, que lo hagan este mismo fin de semana. La dirección del hospital no te quiere aquí.

—Lo entiendo.

—Y… bueno, tu juguete…

—Se quedará en el hueco de detrás de la mesilla.

Ella señaló el sitio.

—De acuerdo.

Permanecieron un momento en silencio antes de que Anders Jonasson se levantara.

—Tengo que ver a otros pacientes más necesitados de mi ayuda.

—Gracias por todo. Te debo una.

—Sólo he hecho mi trabajo.

—No. Has hecho bastante más. No lo olvidaré.

Mikael Blomkvist entró en el edificio de la jefatura de policía de Kungsholmen por la puerta de Polhemsgatan. Monica Figuerola lo recibió y lo acompañó hasta las dependencias del Departamento de protección constitucional. Mientras subían en el ascensor, en silencio, se miraron de reojo.

—¿Es realmente una buena idea que yo me deje ver por aquí? —preguntó Mikael—. Alguien podría descubrirme y empezar a preguntarse cosas.

Monica Figuerola asintió.

—Ésta será la única reunión que mantengamos aquí. En lo sucesivo nos veremos en un pequeño local que hemos alquilado junto a Fridhemsplan. Nos darán las llaves mañana. Pero no pasa nada. Protección constitucional es una unidad pequeña y prácticamente autosuficiente de la que nadie de la DGP/Seg se preocupa. Y no estamos en la misma planta que el resto de la Säpo.

Saludó a Torsten Edklinth con un simple movimiento de cabeza, sin extenderle la mano, y a dos colaboradores que, por lo visto, formaban parte de la investigación de Edklinth. Se presentaron como Stefan y Anders. Mikael advirtió que no dijeron sus apellidos.

—¿Por dónde empezamos? —preguntó Mikael.

—¿Qué os parece si empezamos por servirnos un poco de café? Monica…

—Sí, por favor —dijo Monica Figuerola.

Mikael se percató de que el jefe de protección constitucional vaciló un segundo antes de levantarse e ir a por la cafetera para traerla hasta la mesa donde ya habían puesto las tazas; sin duda, Torsten Edklinth habría preferido que eso lo hubiera hecho Monica Figuerola. Pero también se percató de que Edklinth sonrió para sí, algo que Mikael interpretó como una buena señal. Luego Edklinth se puso serio.

—Para serte sincero, no sé muy bien cómo manejar esta situación: que haya un periodista presente en las reuniones de trabajo de la policía de seguridad debe de ser un hecho singular. Como ya sabéis, lo que aquí se va a tratar es, en muchos aspectos, información clasificada.

—No me interesan los secretos militares; me interesa el club de Zalachenko —dijo Mikael.

—Pero es necesario que encontremos un equilibrio entre nuestros intereses. Primero: los colaboradores aquí presentes no serán mencionados en tus escritos.

—De acuerdo.

Edklinth miró asombrado a Mikael Blomkvist.

—Segundo: sólo te comunicarás conmigo o con Monica Figuerola. Seremos nosotros los que decidamos qué información podemos compartir contigo.

—Si tienes una larga lista de exigencias, deberías habérmelo comentado ayer.

—Ayer todavía no me había dado tiempo a reflexionar sobre el tema.

—Entonces te diré una cosa: ésta es, sin duda, la primera y la última vez en toda mi carrera profesional que le voy a contar a un policía el contenido de un artículo que aún no ha sido publicado. Así que, como tú mismo has dicho… para serte sincero, no sé muy bien cómo manejar esta situación.

Un breve silencio se instaló en torno a la mesa.

—Quizá…

—¿Qué os parece si…?

Edklinth y Monica Figuerola se pusieron a hablar al mismo tiempo y, acto seguido, se callaron.

—Yo le sigo la pista al club de Zalachenko. Vosotros queréis procesar al club de Zalachenko. Centrémonos en eso nada más.

Edklinth asintió.

—¿Qué tenéis?

Edklinth dio cuenta del resultado de las pesquisas de Monica Figuerola y su grupo. Mostró la foto de Evert Gullberg acompañado del coronel espía Stig Wennerström.

—Bien. Quiero una copia de esa foto.

—La tienes en el archivo de Åhlén & Åkerlund —dijo Monica Figuerola.

—La tengo delante de mis ojos. Con un texto al dorso —replicó Mikael.

—De acuerdo. Dale una copia —le ordenó Edklinth.

—Eso quiere decir que Zalachenko fue asesinado por la Sección.

—Un asesinato y un intento de suicidio cometidos por un hombre que, además, se está muriendo de cáncer. Gullberg sigue vivo, pero los médicos le dan, como mucho, un par de semanas. Tras su intento de suicidio, sufre lesiones cerebrales de tal calibre que prácticamente se ha convertido en un vegetal.

—Y se trata de la persona que era el principal responsable de Zalachenko cuando éste desertó.

—¿Cómo lo sabes?

—Gullberg se reunió con Thorbjörn Fälldin seis semanas después de la deserción de Zalachenko.

—¿Puedes probarlo?

—Sí. El libro de visitas de la Cancillería del Gobierno de Rosenbad. Gullberg acompañó al que era jefe de la DGP/Seg por aquel entonces.

—Que ya ha fallecido.

—Pero Fälldin vive y está dispuesto a hablar del asunto.

—¿Has...?

—No, yo no he hablado con Fälldin. Pero otra persona sí lo ha hecho. No puedo decir quién. Protección de fuentes.

Mikael explicó cómo había reaccionado Fälldin a la información sobre Zalachenko y cómo él mismo había ido a Holanda para entrevistar a Janeryd.

—Así que el club de Zalachenko se esconde en algún sitio de esta casa —dijo Mikael, señalando la foto con el dedo.

—En parte. Pensamos que se trata de una organización dentro de la organización. El club de Zalachenko no podría existir sin el apoyo de ciertas personas clave de aquí dentro. Pero creemos que la llamada Sección para el Análisis Especial se estableció en algún lugar fuera del edificio.

—O sea, que una persona puede ser contratada por la Säpo, cobrar la nómina de la Säpo y luego, en realidad, trabajar para otro jefe.

—Más o menos.

—Entonces, ¿quién ayuda al club de Zalachenko aquí dentro?

—Aún no lo sabemos. Pero tenemos algunos sospechosos.

—Mårtensson —propuso Mikael.

Edklinth asintió.

—Mårtensson trabaja para la Säpo, pero cuando lo necesitan en el club de Zalachenko lo sacan de su puesto habitual —dijo Monica Figuerola.

—¿Y cómo se hace eso en la práctica?

—Muy buena pregunta —dijo Edklinth con una ligera sonrisa—. ¿No te gustaría empezar a trabajar con nosotros?

—En la vida —respondió Mikael.

—Sólo estaba bromeando. Pero es la pregunta lógica. Tenemos un sospechoso, aunque todavía no podemos probar nada.

—A ver… Debe de ser alguien con poderes administrativos.

—Sospechamos del jefe administrativo Hans Shenke —dijo Monica Figuerola.

—Y aquí nos topamos con el primer escollo —aclaró Edklinth—. Te hemos dado un nombre, pero el dato no está documentado. ¿Cómo piensas actuar?

—No puedo publicar un nombre sin tener pruebas contra él. Si Shenke es inocente, denunciará a *Millennium* por difamación.

—Bien. Entonces estamos de acuerdo. Esta colaboración debe basarse en una confianza mutua. Te toca. ¿Qué tienes?

—Tres nombres —contestó Mikael—. Los dos primeros fueron miembros del *club de Zalachenko* en los años ochenta.

Edklinth y Figuerola aguzaron el oído.

—Hans von Rottinger y Fredrik Clinton. Rottinger ha muerto. Clinton se ha retirado. Pero los dos formaban parte del círculo más íntimamente vinculado a Zalachenko.

—¿Y el tercer nombre? —quiso saber Edklinth.

—Teleborian está relacionado con una persona a la que llaman *Jonas*. Ignoramos su apellido pero sabemos que forma parte del *club de Zalachenko*, promoción del 2005… Lo cierto es que hemos llegado a creer que quizá sea él quien aparece con Mårtensson en las fotos del Copacabana.

—¿Y cómo surge el nombre de Jonas?

—Lisbeth Salander ha pirateado el ordenador de Peter Teleborian y hemos podido leer correspondencia que demuestra que Peter Teleborian está conspirando con ese tal Jonas de la misma manera que conspiró con

Björck en 1991. Jonas le da instrucciones a Teleborian. Y ahora llegamos al segundo escollo —dijo Mikael, sonriendo a Edklinth—. Yo puedo probar mis afirmaciones, pero no puedo daros la documentación sin revelar una fuente. Tenéis que confiar en mí.

Edklinth parecía pensativo.

—Tal vez se trate de algún colega de Teleborian de Uppsala —imaginó—. De acuerdo. Empezamos con Clinton y Von Rottinger. Cuéntanos qué sabes.

El presidente de la junta directiva, Magnus Borgsjö, recibió a Erika Berger en su despacho, contiguo a la sala de reuniones de la junta. Parecía preocupado.

—Me han dicho que te has hecho daño —comentó, señalando el pie de Erika.

—Se me curará —respondió Erika para, acto seguido, apoyar las muletas contra la mesa y sentarse en la silla.

—Bueno, eso está bien. Erika, ya llevas aquí un mes y yo quería reunirme contigo para que tuviéramos ocasión de hacer un balance de todo este tiempo. ¿Cómo va todo?

Tengo que hablar de lo de Vitavara con él. Pero ¿cómo? ¿Cuándo?

—Empiezo a hacerme una idea. Hay dos aspectos básicos que quería comentarte: por un lado, como ya sabes, el *SMP* tiene problemas económicos y el presupuesto está a punto de hundir al periódico; por el otro, hay una increíble cantidad de carroña en la redacción.

—¿No hay nada positivo?

—Sí. Un montón de periodistas profesionales que saben cómo hacer su trabajo. El problema es que hay otros que no les dejan hacerlo.

—Holm ha hablado conmigo...

—Ya lo sé.

Borgsjö arqueó las cejas.

—Tiene unas cuantas opiniones con respecto a ti. Casi todas son negativas.

—No pasa nada. Yo también tengo las mías sobre él.

—¿Negativas? Pues si no podéis trabajar juntos…

—Yo no tengo ningún problema en trabajar con él. Es él quien lo tiene conmigo.

Erika suspiró.

—Me saca de quicio. Holm ya está muy rodado y es sin duda uno de los jefes de Noticias más competentes que he conocido. Pero eso no quita que sea un hijo de puta. Anda intrigando y creando desconfianzas entre el personal. Llevo veinticinco años en los medios de comunicación y nunca me he encontrado con un jefe así.

—En un puesto como el suyo la mano dura se hace imprescindible. Le presionan desde todos los lados.

—Mano dura vale, pero no ser un imbécil. Por desgracia, Holm es un desastre y una de las razones principales por las que resulta prácticamente imposible que los colaboradores trabajen en equipo. Su lema parece ser «Divide y vencerás».

—Palabras duras.

—Le daré un mes más para que cambie su actitud. Luego lo relevaré de su cargo.

—No puedes hacer eso. Tu trabajo no consiste en cargarte la estructura de la organización.

Erika se calló y observó al presidente de la junta.

—Perdona que te lo recuerde, pero me has contratado para eso. Incluso hemos redactado un contrato que me da vía libre para realizar los cambios que considere necesarios dentro de la redacción. Mi trabajo consiste en renovar el periódico y eso no se conseguirá sin modificar la organización y los hábitos laborales.

—Holm ha consagrado toda su vida al *SMP*.

—Sí. Pero tiene cincuenta y ocho años y se jubilará dentro de seis, y no me puedo permitir que sea una carga durante todo ese tiempo. No me malinterpretes, Magnus. Desde el mismo instante en que me senté en esa jaula de cristal, la misión de mi vida pasó a consistir en mejorar la calidad del *SMP* y en aumentar la tirada. Holm es libre de elegir entre hacer las cosas a mi manera o hacer lo que quiera. Pero yo voy a quitar de en medio a la persona que se interponga en mi camino o que, de uno u otro modo, intente hacer daño al *SMP*.

Joder... tengo que sacar el tema de Vitavara. Van a despedir a Borgsjö.

De repente Borgsjö sonrió.

—Veo que a ti tampoco te falta mano dura.

—No, y en este caso es lamentable porque no debería ser necesaria. Mi trabajo es hacer un buen periódico y eso sólo se consigue con una dirección que funcione y unos colaboradores que estén a gusto.

Tras la reunión con Borgsjö, Erika volvió cojeando a su jaula de cristal. Se sentía incómoda. Había hablado con Borgsjö durante cuarenta y cinco minutos sin comentar ni una sola palabra sobre Vitavara. Dicho de otra forma: no había sido especialmente directa ni sincera con él.

Cuando Erika encendió su ordenador vio que había recibido un correo de MikBlom@millennium.nu. Como sabía muy bien que en *Millennium* no existía tal dirección, no le fue demasiado difícil deducir que su *cyber stalker* volvía a dar señales de vida. Abrió el correo:

¿CREES QUE BORGSJÖ VA A PODER
SALVARTE, PUTITA? ¿QUÉ TAL EL PIE?

Automáticamente levantó la vista y observó a la redacción. Su mirada se depositó en Holm. Él la estaba mirando. Luego él la saludó con la cabeza y le sonrió.

«Es alguien del *SMP* el que está escribiendo los correos,» pensó Erika.

La reunión del Departamento de protección constitucional no terminó hasta las cinco. Acordaron celebrar otra la semana siguiente y decidieron que Mikael Blomkvist se dirigiera a Monica Figuerola si necesitaba contactar antes con la DGP/Seg. Mikael cogió el maletín de su portátil y se levantó.

—¿Cómo salgo de aquí? —preguntó.

—No creo que sea buena idea que andes solo por ahí —respondió Edklinth.

—Te acompaño —se apresuró a decir Monica Figuerola—. Espérame unos minutos, voy a recoger las cosas de mi despacho.

Al salir, atravesaron juntos el parque de Kronoberg en dirección a Fridhemsplan.

—¿Y ahora qué? —quiso saber Mikael.

—Estaremos en contacto —contestó Monica Figuerola.

—Me empieza a gustar estar en contacto con la Säpo —dijo Mikael, mostrándole una sonrisa.

—¿Te apetece cenar conmigo esta noche? —le soltó Monica Figuerola.

—¿El bosnio otra vez?

—No, no me puedo permitir cenar fuera todas las noches. Estaba pensando más bien en algo sencillo en mi casa.

Ella se detuvo, le sonrió y añadió:

—¿Sabes lo que me gustaría hacer ahora mismo? —le preguntó Monica Figuerola.

—No.

—Llevarte a casa y desnudarte.

—Eso podría complicar las cosas.

—Ya lo sé. Pero no estaba pensando precisamente en contárselo a mi jefe.

—No sabemos adónde nos va a llevar toda esta historia. Podríamos ir a parar a barricadas opuestas.

—Me arriesgaré. ¿Vienes por tu propio pie o voy a tener que esposarte?

El asintió. Ella lo cogió del brazo y se fueron hacia Pontonjärgatan. A los treinta segundos de cerrar la puerta del apartamento ya estaban desnudos.

David Rosin, asesor de seguridad de Milton Security, estaba esperando a Erika Berger cuando ésta llegó a casa a eso de las siete de la tarde. Le dolía el pie una barbaridad, así que entró cojeando en la cocina y se dejó caer en la silla más cercana. Él había hecho café y le sirvió uno.

—Gracias. ¿Preparar café forma parte del acuerdo de Milton Security?

Él sonrió educadamente. David Rosin era un hombre rechoncho de unos cincuenta años y con una perilla roja.

—Gracias por dejarme usar la cocina durante el día.

—No hay de qué. ¿Cómo va la cosa?

—Nuestros técnicos ya han instalado una alarma de verdad. Te enseñaré cómo funciona ahora mismo. También he revisado la casa desde el sótano hasta el desván y he echado un vistazo por los alrededores. Lo estudiaremos todo en Milton y dentro de unos días tendremos listo un análisis que queremos comentar contigo. Pero, mientras, hay algunos temas que debemos tratar.

—Vale.

—En primer lugar tenemos que firmar unas formalidades. El contrato final lo prepararemos más tarde, eso dependerá de los servicios que acordemos, pero aquí hay un documento mediante el que le encargas a Milton la alarma que te hemos instalado hoy. Se trata de un contrato estándar mutuo que significa que nosotros te exigimos ciertas cosas y que nos comprometemos a otras, entre ellas el secreto profesional y cláusulas similares.

—¿Vosotros me exigís cosas a mí?…

—Sí. Una alarma no es más que una alarma, pero que un chalado aparezca en medio del salón de tu casa con un arma automática es algo muy distinto. Para que la seguridad tenga algún sentido, tú y tu marido debéis pensar en ciertos detalles y realizar algunas medidas rutinarias. Quiero repasar esos puntos contigo.

—De acuerdo.

—No me adelantaré al análisis final, pero la situación general la veo de la siguiente manera: tú y tu marido vivís en un chalet. Detrás hay una playa y en las inmediaciones unos pocos chalés grandes. Por lo que he podido apreciar, los vecinos no tienen muchas vistas sobre esta casa; se encuentra bastante aislada.

—Es verdad.

—Eso quiere decir que un intruso cuenta con muchas posibilidades de acercarse sin ser observado.

—Los vecinos de la derecha se pasan gran parte del año de viaje, y en el chalet de la izquierda vive una pareja mayor que se acuesta bastante temprano.

—Exacto. Y además, en las fachadas laterales hay pocas ventanas. Si un intruso entra en tu jardín trasero (le llevaría cinco segundos salirse del camino y meterse allí), ya nadie podrá ver nada. La parte de atrás está rodeada por un enorme seto, el garaje y una edificación independiente bastante grande.

—Es el estudio de mi marido.

—Tengo entendido que es artista.

—Correcto… Bueno, ¿y qué más?

—El intruso que rompió la ventana e hizo esa pintada en la fachada pudo hacerlo con toda tranquilidad. Tal vez se arriesgara un poco rompiendo el cristal, porque alguien podría haberlo oído, pero el chalet está construido en ángulo y el ruido fue amortiguado por la fachada.

—Ajá.

—La otra cosa es que tienes una casa grande de doscientos cincuenta metros cuadrados, sin contar el sótano y el desván. Son once habitaciones distribuidas en dos plantas.

—Es un monstruo de casa. Greger la heredó de sus padres.

—También hay múltiples maneras de entrar en ella. Por la puerta principal, por la de la terraza de atrás, por el porche de la planta superior y por el garaje. Además, algunas ventanas de la planta baja y seis ventanas del sótano carecían completamente de alarma. Por último, también podría entrar por la ventanilla del desván, que sólo está cerrada con un gancho, valiéndome de la escalera de incendios trasera.

—Dicho así, da la sensación de que lo único que le falta a la casa son puertas giratorias. ¿Qué vamos a hacer?

—La alarma que te hemos puesto hoy es provisional. Volveremos la semana que viene para hacer una instalación en condiciones, con una alarma en cada ventana de la planta baja y del sótano. Ésa sería la protección antiintrusos para cuando tú y tu marido os encontréis de viaje.

—Vale.

—Pero la situación actual ha surgido porque eres víctima de la amenaza directa de un individuo concreto. Eso es mucho más serio. No tenemos ni idea de quién es ese tipo, ni de cuáles son sus motivos ni hasta dónde está dispuesto a llegar, pero podemos sacar unas cuantas conclusiones. Si sólo se tratara de anónimos correos de odio, lo consideraríamos una amenaza menor, pero en este caso se trata de una persona que, de hecho, se ha molestado en ir a tu casa, y Saltsjöbaden no está lo que se dice a la vuelta de la esquina, y cometer un atentado. Resulta bastante inquietante.

—No podría estar más de acuerdo.

—Hoy he hablado con Armanskij y coincidimos en que hay una amenaza clara y evidente.

—Ya.

—Mientras no sepamos más detalles sobre la persona en cuestión, tenemos que jugar sobre seguro.

—Lo cual quiere decir…

—Primero: la alarma que te hemos puesto hoy contiene dos componentes. Por una parte es una alarma anti-intrusos normal y corriente que deberás conectar cuando no estés en casa, y por la otra es un detector de movimientos de la planta baja que activarás por las noches cuando te encuentres en la planta superior.

—De acuerdo.

—Es un poco rollo porque tendrás que desactivar la alarma cada vez que bajes a la planta baja.

—Ya.

—Segundo, también te hemos cambiado la puerta del dormitorio.

—¿Habéis cambiado la puerta?

—Sí. Hemos instalado una puerta de seguridad de acero. No te preocupes, está pintada de blanco y parece una puerta normal. La diferencia es que echa la llave automáticamente cuando la cierras. Para abrir desde dentro sólo necesitas bajar la manivela como en cualquier puerta. Pero para abrirla desde fuera deberás marcar un código de tres cifras en un teclado que se encuentra incorporado a la manivela.

—De acuerdo.

—De modo que si entran en la casa, tienes una habitación segura donde refugiarte. Las paredes son sólidas y les llevará un buen rato derribar esa puerta, aunque dispongan de herramientas. Tercero: vamos a instalar unas cámaras de vigilancia para que puedas ver lo que ocurre en el jardín trasero y en la planta baja cuando estés en el dormitorio. Eso lo haremos esta misma semana, al igual que la instalación de detectores de movimiento de fuera.

—Ay, ay, ay. Me parece que a partir de ahora mi dormitorio no va a ser un sitio muy romántico.

—Es un monitor pequeño. Podemos colocarlo en un ropero o en un armario cualquiera para que no tengas que verlo todo el tiempo.

—Bien.

—Más adelante también me gustaría cambiar la puerta del despacho y la de una habitación de aquí abajo. Si ocurriera algo, deberás meterte ahí de inmediato y echarle el cerrojo a la puerta mientras vienen en tu ayuda.

—Vale.

—Si activas la alarma antiintrusos por error, llama enseguida a la central de Milton y anula el servicio. Para poder hacerlo, será necesario que les des la clave que previamente habrás registrado con nosotros. Si se te olvidara esa clave, el coche saldría de todos modos y te cobraríamos una determinada cantidad de dinero.

—Entiendo.

—Cuatro: ya hay alarmas antiagresión en cuatro sitios. Aquí en la cocina, en la entrada, en tu despacho de la planta superior y en vuestro dormitorio. La alarma antiagresión consiste en dos botones que se han de pulsar a la vez y durante tres segundos. Puedes hacerlo con una mano, pero no puedes hacerlo por error.

—Vale.

—Si la alarma antiagresión se activa, ocurrirán tres cosas. La primera es que Milton mandará varios coches. El más cercano vendrá de Adam Säkerhet, en Fisksätra. Son dos fornidos soldaditos que se personarán en diez o doce minutos. Segunda: que un coche de Milton saldrá de Nacka. Su tiempo de llegada es, en el mejor de los casos, de veinte minutos, pero lo más probable es que sean veinticinco. Y la tercera es que se avisa en el acto a la policía. En otras palabras, llegarán varios coches con escasos minutos de intervalo.

—De acuerdo.

—Una alarma antiagresión no se anula de la misma manera que una antiintrusos. O sea, no podrás llamar y decir que ha sido una falsa alarma. Aunque salgas a nuestro encuentro y digas que se trata de un error, la policía entrará en la casa. Querremos asegurarnos de que nadie está apuntando a tu marido con una pistola o algo así. Esta alarma sólo la deberás usar cuando te encuentres realmente en peligro.

—Entiendo.

—No hace falta que sea una agresión física. Basta con que alguien intente entrar o aparezca en el jardín, o algo por el estilo. Si te sientes mínimamente amenazada aciónala, pero no lo hagas a la primera de cambio; utiliza tu buen criterio.

—Lo prometo.

—He observado que has colocado palos de golf por todas partes.

—Sí. Esta noche la he pasado sola.

—Yo me habría ido a un hotel. No me importa que tomes medidas de seguridad por tu cuenta. Pero espero que tengas claro que con un palo de golf puedes matar a un agresor con mucha facilidad.

—Mmm.

—Y si lo haces, lo más probable es que te procesen por homicidio. Si encima luego reconoces que has dejado allí los palos con la intención de armarte podrían, incluso, acusarte de asesinato.

—O sea, que debo…

—No digas nada. Ya sé lo que vas a decir.

—Si alguien me atacara, creo que le destrozaría la cabeza.

—Te entiendo. Pero la idea de contratar a Milton Security es, precisamente, que eso no ocurra. Vas a tener en todo momento la posibilidad de pedir ayuda y, sobre todo, no vas a acabar en una situación en la que no te quede más remedio que partirle el cráneo a alguien.

—De acuerdo.

—Y, por cierto, ¿qué piensas hacer con los palos de golf si el agresor va armado con una pistola? Cuando hablamos de seguridad hablamos de ir un paso por delante de la persona que te quiere hacer daño.

—¿Y qué quieres que haga con un *stalker* a mis espaldas?

—Asegúrate de que nunca se le brinde la oportunidad de acercarse a ti. Tal y como están las cosas, hasta dentro de unos días no terminaremos de instalarlo todo; y luego también hay que hablar con tu marido... Él tiene que ser tan consciente como tú de la seguridad.

—Vale.

—Hasta entonces, la verdad es que no quiero que te quedes aquí.

—No me puedo ir a ningún sitio. Mi marido volverá dentro de un par de días. Lo cierto es que tanto él como yo viajamos a menudo, cada uno por su lado, y pasamos aquí mucho tiempo solos.

—Entiendo. Aunque sólo se trata de un par de días, hasta que lo instalemos todo. ¿No podrías irte a casa de alguna amiga?

En un principio, Erika pensó en el apartamento de Mikael Blomkvist, pero luego se dio cuenta de que no era una buena idea.

—Gracias... pero creo que prefiero quedarme en casa.

—Me lo temía. En ese caso, quiero que estés acompañada en lo que queda de semana.

—Mmm.

—¿No tienes a nadie que pueda venirse contigo?

—Sí, claro. Pero no a las siete y media de la tarde si hay un asesino loco rondando por el jardín.

David Rosin reflexionó un instante.

—Vale. ¿Te importaría que te acompañara una empleada de Milton? Puedo hacer una llamada para ver si una chica que se llama Susanne Linder está libre esta noche. Seguro que no le importará ganarse un dinero extra.

—¿Cuánto cuesta?

—Eso lo tendrás que arreglar con ella. Esto queda al margen de cualquier acuerdo formal. Es que, de verdad, no quiero que estés sola.

—La oscuridad no me da miedo.

—Te creo. Si así fuera, no habrías pasado la noche aquí. Pero Susanne Linder, además, es ex policía. No serán más que unos cuantos días. Contratar a un guardaespaldas sería algo muy distinto y bastante más caro.

El tono serio de David Rosin hizo que Erika se decidiera. De repente, se dio cuenta de que Rosin estaba hablando con la mayor naturalidad de la posibilidad de que existiera una amenaza contra su vida. ¿Era exagerado? ¿Debería ignorar su preocupación profesional? Y entonces, para empezar: ¿por qué había llamado a Milton?

—Vale. Llámala. Le preparáré la cama en el cuarto de invitados.

Monica Figuerola y Mikael Blomkvist no salieron de la habitación hasta las diez de la noche, envueltos en sábanas, y fueron a la cocina para preparar, con los restos que había en la nevera, una ensalada fría de pasta con atún y beicon. Bebieron agua. De repente, a Monica Figuerola se le escapó una risita tonta.

—¿Qué?

—Sospecho que Edklinth se molestaría de lo lindo si nos viera ahora mismo. No creo que se refiriera al sexo cuando me dijo que debía vigilarte de cerca.

—Fuiste tú quien empezó. Sólo me diste la opción de elegir entre venir esposado o por mi propio pie.

—Lo sé. Pero tampoco fue demasiado difícil convencerte.

—Tal vez no seas consciente de ello, aunque creo que sí, pero tu cuerpo pide sexo a gritos. ¿Qué hombre sería capaz de resistirse?

—Gracias. Pero no creo que sea tan *sexy*. Y tampoco tengo tantas relaciones sexuales.

—Mmm.

—Es verdad. No suelo acabar en la cama con demasiados hombres. Esta primavera he estado más o menos saliendo con uno. Pero se terminó.

—¿Por qué?

—Era bastante mono, pero nos pasábamos el día echándonos pulsos y resultaba muy cansado. Yo era más fuerte y él no lo pudo soportar.

—Ya.

—¿Eres tú uno de esos tíos que va a querer echar un pulso conmigo?

—¿Te refieres a si me supone un problema que tú estés en mejor forma y seas más fuerte que yo? No.

—Si te soy sincera, me he dado cuenta de que bastantes hombres se interesan por mí, pero luego empiezan a desafiarme e intentan buscar diferentes maneras de dominarme. Sobre todo cuando descubren que soy poli.

—Yo no pienso competir contigo. Yo hago lo mío mejor que tú. Y tú haces lo tuyo mejor que yo.

—Bien. Con esa actitud puedo vivir.

—¿Por qué has querido liarte conmigo?

—Suelo ceder a mis impulsos. Y tú has sido uno de ellos.

—Vale. Pero eres poli, de la Säpo para más inri, y encima estás metida en una investigación en la que yo soy uno de los implicados…

—¿Quieres decir que ha sido muy poco profesional por mi parte? Tienes razón. No debería haberlo hecho. Y me causaría grandes problemas si se llegara a saber. Edklinth montaría en cólera.

—No me voy a chivar.

—Gracias.

Permanecieron un instante en silencio.

—No sé adónde nos llevará esto. Tengo entendido que eres un hombre que liga bastante. ¿Es una descripción acertada?

—Sí. Me temo que sí. Pero no estoy buscando una novia formal.

—Vale. Estoy advertida. Creo que yo tampoco estoy buscando un novio formal. ¿Podemos mantener esto en plan amistoso?

—Mejor. Monica: no le diré a nadie que nos hemos enrollado. Pero si las cosas se tuercen, podría acabar metido en un conflicto de la hostia con tus colegas.

—La verdad es que no lo creo. Edklinth es honrado. Y realmente queremos acabar con ese club de Zalachenko. Si tus teorías se confirman, todo eso es una absoluta locura.

—Ya veremos.

—También te has enrollado con Lisbeth Salander.

Mikael levantó la mirada y miró a Monica Figuerola.

—Oye… Yo no soy un diario abierto que todo el mundo pueda leer. Mi relación con Lisbeth no es asunto de nadie.

—Es la hija de Zalachenko.

—Sí. Y tendrá que vivir con eso. Pero no es Zalachenko. Hay una gran diferencia. ¿No te parece?

—No quería decir eso. Sólo me preguntaba hasta dónde llega tu compromiso en toda esta historia.

—Lisbeth es mi amiga. Con eso basta.

Susanne Linder, de Milton Security, llevaba vaqueros, cazadora de cuero negra y zapatillas de deporte. Llegó a Saltsjöbaden alrededor de las nueve de la noche, recibió las instrucciones de David Rosin y dio una vuelta por la casa con él. Iba armada con un portátil, una porra telescópica, gas lacrimógeno, esposas y cepillo de dientes en una bolsa militar verde que deshizo en el cuarto de invitados de Erika Berger. Luego, Erika la invitó a café.

—Gracias. Pensarás que te ha caído una invitada a la que debes entretener de mil maneras. En realidad no es así; soy un mal necesario que de pronto se ha metido en tu vida aunque sólo sea para un par de días. Fui policía durante seis años y ahora llevo cuatro trabajando para Milton Security. Soy guardaespaldas profesional.

—Muy bien.

—Hay una amenaza contra ti y yo estoy aquí para servirte de centinela, para que tú puedas dormir tranquilamente o trabajar o leer un libro o hacer lo que te apetezca. Si necesitas hablar con alguien, te escucharé con mucho gusto. Si no, he traído un libro para entretenerme.

—De acuerdo.

—Lo que quiero decir es que sigas con tu vida normal y que no sientas que me tienes que entretener. Entonces yo me convertiría en un ingrediente molesto de tu vida cotidiana. Así que lo mejor será que me veas como una compañera de trabajo temporal.

—Debo admitir que esta situación es nueva para mí. He sufrido amenazas con anterioridad, cuando era redactora jefe de *Millennium*, pero pertenecían al ámbito profesional. En este caso se trata de un tipo jodidamente desagradable...

—Que se ha obsesionado contigo.

—Algo así.

—Contratar un guardaespaldas de verdad para que te proteja te supondría mucho dinero y, además, es un tema que deberías tratar con Dragan Armanskij. Para que te mereciera la pena, las amenazas tendrían que ser muy claras y muy concretas. Esto es sólo un trabajillo extra para mí. Cobro quinientas coronas por cada noche que pase aquí en lo que queda de semana. Es barato y muy por debajo de lo que te facturaríamos si yo realizara este trabajo por encargo de Milton. ¿Te parece bien?

—Me parece muy bien.

—Si ocurriera algo, quiero que te encierres en el dormitorio y que dejes que yo me ocupe de todo. Tu trabajo consiste en pulsar el botón de alarma antiagresión.

—De acuerdo.

—Lo digo en serio. No te quiero ver por ahí en medio si hay algún jaleo.

Erika Berger se fue a la cama a eso de las once de la noche. Al cerrar la puerta del dormitorio oyó el clic de la cerradura. Se desnudó, pensativa, y se metió bajo las sábanas.

A pesar de haberla instado a no entretener a su invitada, lo cierto es que se pasó dos horas sentada a la mesa de la cocina con Susanne Linder. Descubrió que se llevaban estupendamente y que su compañía le resultaba agradable. Hablaron de las razones psicológicas que inducen a ciertos hombres a perseguir a las mujeres. Susanne Linder explicó que todo ese rollo psiquiátrico le traía al fresco. Le dijo que lo importante era pararles los pies a esos descerebrados y que se encontraba muy a gusto trabajando para Milton Security, ya que gran parte de su labor consistía en ofrecer resistencia a esos pirados.

—¿Por qué dejaste la policía? —preguntó Erika Berger.

—Mejor pregúntame por qué me hice policía.

—Vale. ¿Por qué te hiciste policía?

—Porque cuando tenía diecisiete años, tres guarros asaltaron y luego violaron a una íntima amiga mía en un coche. Me hice policía porque tenía la imagen romántica de que la policía estaba para impedir ese tipo de delitos.

—¿Y?…

—No pude impedir una mierda; siempre llegaba después de que se hubiese cometido el delito. Encima, no soportaba la jerga estúpida y chula del furgón. Y aprendí enseguida que ciertos delitos ni siquiera se investigan. Tú eres un buen ejemplo de ello. ¿Has intentado llamar a la policía y contarle lo que te ha ocurrido?

—Sí.

—¿Y vinieron pitando?

—No exactamente. Me dijeron que pusiera una denuncia en la comisaría más cercana al día siguiente.

—Bueno, pues ya lo sabes. Y ahora trabajo para Armanskij y entro en escena antes de que se cometa el delito.

—¿Mujeres amenazadas?

—Me ocupo de todo tipo de cosas: análisis de seguridad, guardaespaldas, vigilancia y encargos similares. Pero a menudo se trata de personas que se encuentran amenazadas y estoy mucho más a gusto en Milton que en la policía.

—Ya.

—Hay un inconveniente, claro.

—¿Cuál?

—Que sólo ofrecemos nuestros servicios a gente que pueda pagarlos.

Ya en la cama, Erika Berger reflexionó sobre lo que Susanne Linder le acababa de decir. No todo el mundo se podía costear una vida segura. Ella, por su parte, había aceptado sin pestañear las propuestas hechas por David Rosin: cambiar las puertas, pequeñas reformas, sistemas de alarma dobles, etcétera, etcétera. La suma total ascendería a cerca de cincuenta mil coronas. Ella se lo podía permitir.

Reflexionó un momento sobre la sensación que tuvo de que la persona que la estaba amenazando pertenecía al ámbito del *SMP*. El tipo en cuestión sabía que se había hecho un corte en el pie. Pensó en Anders Holm. No le caía bien, algo que, evidentemente, contribuía a aumentar su desconfianza hacia él, pero, por otra parte, la noticia de su herida había corrido como la pólvora desde el mismo segundo en que la vieron entrar con muletas en la redacción.

Y todavía tenía que abordar el tema de Borgsjö.

De pronto, se incorporó en la cama, frunció el ceño y miró a su alrededor. Se preguntó dónde había colocado la carpeta sobre Vitavara AB de Henry Cortez.

Se levantó, se puso la bata y se apoyó en una muleta. Luego abrió la puerta del dormitorio, fue hasta su despacho y encendió la luz. No, no había entrado allí desde... la noche anterior, cuando leyó la carpeta en la bañera. La había dejado en el alféizar de la ventana.

Miró en el baño: la carpeta no estaba en la ventana.

Se quedó parada un buen rato reflexionando.

Salí de la bañera, me acerqué a la cocina para preparar café, pisé el cristal y a partir de ahí ya tuve otras cosas en las que pensar.

No recordaba haber visto la carpeta por la mañana. Pero no la había cambiado de sitio.

De repente, un frío glacial le recorrió el cuerpo. Dedicó los siguientes cinco minutos a buscar sistemáticamente por el cuarto de baño y a revisar las pilas de papeles y periódicos de la cocina y del dormitorio. Al final, no le quedó más remedio que aceptar que la carpeta no estaba.

En algún momento del tiempo transcurrido entre que pisó el cristal y apareció David Rosin por la mañana, alguien entró en el cuarto de baño y cogió el material de *Millennium* sobre Vitavara AB.

Luego cayó en la cuenta de que guardaba más secretos en la casa. Volvió cojeando apresuradamente al dormitorio y abrió el cajón inferior de la cómoda que estaba junto a la cama. Se le encogió el corazón. Todo el mundo tiene secretos y ella guardaba los suyos en un cajón de su dormitorio. Erika Berger no escribía un diario regularmente, pero hubo épocas en las que sí lo hizo. En ese cajón también estaban las cartas de amor de su juventud.

Allí había, además, un sobre con fotografías que le parecieron divertidas en su momento, pero que no resultaba nada apropiado publicar. Cuando Erika tenía unos veinticinco años fue miembro del Club Xtreme, que organizaba fiestas privadas de citas para los aficionados al cuero y al charol. Si uno miraba las fotos en estado sobrio, se podría pensar que se trataba de una auténtica loca.

Y lo más catastrófico de todo: allí había un vídeo rodado a principios de los años noventa durante unas vacaciones en las que ella y su marido fueron invitados a la casa de verano que el artista del cristal Torkel Bollinger tenía en la Costa del Sol. Durante su estancia en aquel lugar, Erika descubrió que su marido tenía una tendencia marcadamente bisexual y los dos acabaron en la cama con Torkel. Habían sido unas vacaciones maravillosas. Las cámaras de vídeo seguían siendo un fenómeno bastante nuevo, y la película que grabaron como simple diversión no era apta para todos los públicos.

El cajón estaba vacío.

¿Cómo coño he podido ser tan estúpida?

En el fondo del cajón, alguien había pintado con *spray* las consabidas cuatro letras.

Capítulo 19

Viernes, 3 de junio –
Sábado, 4 de junio

Lisbeth Salander terminó su autobiografía a eso de las cuatro de la mañana del viernes y envió una copia a Mikael Blomkvist al foro de Yahoo [La_Mesa_Chalada]. Luego se quedó quieta en la cama mirando fijamente al techo.

Se dio cuenta de que la noche de Walpurgis ya había pasado y de que había cumplido veintisiete años, pero ni siquiera había reflexionado sobre el hecho de que fuera su cumpleaños. Lo había pasado encerrada. Igual que cuando estuvo en la clínica psiquiátrica de Sankt Stefan, y, si las cosas no salían bien, cabía la posibilidad de que tuviera que pasar otros muchos cumpleaños privada de libertad en algún manicomio.

Algo a lo que no estaba dispuesta.

La última vez que estuvo encerrada apenas había llegado a la pubertad. Ahora era adulta y tenía otros conocimientos y otras actitudes. Se preguntó cuánto tiempo le llevaría huir, ponerse a salvo en algún país extranjero y hacerse con una nueva identidad y una nueva vida.

Se levantó de la cama y fue al baño, donde se miró en el espejo. Ya no cojeaba. Se pasó la mano por la cadera: el agujero de la herida de bala había cicatrizado. Giró los brazos de un lado a otro para estirar los hombros. Le tiraba, pero en la práctica estaba recuperada. Se golpeó la cabeza con los nudillos. Suponía que su cerebro no había sufrido mayores daños a pesar de haber sido perforado por una bala revestida.

Había tenido una suerte loca.

Hasta que tuvo acceso a su ordenador de mano no paró de darle vueltas a cómo salir de esa habitación cerrada del hospital de Sahlgrenska.

Luego, el doctor Anders Jonasson y Mikael Blomkvist dieron al traste con todos sus planes entregándole a escondidas su ordenador de mano. Fue entonces cuando leyó los textos de Mikael Blomkvist y reflexionó sobre ellos. Hizo un análisis de las consecuencias, meditó su plan y sopesó las posibilidades. Por una vez en su vida, decidió hacer lo que él le proponía. Iba a poner a prueba al sistema. Mikael Blomkvist la había convencido de que, de hecho, no tenía nada que perder, al tiempo que le ofreció la posibilidad de huir de una manera del todo distinta. Y si el plan fracasara, simplemente tendría que planificar su huida de Sankt Stefan o de algún otro manicomio.

Lo que de verdad le había hecho tomar la decisión de jugar al juego de Mikael fue su sed de venganza.

No perdonaba nada.

Zalachenko, Björck y Bjurman estaban muertos.

Pero Teleborian vivía.

Y su hermano, Ronald Niedermann, también. Aunque él, en principio, no era problema suyo. Era cierto que él había contribuido a matarla y enterrarla, pero le parecía un personaje secundario. *Si algún día me cruzo con él, ya veremos, pero hasta entonces es un problema de la policía.*

Aunque Mikael llevaba razón en eso de que detrás de la conspiración tenía que haber otras caras desconocidas que habían contribuido a conformar su vida. Necesitaba los nombres y los números de identificación personal de esos rostros anónimos.

Así que decidió seguir el plan de Mikael. Redactó

una árida autobiografía de cuarenta páginas en la que contaba la verdad, desnuda y sin maquillar, de su vida. Tuvo mucho cuidado a la hora de elegir las palabras. El contenido de cada frase era cierto. Había aceptado el razonamiento de Mikael, según el cual los medios de comunicación suecos ya habían dicho sobre ella tantas afirmaciones grotescas que unas cuantas aberraciones más, esta vez verídicas, no mancharían su reputación.

Sin embargo, la biografía era falsa en el sentido de que Lisbeth distaba mucho de contar *toda* la verdad sobre sí misma y su vida. No tenía por qué hacerlo.

Volvió a la cama y se metió bajo las sábanas. Sentía una irritación que no alcanzaba a definir. Se estiró para coger un cuaderno que Annika Giannini le había dado y que apenas había usado. Abrió la primera página donde había escrito una sola línea:

$$(x^3+y^3=z^3)$$

El invierno anterior había pasado varias semanas en el Caribe devanándose los sesos hasta más no poder con el teorema de Fermat. Al volver a Suecia, y antes de verse involucrada en la persecución de Zalachenko, siguió jugando con las ecuaciones. El problema era que tenía la irritante sensación de haber visto la solución... *de haber experimentado la solución.*

Y de no haberla podido recordar.

El no recordar algo era un fenómeno desconocido para Lisbeth Salander. Había entrado en Internet para probarse a sí misma cogiendo al azar unos códigos HTML que memorizó tras leer de corrido para, acto seguido, reproducirlos con toda exactitud.

No había perdido su memoria fotográfica, lo cual se le antojaba una maldición.

Todo seguía igual en su cabeza.

Excepto el hecho de que creía recordar haber visto una solución al teorema de Fermat, pero no se acordaba de cómo, cuándo ni dónde.

Lo peor era que no tenía ningún tipo de interés en el enigma. El teorema de Fermat ya no la fascinaba. Eso era un mal augurio. Pero así solía funcionar ella: le fascinaban los enigmas, pero en cuanto los resolvía perdía el interés por ellos.

Y precisamente eso mismo le pasaba con Fermat. Ya no era aquel diablo que saltaba sobre su hombro llamando su atención y retando a su intelecto. Era una simple fórmula, unos garabatos en un papel, y no sentía ni el más mínimo deseo de entregarse al enigma.

Eso la preocupaba. Dejó el cuaderno.

Debería dormir.

En su lugar, volvió a coger el ordenador de mano y se conectó a la red. Tras pensarlo un instante, entró en el disco duro de Dragan Armanskij, que no miraba desde hacía tiempo. Armanskij colaboraba con Mikael Blomkvist, pero ella no había sentido ninguna necesidad inmediata de estar al corriente de sus actividades.

Leyó distraída el correo electrónico de Dragan.

Se topó con el análisis de seguridad que David Rosin había redactado sobre la vivienda de Erika Berger. Arqueó las cejas.

Un stalker *anda detrás de Erika Berger.*

Luego encontró un informe de la colaboradora Susanne Linder, quien, al parecer, había pasado la noche en casa de Erika Berger y enviado el informe a altas horas de la madrugada. Miró la hora de envío: poco antes de las tres. El correo informaba de que Berger había descubierto que los diarios personales, las cartas, las fotografías, así como un vídeo de carácter altamente personal, habían sido robados de una cómoda de su dormitorio:

Una vez comentado el tema con la señora Berger, hemos podido constatar que el robo tuvo que cometerse mientras permaneció en el hospital de Nacka tras haber pisado el trozo de cristal. Estamos hablando de un lapso de tiempo de unas dos horas y media, a lo largo de las cuales la casa se encontró sin vigilancia y la defectuosa alarma de NIP permaneció desconectada. En todos los demás momentos, hasta que el robo se descubrió, o Berger o David Rosin se hallaron en la casa.

Eso nos lleva a la conclusión de que su acosador se mantuvo cerca de la señora Berger, pudo observar que se fue en un taxi y, posiblemente también, que cojeaba y tenía el pie lesionado. Y entonces aprovechó la ocasión para entrar.

Lisbeth salió del disco duro de Armanskij y, pensativa, apagó el ordenador de mano. Tenía sentimientos encontrados.

No tenía razón alguna para querer a Erika Berger; todavía recordaba la humillación que sintió cuando la vio desaparecer con Mikael Blomkvist en Hornsgatan el día antes de Nochevieja, hacía ahora año y medio.

Nunca se había sentido tan boba en toda su vida. Y nunca más se permitiría ese tipo de sentimientos.

Todavía recordaba el irracional odio que la invadió y el enorme deseo de salir corriendo tras ellos y hacerle daño a Erika Berger.

Vergonzoso.

Ya estaba curada.

Total, que lo cierto era que no tenía ninguna razón para querer a Erika Berger.

Un momento después se preguntó qué sería eso «de carácter altamente personal» que contenía el vídeo. Ella misma tenía uno de carácter altamente personal que mostraba cómo ese Nils Jodido Cerdo Asqueroso Bjurman la violaba. Y ese vídeo se encontraba ahora en posesión de Mikael Blomkvist. Se preguntó cómo habría reaccionado si alguien hubiese entrado en su casa y robado la película. Algo que, en realidad, era lo que Mikael Blomkvist había hecho, aunque su objetivo no había sido hacerle daño.

Mmm.

Complicado.

Erika Berger no consiguió pegar ojo en toda la noche del viernes. Anduvo cojeando de un lado a otro por todo el chalet mientras Susanne Linder la vigilaba. Su angustia flotaba por la casa como una pesada niebla.

A eso de las dos y media de la madrugada, Susanne Linder consiguió persuadir a Erika Berger de que, por lo menos —ya que no podía conciliar el sueño—, se echara en la cama para descansar. Suspiró aliviada cuando Berger cerró la puerta de su dormitorio. Abrió su ordenador portátil e hizo un resumen de lo ocurrido en un correo que envió a Dragan Armanskij. No había hecho más que mandarlo cuando oyó que Erika Berger se había vuelto a levantar y estaba de nuevo dando vueltas por la casa.

A eso de las siete de la mañana, por fin consiguió que Erika Berger llamara al *SMP* para decir que estaba enferma. Erika aceptó a regañadientes que no sería muy útil en su lugar de trabajo si no podía mantener los ojos abiertos. Luego se durmió en el sofá del salón, frente a la ventana que había sido cubierta con una madera contrachapada. Susanne Linder le echó una manta por encima. A continuación se preparó café, llamó a Dragan Armanskij y le explicó lo que hacía allí y que David Rosin la había llamado.

—Yo tampoco he pegado ojo esta noche —dijo Susanne Linder.

—De acuerdo. Quédate con Berger. Acuéstate y descansa un par de horas —le contestó Armanskij.

—No sé cómo lo vamos a facturar...

—Ya lo resolveremos.

Erika Berger durmió hasta las dos y media de la tarde. Se despertó y se encontró con Susanne Linder durmiendo en un sillón en el otro extremo del salón.

El viernes por la mañana Monica Figuerola se quedó dormida, de modo que no tuvo tiempo de salir a correr, como hacía habitualmente antes de irse al trabajo. Culpó a Mikael Blomkvist, se duchó y, acto seguido, lo echó a patadas de la cama.

Él se fue a *Millennium,* donde todo el mundo se sorprendió de verlo tan temprano. Murmuró algo, fue a por café y convocó a Malin Eriksson y a Henry Cortez a una reunión en su despacho. Dedicaron tres horas a repasar los textos del próximo número temático y a poner en común cómo avanzaban los trabajos de edición de los libros.

—El libro de Dag Svensson se envió ayer a la imprenta —comentó Malin—. Lo sacaremos en formato bolsillo.

—De acuerdo.

—La revista se llamará *The Lisbeth Salander Story* —intervino Henry Cortez—. Han estado modificando las fechas, pero el juicio se ha fijado ahora para el trece de julio. La tendremos lista para ese día, aunque esperaremos hasta mediados de semana para distribuirla. Tú decides cuándo sale.

—Bien. Entonces sólo nos falta el libro sobre Zalachenko, que, en estos momentos, es una pesadilla. Se titulará *La Sección.* La primera mitad del libro será más o menos lo mismo que lo que publicamos en *Millennium.* Los asesinatos de Dag Svensson y Mia Bergman constituyen el punto de partida; y luego seguimos con la caza de Lisbeth Salander, Zalachenko y Niedermann.

En la segunda parte se tratará lo que sabemos de la Sección.

—Mikael, aunque la imprenta hace lo que puede por nosotros, los originales deberán estar listos para impresión el último día de junio como muy tarde —dijo Malin—. Christer necesita al menos un par de días para maquetarlos. Nos quedan poco más de dos semanas. No sé cómo vamos a poder.

—No nos da tiempo a desenterrar toda la historia —reconoció Mikael—. Pero creo que, aunque hubiésemos tenido un año entero, no habríamos podido hacerlo. Lo que sí haremos en este libro es dar cuenta de lo ocurrido. Si nos faltan fuentes para demostrar algo, lo diré. Si estamos especulando, deberá quedar claro que así es. O sea, expondremos lo que ha pasado y lo que podemos documentar, y luego escribiremos lo que pensamos que se esconde detrás de los acontecimientos.

—Eso no se sostiene ni de coña —dijo Henry Cortez.

Mikael negó con la cabeza.

—Si yo digo que un activista de la Säpo entra en mi casa y que puedo demostrarlo con un vídeo, entonces está documentado. Pero si digo que lo ha hecho por encargo de la Sección, entonces se trata de una especulación, aunque a la luz de todas las revelaciones que hacemos sea una especulación lógica. ¿Entiendes?

—Vale.

—No me dará tiempo a escribir todos los textos yo solo. Henry, aquí tengo una lista de textos que quiero que redactes tú. Corresponde más o menos a cincuenta páginas del libro. Malin, tú eres un *backup* para Henry, exactamente igual que cuando editamos el libro de Dag Svensson. Los tres figuraremos en la portada como autores. ¿Os parece bien?

—Sí, claro —dijo Malin—. Pero tenemos otros problemas.

—¿Cuáles?

—Mientras tú has estado trabajando en la historia de Zalachenko, se nos ha acumulado un montón de trabajo…

—¿Y quieres decir que no he estado muy disponible para echaros una mano?

Malin Eriksson asintió.

—Tienes razón. Lo siento.

—No lo sientas. Todos sabemos que cuando te obsesionas con un reportaje no existe nada más. Pero eso a los demás no nos vale. Al menos a mí. Erika Berger me tenía a mí como apoyo. Yo tengo a Henry y él es un as, pero está tan metido en tu historia como tú. Y aunque contemos contigo, la verdad es que nos faltan dos personas en la redacción.

—De acuerdo.

—Y yo no soy Erika Berger. Ella tenía una experiencia que yo no tengo. Yo estoy aprendiendo todavía. Monica Nilsson se deja la piel. Y Lottie Karim también. Pero no tenemos tiempo ni de parar para ponernos a pensar.

—Esto es algo temporal. En cuanto comience el juicio…

—No, Mikael: en cuanto comience el juicio nada… cuando comience el juicio esto será un auténtico infierno. ¿O ya no te acuerdas del caso Wennerström? Lo que sucederá es que en unos tres meses no te vamos a ver el pelo porque tú estarás de gira por los platós.

Mikael suspiró. Asintió lentamente.

—¿Y qué propones?

—Si queremos que *Millennium* sobreviva al próximo otoño, hay que contratar a más gente. Por lo menos a dos personas, tal vez más. No tenemos capacidad para hacer lo que estamos haciendo y…

—¿Y?

—Y yo no estoy segura de querer seguir haciéndolo.

—Lo entiendo.

—Te lo digo en serio. Como secretaria de redacción soy un hacha, y si encima tengo a Erika Berger como jefa, esto es pan comido. Quedamos en que probaría con el cargo durante el verano… Vale, ya lo he probado. No soy una buena redactora jefe.

—¡No digas tonterías! —exclamó Henry Cortez.

Malin negó con la cabeza.

—De acuerdo —contestó Mikael—. Te entiendo. Pero ten en cuenta que estamos pasando por una situación extrema.

Malin sonrió.

—Considéralo una queja del personal —dijo ella.

La unidad operativa del Departamento de protección constitucional consagró el viernes a intentar analizar la información que les había proporcionado Mikael Blomkvist. Dos de los colaboradores se habían trasladado a un local provisional de Fridhemsplan, adonde llevaron toda la documentación. Era poco práctico, ya que el sistema informático interno se hallaba en el edificio de jefatura, algo que implicaba que tuvieran que andar yendo y viniendo unas cuantas veces al día. Aunque sólo se trataba de un paseo de diez minutos, les suponía cierto fastidio. A la hora de comer ya contaban con un amplio material que daba fe de que tanto Fredrik Clinton como Hans von Rottinger habían estado vinculados a la policía de seguridad durante los años sesenta y también a principios de los setenta.

Von Rottinger procedía del servicio de inteligencia militar, y durante varios años trabajó en la oficina que coordinaba Defensa con la policía de seguridad. Fredrik Clinton había hecho carrera en las Fuerzas Aéreas y empezado a trabajar para el Departamento de control de personal de la policía de seguridad en 1967.

Sin embargo, los dos salieron de allí a principios de la

década de los setenta: Clinton en 1971 y Von Rottinger en 1973. Clinton se marchó a la industria privada como asesor y Von Rottinger fue contratado por el órgano internacional de energía atómica para ponerse al frente de las comisiones de investigación. Lo destinaron a Londres.

Hasta bien entrada la tarde, Monica Figuerola no pudo acudir al despacho de Edklinth para comunicarle que las carreras profesionales de Clinton y de Von Rottinger desde que abandonaron la DGP/Seg eran, con toda seguridad, inventadas. La de Clinton se hacía difícil de rastrear. Ser asesor de una industria privada podía significar prácticamente cualquier cosa, y un asesor no tiene ninguna obligación de dar cuenta de sus actividades privadas ante el Estado. De sus declaraciones de la renta se deducía que ganaba un buen dinerito; por desgracia, sus clientes parecían ser, en su mayor parte, empresas anónimas establecidas en Suiza o países similares. De manera que resultaba imposible probar que aquello no era más que una mentira.

Von Rottinger, sin embargo, nunca puso los pies en ese despacho de Londres donde presuntamente estuvo trabajando: en 1973, el edificio de oficinas donde se suponía que trabajaba había sido derribado y sustituido por una ampliación de la King's Cross Station. Sin duda, alguien metió la pata cuando se inventó la tapadera. A lo largo del día, el equipo de Figuerola se dedicó a entrevistar a varios colaboradores jubilados de aquel órgano internacional de energía atómica. Ninguno de ellos había oído hablar de un tal Hans von Rottinger.

—Bueno, pues ya lo sabemos —concluyó Edklinth—. Sólo nos queda averiguar a qué se dedicaban en realidad.

Monica Figuerola hizo un gesto afirmativo.

—¿Y qué hacemos con Blomkvist?

—¿Qué quieres decir?

—Le prometimos tenerlo al corriente de todo lo que encontráramos sobre Clinton y Rottinger.

Edklinth reflexionó.

—Vale. De todos modos lo acabará averiguando… Es mejor llevarnos bien con él. Puedes informarle. Pero utiliza tu sentido común.

Monica Figuerola se lo prometió. A continuación, dedicaron un par de minutos a hablar del fin de semana: dos de sus colaboradores continuarían trabajando. Ella se lo tomaría libre.

Luego fichó, salió y se fue al gimnasio de Sankt Eriksplan, donde pasó dos frenéticas horas recuperando el tiempo perdido. Llegó a casa a eso de las siete de la tarde; se duchó, preparó una cena ligera y encendió la tele para ver las noticias. A las siete y media ya se sentía inquieta y se puso un chándal para salir a correr. Se detuvo delante de la puerta y escuchó a su cuerpo. *Maldito Blomkvist.* Cogió el móvil y llamó a su T10.

—Hemos obtenido alguna información sobre Rottinger y Clinton.

—Cuéntame —pidió Mikael.

—Si te pasas a verme, te lo contaré.

—Mmm —dijo Mikael.

—Acabo de cambiarme para ir a correr y quitarme un poco de encima la tensión acumulada —dijo Monica Figuerola—. ¿Me voy o te espero?

—¿Te parece bien si paso sobre las nueve?

—Estupendo.

A eso de las ocho de la tarde del viernes, Lisbeth Salander recibió una visita del doctor Anders Jonasson. Se sentó en la silla destinada a las visitas y se recostó.

—¿Me vas a reconocer? —preguntó Lisbeth Salander.

—No. Esta tarde no.

—Vale.

—Hoy hemos hecho la evaluación de tu estado y hemos avisado al fiscal de que estamos dispuestos a darte el alta.

—De acuerdo.

—Querían trasladarte a la prisión de Gotemburgo esta misma noche.

—¿Tan rápido?

Él asintió.

—Por lo visto, los de Estocolmo están presionando. Les he dicho que mañana por la mañana tenía que hacerte unas pruebas finales y que no te daré de alta hasta el domingo.

—¿Por qué?

—No lo sé. Me ha irritado que sean tan insistentes.

Por raro que pueda parecer, Lisbeth Salander sonrió. Si le dieran un par de años, sin duda podría convertir al doctor Anders Jonasson en un buen anarquista. Por lo menos tenía talento para la desobediencia civil.

—Fredrik Clinton —dijo Mikael Blomkvist, contemplando desde la cama el techo de la habitación de Monica Figuerola.

—Como enciendas ese cigarro te lo apagaré en el ombligo —lo amenazó Monica Figuerola.

Mikael se quedó mirando, sorprendido, el cigarrillo que había sacado del bolsillo de su americana.

—Perdón —dijo—. ¿Puedo salir al balcón?

—Sólo si te lavas los dientes después.

Asintió y se envolvió con una sábana. Ella lo siguió hasta la cocina y abrió el grifo para llenar un gran vaso de agua fría. Se apoyó contra el marco de la puerta, junto al balcón.

—¿Fredrik Clinton?

—Todavía vive. Él es el vínculo con el pasado.

—Se está muriendo. Necesita un riñón nuevo y se pasa la mayor parte del tiempo en diálisis o con algún otro tipo de tratamiento.

—Pero vive. Podríamos contactar con él y hacerle

preguntas directamente. Tal vez esté dispuesto a hablar con nosotros.

—No —zanjó Monica Figuerola—. Para empezar esto es una investigación preliminar y la hace la policía. En ese sentido no hay ningún «nosotros» en esta historia. En segundo lugar, recibes información según lo acordado con Edklinth, pero te has comprometido a no hacer nada que pueda interferir en la investigación.

Mikael la miró y sonrió. Apagó el cigarrillo.

—¡Ay! —dijo—. La policía de seguridad tira de la correa.

De repente ella se quedó pensativa.

—Mikael, esto no es ninguna broma.

El sábado por la mañana, Erika Berger se fue a la redacción del *Svenska Morgon-Posten* con un nudo en el estómago. Sentía que empezaba a tener control sobre lo que constituía la propia producción del periódico y la verdad era que había estado pensando en la posibilidad de permitirse un fin de semana libre —el primero desde que empezó en el *SMP*—, pero el descubrimiento de que sus recuerdos más íntimos y personales habían desaparecido junto con la carpeta de la investigación sobre Borgsjö hizo que le resultara imposible desconectar.

A lo largo de la noche, que en su mayoría pasó en vela hablando en la cocina con Susanne Linder, Erika esperaba que *El boli venenoso* atacara de nuevo y que esas fotos, que eran cualquier cosa menos favorecedoras, se difundieran con toda celeridad. Internet era una herramienta perfecta para los hijos de puta. *Dios mío, un maldito vídeo que muestra cómo estoy follando con mi marido y con otro hombre. Acabaré en las portadas de todos los tabloides del mundo. Lo más privado.*

Pasó esa noche llena de pánico y angustia.

Al final, Susanne Linder la obligó a irse a la cama.

A las ocho de la mañana, se levantó y se fue al *SMP*. No podía mantenerse alejada; si amenazaba tormenta, quería ser la primera en enfrentarse a ella.

Pero en la redacción del sábado, con sólo la mitad de la plantilla, todo se le antojó normal. El personal la saludó amablemente cuando pasó por el mostrador central. Anders Holm tenía el día libre. Peter Fredriksson hacía de jefe de Noticias.

—Buenos días. Creía que librabas hoy —le comentó.

—Yo también. Pero como ayer no vine y tengo cosas que hacer… ¿Ha pasado algo?

—No, es una mañana tranquila. Lo más caliente que ha entrado es que la industria maderera de Dalecarlia ha obtenido beneficios y que han cometido un atraco en Norrköping en el que una persona ha resultado herida.

—Vale. Me voy a mi jaula de cristal a trabajar un rato.

Se sentó, apoyó las muletas contra la librería y se conectó a Internet. Empezó por consultar el correo. Había recibido numerosos *mails* pero ninguno de *El boli venenoso*. Frunció el ceño: ya habían pasado dos días desde que le robó la carpeta y todavía seguía sin actuar con algo que debería suponerle un verdadero tesoro de posibilidades. *¿Por qué no? ¿Piensa cambiar de táctica? ¿Chantaje? ¿Quiere tenerme en ascuas?*

No tenía ningún trabajo particular que urgiera, así que abrió el documento de la nueva estrategia del *SMP* que estaba redactando. Se quedó observando fijamente la pantalla durante quince minutos sin ver las letras.

Había llamado a Greger, pero no consiguió contactar con él. Ni siquiera sabía si su móvil funcionaba en el extranjero. Naturalmente, habría podido localizarle si hubiese hecho un esfuerzo, pero se sentía completamente apática. Error: se sentía desesperada y paralizada.

Intentó dar con Mikael Blomkvist para informarle de

que habían robado la carpeta de Borgsjö. No contestó al móvil.

A las diez todavía no había hecho nada y decidió irse a casa. Acababa de alargar la mano para apagar el ordenador cuando su ICQ hizo *clin*. Perpleja, miró la barra del menú. Sabía lo que era el ICQ pero no solía chatear, y desde que empezó en el *SMP* no había usado el programa nunca.

Llena de dudas, hizo clic en *Contestar*.

—Hola, Erika.

—Hola. ¿Quién eres?

—Asunto privado. ¿Estás sola?

¿Una trampa? ¿El boli venenoso?

—Sí. ¿Quién eres?

—Nos conocimos en casa de Mikael Blomkvist cuando él volvió de Sandhamn.

Erika Berger se quedó mirando la pantalla. Le llevó varios segundos en hacer la asociación. *Lisbeth Salander. Imposible.*

—¿Sigues ahí?

—Sí.

—Nada de nombres. ¿Sabes quién soy?

—¿Cómo sé que no eres un impostor?

—Sé cómo se hizo Mikael la cicatriz del cuello.

Erika tragó saliva. Había cuatro personas en todo el mundo que sabían cómo se la hizo. Lisbeth Salander era una de ellas.

—Vale. Pero ¿cómo puedes chatear conmigo?

—Se me dan bien los ordenadores.

Lisbeth Salander es un hacha con los ordenadores. Pero ¿cómo coño hará para comunicarse conmigo desde el hospital de Sahlgrenska donde está aislada desde el mes de abril? Esto me supera.

—Vale.

—¿Puedo fiarme de ti?

—¿Qué quieres decir?

—Esta conversación no debe filtrarse.

No quiere que la policía sepa que tiene acceso a Internet. Claro que no. Así que por eso chatea con la redactora jefe de uno de los periódicos más grandes de Suecia.

—Tranquila. ¿Qué quieres?

—Pagar.

—¿Qué quieres decir?

—*Millennium* me ha apoyado.

—Hemos hecho nuestro trabajo.

—Otros periódicos no.

—No eres culpable de lo que te acusan.

—Tú tienes un *stalker* siguiéndote los pasos.

De repente, a Erika Berger le dio un vuelco el corazón. Dudó un largo instante.

—¿Qué es lo que sabes?

—Vídeo robado. Han entrado en tu casa.

—Sí. ¿Puedes ayudarme?

Erika Berger se sorprendió a sí misma haciéndole esa pregunta. Era completamente absurdo. Lisbeth Salander estaba ingresada en Sahlgrenska y los problemas personales le salían por las orejas. Resultaba disparatado dirigirse a ella con la esperanza de que le pudiera ofrecer algún tipo de ayuda.

—No lo sé. Déjame intentarlo.

—¿Cómo?

—Pregunta: ¿crees que ese hijo de puta está en el *SMP*?

—No puedo demostrarlo.

—¿Por qué lo crees?

Erika meditó la respuesta un largo rato antes de responder.

—Es un presentimiento. Todo empezó cuando entré a trabajar aquí. Otras personas del periódico han recibido desagradables correos de *El boli venenoso* que parecen proceder de mí.

—¿*El boli venenoso*?

—Es el nombre que le he puesto a ese cabrón.

—Vale. ¿Por qué has sido tú y no otra la que ha sido objeto de atención de *El boli venenoso*?

—No lo sé.

—¿Hay alguna cosa que te haga creer que es algo personal?

—¿Qué quieres decir?

—¿Cuántos empleados hay en el *SMP*?

—Más de doscientos treinta, incluida la editorial.

—¿A cuántos conoces en persona?

—No lo sé muy bien. A lo largo de todos estos años he conocido a varios de los periodistas y colaboradores en distintas situaciones.

—¿Alguien con quién te hayas peleado alguna vez?

—No. No específicamente.

—¿Alguien que pienses que querría vengarse de ti?

—¿Vengarse? ¿De qué?

—La venganza es un buen motivo.

Erika se quedó mirando la pantalla mientras intentaba entender a qué se refería Lisbeth Salander.

—¿Sigues ahí?

—Sí. ¿Por qué me preguntas lo de la venganza?

—He leído la lista de Rosin con todos los incidentes que relacionas con *El boli venenoso*.

¿Por qué no me sorprende?

—¿¿¿Vale???

—No creo que sea obra de un *stalker*.

—¿Qué quieres decir?

—Un *stalker* es una persona motivada por una obsesión sexual. Éste me parece alguien que está imitando a un *stalker*. Darle por culo con un destornillador… Por favor, parodia pura.

—¿Sí?

—Yo he visto a *stalkers* de verdad. Son bastante más pervertidos, vulgares y grotescos. Expresan amor y odio al mismo tiempo. Hay algo que no cuadra en todo esto.

—¿No te parece lo bastante vulgar?

—No. El correo a Eva Carlsson no me cuadra en absoluto con el perfil de un *stalker*. Es sólo alguien que quiere fastidiarte.

—Entiendo. No me lo había planteado de esa manera.

—*Stalker* no es. Va dirigido a ti en persona.

—De acuerdo. ¿Y qué propones?

—¿Confías en mí?

—Quizá.

—Necesito acceder a la red interna del *SMP*.

—Para, para.

—Ahora. Dentro de poco me van a trasladar y no tendré Internet.

Erika dudó unos diez segundos. Dejar el *SMP* en manos de... ¿quién? ¿Una loca? Puede que Lisbeth no fuera culpable de asesinato pero, definitivamente, no era una persona normal.

—Pero ¿qué podía perder?

—¿Cómo?

—Necesito introducir un programa en tu ordenador.

—Tenemos cortafuegos.

—Tienes que ayudarme. Inicia Internet.

—Ya está.

—¿Explorer?

—Sí.

—Te voy a escribir una dirección. Cópiala y pégala en Explorer.

—Hecho.

—Ahora ves que te aparece una lista con una serie de programas. Haz clic en Asphyxia Server y descárgalo.

Erika siguió las instrucciones.

—Ya está.

—Inicia Asphyxia. Haz clic en instalar y pincha en Explorer.

Nos ha llevado tres minutos.

—Listo. Perfecto. Ahora tienes que reiniciar el ordenador. Perderemos el contacto durante un rato.

—Vale.

—Cuando lo retomemos, transferiré tu disco duro a un servidor de Internet.

—Vale.

—Reinícialo. Estaremos en contacto dentro de un ratito.

Erika Berger miró fascinada la pantalla mientras su ordenador se reiniciaba lentamente. Se preguntó si no se habría vuelto loca. Luego su ICQ volvió a hacer *clin*.

—Hola de nuevo.

—Hola.

—Es más rápido si lo haces tú: conéctate a Internet y copia y pega la dirección que te voy a mandar.

—Vale.

—Ahora te saldrá una pregunta. Haz clic en *Start*.

—De acuerdo.

—Ahora te pregunta cómo vas a llamar al disco duro. Llámalo *SMP-2*.

—Vale.

—Ve a tomarte un café. Esto tardará un rato.

Monica Figuerola se despertó a eso de las ocho de la mañana del sábado, más de dos horas después de lo habitual. Se incorporó en la cama y contempló a Mikael Blomkvist. Estaba roncando. «*Well. Nobody is perfect.*»

Se preguntó adónde la llevaría su historia con Mikael Blomkvist. Él no pertenecía a ese tipo de hombres fieles con los que se podía planificar una relación a largo plazo; teniendo en cuenta su currículum, eso le quedaba muy claro. Por otro lado, ella no estaba segura de si en realidad buscaba una relación estable con novio, frigorífico y niños. Tras una docena de fracasados intentos que se remontaban a su juventud, había empezado a inclinarse, cada vez más, hacia la teoría de que las relaciones estables estaban sobrevaloradas. Su relación más larga la tuvo con un colega de Uppsala con el que convivió durante dos años.

A eso había que añadirle que ella tampoco era una chica muy dada a *one night stands*, aunque consideraba que el sexo estaba subestimado como remedio contra prácticamente todo tipo de dolencias. Y el sexo con Mikael Blomkvist estaba bien. Bueno, mucho más que bien, la verdad. Y además era una buena persona. Te hacía desear volver a por más.

¿Un rollo de verano? ¿Enamoramiento? ¿Estaba ella enamorada?

Se fue al baño, se lavó la cara, se lavó los dientes y luego se puso unos pantalones cortos y una chaqueta fina de deporte, y salió del apartamento andando de puntillas. Hizo unos cuantos estiramientos y corrió durante cuarenta y cinco minutos, pasando por el hospital de Rålambshov, bordeando Fredhäll y volviendo por Smedsudden. A las nueve ya estaba de vuelta y constató que Blomkvist continuaba durmiendo. Se agachó y le mordió la oreja hasta que él abrió los ojos desconcertado.

—Buenos días, cariño. Necesito a alguien que me frote la espalda.

Él la miró y murmuró algo.

—¿Qué has dicho?

—Que no hace falta que te duches. Estás chorreando.

—He estado corriendo. Deberías acompañarme.

—Sospecho que si intentara seguir tu ritmo, tendrías que llamar a una ambulancia. Paro cardíaco en Norr Mälarstrand.

—¡No digas tonterías! Venga, hora de levantarse.

Él le frotó la espalda y le enjabonó los hombros. Y las caderas. Y el vientre. Y los pechos. Y al cabo de un rato, Monica Figuerola ya había perdido completamente el interés por la ducha y se lo llevó de nuevo a la cama. Hasta las once de la mañana no llegaron a Norr Mälarstrand para desayunar.

—Podrías convertirte en una mala costumbre —dijo Monica Figuerola—. Sólo hace unos cuantos días que nos conocemos.

—Me atraes un montón. Pero creo que eso ya lo sabes.

Ella asintió.

—¿Por qué?

—*Sorry.* No puedo contestar a esa pregunta. Nunca he entendido por qué de repente una determinada mujer me atrae y otra no me despierta ningún interés.

Ella sonrió pensativa.

—Tengo el día libre —dijo ella.

—Yo no. Tengo un montón de trabajo hasta que empiece el juicio y he pasado las tres últimas noches contigo en vez de trabajando.

—Qué pena.

Él asintió, se levantó y le dio un beso en la mejilla. Ella le agarró la manga de la camisa.

—Blomkvist, me gustaría mucho seguir viéndote.

—A mí también —afirmó—. Pero hasta que no hayamos terminado este reportaje, me temo que mi vida va a ser un poco caótica.

Desapareció subiendo por Hantverkargatan.

Erika Berger había ido a por café y ahora estaba observando la pantalla. Durante cincuenta y tres minutos no pasó absolutamente nada, a excepción de que su salvapantallas se activaba a intervalos regulares. Luego el ICQ volvió a hacer *clin*.

—Ya está. Tienes mucha mierda en tu disco duro; dos virus, por ejemplo.

—*Sorry.* ¿Cuál es el próximo paso?

—¿Quién es el administrador de la red informática del *SMP*?

—No lo sé. Tal vez Peter Fleming, que es el jefe técnico.

—Vale.

—¿Qué tengo que hacer ahora?

—Nada. Vete a casa.

—¿Nada más?

—Estaremos en contacto.

—¿Tengo que dejar el ordenador encendido?

Pero Lisbeth Salander ya se había ido. Frustrada, Erika Berger se quedó mirando la pantalla. Al final apagó el ordenador y salió a buscar un café donde poder sentarse a pensar tranquilamente.

Capítulo 20

Sábado, 4 de junio

Mikael Blomkvist se bajó del autobús en Slussen, cogió el ascensor de Katarinahissen y paseó hasta Fiskargatan 9. Había comprado pan, leche y queso en la tienda que estaba delante del edificio del Gobierno civil y, nada más entrar, se puso a colocar los productos en la nevera. Luego encendió el ordenador de Lisbeth Salander.

Tras un instante de reflexión también encendió su Ericsson T10 azul. Pasó de usar su móvil normal, ya que, de todos modos, no quería hablar con nadie que no tuviera que ver con la historia de Zalachenko. Constató que durante las últimas veinticuatro horas había recibido seis llamadas, tres de Henry Cortez, dos de Malin Eriksson y una de Erika Berger.

Empezó llamando a Henry Cortez, que estaba en un café de Vasastan y que tenía algunos detalles que tratar con él, aunque nada urgente.

Malin Eriksson sólo había llamado para dar señales de vida.

Luego llamó a Erika Berger pero estaba comunicando.

Entró en el foro de Yahoo [La_Mesa_Chalada] y encontró la versión final de la autobiografía de Lisbeth Salander. Asintió sonriendo, imprimió el documento y se puso a leerlo en el acto.

Lisbeth Salander iba golpeteando la pantalla de su Palm Tungsten T3. Con la ayuda de la cuenta de Erika Berger, había dedicado una hora a entrar en la red informática del *SMP* y analizarla. No se había metido en la cuenta de Peter Fleming, pues no resultaba necesario hacerse con los derechos de administración. Lo que le interesaba era acceder a la administración del *SMP* con los expedientes personales. Y allí Erika Berger ya tenía derechos.

Deseó ardientemente que Mikael Blomkvist hubiese tenido la bondad de pasarle a escondidas su PowerBook con un teclado de verdad y una pantalla de 17 pulgadas en vez del ordenador de mano. Se descargó una lista de todos los trabajadores del *SMP* y comenzó a repasarla. Se trataba de doscientas veintitrés personas, ochenta y dos de las cuales eran mujeres.

Empezó tachando a todas las mujeres. No es que las excluyera de la locura, pero las estadísticas confirmaban que la gran mayoría de las personas que acosaban a las mujeres eran hombres. Así que quedaban ciento cuarenta y una.

Las estadísticas también hablaban a favor de que una buena parte de los *bolis venenosos* solían ser o adolescentes o individuos de mediana edad. Como el *SMP* no contaba con adolescentes entre sus empleados, dibujó una curva de edades y eliminó a todas las personas que se encontraran por encima de los cincuenta y cinco y por debajo de los veinticinco. Quedaban ciento tres personas.

Meditó un rato. No tenía mucho tiempo. Quizá menos de veinticuatro horas. Tomó una rápida decisión. Eliminó de un plumazo a todos los que trabajaban en distribución, publicidad, fotografía, conserjería y departamento técnico. Se centró en el grupo de periodistas y en el personal de redacción y le salió una lista de cuarenta y ocho personas compuesta por hombres con edades comprendidas entre los veintiséis y los cincuenta y cuatro años.

Luego oyó el sonido del llavero. Apagó de inmediato el ordenador y lo guardó bajo el edredón, entre sus muslos. Su última comida de sábado en el Sahlgrenska acababa de llegar. Resignada, se quedó mirando la col en salsa. Después de la comida sabía que no iba a poder trabajar tranquila durante un rato. Guardó el ordenador en el hueco de detrás de la mesilla y esperó a que dos mujeres de Eritrea pasaran la aspiradora y le hicieran la cama.

Una de ellas se llamaba Sara y le había estado pasando furtiva y regularmente unos cuantos Marlboro Light durante el último mes. También le había dado un mechero que Lisbeth escondía detrás de la mesilla. Agradecida, Lisbeth cogió los dos cigarrillos que se iba a fumar esa noche junto a la ventana de ventilación.

Todo recobró la tranquilidad a partir de las dos. Sacó el ordenador de mano y se conectó. Había pensado volver directamente a la administración del *SMP*, pero se dio cuenta de que también tenía problemas personales que resolver. Realizó su repaso diario comenzando por el foro de Yahoo [La_Mesa_Chalada]. Constató que Mikael Blomkvist llevaba tres días sin introducir nada nuevo y se preguntó qué estaría haciendo. *Seguro que el muy cabrón anda por ahí con alguna tonta tetona.*

Acto seguido, entró en el foro de Yahoo [Los caballeros] y quiso ver si Plague había contribuido con algo. No lo había hecho.

Luego consultó el disco duro del fiscal Richard Ekström (una correspondencia de menor interés sobre el juicio) así como los del doctor Peter Teleborian.

Cada vez que entraba en el disco duro de Teleborian tenía la sensación de que su temperatura corporal bajaba unos cuantos grados.

Halló el informe psiquiátrico forense que ya había redactado Teleborian sobre ella, pero que, como era lógico, no se iba a realizar oficialmente hasta que éste hubiese tenido la posibilidad de examinarla. Había hecho varias mejoras en su prosa, pero en general no había nada nuevo. Descargó el informe y lo envió a [La_Mesa_Chalada]. Consultó el correo electrónico recibido por Teleborian en las últimas veinticuatro horas abriendo uno a uno cada *mail*. Estuvo a punto de pasar por alto la importancia de uno de los más breves:

Sábado, 15.00 en el anillo de la estación central. Jonas.

Fuck. Jonas. Una persona que ha aparecido en un montón de correos dirigidos a Teleborian. Usa una cuenta de Hotmail. Sin identificar.

Lisbeth Salander dirigió la mirada al reloj digital de la mesilla: 14.28. Hizo inmediatamente *clin* en el ICQ de Mikael Blomkvist. No obtuvo respuesta.

Mikael Blomkvist imprimió las doscientas veinte páginas del manuscrito que ya había terminado. Luego apagó el ordenador y se sentó a la mesa de la cocina de Lisbeth Salander con un bolígrafo para corregir las pruebas.

Estaba contento con la historia. Pero el hueco más grande seguía vacío. ¿Cómo iba a poder encontrar al resto de la Sección? Malin Eriksson tenía razón. Resultaba imposible. El tiempo apremiaba.

Lisbeth Salander blasfemó, frustrada, intentando contactar con Plague en el ICQ. No contestaba. Miró de reojo el reloj: 14.30.

Se sentó en el borde de la cama e intentó acordarse de las cuentas ICQ. Primero probó con la de Henry Cortez y luego con la de Malin Eriksson. Nadie contestaba. *Sábado. Todo el mundo tiene el día libre.* Miró de nuevo el reloj: 14.32.

Después trató de localizar a Erika Berger. Nada de nada. *Le he dicho que se fuera a casa. Mierda.* 14.33.

Podría enviar un SMS al móvil de Mikael Blomkvist... pero estaba pinchado. Se mordió el labio inferior.

Al final, desesperada, se volvió hacia la mesilla y llamó a la enfermera. Eran las 14.35 cuando oyó la llave introducirse en la puerta y una enfermera llamada Agneta que rondaba los cincuenta años asomó la cabeza.

—Hola. ¿Te pasa algo?

—¿Está el doctor Anders Jonasson en la planta?

—¿No te encuentras bien?

—Estoy bien. Pero necesito intercambiar unas palabras con él. Si es posible.

—Lo vi hace un momento. ¿De qué se trata?

—Tengo que hablar con él.

Agneta frunció el ceño. La paciente Lisbeth Salander rara vez llamaba a las enfermeras si no se trataba de un intenso dolor de cabeza o de algún otro problema urgente. Nunca había dado problemas y jamás había solicitado hablar con un determinado médico. Sin embargo, Agneta había advertido que Anders Jonasson había dedicado un considerable tiempo a la paciente detenida, quien, por lo general, solía aislarse por completo del mundo. Era posible que hubiera conseguido establecer algún tipo de contacto.

—De acuerdo. Voy a ver si tiene un minuto —dijo la enfermera amablemente para a continuación cerrar la puerta. Y echar el cerrojo. Eran las 14.36. Las 14.37 ya.

Lisbeth se levantó de la cama y se acercó a la ventana. De vez en cuando consultaba el reloj: 14.39. 14.40.

A las 14.44 oyó pasos en el pasillo y el sonido del llavero del vigilante de Securitas. Anders Jonasson le echó una inquisitiva mirada y al ver los desesperados ojos de Lisbeth Salander se detuvo.

—¿Ha pasado algo?

—Está pasando ahora mismo. ¿Tienes un móvil?

—¿Qué?

—Un móvil. Tengo que hacer una llamada.

Dubitativo, Anders Jonasson miró de reojo hacia la puerta.

—Anders… ¡Necesito un móvil! ¡Ahora!

Oyó la desesperación de su voz y, metiéndose la mano en el bolsillo, le entregó su Motorola. Lisbeth se lo arrancó prácticamente de las manos. No podía llamar a Mikael Blomkvist ya que su teléfono estaba pinchado por el enemigo. El problema era que no le había dado el número de su secreto Ericsson T10 azul. Nunca se lo planteó ya que nunca se habría imaginado que ella pudiera llamarlo desde su aislamiento. Dudó una décima de segundo y marcó el número de móvil de Erika Berger. Oyó tres tonos antes de que ella respondiera.

Erika Berger se hallaba en su BMW, a un kilómetro de su casa de Saltsjöbaden, cuando recibió una llamada que no esperaba. Aunque también era cierto que Lisbeth Salander ya la había sorprendido por la mañana.

—Berger.

—Salander. No hay tiempo para explicaciones. ¿Tienes el número del teléfono secreto de Mikael? El que no está pinchado.

—Sí.

—Llámalo. ¡Pero ya! Teleborian se va a encontrar con Jonas en el anillo de la estación central a las 15.00.

—¿Qué?…

—Date prisa. Teleborian. Jonas. El anillo de la estación central. 15.00 horas. Tiene un cuarto de hora.

Lisbeth apagó el móvil para que Erika no se viera tentada a derrochar los segundos haciendo preguntas innecesarias. Le echó un vistazo al reloj, que acababa de cambiar a las 14.46.

Erika Berger frenó y aparcó en el arcén de la carretera. Buscó la agenda del bolso y empezó a pasar páginas hasta que encontró el número que Mikael le había dado la noche que cenaron en Samirs gryta.

Mikael Blomkvist oyó el sonido del teléfono. Se levantó de la mesa de la cocina, fue hasta el despacho de Salander y cogió el móvil, que estaba sobre la mesa.

—¿Sí?

—Erika.

—Hola.

—Teleborian se va a encontrar con Jonas en el anillo de la estación central a las 15.00. Te quedan unos minutos.

—¿Qué? ¿Qué?

—Teleborian...

—Ya te he oído. ¿Cómo lo sabes?

—Déjate de preguntas y date prisa.

Mikael miró el reloj: 14.47.

—Gracias. Hasta luego.

Cogió el maletín del ordenador y bajó por las escaleras en vez de esperar el ascensor. Mientras corría marcó el número del T10 azul de Henry Cortez.

—Cortez.

—¿Dónde estás?

—Comprando unos libros en Akademibokhandeln.

—Teleborian se va a encontrar con Jonas en el anillo de la estación central a las 15.00. Yo voy de camino pero tú estás más cerca.

—¡Hostias! Salgo pitando.

Mikael bajó corriendo por Götgatan y se dirigió a toda pastilla hacia Slussen. Llegó jadeando a la plaza y miró su reloj de reojo. Monica Figuerola tenía razón cuando le dio la lata para que empezara a hacer ejercicio. 14.56. No le iba a dar tiempo. Buscó un taxi.

Lisbeth Salander le devolvió el móvil a Anders Jonasson.

—Gracias —dijo.

—¿Teleborian? —preguntó Anders Jonasson—. No he podido evitar haber oído el nombre.

Lisbeth asintió con la cabeza y lo miró.

—Teleborian es un pájaro de mucho mucho cuidado. No te imaginas cuánto.

—No. Pero sospecho que ahora mismo está pasando algo grave: es la primera vez en todo este tiempo que te veo tan excitada. Espero que sepas lo que estás haciendo.

Lisbeth le dedicó una torcida sonrisa.

—Pronto lo sabrás —dijo ella.

Henry Cortez salió corriendo de Akademibokhandeln como un loco. Cruzó Sveavägen por el viaducto de Mäster Samuelsgatan y siguió bajando hasta Klara Norra, donde giró para entrar en Klarabergsviadukten y atravesar Vasagatan. Cruzó Klarabergsgatan entre un autobús y dos coches que le pitaron frenéticamente y entró por la puerta de la estación en el preciso instante en que el reloj marcaba las 15.00.

Cogió las escaleras mecánicas bajando los escalones de tres en tres hasta llegar a la planta baja y pasó corriendo por delante de la tienda de Pocketshop antes de aminorar el paso para no llamar la atención. Miró fija e intensamente a la gente que se hallaba alrededor del anillo.

No vio a Teleborian ni al hombre que Christer Malm había fotografiado delante del Copacabana y que pensaban que era Jonas. Miró el reloj: 15.01. Jadeaba como si hubiese corrido el maratón de Estocolmo.

Se la jugó: atravesó el vestíbulo a toda prisa y salió a Vasagatan. Se detuvo y barrió los alrededores con la mirada, estudiando hasta donde sus ojos alcanzaban —y una a una— a todas las personas. Ningún Peter Teleborian. Ningún Jonas.

Dio media vuelta y se metió dentro. 15.03. No había nadie cerca del anillo.

Luego alzó la vista y, por un segundo, divisó el perfil de Peter Teleborian, con su característica cabellera revuelta y su perilla, justo cuando éste salía de Pressbyrån, en el otro extremo del vestíbulo. Acto seguido, el hombre de las fotos de Christer Malm se materializó a su lado. Cruzaron el recinto y salieron a Vasagatan por la puerta norte.

Henry Cortez suspiró. Se secó el sudor de la frente con la palma de la mano y empezó a seguir a los dos hombres.

Mikael Blomkvist llegó en taxi a la estación central de Estocolmo a las 15.07. Entró apresuradamente en el vestíbulo principal, pero no pudo ver ni a Teleborian ni a Jonas. Ni tampoco a Henry Cortez, por otra parte.

Cogió su T10 para llamar a Henry Cortez en el mismo instante en que le empezó a sonar.

—Ya los tengo. Están en el *pub* Tre Remmare de Vasagatan, junto a la boca de metro de la línea que va hasta Akalla.

—Gracias, Henry. ¿Y tú dónde estás?

—En la barra. Tomándome una caña. Bien merecida.

—Vale. A mí me conocen, así que me quedaré fuera. Supongo que no tienes ninguna posibilidad de escuchar lo que dicen.

—Ni una. Veo la espalda de ese tal Jonas y el maldito Teleborian no hace más que murmurar; ni siquiera puedo ver los movimientos de sus labios.

—De acuerdo.

—Pero puede que tengamos un problema.

—¿Cuál?

—Ese tal Jonas ha dejado su cartera y su móvil encima de la mesa. Y ha puesto un par de llaves de coche sobre la cartera.

—Vale. Ya me encargo yo de eso.

El móvil de Monica Figuerola sonó con el politono del tema de la película *Hasta que llegó su hora*. Dejó el libro sobre el deísmo de la Antigüedad, que parecía no terminarse nunca.

—Hola. Soy Mikael. ¿Qué haces?

—Estoy en casa ordenando los cromos de mis antiguos amantes. Esta mañana me han abandonado miserablemente.

—Lo siento. ¿Tienes cerca tu coche?

—La última vez que lo vi estaba aparcado aquí enfrente.

—Bien. ¿Te apetece dar una vuelta por la ciudad?

—No mucho. ¿Qué pasa?

—Peter Teleborian está en Vasagatan tomándose una cerveza con Jonas. Y como yo colaboro con la Stasi... perdón, con la Säpo, he pensado que a lo mejor te apetecería venir.

Monica Figuerola ya se había levantado del sofá para coger las llaves del coche.

—¿No me estarás tomando el pelo?...

—Ni mucho menos. Y Jonas ha puesto las llaves de un coche encima de la mesa donde se ha sentado.

—Voy para allá.

Malin Eriksson no cogía el teléfono, pero Mikael Blomkvist tuvo suerte y pudo hablar con Lottie Karim, que se encontraba en Åhléns comprando un regalo de cumpleaños para su marido. Mikael le mandó que hiciera horas extra y que se apresurara en ir al *pub* para servir de refuerzo a Henry Cortez. Luego volvió a llamar a Cortez.

—El plan es el siguiente: dentro de cinco minutos tendremos un coche aquí. Aparcaremos en Järnvägsgatan, delante del *pub*.

—Vale.

—Lottie Karim llegará dentro de un par de minutos.

—Bien.

—Cuando dejen el *pub*, tú seguirás a Jonas. Lo harás a pie y, por el móvil, me irás diciendo por dónde vais. En cuanto lo veas acercarse a un coche, comunícamelo. Lottie seguirá a Teleborian. Si no llegamos a tiempo, coge la matrícula.

—De acuerdo.

Monica Figuerola aparcó en Nordic Light Hotel, frente a Arlanda Express. Mikael Blomkvist abrió la puerta del copiloto un minuto después de que ella hubiese aparcado.

—¿En qué *pub* están?

Mikael se lo dijo.

—Debo pedir refuerzos.

—No te preocupes. Los tenemos vigilados. Más gente podría estropearlo todo.

Monica Figuerola lo miró desconfiada.

—¿Y cómo te enteraste de que esta reunión iba a tener lugar?

—*Sorry*. Protección de fuentes.

—¡Joder! ¿Es que en *Millenium* tenéis vuestro propio servicio de inteligencia? —exclamó ella.

Mikael parecía contento. Siempre resultaba divertido ganar a la Säpo en su propio terreno.

En realidad, no tenía ni la más mínima idea de a qué se debía esa llamada de Erika Berger —tan inesperada como un relámpago en medio de un cielo claro— para avisarle de que Teleborian y Jonas se iban a ver. Desde el diez de abril, ella ya no estaba al corriente del trabajo que se realizaba en la redacción de *Millennium*. Por supuesto, sabía quién era Teleborian, pero Jonas no entró en escena hasta el mes de mayo y, según tenía entendido Mikael, Erika ignoraba por completo su existencia, así como que era objeto de las sospechas no sólo de *Millennium* sino también de la Säpo.

Tendría que sentarse a hablar seriamente con Erika Berger dentro de muy poco.

Lisbeth Salander miró la pantalla de su ordenador y arrugó el morro. Después de la llamada realizada con el móvil del doctor Anders Jonasson apartó de su mente cualquier pensamiento relacionado con la Sección y se centró en el problema de Erika Berger. Tras una detenida deliberación, eliminó de la lista del grupo de hombres de entre veintiséis y cincuenta y cuatro años a todos los casados. Sabía que no estaba hilando muy fino y que no se basaba en una argumentación racional, ni estadística ni científicamente hablando, para tomar esa decisión. *El boli venenoso* podría ser perfectamente un esposo modélico con cinco hijos y un perro. Podría ser una persona que trabajara en la conserjería. Podría ser, incluso, una mujer, aunque no lo creía.

Simplemente necesitaba reducir el número de nombres de la lista y, con esta última decisión, el grupo pasó de cuarenta y ocho a dieciocho individuos. Constató que una gran parte de ellos eran reporteros importantes, jefes o jefes adjuntos; todos ellos, mayores de treinta y cinco años. Si en ese grupo no encontraba nada interesante, podría ampliar de nuevo el cerco.

A las cuatro de la tarde entró en la página web de *Hacker Republic* y le pasó la lista a Plague. Él le hizo *clin* unos cuantos minutos más tarde.

—18 nombres. ¿Qué?

—Un pequeño proyecto paralelo. Considéralo un ejercicio.

—¿Eh?

—Uno de los nombres pertenece a un hijo de puta. Encuéntralo.

—¿Cuáles son los criterios?

—Hay que trabajar rápido. Mañana me desenchufan. Para entonces tenemos que haberlo encontrado.

Le contó la historia de *El boli venenoso* que iba a por Erika Berger.

—Vale. ¿Y yo saco algo de todo esto?

Lisbeth Salander reflexionó un rato.

—Sí. Que no voy a ir hasta Sundbyberg para provocar un incendio en tu casa.

—¿Serías capaz?

—Te pago siempre que te pido que hagas algo para mí. Esto no es para mí. Considéralo impuestos.

—Empiezas a dar muestras de competencia social.

—Bueno, ¿qué?

—Vale.

Le pasó los códigos de acceso de la redacción del *SMP* y se desconectó del ICQ.

Ya eran las 16.20 cuando Henry Cortez llamó.

—Parece que se van a levantar.

—De acuerdo. Estamos preparados.

Silencio.

—Se están separando en la puerta del *pub*. Jonas se dirige hacia el norte. Lottie sigue a Teleborian hacia el sur.

Mikael levantó un dedo y señaló a Jonas cuando éste asomó por Vasagatan. Monica Figuerola asintió. Unos segundos después, Mikael también pudo ver a Henry Cortez. Monica Figuerola arrancó el motor.

—Está cruzando Vasagatan y continúa hacia Kungsgatan —dijo Henry Cortez por el móvil.

—Mantén la distancia para que no te descubra.

—Hay bastante gente.

Silencio.

—Va hacia el norte por Kungsgatan.

—Al norte por Kungsgatan —repitió Mikael.

Monica Figuerola metió una marcha y enfiló Vasagatan. Se detuvieron un momento en un semáforo en rojo.

—¿Y ahora dónde estáis? —preguntó Mikael cuando giraron entrando en Kungsgatan.

—A la altura de PUB. Va a paso rápido. Oye, ha cogido dirección norte por Drottninggatan.

—Dirección norte por Drottninggatan —repitió Mikael.

—De acuerdo —dijo Monica Figuerola, e hizo un giro ilegal para meterse por Klara Norra y acercarse hasta Olof Palmes gata. Se metió por esa calle y se detuvo delante del edificio de SIF. Jonas cruzó Olof Palmes gata y subió hacia Sveavägen. Henry Cortez lo estaba siguiendo al otro lado de la calle.

—Ha girado hacia el este…

—No te preocupes. Os vemos a los dos.

—Tuerce a Holländargatan… Atención… Coche. Un Audi rojo.

—Coche —dijo Mikael, y apuntó el número que Cortez les comunicó.

—¿Cómo está aparcado? —preguntó Monica Figuerola.

—Mirando al sur —informó Cortez—. Va a salir a Olof Palmes gata, justo delante de vosotros… Ahora.

Monica Figuerola ya había arrancado y pasado Drottninggatan. Pitó y les hizo señas a un par de peatones que intentaban cruzar por el paso de cebra con el semáforo en rojo.

—Gracias, Henry. Tomamos el relevo.

El Audi rojo se fue hacia el sur por Sveavägen. Mientras lo seguía, Monica Figuerola abrió su móvil con la mano izquierda y marcó un número.

—Por favor, ¿me podéis buscar una matrícula? Un Audi rojo —dijo, y repitió la matrícula que Henry Cortez les había comunicado.

—Jonas Sandberg, nacido en el 71. ¿Qué has dicho?... Helsingörsgatan, Kista. Gracias.

Mikael apuntó los datos que le dieron a Monica Figuerola.

Siguieron al Audi rojo por Hamngatan hasta llegar a Strandvägen y luego subieron inmediatamente por Artillerigatan. Jonas Sandberg aparcó a una manzana del Museo del Ejército. Cruzó la calle y entró en el portal de un elegante edificio de finales del siglo XIX.

—Mmm —dijo Monica Figuerola, mirando de reojo a Mikael.

Mikael asintió con la cabeza. Jonas Sandberg había ido hasta una dirección que se encontraba a una manzana del edificio en el que le dejaron un piso al primer ministro para que celebrara cierta reunión privada.

—Buen trabajo —dijo Monica Figuerola.

En ese mismo instante llamó Lottie Karim y le contó que el doctor Peter Teleborian había subido hasta Klarabergsgatan por las escaleras mecánicas de la estación y que luego siguió andando hasta la jefatura de policía de Kungsholmen.

—¿La jefatura de policía? ¿Un sábado a las cinco de la tarde? —se preguntó Mikael.

Monica Figuerola y Mikael Blomkvist se miraron sin saber qué pensar. Durante unos pocos segundos, Monica pareció sumergirse en una profunda reflexión. Acto seguido, cogió su móvil y llamó al inspector Jan Bublanski.

—Hola. Monica, de la DGP/Seg. Nos vimos en Norr Mälarstrand hace algún tiempo.

—¿Qué quieres? —preguntó Bublanski.

—¿Tienes a alguien de guardia este fin de semana?

—Sonja Modig —dijo Bublanski.

—Necesito un favor. ¿Sabes si se encuentra en el edificio de jefatura?

—Lo dudo. Hace un tiempo espléndido y es sábado por la tarde.

—De acuerdo. ¿Podrías intentar contactar con ella o con alguna otra persona del equipo que pudiera buscarse una excusa para acercarse hasta el pasillo del fiscal Richard Ekström? Porque creo que ahora mismo se está celebrando una reunión en su despacho.

—¿Una reunión?

—Ahora no tengo tiempo de explicártelo. Necesito saber si está reunido con alguien. Y en tal caso, ¿quién?

—¿Quieres que espíe a un fiscal que, además, es mi superior?

Monica Figuerola arqueó las cejas. Luego se encogió de hombros.

—Sí —contestó.

—De acuerdo —dijo Bublanski antes de colgar.

La verdad era que Sonja Modig se encontraba más cerca de jefatura de lo que Bublanski temía. Estaba tomando un café con su marido en el balcón de la casa de una amiga que vivía en el barrio de Vasastan. Los padres de Sonja se habían llevado a los niños para pasar una semana con ellos, así que, al verse libre, el matrimonio decidió hacer algo tan anticuado como salir a cenar por ahí e ir al cine.

Bublanski le explicó lo que quería.

—¿Y qué excusa me invento para entrar así como así en el despacho de Ekström?

—Ayer le prometí que le enviaría un informe puesto al día sobre Niedermann, pero la verdad es que se me olvidó entregárselo antes de irme. Está en mi mesa.

—De acuerdo —dijo Sonja Modig.

Miró a su marido y a su amiga.

—Tengo que ir a la jefatura. Me llevo el coche; con un poco de suerte estaré de vuelta dentro de una hora.

Su marido suspiró. La amiga suspiró.

—Lo cierto es que estoy de guardia —se disculpó Sonja Modig.

Aparcó en Bergsgatan, subió hasta el despacho de Bublanski y buscó los tres folios que constituían el magro resultado de las pesquisas realizadas para dar con el asesino de policías Ronald Niedermann. «No es como para colgarse una medalla», pensó.

Luego salió al rellano de la escalera y subió una planta más. Se detuvo frente a la puerta que daba al pasillo. Esa tarde tan veraniega la jefatura de policía se hallaba casi desierta. No andaba a hurtadillas. Simplemente, caminaba con mucho sigilo. Se paró ante la puerta de Ekström, que estaba cerrada. Oyó el sonido de unas voces y se mordió el labio inferior.

De repente, perdió todo el coraje y se sintió ridícula. En una situación normal habría llamado a la puerta, la habría abierto exclamando algo así como *Anda, hola; ¿todavía sigues aquí?* y habría entrado como si nada. Ahora se le antojó raro.

Echó un vistazo a su alrededor.

¿Por qué la había llamado Bublanski? ¿De qué iba la reunión?

Miró hacia el otro lado del pasillo. Frente al despacho de Ekström había una pequeña sala de reuniones con sitio para diez personas. Allí había asistido ella a más de una presentación.

Entró y cerró la puerta con mucho cuidado. Las persianas estaban bajadas y la pared de cristal que daba al pasillo tenía las cortinas echadas. La sala estaba en penumbra. Cogió una silla, se sentó y corrió la cortina dejando una fina rendija por la que podía ver el pasillo.

Se sentía incómoda. Si alguien entrara en ese momento, le iba a resultar muy difícil explicarle qué hacía allí. Cogió el móvil y consultó el reloj en la pantalla. Casi las seis. Le desactivó el sonido, se reclinó contra el respaldo de la silla y se puso a mirar la puerta cerrada del despacho de Ekström.

A las siete de la tarde, Plague le hizo *clin* a Lisbeth Salander.

—De acuerdo. Ya soy administrador del *SMP*.

—¿Donde?

Él le descargó una dirección *http*.

—No nos dará tiempo en veinticuatro horas. Aunque tengamos el correo de los dieciocho, nos llevará días piratear todos sus ordenadores de casa. Es muy probable que la mayoría ni siquiera los tenga conectados un sábado por la tarde.

—Plague, ocúpate de sus ordenadores de casa y yo me encargaré de los del *SMP*.

—Es lo que pensaba hacer. Tu ordenador de mano es un poco limitado. ¿Alguien en especial en quien deba centrarme?

—No. Cualquiera de ellos.

—De acuerdo.

—Plague.

—Sí.

—Si no encontramos nada de aquí a mañana, quiero que tú sigas.

—De acuerdo.

—En tal caso, te pagaré.

—Bah. Descuida. Esto es divertido.

Se desconectó del ICQ y fue a la dirección *http* a la que Plague había bajado todos los derechos de administración del *SMP*. Empezó comprobando si Peter Fleming estaba conectado y se hallaba en la redacción del *SMP*. No. Así que usó sus códigos de usuario y entró en el servidor del *SMP*. De esta manera podría leer toda la correspondencia que hubiese existido: también los correos que hubieran sido borrados de las cuentas particulares.

Comenzó con Ernst Teodor Billing, cuarenta y tres años, uno de los jefes del turno de noche del *SMP*. Abrió su correo y empezó a retroceder en el tiempo. Le dedicó más o menos dos segundos a cada *mail,* tiempo más que suficiente para hacerse una idea de quién lo había enviado y de lo que contenía. Al cabo de unos cuantos minutos ya había aprendido a identificar lo que constituía el correo rutinario relacionado con el trabajo en forma de memorandos, horarios y otras cosas carentes de interés. Empezó a pasar de todo ello.

Siguió retrocediendo en el tiempo, correo a correo, tres meses más. Luego fue saltando de mes en mes leyendo sólo el asunto y abriéndolos sólo en el caso de que algo le llamara la atención. Se enteró de que Ernst Billing salía con una mujer llamada Sofía y de que empleaba con ella un tono desagradable. Constató que eso no era nada raro, ya que Billing solía utilizar un tono bastante borde con la mayoría de las personas a las que les escribía algo personal: reporteros, maquetadores y otros. Lisbeth consideró, no obstante, que resultaba llamativo que un hombre se dirigiera a su novia con palabras como «gorda de mierda, imbécil de mierda o puta de mierda».

Cuando ya había retrocedido un año, se detuvo. Accedió entonces al Explorer y empezó a ver los sitios de Internet por los que Billing solía navegar. Descubrió que, al igual que la mayoría de los hombres de su edad, entraba regularmente en páginas porno, pero que casi todas las que visitaba parecían estar relacionadas con su trabajo. Constató también que mostraba interés por los coches y que a menudo se metía en páginas donde se presentaban nuevos modelos.

Tras una hora de indagación, salió del ordenador de

Billing y lo borró de la lista. Siguió con Lars Örjan Wollberg, cincuenta y un años, un veterano reportero de la redacción de asuntos jurídicos.

Torsten Edklinth entró en la jefatura de policía de Kungsholmen a las siete y media de la tarde del sábado. Allí lo esperaban Monica Figuerola y Mikael Blomkvist. Se sentaron en torno a la misma mesa de reuniones donde se sentó Mikael el día anterior.

Edklinth constató que estaba pisando un terreno resbaladizo y que había violado toda una serie de reglas internas al permitir que Blomkvist accediera a ese pasillo. Sin lugar a dudas, Monica Figuerola no tenía derecho a invitarlo por su cuenta. En circunstancias normales, ni siquiera las esposas o los maridos podían acceder a las dependencias secretas de la DGP/Seg; si querían ver a su pareja, debían esperar en la escalera. Y Blomkvist, para más inri, era periodista. En el futuro sólo lo dejaría entrar en el local provisional que tenían en Fridhemsplan.

Pero, por otro lado, siempre solía haber gente dando vueltas por los pasillos en calidad de invitados especiales. Visitas extranjeras, investigadores, asesores temporales... Él colocó a Blomkvist en la categoría de asesores externos temporales. En fin, todas esas chorradas de la clasificación del nivel de seguridad no eran más que palabras. De repente, alguien decidía que fulanito de tal debía ser autorizado para obtener un determinado nivel de seguridad. Edklinth había decidido que, si alguien lo criticara, diría que él personalmente le había dado a Blomkvist la autorización necesaria.

Siempre y cuando no surgiera un conflicto entre ambos, claro está. Edklinth se sentó y miró a Figuerola.

—¿Cómo te enteraste de la reunión?

—Blomkvist me llamó a eso de las cuatro —contestó ella con una sonrisa.

—¿Y cómo te has enterado tú?

—Me avisó una fuente —dijo Mikael Blomkvist.

—¿Debo llegar a la conclusión de que le has puesto algún tipo de vigilancia a Teleborian?

Monica Figuerola negó con la cabeza.

—Ésa fue también mi primera idea —dijo ella con una alegre voz, como si Mikael Blomkvist no se encontrara allí—. Pero no se sostiene. Aunque alguien se encontrara siguiendo a Teleborian por encargo de Blomkvist, es imposible que esa persona supiera con antelación que iba a ver, precisamente, a Jonas Sandberg.

Edklinth asintió lentamente.

—Bueno… Entonces, ¿qué nos queda? ¿Escuchas ilegales o algo así?

—Te puedo asegurar que no me dedico a realizar escuchas ilegales de nadie y que ni siquiera he oído hablar de que algo así se estuviera llevando a cabo —dijo Mikael Blomkvist para recordarles que él también se hallaba en la habitación—. Seamos realistas: las escuchas ilegales son actividades a las que se dedican las autoridades estatales.

Edklinth hizo una mueca.

—¿Así que no quieres decir cómo te enteraste de la reunión?

—Sí. Ya te lo he contado. Me avisó una fuente. Y la fuente está protegida. ¿Qué te parece si nos centramos en el resultado del aviso?

—No me gusta dejar cabos sueltos —dijo Edklinth—. Pero vale, ¿qué es lo que sabemos?

—Se llama Jonas Sandberg —contestó Monica Figuerola—. Se formó como buceador militar y luego pasó por la Academia de policía a principios de los años noventa. Primero trabajó en Uppsala y después en Södertälje.

—Tú estuviste en Uppsala.

—Sí, pero no coincidimos. Yo acababa de empezar cuando él se fue a Södertälje.

—Vale.

—En 1998 la DGP/Seg lo reclutó para el servicio de contraespionaje. En el año 2000 fue recolocado en un cargo secreto en el extranjero. Según nuestros papeles, está oficialmente en la embajada de Madrid. He hablado con ellos: no tienen ni idea de quién es Jonas Sandberg.

—Igual que Mårtensson. Según los datos oficiales, lo han trasladado a algún sitio en el que no se encuentra...

—Tan sólo el jefe administrativo tiene la posibilidad de hacer algo así sistemáticamente y conseguir que funcione.

—Y en circunstancias normales, todo se explicaría con la excusa de que se han confundido los papeles; nosotros lo hemos descubierto porque lo estamos estudiando. Y si alguien insiste, no hay más que pronunciar la palabra «Confidencial» o decir que tiene que ver con el terrorismo.

—Todavía queda por investigar el tema del presupuesto.

—¿El jefe de presupuesto?

—Quizá.

—De acuerdo. ¿Qué más?

—Jonas Sandberg vive en Sollentuna. No está casado, pero tiene un hijo con una profesora de Södertälje. Vida intachable. Licencia para dos armas de fuego. Formal y abstemio. Lo único un poco raro es que parece ser creyente y que en los años noventa fue miembro de la secta La Palabra de la vida.

—¿De dónde has sacado todo eso?

—He hablado con mi antiguo jefe de Uppsala. Se acuerda muy bien de Sandberg.

—Vale. Un buceador militar creyente con dos armas y un hijo en Södertälje. ¿Algo más?

—Hombre, para haberlo identificado hace tan sólo tres horas no está nada mal...

—Sí, perdona. ¿Qué sabemos de la casa de Artillerigatan?

—No mucho todavía. Stefan ha conseguido dar con alguien de la oficina de urbanismo. Tenemos los planos del edificio. Pisos en propiedad de finales del siglo XIX. Seis plantas con un total de veintidós pisos, más ocho pisos en un pequeño edificio en el patio. Me he metido en los archivos para investigar a los inquilinos, pero no he encontrado nada llamativo. Dos de los que viven en el inmueble tienen antecedentes.

—¿Quiénes son?

—Un tal Lindström en la primera planta. Sesenta y tres años. Condenado por estafas de seguros en los años setenta. Un tal Wittfelt en la tercera. Cuarenta y siete años. Condenado en dos ocasiones por maltrato de su ex mujer.

—Mmm.

—Los que viven allí son de clase media bien. Sólo hay un piso que plantea interrogantes.

—¿Cuál?

—El de la planta superior. Once habitaciones; algo así como un piso señorial. Pertenece a una empresa que se llama Bellona AB.

—¿Y a qué se dedica?

—Sabe Dios. Realizan análisis de mercado y facturan anualmente más de treinta millones de coronas. Todos los propietarios de Bellona residen en el extranjero.

—Ajá.

—¿Ajá qué?

—Sólo eso, ajá. Tú sigue investigando a Bellona.

En ese mismo instante entró el funcionario al que Mikael sólo conocía bajo el nombre de Stefan.

—Hola, jefe —dijo, saludando a Torsten Edklinth—. Esto tiene gracia. He estado indagando el pasado del piso de Bellona.

—¿Y? —preguntó Monica Figuerola.

—La empresa Bellona se fundó en los años setenta y compró el piso de la testamentaría de la anterior dueña, una mujer llamada Kristin Cederholm, nacida en 1917.

—¿Y?

—Estaba casada con Hans Wilhelm Francke, el vaquero que se peleó con P. G. Vinge cuando se fundó la DGP/Seg.

—Bien —dijo Torsten Edklinth—. Muy bien. Monica, quiero que se vigile el inmueble día y noche. Que se averigüe qué teléfonos tienen. Quiero saber quién entra y quién sale por esa puerta, qué coches visitan el edificio. Lo de siempre.

Edklinth miró de reojo a Mikael Blomkvist. Parecía estar a punto de decir algo, pero se contuvo. Mikael arqueó las cejas.

—¿Estás contento con todo este caudal informativo? —preguntó Edklinth al final.

—No puedo quejarme. ¿Tú estás contento con la aportación de *Millennium*?

Edklinth asintió lentamente con la cabeza.

—¿Eres consciente de que se me puede caer el pelo por culpa de esto? —preguntó.

—No será por mi culpa. La información que me dais la trataré como si proviniera de una fuente protegida. Voy a reproducir los hechos, pero no voy a revelar cómo los he averiguado. Antes de llevarlo todo a imprenta te haré una entrevista formal. Si no quieres contestar, no tienes más que decir «Sin comentarios». O bien dices todo lo que piensas de la Sección para el Análisis Especial. Tú decides.

Edklinth se mostró conforme con un movimiento de cabeza.

Mikael estaba contento. En apenas unas horas, la Sección parecía haber cobrado forma. Se trataba de un avance decisivo.

Sonja Modig había podido constatar, llena de frustración, que la reunión del despacho del fiscal Ekström se prolongaba. Sobre la mesa había encontrado una botella de agua mineral Loka olvidada por alguien. Había llamado a su marido dos veces para decirle que se retrasaría y que prometía recompensarlo con una agradable velada en cuanto llegara a casa. Empezaba a inquietarse y se sentía como una intrusa.

La reunión no acabó hasta las siete y media. La pillaron completamente desprevenida cuando se abrió la puerta y salió Hans Faste, seguido del doctor Peter Teleborian. A continuación, un hombre mayor de pelo canoso al que Sonja Modig nunca había visto. En último lugar salió el fiscal Richard Ekström poniéndose una americana a la vez que apagaba la luz y cerraba la puerta con llave.

Sonja Modig sostuvo su móvil frente a la rendija de la cortina e hizo dos fotos de baja resolución de la gente que se encontraba frente a la puerta de Ekström. Tardaron unos segundos en ponerse en marcha y recorrer el pasillo.

Contuvo el aliento cuando pasaron por la sala de reuniones donde ella se escondía agachada. Cuando por fin oyó cerrarse la puerta de la escalera se percató de que estaba envuelta en un sudor frío. Se levantó con las rodillas temblando.

Bublanski llamó a Monica Figuerola poco después de las ocho de la tarde.

—¿Querías saber si Ekström celebraba alguna reunión?

—Sí —respondió Monica Figuerola.

—Acaba de terminar. Se ha reunido con el doctor Peter Teleborian y mi ex colaborador, el inspector Hans Faste, así como con una persona mayor a la que no conocemos.

—Un momento —le dijo Monica Figuerola para, a continuación, tapar el auricular con la mano y volverse hacia los demás—. Nuestra sospecha ha dado sus frutos. Teleborian ha ido directamente a ver al fiscal Ekström.

—¿Sigues ahí?

—Perdón. ¿Hay alguna descripción de ese desconocido tercer hombre?

—Mejor. Te envío una foto.

—¿Una foto? ¡Anda, qué bien! Te debo un gran favor.

—Sería mucho mejor que me dijeras qué estáis tramando.

—Ya te llamaré.

Permanecieron callados en torno a la mesa de reuniones durante un par de minutos.

—De acuerdo —acabó diciendo Edklinth—. Teleborian se reúne con la Sección y luego va directamente a ver al fiscal Ekström. Daría lo que fuera por saber de qué habrán hablado.

—También podrías preguntármelo a mí —propuso Mikael Blomkvist.

Edklinth y Figuerola se quedaron mirándolo.

—Se han reunido para darle el último retoque a la estrategia con la que pretenden noquear a Lisbeth Salander en el juicio que se celebrará contra ella dentro de un mes.

Monica Figuerola lo contempló. Luego hizo un lento gesto de asentimiento.

—Es una suposición —dijo Edklinth—. A menos que tengas poderes paranormales.

—No es ninguna suposición —replicó Mikael—. Se han visto para ultimar los detalles del informe psiquiátrico forense sobre Salander. Teleborian acaba de terminarlo.

—No digas chorradas. Salander ni siquiera ha sido examinada.

Mikael Blomkvist se encogió de hombros y abrió el maletín de su ordenador.

—Ese tipo de nimiedades no suele detener a Teleborian. Aquí está la última versión del informe psiquiátrico forense. Como podéis ver, está fechada la misma semana en la que va a dar comienzo el juicio.

Edklinth y Figuerola se quedaron observando los documentos. Luego se intercambiaron las miradas y, acto seguido, miraron a Mikael Blomkvist.

—¿Y dónde has conseguido este informe? —preguntó Edklinth.

—*Sorry*. Protección de fuentes —dijo Mikael Blomkvist.

—Blomkvist… tenemos que poder fiarnos el uno del otro. Nos estás ocultando información. ¿Guardas más sorpresas de este tipo?

—Sí, claro; tengo mis secretos. Al igual que estoy convencido de que tú no me vas a dar *carte blanche* para que mire todo lo que tenéis aquí en la Säpo. ¿A que no?

—No es lo mismo.

—Sí. Es exactamente lo mismo. Se trata de una colaboración. Como tú bien dices, tenemos que poder fiarnos el uno del otro. Yo no oculto nada que pueda contribuir a tu misión de investigar a la Sección e identificar los diferentes delitos que se han cometido. Ya te he entregado todo el material que demuestra que, en 1991, Teleborian cometió un delito en colaboración con Björck, y te he contado que van a contratarlo para hacer lo mismo esta vez. Y aquí tienes el documento que lo demuestra.

—Pero guardas secretos.

—Por supuesto. Tú eliges: o lo aceptas o se interrumpe esta colaboración.

Monica Figuerola levantó un diplomático dedo.

—Perdona, pero ¿esto significa que el fiscal Ekström trabaja para la Sección?

Mikael frunció el ceño.

—No lo sé. Más bien me da la sensación de que se trata de un idiota útil del que la Sección se aprovecha. Es un trepa, pero yo lo veo honrado, aunque un poco tonto. En cambio, una fuente me ha comentado que se tragó prácticamente todo lo que Teleborian contó sobre Lisbeth Salander en una presentación que éste hizo cuando todavía la estaban buscando.

—Vamos, que no hace falta gran cosa para manipularlo. ¿No es eso?

—Exacto. Y Hans Faste es un idiota que piensa que Lisbeth Salander es una lesbiana satánica.

Erika Berger estaba sola en su chalet de Saltsjöbaden. Se sentía paralizada e incapaz de concentrarse en ningún tipo de actividad útil. Se pasaba las horas esperando a que alguien la llamara para contarle que ya habían colgado sus fotos en alguna página web de Internet.

Se sorprendió pensando una y otra vez en Lisbeth Salander, y se dio cuenta de que había depositado en ella varias esperanzas. Salander se hallaba encerrada en Sahlgrenska. Tenía prohibidas las visitas y ni siquiera podía leer los periódicos. Pero era una chica asombrosamente rica en recursos; a pesar de su aislamiento había podido contactar con Erika a través del ICQ y luego también por teléfono. Y dos años antes, ella solita consiguió acabar con el imperio de Wennerström y salvar a *Millennium*.

A las ocho de la tarde, Susanne Linder llamó a la puerta. Erika se sobresaltó como si alguien hubiese disparado una pistola dentro de la habitación.

—Hola, Berger. Mírala, ahí sentada en la penumbra con esa cara tan triste...

Erika asintió y encendió la luz.

—Hola. Voy a preparar un poco de café...

—No. Ya lo hago yo. ¿Hay alguna novedad?

Bueno, Lisbeth Salander se ha puesto en contacto con-

migo y ha tomado el control de mi ordenador. Y también me ha llamado para informarme de que Teleborian y alguien llamado Jonas se iban a reunir en la estación central esta misma tarde.

—No. Nada nuevo —dijo—. Pero hay algo que me gustaría consultarte.

—Tú dirás…

—¿Crees que existe alguna posibilidad de que no sea un *stalker* sino alguien de mi círculo de conocidos que quiere fastidiarme?

—¿Cuál es la diferencia?

—Para mí un *stalker* es un individuo desconocido que se ha obsesionado conmigo. La otra variante sería que fuera alguien que quiere vengarse de mí o arruinarme la vida por razones personales.

—Una idea interesante. ¿Cómo se te ha ocurrido?

—Es que… hoy he hablado con una persona sobre mi situación. No puedo dar su nombre, pero era de la opinión de que las amenazas de un verdadero *stalker* serían diferentes. Sobre todo porque un tipo así nunca le habría escrito esos correos a Eva Carlsson, la de Cultura. Lo cierto es que no tiene ningún sentido.

Susanne Linder asintió lentamente con la cabeza.

—No le falta razón. ¿Sabes?, la verdad es que nunca he leído esos correos. ¿Me los dejas ver?

Erika sacó su *laptop* y lo puso sobre la mesa de la cocina.

Monica Figuerola escoltó a Mikael Blomkvist en su salida de la jefatura de policía a eso de las diez de la noche. Se detuvieron en el mismo sitio del día anterior, en el parque de Kronoberg.

—Bueno, otra vez aquí. ¿Piensas salir corriendo para irte a trabajar o te apetece venir a mi casa y meterte en la cama conmigo?

—Bueno...

—Mikael, no te sientas presionada por mí. Si necesitas trabajar, adelante.

—Oye, Figuerola, eres muy pero que muy adictiva.

—Y a ti no te gustan las adicciones. ¿Es eso lo que quieres decir?

—No. No es eso. Pero esta noche hay una persona con la que tengo que hablar y me va a llevar un rato. Y seguro que antes de que termine tú ya te habrás dormido.

Ella asintió.

—Ya nos veremos.

Él le dio un beso en la mejilla y subió hacia Fridhemsplan para coger el autobús.

—¡Blomkvist! —gritó ella.

—¿Qué?

—Mañana también libro. Pásate a desayunar si tienes tiempo.

Capítulo 21

Sábado, 4 de junio –
Lunes, 6 de junio

Lisbeth Salander sintió un cúmulo de malas vibraciones cuando le tocó el turno al jefe de Noticias Anders Holm. Tenía cincuenta y ocho años, así que en realidad quedaba fuera del grupo, pero de todas formas Lisbeth lo había incluido porque se había peleado con Erika Berger. Era un tipo que no hacía más que tramar intrigas y enviar correos a diestro y siniestro para hablar de lo mal que alguien había hecho un trabajo.

Lisbeth constató que a Holm le caía mal Erika Berger y que dedicaba bastante espacio a realizar comentarios del tipo «ahora *la tía bruja* ha dicho esto o ha hecho aquello». Cuando navegaba por la red se metía exclusivamente en páginas relacionadas con el trabajo. Si tenía otros intereses, tal vez se entregara a ellos en su tiempo libre y en otro ordenador.

Lo guardó como candidato al papel de *El boli venenoso*, aunque no estaba muy convencida. Lisbeth meditó un rato sobre por qué no creía que fuera él y llegó a la conclusión de que Holm era tan borde que no necesitaba dar ese rodeo recurriendo a los correos anónimos: si le apeteciera llamar puta a Erika Berger, se lo diría a la cara. Y no le pareció de ese tipo de personas que se molestarían en entrar sigilosamente en la vivienda de Erika Berger en plena noche.

Hacia las diez de la noche hizo una pausa, entró en

[La_Mesa_Chalada] y constató que Mikael Blomkvist aún no había vuelto. Se sintió algo irritada y se preguntó qué andaría haciendo y si le habría dado tiempo a llegar a la reunión de Teleborian.

Luego volvió al servidor del *SMP*.

Pasó al siguiente nombre, que era Claes Lundin, el secretario de redacción de deportes, de veintinueve años. Lisbeth acababa de abrir su correo cuando se detuvo y se mordió el labio inferior. Dejó a Lundin y, en su lugar, se fue al correo electrónico de Erika Berger.

Se centró en los antiguos correos. Se trataba de una lista relativamente corta, ya que su cuenta había sido abierta el dos de mayo. Se iniciaba con una agenda de la mañana enviada por el secretario de redacción Peter Fredriksson. A lo largo de ese primer día, varias personas le habían mandado a Erika mensajes de bienvenida.

Lisbeth leyó detenidamente cada uno de los *mails* recibidos por Erika Berger. Advirtió que, ya desde el principio, subyacía un tono hostil en la correspondencia mantenida con el jefe de Noticias Anders Holm. No parecían estar de acuerdo en nada, y Lisbeth constató que Holm le complicaba la vida enviándole hasta dos y tres correos sobre temas que eran verdaderas nimiedades.

Pasó por alto la publicidad, el *spam* y las agendas puramente informativas. Se concentró en todo tipo de correspondencia personal. Leyó cálculos presupuestarios internos, los resultados del departamento de publicidad y *marketing* y una correspondencia mantenida con el jefe de economía, Christer Sellberg, que se prolongó durante una semana entera y que más bien se podría describir como una tormentosa pelea sobre la reducción de personal. Había recibido también irritantes correos del jefe de la redacción de asuntos jurídicos acerca de un sustituto llamado Johannes Frisk al que Erika Berger, al parecer, había puesto a trabajar en algún reportaje que no gustaba. Exceptuando los primeros mensajes de bienvenida, ninguno de los correos provenientes de los distintos jefes de departamento resultaba agradable: ni uno solo de ellos veía nada positivo en los argumentos o en las propuestas de Erika.

Al cabo de un rato, Lisbeth volvió al principio e hizo un cálculo estadístico. Constató que de todos los jefes del *SMP* que Erika tenía a su alrededor, sólo había cuatro que no se dedicaban a minar su posición: el secretario de redacción Peter Fredriksson, el jefe de la sección de Opinión Gunnar Magnusson, el jefe de Cultura Sebastian Strandlund y, por último, Borgsjö, el presidente de la junta directiva.

¿No habían oído hablar de las mujeres en el SMP*? Todos los jefes son hombres.*

La persona con quien Erika tenía menos que ver era con el jefe de cultura, Sebastian Strandlund. Durante todo el tiempo que Erika llevaba trabajando allí sólo había intercambiado dos correos con él. Los más amables y los más manifiestamente simpáticos procedían de Magnusson, el redactor de las páginas de Opinión. Borgsjö era parco en palabras y arisco. Todos los demás jefes se dedicaban al tiro encubierto de forma más o menos abierta.

¿Para qué coño se les ha ocurrido a estos tíos contratar a Erika Berger si luego resulta que lo único que quieren hacer con ella es destrozarla por completo?

La persona con la que parecía tener más relación era el secretario de redacción Peter Fredriksson. La acompañaba a las reuniones como si fuera su sombra; preparaba la agenda con ella, la ponía al corriente sobre distintos textos y problemas, y, en general, hacía girar los engranajes de toda aquella maquinaria.

Fredriksson intercambiaba a diario una docena de correos con Erika.

Lisbeth agrupó todos los correos de Peter Fredriksson dirigidos a Erika y los leyó uno por uno. En más de una ocasión ponía alguna objeción a una decisión tomada por Erika. Él le presentaba sus argumentos. Erika Berger parecía tener confianza en él, ya que a menudo modificaba sus decisiones o aceptaba por completo los razonamientos de Fredriksson. Nunca se mostró hostil. En cambio, no existía ni el más mínimo indicio de que tuviera una relación personal con Erika.

Lisbeth cerró el correo de Erika Berger y meditó un breve instante.

Abrió la cuenta de Peter Fredriksson.

Plague llevaba toda la tarde mangoneando sin demasiado éxito en los ordenadores de casa de diversos colaboradores del *SMP*. Había conseguido meterse en el del jefe de Noticias Anders Holm, ya que éste tenía una línea abierta de forma permanente con el ordenador de la redacción para poder entrar en cualquier momento y enmendar algún texto. El ordenador privado de Holm era uno de los más aburridos que Plague había pirateado en toda su vida. Sin embargo, había fracasado con el resto de los dieciocho nombres de la lista que le había proporcionado Lisbeth Salander. Una de las razones de ese fracaso era el hecho de que ninguna de las personas a cuyas puertas llamó estaba conectada a Internet esa tarde de sábado. Había empezado a cansarse un poco de esa misión imposible cuando Lisbeth Salander le hizo *clin* a las diez y media de la noche.

—¿Qué?

—Peter Fredriksson.

—De acuerdo.

—Pasa de todos los demás. Céntrate en él.

—¿Por qué?

—Un presentimiento.

—Eso me va a llevar tiempo.

—Hay un atajo: Fredriksson es secretario de redacción y trabaja con un programa que se llama Integrator para poder controlar su ordenador del *SMP* desde casa.

—No sé nada de Integrator.

—Un pequeño programa que apareció hace unos años. Ahora está completamente anticuado. *Integrator* tiene un *bug*. Está en el archivo de *Hacker Rep*. En teoría puedes invertir el programa y entrar en su ordenador de casa desde el trabajo.

Plague suspiró: la que un día fuera su alumna estaba más puesta que él.

—Vale. Lo intentaré.

—Si encuentras algo, dáselo a Mikael Blomkvist si yo ya no estoy conectada.

Mikael Blomkvist había vuelto al piso de Lisbeth Salander de Mosebacke poco antes de las doce. Estaba cansado y empezó dándose una ducha y poniendo la cafetera eléctrica. Luego abrió el ordenador de Lisbeth Salander e hizo *clin* en su ICQ.

—Ya era hora.

—*Sorry.*

—¿Dónde has estado metido todo este tiempo?

—En la cama con una agente secreto. Y cazando a Jonas.

—¿Llegaste a la reunión?

—Sí. ¿¿¿Avisaste tú a Erika???

—Era la única manera de contactar contigo.

—Muy lista.

—Mañana me meterán en el calabozo.

—Ya lo sé.

—Plague te ayudará con la red.

—Estupendo.

—Entonces ya no queda más que el final.

Mikael asintió para sí mismo.

—Sally… Vamos a hacer lo que hay que hacer.

—Ya lo sé. Eres muy previsible.

—Y tú un encanto, como siempre.

—¿Hay algo más que deba saber?

—No.

—En ese caso, todavía me queda un poco de trabajo en la red.

—Vale. Que lo pases bien.

Susanne Linder se despertó sobresaltada por un pitido de su auricular de botón. Alguien había hecho saltar la alarma que ella misma había colocado en la planta baja del chalet de Erika Berger. Se apoyó en el codo y vio que eran las 5.23 de la mañana del domingo. Se levantó sigilosamente de la cama y se puso unos vaqueros, una camiseta y unas zapatillas de deporte. Se metió el bote de gas lacrimógeno en el bolsillo trasero y se llevó la porra telescópica consigo.

En silencio, pasó ante la puerta del dormitorio de Erika Berger y vio que estaba cerrada, lo que significaba que la llave seguía echada.

Luego se detuvo en la escalera y se quedó escuchando. De pronto, oyó un ligero clic en la planta baja seguido de un movimiento. Bajó muy despacio las escaleras y volvió a detenerse en la entrada aguzando el oído.

En ese momento, alguien arrastró una silla en la cocina. Sostuvo firmemente la porra con la mano y, silenciosa, se acercó hasta la puerta de la cocina, donde vio a un hombre calvo y con barba de un par de días sentado la mesa con un vaso de zumo de naranja y leyendo el *SMP*. Advirtió su presencia y levantó la mirada.

—¿Y tú quién diablos eres? —preguntó el hombre.

Susanne Linder se relajó y se apoyó en el marco de la puerta.

—Greger Backman, supongo… Hola. Me llamo Susanne Linder.

—Ajá. ¿Me vas a dar un porrazo en la cabeza o quieres un vaso de zumo?

—Con mucho gusto —dijo Susanne, dejando la porra—. El zumo, quiero decir...

Greger Backman se estiró para coger un vaso del fregadero y se lo sirvió de un *tetrabrik*.

—Trabajo para Milton Security —dijo Susanne Linder—. Creo que es mejor que tu esposa te explique el porqué de mi presencia.

Greger Backman se levantó.

—¿Le ha pasado algo a Erika?

—Tranquilo, está bien. Pero ha tenido unos problemillas. Te hemos estado buscando en París.

—¿París? ¡Pero si he estado en Helsinki, joder!

—¿Ah, sí? Perdona, pero tu mujer pensaba que se trataba de París.

—Eso es el mes que viene.

Greger se levantó y se dispuso a salir de la cocina.

—La puerta del dormitorio está cerrada con llave. Necesitas un código para abrirla —dijo Susanne Linder.

—¿Un código?

Le dio las tres cifras que debía marcar. Greger subió corriendo por la escalera hasta la planta superior. Susanne Linder alargó la mano y cogió el *SMP* de la mesa.

A las diez de la mañana del domingo, el doctor Anders Jonasson entró a ver a Lisbeth Salander.

—Hola, Lisbeth.

—Hola.

—Sólo quería advertirte de que la policía vendrá a la hora de comer.

—Vale.

—No pareces muy preocupada.

—No.

—Tengo un regalo para ti.

—¿Un regalo? ¿Por qué?

—Has sido uno de los pacientes que más me ha entretenido en mucho tiempo.

—¿Ah sí? —dijo Lisbeth Salander con suspicacia.

—Tengo entendido que te interesa el ADN y la genética.

—¿Quién se ha chivado? Supongo que esa tía, la psicóloga.

Anders Jonasson asintió.

—Si te aburres en la prisión… éste es el último grito en la investigación del ADN.

Le dio un un tocho titulado *Spirals: mysteries of DNA*, escrito por Yoghito Takamura, un catedrático de la Universidad de Tokio. Lisbeth Salander abrió el libro y estudió el índice del contenido.

—Guay —dijo.

—Sería interesante saber alguna vez a qué se debe que estés leyendo a investigadores a los que ni siquiera yo entiendo.

En cuanto Anders Jonasson abandonó la habitación, Lisbeth sacó el ordenador de mano. Un último esfuerzo. Gracias al departamento de recursos humanos del *SMP*, Lisbeth se enteró de que Peter Fredriksson llevaba seis años trabajando allí. Durante esa época había estado de baja durante dos largos períodos: dos meses en 2003 y tres meses en 2004. Consultando los expedientes personales, Lisbeth averiguó que en ambas ocasiones se había debido a estrés. En una de ellas, el predecesor de Erika Berger, Håkan Morander, había cuestionado si Fredriksson podría seguir ocupando el cargo de secretario de redacción.

Palabras. Palabras. Palabras. Nada concreto.

A las dos menos cuarto, Plague le hizo *clin*.

—¿Qué?

—¿Sigues en Sahlgrenska?

—¿Tú qué crees?

—Es él.

—¿Estás seguro?

—Entró en el ordenador del trabajo desde el de casa hace media hora. Aproveché la ocasión y me metí en su ordenador de casa. Tiene escaneadas unas fotos de Erika Berger en el disco duro.

—Gracias.

—Está bastante buena.

—¡Plague!

—Ya lo sé. Bueno, ¿qué hago?

—¿Ha colgado las fotos en la red?

—Por lo que he visto no.

—¿Puedes minar su ordenador?

—Eso ya está hecho. Si intenta enviar fotos por correo o colgar en la red algo que pase de veinte kilobytes, petará el disco duro.

—Muy bien.

—Quería irme a dormir. ¿Te las arreglas sola?

—Como siempre.

Lisbeth se desconectó del ICQ. Miró el reloj y se dio cuenta de que pronto sería la hora de comer. Se apresuró en redactar un mensaje que dirigió al foro de Yahoo [La_Mesa_Chalada]:

Mikael. Importante. Llama ahora mismo a Erika Berger y dile que Peter Fredriksson es *El boli venenoso.*

En el mismo instante en que envió el mensaje oyó movimiento en el pasillo. Levantó su Palm Tungsten T3 y besó la pantalla. Luego lo apagó y lo colocó en el hueco de detrás de la mesilla.

—Hola, Lisbeth —dijo su abogada Annika Giannini desde la puerta.

—Hola.

—La policía te vendrá a buscar dentro de un rato. Te he traído ropa. Espero que sea de tu talla.

Con cierto reparo, Lisbeth le echó un vistazo a una selección de pulcros pantalones oscuros y de blusas claras.

Fueron dos uniformadas agentes de la policía de Gotemburgo las que vinieron a buscar a Lisbeth Salander. Su abogada también la iba a acompañar a la prisión.

Cuando salieron de su habitación y pasaron por el pasillo, Lisbeth reparó en que varios empleados la observaron con curiosidad. Con un movimiento de cabeza, los saludó amablemente y alguno que otro le devolvió el saludo con la mano. Por pura casualidad, Anders Jonasson se encontraba en la recepción. Se miraron y se saludaron con la cabeza. Aún no habían doblado la esquina cuando Lisbeth advirtió que Anders Jonasson ya se estaba dirigiendo a su habitación.

Lisbeth Salander no pronunció palabra alguna ni cuando las agentes vinieron a buscarla ni tampoco durante su traslado.

Mikael Blomkvist cerró su iBook y dejó de trabajar a las siete de la mañana del domingo. Se quedó sentado un rato ante el escritorio de Lisbeth Salander mirando fijamente al vacío.

Luego entró en el dormitorio y se puso a contemplar la enorme cama de matrimonio. Al cabo de un rato volvió al despacho, abrió el móvil y llamó a Monica Figuerola.

—Hola. Soy Mikael.

—Hombre. ¿Ya estás levantado?

—Acabo de terminar de trabajar y me voy a acostar. Sólo quería saludarte.

—Cuando un hombre llama tan sólo para saludar es porque tiene alguna otra cosa en mente.

Mikael se rió.

—Blomkvist, si quieres puedes venirte a dormir aquí.

—Voy a ser una compañía muy aburrida.

—Ya me acostumbraré.

Cogió un taxi hasta Pionjärgatan.

Erika Berger pasó el domingo en la cama con Greger Backman. Estuvieron charlando y medio durmiendo. Por la tarde se vistieron y dieron un largo paseo hasta el muelle del barco de vapor y luego una vuelta por el pueblo.

—Lo del *SMP* ha sido un error —dijo Erika Berger cuando llegaron a casa.

—No digas eso. Ahora es duro, pero eso ya lo sabías. Cuando le hayas cogido el ritmo todo te parecerá más llevadero.

—No es por el trabajo; me las arreglo bien. Es por la actitud.

—Mmm.

—No estoy a gusto. Pero no puedo dimitir a las pocas semanas de haber entrado.

Abatida, se sentó a la mesa de la cocina y miró apáticamente al vacío. Greger Backman nunca la había visto tan resignada.

El inspector Hans Faste vio por primera vez a Lisbeth Salander a las doce y media del domingo, cuando una policía de Gotemburgo la llevó al despacho de Marcus Erlander.

—¡Joder, lo que nos ha costado dar contigo! —le soltó Hans Faste.

Lisbeth Salander se lo quedó mirando un largo rato y concluyó que era idiota y que no iba a dedicar muchos segundos a preocuparse por su existencia.

—La inspectora Gunilla Wäring os acompañará hasta Estocolmo —dijo Erlander.

—Bueno —apremió Faste—. Vámonos ya. Hay unas cuantas personas que quieren hablar seriamente contigo, Salander.

Erlander se despidió de Lisbeth Salander. Ella lo ignoró.

Para mayor comodidad, habían decidido trasladar a la prisionera en coche hasta Estocolmo. Gunilla Wäring conducía. Hans Faste iba sentado en el asiento del copiloto y se pasó los primeros momentos del viaje con la cabeza vuelta hacia atrás intentando hablar con Lisbeth Salander. A la altura de Alingsås ya había empezado a sentir tortícolis y desistió.

Lisbeth Salander contemplaba el paisaje por la ventanilla lateral. Era como si Faste no existiera en su mundo.

«Teleborian tiene razón. Esta tía es retrasada, joder —pensó Hans Faste—. Ya verá cuando lleguemos a Estocolmo.»

A intervalos regulares, miró de reojo a Lisbeth Salander e intentó hacerse una idea de la mujer que llevaba tanto tiempo persiguiendo. Hasta él tuvo sus dudas al ver a esa chica flaca. Se preguntó cuánto pesaría. Se recordó a sí mismo que era lesbiana y, por lo tanto, no una mujer de verdad.

En cambio, puede que eso del satanismo fuera una exageración. No daba la impresión de ser muy satánica.

Irónicamente, se dio cuenta de que habría preferido mil veces más haberla arrestado por los tres asesinatos por los que la buscaron en un principio, pues una chica flaca también puede usar una pistola, pero la realidad había acabado imponiéndose en esa investigación. Ahora estaba detenida por maltratar gravemente a los jefes supremos de Svavelsjö MC, un delito del que ella, sin duda, era culpable y del que —en el caso de que negara su culpabilidad— también existían pruebas técnicas.

Monica Figuerola despertó a Mikael Blomkvist a eso de la una del mediodía. Ella había estado sentada en el balcón terminando el libro sobre el deísmo de la Antigüedad mientras Mikael roncaba en el dormitorio; había tenido un placentero momento de paz. Cuando entró y lo miró fue consciente de que Mikael la atraía más de lo que lo había hecho ningún otro hombre en muchos años.

Era una sensación agradable pero inquietante. Mikael Blomkvist no le parecía un elemento estable en su vida.

Cuando él se despertó, bajaron a Norr Mälarstrand a tomar café. Luego ella se lo llevó a casa e hizo el amor con él hasta bien entrada la tarde. Mikael la dejó a eso de las siete de la tarde. Ella ya empezó a echarlo de menos desde el mismo instante en el que él le dio un beso en la mejilla y cerró la puerta.

A eso de las ocho de la tarde del domingo, Susanne Linder llamó a la puerta de la casa de Erika Berger. No iba a pasar la noche en el chalet, ya que Greger Backman había vuelto, así que la visita no tenía nada que ver con el trabajo. Durante las largas conversaciones que mantuvieron en la cocina, las noches que Susanne estuvo en casa de Erika, llegaron a intimar bastante. Susanne Linder había descubierto que Erika le caía bien, y veía a una mujer desesperada que se disfrazaba para ir impasible al trabajo, pero que, en realidad, no era más que un nudo de angustia andante.

Susanne Linder sospechaba que esa angustia no sólo tenía que ver con *El boli venenoso*. Pero ella no era psicóloga, y ni la vida ni los problemas vitales de Erika Berger eran asunto suyo. Así que cogió el coche y se acercó a casa de Berger tan sólo para saludarla y preguntarle cómo se encontraba. Ella y su marido se hallaban en la cocina, callados y bajos de ánimo. Daban la impresión de haber pasado el domingo hablando de cosas serias.

Greger Backman preparó café. Susanne Linder sólo llevaba un par de minutos en la casa cuando el móvil de Erika empezó a sonar.

A lo largo del día, Erika Berger había contestado a todas las llamadas con una creciente sensación de inminente cataclismo.

—Berger.

—Hola, Ricky.

Mikael Blomkvist. Mierda. No le he contado que la carpeta de Borgsjö ha desaparecido.

—Hola, Micke.

—Ya han trasladado a Lisbeth Salander a la prisión de Gotemburgo y mañana se la llevarán a Estocolmo.

—Vaya…

—Te ha mandado un… un mensaje.

—¿Ah sí?

—Es muy críptico.

—¿Qué?

—Dice que *El boli venenoso* es Peter Fredriksson.

Erika Berger permaneció callada durante diez segundos, mientras un cúmulo de pensamientos irrumpía en su cabeza. *Imposible. Peter no es así. Salander tiene que haberse equivocado.*

—¿Algo más?

—No. Eso es todo. ¿Sabes qué ha querido decir?

—Sí.

—Ricky, ¿qué es lo que estáis tramando tú y Lisbeth? Ella te llamó para que me avisaras de lo de Teleborian y ahora…

—Gracias, Micke. Luego hablamos.

Colgó y se quedó mirando a Susanne Linder con ojos de fiera.

—Cuéntanos —dijo Susanne Linder.

Susanne Linder tuvo sentimientos encontrados; de buenas a primeras, a Erika Berger le habían comunicado que su secretario de redacción, Peter Fredriksson, era *El boli venenoso*. Y al contarlo, las palabras le salieron atropelladamente. Luego Susanne Linder le preguntó *cómo* sabía que Fredriksson era su *stalker*.

De repente, Erika Berger enmudeció. Susanne observó sus ojos y vio que algo había cambiado en su actitud. Erika Berger pareció desconcertada.

—No lo puedo contar...

—¿Qué quieres decir?

—Susanne, sé que Fredriksson es *El boli venenoso*. Pero no me pidas que te diga cómo me ha llegado la información. ¿Qué hago?

—Si quieres que yo te ayude, tienes que contármelo.

—No... no es posible. No lo entiendes.

Erika Berger se levantó y se acercó a la ventana de la cocina, donde permaneció un instante de espaldas a Susanne Linder. Luego se dio la vuelta.

—Voy a ir a casa de ese cabrón.

—¡Y una mierda! No vas a ir a ninguna parte, y menos a casa de alguien que te odia a muerte.

Erika Berger vaciló.

—Siéntate. Cuéntame lo que ha pasado. ¿Ha sido Mikael Blomkvist el que te ha llamado?

Erika asintió.

—Le he... le he pedido a un *hacker* que revise los ordenadores de todo el personal.

—Ajá. Y debido a eso, es probable que ahora seas culpable de un grave delito informático. Y no quieres contar quién es ese *hacker*, claro.

—He prometido no contarlo nunca... Hay otras personas en juego. Es algo en lo que está trabajando Mikael Blomkvist.

—¿Conoce Blomkvist a *El boli venenoso*?

—No, sólo ha transmitido el mensaje.

Susanne Linder ladeó la cabeza y observó a Erika Berger. De pronto, en su cabeza se generó una cadena de asociaciones:

Erika Berger. Mikael Blomkvist. Millennium. *Policías sospechosos que entraban en la casa de Blomkvist e instalaban aparatos de escuchas. Susanne Linder vigilando a los que vigilaban. Blomkvist trabajando como un loco en un reportaje sobre Lisbeth Salander.*

Todo el personal de Milton Security sabía que Lisbeth Salander era un hacha en informática. Nadie entendía de dónde le venían esas habilidades pero, por otra parte, Susanne nunca había oído hablar de que Salander fuera una *hacker*. Sin embargo, en una ocasión Dragan Armanskij había dicho algo sobre el hecho de que Salander entregaba unos informes asombrosos cuando hacía investigaciones personales. Una *hacker*…

Pero, joder, Salander está retenida e incomunicada en Gotemburgo.

No tenía sentido.

—¿Estamos hablando de Salander? —preguntó Susanne Linder.

Fue como si Erika Berger hubiese sido alcanzada por un rayo.

—No puedo comentar de dónde proviene la información. Ni una sola palabra.

De repente Susanne Linder soltó una risita.

Ha sido Salander. La confirmación de Berger no podía ser más clara. Está completamente desequilibrada.

Pero es imposible.

¿Qué coño está pasando aquí?

O sea, que Lisbeth Salander, durante su cautiverio, asumía la tarea de averiguar quién era *El boli venenoso*… Una auténtica locura.

Susanne Linder se quedó reflexionando.

No sabía absolutamente nada sobre Lisbeth Salander. Tal vez la hubiera visto en unas cinco ocasiones durante los años que ella estuvo trabajando en Milton Security y nunca intercambió ni una sola palabra con ella. Salander se le antojaba una persona difícil, una chica que adoptaba una actitud social de rechazo y que tenía una coraza tan dura que no la penetraría ni un martillo compresor. También había constatado que Dragan Armanskij la acogió bajo su ala protectora. Susanne Linder respetaba a Armanskij y suponía que a él no le faltaban buenas razones para comportarse de ese modo con la complicada chica.

El boli venenoso es Peter Fredriksson.

¿Tendría razón? ¿Había pruebas?

Luego Susanne Linder consagró dos horas a interrogar a Erika Berger sobre todo lo que sabía acerca de Peter Fredriksson, cuál era su papel en el *SMP* y cómo había sido su relación desde que Erika se convirtió en su jefa. Las respuestas no le aclararon nada.

Erika Berger dudó hasta la frustración. Oscilaba entre el deseo de ir a casa de Fredriksson para enfrentarse con él y la duda de si podía ser verdad. Al final, Susanne Linder la convenció de que no podía irrumpir en casa de Peter Fredriksson y acusarlo sin más: si resultaba que era inocente, Berger quedaría como una perfecta idiota.

Consecuentemente, Susanne Linder prometió encargarse del tema. Una promesa de la que se arrepintió en el mismo instante en que la hizo, pues no tenía ni la más mínima idea de cómo cumplirla.

A pesar de todo, ahora estaba aparcando su Fiat Strada de segunda mano en Fisksätra, lo más cerca del piso de Peter Fredriksson que pudo. Cerró con llave las puertas del coche y miró a su alrededor. No sabía muy bien cómo proceder, pero suponía que iba a tener que llamar a su puerta y, de una u otra manera, convencerlo para que le contestara algunas preguntas. Era perfectamente consciente de que se trataba de una actividad que quedaba al margen de su trabajo en Milton Security y de que Dragan Armanskij se pondría furioso si se enterara de lo que estaba haciendo.

No era un buen plan. Y en cualquier caso, el plan se resquebrajó antes de que ella ni siquiera hubiese podido ponerlo en marcha.

En el mismo instante en que llegó al patio que había ante la entrada y empezó a acercarse al portal de Peter Fredriksson, la puerta se abrió. Susanne Linder lo reconoció en el acto por la foto del informe que había visto en el ordenador de Erika Berger. Ella siguió andando y se cruzaron. Él desapareció en dirección al garaje. Susanne Linder se detuvo, dubitativa, y lo siguió con la mirada. Luego consultó su reloj y constató que eran poco menos de las once de la noche y que Peter Fredriksson se disponía a ir a algún sitio. Se preguntó adónde se dirigiría y regresó corriendo a su coche.

Mikael Blomkvist se quedó mirando el móvil durante un largo rato desde que Erika Berger colgó. Se preguntó qué estaba sucediendo. Frustrado, contempló el ordenador de Lisbeth Salander; a esas alturas, ya la habían trasladado a los calabozos y no tenía ninguna posibilidad de preguntárselo.

Abrió su T10 azul y llamó a Idris Ghidi a Angered.

—Hola. Mikael Blomkvist.

—Hola —le respondió Idris Ghidi.

—Sólo te llamaba para decirte que ya puedes interrumpir el trabajo que me has estado haciendo.

Idris Ghidi asintió en silencio. Ya sabía que Mikael Blomkvist lo iba a llamar, porque habían trasladado a Lisbeth Salander.

—Entiendo —dijo.

—Puedes quedarte con el móvil, tal y como acordamos. Te mandaré el último pago esta misma semana.

—Gracias.

—Soy yo el que te debe dar las gracias por tu ayuda.

Mikael abrió su iBook y se puso a trabajar. El desarrollo de los acontecimientos de los últimos días significaba que una considerable parte del manuscrito tenía que modificarse y que, con toda probabilidad, había que insertar una historia completamente nueva.

Suspiró.

A las once y cuarto, Peter Fredriksson aparcó a tres manzanas de la casa de Erika Berger. Susanne Linder ya sabía adónde se dirigía y lo dejó actuar para no llamar su atención. Ella pasó por delante del coche de Fredriksson poco más de dos minutos después de que él hubiese aparcado. Constató que estaba vacío. Pasó la casa de Erika Berger, avanzó un poco más y aparcó donde él no pudiera verla. Le sudaban las manos.

Abrió una cajita de Catch Dry y se metió en la boca una dosis de *snus*.

Luego abrió la puerta del coche y miró a su alrededor. En cuanto se dio cuenta de que Fredriksson se dirigía a Saltsjöbaden, supo que la información de Salander era correcta. Ignoraba por completo cómo lo había averiguado, pero ya no le cabía ninguna duda de que Fredriksson era *El boli venenoso*. Suponía que Fredriksson no se había acercado hasta Saltsjöbaden para pasar el rato, sino que estaba tramando algo.

Y sería estupendo que ella pudiera pillarlo in fraganti.

Sacó una porra telescópica del compartimento lateral de la puerta del coche y la sopesó con la mano un instante. Pulsó el botón de la empuñadura y, automáticamente, surgió un pesado y elástico cable de acero. Apretó los dientes.

Ésa era la razón por la que dejó la policía de Södermalm.

Tan sólo le había dado un arrebato de furia en una

ocasión, cuando la patrulla en la que trabajaba, por tercera vez en el mismo número de días, tuvo que acudir a una casa de Hägersten después de que la misma mujer llamara a la policía pidiendo socorro a gritos porque su marido la estaba maltratando. Y, al igual que en las dos primeras ocasiones, la situación se calmó antes de que la patrulla llegara.

Cumpliendo con su rutina, sacaron al marido hasta las escaleras mientras le tomaban declaración a la mujer. *No, ella no quería poner una denuncia. No, había sido un error. No, su marido era bueno... en realidad la culpa la tenía ella. Ella lo había provocado...*

Y todo ese tiempo el muy cabrón se lo pasó con una sonrisa burlona en la cara y sin apartar la mirada de Susanne Linder.

No sabría explicar por qué lo hizo. Pero, de pronto, algo se quebró en su interior. Sacó la porra y le pegó en toda la boca. El primer golpe apenas tuvo fuerza; sólo le partió el labio y, acto seguido, él se agachó. Durante los diez siguientes segundos —hasta que sus colegas la agarraron y la sacaron de allí a la fuerza— una lluvia de porrazos cayó sobre la espalda, los riñones, las caderas y los hombros de aquel tipo.

Aquello, al final, no llegó a juicio. Dimitió del cuerpo esa misma noche y se fue a casa, donde se pasó una semana entera llorando. Luego se armó de valor y llamó a la puerta de Dragan Armanskij. Le contó lo que había hecho y por qué había dejado la policía. Le pidió trabajo. Armanskij dudó y le dijo que se lo pensaría. Ella ya había perdido la esperanza cuando, seis semanas más tarde, él la llamó para comunicarle que estaba dispuesto a ponerla a prueba.

Susanne Linder hizo una amarga mueca y se metió la porra bajo el cinturón, por la parte de atrás. Comprobó que tenía el bote de gas lacrimógeno en el bolsillo derecho de la cazadora y que los cordones de las zapatillas de deporte estaban bien atados. Se dirigió andando a casa de Erika Berger y entró con mucho sigilo en el jardín.

Sabía que el detector de movimientos de la parte trasera aún no estaba instalado, así que, en silencio, continuó caminando por el césped a lo largo del seto que delimitaba el terreno. No lo pudo ver. Le dio la vuelta a la casa y se quedó quieta. De repente lo divisó: una sombra en la penumbra junto al estudio de Greger Backman.

No se da cuenta de lo estúpido que es volviendo aquí. Es incapaz de mantenerse alejado.

Fredriksson estaba agachado intentado ver algo a través de una rendija de las cortinas de un cuarto de estar que quedaba junto al salón. Luego fue hasta la terraza y miró por la rendija de las persianas bajadas de las ventanas que había junto al enorme ventanal panorámico, que seguía cubierto con la madera contrachapada.

De repente, Susanne Linder sonrió.

Aprovechó que él estaba de espaldas para cruzar el jardín a hurtadillas hasta la esquina del chalet. Se ocultó tras unos arbustos de grosellas que crecían junto a la fachada lateral. Lo podría controlar a través del follaje. Desde su posición, Fredriksson debería poder ver el vestíbulo principal y parte de la cocina. A todas luces, había encontrado algo interesante en lo que centrar su atención, pues transcurrieron diez minutos antes de que volviese a moverse. Se acercó a Susanne Linder.

Cuando Fredriksson dobló la esquina y pasó por delante de Susanne Linder, ella se levantó y le dijo en voz baja:

—Oye, Fredriksson.

Él se detuvo en seco y se volvió hacia ella.

Susanne vio brillar sus ojos en la oscuridad. No consiguió apreciar la expresión de su cara, pero oyó cómo contuvo el aliento, como si se encontrara en estado de *shock*.

—Podemos resolver esto de una manera sencilla o de una difícil —dijo ella—. Vamos a ir hacia tu coche y...

Fredriksson se dio la vuelta y echó a correr.

Susanne Linder cogió la porra telescópica y le asestó un golpe doloroso y devastador en la parte frontal de la rodilla izquierda.

Cayó emitiendo un ahogado quejido.

Alzó la porra para darle otro golpe pero se contuvo. Sintió los ojos de Dragan Armanskij en la nuca.

Se inclinó hacia delante, lo tumbó boca abajo y le puso una rodilla en la parte baja de la espalda. Agarró su mano derecha, se lo llevó con fuerza hasta la espalda y lo esposó. Era débil y no opuso resistencia.

Erika Berger apagó la luz del salón y subió cojeando hasta el piso superior. Ya no necesitaba las muletas, pero todavía le dolía cuando apoyaba la planta del pie. Greger Backman apagó la luz de la cocina y siguió a su mujer. Nunca la había visto tan infeliz. Nada de lo que le decía parecía poder tranquilizarla o atenuar esa angustia que padecía.

Ella se desnudó y se metió bajo las sábanas dándole la espalda.

—No es culpa tuya, Greger —dijo ella al oírlo meterse en la cama.

—No estás bien —dijo él—. Quiero que te quedes en casa unos días.

Greger le pasó un brazo alrededor del hombro. Ella no intentó rechazarlo, pero mostró una actitud pasiva. Él se acercó y, abrazándose a ella, la besó cariñosamente en el cuello.

—Nada de lo que digas o hagas me va a tranquilizar. Sé que necesito un descanso. Me siento como si me hubiese subido a un tren expreso y acabara de descubrir que me he equivocado de vía.

—Podríamos salir a navegar un par de días. Desconectar de todo.

—No. Yo no puedo desconectar de todo.

Ella se volvió hacia él.

—Tal y como están las cosas, huir sería lo peor. Tengo que resolver los problemas. Luego, si quieres, nos vamos.

—De acuerdo —dijo Greger—. Parece ser que no soy de gran ayuda.

Ella le dedicó una tierna sonrisa.

—No. No lo eres. Pero gracias por estar aquí. Te quiero con locura, ya lo sabes.

Él asintió.

—No me puedo creer que sea Peter Fredriksson —dijo Erika Berger—. Nunca he percibido la más mínima hostilidad de su parte.

Susanne Linder se preguntó si no debería llamar a la puerta de Erika Berger, pero, justo en ese momento, vio apagarse las luces de la planta baja. Bajó la vista y miró a Peter Fredriksson. No había pronunciado palabra. Permanecía absolutamente quieto. Reflexionó un buen rato antes de decidirse.

Se agachó, lo cogió por las esposas y, levantándolo, lo apoyó contra la fachada.

—¿Puedes tenerte de pie? —le preguntó.

Él no contestó.

—Vale, entonces lo haremos de la manera más sencilla. Si opones la más mínima resistencia, le daré el mismo tratamiento a tu rodilla derecha. Y si te resistes, te romperé los brazos. ¿Entiendes lo que te digo?

Percibió que él respiraba con mucha intensidad. ¿Miedo?

Lo condujo hasta la calle a empujones. Luego se lo llevó hasta el coche, aparcado a tres manzanas de allí. Él cojeaba y ella lo ayudaba. Al llegar al vehículo, se encontraron con un hombre que había sacado a pasear al perro y que se detuvo a mirar al esposado Peter Fredriksson.

—Esto es un asunto policial —dijo Susanne Linder con voz firme—. Váyase a casa.

Lo sentó en el asiento de atrás y lo llevó a casa, a Fisksätra. Eran las doce y media de la noche y no se encontraron con nadie al acercarse al portal. Susanne Linder le sacó las llaves y lo condujo hasta su piso, situado en la tercera planta, subiendo por las escaleras.

—Tú no puedes entrar en mi domicilio —dijo Peter Fredriksson.

Era lo primero que decía desde que ella lo esposó.

Abrió la puerta y lo metió a empujones.

—No tienes derecho. Para realizar un registro domiciliario debes…

—Yo no soy policía —le replicó ella en voz baja.

Él se quedó mirándola lleno de desconfianza.

Ella lo agarró por la camisa, lo metió a empujones en el salón y lo sentó en un sofá. Tenía un apartamento de dos habitaciones pulcramente limpio y ordenado. Un dormitorio a la izquierda del salón, la cocina al otro lado del vestíbulo, y un pequeño cuarto para trabajar contiguo al salón.

Echó un vistazo al cuarto de trabajo y suspiró aliviada. *The smoking gun.* Descubrió enseguida las fotos del álbum de Erika Berger extendidas en una mesa junto a un ordenador. En la pared que quedaba justo al lado, él había clavado una treintena de fotos. Ella contempló la exposición con las cejas arqueadas. Erika Berger era una mujer condenadamente guapa. Y gozaba de una vida sexual más divertida que la de Susanne Linder.

Escuchó a Peter Fredriksson moverse y volvió al salón para contenerlo. Le dio un porrazo, lo arrastró hasta el despacho y lo dejó en el suelo.

—¡Quédate quieto! —le dijo.

Se acercó hasta la cocina y encontró una bolsa de papel de Konsum. Quitó, una tras otra, las fotos de la pared. Encontró el saqueado álbum y los diarios de Erika Berger.

—¿Dónde está el vídeo? —preguntó.

Peter Fredriksson no contestó. Susanne Linder se dirigió al salón y encendió la tele. Había una película metida en el vídeo, pero tardó bastante en dar con el canal en el mando.

Sacó la cinta y dedicó un largo rato a asegurarse de que no había hecho copias.

Encontró las cartas de amor de Erika y el informe de Borgsjö. Luego centró su interés en el ordenador de Peter Fredriksson. Constató que tenía un escáner Microtec conectado a un PC IBM. Levantó la tapa del escáner y se topó con una foto en la que se veía a Erika Berger en una fiesta del Club Xtreme celebrada la Nochevieja de 1986, según rezaba en una banderita que había clavada en la pared.

Encendió el ordenador y descubrió que estaba protegido por una contraseña.

—¿Qué contraseña tienes? —le preguntó.

Peter Fredriksson permaneció obstinadamente quieto en el suelo negándose a hablar con ella.

Una total tranquilidad invadió a Susanne Linder. Sabía que, desde un punto de vista técnico, a lo largo de la noche había cometido un delito tras otro, incluido uno que se podría denominar coacción ilícita e, incluso, secuestro grave. Le daba igual; es más: se sentía más bien eufórica.

Al cabo de un rato, se encogió de hombros, se hurgó los bolsillos y sacó su navaja militar suiza. Quitó todos los cables del ordenador, volvió la parte trasera hacia ella y usó el destornillador estrella para abrir la tapa. Le llevó quince minutos desmontar el ordenador y extraer el disco duro.

Miró a su alrededor. Lo tenía todo, pero para jugar sobre seguro, le dio un buen repaso a los cajones del escritorio, a las pilas de papeles y a las estanterías. De repente, su mirada se depositó en un viejo anuario escolar que se hallaba sobre el alféizar de la ventana. Constató que era del Instituto de Bachillerato de Djursholm y de 1978. *¿No me dijo Erika Berger que era de Djursholm...?* Lo abrió y empezó a repasar las fotos clase por clase.

Encontró a Erika Berger, de dieciocho años de edad, con una gorra de estudiante y una radiante sonrisa con hoyuelos. Vestía un fino y blanco vestido de algodón y llevaba un ramo de flores en la mano. Parecía la mismísima personificación de esa típica y cándida adolescente que saca excelentes notas.

Susanne Linder casi pasa por alto el vínculo, aunque aparecía en la página siguiente. Nunca lo habría reconocido, pero el texto del pie de foto no daba lugar a dudas: Peter Fredriksson. Estuvo en el mismo curso que Erika Berger, aunque en otra clase. Vio a un chico flaco con rostro serio mirando a la cámara por debajo de la gorra.

Susanne levantó la mirada y se topó con los ojos de Peter Fredriksson.

—Ya era una puta entonces.

—Fascinante —dijo Susanne Linder.

—Se tiró a todos los chicos del instituto.

—Lo dudo.

—Era una maldita...

—No me lo digas: no te dejó que le quitaras las bragas. ¿A que no?

—Me trató como a una mierda. Se rió de mí. Y cuando empezó en el *SMP*, ni siquiera me reconoció.

—Ya, ya —le espetó Susanne Linder cansinamente—. Y ahora me vendrás con eso de que has tenido una infancia muy dura. Vale, ¿podemos hablar ya en serio?

—¿Qué quieres?

—No soy policía —le aclaró Susanne Linder—. Soy alguien que se encarga de gente como tú.

Esperó y dejó que la imaginación de él hiciera el trabajo.

—Quiero saber si has colgado sus fotos en Internet.

Él negó con la cabeza.

—¿Seguro?

Él asintió.

—Será Erika Berger quien decida si quiere poner una denuncia contra ti por acoso, amenazas ilícitas y allanamiento de morada o si, por el contrario, prefiere llegar a un acuerdo contigo.

Él no dijo nada.

—Si ella decide pasar de ti, que me parece que es el único desgaste de energía que te mereces, yo te vigilaré.

Levantó la porra en el aire.

—Si alguna vez te acercas a la casa de Erika Berger o le envías un correo o la acosas de alguna otra manera, yo volveré a verte. Y te daré tal somanta de palos que no te reconocerá ni tu madre. ¿Me has entendido?

Él no dijo nada.

—En otras palabras, el final de esta historia está en tus manos. ¿Te interesa?

Asintió lentamente.

—En ese caso yo convenceré a Erika Berger para que permita que te vayas. No te molestes en aparecer por el trabajo; estás despedido a efectos inmediatos.

Él asintió.

—Desaparecerás de su vida y de Estocolmo. Me importa una mierda lo que hagas o adónde vayas. Búscate un trabajo en Gotemburgo o en Malmö. Pide la baja. Haz lo que quieras. Pero deja en paz a Erika Berger.

Asintió.

—¿Estamos de acuerdo?

De repente Peter Fredriksson se echó a llorar.

—No quería hacerle daño —dijo—. Sólo quería…

—Sólo querías convertir su vida en un infierno y lo has conseguido. ¿Tengo tu palabra?

Asintió.

Ella se agachó, lo puso boca abajo y le quitó las esposas. Se llevó la bolsa de Konsum con la vida de Erika Berger y lo dejó tirado en el suelo.

Eran las dos y media de la madrugada del lunes cuando Susanne Linder salió por el portal del edificio de Peter Fredriksson. Su primera intención fue esperar hasta el día siguiente, pero luego pensó que, si se hubiese tratado de ella, le habría gustado enterarse esa misma noche. Además, su coche seguía aparcado en Saltsjöbaden. Llamó a un taxi.

Greger Backman abrió la puerta antes de que le diera tiempo a tocar el timbre. Llevaba vaqueros y no parecía recién despertado.

—¿Está despierta Erika? —preguntó Susanne Linder.

Asintió.

—¿Hay novedades? —preguntó.

Susanne asintió y sonrió.

—Entra. Estamos hablando en la cocina.

Entró.

—Hola, Berger —dijo Susanne Linder—. Deberías intentar dormir de vez en cuando.

—¿Qué ha pasado?

Le dio la bolsa de Konsum.

—A partir de ahora Peter Fredriksson promete dejarte en paz. Sabe Dios si nos podemos fiar de una promesa tal, pero si mantiene su palabra, nos causará menos quebraderos de cabeza que poner la denuncia y pasar por un juicio. Tú decides.

—¿Es *él*?

Susanne Linder asintió. Greger Backman sirvió café, pero Susanne lo rechazó: llevaba unos cuantos días tomando demasiado café. Se sentó y les contó lo que había ocurrido esa misma noche ante su misma casa.

Erika Berger permaneció en silencio un largo rato. Luego se levantó, subió a la planta superior y volvió con su ejemplar del anuario del instituto. Contempló la cara de Peter Fredriksson durante mucho tiempo.

—Lo recuerdo —terminó diciendo—. Pero no tenía ni idea de que se trataba del mismo Peter Fredriksson que trabajaba en *SMP*. Hasta que no lo he visto aquí ni siquiera me acordaba de su nombre.

—¿Qué pasó? —preguntó Susanne Linder.

—Nada. Absolutamente nada. Él era un chico callado y sin ningún tipo de interés que estaba en otra clase del mismo curso. Creo que estuvimos juntos en alguna asignatura. Francés, si no recuerdo mal.

—Me dijo que pasaste de él.

Erika asintió.

—Es posible. Yo no lo conocía y no formaba parte de nuestra pandilla.

—¿Le acosasteis o algo parecido?

—¡No, por Dios! Nunca he aprobado ese tipo de cosas. En el instituto teníamos campañas en contra del acoso escolar y yo era la presidenta del consejo de alumnos. No puedo recordar que se dirigiera a mí ni una sola vez ni que intercambiara una sola palabra con él.

—Vale —dijo Susanne Linder—. Lo que está claro, en cualquier caso, es que te guardaba bastante rencor. Ha estado de baja durante dos largos períodos por estrés y porque sufrió un colapso. Quizá las causas de esas bajas fueran otras que no conocemos.

Se levantó y se puso la cazadora de cuero.

—Me llevo su disco duro. Técnicamente se trata de material robado y no deberías tenerlo aquí. No te preocupes, lo destrozaré nada más llegar a casa.

—Espera, Susanne… ¿Cómo voy a poder agradecerte esto?

—Bueno, me puedes apoyar cuando toda la furia desatada de Dragan Armanskij me caiga encima como una tormenta del cielo.

Erika la contempló seriamente.

—¿Te la has jugado con esto?

—No sé… la verdad es que no lo sé.

—Podemos pagarte por…

—No. Pero Armanskij quizá te facture esta noche. Espero que sí, porque significará que aprueba lo que he hecho y, entonces, difícilmente podrá despedirme.

—Me aseguraré de que me pasa la factura.

Erika Berger se levantó y le dio un largo abrazo a Susanne Linder.

—Gracias, Susanne. Si alguna vez necesitas ayuda, aquí tienes a una amiga. Sea lo que sea.

—Gracias. No dejes esas fotos en cualquier lugar. Por cierto, Milton Security te puede instalar unos armarios de seguridad muy chulos.

Erika Berger sonrió.

Capítulo 22

Lunes, 6 de junio

El lunes, Erika Berger se despertó a las seis de la mañana. A pesar de no haber dormido más que un par de horas se sentía extrañamente descansada. Supuso que se trataba de algún tipo de reacción física. Por primera vez en muchos meses, se puso ropa de hacer *footing* y salió a correr a un ritmo furioso hasta el muelle del barco de vapor. Sin embargo, lo de furioso sólo fue verdad durante unos cuantos centenares de metros; luego su lesionado talón empezó a dolerle tanto que aminoró la marcha y continuó corriendo con más parsimonia. Disfrutaba del dolor del pie a cada paso que daba.

Se sentía renacida. Era como si el Hombre de la guadaña hubiera pasado por delante de su puerta y, en el último momento, hubiera cambiado de opinión y continuado hasta la casa del vecino. No le entraba en la cabeza la suerte que había tenido: Peter Fredriksson había tenido sus fotos durante cuatro días y no había hecho nada con ellas. El escaneado que había realizado daba a entender que tenía algo en mente pero que aún no lo había llevado a cabo.

Pasase lo que pasara, este año sorprendería a Susanne Linder con un regalo de Navidad caro. Pensaría en algo especial.

A las siete y media dejó que Greger siguiera durmiendo, se sentó en su BMW y condujo hasta la redacción del *SMP*, en Norrtull. Aparcó en el garaje, cogió el ascensor hasta la redacción y se instaló en su cubo de cristal. La primera medida que tomó fue llamar a un conserje.

—Peter Fredriksson ha dimitido del *SMP* a efectos inmediatos —dijo—. Coge sus pertenencias personales de su mesa, métela en una caja y envíasela a su casa esta misma mañana.

Contempló el mostrador de noticias. Anders Holm acababa de llegar. Sus miradas se encontraron y él la saludó con un movimiento de cabeza.

Ella le devolvió el saludo.

Holm era un cabrón, pero tras el enfrentamiento que tuvieron unas cuantas semanas atrás había dejado de crear problemas. Si continuara mostrando esa misma actitud, quizá sobreviviera como jefe de Noticias. Quizá.

Sintió que era capaz de cambiar el rumbo del barco.

A las 8.45 divisó a Borgsjö cuando éste salió del ascensor y desapareció por la escalera interna para dirigirse a su despacho, en la planta de arriba. *Tengo que hablar con él hoy mismo.*

Fue a por café y le dedicó un rato a la agenda de la mañana: se presentaba pobre en noticias. El único texto interesante lo constituía una noticia breve que comunicaba de forma aséptica que el domingo Lisbeth Salander había abandonado el hospital y que ya se le había aplicado la prisión preventiva. Dio su visto bueno y se lo envió a Anders Holm.

A las 8.59 Borgsjö la llamó.

—Berger: sube ahora mismo a mi despacho.

Luego colgó.

Magnus Borgsjö estaba lívido cuando Erika Berger abrió la puerta. Se puso de pie, se la quedó mirando y dio un buen golpe en la mesa con una pila de papeles.

—¿Qué coño es esto? —le gritó.

A Erika Berger se le encogió el corazón. Le bastó con

echarle un vistazo a la portada para saber qué era lo que Borgsjö se había encontrado esa mañana en su correo.

A Fredriksson no le había dado tiempo a hacer nada con las fotos de Erika. Pero sí a enviarle el reportaje de Henry Cortez a Borgsjö.

Erika se sentó tranquilamente delante de él.

—Eso es un texto que el reportero Henry Cortez ha escrito y que la revista *Millennium* tenía intención de publicar en el número que salió hace una semana.

Borgsjö daba la impresión de estar desesperado.

—¿Cómo coño te atreves? Yo te traigo al *SMP* y lo primero que haces es empezar a conspirar contra mí. ¿Qué tipo de puta mediática eres?

Erika Berger entornó levemente los ojos y se quedó gélida. Ya estaba harta de la palabra «puta».

—¿Piensas realmente que esto le importa a alguien? ¿Crees que vas a poder acabar conmigo echándome mierda encima? ¿Y por qué cojones me lo has enviado de forma anónima?

—No es así, Borgsjö.

—Entonces cuéntame cómo es.

—El que te ha enviado el texto de forma anónima ha sido Peter Fredriksson. Está despedido del *SMP* desde ayer.

—¿Qué coño estás diciendo?

—Es una larga historia. Pero llevo dos semanas con ese texto intentando pensar en alguna manera apropiada para sacar el tema contigo.

—¿Tú estás detrás de este texto?

—No, no lo estoy. Henry Cortez investigó y escribió toda la historia. Yo no tenía ni idea.

—¿Y esperas que me lo crea?

—En cuanto mis colegas de *Millennium* se dieron cuenta de que tú aparecías en el reportaje, Mikael Blomkvist paró la publicación. Me llamó y me dio una copia. Por consideración hacia mí. Me robaron el texto y al final ha terminado en tus manos. *Millennium* quiso brindarme la oportunidad de hablar contigo antes de publicarlo. Algo que piensan hacer en el número de agosto.

—Jamás he conocido a nadie en el mundo del periodismo con menos escrúpulos. Te llevas la palma.

—Vale. Ya lo has leído, y tal vez también le hayas echado un vistazo a la parte de la investigación. Cortez tiene un reportaje sin fisuras; para ir derechito a imprenta, vamos. Y tú lo sabes.

—¿Y eso qué cojones significa?

—Que si continúas siendo el presidente de la junta del *SMP* cuando *Millennium* publique el artículo, le harás daño al periódico. Me he devanado los sesos intentando encontrar una salida, pero no he encontrado ninguna.

—¿Qué quieres decir?

—Que tienes que dimitir.

—¿Me estás tomando el pelo? Yo no he hecho nada que viole ninguna ley.

—Magnus, ¿en serio no eres consciente de la envergadura de esta denuncia? No me hagas convocar a la junta. Resultará vergonzoso.

—Tú no vas a convocar a nadie. Tu trabajo en el *SMP* ha terminado.

—*Sorry*. Tan sólo la junta puede despedirme. Deberás convocar una reunión extraordinaria. Sugeriría que esta misma tarde.

Borgsjö rodeó la mesa y se acercó tanto a Erika Berger que ella pudo sentir su aliento.

—Berger: tienes una sola oportunidad de sobrevivir a esto. Vas a ir a ver a tus malditos amigos de *Millennium* y te asegurarás de que esta historia no vaya a la imprenta nunca jamás. Si juegas bien tus cartas, puede que me plantee olvidar todo este asunto.

Erika Berger suspiró.

—Magnus, no entiendes la gravedad del asunto. Yo no tengo ningún tipo de influencia sobre lo que *Millennium* vaya a publicar. Esta historia verá la luz con independencia de lo que yo diga. Lo único que a mí me interesa es cómo va a afectar al *SMP*. Por eso debes dimitir.

Borgsjö agarró el respaldo de la silla con las dos manos y se inclinó hacia ella.

—Tal vez tus amiguitos de *Millennium* se lo piensen mejor si se enteran de que tú serás despedida en el mismo instante en el que filtren esas putas difamaciones.

Él se incorporó.

—Hoy voy a ir a Norrköping a una reunión —dijo.

Se quedó mirándola y luego añadió con énfasis:

—SveaBygg.

—Ajá.

—Mañana, a mi regreso, me informarás de que este asunto está ya zanjado. ¿Entendido?

Se puso la americana. Erika Berger lo observó con los ojos entornados.

—Arregla esto con discreción y quizá sobrevivas en el *SMP*. Ahora, fuera de mi vista.

Ella se levantó, volvió a su cubo de cristal y permaneció quieta en su silla durante veinte minutos. Luego cogió el teléfono y le pidió a Anders Holm que viniera a su despacho. Él ya había aprendido la lección y se presentó en menos de un minuto.

—Siéntate.

Anders Holm arqueó una ceja y se sentó.

—Bueno, ¿y qué es lo que he hecho mal esta vez? —preguntó irónicamente.

—Anders, éste es mi último día en el *SMP*. Voy a presentar mi dimisión ahora mismo. Convocaré al vicepresidente y al resto de la junta a una reunión para la hora de comer.

Él la miró perplejo.

—Voy a proponerte como redactor jefe en funciones.

—¿Qué?

—¿Te parece bien?

Anders Holm se reclinó en la silla y contempló a Erika Berger.

—Joder, pero si yo nunca he querido ser redactor jefe —dijo.

—Ya lo sé. Pero tienes suficiente mano dura. Y estás dispuesto a andar pisoteando cadáveres para publicar una buena historia. Sólo desearía que esa cabecita tuya fuera un poco más sensata.

—¿Qué ha pasado?

—Yo tengo un estilo diferente al tuyo. Tú y yo siempre hemos discutido sobre cómo enfocar las cosas y nunca nos pondremos de acuerdo.

—No —dijo—. Nunca estaremos de acuerdo. Pero es posible que mi estilo esté anticuado.

—No sé si «anticuado» es la palabra más adecuada. Eres un periodista de noticias cojonudo pero te comportas como un cabrón. Algo completamente innecesario. Aunque lo cierto es que la mayoría de las veces nos hemos peleado porque tú has sostenido en todo momento que, como jefe de Noticias, no puedes dejar que las consideraciones personales influyan en la cobertura de las noticias.

De repente, Erika Berger le dedicó una maliciosa sonrisa. Abrió su bolso y sacó el original del reportaje sobre Borgsjö.

—Veamos entonces cómo evalúas tú las noticias. Esto que ves aquí es un reportaje que nos ha dado Henry Cortez, colaborador de la revista *Millennium*. La decisión que he tomado esta mañana es que lo publiquemos como la principal noticia del día.

Echó la carpeta a las rodillas de Holm.

—Tú eres jefe de Noticias. Va a ser muy interesante saber si compartes mi evaluación de la noticia.

Anders Holm abrió la carpeta y se puso a leer. Ya en la introducción sus ojos se abrieron de par en par. Se incorporó en la silla y, recto como un palo, miró fijamente a Erika Berger. Luego bajó la vista y leyó el texto de principio a fin. Abrió también el sobre con la documentación y la estudió detenidamente. Le llevó diez minutos. Acto seguido, dejó lentamente la carpeta.

—Se va a armar la de Dios.

—Ya lo sé. Por eso hoy es mi último día aquí. *Millennium* pensaba publicarlo en el número de junio, pero Mikael Blomkvist lo paró. Me dio el texto para que pudiera hablar con Borgsjö antes.

—¿Y?

—Borgsjö me ha ordenado callarlo.

—Entiendo. ¿Así que piensas publicarlo en el *SMP* como acto de rebeldía?

—No. Como acto de rebeldía no. Es nuestra única opción. Si el *SMP* publica la historia tendremos una oportunidad de salir de ésta con la cabeza bien alta. Borgsjö debe dimitir. Pero eso también significa que yo no podré quedarme.

Holm permaneció callado durante dos minutos.

—Joder, Berger… No pensaba que fueras tan dura. Creía que nunca te lo diría, pero, si tienes tantos cojones, la verdad es que lamento que te vayas.

—Tú podrías impedir la publicación, pero si los dos damos nuestro visto bueno… ¿piensas publicarlo?

—Claro que lo publicaremos. Va a filtrarse de todos modos.

—Exacto.

Anders Holm se levantó e, inseguro, permaneció junto a la mesa de Erika.

—Vete a trabajar —le ordenó Erika Berger.

Cuando Holm hubo abandonado el despacho, Erika dejó pasar cinco minutos antes de levantar el auricular del teléfono y marcar el número que Malin Eriksson tenía en *Millennium*.

—Hola, Malin. ¿Está Henry Cortez por ahí?

—Sí. En su mesa.

—¿Puedes decirle que vaya a tu despacho y conecte los altavoces del teléfono? Tenemos que negociar una cosa.

Quince segundos después Henry Cortez ya se hallaba allí.

—¿Qué pasa?

—Henry, hoy he hecho algo poco ético.

—¿Ah, sí?

—Le he entregado tu reportaje a Anders Holm, el jefe de Noticias del *SMP*.

—¿Sí?...

—Le he ordenado que lo publique mañana en el *SMP*. Con tu *byline*. Y, como es natural, te pagaremos. Puedes cobrar lo que te parezca.

—Erika... ¿Qué coño está pasando?

Le resumió lo sucedido durante las últimas semanas y cómo Peter Fredriksson por poco la destroza.

—¡Joder! —exclamó Henry Cortez.

—Sé que ésta es tu historia, Henry. Pero no me ha quedado otra elección. ¿Te parece bien?

Henry Cortez permaneció en silencio durante unos segundos.

—Gracias por llamarme, Erika. Vale, publica el reportaje con mi *byline*. Si a Malin le parece bien, por supuesto.

—Está bien —dijo Malin.

—Perfecto —contestó Erika—. Podéis avisar a Mikael, supongo que aún no ha llegado.

—Yo hablaré con Mikael —respondió Malin Eriksson—. Pero, Erika: ¿esto significa que desde hoy estás en el paro?

Erika se rió.

—He decidido que voy a tomarme unas vacaciones durante lo que queda de año. Créeme, unas semanas en el *SMP* han sido más que suficientes.

—No me parece buena idea que empieces a planear tus vacaciones —dijo Malin.

—¿Por qué no?

—¿Te podrías pasar por *Millennium* esta tarde?

—¿Para qué?

—Necesito ayuda. Si quieres volver a ser la redactora jefe, puedes empezar mañana mismo.

—Malin, tú eres la redactora jefe de *Millennium*. Y punto.

—Vale. Entonces empieza como secretaria de redacción —dijo Malin, riéndose.

—¿Hablas en serio?

—Por Dios, Erika: te echo tanto de menos que creo que me voy a morir. Acepté el puesto de *Millennium,* entre otras cosas, para tener la oportunidad de trabajar contigo. Y de repente coges y te me vas a otro sitio.

Erika Berger permaneció callada durante un minuto. Ni siquiera se le había pasado por la cabeza la posibilidad de volver a *Millennium*.

—¿Sería bienvenida? —preguntó con cierta prudencia.

—¿Tú qué crees? Mucho me temo que montaríamos una enorme fiesta y que yo sería la primera en organizarla. Y regresarías justo a tiempo para la publicación de lo que tú ya sabes.

Erika miró el reloj de su mesa: las diez menos cinco. En menos de una hora todo su mundo había dado un giro radical. De pronto, se dio cuenta de cuánto echaba de menos volver a subir las escaleras de *Millennium*.

—Aquí tengo todavía para unas cuantas horas de trabajo. ¿Te parece bien que pase sobre las cuatro?

Susanne Linder miró a Dragan Armanskij directamente a los ojos mientras le contaba con toda exactitud lo sucedido durante la noche. Lo único que omitió fue el pirateo del ordenador de Fredriksson y su propia convicción de que había sido obra de Lisbeth Salander. Y lo hizo por dos razones: por una parte porque le pareció demasiado irreal; por la otra, porque sabía que Dragan Armanskij, al igual que Mikael Blomkvist, andaba implicado en grado sumo en el asunto Salander.

Armanskij la escuchó con atención. Cuando Susanne Linder terminó, permaneció callada esperando su reacción.

—Greger Backman me llamó hace una hora —dijo.

—Ajá.

—Él y Erika Berger se pasarán a lo largo de esta semana para firmar un contrato. Quieren darle las gracias a Milton y en especial a ti por el trabajo realizado.

—Entiendo. Es bueno que los clientes estén contentos.

—También ha solicitado un armario de seguridad para su casa. Lo instalaremos esta misma semana, al igual que todas las demás alarmas.

—Bien.

—Quiere que facturemos el trabajo que has hecho este fin de semana.

—Mmm.

—En otras palabras, que va a ser una factura bastante gorda lo que les vamos a enviar.

—Ajá.

Armanskij suspiró.

—Susanne, ¿eres consciente de que Fredriksson puede ir a la policía y denunciarte por un montón de cosas?

Ella asintió.

—Es cierto que, si lo hace, lo pagará muy caro, pero quizá piense que merece la pena.

—No creo que tenga los suficientes cojones para ir a la policía.

—Tal vez, pero te has saltado por completo todas las instrucciones que te di.

—Lo sé —reconoció Susanne Linder.

—¿Cómo crees que debo reaccionar ante eso?

—Eso sólo lo puedes decidir tú.

—Pero ¿cómo piensas que debería reaccionar?

—Lo que yo piense es lo de menos. Siempre te quedará la opción de despedirme.

—No creo. No me puedo permitir perder a un colaborador de tu calibre.

—Gracias.

—Pero si vuelves a hacer algo parecido, me voy a cabrear mucho.

Susanne Linder asintió.

—¿Qué has hecho con el disco duro?

—Lo he destruido. Lo fijé esta mañana a un torno de sujeción y lo hice añicos.

—De acuerdo. Hagamos borrón y cuenta nueva.

Erika Berger se pasó el resto de la mañana llamando a los miembros de la junta directiva del *SMP*. Localizó al vicepresidente en su casa de campo de Vaxholm y lo hizo meterse en el coche y dirigirse a la redacción a toda prisa. Tras el almuerzo, se reunió una junta considerablemente diezmada. Erika Berger dedicó una hora a dar cumplida cuenta del contenido de la carpeta de Cortez y de las consecuencias que había tenido.

Como cabía suponer, las propuestas de buscar una solución alternativa —en cuanto terminó de hablar— no se hicieron esperar. Erika explicó que el *SMP* tenía la intención de publicar la historia en el número del día siguiente. También les informó de que era su último día de trabajo y de que su decisión era irrevocable.

Erika consiguió que la junta aprobara e incluyera en las actas dos decisiones: que se le pidiera a Magnus Borgsjö que pusiera de inmediato su cargo a disposición de la junta y que Anders Holm pasara a ser redactor jefe en funciones. A continuación, se disculpó y dejó que los demás miembros de la junta debatieran la situación sin su presencia.

A las dos de la tarde bajó al Departamento de recursos humanos y redactó un contrato. Luego subió a la redacción de Cultura para hablar con el jefe de la sección, Sebastian Strandlund, y con la reportera Eva Carlsson.

—Según tengo entendido, aquí en Cultura consideráis que Eva Carlsson es una buena reportera y que tiene talento.

—Así es —dijo el jefe de Cultura Strandlund.

—Y en la petición presupuestaria de los dos últimos años solicitasteis que se ampliara la sección de Cultura con, al menos, dos personas.

—Sí.

—Eva, teniendo en cuenta toda esa correspondencia en la que te has visto envuelta, quizá surjan maliciosos rumores si te doy un puesto fijo. ¿Sigues interesada?

—Por supuesto que sí.

—En ese caso, mi última decisión en el *SMP* será la firma de este contrato.

—¿Tu última decisión?

—Es una larga historia. Termino hoy. ¿Podréis hacerme el favor de guardar silencio al respecto durante una o dos horas?

—¿Qué?...

—Dentro de un rato os llegará un comunicado.

Erika Berger firmó el contrato y se lo pasó a Eva Carlsson.

—Buena suerte —dijo sonriendo.

—El desconocido hombre mayor que participó en la reunión celebrada en el despacho de Ekström el sábado pasado se llama Georg Nyström y es comisario —dijo Monica Figuerola, dejando las fotos sobre la mesa, delante de Torsten Edklinth.

—Comisario —murmuró Edklinth.

—Stefan lo identificó anoche. Llegó en coche al piso de Artillerigatan.

—¿Qué sabemos de él?

—Procede de la *policía abierta* y trabaja en la DGP/Seg desde 1983. En 1996 le ofrecieron un puesto como investigador con responsabilidad propia, en el que aún continúa. Hace controles internos y analiza los asuntos ya concluidos por la DGP/Seg.

—De acuerdo.

—Desde el pasado sábado, un total de seis personas de interés han entrado en el portal de Artillerigatan. Aparte de Jonas Sandberg y Georg Nyström, en la casa también se encuentra Fredrik Clinton, aunque esta mañana se lo llevaron al hospital para su sesión de diálisis.

—¿Y los otros tres?

—Un señor que se llama Otto Hallberg. Trabajó en la DGP/Seg en los años ochenta, pero en realidad ahora se encuentra vinculado al Estado Mayor de la Defensa. Pertenece a la Marina y al servicio de inteligencia militar.

—Ajá. ¿Por qué no me sorprende?

Monica Figuerola puso otra foto sobre la mesa.

—A este chico no lo hemos identificado. Se fue a comer con Hallberg. A ver si conseguimos identificarlo esta tarde, cuando vuelva a casa después del trabajo.

—Sin embargo, la persona más interesante es ésta.

Colocó otra foto en la mesa.

—A éste lo conozco —dijo Edklinth.

—Se llama Wadensjöö.

—Exacto. Trabajó en la brigada antiterrorista hará unos quince años. General de despacho. Fue uno de los candidatos al puesto de jefe aquí en la Firma. No sé lo que pasó con él.

—Presentó su dimisión en 1991. Adivina con quién estaba comiendo hace más o menos una hora.

Monica Figuerola depositó la última foto sobre la mesa.

—El jefe administrativo Albert Shenke y el jefe de presupuesto Gustav Atterbom —señaló Edklinth—. Quiero que se vigile a todos estos tipos las veinticuatro horas del día. Quiero saber con quién se reúnen.

—Imposible. Sólo dispongo de cuatro personas. Y algunos tienen que trabajar con la documentación.

Edklinth asintió y, pensativo, se pellizcó el labio inferior. Un instante después, levantó la vista y miró a Monica Figuerola.

—Necesitamos más gente —dijo—. ¿Crees que podrías contactar discretamente con el inspector Jan Bublanski y preguntarle si le apetecería cenar conmigo esta noche después del trabajo? Digamos sobre las siete.

Edklinth se estiró para coger el teléfono y marcó un número de memoria.

—Hola, Armanskij. Soy Edklinth. ¿Me dejarías que te devolviera esa cena tan agradable a la que me invitaste hace poco?... No, insisto. ¿Te parece bien las siete?

Lisbeth Salander había pasado la noche en la prisión de Kronoberg, en una celda cuyas dimensiones serían de dos por cuatro metros. Del mobiliario no había mucho que decir. Se durmió cinco minutos después de que la encerraran y se despertó el lunes por la mañana, muy temprano. Se puso a hacer los ejercicios de estiramiento que el fisioterapeuta de Sahlgrenska le había mandado. Acto seguido, le trajeron el desayuno y luego se quedó sentada en la litera mirando al vacío en silencio.

A las nueve y media la condujeron hasta una sala de interrogatorios situada en el otro extremo del pasillo. El guardia era un señor mayor de baja estatura, calvo, con cara redonda y unas gafas que tenían la montura de pasta. La trató con una apacible y bondadosa corrección.

Annika Giannini la saludó amablemente. Lisbeth ignoró a Hans Faste. Luego conoció al fiscal Richard

Ekström y se pasó la siguiente media hora sentada en una silla y con la mirada puesta en un punto de la pared que quedaba un poco más arriba de la cabeza de Ekström. No pronunció palabra alguna y no movió ni un solo músculo.

A las diez, Ekström interrumpió su fracasado interrogatorio. Le irritaba no haber conseguido provocar la más mínima reacción en ella. Por primera vez, se mostró inseguro al contemplar a esa delgada chica que parecía una muñeca. ¿Cómo era posible que hubiese podido agredir a Magge Lundin y Sonny Nieminen en Stallarholmen? ¿El tribunal se llegaría a creer esa historia? ¿Incluso si él presentaba pruebas convincentes?

A las doce, le dieron a Lisbeth un almuerzo sencillo, y la siguiente hora la dedicó a resolver ecuaciones en su mente. Se centró en un pasaje de astronomía esférica de un libro que había leído hacía ya dos años.

A las dos y media la volvieron a llevar a la sala de interrogatorios. El guardia que la acompañó esta vez era una mujer joven. La sala estaba vacía. Se sentó en una silla y siguió meditando sobre una ecuación particularmente compleja.

Al cabo de diez minutos se abrió la puerta.

—Hola, Lisbeth —saludó amablemente Teleborian.

Él sonrió. Lisbeth Salander se quedó helada. Los elementos de la ecuación que había formulado en el aire se le cayeron al suelo y se le desperdigaron. Oyó como los números y los signos rebotaban y tintineaban como si hubiesen cobrado forma física.

Peter Teleborian se quedó quieto y la observó durante uno o dos minutos antes de sentarse frente a ella. Lisbeth seguía con la mirada fija en la pared.

Al cabo de un rato, desplazó la mirada y lo miró a los ojos.

—Lamento que hayas acabado así —dijo Peter Teleborian—. Haré todo cuanto esté en mi mano para ayudarte. Espero que consigamos crear un ambiente de confianza mutua.

Lisbeth examinó cada centímetro de la persona que tenía enfrente. El pelo enmarañado. La barba. Esa pequeña separación entre sus dos dientes delanteros. Sus finos labios. La americana marrón. La camisa con el cuello abierto. Oyó la pérfida amabilidad de su suave voz:

—También espero poder ayudarte mejor que la última vez que nos vimos.

Dejó sobre la mesa un pequeño cuaderno y un bolígrafo. Lisbeth bajó la mirada y observó el bolígrafo. Era un tubo afilado de color plata.

Análisis de consecuencias.

Reprimió el impulso de extender la mano y coger el bolígrafo.

Sus ojos buscaron el dedo meñique izquierdo de él. Descubrió una débil línea blanca justo donde ella, quince años antes, le había clavado los dientes y cerrado la mandíbula con tanta rabia que casi le cortó el dedo. Fueron necesarios tres enfermeros para inmovilizarla y abrirle la mandíbula a la fuerza.

En aquella ocasión yo era una pequeña y asustada niña que apenas había alcanzado la pubertad. Ahora soy adulta. Ahora puedo matarte cuando quiera.

Fijó la mirada en un punto de la pared situado por detrás de Teleborian, recogió los números y los signos matemáticos que se le habían caído al suelo y empezó a recomponer la ecuación.

El doctor Peter Teleborian contempló a Lisbeth Salander con una expresión neutra en el rostro. No se había convertido en un psiquiatra de renombre mundial por carecer de conocimientos sobre el ser humano, todo lo contrario: poseía una gran capacidad para leer sentimientos y estados de ánimo. Tuvo la impresión de que una gélida sombra atravesó la sala, pero lo interpretó como un signo de que la paciente sentía miedo y vergüenza bajo su inmutable apariencia. Lo vio como una buena señal de que ella, a pesar de todo, reaccionaba ante su presencia. También se mostró satisfecho con el hecho de que ella no hubiera modificado su comportamiento. *Se ahorcará ella solita.*

La última medida que Erika Berger tomó en el *SMP* fue sentarse en su cubo de cristal y redactar un comunicado para los colaboradores. Se encontraba bastante irritada cuando se puso a escribirlo y, aun a sabiendas de que se trataba de un error, le salieron dos folios enteros en los que explicaba por qué abandonaba el *SMP* y lo que pensaba de ciertas personas. Borró todo el texto y volvió a empezar empleando un tono más objetivo.

No mencionó a Peter Fredriksson. Si lo hiciera, todo el interés se centraría en él, y las verdaderas razones se ahogarían en un mar de titulares sobre el acoso sexual.

Alegó dos motivos. El más importante era que se había encontrado con una masiva oposición dentro de la dirección al presentar su propuesta de que los jefes y los propietarios redujeran sus sueldos y sus bonificaciones. Por culpa de eso, se veía obligada a iniciar su época en el *SMP* con drásticas reducciones de personal, algo que no sólo constituía un incumplimiento de las perspectivas presentadas cuando la convencieron para que aceptara el cargo, sino que también imposibilitaría cualquier intento de cambiar y reforzar el periódico a largo plazo.

El segundo motivo fue el reportaje que revelaba las actividades de Borgsjö. Erika explicó que éste le había ordenado que silenciara la historia y que eso no formaba parte de su trabajo. De modo que, al no tener elección, se veía obligada a abandonar la redacción. Terminó diciendo que los problemas del *SMP* no había que buscarlos en el personal sino en la dirección.

Leyó su escrito sólo una vez, corrigió un error de ortografía y se lo envió a todos los colaboradores del grupo. Hizo dos copias y le mandó una al *Pressens tidning* y otra al órgano sindical *Journalisten*. Luego metió su *laptop* en la bolsa y fue a ver a Anders Holm.

—Hasta luego —dijo.

—Hasta luego, Berger. Ha sido un horror trabajar contigo.

Se sonrieron.

—Una última cosa —dijo.

—¿Qué?

—Johannes Frisk ha estado trabajando en un reportaje por encargo mío.

—Nadie sabe en qué diablos anda metido.

—Apóyalo. Ya ha llegado bastante lejos y yo voy a estar en contacto con él. Déjaselo terminar. Te prometo que saldrás ganando.

Pareció pensativo. Luego asintió.

No se dieron la mano. Ella dejó el pase de la redacción sobre la mesa de Holm y bajó al garaje a por su BMW. Poco después de las cuatro estaba aparcando cerca de la redacción de *Millennium*.

Cuarta parte

Rebooting System

Del 1 de julio al 7 de octubre

A pesar de la rica flora de leyendas que circula sobre las amazonas de la Grecia antigua, de América del sur, de África y de otros lugares, tan sólo existe un único ejemplo histórico de mujeres guerreras que esté documentado. Se trata del ejército del pueblo fon, en Dahomey, al oeste de África, la actual Benín.

Estas mujeres guerreras nunca han sido mencionadas en la historia militar oficial. Tampoco se ha rodado ninguna película romántica sobre ellas, y si hoy en día aparecen en algún lugar lo hacen, como mucho, en forma de históricas y borradas notas a pie de página. El único trabajo científico que se ha hecho sobre estas mujeres es *Amazons of Black Sparta,* del historiador Stanley B. Alpern (Hurst & Co Ltd, Londres, 1998). Aun así, se trataba de un ejército que se podía medir con cualquiera de los ejércitos de soldados de élite que las fuerzas invasoras tuvieran.

No ha quedado del todo claro cuándo se creó el ejército femenino del pueblo fon, pero ciertas fuentes lo fechan en el siglo XVII. En un principio era una guardia real, pero evolucionó hasta convertirse en un colectivo militar compuesto por seis mil soldados mujeres que tenían un estatus semidivino. Su objetivo no era decorativo. Durante más de doscientos años constituyeron la punta de lanza que los fon utilizaron contra los colonizadores europeos que los invadieron. Eran temidas por los militares franceses, que fueron derrotados en varias batallas campales. El ejército femenino no pudo ser vencido hasta 1892, cuando Francia envió por mar tropas modernas compuestas por artilleros, legionarios, un regimiento de la infantería de marina y la caballería.

Se desconoce cuántas de esas guerreras cayeron en el campo de batalla. Durante varios años las supervivientes continuaron haciendo su particular guerrilla y algunas veteranas de ese ejército fueron entrevistadas y fotografiadas en una década tan reciente como la de los años cuarenta.

Capítulo 23

Viernes, 1 de julio –
Domingo, 10 de julio

Dos semanas antes del juicio contra Lisbeth Salander, Christer Malm terminó la maquetación del libro de trescientas sesenta y cuatro páginas que llevaba el austero título de *La Sección*. El fondo de la portada era a base de tonos azules. Las letras en amarillo. En la parte baja, Christer Malm había colocado los retratos —en blanco y negro y del tamaño de un sello— de siete primeros ministros suecos. Sobre ellos flotaba la imagen de Zalachenko. Christer había usado la foto de pasaporte de éste como ilustración y le había aumentado el contraste, de modo que las partes más oscuras se veían como una especie de sombra que cubría toda la portada. No se trataba de ningún sofisticado diseño, pero resultaba eficaz. Como autores, figuraban Mikael Blomkvist, Henry Cortez y Malin Eriksson.

Eran las cinco y media de la mañana y Christer Malm llevaba toda la noche trabajando. Estaba algo mareado y sentía una imperiosa necesidad de irse a casa y dormir. Malin Eriksson lo acompañó en todo momento corrigiendo, una por una, las páginas que Christer iba aprobando e imprimiendo. Ella ya se encontraba durmiendo en el sofá de la redacción.

Christer Malm metió en una carpeta el documento, las fotos y los tipos de letra. Inició el programa *Toast* y grabó dos cedés. Uno lo puso en el armario de seguridad de la redacción. El otro lo recogió un somnoliento Mikael Blomkvist poco antes de las siete.

—Vete a casa a dormir —dijo.

—Eso es lo que voy a hacer —contestó Christer.

Dejaron que Malin Eriksson continuara durmiendo y conectaron la alarma de la puerta. Henry Cortez entraría a las ocho, en el siguiente turno. Se despidieron ante el portal levantando las manos y chocándolas en un *high five*.

Mikael Blomkvist se fue andando hasta Lundagatan, donde, una vez más, cogió prestado sin permiso el olvidado Honda de Lisbeth Salander. Le llevó personalmente el disco a Jan Köbin, el jefe de Hallvigs Reklamtryckeri, cuya sede se hallaba en un discreto edificio de ladrillo situado junto a la estación de trenes de Morgongåva, a las afueras de Sala. La entrega era una misión que no deseaba confiarle a Correos.

Condujo despacio y sin agobios y se quedó un rato mientras los de la imprenta comprobaban que el disco funcionaba. Confirmó con ellos una vez más que el libro estaría para el día en que empezaba el juicio. El problema no era la impresión sino la encuadernación, que podía llevarles más tiempo. Pero Jan Köbin le dio su palabra de que al menos quinientos ejemplares de una primera edición de diez mil se entregarían en la fecha prometida. El libro saldría en formato bolsillo aunque un poco más grande del habitual.

Mikael también se aseguró de que todos entendieran que la confidencialidad debía ser total. Cosa que, a decir verdad, resultaba innecesaria: dos años antes y bajo circunstancias similares, Hallvigs imprimió el libro de Mikael sobre el financiero Hans-Erik Wennerström. De modo que ya sabían que los libros que venían de la pequeña editorial de *Millennium* prometían algo fuera de lo normal.

Luego Mikael regresó a Estocolmo conduciendo sin ninguna prisa. Aparcó delante de su vivienda de Bellmansgatan y subió un momento a su casa para coger una bolsa en la que metió una muda de ropa, la maquinilla de afeitar y el cepillo de dientes. Continuó hasta el embarcadero de Stavsnäs, en Värmdö, donde aparcó y cogió el ferri hasta Sandhamn.

Era la primera vez desde Navidad que pisaba la casita. Abrió los postigos de las ventanas, dejó entrar aire fresco y se tomó una botella de Ramlösa. Como le sucedía siempre que terminaba un trabajo y enviaba el texto a la imprenta —cuando ya nada se podía cambiar—, se sintió vacío.

Luego se pasó una hora barriendo, quitando el polvo, limpiando la ducha, poniendo en marcha la nevera, controlando que el agua funcionara y cambiando las sábanas del *loft* dormitorio. Fue al supermercado ICA y compró todo lo que iba a necesitar para el fin de semana. Luego encendió la cafetera y se sentó en el embarcadero de delante de la casa a fumarse un cigarrillo sin pensar en nada concreto.

Poco antes de las cinco bajó al embarcadero del barco de vapor para ir a buscar a Monica Figuerola.

—No creía que pudieras cogerte el día libre —le dijo antes de besarla en la mejilla.

—Yo tampoco. Pero le conté a Edklinth la verdad. Durante las últimas semanas he estado trabajando día y noche, y ya empiezo a ser ineficaz. Necesito dos días libres para recargar las pilas.

—¿En Sandhamn?

—No le he dicho adónde pensaba ir —dijo ella, sonriendo.

Monica Figuerola dedicó un rato a husmear por la casita de veinticinco metros cuadrados de Mikael Blomkvist. El rincón de la cocina, el espacio para la higiene y el *loft* dormitorio fueron objeto de un examen crítico antes de dar su aprobación con un movimiento de cabeza. Se lavó un poco y se puso un fino vestido de verano mientras Mikael Blomkvist preparaba unas chuletas de cordero en salsa de vino tinto y ponía la mesa en el embarcadero. Cenaron en silencio mientras contemplaban el trasiego de barcos de vela que iban al puerto deportivo de Sandhamn o venían de él. Compartieron una botella de vino.

—Es una casita maravillosa. ¿Es aquí adonde traes a todas tus amiguitas? —preguntó Monica Figuerola de repente.

—A todas no. Sólo a las más importantes.

—¿Erika Berger ha estado aquí?

—Muchas veces.

—¿Y Lisbeth Salander?

—Ella estuvo aquí unas cuantas semanas cuando escribí el libro sobre Wennerström. Y también durante las fiestas de Navidad de hace dos años.

—¿Así que tanto Berger como Salander son importantes en tu vida?

—Erika es mi mejor amiga. Llevamos más de veinticinco años siendo amigos. Lisbeth es una historia completamente distinta. Ella es muy especial y la persona más asocial que he conocido jamás. Se puede decir que la primera vez que la vi me causó una profunda impresión. La quiero mucho. Es una amiga.

—¿Te da pena?

—No. Una buena parte de todo ese montón de mierda que le ha caído encima se lo ha buscado ella. Pero siento una gran simpatía hacia ella. Sintonizamos.

—Pero ¿no estás enamorado de ella ni de Erika Berger?

Mikael se encogió de hombros. Monica Figuerola se quedó contemplando a un tardío fueraborda Amigo 23 que, con las luces encendidas, pasó ronroneando de camino al puerto deportivo.

—Si amor significa querer mucho a alguien, entonces supongo que estoy enamorado de varias personas —dijo.

—¿Y ahora de mí?

Mikael asintió. Monica Figuerola frunció el ceño y lo miró.

—¿Te molesta? —preguntó Mikael.

—¿Que hayas traído a otras mujeres antes? No. Pero me molesta no saber muy bien qué es lo que está pasando entre nosotros. Y no creo que pueda mantener una relación con un hombre que va por ahí tirándose a quien le da la gana...

—No pienso pedir disculpas por mi vida.

—Y yo supongo que, en cierto modo, me gustas porque eres como eres. Me gusta acostarme contigo porque no hay malos rollos ni complicaciones y me siento segura. Pero todo esto empezó porque cedí a un impulso loco. No me ocurre muy a menudo y no lo tenía planeado. Y ahora hemos llegado a esa fase en la que yo soy una de las mujeres a las que traes aquí.

Mikael permaneció callado un instante.

—No estabas obligada a venir.

—Sí. Tenía que venir. Joder, Mikael...

—Ya lo sé.

—¡Qué desdichada soy! No quiero enamorarme de ti. Me va a doler demasiado cuando termine.

—Esta casita la heredé cuando murió mi padre y mi madre volvió a Norrland. Lo repartimos todo de manera que mi hermana se quedó con el piso y yo con esto. Hace ya casi veinticinco años...

—Ajá.

—Aparte de unos cuantos conocidos ocasionales a principios de los años ochenta, son exactamente cinco las chicas que han estado aquí antes que tú. Erika, Lisbeth, mi ex esposa, con la que estuve casado en los años ochenta, una chica con la que salí en plan serio a finales de los noventa, y una mujer algo mayor que yo que conocí hace dos años y a la que veo de vez en cuando. Son unas circunstancias un poco especiales…

—¿Ah, sí?

—Tengo esta casita para escaparme de la ciudad y estar tranquilo. Casi siempre vengo solo. Leo libros, escribo y me relajo sentado en el muelle mirando los barcos. No se trata del secreto nido de amor de un soltero.

Se levantó y fue a buscar la botella de vino que había puesto a la sombra, junto a la puerta de la casita.

—No pienso prometerte nada —dijo—. Mi matrimonio se rompió porque Erika y yo no podíamos mantenernos alejados el uno del otro. *Been there, done that, got the t-shirt.*

Llenó las copas.

—Pero tú eres la persona más interesante que he conocido en mucho tiempo. Es como si nuestra relación hubiese ido a toda máquina desde el primer día. Creo que me gustas desde que te vi en mi escalera, cuando fuiste a buscarme. Más de una vez, de las pocas que he ido a dormir a mi casa desde entonces, me he despertado en plena noche con ganas de hacerte el amor. No sé si lo que deseo es una relación estable pero me da un miedo enorme perderte.

Mikael la miró.

—Así que… ¿qué quieres que hagamos?

—Habrá que pararse a pensarlo —dijo Monica Figuerola—. Yo también me siento tremendamente atraída por ti.

—Esto empieza a ponerse serio —contestó Mikael.

Ella asintió y, de repente, una gran melancolía se apoderó de ella. Luego, apenas hablaron durante un largo rato. Cuando oscureció, recogieron la mesa, entraron y cerraron la puerta tras de sí.

El viernes de la semana anterior al juicio, Mikael se detuvo delante de Pressbyrån y les echó un vistazo a las portadas de los periódicos matutinos. El presidente de la junta directiva del *Svenska Morgon-Posten*, Magnus Borgsjö, se había rendido y anunciaba su dimisión. Compró los diarios, se fue andando hasta el Java de Hornsgatan y se tomó un desayuno tardío. Borgsjö alegaba razones familiares como causa de su repentina dimisión. No quería comentar las afirmaciones que la atribuían al hecho de que Erika Berger se hubiese visto obligada a dimitir desde que él le ordenó silenciar la historia de su implicación en la empresa de venta al por mayor Vitavara AB. Sin embargo, en una pequeña columna se anunciaba que el presidente de Svenskt Näringsliv había decidido designar una comisión para que se investigara qué relación tenían las empresas suecas con las del sureste asiático que utilizaban mano de obra infantil.

Mikael Blomkvist soltó una carcajada.

Luego dobló los periódicos, abrió su Ericsson T10 y llamó a la de TV4, a la que pilló comiéndose un sándwich.

—Hola, cariño —dijo Mikael Blomkvist—. Supongo que seguirás sin querer salir conmigo una noche de éstas.

—Hola, Mikael —contestó riendo la de TV4—. Lo siento, pero no creo que haya otra persona en el mundo que se aleje más de mi tipo de hombre. Aunque te quiero mucho.

—¿Podrías, por lo menos, aceptar una invitación para cenar esta noche conmigo y hablar de un trabajo?

—¿Qué estás tramando?

—Hace dos años, Erika Berger hizo un trato contigo sobre el asunto Wennerström. Funcionó muy bien. Y ahora yo quiero hacer otro parecido.

—Cuéntame.

—Hasta que no hayamos acordado las condiciones,

no. Al igual que en el caso Wennerström, vamos a publicar un libro que saldrá con un número temático de la revista. Y esta historia va a hacer mucho ruido. Te ofrezco acceso en exclusiva y por anticipado a todo el material, con la condición de que no filtres nada antes de que lo publiquemos. Y esta vez la publicación será especialmente complicada ya que tiene que hacerse en un día determinado.

—¿Cuánto ruido va a hacer la historia?

—Mucho más que el de Wennerström —dijo Mikael Blomkvist—. ¿Te interesa?

—¿Bromeas? ¿Dónde quedamos?

—¿Qué te parece en Samirs gryta? Erika Berger también asistirá.

—¿Qué pasa con Berger? ¿Ha vuelto a *Millennium* después de que la echaran del *SMP*?

—No la echaron. Dimitió en el acto después de tener un desacuerdo con Borgsjö.

—Tiene pinta de ser un auténtico imbécil.

—Tú lo has dicho —dijo Mikael Blomkvist.

Fredrik Clinton escuchaba a Verdi con los auriculares puestos. La música era prácticamente lo único que le quedaba en la vida para transportarlo lejos de los aparatos de diálisis y de su creciente dolor en la región sacra de la espalda. No tarareaba. Cerraba los ojos y seguía los compases con la mano derecha, que volaba en el aire y parecía tener vida propia junto a su cuerpo, que se iba apagando poco a poco.

Así es. Nacemos. Vivimos. Envejecemos. Morimos. Él ya había hecho lo suyo. Lo único que le quedaba era apagarse del todo.

Se sentía extrañamente a gusto con la vida.

Tocaba para su amigo Evert Gullberg.

Era sábado, nueve de julio. Quedaba menos de una

semana para que comenzara el juicio y la Sección pudiera archivar de una vez por todas esa miserable historia. Se lo habían comunicado esa misma mañana. Gullberg fue fuerte como pocos. Cuando uno se dispara una bala revestida de nueve milímetros contra la sien espera morir. El cuerpo de Gullberg, en cambio, había tardado tres meses en rendirse, algo que sin duda se debía más a la suerte que a esa insistencia con la que el doctor Anders Jonasson se había negado a dar la batalla por perdida. Fue el cáncer, no la bala, lo que al final determinó su destino.

Sin embargo, había sido una muerte no exenta de dolor, cosa que entristeció a Clinton. Gullberg había sido incapaz de comunicarse con su entorno, pero a ratos se hallaba en una especie de estado consciente. Podía percibir la presencia de cuanto lo rodeaba. Los empleados del hospital advirtieron que sonreía cuando alguien le acariciaba la mejilla y que gruñía cuando, aparentemente, sufría. A veces intentaba comunicarse con el personal formulando palabras que nadie entendía muy bien.

No tenía familia y ninguno de sus amigos lo visitó en su lecho de muerte. Su última imagen de la vida fue la de una enfermera de Eritrea llamada Sara Kitama que estuvo junto a él en los momentos finales y que le cogió la mano cuando se durmió para siempre.

Fredrik Clinton se dio cuenta de que pronto seguiría el camino de su anterior compañero de armas. De eso no cabía duda. La probabilidad de que le trasplantaran el riñón que con tanta desesperación necesitaba se reducía a medida que pasaban los días y la descomposición de su cuerpo seguía su curso. Según los análisis, tanto el hígado como los intestinos iban deteriorándose y reduciendo sus funciones.

Esperaba poder llegar a Navidad.

Pero estaba contento. Experimentó una excitante y casi extrasensorial satisfacción por el hecho de que en sus últimos días se le hubiera brindado la ocasión —de esa inesperada y repentina forma— de volver al servicio.

Era un privilegio que nunca se habría esperado.

Los últimos compases de Verdi terminaron justo cuando Birger Wadensjöö abrió la puerta del pequeño cuarto de descanso que Clinton tenía en el cuartel general de la Sección de Artillerigatan.

Clinton abrió los ojos.

Había llegado a la conclusión de que Wadensjöö era una carga. Resultaba, sencillamente, inapropiado como jefe de la punta de lanza más importante de la Defensa sueca. No le entraba en la cabeza cómo él mismo y Hans von Rottinger podían haber juzgado tan mal a Wadensjöö como para considerarlo el claro heredero.

Wadensjöö era un guerrero que necesitaba que el viento soplara a favor. En los momentos de crisis se mostraba débil e incapaz de tomar decisiones. Un marinero de agua dulce. Una asustadiza carga sin agallas que, si hubiese dependido de él, no habría movido un dedo y habría dejado que la Sección se hundiera.

Era así de sencillo.

Unos tenían el don. Otros fallarían siempre llegada la hora de la verdad.

—¿Querías hablar conmigo? —preguntó Wadensjöö.

—Siéntate —dijo Clinton.

Wadensjöö se sentó.

—Me encuentro ya en una edad en la que no tengo demasiado tiempo para andarme con rodeos. Así que iré directo al grano: cuando esto haya acabado quiero que dejes la dirección de la Sección.

—¿Ah, sí?

Clinton suavizó el tono.

—Eres una buena persona, Wadensjöö. Pero, por desgracia, resultas completamente inapropiado para suceder a Gullberg y asumir la responsabilidad. Nunca deberíamos habértela dado. Fue un error mío y de Rottinger que, cuando yo me puse enfermo, no nos planteáramos la sucesión de un modo más serio.

—Nunca te he gustado.

—Te equivocas. Fuiste un excelente administrador cuando Rottinger y yo dirigimos la Sección. Habríamos estado perdidos sin ti, y tengo una gran confianza en tu patriotismo. Pero desconfío de tu capacidad de tomar decisiones.

De repente Wadensjöö mostró una amarga sonrisa.

—Después de esto no sé si me apetece quedarme en la Sección.

—Ahora que ya no están ni Gullberg ni Rottinger, soy yo y sólo yo el que toma las decisiones definitivas. Y durante los últimos meses tú me las has obstruido todas.

—No es la primera vez que te digo que las decisiones que tomas son disparatadas. Todo esto nos llevará a la ruina.

—Puede. Pero tu falta de decisión habría sido una ruina segura. Ahora, por lo menos, tenemos una oportunidad, y parece que va a salir bien. *Millennium* está paralizado. Tal vez sospechen que no andamos lejos, pero carecen de pruebas y no cuentan con ninguna posibilidad de encontrarlas. Ni a nosotros tampoco. Hemos establecido un control férreo sobre todo lo que hacen.

Wadensjöö miró por la ventana. Vio los tejados de algunos edificios del vecindario.

—Lo único que queda es la hija de Zalachenko. Si alguien empezara a hurgar en su historia y escuchara todo lo que tiene que decir, podría ocurrir cualquier cosa. Pero el juicio se celebrará dentro de unos días y luego todo habrá pasado. Esta vez hay que enterrarla muy hondo, para que no vuelva a aparecer nunca jamás.

Wadensjöö negó con la cabeza.

—No entiendo tu actitud —dijo Clinton.

—¿No? Bueno, es lógico. Acabas de cumplir sesenta

y ocho años. Te estás muriendo. Tus decisiones no son racionales, pero, aun así, pareces haber conseguido hechizar a Georg Nyström y Jonas Sandberg. Te obedecen como si fueses Dios todopoderoso.

—*Soy* Dios todopoderoso en todo lo que se refiere a la Sección. Trabajamos según un plan. Nuestra firmeza le ha dado una oportunidad a la Sección. Y te digo con la más absoluta convicción que la Sección nunca más volverá a pasar por una situación tan delicada. Cuando esto haya acabado, realizaremos una completa revisión de nuestra actividad.

—Entiendo.

—El nuevo jefe va a ser Georg Nyström. En realidad es demasiado viejo, pero es el único capacitado y ha prometido quedarse al menos seis años más. Sandberg es demasiado joven y, al haberte tenido a ti como director, muy poco experimentado. A estas alturas ya debería haber terminado su aprendizaje.

—Clinton, ¿no te das cuenta de lo que has hecho? Has asesinado a una persona. Björck trabajó para la Sección durante treinta y cinco años y tú diste la orden para que lo mataran. ¿No entiendes…?

—Sabes perfectamente que resultaba necesario. Nos habría traicionado. No habría soportado la presión cuando la policía hubiera empezado a apretarle las clavijas.

Wadensjöö se levantó.

—Aún no he terminado.

—Entonces tendremos que seguir más tarde. Tengo cosas que hacer mientras tú estás ahí tumbado fantaseando con ser el Todopoderoso.

Wadensjöö se acercó a la puerta.

—Si estás tan moralmente indignado, ¿por qué no vas a ver a Bublanski y le confiesas tus delitos?

Wadensjöö se volvió hacia el enfermo.

—No creas que no se me ha pasado por la cabeza.

Pero, lo creas o no, defiendo a la Sección con todas mis fuerzas.

Justo cuando abrió la puerta se encontró con Georg Nyström y Jonas Sandberg.

—Hola, Clinton —dijo Nyström—. Tenemos que hablar de unos cuantos asuntos.

—Pasa. Wadensjöö ya se iba…

Nyström esperó a que la puerta estuviera cerrada.

—Fredrik, siento una gran inquietud —le comunicó Nyström.

—¿Por qué?

—Sandberg y yo hemos estado pensando. Están ocurriendo cosas que no entendemos. Esta mañana, la abogada de Salander le ha entregado su autobiografía al fiscal.

—*¿Qué?*

El inspector Hans Faste contempló a Annika Giannini mientras el fiscal Richard Ekström servía café de una cafetera termo. Ekström se había quedado perplejo por el documento con el que se desayunó nada más llegar al trabajo esa mañana. Acompañado de Faste, había leído las cuarenta páginas que conformaban la exposición redactada por Lisbeth Salander. Hablaron del extraño documento durante un largo rato. Al final se vio obligado a pedirle a Annika Giannini que viniera para mantener una conversación informal sobre el tema.

Se sentaron en torno a una pequeña mesa de reuniones del despacho de Ekström.

—Gracias por venir —empezó manifestando Ekström—. He leído la… mmm, la declaración que ha entregado esta mañana y siento la necesidad de aclarar algunas cuestiones…

—¿Sí? —preguntó Annika Giannini, solícita.

—La verdad es que no sé por dónde empezar. Quizá

debería empezar diciendo que tanto el inspector Hans Faste como yo estamos absolutamente perplejos.

—¿Ah, sí?

—Intento comprender sus intenciones.

—¿Qué quiere usted decir?

—Esta autobiografía, o lo que sea. ¿Cuál es el objetivo?

—Creo que resulta obvio. Mi clienta quiere exponer su versión de los hechos.

Ekström soltó una bonachona carcajada. Se pasó la mano por la barba en un gesto familiar que a Annika, por alguna razón, ya había empezado a irritarle.

—Ya, pero su clienta ha tenido a su disposición unos cuantos meses para explicarse. Y, sin embargo, en todos los interrogatorios que Faste ha intentado hacerle no ha pronunciado palabra.

—Que yo sepa, no hay ninguna legislación que obligue a mi clienta a hablar cuando le venga bien al inspector Faste.

—No, pero quiero decir que… dentro de dos días empieza el juicio contra Salander y a última hora nos sale con éstas. En cierto modo siento una responsabilidad en todo esto que va un poco más allá de mi deber como fiscal.

—¿Ah, sí?

—Bajo ninguna circunstancia desearía expresarme de una manera que pueda usted intepretar como una falta de respeto. No es mi intención. En este país contamos con una ley de enjuiciamiento criminal. Pero, señora Giannini, usted es abogada de temas relacionados con los derechos de la mujer y nunca jamás ha defendido a un cliente en un proceso penal. Yo no he dictado auto de procesamiento contra Lisbeth Salander porque sea mujer, sino porque ha cometido graves delitos violentos. Creo que usted también se ha dado cuenta de que sufre un considerable trastorno psíquico y de que necesita los cuidados y la asistencia que el Estado le pueda facilitar.

—Permítame que le ayude —se ofreció, amable, Annika Giannini—: tiene usted miedo de que yo no sea capaz de ofrecerle una defensa satisfactoria a mi clienta.

—No hay ninguna intención despectiva en mis palabras —le explicó Ekström—. No estoy cuestionando su competencia; tan sólo he señalado que usted carece de experiencia.

—Entiendo. Déjeme que le diga que estoy completamente de acuerdo con usted: tengo muy poca experiencia en procesos penales.

—Y, aun así, ha rechazado sistemáticamente la ayuda que le han ofrecido otros abogados mucho más duchos en la materia.

—Cumplo los deseos de mi clienta. Lisbeth Salander quiere que yo sea su abogada, así que dentro de dos días la representaré en el juicio.

Annika mostró una educada sonrisa.

—De acuerdo. Pero me pregunto si de verdad piensa usted presentar el contenido de este documento ante el tribunal.

—Por supuesto: es la historia de Lisbeth Salander.

Ekström y Faste se miraron de reojo. Faste arqueó las cejas. En realidad, no entendía cuál era el problema: si la abogada Giannini no se daba cuenta de que iba a hundir por completo a su clienta, que la dejara, joder; eso no era asunto suyo. No tenía más que darle las gracias y archivar el caso.

A Faste no le cabía la menor duda de que Salander estaba loca de atar. Valiéndose de todos sus recursos, había intentado que, por lo menos, le dijera dónde vivía. Pero, interrogatorio tras interrogatorio, la maldita tía permaneció totalmente callada mirando a la pared. No se movió ni un milímetro. Se negó a aceptar los cigarrillos que le ofreció, y los cafés, y los refrescos... Ni siquiera se inmutó cuando él se lo imploró o cuando, en momentos de gran irritación, le levantó la voz.

Habían sido, sin lugar a dudas, los interrogatorios más frustrantes que el inspector Hans Faste había realizado en su vida.

Faste suspiró.

—Señora Giannini —dijo Ekström finalmente—: considero que su clienta debería ser eximida de este juicio. Está enferma. Tengo una evaluación psiquiátrica muy cualificada en la que basarme. Debería recibir la asistencia psiquiátrica que ha estado necesitando durante todos estos años.

—En ese caso, supongo que presentará usted todo este material en el juicio.

—Sí, así es. No es asunto mío decirle cómo realizar la defensa de su clienta. Pero si ésta es la línea que va usted a seguir, la situación es absurda a más no poder. Esta autobiografía contiene acusaciones descabelladas, carentes de todo fundamento, contra una serie de personas... sobre todo contra su ex administrador, el letrado Bjurman, y contra el doctor Peter Teleborian. Espero que no crea en serio que el tribunal vaya a aceptar unas alegaciones que, sin el menor atisbo de pruebas, ponen en tela de juicio la credibilidad de Teleborian. Este documento constituirá el último clavo del ataúd de su clienta, si me perdona la metáfora.

—Entiendo.

—Durante el juicio podrá usted negar que está enferma y pedir una evaluación psiquiátrica forense complementaria, y el asunto se remitirá a la Dirección Nacional de Medicina Forense. Pero, si he de serle honesto, con ese documento que va a presentar Salander no cabe duda de que cualquier otro psiquiatra forense llegará a la misma conclusión que Peter Teleborian, pues su propia historia no hace más que confirmar que se trata de una paranoica esquizofrénica.

Annika Giannini mostró una educada sonrisa.

—Pues hay una alternativa —dijo ella.

—¿Cuál? —preguntó Ekström.

—Bueno, pues que su historia sea ciento por ciento verdadera y que el tribunal opte por creer a Lisbeth.

El fiscal Ekström puso cara de asombro. Acto seguido, y pasándose la mano por la barba, mostró igualmente una educada sonrisa.

Fredrik Clinton se había sentado en su despacho en la pequeña mesa que estaba junto a la ventana. Escuchó con mucha atención a Georg Nyström y a Jonas Sandberg. Tenía la cara llena de arrugas, pero sus ojos eran dos granos de pimienta reconcentrados y vigilantes.

—Hemos controlado las llamadas y los correos electrónicos recibidos por los colaboradores más importantes de *Millennium* desde el mes de abril —dijo Clinton—. Hemos podido constatar que Blomkvist, Malin Eriksson y ese tal Cortez están prácticamente resignados. Hemos leído la versión maquetada del próximo número de *Millennium*. Parece ser que el propio Blomkvist ha retrocedido a una posición en la que reconoce que, a pesar de todo, Lisbeth Salander está loca. Ha escrito una defensa de carácter social a favor de ella; argumenta que no ha recibido el apoyo de la sociedad que, en realidad, debería haber recibido y que por eso, en cierto sentido, no es culpa suya que haya intentado matar a su padre... pero es una simple opinión que no quiere decir nada. No menciona ni una palabra sobre el robo que se produjo en su apartamento, ni sobre el ataque que sufrió su hermana en Gotemburgo, ni sobre informes desaparecidos. Sabe que no puede probar nada.

—Ése es el problema —sentenció Jonas Sandberg—. Blomkvist debe de saber que está pasando algo. Aunque no sabe exactamente qué. Perdóname, pero no me parece el estilo de *Millennium*. Además, Erika Berger ha vuelto a la redacción. Ese número de *Millennium* está tan vacío y falto de contenido que parece una broma.

—Entonces... ¿qué quieres decir, que es un montaje?

Jonas Sandberg asintió.

—En teoría, el número de verano de *Millennium* debería haber salido la última semana de junio. Gracias al correo que Malin Eriksson le ha enviado a Mikael Blomkvist hemos podido averiguar que lo van a imprimir en Södertälje. Pero hoy he hablado con la empresa y me han dicho que ni siquiera les ha llegado el original. Todo lo que tienen es la petición que le hicieron hace ya un mes.

—Mmm —dijo Fredrik Clinton.

—¿Y dónde lo han imprimido antes?

—En un sitio llamado Hallvigs Reklamtryckeri que está en Morgongåva. Los llamé para preguntarles cómo iban con la impresión haciéndome pasar por alguien que trabaja en *Millennium*. El jefe de Hallvigs no soltó prenda. Pensaba pasarme por allí esta noche para echar un vistazo.

—De acuerdo. ¿Georg?

—He repasado todas las llamadas de la última semana —dijo Georg Nyström—. Es raro, pero ninguno de los empleados de *Millennium* habla de nada que tenga que ver con el juicio o el caso Zalachenko.

—¿Nada?

—No. Sólo se menciona cuando hablan con alguien de fuera. Escucha esto, por ejemplo: un reportero de *Aftonbladet* llama a Mikael Blomkvist para preguntarle si tiene algún comentario que hacer sobre el juicio.

Puso una grabadora encima de la mesa.

—*Sorry, pero no tengo comentarios.*

—*Tú has estado metido en esta historia desde los inicios. Fuiste tú quien encontró a Salander en Gosseberga. Y sigues sin publicar ni una sola palabra. ¿Cuándo piensas publicar algo?*

—*Cuando sea el momento. Siempre y cuando tenga algo que publicar.*

—*¿Y lo tienes?*

—*Tendrás que comprar* Millennium *y averiguarlo.*

Apagó la grabadora.

—Es verdad que no hemos pensado en eso antes, pero ahora me he puesto a escuchar al azar algunas conversaciones anteriores. Todas en ese plan. No habla del asunto Zalachenko más que en términos muy generales. Ni siquiera lo trata con su hermana, que es la abogada de Salander.

—Tal vez no tenga nada que decir.

—Se niega en redondo a especular sobre nada. Parece pasarse las veinticuatro horas del día en la redacción; casi nunca está en su casa de Bellmansgatan. Si estuviera trabajando día y noche, debería haber producido algo más que lo que aparecerá en el próximo número de *Millennium*.

—¿Y seguimos sin poder hacer escuchas en la redacción?

—Sí —terció Jonas Sandberg—. Allí hay siempre gente. Algo que también resulta extraño.

—Mmm…

—Desde que entramos en el apartamento de Blomkvist siempre ha habido alguien en la redacción. Blomkvist se mete allí y allí se queda; las luces de su despacho permanecen encendidas las veinticuatro horas del día. Y si no es él, es Cortez o Malin Eriksson o ese maricón… ehhh, Christer Malm.

Clinton se pasó la mano por la barbilla. Reflexionó un instante.

—De acuerdo. ¿Conclusiones?

Georg Nyström dudó.

—Bueno… a menos que alguien me demuestre lo contrario, yo diría que están haciendo teatro.

Clinton sintió que un escalofrío le recorría la nuca.

—¿Por qué no nos hemos dado cuenta de eso antes?

—Porque le hemos prestado atención a lo que decían, pero no a lo que no decían. Nos hemos alegrado al escuchar su desconcierto o comprobarlo en sus correos electrónicos. Blomkvist sabe que alguien les robó el informe sobre Salander de 1991, tanto a él como a su hermana. Pero ¿qué diablos va a hacer al respecto?

—¿Y no lo denunciaron?

Nyström negó con la cabeza.

—Giannini ha estado presente en los interrogatorios de Salander. Se muestra educada, pero no dice nada relevante. Y Salander no abre la boca.

—Pero eso juega a nuestro favor: cuanto más cierre el pico, mejor. ¿Qué dice Ekström?

—Lo vi hace un par de horas; acababa de recibir la declaración esa de Salander.

Señaló la copia que Clinton tenía en las rodillas.

—Ekström está desconcertado. Es una suerte que Salander no sepa expresarse por escrito. Para alguien no iniciado, ese texto parece una teoría conspirativa completamente demencial y con ingredientes pornográficos. Aunque la verdad es que casi da en el blanco: cuenta con toda exactitud lo que pasó cuando fue encerrada en el Sankt Stefan, sostiene que Zalachenko trabajaba para la Säpo y cosas por el estilo. Dice que debe de tratarse de una pequeña secta dentro de la Säpo, lo cual da a entender que sospecha que existe algo similar a la Sección. En general, hace una descripción muy acertada de todos nosotros. Pero, como decía, no resulta creíble. Ekström está bastante confuso, ya que ese documento parece constituir también la defensa de Giannini en el juicio.

—¡Mierda! —exclamó Clinton.

Inclinó la cabeza hacia delante y pensó intensamente durante varios minutos. Luego levantó la mirada.

—Jonas, sube a Morgongåva esta noche y averigua si

están tramando algo. Si están imprimiendo *Millennium*, quiero una copia.

—Me llevo a Falun.

—Bien. Georg, quiero que vayas a ver a Ekström y lo tantees. Hasta ahora todo ha ido sobre ruedas, pero no puedo ignorar lo que me estáis contando.

—De acuerdo.

Clinton permaneció callado un rato más.

—Lo mejor sería que no se celebrara el juicio… —acabó diciendo.

Alzó la vista y miró a Nyström a los ojos. Éste asintió. Sandberg hizo lo mismo. Existía un acuerdo tácito entre ellos.

—Nyström, averigua qué posibilidades hay de que eso sea así.

Jonas Sandberg y el cerrajero Lars Faulsson, más conocido como Falun, aparcaron el coche cerca de la estación de trenes y dieron una vuelta por Morgongåva. Eran las ocho y media de la tarde. Había demasiada luz y todavía era pronto para entrar en acción, pero querían inspeccionar el terreno y hacerse una idea general del lugar.

—Si tiene alarma, ni lo intento —dijo Falun.

Sandberg asintió.

—En ese caso, es mejor que mires por la ventana y que si ves algo, tires una piedra, cojas lo que te interese y te vayas echando leches.

—Muy bien —dijo Sandberg.

—Si lo que quieres es sólo un ejemplar de la revista, podríamos ver si hay contenedores de basura en la parte trasera del edificio. Deben de haber tirado pruebas de imprenta o cosas así.

Hallvigs Reklamtryckeri estaba situada en un edificio bajo de ladrillo. Se acercaron por la fachada sur desde la acera de enfrente. Sandberg estaba a punto de cruzar cuando Falun lo agarró del codo.

—Sigue todo recto —dijo.

—¿Qué?

—Que sigas andando como si estuviéramos dando un paseo.

Pasaron Hallvigs y dieron la vuelta a la manzana.

—¿Qué pasa? —preguntó Sandberg.

—Andate con mil ojos. No sólo tienen alarma; hay un coche aparcado junto al edificio.

—¿Quieres decir que hay alguien allí?

—Es un coche de Milton Security, tío. ¡Joder, la imprenta está vigilada!

—¡Milton Security! —exclamó Fredrik Clinton. Fue como si le hubieran dado un mazazo en todo el estómago.

—Si no hubiese sido por Falun, habría caído directamente en sus brazos —dijo Jonas Sandberg.

—Algo traman —aseguró Georg Nyström—. No es lógico que una pequeña imprenta situada en un pueblo como Morgongåva contrate la vigilancia de Milton Security.

Clinton asintió. Su boca era una línea rígida. Eran las once de la noche y necesitaba descansar.

—Eso significa que *Millennium* está preparando algo —dijo Sandberg.

—Eso ya lo he pillado —contestó Clinton—. Vale. Analicemos la situación. Pongámonos en lo peor: ¿qué pueden saber?

Miró a Nyström con intimidación.

—Tiene que ser por el informe sobre Salander de 1991 —dijo—. Han aumentado la seguridad después de que robáramos las copias. Deben de haber supuesto que estaban vigilados. En el peor de los casos, tendrán otra copia del informe.

—Pero Blomkvist parecía desesperado por la pérdida del informe.

—Ya lo sé. Pero puede que nos la hayan pegado. No descartemos esa posibilidad.

Clinton asintió.

—De acuerdo. ¿Sandberg?

—Por lo menos ya conocemos la defensa de Salander. Está contando la verdad tal y como ella la ve. He vuelto a leer esa presunta autobiografía. La verdad es que juega a nuestro favor: contiene unas acusaciones tan graves sobre una violación y unos abusos de poder que, simplemente, parecerán los delirios de una mitómana.

Nyström asintió.

—Además, no puede probar ninguna de sus afirmaciones. Ekström usará el texto en su contra. Echará por tierra su credibilidad.

—De acuerdo. El nuevo informe de Teleborian es excelente. Como es natural, existe la posibilidad de que Giannini se saque de la manga a un experto que afirme que a Salander no le pasa nada y que todo el asunto vaya a parar a la Dirección Nacional de Medicina Forense. Pero, insisto, si Salander no cambia de táctica, se negará también a hablar con ellos y llegarán a la conclusión de que Teleborian tiene razón y de que ella, efectivamente, está loca. Ella misma es su peor enemiga.

—De todos modos, lo mejor sería que no se celebrara ningún juicio —dijo Clinton.

Nyström negó con la cabeza.

—Eso resulta prácticamente imposible. A Salander ya la han encerrado en la prisión de Kronoberg y no mantiene contacto con los otros prisioneros. Todos los días hace una hora de ejercicio en el patio de la azotea, pero ahí no podemos acceder. Y no tenemos ningún contacto entre el personal.

—Entiendo.

—Si queríamos actuar contra ella, deberíamos haberlo hecho cuando estaba ingresada en el hospital. Ahora no podemos actuar a escondidas. Hay casi un ciento por ciento de probabilidades de que se detenga al asesino. ¿Y dónde vamos a encontrar a un *shooter* que acepte unas condiciones así? Con tan poca antelación resulta imposible montar un suicidio o un accidente.

—Me lo imaginaba. Y, además, las muertes inesperadas tienden a despertar la curiosidad de la gente. Bien, veamos cómo se desarrolla el juicio. Objetivamente nada ha cambiado. Siempre hemos esperado a que ellos muevan ficha. Y todo parece indicar que se trata de esta presunta autobiografía.

—El problema es *Millennium* —dijo Jonas Sandberg.

Todos asintieron.

—*Millennium* y Milton Security —precisó Clinton, pensativo—. Salander ha trabajado para Armanskij y Blomkvist ha tenido una relación con ella. ¿Debemos suponer que los dos han hecho causa común?

—Pues si Milton Security está vigilando la imprenta donde se imprime *Millennium,* no parece del todo ilógico. No puede ser una simple casualidad.

—De acuerdo. ¿Y cuándo piensan publicarlo? Sandberg, dijiste que se han retrasado dos semanas. Si suponemos que Milton Security está vigilando la imprenta para impedir que nadie le eche el guante a *Millennium* con antelación, significa, por una parte, que piensan publicar algo que no quieren revelar antes de tiempo, y, por otra, que la revista probablemente ya esté impresa.

—Cuando empiece el juicio —dijo Jonas Sandberg—. Es lo más lógico.

Clinton asintió.

—¿Qué pondrán en la revista? ¿Cuál sería el peor escenario posible?

Los tres reflexionaron durante un largo rato. Fue Nyström quien rompió el silencio.

—En el peor de los casos, les queda una copia del informe de 1991.

Clinton y Sandberg hicieron un gesto afirmativo; habían llegado a la misma conclusión.

—La cuestión es cuánto provecho le pueden sacar —dijo Sandberg—. Ese informe compromete a Björck y a Teleborian. Björck está muerto. Atacarán duramente a Teleborian, aunque él puede afirmar que simplemente realizó un examen psiquiátrico forense normal y corriente. Será su palabra contra la de ellos, y, por descontado, Teleborian se desentenderá de todas esas acusaciones.

—¿Cómo debemos actuar si publican el informe? —preguntó Nyström.

—Creo que tenemos las de ganar —dijo Clinton—. Si el informe provoca algún revuelo, se centrarán en la Säpo, no en la Sección. Y cuando los periodistas empiecen a hacer preguntas, la Säpo sacará el informe de sus archivos…

—Y no será el mismo informe —dijo Sandberg.

—Shenke ha metido el otro en el archivo; o sea, el modificado, la versión que ha leído el fiscal Ekström. Y se le ha dado un número de registro. De ese modo podremos sembrar, con bastante rapidez, una gran cantidad de desinformación en los medios de comunicación… Porque nosotros tenemos el original, el que pilló Bjurman, y *Millennium* sólo tiene una copia. Incluso podríamos difundir alguna información que insinuara que Blomkvist ha falsificado el informe.

—Bien. ¿Qué más podría saber *Millennium*?

—No pueden saber nada de la Sección. Es imposible. Así que se centrarán en la Säpo, lo que hará que Blomkvist parezca un tipo obsesionado con las conspiraciones y la Säpo sostendrá que está chalado.

—Es bastante conocido —dijo Clinton lentamente—. Después del caso Wennerström goza de una alta credibilidad.

Nyström asintió.

—¿Habría alguna manera de reducir esa credibilidad? —preguntó Jonas Sandberg.

Nyström y Clinton intercambiaron miradas. Luego los dos asintieron. Clinton volvió a mirar a Nyström.

—¿Crees que podrías conseguir… digamos unos cincuenta gramos de cocaína?

—Tal vez de los yugoslavos.

—Vale. Inténtalo. Pero urge. El juicio empieza dentro de dos días.

—No entiendo… —dijo Jonas Sandberg.

—Es un truco tan viejo como el oficio. Pero sigue siendo enormemente eficaz.

—¿Morgongåva? —preguntó Torsten Edklinth, frunciendo el ceño. Estaba en casa, sentado en el sofá con la bata puesta y leyendo la autobiografía de Salander por tercera vez, cuando lo llamó Monica Figuerola. Como eran más de las doce de la noche, dio por sentado que no se trataba de nada bueno.

—Morgongåva —repitió Monica Figuerola—. Sandberg y Lars Faulsson subieron hasta allí a eso de las siete de la tarde. Curt Svensson, del equipo de Bublanski, los estuvo siguiendo todo el camino, tarea facilitada por el hecho de que tenemos instalada una emisora en el coche de Sandberg. Aparcaron cerca de la vieja estación de trenes, dieron un paseo por los alrededores y luego volvieron al coche y regresaron a Estocolmo.

—Entiendo. ¿Se encontraron con alguien o…?

—No. Eso es lo raro. Se bajaron del coche, dieron una vuelta y, acto seguido, volvieron al coche y regresaron a Estocolmo.

—Ajá. ¿Y por qué me llamas a las doce y media de la noche para contarme eso?

—Tardamos un rato en comprenderlo. Pasaron por

delante del edificio en el que se encuentra Hallvigs Reklamtryckery. He hablado con Mikael Blomkvist; es allí donde imprimen *Millennium*.

—¡Joder! —dijo Edklinth.

Comprendió en el acto lo que eso implicaba.

—Como lo acompañaba Falun, supongo que pensaban hacer una visita a la imprenta, pero interrumpieron la expedición —dijo Monica Figuerola.

—¿Por qué?

—Porque Mikael Blomkvist le ha pedido a Dragan Armanskij que vigile la imprenta hasta que se distribuya la revista. Probablemente descubrieran el coche de Milton Security. He pensado que te gustaría saberlo de inmediato.

—Tienes razón. Eso significa que han empezado a sospechar que hay moros en la costa...

—O, como poco, que se les activaron las alarmas cuando descubrieron el coche. Sandberg dejó a Faulsson en el centro y luego volvió al edificio de Artillerigatan. Sabemos que Fredrik Clinton está allí. Georg Nyström llegó más o menos al mismo tiempo. La cuestión es saber cómo van a actuar.

—El juicio empieza el martes... ¿Puedes llamar a Blomkvist y decirle que aumente las medidas de seguridad en *Millennium*? Por si acaso.

—Ya tienen una seguridad bastante buena. Y su manera de echar cortinas de humo alrededor de sus teléfonos pinchados es de profesionales. La verdad es que Blomkvist se ha vuelto tan paranoico que ha desarrollado unos métodos para desviar la atención de los que también podríamos sacar provecho nosotros.

—De acuerdo. Pero llámalo de todos modos.

Monica Figuerola colgó su móvil y lo dejó encima de la mesilla de noche. Levantó la mirada y contempló a Mikael Blomkvist, que estaba tumbado desnudo con la cabeza apoyada a los pies de la cama.

—Que te llame para decirte que aumentes las medidas de seguridad de *Millennium* —le dijo.

—Gracias por la idea —respondió algo seco.

—Te lo digo en serio. Si empiezan a sospechar que hay moros en la costa, corremos el riesgo de que empiecen a actuar de forma improvisada. Y entonces puede que recurran al robo.

—Henry Cortez duerme allí esta noche. Y tenemos una alarma conectada con Milton Security, que está a tres minutos de *Millennium*.

Permaneció callado un segundo.

—Paranoico… —murmuró.

Capítulo 24

Lunes, 11 de julio

Eran las seis de la mañana cuando Susanne Linder llamó al T10 azul de Mikael Blomkvist desde Milton Security.

—¿Tú nunca duermes o qué? —preguntó Mikael medio dormido.

Miró de reojo a Monica Figuerola, que ya se encontraba de pie y que ya se había puesto unos pantalones cortos de deporte pero no la camiseta.

—Sí. Pero me despertó el que estaba de guardia. La alarma silenciosa que instalamos en tu casa se activó a las tres de la mañana.

—¿Sí?

—Así que tuve que ir hasta allí para echar un vistazo. Es un poco complicado de explicar. ¿Puedes pasarte por Milton Security esta mañana? Es bastante urgente.

—Esto es muy serio —dijo Dragan Armanskij.

Eran poco más de las ocho cuando se sentaron ante un televisor de una sala de reuniones de Milton Security. Allí estaban Armanskij, Mikael Blomkvist y Susanne Linder. Armanskij también había convocado a Johan Fräklund —sesenta y dos años, ex inspector de la policía criminal de Solna y actual jefe de la unidad operativa de Milton Security— y al también ex inspector Sonny Bohman, de cuarenta y ocho años, que había seguido el caso

Salander desde el principio. Todos reflexionaban sobre la grabación de la cámara de vigilancia que Susanne Linder les acababa de enseñar.

—Lo que hemos visto ha sido a Jonas Sandberg abriendo la puerta de la casa de Mikael Blomkvist a las 03.17 de la madrugada. Y tenía llaves... ¿Os acordáis de que ese cerrajero llamado Faulsson hizo un molde de las llaves de reserva de Blomkvist cuando entró con Göran Mårtensson en la casa hace ya algunas semanas?

Armanskij asintió con cara adusta.

—Sandberg permanece en la casa durante más de ocho minutos. Durante ese tiempo hace lo siguiente: en primer lugar, coge de la cocina una pequeña bolsa de plástico donde mete algo. Luego, con un destornillador, quita la parte trasera de uno de los altavoces que tienes en el salón, Mikael. Y coloca la bolsa ahí.

—Mmm —dijo Mikael Blomkvist.

—El hecho de que vaya a buscar la bolsa a la cocina resulta significativo.

—Es una bolsa de Konsum en la que tenía unos panecillos —dijo Mikael—. Suelo guardarlas para meter en ellas el queso y cosas así.

—Ya, yo también lo hago. Pero lo significativo, claro está, es que la bolsa tiene tus huellas dactilares. Luego se dirige al vestíbulo y coge un periódico viejo de la papelera. Utiliza una página para envolver un objeto que coloca en lo alto del armario.

—Mmm —volvió a murmurar Mikael Blomkvist.

—Otra vez lo mismo: el periódico lleva tus huellas dactilares.

—Entiendo —dijo Mikael Blomkvist.

—Fui a tu casa sobre las cinco. Y me encontré con que lo que había en tu altavoz eran unos ciento ochenta gramos de cocaína. He cogido una muestra de un gramo.

Colocó una pequeña bolsa sobre la mesa.

—¿Y qué hay en el armario? —preguntó Mikael.

—Unas ciento veinte mil coronas en metálico.

Armanskij le hizo un gesto a Susanne Linder para que apagara la televisión. Miró a Fräklund.

—O sea, que Mikael Blomkvist está implicado en el tráfico de drogas —dijo Fräklund de muy buen humor—. Es evidente que han empezado a sentir algún tipo de inquietud por lo que está haciendo Blomkvist.

—Se trata de un contraataque —dijo Mikael Blomkvist.

—¿Un contraataque?

—Ayer por la tarde descubrieron a los vigilantes de Milton en Morgongåva.

Les contó lo que había sabido por boca de Monica Figuerola sobre la expedición de Sandberg a Morgongåva.

—Un pillo muy aplicado —dijo Sonny Bohman.

—Pero ¿por qué ahora?

—No hay duda de que les preocupa lo que *Millennium* pueda montar cuando empiece el juicio —contestó Fräklund—. Si detienen a Blomkvist por tráfico de drogas, su credibilidad disminuirá drásticamente.

Susanne Linder asintió. Mikael Blomkvist pareció dudar.

—Entonces, ¿qué hacemos? —preguntó Armanskij.

—De momento, nada —sugirió Fräklund—. Tenemos un as en la manga: un excelente documento que muestra cómo Sandberg coloca el material inculpatorio en tu casa, Mikael. Dejemos que se pillen bien los dedos. Si hace falta, probaremos tu inocencia en el acto y, por si fuera poco, ofreceremos con ello una prueba más del comportamiento delictivo de la Sección. Me encantaría ser el fiscal cuando sienten en el banquillo a esos granujas.

—No sé —dijo Mikael Blomkvist lentamente—. El juicio empieza pasado mañana. *Millennium* saldrá el viernes, dos días después. Si piensan colgarme lo del narcotráfico, deben hacerlo antes... y no voy a tener tiempo para explicar que se trata de un montaje antes de que salga la revista. Eso quiere decir que corro el riesgo de ser detenido y de perderme el principio del juicio.

—En otras palabras, que hay más de una razón para que te quites de en medio esta semana —propuso Armanskij.

—Bueno, no... Es que tengo que preparar un trabajo con TV4 y algunas otras cosas. Sería muy poco conveniente...

—Pero ¿por qué justo ahora?— inquirió Susanne Linder.

—¿Qué quieres decir? —preguntó Armanskij.

—Han tenido tres meses para echar por tierra la reputación de Blomkvist. ¿Por qué actúan justo ahora? Hagan lo que hagan no van a poder impedir la publicación.

Permanecieron callados un rato.

—Quizá se deba a que no les ha quedado muy claro lo que vas a publicar, Mikael —dijo Armanskij pausadamente—. Saben que estás tramando algo... pero tal vez piensen que lo único que tienes es el informe de Björck de 1991.

Aunque algo escéptico, Mikael asintió con la cabeza.

—Ni se imaginan que tu intención es denunciar a toda la Sección. Si sólo se tratara del informe de Björck, les bastaría con crear desconfianza hacia tu persona. Tus denuncias se ahogarían en tu detención y tu arresto. Gran escándalo: el famoso reportero Mikael Blomkvist detenido por tráfico de drogas. De seis a ocho años de cárcel.

—¿Me podrías dar dos copias de la película? —pidió Mikael.

—¿Qué vas a hacer?

—Le voy a dar una a Edklinth. Y la otra es para TV4; los voy a ver dentro de tres horas. Creo que no estaría de más que lo tuviésemos todo preparado para sacarlo en la tele en cuanto la bomba estalle.

Monica Figuerola apagó el DVD y dejó el mando sobre la mesa. Estaban reunidos en el local provisional de Fridhemsplan.

—¡Cocaína! —dijo Edklinth—. Juegan fuerte.

Monica Figuerola parecía pensativa. Miró de reojo a Mikael.

—Creí que era mejor que estuvieseis al tanto —dijo él, encogiéndose de hombros.

—Esto no me gusta nada —contestó ella—. Eso quiere decir que están desesperados y que no se lo han pensado bien; deberían darse cuenta de que si te detienen por tráfico de drogas, no vas a quedarte de brazos cruzados ni dejar que te encierren sin más en el búnker de Kumla.

—Ya —dijo Mikael.

—Aunque te condenen, se arriesgan a que la gente crea en lo que dices. Y tus colegas de *Millennium* no se van a callar.

—Y además, eso les cuesta mucho dinero —dijo Edklinth—. Lo que significa que tienen un presupuesto que les permite gastar sin pestañear ciento veinte mil coronas, aparte de lo que valga la droga.

—Ya lo sé —dijo Mikael—. Pero lo cierto es que el plan no está nada mal. Cuentan con que Lisbeth Salander acabe en el psiquiátrico y que yo desaparezca envuelto en una nube de sospechas y desconfianzas. Además, creen que toda la posible atención la va a acaparar la Säpo, no la Sección. Como punto de partida es bastante bueno.

—Pero ¿cómo van a convencer a la brigada de estupefacientes para que realice un registro domiciliario en tu casa? Quiero decir que no basta con dar un aviso anó-

nimo para que alguien eche abajo a patadas la puerta de
la casa de un periodista famoso. Y para que el plan funcione es necesario que te conviertas en un sospechoso en
los próximos días.

—Bueno, la verdad es que no sabemos gran cosa sobre su planificación temporal —dijo Mikael.

Se sentía cansado y deseaba que todo pasara ya. Se levantó.

—¿Adónde vas ahora? —preguntó Monica Figuerola—. Me gustaría saber dónde vas a estar.

—He quedado a mediodía con los de TV4. Y a las
seis cenaré un guiso de cordero en Samirs gryta con Erika Berger. Tenemos que redactar el comunicado de prensa que vamos a sacar. El resto de la noche lo pasaré en la
redacción, supongo.

Al oír el nombre de Erika Berger, los ojos de Monica
Figuerola se cerraron ligeramente.

—Quiero que te mantengas en contacto con nosotros
durante todo el día. La verdad es que preferiría que estuviésemos en permanente contacto hasta que empiece el
juicio.

—Vale. Quizá pueda mudarme a tu casa un par de
días —respondió Mikael, sonriendo como si se tratara
de una broma.

A Monica Figuerola se le ensombreció la mirada. De
reojo, miró rápidamente a Edklinth.

—Monica tiene razón —dijo Edklinth—. Creo que
lo mejor sería que te mantuvieras más o menos invisible
hasta que todo esto haya pasado. Si los de la brigada de
estupefacientes te detuvieran, tendrías que permanecer
callado hasta que empiece el juicio.

—Tranquilo —contestó Mikael—. No voy a ser
presa del pánico ni estropear nada a estas alturas. Si os
ocupáis de lo vuestro, yo me ocuparé de lo mío.

La de TV4 apenas fue capaz de ocultar su excitación por el nuevo material grabado que Mikael Blomkvist le acababa de entregar. A Mikael le hizo gracia su hambre informativa. Durante una semana habían luchado como fieras para hacerse con un material comprensible sobre la Sección que fuera adecuado para un uso televisivo. Tanto su productor como el jefe de Noticias de TV4 se habían dado cuenta de la envergadura del *scoop*. El reportaje se preparaba con el máximo secreto, con tan sólo unos pocos implicados. Habían aceptado la exigencia de Mikael de que no lo emitieran hasta la noche del tercer día de juicio. Y decidieron realizar un programa especial del informativo *Nyheterna* de una hora de duración.

Mikael ya le había dado a ella una gran cantidad de fotografías con las que trabajar, pero nada se podía comparar a una imagen en movimiento: un vídeo de una extrema nitidez que mostraba cómo un policía con nombre y apellido colocaba cocaína en el apartamento de Mikael Blomkvist casi le hizo dar saltos de alegría.

—¡Esto es televisión de primera! —dijo ella—. Ya me imagino los titulares: «Aquí podemos ver a la Säpo colocando cocaína en el apartamento del reportero».

—La Säpo no, la Sección —corrigió Mikael—. No cometas el error de confundirlas.

—Pero joder, Sandberg es de la Säpo —replicó ella.

—Ya, pero en la práctica se le puede considerar un infiltrado. Debes separarlas con precisión milimétrica.

—Vale, el reportaje es de la Sección, no de la Säpo. Mikael, ¿me puedes explicar por qué siempre te ves envuelto en este tipo de sensacionales *scoops*? Tienes razón: esto va a hacer más ruido que lo del caso Wennerström.

—Uno, que tiene talento… Por irónico que pueda parecer, esta historia también empieza con un Wennerström: el espía de los años sesenta.

A las cuatro de la tarde llamó Erika Berger. Estaba en una reunión con los de la patronal Tidningsutgivarna para darles su opinión sobre las reducciones de plantilla previstas en el *SMP*, algo que había provocado un intenso conflicto sindical desde que Erika dimitió. Le comunicó a Mikael que iba a llegar tarde a la cita que tenían para cenar en el Samirs gryta a las seis; hasta las seis y media no podría llegar.

Jonas Sandberg ayudó a Fredrik Clinton cuando éste se pasó de la silla de ruedas a la camilla que había en ese cuarto de descanso que constituía el puesto de mando de Clinton en el cuartel general de la Sección, en Artilleri-gatan. Clinton se había pasado todo el día en su sesión de diálisis y acababa de regresar. Se sentía viejísimo e infinitamente cansado. Apenas había dormido durante los últimos días y lo único que deseaba era que todo terminara de una vez por todas. No había terminado de acomodarse en la cama cuando Georg Nyström se incorporó al grupo.

Clinton concentró sus fuerzas.

—¿Ya está? —preguntó.

Georg Nyström hizo un gesto afirmativo.

—Acabo de ver a los hermanos Nikoliç —dijo—. Nos va a costar cincuenta mil.

—Nos lo podemos permitir —respondió Clinton.

Si yo fuera joven... ¡Joder!

Volvió la cabeza y examinó, por este orden, a Georg Nyström y a Jonas Sandberg.

—¿Remordimientos de conciencia? —preguntó.

Los dos negaron con la cabeza.

—¿Cuándo? —preguntó Clinton.

—Dentro de veinticuatro horas —dijo Nyström—. Resulta tremendamente difícil dar con el paradero de Blomkvist; en el peor de los casos, lo tendrán que hacer delante de la redacción.

Clinton asintió.

—Esta misma tarde, dentro de dos horas, se nos va a presentar una oportunidad —dijo Jonas Sandberg.

—¿Ah, sí?

—Erika Berger lo acaba de llamar hace un rato. Van a cenar en el Samirs gryta. Es un restaurante cerca de Bellmansgatan.

—Berger... —dijo Clinton, pensativo.

—Por Dios, espero que ella no... —intervino Georg Nyström.

—Tampoco estaría mal del todo —interrumpió Jonas Sandberg.

Clinton y Nyström lo miraron.

—Estamos de acuerdo en que Blomkvist es la persona que mayor amenaza representa contra nosotros y que resulta probable que publique algo en el próximo número de *Millennium*. No podemos detener la publicación. Así que tenemos que desacreditarle. Si es asesinado como consecuencia de lo que parecerá un ajuste de cuentas del mundo del hampa y luego la policía encuentra drogas y dinero en su casa, la investigación sacará sus propias conclusiones. En cualquier caso, lo último que harán será buscar conspiraciones en el seno de la policía de seguridad.

Clinton asintió.

—No olvidemos que Erika Berger es la amante de Mikael Blomkvist —dijo Sandberg, subrayando las palabras—. Está casada y es infiel. Que ella también falleciera de repente daría lugar a un sinfín de especulaciones que no nos vendrían mal.

Clinton y Nyström se intercambiaron las miradas. Sandberg tenía un talento innato para crear cortinas de humo. Aprendió rápido. Pero tanto Clinton como Nyström tenían sus dudas: Sandberg se mostraba demasiado despreocupado a la hora de decidir sobre la vida y la muerte. Eso no estaba bien. La medida extrema que constituía un asesinato no era algo que se fuera a aplicar simplemente porque se presentara la oportunidad de hacerlo. No se trataba de una panacea universal, sino de una medida a la que tan sólo se podía recurrir cuando no existían otras alternativas.

Clinton negó con la cabeza.

«*Collateral damage*», pensó. De pronto, sintió asco de todo ese sucio trapicheo.

Después de haber servido toda una vida a la nación, aquí estamos, como simples sicarios. Lo de Zalachenko era necesario. Lo de Björck había sido... lamentable, pero Gullberg tenía razón: habría cedido a la presión. Lo de Blomkvist era... probablemente también necesario. Pero Erika Berger no era más que una espectadora inocente.

Miró de reojo a Jonas Sandberg. Esperaba que el joven no se convirtiera en un psicópata.

—¿Qué es lo que saben los hermanos Nikoliç?

—Nada. De nosotros, quiero decir. Yo soy el único al que han visto, pero he usado otra identidad y es imposible que den conmigo. Creen que el asesinato tiene algo que ver con el *trafficking*.

—¿Y qué pasará con ellos después del asesinato?

—Abandonarán Suecia inmediatamente —dijo Nyström—. Lo mismo que ocurrió después de lo de Björck. Si luego resulta que la investigación policial no da sus frutos, podrán volver de forma discreta dentro de unas cuantas semanas.

—¿Y el plan?

—Modelo siciliano: se acercarán sin más a Blomkvist, le vaciarán el cargador y se irán de allí. Así de sencillo.

—¿Arma?

—Tienen una automática. No sé de qué tipo.

—Espero que no acribillen a todo el restaurante.

—Tranquilo. Son profesionales y saben cómo hacerlo. Pero si Berger está en la misma mesa que Blomkvist...

«*Collateral damage.*»

—Escucha —dijo Clinton—: es importante que Wadensjöö no se entere de que estamos implicados en esto. Sobre todo si resulta que Erika Berger se convierte en una de las víctimas. Está ya tan tenso que un día de éstos va a explotar. Me temo que vamos a tener que jubilarlo cuando todo esto acabe.

Nyström asintió.

—Eso quiere decir que cuando recibamos la noticia de que han asesinado a Blomkvist tendremos que hacer teatro. Convocaremos una reunión de crisis y haremos creer que el desenlace de los acontecimientos nos ha dejado atónitos. Especularemos sobre quién podría hallarse detrás de los asesinatos, pero sin decir ni una palabra de drogas ni de nada por el estilo hasta que la policía encuentre el material.

Mikael Blomkvist se despidió de la de TV4 poco antes de las cinco. Habían pasado juntos una buena parte de la tarde repasando los puntos del material que aún no estaban del todo claros. Luego maquillaron a Mikael y ella grabó una larga entrevista con él.

La de TV4 le hizo una pregunta que le costó contestar de una manera comprensible y tuvieron que repetirla varias veces.

¿Cómo es posible que algunos funcionarios de la administración pública lleguen al extremo de cometer un asesinato?

Mikael había estado dándole muchas vueltas a esa cuestión bastante antes de que la de TV4 se la planteara. Seguro que la Sección había considerado a Zalachenko una amenaza insólita, pero, aun así, no era una respuesta satisfactoria. La que Mikael finalmente ofreció tampoco resultó del todo satisfactoria.

—La única explicación razonable que puedo dar es que tal vez con el paso del tiempo la Sección haya llegado a convertirse en una secta en el propio sentido de la palabra. Algo parecido a lo que pasó en el pueblo de Knutby, o con la secta del pastor Jim Jones o con algún otro caso similar. Dictan sus propias leyes, en las que conceptos como el bien y el mal han dejado de ser relevantes, y parecen estar completamente aislados del resto de la sociedad.

—¿Casi como si se tratara de una especie de enfermedad mental?

—Es una descripción bastante acertada.

Luego cogió el metro hasta Slussen y constató que todavía era pronto para ir a Samirs gryta. Se quedó un rato en Södermalmstorg. Estaba preocupado, pero al mismo tiempo sentía que, de pronto, volvía a estar contento con la vida. Hasta que Erika Berger regresó a *Millennium* no se dio cuenta de hasta qué catastrófico punto la había echado de menos. Además, la recuperación del timón por parte de Erika no había llevado a ningún conflicto interno cuando Malin Ericsson volvió a su antiguo trabajo de secretaria de redacción. Todo lo contrario: Malin estaba más bien eufórica gracias al hecho de que la vida —utilizando sus propias palabras— volviera a la normalidad.

La vuelta de Erika también les hizo descubrir lo terriblemente cortos de personal que habían andado durante los tres últimos meses. Erika regresó a su puesto de *Millennium* con un arranque a todo gas y, con la ayuda de Malin Eriksson, consiguió hacerse con parte de la sobrecarga de trabajo organizativo que habían acumulado. También celebraron una reunión de la redacción en la que se decidió que *Millennium* ampliaría su plantilla y contrataría, al menos, a un nuevo colaborador o tal vez a dos. Sin embargo, no sabían de dónde iban a sacar el dinero.

Al final, Mikael salió a comprar los periódicos vespertinos y a tomar un café al Java de Hornsgatan para matar el tiempo mientras esperaba a Erika.

La fiscal Ragnhild Gustavsson, de la Fiscalía General del Estado, dejó sus gafas de leer en la mesa y contempló a los reunidos. Tenía cincuenta y ocho años, la cara arrugada —aunque de sanas y sonrosadas mejillas— y el pelo corto y canoso. Hacía veinticinco años que era fiscal y llevaba trabajando en la Fiscalía General del Estado desde principios de los años noventa.

Sólo habían pasado tres semanas desde que la llamaron de repente al despacho del fiscal general para ver a Torsten Edklinth. Ese día estaba a punto de terminar unos asuntos rutinarios y de irse seis semanas de vacaciones a su casa de campo de Husarö. En su lugar, le fue encomendada la misión de investigar a un grupo de funcionarios que actuaban bajo el nombre de «la Sección». Todos sus planes de vacaciones fueron cancelados de inmediato. Le comunicaron que dicha investigación sería su principal tarea a partir de ese mismo instante y durante un tiempo indeterminado, y prácticamente le dejaron las manos libres para que ella misma organizara el trabajo y tomara las decisiones oportunas.

—Ésta va a ser una de las investigaciones criminales más llamativas de la historia sueca —le dijo el fiscal general.

Ella no pudo más que darle la razón.

Con creciente asombro, escuchó el resumen que Torsten Edklinth le hizo sobre el tema, así como sobre la investigación que éste había realizado por encargo del primer ministro. Aún no la había terminado, pero consideró que se encontraba lo suficientemente avanzada como para presentar el asunto ante un fiscal.

Al principio, Ragnhild Gustavsson intentó hacerse una idea general del material que Torsten Edklinth le había entregado. Cuando empezó a quedarle clara la magnitud de los delitos y de los crímenes, se dio cuenta de que todo lo que hiciera y todas las decisiones que tomara se analizarían con lupa en los futuros libros de historia del país. Desde entonces, había dedicado cada minuto disponible a intentar adquirir una visión general de la más bien incomprensible lista de crímenes y delitos que le había tocado investigar. El caso era único en la historia jurídica sueca y, como se trataba de investigar a un grupo delictivo cuyas operaciones se habían prolongado durante al menos treinta años, comprendió que resultaría necesario establecer una organización de trabajo especial. Se acordó de los investigadores estatales antimafia de Italia, que se vieron obligados a trabajar de manera casi clandestina para sobrevivir durante los años setenta y ochenta. Entendió por qué Edklinth había tenido que trabajar en secreto: no sabía en quién podía confiar.

La primera medida qu tomó fue llamar a tres colaboradores de la Fiscalía General del Estado. Eligió a personas a las que conocía desde hacía muchos años. Luego contrató a un prestigioso historiador que trabajaba en el Consejo Nacional para la Prevención de la Delincuencia con el fin de que la asesorara en temas que concernían a la aparición de la policía de seguridad y su evolución a lo largo de los años. Por último, nombró formalmente a Monica Figuerola jefa de la investigación policial.

De este modo, la investigación sobre la Sección adquirió una forma constitucionalmente válida: ya podía ser considerada como cualquier otra investigación policial, aunque se hubiera decretado el más absoluto secreto de sumario.

Durante las dos últimas semanas, la fiscal Gustavsson había convocado a un gran número de personas a una serie de interrogatorios oficiales pero muy discretos. Por allí pasaron, aparte de Edklinth y Figuerola, el inspector Bublanski, Sonja Modig, Curt Svensson y Jerker Holmberg. Luego llamó a Mikael Blomkvist, Malin Eriksson, Henry Cortez, Christer Malm, Annika Giannini, Dragan Armanskij, Susanne Linder y Holger Palmgren. A excepción de los representantes de *Millennium*, quienes, por principio, no contestaron a ninguna pregunta que pudiera llevar a identificar a sus fuentes, todos dieron de muy buena gana cumplida cuenta de lo que sabían, al tiempo que aportaron la documentación de que disponían.

A Ragnhild Gustavsson no le hizo ni pizca de gracia el hecho de que le presentaran un calendario, establecido por *Millennium*, por el que se veía obligada a detener a un número concreto de personas en una fecha determinada. Ella consideraba que habría necesitado unos cuantos meses más de preparación antes de llegar a esa fase de la investigación, pero en este caso no tenía elección. Mikael Blomkvist, de la revista *Millennium,* fue intransigente. Él no estaba sometido a ningún decreto o reglamento estatal y tenía la intención de publicar el reportaje el tercer día del juicio contra Lisbeth Salander. De forma que Ragnhild Gustavsson se vio obligada a adaptarse y a actuar al mismo tiempo para que no desaparecieran ni las personas sospechosas ni las posibles pruebas. Sin embargo, Blomkvist recibió el curioso apoyo de Edklinth y Figuerola, y, al cabo de un tiempo, la fiscal empezó a ser consciente de que el modelo de Blomkvist ofrecía ciertas ventajas. Como fiscal se beneficiaría de un apoyo mediático bien orquestado que le iría muy bien para continuar con el proceso. Además, todo sería tan rápido que no habría tiempo para que la delicada investigación se filtrara por los pasillos de la administración y acabara en manos de la Sección.

—Para Blomkvist se trata, en primer lugar, de desagraviar a Lisbeth Salander y de que se haga justicia con ella. Noquear a la Sección no es más que una consecuencia de lo primero —constató Monica Figuerola.

El juicio contra Lisbeth Salander comenzaría el miércoles, dos días más tarde, y la reunión de ese lunes tenía como objetivo hacer un repaso general del material disponible y repartir las tareas.

Trece personas participaron en ella. Desde la Fiscalía General del Estado, Ragnhild Gustavsson se había llevado a dos de sus colaboradores más cercanos. En representación de protección constitucional participaron la jefa de la investigación policial, Monica Figuerola, y sus colaboradores Stefan Bladh y Anders Berglund. El jefe de protección constitucional, Torsten Edklinth, asistió en calidad de observador.

Sin embargo, Ragnhild Gustavsson había decidido que un asunto de este calibre —cuestión de credibilidad— no podía limitarse a la DGP/Seg. Por eso había convocado al inspector Jan Bublanski y a su equipo, compuesto por Sonja Modig, Jerker Holmberg y Curt Svensson, de la *policía abierta*, pues llevaban trabajando en el caso Salander desde Pascua y estaban familiarizados con la historia. Y también había llamado a la fiscal Agneta Jervas y al inspector Marcus Erlander de Gotemburgo; la investigación sobre la Sección tenía una relación directa con la investigación sobre el asesinato de Alexander Zalachenko.

Cuando Monica Figuerola mencionó que tal vez hubiera que tomarle declaración al anterior primer ministro, Thorbjörn Fälldin, los policías Jerker Holmberg y Sonja Modig se rebulleron inquietos en sus sillas.

Durante cinco horas se analizó a cada uno de los individuos que habían sido identificados como activistas de la Sección, tras lo cual se precisó qué delitos se habían cometido y se tomó la decisión de llevar a cabo las pertinentes detenciones. En total, siete personas fueron identificadas y vinculadas al piso de Artillerigatan. Además de éstas, se determinó la identidad de no menos de nueve sujetos que, en teoría, tenían relación con la Sección, aunque nunca acudían al piso de Artillerigatan. Se trataba en su mayoría de gente que trabajaba en la DGP/Seg de Kungsholmen, pero que se había reunido con alguno de los activistas de la Sección.

—Resulta todavía imposible determinar el alcance de la conspiración. Ignoramos las circunstancias bajo las cuales estas personas se reúnen con Wadensjöö o con algún otro miembro de la Sección. Pueden ser informadores o puede que les hayan hecho creer que se encontraban trabajando en alguna investigación interna o algo por el estilo. De manera que la duda que tenemos sobre su implicación sólo podrá resolverse si se nos brinda la oportunidad de tomarles declaración. Además, cabe mencionar que se trata tan sólo de las personas que hemos podido descubrir durante las semanas que la investigación ha estado abierta, así que es posible que haya más gente implicada cuya identidad aún desconocemos.

—Pero el jefe administrativo y el jefe de presupuesto...

—Respecto a esos dos podemos afirmar con seguridad que trabajan para la Sección.

Eran las seis de la tarde del lunes cuando Ragnhild Gustavsson decidió que se tomaran un descanso de una hora para cenar, después de lo cual se retomarían las deliberaciones.

Fue en el momento en que todos se levantaron y se disponían a salir cuando el colaborador de Monica Figuerola de la unidad operativa del Departamento de protección constitucional, Jesper Thoms, solicitó su atención para informarla de las novedades de las pesquisas realizadas en las últimas horas.

—Clinton se ha pasado gran parte del día en diálisis y ha vuelto a Artillerigatan sobre las cinco. El único que ha hecho algo de interés ha sido Georg Nyström, aunque no estamos seguros de qué.

—Vale —dijo Monica Figuerola.

—A las 13.30 horas, Nyström fue a la estación central y se reunió con dos personas. Fueron andando hasta el hotel Sheraton y tomaron café en el bar. La reunión duró algo más de veinte minutos, tras lo cual Nyström volvió a Artillerigatan.

—Muy bien. Y ¿quiénes son esas dos personas?

—No lo sabemos. Caras nuevas. Dos hombres de unos treinta y cinco años que, a juzgar por su aspecto, parecen ser de la Europa del Este. Desafortunadamente, nuestro hombre los perdió de vista cuando bajaron al metro.

—De acuerdo —dijo Monica Figuerola, cansada.

—Aquí están las fotos —comentó Jesper Thoms mientras le entregaba una serie de fotografías realizadas por el agente que seguía a Nyström.

Ella observó las imágenes ampliadas de unos rostros que no había visto en su vida.

—Bien, gracias —dijo para, a continuación, dejar las fotos sobre la mesa y levantarse en busca de algo para cenar.

Curt Svensson se encontraba justo a su lado y contempló las fotos.

—¡Anda! —dijo—. ¿Están metidos los hermanos Nikolič en eso?

Monica Figuerola se detuvo.

—¿Quiénes?

—Esos dos; son dos elementos de mucho cuidado —dijo Curt Svensson— Tomi y Miro Nikolič.

—¿Sabes quiénes son?

—Sí. Dos hermanos de Huddinge. Serbios. Los estuvimos buscando más de una vez cuando yo trabajaba en la unidad de bandas callejeras; por aquella época tendrían unos veinte años. Miro Nikolič es el más peligroso de los dos. Por cierto, desde hace más de un año está en busca y captura por un delito de lesiones graves. Pero creía que los dos se habían ido a Serbia para meterse a políticos o algo así.

—¿Políticos?

—Sí. Se fueron a Yugoslavia durante la primera mitad de los años noventa para poner su granito de arena en las labores de limpieza étnica. Trabajaron para Arkan, el jefe de la mafia yugoslava, que lideraba algún tipo de milicia fascista particular. Adquirieron fama de *shooters*.

—¿*Shooters*?

—Sí. O sea, sicarios. Luego han estado yendo de un lado para otro entre Belgrado y Estocolmo. Su tío lleva un restaurante en Norrmalm para el que trabajan oficialmente de vez en cuando. Nos han dado unos cuantos soplos sobre su participación en por lo menos dos asesinatos relacionados con ajustes de cuentas internos entre los propios yugoslavos en la llamada «guerra del tabaco», pero nunca hemos podido cogerlos por nada.

Monica Figuerola contempló las fotos en silencio. Luego, de repente, se puso lívida. Se quedó mirando fijamente a Torsten Edklinth.

—¡Blomkvist! —gritó con pánico en la voz—. ¡No se van a contentar con desacreditarlo! ¡Piensan matarlo y dejar que la policía encuentre la cocaína y saque sus propias conclusiones cuando el crimen sea investigado!

Edklinth le devolvió una mirada fija.

—Iba a reunirse con Erika Berger en el Samirs gryta —exclamó Monica Figuerola, cogiendo a Curt Svensson del hombro.

—¿Vas armado?

—Sí…

—Acompáñame.

Monica Figuerola salió coriendo de la sala de reuniones. Su despacho se hallaba tres puertas más allá, en ese mismo pasillo. Abrió su despacho y sacó su arma reglamentaria de un cajón del escritorio. En contra de toda normativa, dejó abierta la puerta de par en par al dirigirse a toda velocidad hacia los ascensores. Curt Svensson se quedó indeciso durante algún que otro segundo.

—¡Vete con ella! —le dijo Bublanski a Curt Svensson—. ¡Sonja: acompáñalos!

Mikael Blomkvist entró en Samirs gryta a las seis y veinte. Erika Berger acababa de llegar y había encontrado una mesa libre junto a la barra, cerca de la entrada. Mikael le dio un beso en la mejilla. Pidieron cervezas y guiso de cordero. Les pusieron las cervezas.

—¿Qué tal la de TV4? —preguntó Erika Berger.

—Tan fría como siempre.

Erika Berger se rió.

—Si no tienes cuidado, te vas a obsesionar con ella. Imagínate: existe una chica que no cae rendida a los pies de Mikael Blomkvist.

—La verdad es que hay más chicas que tampoco han caído —dijo Mikael Blomkvist—. ¿Qué tal tu día?

—Desperdiciado. Pero he aceptado participar en un debate sobre el *SMP* en el *Publicistklubben*. Será mi última contribución a ese tema.

—Qué bien.

—Es que no te puedes imaginar lo que me alegra estar de vuelta en *Millennium* —dijo ella.

—Pues tú ni te imaginas lo que yo me alegro de que hayas vuelto. Aún no me lo puedo creer.

—Ha vuelto a ser divertido ir a trabajar.

—Mmm.

—Soy feliz.

—Tengo que ir al baño —dijo Mikael, levantándose.

Dio unos pasos y casi chocó con un hombre de unos treinta y cinco años que acababa de entrar. Por su aspecto, Mikael imaginó que provenía de la Europa del Este y se lo quedó mirando. Luego descubrió la ametralladora.

Al pasar Riddarholmen, Torsten Edklinth los llamó y les explicó que ni Mikael Blomkvist ni Erika Berger tenían disponibles sus móviles. Tal vez los hubieran apagado para cenar.

Monica Figuerola soltó un taco y pasó Södermalms-torg a más de ochenta kilómetros por hora sin quitar la mano del claxon. Enfiló Hornsgatan dando un violento giro. Curt Svensson tuvo que apoyar la mano contra la puerta. Sacó su arma reglamentaria para comprobar que estaba cargada. Sonja Modig hizo lo mismo en el asiento de atrás.

—Tenemos que pedir refuerzos —comentó Curt Svens-son—. Los hermanos Nikolič son de mucho cuidado.

Monica Figuerola asintió.

—Esto es lo que vamos a hacer —dijo—: Sonja y yo entramos directamente en Samirs gryta… y esperemos que estén allí sentados. Curt, como tú conoces a los hermanos Nikolič, te quedarás fuera vigilando.

—De acuerdo.

—Si todo está tranquilo, meteremos inmediatamente a Blomkvist y a Berger en el coche y nos los llevaremos a Kungsholmen. Cualquier cosa rara que veamos, nos quedamos dentro y pedimos refuerzos.

—Vale —respondió Sonja Modig.

Monica Figuerola se encontraba todavía en Hornsga-tan cuando la emisora policial chisporroteó bajo el cuadro de mandos:

«A todas las unidades. Aviso de tiroteo en Tavastga-tan, Södermalm. En el restaurante Samirs gryta.»

Monica Figuerola sintió un repentino pinchazo en el estómago.

Erika Berger vio cómo Mikael Blomkvist se dirigía a los aseos y chocaba junto a la entrada con un hombre de unos treinta y cinco años. Sin saber muy bien por qué, frunció el ceño: le pareció que el desconocido se quedaba mirando fijamente a Mikael con cara de asombro. Erika se preguntó si se conocerían.

Luego vio al hombre retroceder un paso y dejar caer

una bolsa al suelo. Al principio no entendió lo que estaba sucediendo. Se quedó paralizada cuando el hombre levantó un arma automática contra Mikael Blomkvist.

Mikael Blomkvist reaccionó por puro instinto. Alzó su mano izquierda, agarró el cañón y lo elevó hacia el techo. Hubo una fracción de segundo en la que la boca del arma pasó por delante de su cara.

El repiqueteo de la ametralladora resultó ensordecedor dentro del pequeño local. Una lluvia de yeso y cristal de las lámparas cayó sobre Mikael cuando Miro Nikolič soltó una ráfaga de once balas. Durante un breve instante, Mikael Blomkvist se quedó mirando a su atacante a los ojos.

Luego Miro Nikolič tiró del arma dando un paso hacia atrás y consiguió arrebatársela a Mikael, al que pilló completamente desprevenido. De pronto se dio cuenta de que se encontraba en peligro de muerte. Se abalanzó sin pensárselo sobre su agresor en vez de intentar buscar protección. Más tarde comprendió que si hubiese reaccionado de otra manera, si se hubiese agachado o hubiese retrocedido, Nikolič lo habría acribillado a tiros allí mismo. Consiguió hacerse de nuevo con el cañón de la ametralladora. Usó el peso de su cuerpo para acorralar al hombre contra la pared. Oyó otros seis o siete disparos y tiró desesperadamente del arma para dirigir el cañón hacia el suelo.

Al producirse la segunda tanda de tiros, Erika Berger se agachó de forma instintiva. Se cayó y se dio con una silla en la cabeza. Luego se acurrucó en el suelo y, al alzar la mirada, descubrió en la pared tres impactos de bala justo en el sitio donde ella estaba hacía un instante.

En completo estado de *shock*, volvió la cabeza y vio a Mikael Blomkvist luchando con aquel hombre junto a la entrada. Mikael había caído de rodillas y tenía agarrado el cañón de la ametralladora con las dos manos mientras intentaba quitársela a su agresor. Erika vio cómo éste luchaba para soltarse. No dejaba de darle a Mikael puñetazos en la cara y la cabeza.

Monica Figuerola frenó en seco frente a Samirs gryta y, abriendo la puerta del coche de un golpe, echó a correr hacia el restaurante. Llevaba su Sig Sauer en la mano y, al reparar en el vehículo que se encontraba aparcado justo delante del restaurante, le quitó el seguro al arma.

En cuanto vio a Tomi Nikolič al volante, al otro lado del parabrisas, le apuntó en la cara con la pistola.

—¡Policía! ¡Arriba las manos! —le gritó.

Tomi Nikolič las levantó.

—¡Sal del coche y túmbate en el suelo! —aulló con rabia en la voz.

Volvió la cabeza, le echó una rápida mirada a Curt Svensson y le dijo:

—¡El restaurante!

Curt Svensson y Sonja Modig echaron a correr cruzando la calle.

Sonja Modig pensó en sus hijos. Iba contra cualquier instrucción policial entrar corriendo en un edificio con el arma en alto sin contar de antemano con un buen refuerzo en el lugar y sin tener chalecos antibalas y un buen dominio de la situación…

Luego oyó el estallido de un disparo dentro del restaurante.

Mikael Blomkvist consiguió meter el dedo entre el gatillo y el aro cuando Miro Nikolič volvió a disparar. Oyó unos cristales romperse a sus espaldas. Sintió un tremendo dolor en el dedo, ya que aquel hombre apretó el gatillo una y otra vez y se lo pilló; pero mientras el dedo permaneciera allí, el arma no podría dispararse. Le llovieron puñetazos en uno de los lados de la cabeza y de repente sintió que tenía cuarenta y cinco años y que estaba en muy mala forma física.

No aguanto más. Tengo que terminar con esto, pensó.

Fue su primera idea racional desde que descubrió al hombre de la ametralladora.

Apretó los dientes e introdujo el dedo aún más allá por detrás del gatillo.

Luego hizo fuerza con las piernas, presionó su hombro contra el cuerpo del hombre y se forzó a ponerse otra vez de pie. Soltó el arma, que había agarrado con su mano derecha, y se protegió con el codo de los puñetazos. Nikoliç le golpeó entonces en la axila y en las costillas. Por un segundo volvieron a encontrarse cara a cara.

Acto seguido, Mikael notó que alguien le quitaba de encima al hombre. Sintió un último y desolador dolor en el dedo y vio el enorme cuerpo de Curt Svensson. Agarrándolo con firmeza por el cuello, Svensson levantó literalmente a Miro Nikoliç y le golpeó la cabeza contra la pared que había junto al marco de la puerta. Miro Nikoliç se desplomó sobre el suelo como un fardo.

—¡Túmbate! —le oyó gritar a Sonja Modig—. ¡Policía! ¡Estate quieto!

Volvió la cabeza y la vio con las piernas abiertas y sosteniendo el arma con las dos manos mientras intentaba adquirir una visión general de la caótica situación. Al final, apuntó al techo con el arma y dirigió la mirada a Mikael Blomkvist.

—¿Estás herido? —preguntó.

Mikael se la quedó mirando aturdido. Sangraba por las cejas y la nariz.

—Creo que me he roto el dedo —dijo antes de sentarse en el suelo.

Monica Figuerola recibió la ayuda de la policía de Södermalm menos de un minuto después de haber forzado a Tomi Nikoliç a tumbarse en la acera. Se identificó, dejó que los uniformados agentes se ocuparan del prisionero y a continuación entró corriendo en el restaurante. Se detuvo en la entrada e intentó hacerse una idea general de la situación.

Mikael Blomkvist y Erika Berger se hallaban sentados en el suelo. Él tenía la cara llena de sangre y parecía encontrarse en estado de *shock*. Monica respiró aliviada: estaba vivo. Luego, al ver cómo Erika Berger pasaba un brazo alrededor del hombro de Mikael, frunció el ceño.

Sonja Modig se hallaba agachada y examinó la mano de Blomkvist. Curt Svensson estaba esposando a Miro Nikoliç, que tenía el aspecto de haber sido atropellado por un tren expreso. Vio una ametralladora tirada en el suelo del mismo modelo que utilizaba el ejército sueco.

Alzó la mirada y vio al personal del restaurante también en estado de *shock* y a los clientes aterrorizados, así como vajilla rota, sillas y mesas volcadas y otros destrozos causados por el tiroteo. Percibió el olor de la pólvora. Pero no vio ningún muerto o herido. Los agentes del furgón de la policía de Södermalm empezaron a entrar en el restaurante con las armas apuntando al techo. Alargó la mano y tocó el hombro de Curt Svensson. Él se levantó.

—¿Dijiste que Miro Nikoliç estaba en busca y captura?

—Correcto. Por un delito de lesiones graves hace más o menos un año. Una pelea en Hallunda.

—De acuerdo. Haremos lo siguiente: yo me largo de

aquí echando leches con Blomkvist y Berger. Tú te quedas. La versión oficial de lo ocurrido será que tú y Sonja Modig vinisteis aquí para cenar juntos y tú reconociste a Nikolič de tu época en la unidad de bandas callejeras. Cuando intentaste detenerlo, él sacó el arma y se puso a disparar. Tú lo desarmaste y lo redujiste.

Curt Svensson puso cara de asombro.

—No se lo van a creer… Hay testigos.

—Los testigos hablarán de alguien que se peleaba y de alguien que disparaba. Sólo hace falta mantener esta versión hasta que salgan los periódicos mañana. La historia es que los hermanos Nikolič fueron detenidos por pura casualidad porque tú los reconociste.

Curt Svensson barrió con la mirada todo aquel caos. Luego asintió brevemente.

Ya en la calle, Monica Figuerola se abrió camino entre los policías y metió a Mikael Blomkvist y Erika Berger en la parte trasera de su coche. Se dirigió al oficial que estaba al mando de los agentes, habló con él en voz baja durante unos treinta segundos e hizo un movimiento de cabeza señalando su vehículo. El oficial dio la sensación de hallarse desconcertado, pero al final hizo un gesto afirmativo. Cogió el coche, se fue hasta Zinkensdamm, aparcó y volvió la cabeza.

—¿Estás muy mal?

—Me ha dado unos cuantos puñetazos. Pero los dientes siguen intactos. Me he hecho daño en el dedo meñique.

—Vamos a urgencias, al Sankt Göran.

—¿Qué ha pasado? —murmuró Erika Berger—. ¿Y tú quién eres?

—Perdón —dijo Mikael—. Erika, ésta es Monica Figuerola. Trabaja en la Säpo. Monica, ésta es Erika Berger.

—Me lo imaginaba —dijo Monica Figuerola con una voz neutra. Ni siquiera la miró.

—Monica y yo nos hemos conocido a raíz de la investigación. Es mi contacto en la Säpo.

—Entiendo —dijo Erika Berger antes de entrar en un repentino estado de *shock* y ponerse a temblar.

Monica Figuerola miró fijamente a Erika Berger.

—¿Qué es lo que ha pasado? —preguntó Mikael.

—Hemos malinterpretado lo que pretendían con la cocaína —dijo Monica Figuerola—. Creímos que querían tenderte una trampa para desprestigiarte. En realidad pensaban matarte y dejar que la policía encontrara la cocaína cuando registraran tu casa.

—¿Qué cocaína? —preguntó Erika Berger.

Mikael cerró los ojos un momento.

—Llévame al Sankt Göran —dijo.

—¿Detenidos? —exclamó Fredrik Clinton. Sintió una pequeña presión, leve como una mariposa, en la zona cardíaca.

—Creemos que no pasará nada —dijo Georg Nyström—. Parece haber sido pura casualidad.

—¿Casualidad?

—Miro Nikolič estaba en busca y captura por una vieja historia de una agresión. Un madero de la violencia callejera lo ha reconocido por casualidad y lo ha detenido al entrar en Samirs gryta. Nikolič ha sido presa del pánico y ha intentado liberarse a tiros.

—¿Blomkvist?

—No está involucrado. Ni siquiera sabemos si se encontraba en el restaurante cuando se realizó la detención.

—No me lo puedo creer, joder —dijo Fredrik Clinton—. ¿Qué saben los hermanos Nikolič?

—¿De nosotros? Nada. Creen que tanto el encargo

de Björck como el de Blomkvist eran trabajos relacionados con el *trafficking*.

—Pero saben que Blomkvist era el objetivo.

—Cierto. Pero veo difícil que se pongan a decir que
estaban allí para cometer un asesinato por encargo. Creo
que se quedarán callados hasta el juicio. Los condenarán
por tenencia ilícita de armas y supongo que también por
agredir a un funcionario.

—¡Menudo par de payasos! —dijo Clinton.

—Sí, han metido la pata. De momento tendremos
que dejar a Blomkvist en paz, aunque en realidad no ha
pasado nada.

Eran las once de la noche cuando Susanne Linder y dos
fornidos tipos del Departamento de protección personal
de Milton Security fueron a buscar a Mikael Blomkvist y
Erika Berger a Kungsholmen.

—¡Hay que ver lo que te mueves! —le dijo Susanne
Linder a Erika Berger.

—*Sorry* —contestó Erika, cariacontecida.

En el coche, de camino al hospital de Sankt Göran,
Erika había sufrido un serio *shock*. De repente reparó en
que tanto ella como Mikael Blomkvist podrían haber
muerto.

Mikael pasó una hora en urgencias. Le hicieron radiografías, le dejaron la cara hecha un emplasto y el dedo
corazón de la mano izquierda hecho un paquete de vendas. Sufría graves lesiones en la articulación y lo más probable era que perdiera la uña. Irónicamente, el daño más
grave se lo hizo cuando Curt Svensson acudió en su
ayuda y le quitó de encima a Miro Nikolić. Como Mikael
tenía el dedo corazón pillado con el gatillo del arma se lo
rompió en el acto. Fue un dolor infernal, pero su vida no
corría precisamente peligro.

A Mikael, el *shock* le sobrevino casi dos horas más

tarde, una vez llegado al Departamento de protección constitucional de la DGP/Seg y cuando estaba informando de los acontecimientos al inspector Bublanski y a la fiscal Ragnhild Gustavsson. De pronto, le entraron tiritonas y se sintió tan cansado que estuvo a punto de dormirse entre pregunta y pregunta. Luego surgió una cierta discusión.

—No sabemos lo que están tramando —dijo Monica Figuerola—. No sabemos si Blomkvist era la única víctima prevista o si también iba a morir Erika Berger. No sabemos si volverán a intentarlo o si hay alguna otra persona de *Millennium* en el punto de mira... Y, ya puestos, ¿por qué no matar también a Salander, que es quien constituye la verdadera amenaza para la Sección?

—Mientras atendían a Mikael en el hospital he llamado a los colaboradores de *Millennium* y los he puesto al corriente de la situación —dijo Erika Berger—. Todos van a estarse quietecitos hasta que salga la revista. No habrá nadie en la redacción, permanecerá vacía.

La primera reacción de Torsten Edklinth fue ponerles enseguida un guardaespaldas a Mikael y Erika. Pero luego se dio cuenta —y Monica Figuerola también— de que contactar con el Departamento de protección personal de la policía de seguridad llamaría la atención y de que tal vez no fuera la jugada más inteligente.

Erika Berger resolvió el problema renunciando a ser escoltada por la policía. Levantó el auricular, llamó a Dragan Armanskij y le explicó la situación. Algo que dio lugar a que Susanne Linder fuese llamada en el acto, ya bien entrada la noche, para trabajar.

Mikael Blomkvist y Erika Berger fueron alojados en la planta alta de una *safe house* situada más allá de Drottningholm, de camino al centro de Ekerö. Se trataba de un chalet grande de los años treinta con vistas al lago Mälaren, un jardín impresionante y diversas construcciones y terrenos anexos. El inmueble era propiedad de Milton Security, pero estaba ocupado por una tal Martina Sjögren, de sesenta y ocho años de edad y viuda del colaborador Hans Sjögren, quien falleció quince años antes en acto de servicio al pisar el suelo podrido de una casa abandonada de las afueras de Sala. Después del entierro, Dragan Armanskij habló con Martina Sjögren y la contrató como ama de llaves y administradora general del inmueble. Ella vivía gratis en un anexo de la planta baja y mantenía la planta superior preparada para las ocasiones —pocas al año— en las que Milton Security, con muy poco tiempo de antelación, avisaba de que necesitaba ocultar allí a alguna persona que, por razones reales o imaginadas, temía por su seguridad.

Monica Figuerola los acompañó. Se dejó caer en una silla de la cocina y aceptó el café que Martina Sjögren le sirvió mientras Erika Berger y Mikael Blomkvist se instalaban en la planta de arriba y Susanne Linder comprobaba las alarmas y el equipo electrónico de vigilancia de la casa.

—Hay cepillos de dientes y otros útiles de aseo en la cómoda que está fuera del cuarto de baño —gritó Martina Sjögren por la escalera.

Susanne Linder y los dos guardaespaldas de Milton Security se instalaron en las habitaciones de la planta baja.

—No he parado desde que me despertaron a las cuatro de esta mañana —comentó Susanne Linder—. Repartíos los turnos de guardia como queráis, pero, por favor, dejadme dormir por lo menos hasta las cinco de la mañana.

—Puedes dormir toda la noche; nosotros nos encargamos de esto —respondió uno de los guardaespaldas.

—Gracias —dijo Susanne Linder para, acto seguido, irse a la cama.

Monica Figuerola escuchaba distraídamente mientras los dos guardaespaldas conectaban las alarmas de detección de movimientos en el jardín y echaban a suertes a quién le tocaría el primer turno. El que perdió se preparó un sándwich y se sentó en una habitación con televisión que se hallaba junto a la cocina. Monica Figuerola estudió las floreadas tazas de café. Ella tampoco había parado desde primera hora de la mañana y se sentía bastante hecha polvo. Pensó en volver a casa cuando Erika Berger bajó y se sirvió una taza de café. Se sentó al otro lado de la mesa.

—Mikael se ha quedado frito en cuanto se ha metido en la cama.

—El bajón de la adrenalina… —dijo Monica Figuerola.

—¿Y ahora qué pasará?

—Os tendréis que ocultar durante un par de días. Dentro de una semana todo esto habrá pasado, acabe como acabe. ¿Cómo te encuentras?

—Bueno. Sigo estando un poco tocada. Este tipo de cosas no me pasa todos los días. Acabo de llamar a mi marido para explicarle por qué no iré a casa esta noche.

—Mmm.

—Estoy casada con…

—Sé con quién estás casada.

Silencio. Monica Figuerola se frotó los ojos y bostezó.

—Tengo que ir a casa a dormir —dijo ella.

—¡Por Dios! Déjate de tonterías y acuéstate con Mikael —dijo Erika.

Monica Figuerola la contempló.

—¿Tan obvio es? —preguntó.

Erika asintió con la cabeza.

—¿Te ha dicho algo Mikael?…

—Ni una palabra. Suele ser bastante discreto. Pero a

veces es como un libro abierto. Y tú me miras con una más que evidente hostilidad… Es obvio que intentáis ocultar algo.

—Es por mi jefe —dijo Monica Figuerola.

—¿Tu jefe?

—Sí. Edklinth se pondría furioso si supiera que Mikael y yo nos hemos…

—Entiendo.

Silencio.

—No sé lo que hay entre tú y Mikael, pero no soy tu rival —dijo Erika.

—¿No?

—Mikael y yo nos acostamos de vez en cuando. Pero no estoy casada con él.

—Tengo entendido que vuestra relación es especial. Me habló de vosotros cuando estuvimos en Sandhamn.

—¿Has estado en Sandhamn con él? Entonces es serio.

—No me tomes el pelo.

—Monica: espero que tú y Mikael… Intentaré mantenerme al margen.

—¿Y si no puedes?

Erika Berger se encogió de hombros.

—Su ex esposa flipó cuando Mikael le fue infiel conmigo. Lo echó a patadas. Fue culpa mía. Mientras Mikael esté soltero y sin compromiso no pienso tener ningún remordimiento de conciencia. Pero me he prometido que si él inicia una relación seria con alguien, yo no me pondré en medio.

—No sé si atreverme a apostar por él.

—Mikael es especial. ¿Estás enamorada de él?

—Creo que sí.

—Pues ya está. Dale una oportunidad. Ahora vete a la cama.

Monica meditó el tema durante un rato. Luego subió a la planta de arriba, se desnudó y se metió bajo las sábanas con Mikael. Él murmuró algo y le puso un brazo alrededor de la cintura.

Erika Berger permaneció sola en la cocina reflexionando un largo rato. De pronto, se sintió profundamente desgraciada.

Capítulo 25

Mikael Blomkvist siempre se había preguntado por qué los altavoces de los tribunales tenían un volumen tan bajo y eran tan discretos. Le costó oír las palabras que avisaban de que el juicio del caso contra Lisbeth Salander comenzaría a las 10.00 en la sala 5. No obstante, consiguió llegar a tiempo y colocarse junto a la entrada. Fue uno de los primeros a los que dejaron pasar. Se sentó en el lugar destinado al público, en el lado izquierdo de la sala, desde donde mejor se veía la mesa de la defensa. Los otros sitios se fueron llenando con rapidez; el interés de los medios de comunicación había ido aumentando gradualmente al acercarse el juicio y, en la última semana, el fiscal Richard Ekström había sido entrevistado a diario.

Ekström había hecho sus deberes.

A Lisbeth Salander se le imputaban los delitos de lesiones y lesiones graves en el caso Carl-Magnus Lundin; de amenazas ilícitas, intento de homicidio y lesiones graves en el caso del fallecido Karl-Axel Bodin, alias Alexander Zalachenko; dos cargos de robo: por una parte, en la casa de campo que el difunto letrado Nils Bjurman poseía en Stallarholmen, y por otra, en el piso que tenía en Odenplan; utilización ilícita de vehículos de motor ajenos —una Harley-Davidsson propiedad de un tal Sonny Nieminen, miembro de Svavelsjö MC—;

tres delitos de tenencia ilícita de armas: un bote de gas lacrimógeno, una pistola eléctrica y la P-83 Wanad polaca que se halló en Gosseberga; un delito de robo u ocultación de pruebas —la descripción de éste se había efectuado en términos poco precisos, pero se referían a la documentación que encontró en la casa de campo de Bjurman—; así como una serie de delitos menores. En total, a Lisbeth Salander se le imputaban dieciséis cargos.

Ekström también había filtrado una serie de datos que insinuaban que el estado mental de Lisbeth Salander dejaba bastante que desear. Por una parte, se apoyaba en el examen psiquiátrico forense realizado por el doctor Jesper H. Löderman el día en que Lisbeth cumplió dieciocho años, y, por otra, en un informe que había sido redactado por el doctor Peter Teleborian, tal y como decidió el tribunal en una reunión anterior. Como esa chica enferma, fiel a su costumbre, se negaba categóricamente a hablar con los psiquiatras, el análisis se efectuó basándose en «observaciones» que ya comenzaron a hacerse un mes antes del juicio, desde el mismo momento en que ingresó en Kronoberg, Estocolmo, en régimen de prisión preventiva. Teleborian, cuya experiencia en tratar a la paciente se retrotraía a muchos años, determinó que Lisbeth Salander sufría un grave trastorno psíquico, y para definir su naturaleza exacta empleaba términos como psicopatía, narcisismo patológico y esquizofrenia paranoide.

Los medios de comunicación también informaron de que se le habían realizado siete interrogatorios policiales. En todos ellos, la acusada ni siquiera se dignó decir buenos días. Los primeros fueron realizados en Gotemburgo mientras que el resto tuvo lugar en la jefatura de policía de Estocolmo. Las grabaciones de los interrogatorios daban fe de los amables intentos de persuasión de los agentes, de promesas y amenazas encubiertas y de numerosas e insistentes preguntas. Ni una sola respuesta.

Ni siquiera un carraspeo.

En algunas ocasiones se oía la voz de Annika Giannini en las cintas cuando ella hacía constar que, como era obvio, su clienta no tenía intención de contestar a ninguna cuestión. La acusación contra Lisbeth Salander se basaba exclusivamente, por lo tanto, en las pruebas forenses y en aquellos hechos que la investigación policial había podido determinar.

En algunos momentos, el silencio de Lisbeth puso a su abogada en una situación incómoda, ya que la obligaba a permanecer casi tan callada como su clienta. Lo que Annika Gianninni y Lisbeth Salander trataron en privado era confidencial.

Ekström tampoco ocultaba que lo que él ambicionaba era, en primer lugar, exigir asistencia psiquiátrica forzosa para Lisbeth Salander y, en segundo lugar, una considerable sentencia penitenciaria. El procedimiento normal era el inverso, pero Ekström consideró que en el caso de Salander existían unos trastornos psíquicos tan manifiestos y un informe psiquiátrico forense tan claro que no le quedaba otra alternativa. Era extremadamente raro que un tribunal se pronunciara en contra de un informe psiquiátrico forense.

Consideró asimismo que la declaración de incapacidad de Salander no debería ser anulada. En una entrevista explicó, con cara de preocupación, que en Suecia había un gran número de personas sociópatas con unos trastornos psíquicos tan graves que constituían un peligro no sólo para sí mismos sino también para el resto de la población, y que a la ciencia no le quedaba más alternativa que mantenerlas encerradas. Mencionó el caso de Anette, una chica violenta que protagonizó todo un culebrón mediático en la década de los setenta y que, treinta años después, todavía seguía ingresada en una institución psiquiátrica. Cualquier intento de aligerar las restricciones tenía como resultado que Anette, fuera de sí y de la manera más violenta posible, la emprendiera contra familiares y empleados o intentara hacerse daño a sí misma. Ekström consideraba que Salander sufría una forma de trastorno psicopático parecido.

El interés de los medios de comunicación había aumentado también por la sencilla razón de que la abogada de Salander, Annika Giannini, no se había pronunciado. En todas las ocasiones en las que se le brindó la oportunidad de presentar las opiniones de la defensa se negó a ser entrevistada. Los medios de comunicación se hallaban, consecuentemente, en una complicada situación en la que la parte de la acusación los colmaba de información mientras que la parte de la defensa no había ofrecido, ni una sola vez, la menor insinuación sobre lo que Salander pensaba de los cargos que se le imputaban ni sobre la estrategia que la defensa iba a utilizar.

Estas circunstancias fueron comentadas por el experto jurídico que uno de los periódicos vespertinos contrató para cubrir el asunto. En una de sus crónicas, el experto constató que aunque Annika Giannini era una respetada abogada defensora de los derechos de la mujer, carecía por completo de experiencia en casos penales fuera de ese ámbito, lo cual le llevó a extraer la conclusión de que resultaba inapropiada para defender a Lisbeth Salander. Mikael Blomkvist también supo a través de su hermana que numerosos abogados famosos se habían puesto en contacto con ella para ofrecerle sus servicios. Annika Giannini, por encargo de su clienta, había declinado amablemente todas esas ofertas.

Mientras esperaba que se iniciara el juicio, Mikael miró por el rabillo del ojo al resto del público asistente. En el sitio más cercano a la salida descubrió a Dragan Armanskij.

Sus miradas se cruzaron un instante.

Ekström tenía un considerable montón de papeles sobre su mesa. Con un movimiento de cabeza, saludó a unos periodistas en señal de reconocimiento.

Annika Giannini se hallaba sentada en su mesa, justo enfrente de Ekström. Estaba organizando sus papeles y no miró a nadie. Mikael tuvo la sensación de que su hermana estaba algo nerviosa. El típico miedo escénico, pensó.

Luego entraron en la sala el presidente del tribunal, el asesor y los vocales. El presidente era el juez Jörgen Iversen, un hombre canoso de cincuenta y siete años de edad, de rostro demacrado y paso firme. Mikael había preparado un texto sobre su trayectoria profesional y constató que se trataba de un juez muy correcto y experimentado que había presidido numerosos y célebres juicios.

Por último, Lisbeth Salander fue conducida a la sala.

A pesar de que Mikael estaba acostumbrado a la capacidad que tenía Lisbeth Salander para vestirse de forma escandalosa, le dejó perplejo el hecho de que Annika Giannini le hubiera permitido aparecer enfundada en una negra minifalda de cuero rota por las costuras y una camiseta de tirantes con el texto *I am irritated* que no ocultaba casi nada de sus tatuajes. Llevaba unas botas, un cinturón de remaches y unos calcetines altos, hasta la rodilla, a rayas negras y lilas. Tenía una buena decena de *piercings* en las orejas y unos cuantos aritos en los labios y las cejas. Lucía una especie de hirsuto y enmarañado rastrojo de pelo negro de tres meses que no se cortaba desde la operación. Además, iba más maquillada de lo habitual: un lápiz de labios gris, las cejas pintadas y un rímel negro azabache mucho más abundante que lo que Mikael le había visto jamás. En la época en la que estuvieron juntos, ella siempre mostró un interés más bien escaso por el maquillaje.

Ofrecía un aspecto ligeramente vulgar, por expresarlo de manera diplomática. Digamos que gótico. Parecía una vampiresa sacada de alguna artística película del *pop-art* de los años sesenta. Mikael advirtió que en cuanto ella hizo acto de presencia, algunos de los reporteros que se encontraban entre el público contuvieron el aliento asombrados mientras sonreían entretenidos. Cuando por fin pudieron ver a esa chica de tan mala reputación y sobre la que habían corrido tantos ríos de tinta, todas sus expectativas quedaron de sobra cubiertas.

Luego se dio cuenta de que, en realidad, Lisbeth Salander se había disfrazado. Por regla general, solía vestirse de modo descuidado y, al parecer, sin gusto. Mikael siempre había dado por descontado que no lo hacía por seguir ninguna moda, sino para afirmar su identidad. Lisbeth Salander marcaba su propio territorio como si fuera un dominio hostil. Mikael siempre había considerado las tachuelas de su chupa de cuero iguales al mecanismo de defensa de las púas del erizo. Una señal de advertencia para con su entorno: «No intentes acariciarme. Te dolerá.»

Sin embargo, al entrar en la sala del tribunal llevaba una vestimenta tan exagerada que a Mikael le resultó más bien algo paródica.

Entonces fue consciente de que no era una casualidad, sino parte de la estrategia de Annika.

Si Lisbeth Salander hubiese llegado con el pelo engominado, una blusa de lazos y unos impecables zapatos, habría dado la impresión de ser una estafadora que intentaba venderle una historia al tribunal. Simple cuestión de credibilidad. Ahora se presentaba ante ellos tal cual era. Aunque de manera algo exagerada, la verdad; para que no se le escapara a nadie. No fingía ser algo que no era. El mensaje que enviaba a los miembros del tribunal estaba bien claro: no tenía por qué avergonzarse ni hacerles la pelota; le traía sin cuidado que tuvieran algún problema con su aspecto. La sociedad la había acusado de ciertas cosas y el fiscal la había arrastrado hasta allí. Con su simple presencia ya había dejado claro que tenía la intención de rechazar los argumentos del fiscal por considerarlos meras tonterías.

Caminó segura de sí misma y se sentó en el lugar que le correspondía, junto a su abogada. Barrió al público con la mirada; no había en ella ni el menor atisbo de curiosidad. Dio más bien una impresión desafiante, como si estuviera tomando buena nota mental de las personas que ya la habían condenado en las páginas de los periódicos.

Era la primera vez que Mikael la veía desde que ella yaciera como una sangrante muñeca de trapo sobre el banco de la cocina de Gosseberga. Sin embargo, había pasado más de un año y medio desde la última vez que la vio en circunstancias normales. Si es que la expresión «circunstancias normales» resultaba adecuada tratándose de Lisbeth Salander... Se cruzaron las miradas unos segundos. Ella le sostuvo la suya un breve instante sin darle ni la más mínima muestra de que lo conocía. Examinó, en cambio, los intensos moratones que Mikael tenía en la mejilla y la sien, y la tirita que le atravesaba la ceja derecha. Por espacio de un segundo, Mikael creyó intuir el asomo de una sonrisa en los ojos de Lisbeth. Pero no estaba seguro de si se lo había imaginado. Luego el juez Iversen golpeó la mesa con la maza y comenzó el juicio.

El público estuvo presente en la sala un total de treinta minutos. Pudo escuchar la exposición inicial de los hechos del fiscal Ekström, en la que presentó los cargos de la acusación.

Aunque ya los conocían, todos los reporteros, a excepción de Mikael Blomkvist, los apuntaron, aplicados. Mikael ya tenía escrito su reportaje y sólo había ido al juicio para hacerse notar y cruzar su mirada con la de Lisbeth.

La exposición inicial de Ekström duró poco más de veintidós minutos. Luego le tocó el turno a Annika Giannini. Su réplica duró treinta segundos. Su voz fue firme.

—Esta defensa rechaza todos los cargos a excepción de uno: mi clienta se declara culpable de la tenencia ilícita de armas que supone el bote de gas lacrimógeno. En la totalidad de los demás cargos de los que se la acusa, mi clienta niega cualquier responsabilidad o intención criminal. Vamos a demostrar que las afirmaciones del fiscal son falsas y que mi clienta ha sido objeto de graves abusos judiciales. Exijo que se la declare inocente, que se anule su declaración de incapacidad y que sea puesta en libertad.

Un crujir de papel de cuaderno se oyó entre los reporteros. Por fin se había revelado la estrategia de la abogada Giannini, aunque no era la que ellos esperaban. La conjetura más extendida había sido la de que Annika Giannini utilizaría la enfermedad mental de su clienta para explotarla a su favor. De repente, Mikael sonrió.

—Bien —dijo el juez Iversen antes de tomar nota.

Miró a Annika Giannini.

—¿Ha terminado?

—Ésa es mi petición.

—¿Quiere el fiscal añadir algo? —preguntó Iversen.

Fue en ese momento cuando el fiscal Ekström pidió que la vista se realizara a puerta cerrada. Alegó que se trataba de proteger el estado psíquico y el bienestar de una persona vulnerable, así como algunos detalles que podían ir en detrimento de la seguridad del Estado.

—Supongo que se refiere usted al llamado caso Zalachenko —dijo Iversen.

—Correcto. Alexander Zalachenko llegó a Suecia

buscando protección como refugiado político tras haber huido de una terrible dictadura. Aunque el señor Zalachenko ya haya fallecido, algunos de los aspectos que conciernen al trato que se le dio, a sus relaciones personales y a cuestiones similares siguen estando clasificados. Por esa razón solicito que la vista oral se realice a puerta cerrada y que se considere el secreto profesional para aquellos puntos del juicio que presentan un carácter particularmente delicado.

—Entiendo —dijo Iversen, arrugando la frente.

—Además, una gran parte del juicio tratará sobre la tutela de la acusada. Afecta a temas que, en circunstancias normales, son clasificados casi de forma automática. Como muestra de deferencia con la acusada me gustaría celebrar el juicio a puerta cerrada.

—¿Qué postura adopta la abogada Giannini respecto a la petición del fiscal?

—Por nuestra parte no hay ningún inconveniente.

El juez Iversen reflexionó un breve instante. Consultó a su asesor y luego comunicó, para gran irritación de los reporteros presentes, que aceptaba la petición del fiscal. En consecuencia, Mikael Blomkvist abandonó la sala del juicio.

Dragan Armanskij esperó a Mikael Blomkvist al pie de las escaleras del juzgado. El calor de julio era abrasador y Mikael vio que el sudor de sus axilas le empezaba a manchar la camisa. Nada más salir, sus dos guardaespaldas se unieron a él. Saludaron a Dragan Armanskij con un movimiento de cabeza y se pusieron a escudriñar los alrededores.

—Me resulta raro andar con dos guardaespaldas —dijo Mikael—. ¿Cuánto me va a costar todo esto?

—Invita la empresa —dijo Armanskij—. Tengo un interés personal en mantenerte con vida. Pero la verdad es que nos hemos gastado unas doscientas cincuenta mil coronas *pro bono* durante los últimos meses.

Mikael asintió.

—¿Un café? —preguntó, señalando el café italiano de Bergsgatan.

Armanskij asintió. Mikael pidió un *caffè latte* y Armanskij eligió un *espresso* doble con una cucharadita de leche. Se sentaron en la terraza, a la sombra. Los guardaespaldas se situaron en una mesa contigua. Tomaron Coca-Cola.

—A puerta cerrada —constató Armanskij.

—Era de esperar. Pero nos favorece porque así podremos controlar mejor el flujo informativo.

—Bueno, da igual, pero el fiscal Richard Ekström me empieza a caer cada vez peor.

Mikael estaba de acuerdo. Se tomaron los cafés mirando hacia el juzgado donde se iba a decidir el futuro de Lisbeth Salander.

—*Custer's last stand* —dijo Mikael.

—Va bien preparada —lo consoló Armanskij—. Y debo admitir que tu hermana me ha impresionado. Cuando empezó a planear la estrategia creí que lo decía en broma, pero cuanto más lo pienso más inteligente me parece.

—Este juicio no se va a decidir ahí dentro —dijo Mikael.

Llevaba meses repitiendo esas palabras como si fuera un mantra.

—Te van a llamar como testigo —dijo Armanskij.

—Ya lo sé. Estoy preparado. Pero eso no sucederá hasta pasado mañana; o eso es al menos lo que esperamos.

El fiscal Richard Ekström había dejado olvidadas sus gafas bifocales en casa y tuvo que subirse a la frente las que tenía y entornar los ojos para poder leer algo de las notas que había tomado con letra más pequeña. Antes de volver a ponerse las lentes y recorrer la sala con la mirada, se pasó la mano rápidamente por su rubia barba.

Lisbeth Salander se hallaba sentada con la espalda recta y contemplándolo con una impenetrable mirada. Su cara y sus ojos permanecían inmóviles. No parecía estar del todo presente. Había llegado la hora de su interrogatorio.

—Quiero recordarle, señorita Salander, que habla usted bajo juramento —empezó, por fin, a decir Ekström.

Lisbeth Salander no se inmutó. El fiscal Ekström pareció esperar algún tipo de respuesta y aguardó unos cuantos segundos. Arqueó las cejas.

—Bueno... Como ya he dicho, habla usted bajo juramento —repitió.

Lisbeth Salander ladeó ligeramente la cabeza. Annika Giannini estaba ocupada leyendo algo en las actas del sumario y no daba la impresión de tener ningún interés en lo que hacía el fiscal Ekström. Éste recogió sus papeles. Tras un instante de incómodo silencio se aclaró la voz.

—Bueno —dijo Ekström con un tono de voz razonable—. Vayamos directamente a los acontecimientos de la casa de campo del difunto letrado Bjurman, en las afueras de Stallarholmen, ocurridos el seis de abril de este mismo año y que constituyen el punto de partida de la exposición que realicé esta mañana. Intentemos aclarar las razones que la llevaron a ir a Stallarholmen y pegarle un tiro a Carl-Magnus Lundin.

Ekström intimidó a Lisbeth Salander con la mirada. Ella siguió sin inmutarse. De repente, el fiscal pareció resignarse. Hizo un gesto con las manos y pasó a contemplar al presidente del tribunal: al juez Jörgen Iversen se lo veía pensativo. Acto seguido, miró de reojo a Annika

Giannini, que seguía inmersa en la lectura de sus papeles, ajena por completo a su entorno.

El juez Iversen carraspeó. Luego se dirigió a Lisbeth Salander:

—¿Debemos entender su silencio como que no quiere contestar a las preguntas? —preguntó.

Lisbeth Salander giró la cabeza y se enfrentó con la mirada del juez Iversen.

—Contestaré con mucho gusto a las preguntas —le respondió.

El juez Iversen asintió.

—Entonces, ¿por qué no contesta a mi pregunta? —terció el fiscal Ekström.

Lisbeth Salander volvió a mirar a Ekström. Permaneció callada.

—¿Hace usted el favor de contestar a la pregunta? —intervino el juez Iversen.

Lisbeth giró nuevamente la cabeza hacia el presidente de la sala y arqueó las cejas. Su voz sonó fuerte y clara.

—¿Qué pregunta? Hasta ahora —señaló con un movimiento de cabeza a Ekström— no ha hecho más que una serie de afirmaciones no confirmadas. Yo no he oído ninguna pregunta.

Annika Giannini alzó la vista. Puso un codo en la mesa y apoyó la cara en la mano mostrando un repentino interés con la mirada.

El fiscal Ekström perdió el hilo durante unos cuantos segundos.

—¿Puede hacer el favor de repetir la pregunta? —propuso el juez Iversen.

—Yo le he preguntado si… ¿Fue usted a la casa de campo que el abogado Bjurman tenía en Stallarholmen con el objetivo de disparar a Carl-Magnus Lundin?

—No, has dicho que querías aclarar las razones que me llevaron a ir a Stallarholmen y pegarle un tiro a Carl-

Magnus Lundin. Eso no es una pregunta. Es una afirmación general en la que te adelantas a mi respuesta. Yo no soy responsable de las afirmaciones que tú quieras hacer.

—No sea tan impertinente. Conteste a la pregunta.

—No.

Silencio.

—¿No?

—Es la respuesta a la pregunta.

El fiscal Richard Ekström suspiró. Iba a ser un día largo. Lisbeth Salander lo observaba expectante.

—Tal vez sea mejor que empecemos por el principio —dijo—. ¿Estuvo usted en la casa de campo que el difunto letrado Bjurman tenía en Stallarholmen la tarde del seis de abril?

—Sí.

—¿Cómo se desplazó hasta allí?

—Fui en un tren de cercanías hasta Södertälje y luego cogí el autobús que va a Strängnäs.

—¿Por qué razón fue a Stallarholmen? ¿Había quedado con Carl-Magnus Lundin y su amigo Sonny Nieminen?

—No.

—¿Y a qué se debía la presencia de esos dos hombres allí?

—Eso se lo tendrás que preguntar a ellos.

—Ahora se lo pregunto a usted.

Lisbeth Salander no contestó.

El juez Iversen carraspeó.

—Supongo que la señorita Salander no contesta porque, desde un punto de vista semántico, ha vuelto a realizar usted una afirmación —terció el juez Iversen con amabilidad.

De repente, Annika Giannini soltó una risita lo bastante alta como para que se oyera. Enseguida guardó silencio y volvió a concentrarse en sus papeles. Ekström la miró irritado.

—¿Por qué cree que Lundin y Nieminen aparecieron por la casa de campo de Bjurman?

—No lo sé. Supongo que fueron allí para provocar un incendio. En el maletín de su Harley-Davidsson, Lundin llevaba un litro de gasolina metido en una botella.

Ekström arrugó el morro.

—¿Por qué fue usted a la casa de campo del abogado Bjurman?

—Estaba buscando información.

—¿Qué tipo de información?

—La que sospecho que Lundin y Nieminen fueron a destruir porque podía contribuir a aclarar quién asesinó a ese cabrón.

—¿Considera usted que el letrado Bjurman era un cabrón? ¿Lo he entendido bien?

—Sí.

—¿Y por qué tiene esa opinión?

—Era un sádico cerdo, un hijo de puta y un violador, así que era un cabrón.

Lisbeth citó tal cual las palabras que le tatuó al difunto letrado Bjurman en el estómago, confesando de este modo, aunque indirectamente, que era ella la autora del texto. Eso, sin embargo, no formaba parte de la acusación contra Lisbeth Salander. Bjurman nunca puso ninguna denuncia por lesiones y, además, no se podía probar si se lo había dejado tatuar voluntariamente o si se lo habían realizado a la fuerza.

—En otras palabras, afirma que su administrador abusó de usted sexualmente. ¿Puede contarnos cuándo tuvieron lugar esos supuestos abusos?

—La primera vez el martes 18 de febrero de 2003, y la segunda el viernes 7 de marzo de ese mismo año.

—Se ha negado a contestar a todas las preguntas que le han hecho los interrogadores que han intentado hablar con usted. ¿Por qué?

—No tenía nada que decirles.

—He leído la supuesta autobiografía que inesperadamente me entregó su abogada hace un par de días. Tengo que decir que es un documento extraño; ya volveremos sobre eso. Pero en ese texto afirma usted que el abogado Bjurman la forzó en una primera ocasión a realizarle sexo oral y que en la segunda se pasó una noche entera sometiéndola a repetidas violaciones y a una grave tortura.

Lisbeth no contestó.

—¿Es eso correcto?

—Sí.

—¿Denunció las violaciones a la policía?

—No.

—¿Por qué no?

—Los policías nunca me han hecho caso cuando he intentado contarles algo. Así que no tenía ningún sentido denunciar nada.

—¿Habló de esos abusos con algún conocido suyo? ¿Alguna amiga?

—No.

—¿Por qué no?

—Porque no era asunto de nadie.

—Vale. ¿Contactó usted con algún abogado?

—No.

—¿Se dirigió a algún médico para que le examinara las lesiones que, según usted, le ocasionó?

—No.

—Y tampoco se dirigió a ningún centro de acogida de mujeres.

—Acabas de hacer una afirmación.

—Perdón. ¿Se dirigió a algún centro de acogida?

—No.

Ekström se volvió hacia el presidente de la sala.

—Quiero llamar la atención del tribunal sobre el hecho de que la acusada ha afirmado que fue víctima de dos abusos sexuales, uno de los cuales debe ser considerado de extrema gravedad. Sostiene que la persona culpable de esas violaciones fue su administrador, el difunto letrado Nils Bjurman. Asimismo, habría que considerar los siguientes hechos...

Ekström hojeó sus papeles.

—La investigación realizada por la brigada de delitos violentos no ha revelado nada en el pasado del abogado Nils Bjurman que pueda reforzar la credibilidad de lo que cuenta Lisbeth Salander. Bjurman nunca ha sido juzgado por ningún delito. Nunca ha sido objeto de ninguna investigación. Nadie lo ha denunciado jamás. Antes de encargarse de la acusada, también fue el administrador o el tutor de otros numerosos jóvenes y ninguno de ellos ha manifestado que fueran sometidos a ningún tipo de abuso. Todo lo contrario: insisten en que Bjurman siempre se portó correcta y amablemente con ellos.

Ekström pasó la página.

—También es mi deber recordar que a Lisbeth Salander la han catalogado como esquizofrénica paranoica. Se trata de una mujer joven con tendencias violentas documentadas que, desde su más temprana adolescencia, ha tenido graves problemas para relacionarse con la sociedad. Ha pasado varios años en una institución psiquiátrica y se encuentra sometida a la tutela de un administrador desde que cumplió los dieciocho años. Por muy lamentable que pueda resultar, hay razones para ello. Lisbeth Salander constituye un peligro para sí misma y para su entorno. Estoy convencido de que lo que necesita no es una reclusión penitenciaria; lo que necesita es asistencia médica.

Hizo una pausa dramática.

—Hablar del estado mental de una persona joven es una tarea repugnante. Hay muchas cosas que vulneran su integridad, y su estado psíquico siempre es objeto de múltiples interpretaciones. No obstante, en el caso que nos ocupa no debemos olvidar la distorsionada visión que Lisbeth Salander tiene del mundo. Se manifiesta con toda claridad en esa pretendida autobiografía. En ninguna otra parte su falta de contacto con la realidad resulta tan patente como aquí; no es necesario recurrir a testigos ni interpretar lo que una u otra persona quiera afirmar. Contamos con sus propias palabras. Podemos juzgar por nosotros mismos la credibilidad de sus afirmaciones.

Depositó su mirada en Lisbeth Salander. Ella se la devolvió. Y a continuación sonrió. Cobró un aspecto malvado. Ekström frunció el ceño.

—¿Quiere la señora Giannini añadir algo? —preguntó el juez Iversen.

—No —contestó Annika Giannini—. Tan sólo que las conclusiones del fiscal Ekström no son más que tonterías.

La sesión de la tarde se inició con el interrogatorio de la testigo Ulrika von Liebenstaahl, de la comisión de tutelaje, a quien Ekström había llamado para intentar averiguar si existía algún tipo de queja contra el abogado Bjurman. La señora Von Liebenstaahl lo negó en redondo: esas afirmaciones le parecieron insultantes.

—Llevamos un riguroso control de los asuntos de administración y tutelaje. Durante casi veinte años, el abogado Bjurman trabajó para la comisión de tutelaje antes de ser asesinado de tan vergonzosa manera.

A pesar de que Lisbeth Salander no estaba acusada de homicidio y de que ya había quedado claro que fue Ronald Niedermann el que asesinó a Bjurman, Ulrika von Liebenstaahl contempló a Lisbeth Salander con una mirada fulminante.

—Durante todos esos años no hemos recibido ni una sola queja contra el abogado Bjurman. Era una persona concienzuda que dio frecuentes muestras de un fuerte compromiso para con sus clientes.

—¿Así que no cree usted verosímil que sometiera a Lisbeth Salander a una grave violencia sexual?

—Lo considero absurdo. Tenemos sus informes mensuales, y yo misma me reuní con él en varias ocasiones para tratar este caso.

—La abogada Annika Giannini ha exigido formalmente que la tutela administrativa de Lisbeth Salander se anule a efectos inmediatos.

—A nadie le alegra más que a nosotros anular una tutela administrativa. Sin embargo, tenemos una responsabilidad que nos obliga a atenernos a la normativa vigente. Desde la comisión hemos puesto la condición de que los expertos psiquiátricos, siguiendo el procedimiento normal, declaren curada a Lisbeth Salander antes de que se pueda plantear una posible modificación del estado de su tutela.

—Entiendo.

—Eso significa que debe someterse a un reconocimiento psiquiátrico. Algo que, como todos sabemos, se niega a hacer.

El interrogatorio de Ulrika von Liebenstaahl duró más de cuarenta minutos durante los cuales se estudiaron los informes mensuales de Bjurman.

Annika Giannini hizo una sola pregunta justo antes de que terminara el interrogatorio.

—¿Se encontraba usted en el dormitorio del abogado Bjurman la noche del 7 al 8 de marzo de 2003?

—Claro que no.

—Así que, en otras palabras, no tiene ni la más mínima idea de si los datos que aporta mi clienta son verdaderos o no...

—La acusación contra el abogado Bjurman es absurda.

—Ésa es su opinión. ¿Puede usted proporcionarle

una coartada o documentar de alguna otra manera que no sometió a mi clienta a abusos sexuales?

—Eso es imposible, claro que no. Pero la probabilidad...

—Gracias. Eso es todo —concluyó Annika Giannini.

A eso de las siete de la tarde, Mikael Blomkvist se encontró con su hermana en Slussen, concretamente en las oficinas de Milton Security, para hacer un resumen de la jornada.

—Ha sido más o menos como me esperaba —dijo Annika—. Ekström se ha tragado la autobiografía de Salander.

—Bien. ¿Cómo se está comportando ella?

Annika se rió.

—Estupendamente; si hasta parece una psicópata auténtica. Actúa con total naturalidad.

—Mmm.

—Hoy se ha tratado más que nada el tema de Stallarholmen. Mañana será lo de Gosseberga, los interrogatorios con gente de la brigada forense y cosas similares. Ekström va a intentar demostrar que Salander fue allí para matar a su padre.

—De acuerdo.

—Pero puede que tengamos un problema técnico: por la tarde Ekström llamó a una tal Ulrika von Liebenstaahl, de la comisión de tutelaje. Y empezó a decir que yo no tenía derecho a defender a Lisbeth.

—¿Por qué?

—Sostiene que Lisbeth está bajo tutela administrativa y que no tiene derecho a elegir un abogado por sí misma.

—¿Cómo?

—Es decir, que técnicamente hablando yo no puedo ser su abogada si la comisión de tutelaje no lo aprueba.

—¿Y?

—Para mañana por la mañana el juez Iversen deberá haber tomado una decisión al respecto. Cuando terminó la sesión de hoy intercambié con él unas breves palabras; creo que va a decir que puedo seguir representándola. Mi argumento ha sido que la comisión de tutelaje ha tenido tres meses para recurrir y que me parecía una impertinencia que protestara cuando el juicio ya se había iniciado.

—El viernes testificará Teleborian. Tienes que ser tú quien lo interrogue.

El jueves, tras haber estudiado una serie de mapas y fotografías y escuchado las largas conclusiones técnicas sobre lo acontecido en Gosseberga, el fiscal Ekström determinó que todas las pruebas indicaban que Lisbeth Salander había ido en busca de su padre con el propósito de matarlo. El eslabón más fuerte de la cadena de pruebas era que ella había llevado a Gosseberga un arma de fuego, una P-83 Wanad polaca.

El hecho de que Alexander Zalachenko (según la historia de Salander) o tal vez el asesino de policías Ronald Niedermann (según la declaración prestada por Zalachenko antes de ser asesinado en el hospital de Sahlgrenska) hubiesen intentado, a su vez, matar a Lisbeth Salander, así como el hecho de que la enterraran en el bosque, no significaba en absoluto que ella no hubiese perseguido a su padre hasta Gosseberga con el premeditado objetivo de matarle. Además, casi lo consigue, porque le dio con un hacha en la cara. Ekström exigía que Lisbeth Salander fuera condenada por intento de homicidio o, en su defecto, conspiración para cometer homicidio, así como, en todo caso, por lesiones graves.

La versión de Lisbeth Salander era que había ido hasta Gosseberga para enfrentarse a su padre y hacerle confesar los asesinatos de Dag Svensson y Mia Bergman. Esta afirmación era de suma importancia para la cuestión de la premeditación.

Cuando Ekström terminó de interrogar al testigo Melker Hansson, de la brigada forense de la policía de Gotemburgo, la abogada Annika Giannini le hizo unas pocas y breves preguntas.

—Señor Hansson, ¿hay algo, lo que sea, en su investigación y en toda la documentación forense que ha recopilado que, de alguna manera, pueda determinar que Lisbeth Salander esté mintiendo sobre el objetivo de su visita a Gosseberga? ¿Puede usted probar que ella fue allí para matar a su padre?

Melker Hansson reflexionó un instante.

—No —dijo finalmente.

—Entonces, ¿no puede pronunciarse sobre las intenciones de Salander?

—No.

—¿Quiere eso decir que la conclusión del fiscal Ekström, aun siendo elocuente y detallada, es por lo tanto una mera especulación?

—Supongo que sí.

—¿Hay algo en las pruebas forenses que contradiga la afirmación de Lisbeth Salander de que se llevó el arma polaca, una P-83 Wanad, por pura casualidad? ¿Algo que contradiga que simplemente se hallaba en su bolso porque, tras habérsela quitado el día anterior a Sonny Nieminen en Stallarholmen, no supo qué hacer con ella?

—No.

—Gracias —dijo Annika Giannini. Acto seguido, se sentó. Fueron sus únicas palabras durante la hora que duró la declaración de Hansson.

Hacia las seis de la tarde del jueves, Birger Wadensjöö abandonó el edificio de Artillerigatan de la Sección con la sensación de hallarse rodeado de amenazantes nubarrones y de avanzar hacia una inminente hecatombe. Hacía ya unas cuantas semanas que había comprendido que su cargo —el de director, es decir, el de jefe de la Sección para el Análisis Especial— no era más que una fórmula desprovista de significado. Sus opiniones, protestas o súplicas no surtían el menor efecto: Fredrik Clinton había asumido el mando y tomaba todas las decisiones. Si la Sección hubiese sido una institución pública y transparente, no habría importado; le hubiera bastado con dirigirse a su superior para denunciar ese hecho.

Pero tal y como estaban las cosas en esos momentos no había nadie a quien acudir para protestar. Se encontraba solo y abandonado al capricho de una persona que él consideraba psíquicamente enferma. Y lo peor era que la autoridad de Clinton resultaba absoluta. Mocosos como Jonas Sandberg y fieles servidores como Georg Nyström: todos parecían ponerse firmes y cumplir sin rechistar el más mínimo deseo de ese loco enfermo terminal.

Reconoció que Clinton era una autoridad discreta que no trabajaba para su propio beneficio. Podía incluso admitir que trabajaba por el bien de la Sección o, por lo menos, por lo que él consideraba el bien de la Sección. Era como si toda la organización se encontrara en caída libre, en un estado de sugestión colectiva en la que avezados colaboradores se negaban a admitir que cada movimiento que se hacía, cada decisión que se tomaba y se ejecutaba no hacía más que acercarlos cada vez más al abismo.

Wadensjöö sintió una presión en el pecho cuando entró en Linnégatan, calle en la que ese día había encontrado un sitio para aparcar. Desactivó la alarma del coche y sacó las llaves. Ya estaba a punto de abrir la puerta cuando percibió unos movimientos a sus espaldas y se dio la vuelta. Entornó los ojos a contraluz. Tardó unos segundos en reconocer a aquel hombre alto y fuerte que se encontraba sobre la acera.

—Buenas tardes, señor Wadensjöö —dijo Torsten Edklinth, jefe del Departamento de protección constitucional—. Llevo más de diez años apartado del trabajo de campo, pero hoy me ha parecido que tal vez mi presencia resulte apropiada.

Wadensjöö miró desconcertado a los dos policías civiles que flanqueaban a Edklinth. Eran Jan Bublanski y Marcus Erlander.

De repente se dio cuenta de lo que le iba a pasar.

—Tengo el triste deber de comunicarle que el fiscal general ha decidido detenerle por una serie de delitos tan larga que sin duda llevará semanas catalogarlos todos con exactitud.

—Pero ¿qué es esto? —protestó Wadensjöö indignado.

—Esto es el momento en el que queda detenido como sospechoso de cooperación para cometer homicidio. También se le acusa de extorsión, sobornos, escuchas ilegales, varios casos de grave falsificación y grave malversación, robo, abuso de autoridad, espionaje y un largo etcétera. Ahora se va usted a venir conmigo a Kungsholmen, donde hablaremos tranquila y seriamente.

—¡Yo no he cometido ningún homicidio! —dijo Wadensjöö, conteniendo el aliento.

—Eso lo tendrá que decidir la investigación.

—¡Fue Clinton! ¡Todo esto es culpa de Clinton! —dijo Wadensjöö.

Torsten Edklinth asintió, contento.

Todo policía está familiarizado con el hecho de que hay dos maneras de realizar un interrogatorio a un sospechoso: con el poli bueno y con el poli malo. El poli malo amenaza, suelta palabrotas, da puñetazos en la mesa y, por lo general, se comporta como un borde con el único objetivo de atemorizar al detenido y provocar así su sumisión y confesión. El poli bueno —a ser posible, un señor mayor algo canoso—, invita a cigarrillos y café, asiente con simpatía y emplea un tono comprensivo.

La mayoría de los policías —aunque no todos— también saben que, por lo que al resultado respecta, la técnica interrogativa del poli bueno resulta, a todas luces, superior. Un ladrón ya curtido y duro de pelar no se deja impresionar lo más mínimo por el poli malo. Y un inseguro aficionado que tal vez confiesa dejándose intimidar por un poli malo, siempre acaba de todos modos confesando, al margen de la técnica interrogativa que se utilice.

Mikael Blomkvist escuchó el interrogatorio de Birger Wadensjöö desde una sala contigua. Su presencia había sido objeto de una serie de disputas internas antes de que Edklinth decidiera que, sin lugar a dudas, podrían sacar provecho de las observaciones de Blomkvist.

Mikael constató que Torsten Edklinth empleaba una tercera variante de interrogatorio policial: el policía indiferente, estrategia que, en este caso concreto, parecía funcionar aún mejor. Edklinth entró en la sala de interrogatorios, sirvió café en unas tazas de porcelana, enchufó la grabadora y se reclinó en la silla.

—Tenemos contra ti todas las pruebas técnicas imaginables. Nuestro único interés en oír tu versión es, sencillamente, que nos confirmes las cosas que ya sabemos. Aunque sí nos gustaría, tal vez, que nos respondieras a una pregunta: ¿por qué? ¿Cómo pudisteis ser tan idiotas de empezar a liquidar a la gente, aquí, en Suecia, como si estuviésemos en el Chile de la dictadura de Pinochet? La grabadora está en marcha. Si quieres decir algo, éste es el momento. Si no quieres hablar, la apago, te quitamos la corbata y los cordones de los zapatos y te subimos a los calabozos, a la espera de abogado, juicio y sentencia.

Luego Edklinth se tomó un trago de café y permaneció completamente callado. Como en los dos minutos que siguieron Wadensjöö no dijo nada, alargó la mano y apagó la grabadora. Se levantó.

—Voy a asegurarme de que te vengan a buscar dentro de un par de minutos. Adiós.

—Yo no he matado a nadie —soltó Wadensjöö cuando Edklinth ya había abierto la puerta. Éste se detuvo en el umbral.

—No me interesa mantener una conversación general contigo. Si quieres dar explicaciones, me siento y pongo la grabadora. Toda la Suecia oficial, sobre todo el primer ministro, espera con ansiedad tus palabras. Si me lo cuentas, puedo ir a ver al primer ministro esta misma noche para darle tu versión de los acontecimientos. Si no me lo cuentas, serás en cualquier caso procesado y condenado.

—Siéntate —dijo Wadensjöö.

Resultó obvio para todo el mundo que ya se había resignado. Mikael respiró aliviado. Lo acompañaban Monica Figuerola, la fiscal Ragnhild Gustavsson, Stefan, el anónimo colaborador de la Säpo, así como otras dos personas del todo desconocidas. Mikael sospechó que una de las dos, como poco, representaba al ministro de Justicia.

—Yo no tuve nada que ver con los asesinatos —dijo Wadensjöö cuando Edklinth volvió a poner en marcha la grabadora.

—Los asesinatos —le dijo Mikael Blomkvist a Monica Figuerola.

—Schhh —contestó ella.

—Fueron Clinton y Gullberg. Yo no tenía ni idea de lo que iban a hacer. Lo juro. Me quedé en estado de *shock* cuando me enteré de que Gullberg había matado de un tiro a Zalachenko. No me podía creer que fuera verdad… No me lo podía creer. Y cuando me enteré de lo de Björck por poco me da un infarto.

—Háblame del asesinato de Björck —dijo Edklinth sin cambiar el tono de voz—. ¿Cómo se llevó a cabo?

—Clinton contrató a alguien. No sé ni siquiera cómo lo hicieron, pero eran dos yugoslavos. Serbios, si no me equivoco. Fue Georg Nyström quien les hizo el encargo y les pagó. Nada más saberlo, comprendí que todo aquello acabaría siendo nuestra ruina.

—Retomémoslo desde el principio —propuso Edklinth—. ¿Cuándo empezaste a trabajar para la Sección?

Cuando Wadensjöö comenzó a hablar ya no hubo quien lo parara. El interrogatorio se prolongó durante casi cinco horas.

Capítulo 26

Viernes, 15 de julio

El viernes por la mañana, el doctor Peter Teleborian, que se hallaba sentado en el banquillo de los testigos, inspiró mucha confianza. Fue interrogado por el fiscal Ekström durante más de noventa minutos y contestó a todas las preguntas con calma y autoridad. Unas veces su rostro mostraba una expresión de preocupación y otras entretenimiento.

—Resumiendo… —dijo Ekström, hojeando sus notas—, su juicio como psiquiatra, tras muchos años de experiencia, es que Lisbeth Salander sufre de una esquizofrenia paranoide.

—Siempre he dicho que realizar una evaluación exacta de su estado entraña una dificultad extrema. Como ya se sabe, la paciente es prácticamente autista en su relación con los médicos y las autoridades. Mi opinión es que sufre una grave enfermedad psíquica, aunque ahora mismo sería incapaz de ofrecer un diagnóstico exacto. Tampoco puedo decir en qué estado de psicosis se encuentra sin realizar unos estudios mucho más amplios.

—En cualquier caso, usted considera que no se encuentra en un estado psíquicamente sano.

—Todo su historial no es más que una elocuente prueba de que ése no es el caso.

—Ha tenido ocasión de leer la *autobiografía*, por llamarla de alguna forma, que Lisbeth Salander ha redactado y que le ha dejado al tribunal a modo de explicación. ¿Quiere hacer algún comentario al respecto?

Peter Teleborian hizo un gesto con las manos y se encogió de hombros sin pronunciar palabra.

—Pero ¿qué credibilidad le concede a la historia?

—Aquí no hay ninguna credibilidad. Lo único que hay es una serie de afirmaciones, unas más fantásticas que otras, sobre unas cuantas personas. En general, su redacción confirma las sospechas de que sufre de esquizofrenia paranoide.

—¿Podría poner algún ejemplo?

—Lo más obvio es, claro está, esa supuesta violación de la que culpa a su administrador, el señor Bjurman.

—¿Podría usted ser más preciso?

—La descripción ofrece todo lujo de detalles. Estamos ante el clásico ejemplo de una de esas absurdas y exageradas fantasías que pueden tener los niños. Sobran casos similares de conocidos juicios de incesto en los que el niño realiza unas detalladas descripciones que caen por su propio y absurdo peso y en los que se carece por completo de pruebas técnicas. Se trata, por lo tanto, de unas fantasías eróticas que hasta un niño de muy corta edad podría tener... Más o menos como si estuviesen viendo una película de terror en la televisión.

—Pero Lisbeth Salander no es una niña, sino una mujer adulta —dijo Ekström.

—Sí, y es verdad que nos falta por determinar con exactitud el nivel mental en el que se encuentra. Pero en el fondo tiene usted razón en una cosa: es adulta. Y probablemente ella sí se crea la descripción que nos ha dado.

—¿Quiere decir que se trata de una mentira?

—No; si ella se cree lo que está diciendo, no se trata de ninguna mentira. Se trata de una historia que demuestra que ella no sabe separar la fantasía de la realidad.

—Entonces, ¿no fue violada por el abogado Bjurman?

—No. La probabilidad de que eso haya ocurrido habría que considerarla inexistente. Ella necesita cuidados médicos cualificados.

—Usted también aparece en el relato de Lisbeth Salander...

—Sí, eso resulta un poco morboso, por llamarlo de alguna manera... Pero nos encontramos de nuevo ante una fantasía a la que ella da salida. Si debemos creer a la pobre chica, yo soy más bien un pedófilo...

Sonrió y siguió:

—Pero es una manifestación exacta de lo que estoy diciendo. En la biografía de Salander podemos leer que la mayor parte del tiempo que pasó en Sankt Stefan la maltrataron inmovilizándola con correas a una camilla y que, por las noches, yo me presentaba en su habitación. He aquí un clásico ejemplo de su incapacidad para interpretar la realidad. O, mejor dicho, de cómo ella *interpreta* la realidad.

—Gracias. Cedo el testigo a la defensa por si la señora Giannini desea hacer alguna pregunta.

Como durante los dos primeros días del juicio Annika Giannini apenas preguntó ni protestó, todos esperaban que actuara del mismo modo: que hiciera unas cuantas preguntas de rigor para, a continuación, dar por concluido el interrogatorio. «La verdad es que el trabajo de la defensa es tan lamentable que hasta da vergüenza», pensó Ekström.

—Sí. Deseo hacer unas preguntas —dijo Annika Giannini—. La verdad es que tengo bastantes preguntas y es muy posible que esto se alargue. Son las once y media. Propongo que hagamos una pausa para comer, de manera que a la vuelta pueda interrogar al testigo sin interrupciones.

El juez Iversen decidió levantar la sesión para almorzar.

A Curt Svensson lo acompañaban dos agentes uniformados cuando, a las doce en punto, puso su enorme mano sobre el hombro del comisario Georg Nyström en la puerta del restaurante Mäster Anders, de Hantverkargatan. Éste, asombrado, alzó la vista y miró a Curt Svensson, que casi le estampa la placa en las narices.

—Buenos días. Queda usted detenido como sospechoso de cooperación para cometer homicidio y por intento de asesinato. La totalidad de los cargos le serán comunicados por el fiscal general esta misma tarde. Le sugiero que nos acompañe voluntariamente —dijo Curt Svensson.

Georg Nyström parecía no entender el idioma en el que hablaba Curt Svensson. Pero constató que Curt Svensson era una persona a la que convenía acompañar sin protestar.

El inspector Jan Bublanski estaba acompañado por Sonja Modig y siete agentes uniformados cuando el colaborador Stefan Bladh, de protección constitucional, les dejó entrar a las doce en punto en esa sección cerrada del edificio de la jefatura de policía de Kungsholmen que constituía la sede de la Säpo. Atravesaron los pasillos hasta que Stefan se detuvo y señaló un despacho. La secretaria del jefe administrativo se quedó perpleja cuando Bublanski le enseñó su identificación.

—Haga el favor de permanecer quieta. Esto es una intervención policial.

Se acercó hasta la puerta del despacho interior y, al abrirla, sorprendió al jefe administrativo, Albert Shenke, en plena conversación telefónica.

—¿Qué es esto? —preguntó Shenke.

—Soy el inspector Jan Bublanski. Queda usted detenido por delinquir contra la Constitución sueca. Los diferentes cargos de la acusación le serán comunicados a lo largo de la tarde.

—¡Esto es inaudito! —protestó Shenke.

—¿A que sí? —replicó Bublanski.

Precintó el despacho de Shenke y colocó en la puerta a dos agentes a los que les dio la orden de que no dejaran pasar a nadie. Los autorizó a usar las porras e incluso a sacar sus armas reglamentarias si alguien intentaba entrar utilizando la fuerza.

Continuaron la procesión por el pasillo hasta que Stefan señaló otra puerta y se repitió el procedimiento con el jefe de presupuesto Gustav Atterbom.

Jerker Holmberg recibió el refuerzo de una patrulla del distrito de Södermalm cuando, a las doce en punto, llamó a la puerta de unas oficinas alquiladas provisionalmente en la tercera planta de un edificio situado justo enfrente de la redacción de *Millennium*, en Götgatan.

Como nadie abría, Jerker Holmberg ordenó que los agentes que lo acompañaban forzaran la puerta, pero antes de que les diera tiempo a hacer uso de la palanqueta se abrió una pequeña rendija.

—¡Policía! —dijo Jerker Holmberg—. ¡Salga con las manos donde yo pueda verlas!

—¡Soy policía! —respondió el inspector Göran Mårtensson.

—Ya lo sé. Y tiene licencia para un puto montón de armas.

—Claro, es que soy policía en misión especial.

—¡Y una mierda! —le replicó Jerker Holmberg.

Le ayudaron a poner a Mårtensson contra la pared y a quitarle el arma reglamentaria.

—Queda detenido por escuchas ilegales, falta grave en el ejercicio de sus funciones, allanamiento de morada en repetidas ocasiones en la casa que el periodista Mikael Blomkvist tiene en Bellmansgatan y, probablemente, por unos cuantos cargos más. Espósalo.

Jerker Holmberg hizo una rápida inspección de las oficinas y constató que allí había suficiente material electrónico como para montar un estudio de grabación. Le ordenó a un agente que se quedara vigilando el lugar y le dio instrucciones muy precisas para que permaneciera sentado y quieto en una silla y no dejara huellas dactilares.

Cuando sacaron a Mårtensson por el portal del inmueble, Henry Cortez alzó su Nikon digital e hizo una serie de veintidós fotografías. Era cierto que no era fotógrafo profesional y que la calidad de las fotos dejaba bastante que desear. Pero las imágenes fueron vendidas al día siguiente a un periódico vespertino a cambio de una cantidad de dinero realmente escandalosa.

Monica Figuerola fue la única de los policías que participaron en las redadas de ese día que fue víctima de un imprevisto incidente. Ya había recibido los refuerzos de la unidad de intervención del distrito de Norrmalm y de tres colegas de la DGP/Seg cuando, a las doce en punto, entró por el portal del edificio de Artillerigatan y subió las escaleras hasta la última planta, propiedad de la empresa Bellona.

La operación había sido planificada con poco tiempo de antelación. Una vez congregada la fuerza policial ante la puerta del piso, ella dio la señal. Dos corpulentos agentes uniformados levantaron un ariete de acero de cuarenta kilos y derribaron la puerta con dos golpes bien precisos. La fuerza de intervención, provista de chalecos antibalas y armas de refuerzo, apenas tardó diez segundos en ocupar el piso.

Según el dispositivo de vigilancia montado frente al inmueble desde el amanecer, cinco personas identificadas como colaboradores de la Sección entraron en ese portal a lo largo de la mañana. En cuestión de segundos, los cinco fueron detenidos y esposados.

Monica Figuerola llevaba chaleco antibalas. Recorrió el piso del que fuera cuartel general de la Sección desde los años sesenta y, una por una, abrió todas las puertas. Constató que necesitaría la ayuda de un arqueólogo para catalogar la gran cantidad de papeles que atestaba las habitaciones.

No habían pasado más que unos segundos desde que entró cuando abrió la puerta de un pequeño espacio situado muy al fondo del piso y descubrió que se trataba de un dormitorio. De repente, se encontró cara a cara con Jonas Sandberg. Él había sido uno de los interrogantes que se plantearon en el reparto de tareas de esa mañana. Durante la noche anterior, el policía que lo estuvo vigilando le perdió la pista: su coche seguía aparcado en Kungsholmen y por la noche no se dejó caer por casa. Por la mañana no habían sabido cómo localizarlo y detenerlo.

Tienen vigilancia nocturna en el piso por razones de seguridad. Claro. Y Sandberg está descansando porque le ha tocado el turno de noche.

Jonas Sandberg sólo llevaba puestos unos calzoncillos y parecía que acababa de despertarse. Alargó la mano para coger su arma reglamentaria, que estaba encima de la mesilla de noche. Monica Figuerola se inclinó hacia delante y tiró el arma al suelo, lejos de Sandberg.

—Jonas Sandberg, queda usted detenido como sospechoso de complicidad en el asesinato de Gunnar Björck y Alexander Zalachenko, así como en el intento de asesinato de Mikael Blomkvist y Erika Berger. Póngase los pantalones.

Jonas Sandberg le dirigió un puñetazo a Monica Figuerola. Ella lo paró sin inmutarse.

—Estás de coña, ¿no? —dijo.

Ella agarró el brazo de Sandberg y le giró la muñeca con tanta fuerza que lo hizo caer al suelo de espaldas. Lo puso boca abajo y apoyó una rodilla en su región lumbar.

Lo esposó. Era la primera vez desde que empezó a trabajar en la DGP/Seg que usaba las esposas estando de servicio.

Entregó a Sandberg a uno de los agentes uniformados y siguió su camino. Para acabar, abrió la última puerta, situada al final del pasillo. Según los planos de la oficina de urbanismo, se trataba de un cuartucho que daba al patio. Se detuvo en el umbral y se quedó mirando al espantapájaros más demacrado que había visto en su vida. Ni por un segundo dudó de que se hallaba frente a un enfermo terminal.

—Fredrik Clinton, queda usted detenido por complicidad en asesinato, intento de asesinato y una larga serie de diferentes delitos —dijo Monica—. Quédese quieto en la cama. Hemos llamado a una ambulancia para trasladarlo a Kunsgholmen.

Christer Malm se había colocado justo delante de la entrada de Artillerigatan. A diferencia de Henry Cortez, sabía utilizar su Nikon digital. Usó un teleobjetivo corto, por lo que las fotos fueron muy profesionales.

Mostraban cómo, uno tras otro, los miembros de la Sección salían por la puerta acompañados de la policía, eran introducidos en los coches y, por último, cómo una ambulancia venía a buscar a Fredrik Clinton. Sus ojos miraron al objetivo de la cámara justo en el momento en el que Christer pulsó el disparador. Había en ellos preocupación y desconcierto.

Algún tiempo después, esa imagen ganó el premio de «La Fotografía del Año».

Capítulo 27

Viernes, 15 de julio

A las doce y media el juez Iversen golpeó la mesa con la maza, dando así por reanudada la vista oral. No pudo evitar advertir la presencia de una tercera persona en la mesa de Annika Giannini. Holger Palmgren estaba sentado en una silla de ruedas.

—Hola, Holger —dijo el juez Iversen—. Hacía mucho tiempo que no te veía en una sala de tribunal.

—Buenos días, juez Iversen. Bueno, es que algunos casos son tan complicados que los *juniors* necesitan un poco de ayuda.

—Pensaba que habías dejado de ejercer.

—He estado de baja. Pero la abogada Giannini me ha contratado para este caso como su asesor.

—Entiendo.

Annika Giannini se aclaró la voz.

—También cabe añadir que Holger Palmgren representó durante muchos años a Lisbeth Salander.

—No tengo nada que objetar —contestó el juez Iversen.

Le hizo un movimiento de cabeza a Annika Giannini para que empezara. Ella se levantó. Siempre la había disgustado esa pésima costumbre sueca de realizar una vista oral con todos sentados alrededor de una mesa manteniendo un tono informal, casi como si se tratara de una cena. Se sentía mucho mejor cuando hablaba de pie.

—Creo que tal vez debamos empezar con los últimos comentarios de esta mañana. Señor Teleborian, ¿por qué desestima usted sistemáticamente todas las afirmaciones que provienen de Lisbeth Salander?

—Porque es obvio que son falsas —contestó Peter Teleborian.

Estaba tranquilo y relajado. Annika Giannini asintió y se dirigió al juez Iversen.

—Señor juez: el señor Peter Teleborian afirma que Lisbeth Salander miente y se imagina cosas. Ahora la defensa va a probar que todas y cada una de las palabras que se encuentran en la autobiografía de Lisbeth Salander son verdaderas. Vamos a aportar documentación que demuestra que así es: tanto gráfica y escrita como con la ayuda de algunos testimonios. Hemos llegado ya a ese punto del juicio en el que el fiscal ha expuesto las líneas principales de su demanda. Las hemos escuchado y ahora conocemos exactamente la naturaleza de las acusaciones realizadas contra Lisbeth Salander.

De repente, Annika Giannini notó que tenía la boca seca y que le temblaba la mano. Inspiró profundamente y bebió un poco de Ramlösa. Luego se agarró con firmeza al respaldo de la silla para no revelar sus nervios.

—De la exposición del fiscal podemos extraer la conclusión de que le sobran opiniones, pero que, para su desgracia, le faltan pruebas. Cree que Lisbeth Salander disparó a Carl-Magnus Lundin en Stallarholmen. Afirma que ella fue a Gosseberga con la intención de matar a su padre. Supone que mi clienta es una esquizofrénica paranoica y que sufre todo tipo de enfermedades psíquicas. Y esa suposición se basa en una sola fuente: el doctor Peter Teleborian.

Hizo una pausa y recuperó el aliento. Se obligó a hablar despacio.

—A día de hoy las pruebas se apoyan, única y exclusivamente, en Peter Teleborian. Si él tuviera razón, todo sería perfecto: en tal caso, lo que más le convendría a mi clienta sería recibir esos especializados cuidados médicos de los que hablan tanto él como el fiscal.

Pausa.

—Pero si el doctor Teleborian se equivoca, el asunto toma un cariz completamente distinto. Y si, además, miente conscientemente, entonces estamos hablando de que ahora mismo mi clienta está siendo objeto de una violación de sus derechos que se ha venido cometiendo durante muchos años.

Se dirigió a Ekström.

—Lo que esta tarde haremos será demostrar que su testigo se equivoca y que a usted, como fiscal, le han engañado vendiéndole todas esas falsas conclusiones.

Peter Teleborian mostró una complacida sonrisa. Hizo un gesto con las manos y movió la cabeza invitando a Annika Giannini a continuar. Ella se dirigió al juez Iversen.

—Señor juez: voy a demostrar que la llamada evaluación psiquiátrica forense de Peter Teleborian es falsa de principio a fin. Voy a demostrar que miente conscientemente sobre Lisbeth Salander. Voy a demostrar que mi clienta ha sido objeto de una grave vulneración de sus derechos constitucionales. Y voy a demostrar que es tan inteligente y está tan cuerda como cualquier otra persona de esta sala.

—Perdone, pero… —replicó Ekström.

—Un momento —se apresuró a decir Annika, levantando un dedo—; durante dos días le he dejado hablar sin interrumpirlo. Ahora me toca a mí.

Volvió a dirigirse al juez Iversen.

—No pronunciaría una acusación tan grave ante un tribunal si no tuviera una sólida base de pruebas.

—Descuide… Continúe —dijo Iversen—, pero no quiero saber nada de grandes teorías conspirativas. Recuerde que la pueden procesar por difamación, incluso por afirmaciones hechas ante el tribunal.

—Gracias. Lo tendré en cuenta.

Se volvió hacia Teleborian, que daba la impresión de seguir disfrutando con la situación.

—En repetidas ocasiones esta defensa ha solicitado que se le permitiera consultar el historial médico de Lisbeth Salander correspondiente a la época en la que estuvo ingresada en su clínica de Sankt Stefan, durante sus primeros años de adolescencia. ¿Por qué no nos ha sido entregado?

—Porque un tribunal de primera instancia decidió clasificarlo y eso se hizo pensando en el bien de Lisbeth Salander, pero si una instancia superior anula esa decisión, por supuesto que lo entregaré.

—Gracias. Durante los dos años que Lisbeth Salander pasó en Sankt Stefan, ¿cuántas noches estuvo inmovilizada con correas en una camilla?

—Así, a bote pronto, no sabría decirlo.

—Ella afirma que fueron trescientas ochenta de las setecientas ochenta y seis que pasó en Sankt Stefan.

—No podría decir un número exacto, pero eso es una exageración desmesurada. ¿De dónde sale esa cifra?

—De su autobiografía.

—¿Me quiere usted decir que después de tanto tiempo todavía recuerda el número de noches exactas que pasó amarrada a la camilla? Eso es absurdo.

—¿Lo es? ¿De cuántas se acuerda usted?

—Lisbeth Salander era una paciente muy agresiva y muy inclinada a la violencia, de modo que en más de una ocasión hubo que encerrarla en una habitación libre de estímulos. Quizá sea conveniente que explique el objetivo de la habitación libre de estímulos…

—Gracias, no será necesario. En teoría es una habitación en la que un paciente no debe recibir ningún estímulo sensorial que le pueda causar inquietud. ¿Cuántos días y cuántas noches pasó Lisbeth Salander, con trece años de edad, inmovilizada en un sitio así?

—Unos… grosso modo quizá una treintena de ocasiones mientras permaneció ingresada en la clínica.

—Treinta. Eso es tan sólo una ínfima parte de las trescientas ochenta que afirma ella.

—Indudablemente.

—Menos del diez por ciento de la cifra que ella da.

—Sí.

—¿Nos ofrecería su historial médico una información más exacta del tema?

—Es posible.

—Estupendo —dijo Annika Giannini antes de sacar un considerable montón de papeles de su maletín—. Me gustaría entonces proceder a entregarle al tribunal una copia del historial de Lisbeth Salander de Sankt Stefan. He sumado el número de veces que pasó inmovilizada en la camilla y me sale un total de trescientas ochenta y una, es decir, una cifra incluso superior a la que ha indicado mi cliente.

Los ojos de Peter Teleborian se abrieron de par en par.

—Oiga, un momento… eso es información confidencial. ¿De dónde la ha sacado?

—Me la ha dado un reportero de la revista *Millennium*. Así que muy confidencial no creo que sea, cuando se encuentra tirada por ahí en la mesa de cualquier redacción cogiendo polvo. Quizá deba añadir que hoy mismo la revista *Millennium* va a publicar algunos fragmentos de ese historial. De modo que considero que también habría que brindarle a este tribunal la oportunidad de que lo leyera.

—Eso es ilegal…

—No. Lisbeth Salander ha autorizado su publicación. El caso es que mi cliente no tiene nada que ocultar…

—Su clienta fue declarada incapacitada y no tiene derecho, por sí misma, a tomar ninguna decisión al respecto.

—Ya volveremos luego a ese punto. Analicemos primero lo que ocurrió en Sankt Stefan.

El juez Iversen frunció el ceño y cogió el historial que Annika Giannini le entregó.

—Para el fiscal no he hecho ninguna copia; hará ya cosa de un mes que él recibió estos documentos en los que se demuestra cómo se vulneró la integridad de mi clienta.

—¿Cómo? —preguntó Iversen.

—El fiscal Ekström ya recibió, de mano de Teleborian, una copia de este historial clasificado en una reunión mantenida en su despacho a las 17.00 horas del sábado 4 de junio de este mismo año.

—¿Es eso cierto? —preguntó Iversen.

El primer impulso de Richard Ekström fue negarlo todo. Luego se dio cuenta de que tal vez Annika Giannini dispusiera de alguna documentación que lo probara.

—Solicité consultar algunas partes del historial bajo secreto profesional —reconoció Ekström—. Tuve que asegurarme de que Salander tenía realmente el pasado que se decía.

—Gracias —dijo Annika Giannini—. Eso nos confirma que el doctor Teleborian no sólo ha mentido, sino que también, al entregar un historial que está clasificado, cómo él mismo afirma, ha cometido un delito.

—Tomamos nota de eso —dijo Iversen.

De repente, se vio al juez Iversen muy despierto. De una manera muy poco habitual, Annika Giannini acababa de realizar un duro ataque a un testigo y ya había destrozado una parte importante de su testimonio. *Y afirma que puede documentar todo lo que dice.* Iversen se ajustó las gafas.

—Doctor Teleborian, partiendo de este historial que usted mismo ha redactado, ¿puede decirme ahora cuántos días y cuántas noches pasó Lisbeth Salander inmovilizada con correas?

—No recordaba que hubiesen sido tantos, pero si eso es lo que dice el historial, no me queda más remedio que creérmelo.

—Trescientos ochenta y un días con sus respectivas noches. ¿No es un número excepcionalmente alto?

—Es mucho más de lo normal, sí.

—Si usted tuviera trece años y alguien lo amarrara con un correaje de cuero a una camilla con estructura de acero durante más de un año, ¿cómo se sentiría? ¿Lo viviría como una tortura?

—Debe usted entender que la paciente resultaba peligrosa no sólo para sí misma sino también para los demás…

—Vale, vamos a ver… Peligrosa para sí misma: ¿alguna vez Lisbeth Salander se ha hecho daño a sí misma?

—Temíamos que…

—Repito la pregunta: ¿alguna vez Lisbeth Salander se ha hecho daño a sí misma? ¿Sí o no?

—Un psiquiatra tiene que aprender a interpretar cada caso de forma global. Por lo que respecta a Lisbeth Salander podemos apreciar, por ejemplo, que tiene el cuerpo lleno de una gran cantidad de tatuajes y *piercings,* algo que también es una muestra de un comportamiento autodestructivo y una forma de infligir daño a su cuerpo. Eso podemos interpretarlo como una manifestación de odio hacia sí misma.

Annika Giannini se volvió hacia Lisbeth Salander.

—¿Son tus tatuajes una manifestación de odio hacia ti misma? —preguntó.

—No —contestó Lisbeth Salander.

Annika Giannini se volvió a dirigir a Teleborian.

—¿Me está usted diciendo que yo, que llevo pendientes y que, de hecho, tengo un tatuaje en un sitio bastante íntimo, represento un peligro para mí misma?

Holger Palmgren no pudo reprimir una risita que acabó convirtiendo en carraspeo.

—No, no es eso... Los tatuajes también pueden formar parte de un ritual social.

—¿Quiere decir que los tatuajes de Lisbeth Salander no se incluyen en este ritual social?

—Usted misma puede observar que sus tatuajes son grotescos y que cubren una parte considerable de su cuerpo. No se trata del típico fetichismo estético ni de una forma normal de decorar su cuerpo.

—¿Cuál es el tanto por ciento?

—¿Perdón?

—¿A partir de qué porcentaje de superficie corporal tatuada deja de ser un fetichismo estético y se convierte en una enfermedad mental?

—Está usted tergiversando mis palabras.

—¿Ah, sí? Entonces, ¿por qué, según su opinión, es un ritual social completamente aceptable si se trata de mí u otros jóvenes, pero cuando se trata de mi clienta juega en su contra a la hora de evaluar su estado psíquico?

—Como ya he dicho, un psiquiatra debe intentar adquirir una visión global. Los tatuajes son sólo un indicio, uno de los muchos que debo considerar a la hora de evaluar su estado.

Annika Giannini guardó silencio unos segundos y le clavó la mirada a Peter Teleborian. Empezó a hablar muy despacio.

—Pero, doctor Teleborian, usted empezó a amarrar a mi clienta cuando tenía doce años y estaba a punto de cumplir trece. En esa época no llevaba ningún tatuaje, ¿a que no?

Peter Teleborian dudó unos segundos. Annika retomó la palabra.

—Supongo que no la amarró usted a la camilla porque pronosticara que en el futuro ella tendría la intención de hacerse tatuajes.

—No, claro que no. Sus tatuajes no tienen nada que ver con el estado en que se encontraba en 1991.

—Y con eso volvemos a la pregunta que le formulé al principio: ¿alguna vez Lisbeth Salander se hizo daño a sí misma para que usted se viera obligado a mantenerla amarrada a una camilla durante un año? ¿Se cortó, por ejemplo, con una navaja, una cuchilla de afeitar o algo parecido?

Por un momento, Peter Teleborian pareció inseguro.

—No, pero teníamos motivos para creer que constituía un peligro para sí misma.

—Motivos para creer… ¿Quiere decir que la amarró por una simple conjetura?…

—Realizamos nuestras evaluaciones.

—Llevo ya cinco minutos haciendo la misma pregunta. Usted afirma que el comportamiento autodestructivo de mi clienta fue lo que provocó que, de los dos años que la atendió, usted la tuviera inmovilizada más de uno. ¿Sería tan amable de darme, de una vez por todas, algún ejemplo de ese supuesto comportamiento autodestructivo del que ella dio muestras con tan sólo doce años?

—Bueno, la chica estaba, por ejemplo, extremadamente malnutrida. Eso se debía, entre otras cosas, a que se negaba a comer. Sospechamos que era anoréxica. Tuvimos que alimentarla a la fuerza en varias ocasiones.

—¿Por qué?

—Porque se negaba a comer, naturalmente.

Annika Giannini se dirigió a su clienta.

—Lisbeth, ¿es correcto que te negaste a comer en Sankt Stefan?

—Sí.

—¿Por qué?

—Porque ese cabrón me ponía psicofármacos en la comida.

—Ajá. Así que el doctor Teleborian te quería dar una medicación… ¿Y por qué no querías tomarla?

—No me gustaban los medicamentos que me daba. Me producían cansancio y me dejaban sin fuerzas. No podía pensar y estaba como atontada la mayor parte del tiempo. Resultaba desagradable. Y ese cabrón se negó a informarme de lo que contenía ese medicamento.

—De modo que te negaste a tomarla…

—Sí. Entonces empezó a meterme esa mierda en la comida. Y dejé de comer. Cada vez que me ponía algo en la comida me negaba a comer durante cinco días.

—Entonces, ¿pasaste hambre?

—No siempre. A veces, algunos cuidadores me pasaban a escondidas algún que otro bocadillo. Recuerdo en especial a uno que me daba de comer por las noches. Lo hizo en varias ocasiones.

—¿Quieres decir que el personal de Sankt Stefan, al ver que estabas hambrienta, te dio de comer para que no pasaras hambre?

—Fue sólo cuando estuve en guerra con ese cabrón por lo de la medicación.

—¿Así que existía una razón completamente lógica para que te negaras a comer?

—Sí.

—Entonces, ¿no se debía a que no quisieras comida?

—No. A menudo pasé hambre.

—¿Es correcto afirmar que estalló un conflicto entre tú y el doctor Teleborian?

—Sí, podríamos llamarlo así…

—Acabaste en Sankt Stefan porque rociaste gasolina sobre tu padre para luego prenderle fuego.

—Sí.

—¿Por qué lo hiciste?

—Porque maltrataba a mi madre.

—¿Alguna vez se lo contaste a alguien?

—Sí.

—¿A quién?

—Se lo conté a los policías que me interrogaron, a la

comisión de asuntos sociales, a la comisión tutelar de menores, a varios médicos, a un pastor y a ese cabrón.

—¿Cuándo dices «ese cabrón» te refieres a…?

—Ése de ahí.

Señaló al doctor Peter Teleborian.

—¿Por qué lo llamas cabrón?

—Cuando llegué a Sankt Stefan intenté explicarle lo ocurrido.

—¿Y qué te dijo el doctor Teleborian?

—No quiso escucharme. Me dijo que eran fantasías. Y que como castigo me iba a amarrar a la camilla hasta que dejara de fantasear. Y luego me intentó meter los psicofármacos.

—¡Tonterías! —dijo Peter Teleborian.

—¿Por eso no hablas con él?

—No le dirijo la palabra desde el día en que cumplí trece años; ése fue el regalo de cumpleaños que me hice a mí misma. Esa noche también estuve amarrada.

Annika Giannini se volvió a dirigir a Peter Teleborian.

—Doctor Teleborian, parece ser que la razón por la que mi clienta se negaba a comer era que ella no aceptaba que usted le administrara aquellos psicofármacos.

—Es posible que ella lo vea así.

—¿Y usted cómo lo ve?

—Tenía una paciente extraordinariamente difícil. Sigo manteniendo que su comportamiento indicaba que era peligrosa para sí misma, pero es posible que se trate de una cuestión de interpretación. En cambio, sí que era violenta y mostraba una conducta psicótica. No cabía duda de que resultaba peligrosa para los demás. De hecho, llegó a Sankt Stefan porque había intentado matar a su padre.

—Ya llegaremos a ese punto. Durante dos años usted fue el responsable de su tratamiento. Lisbeth permaneció trescientos ochenta y un días, con sus respectivas noches, inmovilizada en una camilla. ¿Podríamos decir que ésa fue su forma de castigarla cada vez que mi clienta no hacía lo que usted le decía?

—Eso es un auténtico disparate.

—¿Ah, sí? Veo que, según su historial, casi todas las inmovilizaciones tuvieron lugar durante el primer año… trescientas veinte de un total de trescientas ochenta y una ocasiones. ¿Por qué dejó de amarrarla?

—La paciente evolucionó y se volvió más equilibrada.

—¿No se debió a que sus métodos fueron tachados de excesivamente brutales por el resto del personal?

—¿Qué quiere usted decir?

—¿Acaso el personal no presentó quejas contra, entre otras cosas, la alimentación forzosa de Lisbeth Salander?

—Como es lógico, siempre existen diferentes opiniones. Eso no tiene nada de extraño. Pero alimentarla a la fuerza se convirtió en una carga porque ella se resistía con mucha violencia…

—Porque se negaba a tomar psicofármacos que le producían cansancio y apatía. No tenía ningún problema con la comida cuando no contenía drogas. ¿No habría sido un método de tratamiento más razonable esperar un poco antes de recurrir a esas medidas de fuerza?

—Con todos mis respetos, señora Giannini: yo soy médico. Imagino que mi competencia en ese campo resulta algo mayor que la suya. Mi trabajo es juzgar qué tratamientos son los más adecuados.

—Es verdad que no soy médica, doctor Teleborian. Aunque lo cierto es que lo que se dice competencia no me falta del todo, pues, además de abogada, soy licenciada en psicología por la Universidad de Estocolmo. Es algo más que necesario para mi profesión.

Un silencio total invadió la sala. Tanto Ekström como Teleborian miraron atónitos a Annika Giannini. Ella continuó, implacable.

—¿No es cierto que su forma de tratar a mi clienta provocó a un fuerte conflicto entre usted y su superior, el médico jefe por aquel entonces, Johannes Caldin?

—No… No es cierto.

—Johannes Caldin falleció hace varios años, así que no podrá prestar declaración. Pero tenemos en la sala a una persona que se reunió con el médico jefe Caldin en varias ocasiones. Se trata de mi asesor, Holger Palmgren.

Se volvió hacia él.

—¿Nos puedes contar por qué?

Holger Palmgren se aclaró la voz. Seguía sufriendo las secuelas de su derrame cerebral y tuvo que concentrarse para formular las palabras sin ponerse a balbucir.

—Fui nombrado tutor de Lisbeth cuando su madre fue tan gravemente maltratada por el padre que se quedó minusválida y no pudo cuidar de su hija. La madre sufrió irreparables daños cerebrales y repetidos derrames.

—¿Estás hablando de Alexander Zalachenko?

El fiscal Ekström se inclinó hacia delante en señal de atención.

—Correcto —dijo Palmgren.

Ekström carraspeó.

—Querría señalar que acabamos de entrar en un tema en el que existe un alto grado de confidencialidad.

—Es difícil que sea un secreto el hecho de que Alexander Zalachenko maltratara durante una larga serie de años a la madre de Lisbeth Salander —replicó Annika Giannini.

Peter Teleborian levantó la mano.

—Me temo que el asunto no está tan claro como pretende hacernos creer la señora Giannini.

—¿Qué quiere decir?

—Es indudable que Lisbeth Salander fue testigo de una tragedia familiar y que en 1991 algo desencadenó un grave maltrato. Pero lo cierto es que no hay ningún documento que confirme que esa situación se prolongara durante muchos años, tal y como la señora Giannini sostiene. Aquello podría haber sido un hecho aislado o una simple discusión que se le fue de las manos. La verdad es que no existe ninguna documentación que demuestre que, en efecto, fue el señor Zalachenko el que maltrató a la madre. Según la información que obra en nuestro poder, ella ejercía la prostitución, así que no sería difícil pensar en la existencia de otros posibles autores.

Annika Giannini miró asombrada a Peter Teleborian. Por un segundo pareció haberse quedado muda. Luego intensificó la mirada.

—¿Puede explicarnos eso? —pidió.

—Lo que quiero decir es que, en la práctica, sólo disponemos de las afirmaciones de Lisbeth Salander.

—¿Y?

—Para empezar eran dos hermanas. La hermana de Lisbeth, Camilla Salander, nunca ha hecho acusaciones de ese tipo. Ella negó que hubiera malos tratos. Luego, no lo olvidemos, si en realidad hubiesen existido malos tratos de la envergadura que su clienta sostiene, habrían sido reflejados, como es lógico, en los informes de los servicios sociales.

—¿Existe alguna declaración de Camilla Salander a la que podamos tener acceso?

—¿Declaración?

—¿Dispone usted de alguna documentación que demuestre que, efectivamente, se interrogó a Camilla Salander sobre lo ocurrido en su casa?

Lisbeth Salander se rebulló inquieta en su silla al oír el nombre de su hermana. Miró a Annika Giannini por el rabillo del ojo.

—Supongo que los servicios sociales investigaron el caso...

—Hace un momento usted ha afirmado que Camilla Salander nunca dijo que Alexander Zalachenko maltratara a su madre; es más: ha afirmado que ella lo negó. ¿De dónde ha sacado usted ese dato?

De repente, Peter Teleborian se quedó callado unos cuantos segundos. Annika Giannini vio que se le transformó la mirada al darse cuenta de que había cometido un error. Comprendió adónde quería ir a parar ella, pero ya no había manera de evadir la pregunta.

—Creo recordar que quedó claro en el informe policial —acabó diciendo.

—¿Cree recordar?... Yo, en cambio, he buscado con todas mis ganas el informe de una investigación policial que hable de los acontecimientos ocurridos en Lundagatan cuando Alexander Zalachenko sufrió aquellas severas quemaduras. Lo único que he logrado encontrar han sido los escuetos partes redactados por los agentes allí presentes.

—Es posible…

—Así que me gustaría saber cómo se explica que usted haya leído un informe policial al que esta defensa no ha conseguido acceder.

—No puedo contestar a esa pregunta —dijo Teleborian—. Yo consulté el informe de la investigación cuando hice la evaluación psiquiátrica forense de Lisbeth Salander, inmediatamente después del intento de asesinato de su padre.

—¿Y el fiscal Ekström también ha podido ver ese informe?

Ekström se rebulló en su silla y se tiró de la perilla. Ya se había dado cuenta de que había subestimado a Annika Giannini. Sin embargo, no tenía ninguna razón para mentir.

—Sí, lo he visto.

—¿Por qué la defensa no ha tenido acceso a ese material?

—No pensé que fuera relevante para el caso.

—¿Sería tan amable de decirme cómo ha conseguido ver el informe? Cuando me dirigí a la policía me dijeron, simplemente, que ese informe no existe.

—Fue realizado por la policía de seguridad. Está clasificado.

—¿Así que la Säpo ha investigado un caso de grave maltrato a una mujer y luego ha decidido clasificar el informe?

—Eso se debió al autor… a Alexander Zalachenko. Era un refugiado político.

—¿Quién hizo el informe?

Silencio.

—No he oído nada. ¿Quién figuraba como autor del informe?

—Fue redactado por Gunnar Björck, del Departamento de extranjería de la DGP/Seg.

—Gracias. ¿Es el mismo Björck del que mi clienta afirma que colaboró con Peter Teleborian para falsificar la evaluación psiquiátrica que le efectuaron en 1991?

—Supongo que sí.

Annika Giannini se dirigió de nuevo a Peter Teleborian.

—En 1991 el tribunal decidió encerrar a Lisbeth Salander en una clínica psiquiátrica. ¿A qué fue debida esa decisión?

—El tribunal hizo una meticulosa evaluación de los actos cometidos por su clienta y de su estado psíquico; no olvidemos que había intentado matar a su padre con una bomba incendiaria. No se trata de una actividad a la que se dediquen los adolescentes normales, al margen de que lleven tatuajes o no.

Peter Teleborian sonrió educadamente.

—¿Y en qué se basó el tribunal? Si lo he entendido bien, tenían una sola evaluación psiquiátrica en la que basarse. Había sido redactada por usted y un policía llamado Gunnar Björck.

—Señora Giannini: eso trata sobre las teorías conspirativas de la señorita Salander. Aquí tengo que…

—Perdone, pero aún no he formulado la pregunta —dijo Annika Giannini para, a continuación, dirigirse de nuevo a Holger Palmgren:

—Holger, estábamos hablando de que viste al jefe del doctor Teleborian, el médico jcfe Caldin.

—Sí. Yo acababa de ser nombrado tutor de Lisbeth Salander. Todavía no la conocía; tan sólo me había cruzado con ella un par de veces. Como a todos los demás, me dio la impresión de que, psíquicamente, estaba muy enferma. Pero como iba a ser su tutor, deseaba informarme sobre su estado general de salud.

—¿Y qué te dijo el doctor Caldin?

—Pues que era la paciente del doctor Teleborian. El doctor Caldin no le había dedicado ninguna atención especial; tan sólo las habituales evaluaciones y cosas así. Hasta pasado un año no empecé a hablar de cómo rehabilitarla para volver a integrarla en la sociedad. Yo propuse una familia de acogida. No sé exactamente qué ocurrió en Sankt Stefan, pero, de repente, un día, cuando Lisbeth llevaba más de un año allí, el doctor Caldin empezó a interesarse por ella.

—¿Y cómo se manifestó ese interés?

—Me dio la sensación de que él hizo otra evaluación distinta a la del doctor Teleborian. En una ocasión me contó que había decidido cambiar su tratamiento. No me di cuenta hasta más tarde de que se refería a lo que aquí se ha venido llamando «inmovilización». Caldin decidió, simplemente, que ella no fuera inmovilizada; que no había razones para hacerlo.

—Entonces, ¿se puso en contra del doctor Teleborian?

—Perdone, pero está usted hablando de oídas —objetó Ekström.

—No —dijo Holger Palmgren—. No hablo de oídas; le pedí que me redactara un escrito para ver cómo se podría volver a integrar a Lisbeth Salander en la sociedad. Y el doctor Caldin me lo entregó. Todavía lo conservo.

Le dio un papel a Annika Giannini.

—¿Puedes contarnos lo que pone aquí?

—Es una carta del doctor Caldin dirigida a mí. Está fechada en octubre de 1992, o sea, cuando Lisbeth Salander ya llevaba veinte meses en Sankt Stefan. En la carta el doctor Caldin escribe expresamente que (cito) «mi decisión de que no se inmovilice a la paciente ni se la alimente a la fuerza ha tenido también como resultado visible que ella esté tranquila. No hay necesidad de psicofármacos. Sin embargo, la paciente se muestra extremadamente cerrada y poco comunicativa, y necesita más medidas de apoyo». Fin de la cita.

—O sea, que deja bien patente que se trata de una decisión suya.

—Correcto. También fue el doctor Caldin en persona el que tomó la decisión de que Lisbeth se integrara en la sociedad a través de una familia de acogida.

Lisbeth asintió. Se acordaba del doctor Caldin de la misma manera que se acordaba de todos los detalles de su estancia en Sankt Stefan. Se había negado hablar con él: era un loquero, otro más de la lista de batas blancas que querían hurgar en sus sentimientos. Pero fue amable y bondadoso. Ella estuvo en su despacho y lo escuchó cuando él le contó lo que opinaba de ella.

A Caldin pareció dolerle cuando ella se negó a dirigirle la palabra. Al final, Lisbeth lo miró a los ojos y le explicó su decisión:

—Jamás hablaré contigo ni con ningún otro loquero. No escucháis lo que digo. Podéis tenerme encerrada aquí hasta el día en que me muera. No va a cambiar nada. No hablaré con vosotros.

Lleno de asombro, el doctor Caldin la miró a los ojos. Luego asintió con la cabeza como si se hubiese dado cuenta de algo.

—Doctor Teleborian... Constato que fue usted quien encerró a Lisbeth Salander en una clínica psiquiátrica. Fue usted el que aportó al tribunal ese informe que constituyó la única base para que se tomara esa decisión. ¿Es correcto?

—Es correcto en lo que se refiere a los hechos. Pero yo opino que...

—Luego tendrá tiempo de sobra para expresar su opinión. Cuando Lisbeth Salander estaba a punto de cumplir dieciocho años, usted volvió a intervenir en su vida e intentó de nuevo que la encerraran en una clínica.

—En aquella ocasión no fui yo el que hizo la evaluación médica forense...

—Cierto: el informe fue redactado por un tal doctor Jesper H. Löderman, quien, casualmente, era uno de sus doctorandos por aquel entonces. Usted fue el director de su tesis; por lo tanto, que el informe fuese aprobado dependía de usted.

—No hay nada que no fuera ético ni correcto en esas evaluaciones. Se hicieron respetando todas las reglas del juego.

—Ahora Lisbeth Salander tiene veintisiete años y, por tercera vez, nos encontramos con que intenta convencer al tribunal de que ella está psíquicamente enferma y de que debe ser ingresada en un centro psiquiátrico.

El doctor Peter Teleborian inspiró profundamente. Annika Giannini venía bien preparada; lo había sorprendido con una serie de insidiosas preguntas en las que había conseguido tergiversar sus respuestas. Ella, además, no se había dejado seducir por sus encantos e ignoró por entero su autoridad. Él estaba acostumbrado a que la gente asintiera de forma aprobatoria cuando hablaba.

¿Qué es lo que sabe?

Miró de reojo al fiscal Ekström, pero se percató de que de ése era mejor no esperar ninguna ayuda. Tenía que capear el temporal él solito.

Se recordó a sí mismo que, a pesar de todo, él era toda una autoridad.

Da igual lo que ella diga. Lo que cuenta es mi evaluación.

Annika Giannini cogió el informe psiquiátrico forense de la mesa.

—Echemos un vistazo a su último informe. Dedica bastante energía a analizar la vida espiritual de Lisbeth Salander. Una buena parte de este informe se ocupa de las interpretaciones que usted ha hecho sobre su persona, su comportamiento y sus hábitos sexuales.

—Intenté ofrecer una visión general.

—Muy bien. Y partiendo de esa visión general llega usted a la conclusión de que Lisbeth Salander sufre de esquizofrenia paranoide.

—Bueno, no quería ceñirme a un diagnóstico demasiado exacto.

—Pero usted no llegó a esa conclusión hablando con Lisbeth Salander, ¿a que no?

—Sabe usted muy bien que su clienta se niega a contestar cuando yo o cualquier otra autoridad intentamos hablar con ella. Ese comportamiento resulta, ya de por sí, bastante elocuente. Se puede interpretar como que los rasgos paranoicos de la paciente se manifiestan con tanta intensidad que es incapaz, literalmente, de llevar una sencilla conversación con una persona de cierta autoridad. Piensa que todo el mundo quiere hacerle daño y se siente tan amenazada que se encierra en su impenetrable caparazón y se queda muda.

—Advierto que se expresa usted con sumo cuidado.

Ha dicho que ese comportamiento «se puede interpretar como...».

—Sí, es verdad: me expreso con prudencia. La psiquiatría no es una ciencia exacta y debo tener cuidado con mis conclusiones, si bien es cierto que los psiquiatras no hacemos suposiciones a la ligera.

—Tiene usted mucho cuidado en cubrirse las espaldas, cuando lo que sucede, en realidad, es que no ha intercambiado ni una sola palabra con mi clienta desde la noche en que cumplió trece años, puesto que ella, con gran coherencia por su parte, se niega a hablar con usted.

—No sólo conmigo. No es capaz de entablar una conversación con ningún psiquiatra.

—Eso significa, tal y como escribe usted aquí, que sus conclusiones se basan en su experiencia profesional y en la observación de mi clienta.

—Correcto.

—¿Y qué conclusiones se pueden sacar observando a una chica que está sentada y cruzada de brazos y que se niega a hablar?

Peter Teleborian suspiró y, con un gesto en su rostro, dio a entender que le resultaba muy cansado tener que explicar obviedades. Sonrió.

—De una paciente que permanece callada sólo se puede sacar la conclusión de que se trata de una paciente que es buena en el arte de permanecer callada. Eso es, ya de por sí, un comportamiento perturbado, pero yo no baso mis conclusiones en eso.

—Esta tarde llamaré a declarar a otro psiquiatra. Se llama Svante Brandén, es médico jefe de la Dirección Nacional de Medicina Forense y especialista en psiquiatría forense. ¿Lo conoce usted?

Peter Teleborian volvió a sentirse seguro. Sonrió. Había dado por hecho que Giannini iba a llamar a otro psiquiatra para intentar cuestionar sus conclusiones. Era una situación para la que ya venía preparado; podría confrontar, palabra por palabra y sin ningún tipo de problema, cada objeción que se le hiciera. Sería incluso más fácil tratar el tema con un compañero de profesión en una distendida disputa entre colegas que con alguien como Annika Giannini, que no tenía ninguna clase de inhibición y que estaba dispuesta a burlarse de sus palabras.

—Sí. Es un psiquiatra forense de reconocido prestigio. Pero debe entender, señora Giannini, que hacer una evaluación de este tipo es un proceso académico y científico. Usted puede estar en desacuerdo con mis conclusiones, y hasta es posible que otro psiquiatra interprete un comportamiento o un acontecimiento de una manera distinta a como lo haría yo. Se trata de diferentes puntos de vista o, tal vez, incluso, de hasta qué punto conoce un médico a su paciente. Quizá él llegue a una conclusión completamente distinta sobre Lisbeth Salander. No sería nada raro dentro de la psiquiatría.

—No lo he llamado para eso. No ha visto ni examinado a Lisbeth Salander y no va a sacar ninguna conclusión sobre su estado psíquico.

—Ah…

—Le he pedido que lea su informe y toda la documentación que usted ha aportado sobre Lisbeth Salander y que le eche un vistazo al historial de los años en los que estuvo ingresada en Sankt Stefan. Le he pedido que haga una evaluación, no sobre el estado de salud de mi clienta, sino sobre si, desde un punto de vista estrictamente científico, las conclusiones a las que usted ha llegado se sostienen.

Peter Teleborian se encogió de hombros.

—Con todos mis respetos… creo que tengo mejores conocimientos sobre Lisbeth Salander que ningún otro psiquiatra del país. He seguido su evolución desde que tenía doce años y, por desgracia, mis conclusiones han sido siempre confirmadas por su comportamiento.

—Muy bien —dijo Annika Giannini—. Entonces veamos esas conclusiones. Dice usted en su informe que el tratamiento se interrumpió cuando ella tenía quince años y fue destinada a una familia de acogida.

—Correcto. Fue un grave error. Si hubiésemos podido terminar el tratamiento, quizá hoy no estaríamos aquí.

—¿Quiere usted decir que si hubiese tenido posibilidad de mantenerla inmovilizada con correas un año más, tal vez se habría vuelto más dócil?

—Ése ha sido un comentario de muy mal gusto.

—Le pido disculpas. Cita extensamente el informe que su doctorando, Jesper H. Löderman, realizó cuando Lisbeth Salander estaba a punto de cumplir dieciocho años. Escribe usted que «el abuso de alcohol y drogas, así como la promiscuidad a la que ella se ha entregado desde que salió de Sankt Stefan, no hacen sino confirmar su comportamiento autodestructivo y antisocial». ¿A qué se refiere con eso?

Peter Teleborian permaneció callado durante unos segundos.

—Bueno… déjeme que haga memoria. Desde que se le dio el alta de Sankt Stefan, Lisbeth Salander tuvo, tal y como yo predije, problemas con el alcohol y las drogas. Fue detenida por la policía en repetidas ocasiones. Además, un informe de los servicios sociales determinó que mantenía, sin ningún tipo de control, relaciones sexuales con hombres mayores, y que era muy probable que se dedicara a la prostitución.

—Analicemos eso. Dice usted que abusaba del alcohol. ¿Con qué frecuencia se emborrachaba?

—¿Perdón?

—¿Estaba borracha todos los días desde que salió de Sankt Stefan y hasta que cumplió los dieciocho años? ¿Se emborrachaba una vez por semana?

—Eso, como usted comprenderá, no lo sé.

—Pero ha dado por sentado que abusaba del alcohol…

—Era menor de edad y, en repetidas ocasiones, fue detenida en estado de embriaguez por la policía.

—Es la segunda vez que comenta que fue detenida en repetidas ocasiones. ¿Cuántas veces ocurrió? ¿Una vez por semana... una vez cada dos semanas?...

—No, no tantas...

—Lisbeth Salander fue detenida por embriaguez en dos ocasiones cuando contaba, respectivamente, dieciséis y diecisiete años de edad. En una de ellas se encontraba tan borracha que la llevaron al hospital. Ésas son todas las «repetidas ocasiones» a las que usted se refiere. ¿Estuvo borracha algún día más?

—No lo sé, pero uno puede sospechar que su comportamiento...

—Perdone, ¿he oído bien? No sabe si en toda su adolescencia estuvo ebria en más de dos ocasiones, pero sospecha que así fue. Y, aun así, se atreve a afirmar que Lisbeth Salander se encuentra en un círculo vicioso de alcohol y drogas.

—Bueno, ésas fueron las conclusiones de los servicios sociales. No las mías. Se trataba de ver en su conjunto la situación en la que Lisbeth Salander se encontraba. Como cabía esperar, desde que se le interrumpió el tratamiento y su vida se convirtió en un círculo vicioso de alcohol, intervenciones policiales y una descontrolada promiscuidad, su pronóstico no resultaba nada alentador.

—¿A qué se refiere con lo de «descontrolada promiscuidad»?

—Sí... Es un término que indica que no tenía control sobre su propia vida. Mantenía relaciones sexuales con hombres mayores.

—Eso no es ilegal.

—No, pero es un comportamiento anormal para una chica de dieciséis años. De modo que nos podemos preguntar si mantenía esas relaciones por su propia voluntad o si era coaccionada.

—Pero usted afirmó que era prostituta.

—Quizá fuera una consecuencia lógica de su falta de formación, de su incapacidad para asimilar las enseñanzas del colegio y, por lo tanto, de continuar con sus estudios, y de la dificultad para encontrar un trabajo. Es posible que viera a esos hombres mayores como figuras paternales y que las recompensas económicas por los servicios sexuales prestados las viera tan sólo como una bonificación extra. En cualquier caso, lo considero un comportamiento neurótico.

—¿Quiere decir que una chica de dieciséis años que mantiene relaciones sexuales es una neurótica?

—Está tergiversando mis palabras.

—Pero ¿no sabe si ella recibió alguna vez una recompensa económica por sus servicios sexuales?

—Nunca la detuvieron por prostitución.

—Algo por lo que difícilmente podrían haberla detenido, ya que no constituye delito.

—Eh, sí; eso es verdad. Pero en su caso se trata de un compulsivo comportamiento neurótico.

—Y partiendo de ese pobre material no ha dudado ni un instante en sacar la conclusión de que Lisbeth Salander es una enferma mental. Cuando yo tenía dieciséis años cogí una cogorza de muerte bebiéndome media botella de vodka que le robé a mi padre. ¿Quiere eso decir que soy una enferma mental?

—No, claro que no.

—¿No es cierto que usted mismo, en Uppsala, cuando tenía diecisiete años, estuvo en una fiesta en la que se emborrachó tanto que se fue con un grupo al centro y todos juntos se pusieron a romper cristales en una plaza? ¿Y no es menos cierto que lo detuvo la policía, lo metieron en el calabozo hasta que se le pasó la borrachera y luego le pusieron una multa?

Peter Teleborian pareció quedarse perplejo.

—¿A que sí?

—Sí… Uno hace tantas tonterías cuando se tienen diecisiete años…. Pero…

—Pero eso no le indujo a deducir que sufría una grave enfermedad mental, ¿verdad?

Peter Teleborian estaba irritado. Esa maldita… abogada tergiversaba constantemente sus palabras y se centraba en detalles insignificantes. Se negaba a ver el caso en su conjunto. Insertaba razonamientos por completo irrelevantes, como lo de que él se había emborrachado… *¿Cómo diablos se había enterado ella de eso?*

Carraspeó y alzó la voz.

—Los informes de los servicios sociales resultaron inequívocos y confirmaron en todo lo esencial que Lisbeth Salander llevaba una vida que giraba en torno al alcohol, las drogas y la promiscuidad. Los servicios sociales también dejaron claro que Lisbeth Salander era prostituta.

—No. Los servicios sociales nunca afirmaron que ella fuera prostituta.

—Fue detenida en…

—No. No fue detenida. La cachearon en una ocasión, cuando contaba diecisiete años, porque la sorprendieron en Tantolunden en compañía de un hombre considerablemente mayor. Durante el mismo año fue detenida por embriaguez. En esa ocasión también se encontraba acompañada de un hombre bastante mayor. Los servicios sociales temían que quizá se dedicara a la prostitución. Pero nunca ha salido a la luz ninguna prueba que confirme esa sospecha.

»Tenía una vida sexual muy libertina en la que mantenía relaciones con una gran cantidad de personas, tanto chicos como chicas.

—En su informe —cito de la página cuatro— usted se detiene en los hábitos sexuales de Lisbeth Salander.

Sostiene que su relación con su amiga Miriam Wu confirma los temores de que padeciera una psicopatía sexual. ¿Podría ser más explícito?

De repente Peter Teleborian se calló.

—Espero sinceramente que no piense defender que la homosexualidad es una enfermedad mental… Ese tipo de afirmaciones podría ser punible.

—No, claro que no. Me refiero a los ingredientes de sadismo sexual de su relación.

—¿Quiere decir que ella es sádica?

—Yo…

—Tenemos la declaración que la policía le tomó a Miriam Wu. No existía ninguna violencia en su relación.

—Se dedicaban al sexo BDSM y…

—Ahora creo de verdad que se ha pasado leyendo los tabloides. En determinadas ocasiones Lisbeth Salander y su amiga Miriam Wu se entregaban a unos juegos sexuales en los que Miriam Wu ataba a mi clienta y la satisfacía sexualmente. No es ni especialmente raro ni está prohibido. ¿Es por eso por lo que quiere encerrar a mi clienta?

Peter Teleborian hizo un gesto de rechazo con la mano.

—Si me lo permite, le hablaré de mi vida personal: cuando estaba en el instituto me emborraché varias veces. Con dieciséis años cogí una cogorza de campeonato. He probado las drogas. He fumado marihuana y en una ocasión, hará ya unos veinte años, tomé cocaína. Perdí mi virginidad con un compañero de clase cuando tenía quince años, y, con veinte, tuve una relación con un chico que me ataba las manos al cabecero de la cama. Con veintidós años mantuve una relación de varios meses con un hombre que tenía cuarenta y siete… En otras palabras, ¿soy una enferma mental?

—Señora Giannini: está usted frivolizando sobre el tema; sus experiencias sexuales son irrelevantes en este caso.

—¿Por qué? Cuando leo la evaluación psiquiátrica, por llamarla de alguna manera, que le hizo a Lisbeth Salander me encuentro con que, sacados de su contexto, todos los puntos encajan perfectamente conmigo. ¿Por qué estoy yo sana y Lisbeth Salander es una sádica peligrosa?

—No son ésos los detalles decisivos; usted no ha intentado matar a su padre en dos ocasiones…

—Doctor Teleborian: lo cierto es que no debe usted meterse en con quién se acuesta Lisbeth Salander; eso no es asunto suyo. Como tampoco lo es saber de qué sexo es su pareja o a qué prácticas se entregan en sus relaciones sexuales. Pero, aun así, saca usted de contexto detalles de su vida y los utiliza como pruebas de que ella es una enferma mental.

—La vida escolar de Lisbeth Salander, desde que estaba en primaria, se reduce a una serie de anotaciones en expedientes que hablan de violentos ataques de rabia contra profesores y compañeros de clase.

—Un momento…

De pronto, la voz de Annika Giannini sonó como una rasqueta quitando la capa de hielo de los cristales del coche.

—Mire a mi clienta.

Todos dirigieron la mirada hacia Lisbeth Salander.

—Mi clienta se crió en unas circunstancias familiares terribles, con un padre que, sistemáticamente, durante años, sometió a su madre a graves maltratos.

—Es…

—No me interrumpa. Alexander Zalachenko aterrorizaba a la madre de Lisbeth Salander. Ella no se atrevía a protestar. No se atrevía a ir al médico. No se atrevía a contactar con un centro de acogida de mujeres. La fue destrozando poco a poco y al final la maltrató de forma tan brutal que sufrió daños cerebrales irreparables. La persona que tuvo que asumir la responsabilidad, la única persona que intentó asumir la responsabilidad de la familia, mucho antes de ni siquiera llegar a la pubertad, fue Lisbeth Salander. Y lo tuvo que hacer sola, ya que el espía Zalachenko era más importante que la madre de Lisbeth.

—Yo no puedo...

—Nos encontramos, entonces, con que la sociedad abandona a la madre de Lisbeth y a sus hijas. ¿Le sorprende que Lisbeth tuviera problemas en el colegio? Mírela. Es pequeña y flaca. Siempre ha sido la chica más pequeña de la clase. Era retraída y rara y no tenía amigos. ¿Sabe usted cómo suelen tratar los niños a los compañeros de clase que son diferentes?

Peter Teleborian suspiró.

—Puedo volver a mirar los expedientes del colegio y repasar, unos tras otro, los casos en los que Lisbeth dio muestras de violencia —dijo Annika Giannini—; todos ellos estuvieron precedidos por provocaciones. Reconozco muy bien las señales del acoso escolar. ¿Sabe usted una cosa?

—¿Qué?

—Yo admiro a Lisbeth Salander. Ella es más dura que yo. Si a mí, con trece años, me hubieran inmovilizado con correas durante un año, sin duda me habría derrumbado por completo. Lisbeth devolvió el golpe con la única arma que tenía a su disposición: su desprecio hacia usted. Ella se niega a hablar con usted.

De repente Annika Giannini alzó la voz. Hacía ya tiempo que su nerviosismo se había disipado. Ahora sentía que controlaba la situación.

—En la declaración que hizo usted esta mañana insistió bastante en sus fantasías; dejó bien claro, por ejemplo, que la descripción de Lisbeth sobre la violación cometida por el abogado Bjurman es una fantasía.

—Correcto.

—¿En qué basa esa conclusión?

—En mi experiencia de cómo ella suele fantasear.

—Su experiencia de cómo ella suele fantasear... ¿Y cómo sabe usted cuándo fantasea ella? Cuando ella dice que ha pasado trescientos ochenta días, con sus respectivas noches, inmovilizada con unas correas, ¿es, según su opinión, una fantasía, a pesar de que su propio historial demuestre que su afirmación es cierta?

—Eso es otra cosa. No existe ni el menor atisbo de prueba forense que demuestre que Bjurman violara a Lisbeth Salander. Quiero decir que unas agujas en los pezones y esa violencia tan grave de la que habla habrían necesitado, sin duda, un traslado urgente en ambulancia al hospital... Es obvio que eso no pudo haber tenido lugar.

Annika Giannini se dirigió al juez Iversen.

—He pedido que se me facilitara un proyector para hacer una presentación visual de un DVD...

—Ahí lo tiene —dijo Iversen.

—¿Podemos correr las cortinas?

Annika Giannini abrió su PowerBook y conectó los cables del proyector. Se volvió hacia su clienta.

—Lisbeth, vamos a ver una película. ¿Estás preparada?

—Ya lo he vivido —dijo Lisbeth secamente.

—¿Y me das tu consentimiento para que la enseñe?

Lisbeth Salander asintió. No hacía más que mirar fijamente a Peter Teleborian.

—¿Puedes contarnos cuándo se grabó esta película?

—El 7 de marzo de 2003.

—¿Y quién la grabó?

—Yo. Usé una cámara oculta, uno de esos equipos estándar de Milton Security.

—¡Un momento! —gritó el fiscal Ekström—. ¡Esto empieza a parecer un circo!

—¿Qué es lo que vamos a ver? —quiso saber el juez Iversen, empleando un tono severo.

—Peter Teleborian afirma que lo relatado por Lisbeth Salander es una fantasía. Yo voy a demostrar, en cambio, con un documento gráfico, que es verdadero palabra por palabra. La película tiene noventa minutos; mostraré tan sólo ciertos pasajes. Advierto que contiene algunas escenas desagradables.

—¿Es esto algún tipo de truco? —preguntó Ekström.

—Hay una buena manera de averiguarlo —respondió Annika Giannini y metió el DVD en el ordenador.

—Ni siquiera te enseñaron las horas en el colegio —dijo a modo de saludo el abogado Bjurman con desabrido tono.

Al cabo de nueve minutos, el juez Iversen golpeó la mesa con la maza justo en el momento en que el abogado Nils Bjurman quedaba inmortalizado para la posteridad al introducir violentamente un consolador en el ano de Lisbeth Salander. Annika Giannini había puesto el volumen bastante alto. Los gritos medio apagados que Lisbeth dejaba escapar a través de la cinta adhesiva que cubría su boca resonaron en toda la sala.

—¡Quite la película! —dijo Iversen con un tono de voz muy alto y firme.

Annika Giannini pulsó la tecla de *stop*. Se encendieron las luces. El juez Iversen se había sonrojado. El fiscal Ekström se había quedado petrificado. Peter Teleborian estaba lívido.

—Abogada Giannini, ¿qué duración ha dicho que tiene esa película? —preguntó el juez Iversen.

—Noventa minutos. La violación propiamente dicha tuvo lugar repetidamente a lo largo de unas cinco o seis horas; no obstante, mi clienta recuerda de forma muy vaga la violencia de las últimas horas.

Annika Giannini se volvió hacia Peter Teleborian.

—Aunque sí está la escena en la que Bjurman atraviesa el pezón de mi clienta con una aguja y que el doctor

Teleborian sostiene que es una muestra más de la exagerada fantasía de Lisbeth Salander. Tiene lugar en el minuto setenta y dos y estoy dispuesta a mostrar esa escena ahora mismo.

—Gracias, pero no va a ser necesario —dijo Iversen—. Señorita Salander...

Se quedó callado un segundo sin saber cómo continuar.

—Señorita Salander, ¿por qué grabó usted esa película?

—Bjurman ya me había violado una vez, pero quería más. En aquella primera ocasión el muy asqueroso me obligó a hacerle una mamada. Creí que me obligaría a hacerle lo mismo una vez más, de modo que pensé que así podría conseguir unas pruebas lo suficientemente buenas como para poder chantajearlo y mantenerlo alejado de mí. Lo juzgué mal.

—Pero teniendo una documentación tan... tan convincente, ¿por qué no puso una denuncia policial por grave violación?

—Yo no hablo con policías —contestó Lisbeth Salander con voz monótona.

De repente, Holger Palmgren se levantó de la silla de ruedas. Se apoyó contra el borde de la mesa. Su voz sonó muy clara:

—Por principio, nuestra clienta no habla con policías ni con ninguna otra autoridad estatal ni, sobre todo, con los psiquiatras. La razón es muy sencilla: desde que era niña intentó, una y otra vez, hablar con policías, psicólogos y las autoridades que fueran para explicar que su madre era maltratada por Alexander Zalachenko. En todas esas ocasiones fue castigada porque los funcionarios del Estado habían decidido que Zalachenko era más importante que Salander.

Carraspeó y siguió.

—Y cuando al final se dio cuenta de que nadie la escuchaba, la única salida que le quedó para intentar salvar a su madre fue la de utilizar la violencia contra Zalachenko. Y entonces ese cabrón que se llama a sí mismo doctor —señaló con el dedo a Teleborian— redacta un falso informe psiquiátrico que la declara mentalmente enferma y que le brinda la posibilidad de tenerla amarrada a una camilla de Sankt Stefan durante trescientos ochenta días. ¡Qué asco!

Palmgren se sentó. Iversen pareció sorprenderse por el exabrupto que acababa de soltar Palmgren. Se dirigió a Lisbeth Salander.

—Tal vez quiera usted descansar…

—¿Por qué? —preguntó Lisbeth.

—De acuerdo, prosigamos. Abogada Giannini: la película será examinada. Quiero un informe técnico que certifique su autenticidad. Pero continuemos…

—Con mucho gusto. A mí también me resulta muy desagradable todo esto. Pero la verdad es que mi clienta ha sido víctima de abuso físico, psicológico y judicial. Y la persona que más culpa tiene en todo esto es Peter Teleborian. Traicionó su juramento hipocrático y traicionó a su paciente. Junto con Gunnar Björck, colaborador de un grupo ilegal de la policía de seguridad, redactó un informe psiquiátrico pericial con el propósito de encerrar a una testigo difícil. Creo que este caso debe de ser único en la historia jurídica sueca.

—Esas acusaciones son tremendas —dijo Peter Teleborian—. Yo he intentado ayudar a Lisbeth Salander de la mejor manera que he sabido. Ella intentó matar a su padre. Resulta obvio que algo le pasaba…

Annika Giannini lo interrumpió.

—Ahora me gustaría atraer la atención del tribunal con el segundo informe psiquiátrico pericial que el doctor Teleborian realizó sobre mi clienta, el mismo informe que se ha presentado hoy en esta sala. Yo afirmo que es falso, al igual que la falsificación de 1991.

—¡Pero bueno, esto es…!

—Juez Iversen, ¿puede pedirle al testigo que deje de interrumpirme?

—Señor Teleborian…

—Ya me callo. Pero estas acusaciones son inauditas. No le extrañe que me indigne…

—Señor Teleborian, guarde silencio hasta que se le haga una pregunta. Prosiga, abogada Giannini.

—Éste es el informe psiquiátrico pericial que el doctor Teleborian le ha presentado al tribunal. Se basa en las llamadas observaciones que se le realizaron a mi clienta, las cuales tuvieron lugar, en teoría, a partir del mismo momento en que la trasladaron a la prisión de Kronoberg, el 6 de junio, y hasta, supuestamente, el 5 de julio.

—Sí, así lo tengo entendido —dijo el juez Iversen.

—Doctor Teleborian, ¿es cierto que no tuvo usted ninguna posibilidad de realizarle a mi clienta alguna prueba u observación antes del 6 de junio? Como ya sabemos, ella estuvo aislada en el hospital de Sahlgrenska hasta ese mismo día…

—Sí.

—Durante el tiempo que mi clienta permaneció en el Sahlgrenska, usted intentó hablar con ella en dos ocasiones. En ambas le negaron el acceso. ¿Es eso cierto?

—Sí.

Annika Giannini abrió de nuevo su maletín y sacó un documento. Rodeó la mesa y se lo entregó al juez Iversen.

—Muy bien —asintió Iversen—. Ésta es una copia del informe del doctor Teleborian. ¿Qué se supone que va a demostrar este documento?

—Quiero llamar a dos testigos que están esperando en la puerta del tribunal.

—¿Quiénes son esos testigos?

—Mikael Blomkvist, de la revista *Millennium,* y el comisario Torsten Edklinth, jefe del Departamento de protección constitucional de la policía de seguridad.

—¿Y están esperando ahí fuera?

—Sí.

—Hágalos entrar —dijo el juez Iversen.

—Eso es antirreglamentario —protestó el fiscal Ekström, que llevaba un largo rato callado.

Prácticamente en estado de *shock*, Ekström se había dado cuenta de que Annika Giannini estaba a punto de fulminar a su testigo clave. La película resultaba demoledora. Iversen ignoró a Ekström y, con la mano, le hizo una seña al conserje para que abriera la puerta. Mikael Blomkvist y Torsten Edklinth entraron en la sala.

—Quiero llamar, en primer lugar, a Mikael Blomkvist.

—Entonces tendré que pedirle a Peter Teleborian que se retire un momento.

—¿Ya han terminado ustedes conmigo? —preguntó Teleborian.

—No, ni de lejos —dijo Annika Giannini.

Mikael Blomkvist ocupó el lugar de Teleborian en el banquillo de los testigos. El juez pasó rápidamente por todas las formalidades y Mikael pronunció las palabras por las que juraba decir toda la verdad.

Annika Giannini se acercó a Iversen y le pidió que le devolviera el informe que le acababa de entregar. Acto seguido, se lo dio a Mikael.

—¿Has visto este documento con anterioridad?

—Sí, lo he visto. Tengo tres versiones en mi poder. La primera me la dieron alrededor del 12 de mayo, la segunda el 19 de mayo y la tercera, que es ésta, el 3 de junio.

—¿Puedes contarnos cómo conseguiste esta copia?

—Lo recibí en calidad de periodista; me la dio una fuente que no voy a revelar.

Lisbeth Salander miró fijamente a Peter Teleborian: estaba lívido.

—¿Qué hiciste con el informe?

—Se lo di a Torsten Edklinth, del Departamento de protección constitucional.

—Gracias, Mikael. Me gustaría llamar ahora a Torsten Edklinth —dijo Annika Giannini, volviendo a coger el informe. Se lo dio a Iversen, que lo sostuvo en la mano, pensativo.

Se repitió el procedimiento del juramento.

—Comisario Edklinth, ¿es correcto afirmar que Mikael Blomkvist le dio un informe psiquiátrico pericial sobre Lisbeth Salander?

—Sí.

—¿Cuándo lo recibió?

—Se registró en la DGP/Seg con fecha de 4 de junio.

—¿Y se trata del mismo informe que acabo de entregarle al juez Iversen?

—Si mi firma figura al dorso, se trata del mismo informe.

Iversen le dio la vuelta al documento y constató que la firma de Torsten Edklinth se encontraba allí.

—Comisario Edklinth, ¿puede usted explicarme cómo es posible que reciba en mano un informe psiquiátrico pericial sobre una persona que sigue aislada en el hospital de Sahlgrenska?

—Sí, puedo.

—Cuéntenoslo.

—El informe psiquiátrico pericial de Peter Teleborian es una falsificación que él redactó en colaboración con una persona llamada Jonas Sandberg, al igual que hizo en 1991 con la ayuda de Gunnar Björck.

—Eso es mentira —protestó ligeramente Teleborian.

—¿Es mentira? —preguntó Annika Giannini a Torsten Edklinth.

—No, en absoluto. Quizá deba mencionar que Jonas Sandberg es una de las aproximadamente diez personas que han sido detenidas hoy por decisión del fiscal general del Estado. Está detenido por haber participado en el asesinato de Gunnar Björck. Forma parte de un grupo ilegal que ha operado dentro de la policía de seguridad y que ha protegido a Alexander Zalachenko desde los años setenta. Se trata de la misma banda que anduvo detrás de la decisión de encerrar a Lisbeth Salander en 1991. Tenemos abundantes pruebas, al igual que la confesión del jefe de ese grupo.

Un silencio sepulcral se extendió por toda la sala.

—¿Desea el señor Peter Teleborian comentar algo al respecto? —quiso saber Iversen.

Teleborian negó con la cabeza.

—En ese caso, le comunico que va a ser denunciado por perjurio y es muy posible que también por otros cargos —dijo el juez Iversen.

—Con la venia... —intervino Mikael Blomkvist.

—¿Sí? —preguntó Iversen.

—Peter Teleborian tiene problemas más grandes que ésos. En la puerta hay dos policías que quieren llevárselo para interrogarlo.

—¿Me está pidiendo que los haga pasar? —preguntó el juez Iversen.

—Creo que sería una buena idea.

Iversen le hizo una seña al conserje con la mano para que dejara entrar a la inspectora Sonja Modig y a una mujer que el fiscal Ekström reconoció enseguida. Su nombre era Lisa Collsjö, inspectora de la brigada de asuntos especiales, una unidad de la Dirección General de la Policía cuya misión, entre otras cosas, era ocuparse de los abusos sexuales cometidos contra los niños y de los delitos de pornografía infantil.

—Bien, ¿a qué se debe su presencia aquí?

—Hemos venido a detener a Peter Teleborian, siempre y cuando eso no interfiera en el desarrollo de esta vista oral.

Iversen miró de reojo a Annika Giannini.

—Todavía no he terminado del todo con él, pero vale.

—Adelante —dijo Iversen.

Lisa Collsjö se acercó a Peter Teleborian.

—Queda usted detenido por cometer un delito grave contra la ley de pornografía infantil.

Peter Teleborian se quedó mudo. Annika Giannini constató que toda la luz que pudiera haber en sus ojos se había apagado por completo.

—Concretamente, por tenencia de más de ocho mil fotografías de pornografía infantil en su ordenador.

Se inclinó hacia delante y cogió el maletín del ordenador portátil que Teleborian llevaba consigo.

—Este ordenador queda confiscado —dijo.

Mientras era conducido fuera de la sala y salía por la puerta del tribunal, la mirada de Lisbeth Salander le abrasó como fuego la espalda.

Capítulo 28

Viernes, 15 de julio –
Sábado, 16 de julio

El juez Jörgen Iversen golpeó el borde de la mesa con el
bolígrafo para acallar el murmullo que había surgido a
raíz del arresto de Peter Teleborian. Luego guardó silencio durante un buen rato, dando evidentes muestras de
que no sabía cómo proceder. Se dirigió al fiscal Ekström.

—¿Tiene algo que añadir a lo que ha sucedido durante la última hora?

Richard Ekström no tenía ni idea de qué decir. Se
levantó, miró a Iversen y luego a Torsten Edklinth antes
de volver la cabeza y encontrarse con la implacable
mirada de Lisbeth Salander. Comprendió que la batalla
ya estaba perdida. Dirigió la mirada a Mikael Blomkvist
y se dio cuenta, con repentino terror, de que también corría el riesgo de acabar apareciendo en la revista *Millennium*… Algo que sería una verdadera catástrofe.

Lo cierto era que no comprendía lo que había ocurrido; cuando se inició el juicio, entró con la certeza de
que controlaba todos los entresijos de la historia.

Tras las numerosas y sinceras conversaciones previamente mantenidas con el comisario Georg Nyström, había conseguido entender el delicado equilibrio que la seguridad del reino requería. Le aseguraron que el
informe que se hizo sobre Salander en 1991 era una falsificación. Le proporcionaron la información *inside* que él
necesitaba. Hizo muchas preguntas —cientos de pregun-

tas— y se las contestaron todas. Un engaño. Y ahora Nyström, según la abogada Giannini, se hallaba detenido. Había confiado en Peter Teleborian, que le había parecido tan… tan competente y tan preparado. Tan convincente.

Dios mío. ¿En qué lío me he metido?

Y luego:

¿Cómo coño voy a salir de él?

Se pasó la mano por la barba. Carraspeó. Se quitó lentamente las gafas.

—Lo lamento, pero parece ser que me han informado mal sobre unos importantes aspectos de esta investigación.

Se estaba preguntando si podría echarles la culpa a los policías investigadores y le vino a la mente el inspector Bublanski. Pero él jamás lo apoyaría. Si Ekström diera un paso en falso, Bublanski convocaría una rueda de prensa. Lo hundiría.

La mirada de Ekström se cruzó con la de Lisbeth Salander. Ella aguardaba pacientemente con una mirada que revelaba tanto curiosidad como deseo de venganza.

Sin contemplaciones.

Pero todavía podría conseguir que la declararan culpable por el delito de lesiones graves de Stallarholmen. Y probablemente pudiera lograr que la condenaran por el intento de homicidio de su padre en Gosseberga. Eso significaba que se vería obligado a cambiar toda su estrategia sobre la marcha y dejar todo lo que tuviera que ver con Peter Teleborian. Y eso, a su vez, significaba que todas esas afirmaciones que aseguraban que ella era una loca psicópata se vendrían abajo; y también quería decir que la versión de Lisbeth se reforzaría hasta llegar a 1991. Toda su declaración de incapacidad se desmoronaría y con eso…

Y tenía esa maldita película que…

Acto seguido cayó en la cuenta.

¡Dios mío! ¡Es inocente!

—Señor juez: no sé lo que ha ocurrido, pero acabo de darme cuenta de que ni siquiera me puedo fiar ya de los papeles que tengo en la mano.

—¿No? —dijo Iversen en un tono seco.

—Creo que me voy a tener que ver obligado a pedir una pausa o que el juicio se interrumpa hasta que me haya dado tiempo a averiguar con exactitud qué es lo que ha ocurrido.

—¿Señora Giannini? —dijo Iversen.

—Exijo que mi clienta sea absuelta de todos los cargos y que sea puesta en libertad inmediatamente. También exijo que el tribunal se pronuncie sobre la declaración de incapacidad de la señorita Salander. Considero que debe ser resarcida del daño que se le ha hecho.

Lisbeth Salander miró al juez Iversen.

Sin contemplaciones.

El juez Iversen le echó un ojo a la autobiografía de Lisbeth Salander. Luego miró al fiscal Ekström.

—Yo también creo que es una buena idea averiguar exactamente qué es lo que ha ocurrido. Pero mucho me temo que usted no es la persona más adecuada para realizar esa investigación.

Meditó un rato.

—En todos los años que llevo de jurista y de juez, jamás he vivido, ni de lejos, una situación jurídica similar a la del caso que nos ocupa. Debo admitir que no sé qué hacer. Ni siquiera había oído hablar de que el testigo principal del fiscal fuera arrestado ante el tribunal, en pleno juicio, y de que lo que parecían ser unas pruebas convincentes resultaran ser unas simples falsificaciones. Sinceramente, no sé lo que quedará de los cargos de la acusación del fiscal en este momento.

Holger Palmgren carraspeó.

—¿Sí? —preguntó Iversen.

—Como representante de la defensa, no puedo hacer

otra cosa que compartir sus opiniones. A veces hay que dar un paso hacia atrás y dejar que la cordura y el sentido común se impongan sobre las formalidades. Quiero señalar que usted, como juez, sólo ha visto el principio de un caso que va a sacudir los cimientos de la Suecia oficial. A lo largo del día de hoy se ha detenido a diez policías de la Säpo. Serán procesados por asesinato y por una serie tan larga de delitos que, sin duda, pasará mucho tiempo antes de que se pueda terminar la investigación.

—Supongo que ahora debería levantar la sesión y hacer una pausa.

—Con todos mis respetos, creo que sería una decisión desafortunada.

—Le escucho.

Obviamente, a Palmgren le costaba encontrar las palabras. Pero hablaba despacio, de modo que no se le trababan.

—Lisbeth Salander es inocente. Su «fantasiosa autobiografía», palabras con las que el señor Ekström ha rechazado con tanto desprecio lo que nuestra clienta ha contado, es, de hecho, la única verdad. Y se puede documentar. Lisbeth ha sido objeto de un escandaloso abuso judicial. Como tribunal, lo que podemos hacer ahora es atenernos a las formalidades y continuar con el juicio hasta que resulte absuelta, o bien… la alternativa es obvia, dejar que una nueva investigación se encargue de todo lo relacionado con Lisbeth Salander. Esa investigación ya está en marcha, pues forma parte de todo este lío que la Fiscalía General tiene ahora ante sí.

—Entiendo lo que quiere decir.

—Como juez que es, usted decide. Lo más sensato en este caso sería no aprobar el sumario del fiscal e instarle a que se fuera a casa e hiciera sus deberes.

El juez Iversen contempló pensativo a Ekström.

—Lo justo es poner en libertad a nuestra clienta a efectos inmediatos. Además, se merece una disculpa, aunque supongo que el desagravio llevará su tiempo y dependerá del resto de la investigación.

—Entiendo su punto de vista, letrado Palmgren. Pero antes de que pueda absolver a su clienta tengo que tener clara toda la historia. Y me temo que eso me llevará un tiempo…

Dudó y contempló a Annika Giannini.

—Si decido suspender el juicio hasta el lunes y les complazco en parte decidiendo que no hay razones para que su clienta permanezca en prisión preventiva, lo que significa que, por lo menos, no se la va a sentenciar a ninguna pena de cárcel, ¿puede usted garantizarme que ella se presentará para continuar el proceso cuando se la llame?

—Por supuesto —respondió Holger Palmgren rápidamente.

—No —dijo Lisbeth Salander con un severo tono de voz.

Todas las miradas se dirigieron hacia la persona protagonista de todo aquel drama.

—¿Cómo? —preguntó el juez Iversen.

—En cuanto me sueltes, me iré de viaje. No pienso dedicar ni un solo minuto más a este juicio.

El juez Iversen miró asombrado a Lisbeth Salander.

—¿Se niega usted a presentarse?

—Correcto. Si quieres que conteste a más preguntas, tendrás que mantenerme en prisión preventiva. Desde el mismo instante en que me liberes todo esto será historia para mí. Y eso no incluye estar un indefinido tiempo a tu disposición, ni a la de Ekström, ni a la de un policía.

El juez Iversen suspiró. Holger Palmgren parecía aturdido.

—Estoy de acuerdo con mi clienta —dijo Annika Giannini—. Es el Estado y las autoridades quienes han abusado de Lisbeth Salander, no al revés. Se merece salir por esa puerta con una absolución en la maleta y dejar atrás toda esta historia.

Sin contemplaciones.

El juez Iversen miró su reloj.

—Son poco más de las tres. No me deja más alternativa que la de mantener a su clienta en prisión preventiva.

—Si ésa es su decisión la aceptaremos. Como representante de Lisbeth Salander, exijo que sea absuelta de los delitos de los que la acusa el fiscal Ekström. Exijo que ponga en libertad a mi clienta sin ningún tipo de restricción y a efectos inmediatos. Y exijo que la anterior declaración de incapacidad se anule y que ella recupere de inmediato sus derechos civiles.

—La cuestión de su declaración de incapacidad es un proceso considerablemente más largo. No puedo decidirlo así como así. Necesito primero que los expertos psiquiátricos la examinen y elaboren un informe.

—No —dijo Annika Giannini—. No lo aceptamos.

—¿Cómo?

—Lisbeth Salander debe tener los mismos derechos civiles que todos los demás suecos. Ha sido víctima de un delito. La declararon incapacitada basándose en documentos falsos; ya lo hemos demostrado. Por lo tanto, la decisión de someterla a tutelaje y administración carece de base legal y debe ser anulada sin condiciones. No hay ninguna razón para que mi clienta se someta a un examen psiquiátrico forense. No hay nada que obligue a nadie a demostrar que no está loco cuando es víctima de un delito.

Iversen meditó el asunto un breve instante.

—Señora Giannini —dijo Iversen—. Me doy cuenta de que esta situación es excepcional. Ahora voy a conceder una pausa de quince minutos para que podamos estirar las piernas y serenarnos un poco. No tengo ningún deseo de mantener esta noche a su clienta en prisión preventiva si es inocente, pero entonces esta sesión de hoy deberá continuar hasta que hayamos terminado.

—Muy bien —dijo Annika Giannini.

En el descanso, Mikael Blomkvist le dio un beso en la mejilla a su hermana.

—¿Qué tal ha ido?

—Mikael, estuve brillante contra Teleborian. Lo fulminé por completo.

—Ya te dije yo que ibas a ser invencible en este juicio. Al fin y al cabo, esta historia no va de espías y sectas estatales, sino de la violencia que se comete habitualmente contra las mujeres y de los hombres que lo hacen posible. En lo poco que pude verte estuviste fantástica. Lisbeth va a ser absuelta.

—Sí. No hay duda.

Tras el descanso, el juez Iversen golpeó la mesa con la maza.

—¿Sería usted tan amable de contarme esta historia de principio a fin para que me quede claro qué es lo que realmente ocurrió?

—Con mucho gusto —dijo Annika Giannini—. Empecemos con el asombroso relato de un grupo de policías de seguridad que se hace llamar la Sección y que se ocupó de un desertor soviético a mediados de los años setenta. La historia al completo ha aparecido publicada hoy en la revista *Millennium*. Algo me dice que esta noche será la principal noticia de todos los informativos.

A eso de las seis de la tarde, el juez Iversen decidió poner a Lisbeth Salander en libertad y anular su declaración de incapacidad.

No obstante, la decisión se tomó con una condición: el juez Jörgen Iversen exigía que Lisbeth Salander se sometiera a un interrogatorio formal en el que diera cuenta de lo que sabía del asunto Zalachenko. Al principio, Lisbeth se negó en redondo. Esa negación indujo a un momento de discusión hasta que el juez Iversen alzó la voz. Se inclinó hacia delante y le clavó una severa mirada.

—Señorita Salander, que yo anule su declaración de incapacidad significa que, a partir de ahora, tiene usted exactamente los mismos derechos que los demás ciudadanos. Pero también significa que tiene las mismas obligaciones. Es decir, que es su maldito deber responsabilizarse de su economía, pagar impuestos, acatar la ley y colaborar con la policía en casos de delitos graves. En otras palabras: la convocaré a prestar declaración como cualquier otra ciudadana que disponga de información útil para una investigación.

La lógica de la argumentación hizo efecto en Lisbeth Salander. Se mordió el labio inferior y pareció disgustarse, pero dejó de discutir.

—Cuando la policía tenga su testimonio, el instructor del sumario, en este caso, la Fiscalía General, considerará si debe llamarla como testigo en un posible y futuro juicio. Como todos los demás ciudadanos suecos, usted podrá negarse a acudir; cómo decida usted actuar no es asunto mío, pero ha de saber que no tiene carta blanca. Si se niega a personarse, podrá, al igual que cualquier persona mayor de edad, ser condenada por desobediencia a la ley o perjurio. No hay excepciones.

Lisbeth Salander se enfurruñó todavía más.

—Usted dirá —concluyó Iversen.

Tras un minuto de reflexión asintió secamente.

De acuerdo, una pequeña concesión.

Durante el repaso del asunto Zalachenko de esa tarde, Annika Giannini atacó duramente al fiscal Ekström.

Al cabo de cierto tiempo, el fiscal Ekström admitió que había ocurrido más o menos como Annika Giannini lo relató: recibió la ayuda del comisario Georg Nyström en la instrucción del sumario y aceptó información de Peter Teleborian. En el caso de Ekström no existía ninguna conspiración; como instructor del sumario se había dejado manipular, de buena fe, por la Sección. Cuando realmente comprendió la envergadura del asunto, decidió sobreseer los cargos contra Lisbeth Salander. La decisión significó que se podría prescindir de bastantes formalidades burocráticas. Iversen pareció aliviado.

Holger Palmgren estaba agotado tras su primer día en una sala de tribunal después de muchos años. Tuvo que volver a la cama de la residencia de Ersta. Lo llevó un vigilante uniformado de Milton Security. Antes de irse, puso la mano en el hombro de Lisbeth Salander. Se miraron un rato. Luego, ella asintió y sonrió ligeramente.

A las siete de la tarde, Annika Giannini le hizo una apresurada llamada a Mikael Blomkvist y le comunicó que Lisbeth Salander había sido absuelta de todos los cargos, pero que tendría que permanecer en la jefatura de policía unas cuantas horas más para prestar declaración.

La llamada se produjo cuando todos los colaboradores de *Millennium* se encontraban en la redacción. Los teléfonos no habían cesado de sonar desde que, a la hora de la comida, empezaron a distribuir, por mensajero, los primeros ejemplares de la revista a las otras redacciones periodísticas de Estocolmo. A lo largo de la tarde, TV4 había emitido en exclusiva las primeras noticias sobre Zalachenko y la Sección. Aquello era una auténtica fiesta mediática.

Mikael se situó en medio de la redacción, se metió los dedos en la boca y silbó.

—Me acaban de avisar de que Lisbeth Salander ha sido absuelta de todos los cargos.

Hubo un aplauso espontáneo. Luego todos siguieron hablando por teléfono como si no hubiese pasado nada.

Mikael alzó la vista y se centró en la televisión que había encendida en la sala. El especial informativo de *Nyheterna* de TV4 acababa de empezar. En los titulares se mostraba un pequeño fragmento de la película en la que se veía a Jonas Sandberg colocando la cocaína en el apartamento de Bellmansgatan.

—En la imagen pueden ustedes observar cómo un funcionario de la Säpo esconde cocaína en casa del periodista Mikael Blomkvist, de la revista *Millennium*.

Acto seguido apareció en imagen la presentadora.

—Durante el día de hoy se ha detenido a una decena de agentes de la policía de seguridad acusados de numerosos delitos de gravedad; entre ellos, varios asesinatos. Bienvenidos a este informativo especial que hoy tendrá una duración mayor de lo habitual.

Mikael quitó el sonido justo cuando la de TV4 entró en imagen y se vio a sí mismo sentado en un sillón del estudio. Ya sabía lo que había dicho. Desplazó la mirada hasta la mesa donde Dag Svensson había estado trabajando. No quedaba ni el menor rastro de su reportaje sobre *trafficking*; el escritorio había vuelto a ser un vertedero de revistas y desorganizados montones de papeles de los que nadie se quería hacer cargo.

Fue en esa misma mesa donde el caso Zalachenko empezó para Mikael. Deseó que Dag Svensson hubiera podido vivir aquel final. Algunos ejemplares de su recién impreso libro sobre el *trafficking* se encontraban ya allí, junto al libro sobre la Sección.

Te habría encantado todo esto.

Oyó que el teléfono de su despacho estaba sonando,

pero le dio pereza cogerlo. Cerró la puerta, entró en el despacho de Erika Berger y se dejó caer en uno de los cómodos sillones que había al lado de la mesita, junto a la ventana. Erika estaba hablando por teléfono. Miró a su alrededor. Ya hacía un mes que ella había vuelto, pero aún no había tenido tiempo de abarrotar la estancia con todos esos objetos personales que había recogido cuando dejó su trabajo en abril: tenía vacía la librería y todavía no había colgado ningún cuadro.

—¿Qué tal? —preguntó Erika cuando colgó.

—Creo que soy feliz —dijo.

Ella se rió.

—*La Sección* va a arrasar. Están como locos en todas las redacciones. ¿Quieres ir a *Aktuellt* a las nueve para hacer una entrevista?

—No.

—Me lo imaginaba.

—Vamos a tener que hablar de esto durante meses. No hay prisas.

Ella asintió.

—¿Qué vas a hacer esta noche?

—No lo sé.

Mikael se mordió el labio inferior.

—Erika…, Yo…

—Figuerola —dijo Erika Berger, y sonrió.

Él asintió.

—¿Va en serio?

—No lo sé.

—Ella está enamoradísima de ti.

—Creo que yo también estoy enamorado de ella —dijo él.

—Me mantendré alejada hasta que lo tengas claro.

Él hizo un gesto afirmativo.

—Bueno, a lo mejor —aclaró ella.

A las ocho, Dragan Armanskij y Susanne Linder llamaron a la puerta de la redacción. Consideraron que el momento exigía champán y traían una bolsa de Systembolaget con botellas. Erika Berger abrazó a Susanne Linder y le enseñó la redacción mientras Armanskij se sentaba en el despacho de Mikael.

Tomaron champán. Nadie dijo nada en un buen rato. Fue Armanskij quien rompió el silencio.

—¿Sabes, Blomkvist? Cuando nos conocimos a raíz de aquella historia de Hedestad me caíste fatal.

—¿Sí?

—Subisteis a firmar cuando contrataste a Lisbeth como investigadora.

—Me acuerdo perfectamente.

—Creo que me diste envidia. Hacía tan sólo un par de horas que la conocías y ella ya se reía contigo. Yo llevaba años intentando ser su amigo y ni siquiera logré que sonriera.

—Bueno… yo tampoco he tenido mucho éxito que digamos.

Permanecieron un rato en silencio.

—Qué bien que esto haya acabado —dijo Armanskij.

—Amén —zanjó Mikael.

Fueron los inspectores Jan Bublanski y Sonja Modig los que realizaron el interrogatorio formal de la testigo Lisbeth Salander. No habían hecho más que llegar a sus respectivas casas, después de una jornada laboral particularmente larga, cuando tuvieron que volver casi enseguida a jefatura.

Salander se encontraba acompañada por Annika Giannini, quien, sin embargo, no tuvo que hacer muchos comentarios. Lisbeth Salander contestó con precisión a todas las preguntas que Bublanski y Modig le formularon.

Mintió sistemáticamente respecto a dos cuestiones principales. Al describir lo ocurrido en Stallarholmen se obstinó en mantener que había sido Sonny Nieminen el que, por error, le disparó en el pie a Carl-Magnus «Magge» en el mismo instante en el que ella le daba con una pistola eléctrica. ¿Que de dónde había sacado la pistola eléctrica? Se la había quitado a Magge Lundin, explicó.

Tanto Bublanski como Modig se mostraron escépticos. Pero no existían pruebas ni testigos que pudieran contradecir su explicación. Si acaso, Sonny Nieminen, pero él se negó a pronunciarse sobre el incidente. La verdad era que no tenía ni idea de lo que sucedió unos segundos después de que la descarga de la pistola eléctrica lo dejara K.O.

Por lo que a Gosseberga se refería, Lisbeth explicó que su objetivo había sido ir hasta allí para enfrentarse a su padre y persuadirlo de que se entregara a la policía.

Lisbeth Salander puso carita de inocente.

Nadie podía determinar si decía la verdad o no. Annika Giannini no tenía nada que decir al respecto.

El único que sabía con certeza que Lisbeth Salander había ido hasta Gosseberga con la intención de terminar de una vez por todas sus relaciones con él era Mikael Blomkvist. Pero a él lo habían echado del juicio poco después de que la vista se hubiese retomado. Nadie sabía que él y Lisbeth Salander habían mantenido largas conversaciones nocturnas por Internet mientras ella estuvo aislada en Sahlgrenska.

Los medios de comunicación se perdieron por completo la puesta en libertad de Lisbeth. Si se hubiese conocido la hora, un nutrido grupo de periodistas habría ocupado el edificio de la jefatura de policía. Pero los reporteros estaban agotados tras el caos surgido en esa jornada en la que había salido *Millennium* y algunos miembros de la Säpo habían sido detenidos por otros miembros de la Säpo.

La de TV4 era la única periodista que, como venía siendo habitual, sabía de qué iba la historia. Su programa, de una hora de duración, se convirtió en un clásico y unos meses después le valió el premio al mejor reportaje informativo de televisión del año.

Sonja Modig sacó a Lisbeth Salander de jefatura. Bajó con ella y Annika Giannini hasta el garaje y luego las llevó al bufete que la abogada tenía en Kungsholms Kyrkoplan. Allí se subieron al coche de Annika Giannini. Antes de arrancar, Annika esperó a que Sonja Modig hubiera desaparecido. Acto seguido enfiló rumbo a Södermalm.

Cuando estaban a la altura del edificio del Riksdag, Annika rompió el silencio.

—¿Adónde? —preguntó.

Lisbeth reflexionó unos segundos.

—Déjame en Lundagatan.

—Miriam Wu no está.

Lisbeth miró de reojo a Annika Giannini.

—Se fue a Francia poco después de que le dieran el alta en el hospital. Vive con sus padres, si quieres contactar con ella.

—¿Por qué no me lo has contado?

—No me lo preguntaste.

—Mmm.

—Necesitaba distanciarse de todo. Esta mañana Mikael me ha dado esto y me ha dicho que probablemente quisieras recuperarlo.

Annika le dio un juego de llaves. Lisbeth lo cogió sin pronunciar palabra.

—Gracias. ¿Me puedes dejar entonces en algún sitio de Folkungagatan?

—¿Ni siquiera a mí me quieres contar dónde vives?

—Otro día. Ahora quiero estar sola.

—Vale.

Annika había encendido su móvil después del interrogatorio, justamente cuando abandonaron el edificio de jefatura de policía. Empezó a pitar cuando pasó Slussen. Miró la pantalla.

—Es Mikael. Ha llamado cada diez minutos más o menos durante las últimas horas.

—No quiero hablar con él.

— De acuerdo. Pero ¿te puedo hacer una pregunta personal?

—Sí.

—¿Qué es lo que Mikael te ha hecho en realidad para que lo odies tanto? Quiero decir que si no fuera por él, lo más probable es que hoy te hubieran encerrado en el psiquiátrico.

—No odio a Mikael. No me ha hecho nada. Es sólo que ahora mismo no lo quiero ver.

Annika Giannini miró de reojo a su clienta.

—No pienso entrometerme en tus relaciones personales, pero te enamoraste de él, ¿verdad?

Lisbeth miró por la ventanilla lateral sin contestar.

—Por lo que respecta a las relaciones sentimentales, mi hermano es un completo irresponsable. Se pasa la vida follando y no es capaz de ver cuánto daño les puede hacer a las mujeres que lo consideran algo más que un ligue ocasional.

La mirada de Lisbeth se topó con la de Annika.

—No quiero hablar de Mikael contigo.

—Vale —dijo Annika.

Paró el coche junto al bordillo de la acera poco antes de Erstagatan.

—¿Está bien aquí?

—Sí.

Permanecieron un instante en silencio. Luego Annika apagó el motor.

—¿Qué pasa ahora? —preguntó Lisbeth.

—Pues lo que pasa es que a partir de ahora ya no estás sometida a tutela administrativa. Puedes hacer lo que te dé la gana. Aunque hoy hemos avanzado mucho en el tribunal, la verdad es que todavía queda bastante papeleo. En la comisión de tutelaje se abrirá una investigación para exigir responsabilidades, y también se hablará de una compensación y cosas por el estilo. Y la investigación criminal seguirá.

—No quiero ninguna compensación. Quiero que me dejen en paz.

—Lo entiendo. Pero mucho me temo que da igual lo que tú pienses. Este proceso va más allá de tus intereses personales. Te aconsejo que te busques un abogado que te pueda representar.

—¿No quieres seguir siendo mi abogada?

Annika se frotó los ojos. Después de las emociones de ese día se sentía completamente vacía. Quería irse a casa, ducharse y dejar que su marido le masajeara la espalda.

—No lo sé. No confías en mí. Y yo no confío en ti. La verdad es que no tengo ganas de involucrarme en un largo proceso donde sólo me encuentro con frustrantes silencios cuando propongo algo o quiero hablar de alguna cosa.

Lisbeth permaneció callada un largo rato.

—Yo… Las relaciones no se me dan muy bien. Pero la verdad es que confío en ti.

Sonó casi como una excusa.

—Es posible. Pero no es mi problema que se te den fatal las relaciones. Aunque sí lo sería si te vuelvo a representar.

Silencio.

—¿Quieres que siga siendo tu abogada?

Lisbeth asintió. Annika suspiró.

—Vivo en Fiskargatan 9, al lado de la plaza de Mosebacke. ¿Me puedes llevar hasta allí?

Annika miró a su clienta por el rabillo del ojo. Al final arrancó el motor. Dejó que Lisbeth la guiara hasta la dirección correcta. Paró el coche un poco antes de donde se encontraba el edificio.

—De acuerdo —dijo Annika—. Intentémoslo. Te representaré, pero éstas son mis condiciones: cuando necesite hablar contigo quiero que me cojas el teléfono; cuando necesite saber cómo quieres que actúe, exijo respuestas claras; si te llamo y te digo que tienes que ver a un policía o a un fiscal, o que hagas alguna otra cosa relacionada con la investigación, será porque he considerado que resulta imprescindible. Exijo que te presentes en el lugar y a la hora acordados y que no me vengas con excusas. ¿Podrás vivir con eso?

—Vale.

—Y si empiezas a complicarme la vida, dejaré de ser tu abogada. ¿Lo has entendido?

Lisbeth asintió.

—Otra cosa: no quiero verme envuelta en ningún drama entre tú y mi hermano. Si tienes problemas con él, los tendrás que arreglar tú solita. Pero la verdad es que él no es tu enemigo.

—Ya lo sé. Lo arreglaré. Pero necesito tiempo.

—¿Qué piensas hacer ahora?

—No lo sé. Puedes contactar conmigo por correo electrónico. Prometo contestar en cuanto pueda, aunque quizá no lo mire todos los días…

—Tener una abogada no te convierte en ninguna esclava. De momento, nos contentaremos con eso. Anda, sal del cohe: estoy hecha polvo y quiero irme a casa a dormir.

Lisbeth abrió la puerta y salió. Se detuvo cuando estaba a punto de cerrar. Dio la impresión de que deseaba decir algo y no encontraba las palabras. Por un momento, Lisbeth se le antojó a Annika casi casi vulnerable.

—Está bien —dijo Annika—. Vete a casa a descansar. ¡Y no te metas en líos!

Lisbeth Salander se quedó en la acera siguiendo con la mirada el coche de Annika Giannini hasta que las luces traseras desaparecieron al doblar la esquina.

—Gracias —acabó diciendo.

Capítulo 29

Sábado, 16 de julio –
Viernes, 7 de octubre

Encontró su Palm Tungsten T3 sobre la cómoda de la entrada. Allí estaban las llaves del coche y la bandolera que perdió cuando Magge Lundin la atacó frente a su mismo portal. Allí había también algunas cartas abiertas y otras sin abrir que alguien había traído del apartado postal de Hornsgatan. *Mikael Blomkvist*.

Dio una detenida vuelta por la parte amueblada de su piso. Por todas partes encontró rastros de él. Había dormido en su cama y trabajado en su mesa. Había usado su impresora. En la papelera, Lisbeth vio los borradores del texto sobre la Sección y unos cuantos apuntes y hojas emborronadas.

Ha comprado un litro de leche, pan, queso, un tubo de paté de huevas de pescado y diez paquetes de Billys Pan Pizza y lo ha metido todo en la nevera.

En la mesa de la cocina encontró un pequeño sobre blanco que llevaba su nombre. Era una nota de él. El mensaje era breve: su número de teléfono móvil. Nada más.

De repente, Lisbeth Salander comprendió que la pelota estaba en su tejado; él no pensaba contactar con ella: había terminado el reportaje, le había devuelto las llaves y no tenía intención de llamarla. Que lo hiciera ella, si quería algo. *Joder, qué tío más cabezota*.

Preparó una buena cafetera de café y cuatro sándwiches, se sentó en el vano de la ventana y se puso a mirar hacia Djurgården. Encendió un cigarrillo y se quedó pensativa.

A pesar de que ya había pasado todo, le dio la sensación de que su vida se encontraba —ahora más que nunca— en un callejón sin salida.

Miriam Wu se había ido a Francia. *Fue culpa mía, por poco te matan.* Había temido el momento en el que tendría que reencontrarse con Miriam Wu, y había decidido que ésa sería su primera parada en cuanto fuera puesta en libertad. *Y coge y se larga a Francia.*

De repente se sintió en deuda con un montón de personas.

Holger Palmgren. Dragan Armanskij. Debería contactar con ellos y darles las gracias. Paolo Roberto. Y Plague y Trinity. Incluso esos malditos policías, Bublanski y Modig, objetivamente hablando, se habían puesto de su parte. No le gustaba estar en deuda con nadie. Se sentía como la ficha de un juego sobre el que no tenía ningún control.

Kalle Blomkvist de los Cojones. Y puede que hasta esa Erika Berger de los Cojones, con sus hoyuelos, su elegante ropa y su maldito aplomo.

«Se acabó», dijo Annika Giannini cuando salieron de la jefatura de policía. Sí. El juicio había terminado. Para Annika Giannini. Y para Mikael Blomkvist, que había publicado su texto y salido en la tele y al que, sin duda, también le darían algún puto premio.

Pero para Lisbeth Salander no había acabado: tan sólo era el primer día del resto de su vida.

A las cuatro de la mañana dejó de pensar. Tiró su atuendo de *punky* al suelo del dormitorio, fue al cuarto de baño y se duchó. Se quitó todo el maquillaje que había llevado en el tribunal y se vistió con unos oscuros e informales pantalones de lino, una camiseta de tirantes blanca y una cazadora fina. Hizo una pequeña maleta con algo de ropa para cambiarse, ropa interior, un par de camisetas más, y se puso unos cómodos zapatos.

Cogió su Palm y pidió un taxi para la plaza de Mosebacke. Fue hasta Arlanda, adonde llegó poco antes de las seis. Estudió el panel de salidas y compró un billete para el primer sitio que se le antojó. Utilizó su propio pasaporte y su verdadero nombre. La dejó atónita que ni el personal del mostrador de venta de billetes ni el de facturación parecieran reconocerla ni reaccionaran al ver su nombre.

Pudo conseguir plaza en el vuelo a Málaga, donde aterrizó a mediodía bajo un calor sofocante. Dubitativa, se quedó un momento en la terminal. Al final consultó un mapa y reflexionó sobre lo que iba a hacer en España. Lo decidió pasados un par de minutos. Le daba pereza ponerse a pensar en líneas de autobús u otros medios de transporte. Se compró un par de gafas de sol en una tienda del aeropuerto, se dirigió a la parada de taxis y se sentó en el asiento trasero del primero que vio libre.

—Gibraltar. Pago con tarjeta de crédito.

Fueron por la nueva autopista de la Costa del Sol y tardaron tres horas. El taxi la dejó en el control de pasaportes de la frontera con el territorio inglés. Luego Lisbeth subió andando hasta The Rock Hotel, situado en Europa Road, en la misma cuesta que ascendía hasta el peñón, de cuatrocientos veinticinco metros de alto, donde preguntó si había alguna habitación libre. Les quedaba una doble. Dijo que se quedaría dos semanas y entregó su tarjeta de crédito.

Se duchó, se envolvió en una toalla de baño y se sentó en la terraza, donde se puso a contemplar el estrecho de Gibraltar. Vio unos buques de carga y unos veleros. A lo lejos, tras la neblina, pudo divisar Marruecos. Le resultaba tranquilizador.

Estuvo así un rato. Luego se fue a la cama y se durmió.

Al día siguiente, Lisbeth Salander se despertó a las cinco y media de la mañana. Se levantó, se duchó y tomó un café en el bar de la planta baja. A las siete dejó el hotel, fue a comprar una bolsa de mangos y manzanas, cogió un taxi hasta The Peak y se acercó hasta donde se hallaban los monos. Era tan temprano que casi no había turistas; estaba prácticamente sola con los animales.

Gibraltar le gustaba. Era su tercera visita a esa extraña roca que tenía esa ciudad inglesa de absurda densidad de población a orillas del mar Mediterráneo. Gibraltar era un lugar que no se parecía a ningún otro. La ciudad había permanecido aislada durante décadas: una colonia que, inquebrantable, se resistía a incorporarse a España. Por supuesto, los españoles protestaban contra la ocupación. (Sin embargo, Lisbeth Salander consideraba que los españoles deberían cerrar el pico mientras ocuparan el enclave de Ceuta en territorio marroquí, al otro lado del estrecho.) Gibraltar era un lugar que estaba curiosamente aislado del resto del mundo, una ciudad compuesta por una extraña roca, algo más de dos kilómetros cuadrados de superficie urbana y un aeropuerto que empezaba y terminaba en el mar. La colonia era tan pequeña que hubo que aprovechar cada centímetro cuadrado, de modo que la expansión tuvo que hacerse hacia el mar. Incluso para poder entrar en la ciudad, los visitantes tenían que atravesar la pista de aterrizaje del aeropuerto.

Gibraltar le daba al concepto *compact living* un sentido nuevo.

Lisbeth vio a un corpulento mono macho subir a la

muralla que se hallaba junto al paseo. Miró fijamente a Lisbeth. Era un *Barbary Ape*. Ella sabía muy bien que no había que intentar acariciar a esos animales.

—Hola, amigo —dijo—. He vuelto.

La primera vez que visitó Gibraltar ni siquiera había oído hablar de sus monos. Sólo había subido al pico para disfrutar de la vista y se quedó completamente sorprendida cuando, siguiendo a un grupo de turistas, se vio de pronto en medio de una manada de monos que trepaban y se colgaban por doquier a ambos lados del camino.

Era una sensación especial caminar a lo largo de un sendero y de repente tener a dos docenas de monos alrededor. Los observó con la mayor de las desconfianzas. No eran peligrosos ni agresivos. Sin embargo, poseían la suficiente fuerza para causar devastadoras mordeduras si se les provocaba o se sentían amenazados.

Encontró a uno de los cuidadores, le mostró su bolsa y le preguntó si podía darles fruta a los monos. Éste contestó que sí.

Sacó un mango y lo puso sobre la muralla, a cierta distancia del macho.

—Tu desayuno —dijo ella para, acto seguido, apoyarse contra la muralla y darle un mordisco a una manzana.

El macho se la quedó mirando, le enseñó los dientes y, contento, se llevó el mango.

A eso de las cuatro de la tarde, cinco días después, Lisbeth se cayó de un taburete de la barra del Harry's Bar, situado en una bocacalle de Main Street, a dos manzanas de su hotel. Llevaba borracha desde que dejó la roca de los monos y la mayoría del tiempo la había pasado en el bar de Harry O'Connell, que era el propietario y que hablaba con un forzado acento irlandés, aunque lo cierto era que no había pisado Irlanda en su vida. Él la había estado observando con cara de preocupación.

Cuatro días antes, una tarde en la que Lisbeth pidió su primera bebida, Harry O'Connell le pidió el pasaporte, ya que esa chica le pareció demasiado joven. Supo que se llamaba Lisbeth y empezó a llamarla Liz. Ella solía entrar después de la hora de comer, se sentaba en uno de los altos taburetes del fondo y se apoyaba contra la pared. Luego se dedicaba a ingerir una considerable cantidad de cervezas o de whisky.

Cuando tomaba cerveza le daba igual la marca o el tipo; aceptaba lo primero que él le servía. Pero cuando se decantaba por el whisky siempre elegía Tullamore Dew, a excepción de una sola vez en la que se quedó mirando las botellas que había tras la barra y pidió Lagavullin. Cuando Harry se lo puso, lo olió, arqueó las cejas y luego se tomó un Trago Muy Pequeño. Dejó la copa y la miró fijamente durante un minuto con una cara con la que dio a entender que consideraba su contenido como un enemigo amenazador.

Luego apartó la copa y le dijo a Harry que le diera algo que no se utilizara para embrear un barco. Él volvió a ponerle Tullamore Dew y Lisbeth se consagró de nuevo a su bebida. Harry constató que durante los últimos cuatro días ella solita se había tragado más de una botella. Las cervezas no las había contado. Harry estaba más que sorprendido de que una chica con un cuerpo tan menudo pudiera meterse tanto entre pecho y espalda, pero suponía que si ella quería beber, lo haría de todas maneras, fuera donde fuese, en su bar o en cualquier otro sitio.

Bebía con tranquilidad, no hablaba con nadie y no montaba broncas. Su único pasatiempo, aparte de consumir alcohol, parecía ser un ordenador de mano con el que jugaba y que, de vez en cuando, conectaba a un teléfono móvil. En más de una ocasión él intentó entablar una conversación con ella, pero lo único que consiguió fue un arisco silencio. Parecía evitar las compañías. Algunas veces, cuando el bar se llenaba de gente, ella se iba a la terraza, y otras se metía en un restaurante italiano situado dos puertas más abajo y cenaba allí, tras lo cual volvía al bar de Harry y pedía más Tullamore Dew. Solía salir sobre las diez de la noche y empezaba a caminar lentamente, haciendo eses en dirección norte.

Aquel día en concreto había bebido más de la cuenta y más deprisa que de costumbre, así que Harry empezó a echarle un ojo. Hacía poco más de dos horas que estaba allí y ya llevaba siete copas de Tullamore Dew. Fue entonces cuando Harry decidió no servirle ni una más. Sin embargo, antes de que tuviera ocasión de poner en práctica su decisión, oyó el estruendo que ella produjo cuando se cayó del taburete.

Dejó una copa que estaba lavando, salió de detrás de la barra y la levantó. Ella pareció ofenderse.

—Creo que ya has bebido bastante —dijo él.

Ella lo miró sin poder concentrar la mirada.

—Creo que tienes razón —contestó ella con una voz de una sorprendente nitidez.

Se apoyó en la barra con una mano y con la otra se hurgó el bolsillo de la pechera para sacar unos billetes, y luego se dirigió hacia la salida dando tumbos. Él la cogió suavemente por el hombro.

—Espera un momento. ¿Qué te parece si vamos al cuarto de baño, vomitas esos últimos tragos y te quedas un rato en el bar? No quiero dejarte ir en este estado.

Lisbeth no protestó cuando él la condujo al baño. Se metió los dedos en la garganta e hizo lo que Harry le había propuesto. Cuando ella salió, él ya le había servido un gran vaso de agua mineral con gas. Se la tomó entera y eructó. Le sirvió otro vaso.

—Mañana te sentirás fatal —dijo Harry.

Ella asintió.

—No es asunto mío, pero si yo fuera tú, estaría un par de días sin beber.

Ella volvió a asentir. Luego regresó al baño y vomitó.

Se quedó en Harry's Bar un par de horas más antes de que su mirada se aclarara lo suficiente como para que Harry se atreviera a dejarla marchar. Abandonó el lugar tambaleándose, bajó hasta el aeropuerto y continuó andando por la playa hasta la marina. Paseó hasta que fueron las ocho y media y la tierra dejó de moverse bajo sus pies. Entonces volvió al hotel. Subió a su habitación, se lavó los dientes, se echó agua en la cara, se cambió de ropa y bajó hasta el bar, donde pidió un café y una botella de agua mineral.

Permaneció sentada en silencio y sin hacerse notar, junto a un pilar, mientras estudiaba a la gente del bar. Vio a una pareja de unos treinta años enfrascada en una discreta conversación. La mujer llevaba un vestido claro de verano. El hombre la tenía cogida de la mano por debajo de la mesa. Dos mesas más allá había una familia negra, él con unas incipientes canas en las sienes, ella con un hermoso y colorido vestido amarillo, negro y rojo. Tenían dos hijos que estaban a punto de entrar en la adolescencia. Estudió a un grupo de hombres de negocios vestidos con camisa blanca y corbata y con las americanas colgadas en el respaldo de sus respectivas sillas. Se encontraban tomando cerveza. Vio a un grupo de pensionistas que, sin duda, eran turistas americanos. Los hombres llevaban gorras de béisbol, polos y pantalones de *sport*. Las mujeres llevaban exclusivos vaqueros de marca, *tops* rojos y gafas de sol con cordones. Vio entrar desde la calle a un hombre con una americana clara de lino, camisa gris y corbata oscura que fue a buscar la llave a la recepción antes de dirigirse al bar para pedir una cerveza. Ella se hallaba a tres metros de él y lo enfocó con la mirada cuando éste cogió un teléfono móvil y se puso a hablar en alemán.

—*Hola, soy yo... ¿todo bien?... Tenemos la próxima*

reunión mañana por la tarde… no, creo que se va a solucio-
nar… me quedaré cinco o seis días y luego iré a Madrid…
no, no estaré de vuelta hasta finales de la semana que
viene… yo también… te quiero… claro que sí… te llamaré
esta semana… un beso.

Medía un metro ochenta y cinco centímetros y tendría unos cincuenta o cincuenta y cinco años. Su pelo era
rubio, algo canoso, y más tirando a largo que a corto. Tenía un mentón poco pronunciado y una cintura a la que
le sobraban unos cuantos kilos. Aun así se conservaba
bastante bien. Estaba leyendo el *Financial Times*. Cuando
terminó su cerveza se dirigió al ascensor. Lisbeth Salander se levantó y lo siguió.

Él pulsó el botón de la sexta planta. Lisbeth se puso a
su lado y apoyó el cogote contra la pared del ascensor.

—Estoy borracha —dijo ella.

Él la miró.

—¿Ah, sí?

—Sí. He tenido una semana horrible. Déjame adivinar: eres uno de esos hombres de negocios de Hannover
o de algún otro sitio del norte de Alemania. Estás casado.
Quieres a tu mujer. Y tienes que quedarte aquí en Gibraltar unos cuantos días más. Eso es todo lo que he podido sacar de tu llamada telefónica.

Él la miró asombrado.

—Yo soy de Suecia. Siento la irresistible necesidad de
acostarme con alguien. Me importa una mierda que estés
casado y no quiero tu número de teléfono.

Él arqueó las cejas.

—Estoy en la habitación 711, una planta más arriba
que la tuya. Pienso ir a mi habitación, desnudarme, du-
charme y meterme bajo las sábanas. Si quieres acompañarme, llama a mi puerta dentro de media hora. Si no,
me dormiré.

—¿Es esto algún tipo de broma? —preguntó cuando
se paró el ascensor.

—No. Me da pereza salir a algún bar para ligar. O bajas a mi habitación o paso del tema.

Veinticinco minutos más tarde llamaron a la habitación de Lisbeth. Ella salió a abrir envuelta en una toalla de baño.

—Entra —dijo.

Él entró y, lleno de suspicacia, recorrió la habitación con la mirada

—Estoy sola —dijo ella.

—¿Qué edad tienes en realidad?

Lisbeth estiró la mano, cogió su pasaporte, que estaba encima de una cómoda, y se lo dio.

—Pareces más joven.

—Ya lo sé —le respondió. Luego se quitó la toalla y la tiró a una silla. Se acercó a la cama y retiró la colcha.

Él se quedó observando fijamente sus tatuajes. Ella lo miró de reojo por encima del hombro.

—Esto no es ninguna trampa. Soy una mujer, estoy soltera y llevo aquí un par de días. Hace meses que no me acuesto con nadie.

—¿Y por qué me has elegido a mí?

—Porque eras la única persona del bar que no parecía estar acompañada.

—Estoy casado…

—No quiero saber quién es, ni tampoco quién eres tú. Y no quiero hablar de sociología. Quiero follar. O te desnudas o vuelves a tu habitación.

—¿Así, sin más?

—¿Por qué no? Ya eres mayorcito y sabes lo que hay que hacer.

Él reflexionó medio minuto. Daba la sensación de que se iba a ir. Ella se sentó en el borde de la cama a esperar. Él se mordió el labio inferior. Luego se quitó los pantalones y la camisa y se quedó en calzoncillos, como si no supiera qué hacer.

—Todo —dijo Lisbeth Salander—. No pienso follar

con alguien que lleve calzoncillos. Y tienes que usar condón. Yo sé con quién he estado, pero no con quién has estado tú.

Se quitó los calzoncillos, se acercó a ella y le puso una mano en el hombro. Lisbeth cerró los ojos cuando él se agachó y la besó. Sabía bien. Ella dejó que él la tumbara sobre la cama. Pesaba.

El abogado Jeremy Stuart MacMillan sintió cómo se le ponía el vello de punta en el mismo momento en que abrió la puerta de su bufete de Buchanan House en Queensway Quay, por encima de la marina. Le vino un olor a tabaco y oyó el crujir de una silla. Eran poco menos de las siete de la mañana y lo primero que le pasó por la cabeza fue que había sorprendido a un ladrón.

Luego percibió un aroma de café recién hecho que provenía de la cocina. Al cabo de unos segundos entró dubitativamente por la puerta, atravesó el vestíbulo y le echó un vistazo a su amplio despacho, elegantemente amueblado. Lisbeth Salander estaba sentada en la silla de su escritorio, dándole la espalda y con los pies apoyados en el alféizar de la ventana. El ordenador de la mesa estaba encendido y al parecer no había tenido problemas para averiguar su contraseña. Tampoco a la hora de abrir su armario de seguridad: sobre las rodillas tenía una carpeta con correspondencia y contabilidad sumamente privadas.

—Buenos días, señorita Salander —acabó diciendo.

—Mmm —contestó ella—. En la cocina tienes café recién hecho y cruasanes.

—Gracias —dijo él mientras suspiraba resignado.

Bien era cierto que había comprado el bufete con el dinero de Lisbeth y a petición de ella, pero Stuart no se esperaba que se le presentara allí sin previo aviso. Además, ella había encontrado —y, al parecer, leído— una revista porno gay que él escondía en un cajón.

¡Qué vergüenza!

O tal vez no.

Por lo que se refería a las personas que la irritaban, Lisbeth Salander se le antojaba la persona más intransigente que jamás había conocido, pero luego, por otra parte, ni tan siquiera arqueaba las cejas ante las debilidades de la gente. Ella sabía que, oficialmente, él era heterosexual, pero que su oscuro secreto consistía en que le atraían los hombres y que, desde que se divorciara, hacía ya quince años, se había dedicado a hacer realidad sus fantasías más íntimas.

¡Qué raro! Me siento seguro con ella.

Ya que se encontraba en Gibraltar, Lisbeth había decidido visitar al abogado Jeremy MacMillan, que se ocupaba de su economía. No se ponía en contacto con él desde principios de año y quería saber si, durante su ausencia, él la había estado arruinando.

Pero no urgía, y tampoco era la razón por la que había ido directamente a Gibraltar cuando fue puesta en libertad. Lo había hecho porque sentía una imperiosa necesidad de alejarse de todo, y, en ese sentido, Gibraltar era perfecto. Había pasado casi una semana borracha y luego unos cuantos días más acostándose con ese hombre de negocios alemán que acabó presentándose como Dieter. Dudaba de que ése fuera su verdadero nombre, pero no hizo ni el más mínimo intento por averiguarlo. Él se pasaba todo el día metido en reuniones. Por la noche cenaba con Lisbeth y luego subían a la habitación de él o de ella.

No era del todo malo en la cama, constató Lisbeth. Tal vez un poco falto de costumbre y, a ratos, innecesariamente bruto.

Lo cierto era que Dieter estaba asombrado de que ella se hubiese ligado así, sin más, a un hombre de negocios alemán con sobrepeso que ni siquiera había intentado ligar con nadie. En efecto, estaba casado y no solía ser infiel ni buscar compañía femenina cuando se encontraba de viaje. Pero cuando el destino le puso en bandeja a una delgada y tatuada chica le resultó imposible resistir la tentación, dijo él.

A Lisbeth no le preocupaba mucho lo que él dijera. Ella no tenía más intención que la de pasarlo bien en la cama, pero le sorprendió que él, de hecho, se esforzara en satisfacerla. Fue en la cuarta noche, la última que pasaron juntos, cuando a él le dio una crisis de ansiedad y empezó a comerse la cabeza sobre lo que su esposa le diría. Lisbeth Salander pensó que debería mantener el pico cerrado y no contarle nada a su mujer.

Pero no le dijo nada.

Él ya era mayorcito y podía haber rechazado su invitación. No era problema de ella que él sintiera remordimientos o decidiera confesárselo todo a su mujer. Lisbeth yacía en la cama de espaldas a él y lo escuchó durante quince minutos hasta que, irritada, levantó la vista hacia el techo, se dio la vuelta y se sentó a horcajadas encima de él.

—¿Crees que podrías dejar tu angustia de lado un momento y volver a satisfacerme? —preguntó.

Jeremy MacMillan era una historia muy distinta. Él no ejercía ninguna atracción sobre Lisbeth Salander. Era un canalla. Por raro que pudiera parecer, su aspecto físico era bastante similar al de Dieter. Tenía cuarenta y ocho años, encanto, algo de sobrepeso y un pelo rizado y rubio peinado hacia atrás y por el que empezaban a asomar algunas canas. Llevaba unas gafas con una fina montura dorada.

Hubo una vez en la que fue un jurista comercial de sólida formación «Oxbridge» y asentado en Londres. Tenía un futuro prometedor; era socio de un bufete al que contrataban grandes empresas así como advenedizos y forrados *yuppies* que se dedicaban a comprar inmuebles y a diseñar estrategias para evadir impuestos. Había pasado los felices años ochenta relacionándose con famosos nuevos ricos. Había bebido mucho y esnifado cocaína en compañía de personas junto a las que, en realidad, no habría querido despertarse al día siguiente. Nunca llegó a ser procesado, pero perdió a su mujer y a sus dos hijos, y fue despedido por haber descuidado los negocios y haberse presentado borracho en un juicio de reconciliación.

Sin apenas pensárselo, en cuanto se le pasó la borrachera huyó avergonzado de Londres. ¿Por qué eligió precisamente Gibraltar? No lo sabía, pero en 1991 se asoció con un abogado local y abrió un modesto bufete en un callejón que, oficialmente, se ocupaba de una serie de actividades poco glamurosas de reparto de bienes y testamentos. De forma algo menos oficial, MacMillan & Marks se dedicaba a establecer empresas buzón y a hacer de hombre de paja de diversos y oscuros personajes europeos. El negocio tiraba para delante hasta que Lisbeth Salander eligió a Jeremy MacMillan para que le administrara los dos mil cuatrocientos millones de dólares que le había robado al derrocado imperio del financiero Hans-Erik Wennerström.

Sin duda, MacMillan era un canalla. Pero Lisbeth lo consideraba *su* canalla, y él se había sorprendido a sí mismo manifestando una intachable honradez para con ella. Al principio lo contrató para una tarea sencilla. Por una modesta suma, él le creó una serie de empresas buzón que Lisbeth podría utilizar y en las que invirtió un millón de dólares. Contactó con él por teléfono, de modo que ella no era más que una lejana voz para él. MacMillan nunca le preguntó de dónde venía el dinero. Hizo lo que ella le pidió y le facturó un cinco por ciento del montante. Poco tiempo después, Lisbeth le pasó una cantidad mayor de dinero que él debería usar para fundar una empresa, Wasp Enterprises, que compró una casa en Estocolmo. De este modo, el contacto con Lisbeth Salander se volvió lucrativo, aunque para él no se tratara más que de calderilla.

Dos meses más tarde, ella fue a visitarlo por sorpresa a Gibraltar. Lo llamó y le propuso una cena privada en su habitación de The Rock, que tal vez no fuera el hotel más grande de La Roca pero sí el de más solera. No sabía a ciencia cierta con qué se iba a encontrar, aunque nunca se hubiera imaginado que su clienta fuera una chica menuda como una muñeca que parecía recién salida de la pubertad. Se creyó víctima de una especie de extraña broma.

Cambió de opinión enseguida. La extraña chica habló despreocupadamente con él sin mostrarle jamás una sonrisa ni el menor asomo de calor humano. Ni tampoco frío, ciertamente. Él se quedó paralizado cuando ella, en cuestión de minutos, le echó abajo por completo esa fachada profesional de mundana respetabilidad que él tanto se esforzaba por conservar.

—¿Qué quieres? —preguntó.

—He robado una cierta cantidad de dinero —contestó ella con gran seriedad—. Necesito a un canalla que me la administre.

Él se preguntó si ella estaría bien de la cabeza, pero le siguió el juego con educación: constituía una potencial víctima de un rápido regateo que podría proporcionarle algún dinerillo. Luego se quedó paralizado, como si hubiese sido alcanzado por un rayo, cuando ella le explicó a quién había robado el dinero, cómo lo había hecho y a cuánto ascendía la suma. El caso Wennerström era el tema de conversación más candente del mundo financiero internacional.

—Entiendo.

Su cerebro empezó a barajar posibilidades.

—Eres un hábil jurista comercial y un buen inversor. Si fueses un idiota, jamás te habrían dado los trabajos que te dieron en los años ochenta. Lo que pasa es que te comportaste como un idiota y te despidieron.

Él arqueó las cejas.

—A partir de ahora sólo trabajarás para mí.

Ella lo miró con los ojos más ingenuos que él había visto en su vida.

—Exijo dos cosas. Primero, que nunca jamás cometas un delito ni te veas implicado en algo que pueda ocasionarnos problemas o que atraiga el interés de las autoridades por mis empresas y cuentas. Segundo, que jamás me mientas. Nunca jamás. Ni una sola vez. Bajo ningún pretexto. Si me mientes, nuestra relación profesional cesará inmediatamente y si me cabreas demasiado, te arruinaré.

Ella le sirvió una copa de vino.

—No hay ninguna razón para mentirme. Ya conozco todo lo que merezca la pena saber de tu vida. Sé cuánto ganas en un buen mes y en uno malo. Sé cuánto gastas. Sé que casi nunca te alcanza el dinero. Sé que tienes ciento veinte mil libras de deudas, tanto a largo como a corto plazo, y que para poder pagarlas te ves siempre obligado a correr riesgos haciendo chanchullos. Te vistes de manera elegante e intentas mantener las apariencias, pero te estás hundiendo y llevas muchos meses sin comprarte una americana nueva. En cambio, hace dos semanas llevaste una vieja americana a una tienda para que le arreglaran el forro. Coleccionabas libros raros pero los has ido vendiendo poco a poco. El mes pasado vendiste una temprana edición de *Oliver Twist* por setecientas sesenta libras.

Ella se calló y lo miró fijamente. Él tragó saliva.

—La verdad es que la semana pasada hiciste un buen negocio. Una estafa bastante ingeniosa contra esa viuda a la que representas. Le soplaste seis mil libras que es difícil que eche en falta.

—¿Cómo coño sabes eso?

—Sé que has estado casado, que tienes dos hijos en Inglaterra que no te quieren ver y que, desde que te divorciaste, mantienes sobre todo relaciones homosexuales. Al parecer eso te da vergüenza, porque evitas los bares gays y que tus amistades te vean en la calle con alguno de tus amigos, y porque a menudo pasas la frontera y vas a España en busca de hombres.

Jeremy MacMillan se quedó mudo del *shock*. Fue preso de un repentino pánico. No tenía ni idea de cómo se había enterado ella de todo eso, pero lo cierto era que tenía suficiente información como para aniquilarlo.

—Sólo te lo diré una vez: me importa una mierda con quién te acuestas. No es asunto mío. Quiero saber quién eres, pero nunca utilizaré mis conocimientos. No voy a amenazarte ni chantajearte por eso.

MacMillan no era idiota. Como es natural, se dio cuenta de que la información que ella poseía sobre él suponía una amenaza. Ella tenía el control. Por un momento sopesó la idea de cogerla, levantarla y tirarla por encima de la barandilla de la terraza, pero se controló. Nunca jamás había sentido tanto miedo.

—¿Qué quieres? —consiguió pronunciar con mucho esfuerzo.

—Quiero que seamos socios. Dejarás todos los demás negocios a los que te dedicas y trabajarás en exclusiva para mí. Vas a ganar más dinero del que jamás hayas podido soñar.

Ella le explicó lo que quería que hiciera y cómo deseaba que estuviera organizado todo.

—Yo quiero ser invisible —le aclaró—. Tú te encargas de mis negocios. Todo debe ser legal. Los líos en los que me pueda meter yo solita ni te afectarán ni repercutirán en nuestros negocios.

—De acuerdo.

—Pero sólo me tendrás a mí como cliente. Te doy una semana para que lo liquides todo con los clientes que ahora tienes y para que termines con tus pequeños trapicheos.

También se dio cuenta de que ella acababa de hacerle una oferta que no se le repetiría en la vida. Reflexionó sesenta segundos y luego aceptó. Sólo tenía una pregunta:

—¿Cómo sabes que no te voy a engañar?

—No lo hagas. Te arrepentirás el resto de tus miserables días.

No había razón alguna para andar con trapicheos. La tarea que Lisbeth Salander le había encomendado tenía tanto potencial económico que habría sido absurdo arriesgarlo todo por simple calderilla. Siempre y cuando no tuviera demasiadas pretensiones y no se metiera en líos, su futuro estaba asegurado.

De modo que no pensaba engañar a Lisbeth Salander.

Consecuentemente se volvió honrado, o por lo menos todo lo honrado que se podía considerar a un abogado quemado venido a menos que gestionaba un dinero robado de astronómicas proporciones.

A Lisbeth no le interesaba en absoluto administrar su propio capital. El trabajo de MacMillan consistía en invertir el dinero que ella tenía y en asegurarse de que había liquidez en las tarjetas que ella utilizaba. Hablaron durante horas. Ella le explicó cómo quería que marchara su economía. El trabajo de MacMillan era asegurarse de que todo funcionara sin problemas.

Una gran parte del dinero robado lo invirtió en fondos estables que, desde un punto de vista económico, la hacían independiente para el resto de su vida, incluso en el caso de que se le ocurriera llevar una vida extremadamente lujosa y despilfarradora. Sus tarjetas de crédito se alimentarían de esos fondos.

Respecto al resto del capital, podría jugar con él como mejor se le antojara e invertirlo donde más le conviniera, con la única condición de que no invirtiese en algo que pudiera acarrearle algún tipo de problemas con la policía.

Ella le prohibió que se dedicara a esos ridículos y pequeños delitos y timos del montón que —si la mala suerte les acompañara— podrían dar lugar a investigaciones policiales que, a su vez, podrían ponerla a ella en el punto de mira.

Lo que quedaba por determinar era cuánto ganaría él por su trabajo.

—De entrada te voy a pagar quinientas mil libras. Con eso podrás saldar todas tus deudas y aún te quedará una buena cantidad de dinero. Luego ganarás tu propio dinero. Crearás una sociedad en la que tú y yo figuremos como propietarios. Tú te quedarás con el veinte por ciento de todos los beneficios que genere la empresa. Quiero que seas lo suficientemente rico como para que no te veas tentado a andar chanchulleando, pero no tan rico como para que no te esfuerces en seguir ganando dinero.

Empezó su nuevo trabajo el uno de febrero. A finales de marzo ya había pagado todas sus deudas personales y estabilizado su economía. Lisbeth había insistido en que le diera prioridad a sanear su propia economía para que pudiera ser solvente. En mayo rompió la sociedad con su alcohólico colega George Marks, el otro cincuenta por ciento de MacMillan & Marks. Sintió una punzada de remordimiento hacia su ex socio, pero meterlo en los negocios de Lisbeth Salander estaba descartado.

Comentó el tema con Lisbeth Salander un día en el que ella se dejó caer por Gibraltar en una visita espontánea que le hizo a principios de julio y descubrió que MacMillan trabajaba en casa en vez de hacerlo en el modesto bufete situado en ese callejón donde antes realizaba sus actividades.

—Mi ex socio es un alcohólico y no podría con esto. Todo lo contrario: podría haberse convertido en un enorme factor de riesgo. Pero hace quince años, cuando yo llegué a Gibraltar, él me salvó la vida metiéndome en sus negocios.

Lisbeth meditó el tema durante un par de minutos mientras estudiaba la cara de MacMillan.

—Entiendo. Eres un canalla pero tienes lealtad. Una característica loable, sin duda. Te propongo que le crees una cuenta con algo de dinero que él pueda gestionar. Asegúrate de que se saque unos cuantos billetes al mes para que pueda ir tirando.

—¿Te parece bien?

Ella asintió y escudriñó su vivienda de soltero. Vivía en un estudio con cocina americana en una de las callejuelas que quedaban cerca del hospital. Lo único agradable era la vista. Claro que, tratándose de Gibraltar, resultaba casi imposible que no lo fuera.

—Necesitas un despacho y una casa mejor —constató Lisbeth.

—Todavía no he tenido tiempo —contestó él.

—Ya —le respondió ella.

Luego Lisbeth fue y le compró un despacho. Optó por uno de unos ciento treinta metros cuadrados que tenía una pequeña terraza que daba al mar y que estaba situado en la Buchanan House de Queensway Quay, algo que, sin lugar a dudas, era *upmarket* en Gibraltar. contrató a un decorador de interiores que reformó y amuebló la estancia.

MacMillan recordó que cuando él se ocupó de todo el papeleo, Lisbeth supervisó personalmente la instalación de los sistemas de alarma, el equipo informático y ese armario de seguridad en el que, para su sorpresa, ella estaba hurgando cuando él entró en el despacho.

—¿He caído ya en desgracia? —preguntó él.

Ella dejó la carpeta de la correspondencia en la que se había sumergido.

—No, Jeremy. No has caído en desgracia.

—Bien —dijo antes de ir a por un café—. Tienes la capacidad de aparecer cuando uno menos se lo espera.

—Últimamente he estado muy ocupada. Sólo quería ponerme al día de las novedades.

—Según tengo entendido, te han estado buscado por triple asesinato, te han pegado un tiro en la cabeza y te han procesado por un buen número de delitos. Hubo un momento en el que de verdad me llegaste a preocupar. Pero creía que seguías encerrada. ¿Te has fugado?

—No. Me han absuelto de todos los cargos y me han puesto en libertad. ¿Qué es lo que sabes?

Dudó un segundo.

—De acuerdo; nada de mentiras piadosas. Cuando me enteré de que estabas metida en la mierda hasta arriba, contraté a una agencia de traducción que peinó los periódicos suecos y me puso al día de todo. Sé bastante.

—Si todo lo que sabes es lo que dicen los periódicos, no sabes nada. Pero supongo que has descubierto algunos secretos sobre mi persona.

Él asintió.

—¿Y ahora qué va a pasar? —preguntó MacMillan.

Ella lo miró asombrada.

—Nada. Seguimos como antes. Nuestra relación no tiene nada que ver con los problemas que yo tenga en Suecia. Cuéntame lo que ha ocurrido en todo este tiempo. ¿Te has portado bien?

—Ya no bebo —dijo—. Si es eso a lo que te refieres.

—No. Mientras no repercuta en los negocios, tu vida privada no es asunto mío. Me refiero a si soy más rica o más pobre que hace un año.

Cogió la silla destinada a las visitas y se sentó. ¿Qué más daba que ella hubiera ocupado *su* silla? No había ningún motivo para enzarzarse en una lucha de prestigio con ella.

—Me entregaste dos mil cuatrocientos millones de dólares. Invertimos doscientos en fondos para ti. Y me diste el resto para que jugara con él.

—Sí.

—Aparte de los intereses que te han producido, tus fondos personales no se han modificado gran cosa. Puedo aumentar los beneficios si…

—No me interesa aumentar los beneficios.

—De acuerdo. Has gastado una suma ridícula. Tus gastos más grandes han sido el piso que te compré y el fondo sin ánimo de lucro que abriste para el abogado Palmgren. Por lo demás, sólo has hecho un gasto normal, que tampoco se puede considerar como especialmente excesivo. Los intereses han sido buenos. Cuentas más o menos con la misma cantidad con la que empezaste.

—Bien.

—El resto lo he invertido. El año pasado no ingresamos ninguna cantidad importante. Yo estaba algo oxidado y dediqué un tiempo a estudiar el mercado. Tuvimos algunos gastos. Ha sido este año cuando hemos empezado a generar ingresos. Mientras tú has estado encerrada hemos ingresado poco más de siete millones. De dólares, claro.

—De los cuales te corresponde un veinte por ciento.

—De los cuales me corresponde un veinte por ciento.

—¿Estás contento?

—He hecho más de un millón de dólares en seis meses. Sí. Estoy contento.

—Ya sabes: la avaricia rompe el saco. Puedes retirarte cuando te sientas satisfecho. Pero aun así, sigue dedicándoles de vez en cuando alguna que otra horita a mis negocios.

—Diez millones de dólares —dijo.

—¿Qué?

—Cuando haya ganado diez millones de dólares lo dejaré. Me alegro de que hayas venido. Quería tratar unas cuantas cosas contigo.

—Tú dirás…

Él hizo un gesto con la mano.

—Esto es tanto dinero que estoy la hostia de acojonado. No sé cómo manejarlo. Aparte de ganar cada vez más, no sé cuál es el objetivo de nuestras actividades. ¿A qué se va a destinar el dinero?

—No lo sé.

—Yo tampoco. Pero el dinero puede convertirse en un fin en sí mismo. Y eso es demencial. Por eso he decidido dejarlo cuando haya ganado diez millones de dólares. No quiero tener esa responsabilidad durante demasiado tiempo.

—Vale.

—Antes de dejarlo, me gustaría que decidieras cómo quieres que se administre tu fortuna en el futuro. Tiene que haber un objetivo, unas directrices marcadas y una organización a la que pasarle el testigo.

—Mmm.

—Es imposible que una sola persona se dedique a los negocios de esa manera. He dividido el dinero en inversiones fijas a largo plazo: inmuebles, valores y cosas así. Tienes una lista completa en el ordenador.

—La he leído.

—La otra mitad la he destinado a especular, pero se trata de tanto dinero que no me da tiempo a controlarlo todo. Por eso he fundado una empresa de inversiones en Jersey. De momento, tienes seis empleados en Londres. Dos jóvenes y hábiles inversores y personal administrativo.

—¿Yellow Ballroom Ltd? Me preguntaba qué era eso.

—Nuestra empresa. Está aquí, en Gibraltar, y he contratado a una secretaria y a un joven y prometedor abogado... Por cierto, aparecerán dentro de media hora.

—Vale. Molly Flint, de cuarenta y un años, y Brian Delaney, de veintiséis.

—¿Quieres conocerlos?

—No. ¿Es Brian tu amante?

—¿Qué? No.

Pareció quedarse perplejo.

—No mezclo…

—Bien.

—Por cierto… no me interesan los chicos jóvenes… sin experiencia, quiero decir.

—No, a ti te atraen más los chicos que tienen una actitud algo más dura que la que un mocoso te pueda ofrecer. Sigue siendo algo que no es asunto mío, pero Jeremy…

—¿Sí?

—Ten cuidado.

En realidad no había pensado quedarse en Gibraltar más que un par de semanas para volver a encontrar el norte. Descubrió que no tenía ni idea de qué hacer ni adónde ir. Se quedó doce semanas. Consultó su correo electrónico una vez al día y contestó obedientemente a los ocasionales correos de Annika Giannini. No le dijo dónde estaba. No contestó a ningún otro correo.

Seguía acudiendo al Harry's Bar, pero ahora sólo entraba para tomarse alguna que otra cerveza por las noches. Pasó la mayor parte de los días en The Rock, bien en la terraza, bien en la cama. Tuvo una esporádica relación con un oficial de la marina inglesa de treinta años, pero aquello se quedó sólo en un *one night stand* y, a grandes rasgos, se trató de una experiencia carente de interés.

Se dio cuenta de que estaba aburrida.

A principios de octubre cenó con Jeremy MacMillan; durante su estancia sólo se habían visto en contadas ocasiones. Ya había caído la noche y se encontraban tomando un afrutado vino blanco y hablando del destino que le darían a los miles de millones de Lisbeth cuando, de pronto, él la sorprendió preguntándole qué era lo que la apesadumbraba.

Ella lo contempló mientras reflexionaba. Luego, de forma igual de sorprendente, le habló de su relación con

Miriam Wu y de cómo ésta había sido maltratada y casi asesinada por Ronald Niedermann. Por su culpa. Aparte de unos recuerdos que, de su parte, le dio Annika Giannini, Lisbeth no sabía nada de Miriam Wu. Y ahora se había mudado a Francia.

Jeremy MacMillan permaneció callado un largo rato.

—¿Estás enamorada de ella? —preguntó de repente.

Lisbeth Salander meditó la respuesta. Al final negó con la cabeza.

—No. No creo que yo sea de las que se enamoran. Era una amiga. Y lo pasábamos muy bien en la cama.

—Nadie puede evitar enamorarse —dijo él—. Tal vez uno quiera negarlo, pero es posible que la amistad sea la forma más frecuente de amor.

Ella se quedó mirándolo perpleja.

—¿Te cabreas si te doy un consejo?

—No.

—¡Ve a París, por Dios! —dijo él.

Aterrizó en el aeropuerto de Charles De Gaulle a las dos y media de la tarde, cogió el autobús hasta el Arco del Triunfo y se pasó dos horas dando vueltas por los barrios de alrededor buscando un hotel libre. Fue andando hacia el sur, hacia el Sena, y al final consiguió una habitación en el pequeño hotel Victor Hugo de la Rue Copernic.

Se duchó y llamó a Miriam Wu. Quedaron sobre las nueve de la noche en un bar cercano a Notre-Dame. Miriam Wu llevaba una blusa blanca y una americana. Estaba radiante. Lisbeth se sintió avergonzada de inmediato. Se saludaron con un beso en la mejilla.

—Siento no haber contactado contigo ni haberme presentado en el juicio —dijo Miriam Wu.

—No te preocupes. De todos modos, el juicio se celebró a puerta cerrada.

—Estuve ingresada en el hospital durante tres semanas y luego, cuando volví a Lundagatan, todo me resultó caótico. No podía dormir. Tenía pesadillas con ese maldito Niedermann. Llamé a mi madre y le dije que quería venirme.

Lisbeth asintió.

—Perdóname.

—No seas idiota. Soy yo la que he venido hasta aquí para pedirte disculpas *a ti*.

—¿Por qué?

—No caí en la cuenta. Nunca se me ocurrió que te exponía a un peligro de muerte cediéndote mi casa mientras yo seguía empadronada allí. Por mi culpa por poco te matan. Entendería que me odiaras.

Miriam Wu se quedó atónita.

—Ni siquiera se me había ocurrido. Fue Ronald Niedermann el que me intentó matar. No tú.

Permanecieron calladas un rato.

—Bueno —dijo Lisbeth al final.

—Sí —soltó Miriam Wu.

—No he venido hasta aquí porque esté enamorada de ti — le explicó Lisbeth.

Miriam asintió con la cabeza.

—Lo pasábamos de puta madre en la cama, pero no estoy enamorada de ti —subrayó Lisbeth.

—Lisbeth… Creo…

—Lo que quería decirte era que espero que… ¡Joder!

—¿Qué?

—No tengo muchos amigos…

Miriam Wu hizo un gesto afirmativo.

—Voy a quedarme en París una temporada. Mis estudios de Suecia se fueron a la mierda, pero me he matriculado aquí. Me quedaré al menos un año.

Lisbeth asintió.

—Luego no sé lo que haré. Pero volveré a Estocolmo. Estoy pagando los gastos de la casa de Lundagatan y pienso quedarme en el piso. Si te parece bien.

—La casa es tuya. Haz lo que quieras con ella.

—Lisbeth, eres muy especial —dijo—. Me gustaría mucho seguir siendo tu amiga.

Hablaron durante dos horas. Lisbeth no tenía por qué ocultarle su pasado a Miriam Wu. El caso Zalachenko era conocido por todos los que tenían acceso a la prensa sueca y Miriam Wu había seguido el asunto con gran interés. Le contó con todo detalle lo que ocurrió en Nykvarn la noche en la que Paolo Roberto le salvó la vida.

Luego se fueron a la habitación que Miriam tenía en la residencia estudiantil que quedaba cerca de la universidad.

Epílogo
Reparto de bienes

Viernes, 2 de diciembre –
Domingo, 18 de diciembre

Annika Giannini había quedado con Lisbeth Salander en el bar de Södra Teatern a eso de las nueve de la noche. Lisbeth estaba a punto de terminar la segunda pinta de cerveza.

—Siento llegar tarde —dijo Annika, mirando su reloj—. He estado algo liada con un cliente.

—Tranquila —dijo Lisbeth.

—¿Qué estás celebrando?

—Nada. Sólo que me apetece emborracharme.

Annika la miró escéptica mientras se sentaba.

—¿Y eso te apetece muy a menudo?

—Cogí una cogorza de muerte cuando me pusieron en libertad, pero no soy propensa al alcohol si es lo que te preocupa. Es sólo que se me ha ocurrido que por primera vez en mi vida soy oficialmente mayor de edad y que tengo derecho a emborracharme aquí en Suecia.

Annika pidió un Campari.

—Vale —contestó—. ¿Quieres beber sola o en compañía?

—Prefiero sola. Pero si no hablas mucho, puedes sentarte conmigo. Supongo que no tienes ganas de acompañarme a casa y acostarte conmigo...

—¿Perdón? —preguntó Annika Giannini.

—No, ya sabía yo que no. Tú eres una de esas heterosexuales empedernidas.

De repente aquello pareció entretener a Annika Giannini.

—Es la primera vez que uno de mis clientes me propone relaciones sexuales.

—¿Te interesa?

—*Sorry*. Ni lo más mínimo. Pero gracias por la oferta.

—¿Qué era lo que quería, señora letrada?

—Dos cosas. La primera es que, o empiezas en lo sucesivo a cogerme el teléfono cuando te llame, o renuncio
aquí y ahora mismo a ser tu abogada. Ya hablamos de eso
cuando te soltaron.

Lisbeth Salander miró a Annika Giannini.

—Llevo una semana intentando localizarte. Te he
llamado, te he escrito y te he mandado varios correos.

—He estado de viaje.

—Ha sido imposible contactar contigo durante la
mayor parte del otoño. Esto no funciona. Yo he aceptado
ser tu representante en todo lo que tiene que ver con tus
relaciones con el Estado. Eso significa que hay que ocuparse de algunas formalidades y entregar cierta documentación. Hay papeles que firmar. Preguntas que contestar. Necesito poder contactar contigo, y no me apetece
lo más mínimo quedarme sentada como una idiota sin
saber dónde te has metido.

—Ya lo sé. He estado en el extranjero durante dos semanas. Regresé ayer y te llamé en cuanto me enteré de
que me estabas buscando.

—Pero eso no me vale. Tienes que comunicarme dónde estás y contactar conmigo al menos una vez por semana hasta que todas los temas de la indemnización y
demás estén resueltos.

—Me importa una mierda la indemnización. Quiero
que el Estado me deje en paz.

—Por mucho que tú lo desees, el Estado no te va a
dejar en paz. Tu absolución en el tribunal de primera
instancia tiene una larga cadena de consecuencias. No

sólo se trata de ti. A Peter Teleborian lo van a procesar por lo que te hizo. Eso significa que tienes que testificar. El fiscal Ekström está siendo objeto de una investigación sobre prevaricación y es posible que sea acusado y procesado si resulta que desatendió conscientemente el ejercicio de sus deberes por encargo de la Sección.

Lisbeth arqueó las cejas. Por un segundo se mostró algo interesada.

—No creo que lleguen a procesarlo. Fue engañado y en realidad no tiene nada que ver con la Sección. Pero la semana pasada, sin ir más lejos, un fiscal inició la instrucción de un sumario contra la comisión de tutelaje. Se han puesto varias denuncias ante el Defensor del Pueblo y una ante el Procurador General de Justicia.

—Yo no he denunciado a nadie.

—No. Pero resulta evidente que se han cometido graves faltas en el ejercicio de su cargo y todo eso hay que investigarlo. Tú no eres la única persona que la comisión tiene bajo su responsabilidad.

Lisbeth se encogió de hombros.

—No es asunto mío. Pero prometo mantener el contacto contigo mejor que antes. Estas dos últimas semanas han sido una excepción. He estado trabajando.

Annika Giannini miró con suspicacia a su clienta.

—¿En qué trabajas?

—Asesoramiento.

—Vale —dijo—. La segunda cosa es que el reparto de bienes ya está hecho.

—¿Qué reparto?

—El de tu padre. El abogado del Estado se puso en contacto conmigo porque nadie parece saber cómo contactar contigo. Tú y tu hermana sois las únicas herederas.

Lisbeth Salander contempló a Annika sin inmutarse. Luego buscó la mirada de la camarera y le señaló la pinta vacía.

—No quiero ninguna herencia de mi padre. Haz lo que quieras con ella.

—Error. Eres *tú* la que puede hacer lo que quiera con la herencia. Mi trabajo consiste en asegurarme de que tengas la posibilidad de hacerlo.

—No quiero ni un céntimo de ese cerdo.

—Vale. Dáselo a Greenpeace o algo así.

—Me importan una mierda las ballenas.

De pronto, la voz de Annika se volvió seria.

—Lisbeth, si quieres ser mayor de edad, ya va siendo hora de que empieces a comportarte como tal. Me importa una mierda lo que hagas con tu dinero. Firma aquí como que lo has recibido y luego te dejaré en paz para que te emborraches tú solita.

Por debajo del flequillo, Lisbeth miró de reojo a Annika y luego bajó la mirada. Annika supuso que se trataba de una especie de gesto disculpatorio que tal vez se correspondiera con un «perdón» en el limitado registro gestual de Lisbeth.

—De acuerdo. ¿Cuánto es?

—No está mal. Tu padre tenía más de trescientas mil coronas invertidas en bonos. La propiedad de Gosseberga dará en torno a un millón y medio si se vende; incluye algo de bosque. Además, tu padre poseía otros tres inmuebles.

—¿Inmuebles?

—Sí. Parecía que había invertido bastante dinero. Tampoco es que sean edificios de un extraordinario valor. En Uddevalla tiene un bloque de seis apartamentos cuyos alquileres le proporcionaban algunos ingresos. Sin embargo, se encuentra en malas condiciones porque él pasaba de hacerle reformas. El edificio ha sido incluso objeto de discusión de la comisión municipal de la vivienda. No te vas a hacer rica, pero te reportará un dinero cuando lo pongas a la venta. Era también propietario de una casa de campo en Småland que se ha valorado en más de doscientas cincuenta mil coronas.

—Ajá.

—También hay una fábrica en ruinas en las afueras de Norrtälje.

—¿Por qué coño se había hecho con toda esa mierda?

—No tengo ni idea. Haciendo un cálculo aproximado, la herencia, una vez que se venda todo, se paguen los impuestos correspondientes, etcétera, etcétera, podría reportar unos cuatro millones y pico limpios, pero...

—¿Qué?

—La herencia debe dividirse a partes iguales entre tú y tu hermana. El problema es que nadie parece saber dónde se encuentra tu hermana.

Lisbeth observó a Annika Giannini con un inexpresivo silencio.

—Bueno...

—Bueno ¿qué?

—¿Dónde está tu hermana?

—Ni idea. Hace diez años que no la veo.

—Tiene protegidos sus datos personales, pero he conseguido averiguar que está registrada como no residente en el país.

—¿Ah, sí? —dijo Lisbeth con un comedido interés.

Annika suspiró resignada.

—Así que lo que yo propongo es que liquidemos todos los bienes y depositemos la mitad del dinero en un fondo bancario hasta que se pueda localizar a tu hermana. Si me das tu consentimiento, puedo empezar con los trámites.

Lisbeth se encogió de hombros.

—No quiero tener nada que ver con su dinero.

—Lo entiendo. Pero el reparto de bienes tiene que realizarse. Es parte de tu responsabilidad como mayor de edad.

—Pues vende toda esa mierda. Mete la mitad en el banco y dona el resto a lo que te dé la gana.

Annika Giannini arqueó una ceja. Sabía que, de hecho, Lisbeth Salander tenía dinero, pero no imaginaba que su clienta fuera tan rica como para permitirse rechazar una herencia que ascendía a casi un millón de coronas o tal vez algo más. Ignoraba asimismo de dónde procedía el dinero de Lisbeth y de cuánto se trataba. Sin embargo, lo que le interesaba ahora era resolver el procedimiento burocrático.

—Por favor, Lisbeth… ¿Puedes leer el documento del reparto de bienes y darme tu visto bueno para que arregle esto de una vez por todas?

Lisbeth refunfuñó un momento, pero al final se rindió y metió la carpeta en su bolsa. Prometió leerlo y darle instrucciones a Annika para que actuara en consecuencia. Luego se consagró a su cerveza. Annika Giannini la acompañó durante una hora tomando básicamente agua mineral.

No fue hasta que Annika Giannini la llamó y le recordó el asunto, pasados unos cuantos días, cuando Lisbeth Salander sacó y alisó los arrugados documentos. Se sentó a la mesa de la cocina de su casa de Mosebacke y leyó la documentación.

El inventario comprendía numerosas páginas y contenía datos sobre todo tipo de cosas: la vajilla que había en los armarios de la cocina de Gosseberga, la ropa y lo que valían las cámaras y otras pertenencias. Alexander Zalachenko no había dejado gran cosa de valor y, por otra parte, desde el punto de vista sentimental, ninguno de los objetos significaba lo más mínimo para Lisbeth Salander. Se lo pensó un instante y luego decidió continuar con la misma idea que había tenido cuando vio a Annika en el bar: vender toda aquella mierda y quemar el dinero. O algo por el estilo. Estaba absolutamente convencida de que no quería ni un céntimo de su padre, pero también sospechaba que los verdaderos bienes de Zalachenko se hallaban escondidos en algún sitio en el que ningún albacea había buscado.

Luego abrió la carpeta que contenía las escrituras de propiedad de la fábrica de Norrtälje.

Se trataba de una construcción para uso industrial —en las cercanías de Skederid, entre Norrtälje y Rimbo— compuesta por tres edificios que sumaban un total de veinte mil metros cuadrados.

El albacea había hecho una apresurada visita al lugar y dejó constancia de que se trataba de una antigua fábrica de ladrillos que llevaba muchos años abandonada —prácticamente desde que se cerrara, allá por los sesenta— y que había sido usada para almacenar maderas en los setenta. Constató que los locales se encontraban en un «estado sumamente malo» y que no eran susceptibles de poder ser reformados para que se iniciara allí algún tipo de actividad. El mal estado se refería, entre otras cosas, a que «el edificio norte» había sido devastado por un incendio y se había derrumbado. Sin embargo, se habían hecho algunas reparaciones en «el edificio principal».

Lo que hizo sobresaltar a Lisbeth Salander fue la historia. Alexander Zalachenko adquirió el local por cuatro cuartos el 12 de marzo de 1984, pero la persona que firmó los documentos de la compra fue Agneta Sofia Salander.

Aquello, por lo tanto, había pertenecido a su madre. Pero en 1987 dejó de ser su propietaria: Zalachenko se lo compró por dos mil coronas. Después la fábrica parecía haber permanecido inactiva durante más de quince años. Los documentos del reparto de bienes daban fe de que el 17 de septiembre de 2003 la empresa KAB contrató a la constructora NorrBygg AB para que realizara una serie de reformas que, entre otras cosas, consistían en reparar el techo y el suelo, así como en efectuar algunas mejoras en el suministro de agua y luz. La obra duró unos dos meses, hasta el último día de noviembre de 2004. NorrBygg envió una factura que ya había sido pagada.

De todos los bienes de la herencia de su padre eso era lo único que la desconcertaba. Lisbeth Salander frunció el ceño: la propiedad de esas naves industriales resultaba comprensible si su padre hubiese querido dar a entender que su legítima empresa, KAB, se dedicaba a algún tipo de actividad y poseía ciertos bienes. También resultaba comprensible que hubiera utilizado a la madre de Lisbeth como testaferro o fachada y que luego se hubiera quedado él solito con el contrato.

Pero ¿por qué diablos pagó casi cuatrocientas cuarenta mil coronas en el año 2003 para renovar una fábrica en ruinas que, según el albacea, en el año 2005 aún no se usaba para ninguna actividad?

Lisbeth Salander estaba desconcertada, pero no demasiado interesada. Cerró la carpeta y llamó a Annika Giannini.

—He leído el inventario. Sigo pensando lo mismo. Vende toda esa mierda y haz lo que quieras con el dinero. No quiero nada suyo.

—De acuerdo. Entonces me aseguraré de que la mitad de la suma se meta en el banco para tu hermana. Luego te daré algunas propuestas de entidades a las que podrías donarles el dinero.

—Vale —dijo Lisbeth para, acto seguido, colgar sin más palabras.

Se sentó en el vano de la ventana, encendió un cigarrillo y se puso a contemplar la bahía de Saltsjön.

Lisbeth pasó la semana siguiente ayudando a Dragan Armanskij en un asunto urgente. Se trataba de rastrear e identificar a un individuo que sospechaban que había sido contratado para raptar a un niño a raíz de la disputa surgida sobre su custodia tras el divorcio de sus padres, una mujer sueca y un ciudadano libanés. La aportación de Lisbeth Salander se limitaba a comprobar el correo electrónico de la persona que, supuestamente, había hecho el encargo. Éste se interrumpió cuando las dos partes llegaron a un acuerdo legal y se reconciliaron.

El 18 de diciembre era el último domingo antes de Navidad. Lisbeth se despertó a las seis y media de la mañana y constató que tenía que comprarle un regalo a Holger Palmgren. Pensó un instante si debería comprárselo a alguien más; tal vez a Annika Giannini. Se levantó sin ninguna prisa, se duchó y desayunó a base de café y tostadas con queso y mermelada de naranja.

No había planeado hacer nada en particular ese día, así que se pasó un rato recogiendo papeles y periódicos de la mesa. Luego su mirada fue a parar a la carpeta que tenía el inventario del reparto de bienes. La abrió y leyó la página en la que estaba la escritura de propiedad de la nave industrial de Norrtälje. Al final suspiró. *De acuerdo. Necesito saber qué diablos estaba tramando.*

Se puso ropa de abrigo y unas botas. Eran las ocho y media de la mañana cuando salió con su Honda burdeos del garaje de Fiskargatan 9. Hacía un frío polar aunque había amanecido un día bonito y soleado con un cielo azul claro. Cogió Slussen y Klarabergsleden y, poco a poco, fue subiendo hasta llegar a la E18 y poner rumbo a Norrtälje. No tenía prisa. Eran cerca de las diez de la mañana cuando paró en una gasolinera OK, situada a unos cuantos kilómetros fuera de Skederid, para preguntar por dónde se iba a la vieja fábrica de ladrillos. En el mismo momento en que aparcó se dio cuenta de que no sería necesario preguntarlo.

Se encontraba en una pequeña elevación de terreno desde la que se veía perfectamente un valle al otro lado de la carretera. A la izquierda del camino de Norrtälje advirtió un almacén de pintura y algo que parecía una empresa de materiales de construcción, así como un lugar para aparcar *bulldozers*. A la derecha, justo en el límite de la zona industrial, a más de cuatrocientos metros de la carretera principal, se elevaba un lúgubre edificio de ladrillo que tenía una chimenea caída. La fábrica daba la sensación de ser el último reducto de la zona industrial y quedaba algo aislada, al otro lado de un camino y de un estrecho riachuelo. Contempló pensativa el edificio y se preguntó qué sería lo que la había impulsado a dedicar ese día a acercarse hasta el municipio de Norrtälje.

Volvió la cabeza y miró de reojo la gasolinera OK, donde un camión que tenía una placa de TIR acababa de parar. Se percató entonces de que se encontraba en la ruta principal del puerto de ferris de Kappelskär, por donde pasaba gran parte del tráfico de mercancías que existía entre Suecia y los países bálticos.

Arrancó el coche, volvió a salir a la carretera y se desvió hasta la abandonada fábrica de ladrillos. Aparcó en medio del solar y se bajó del coche. Hacía frío y se puso una gorra negra y unos guantes de cuero también negros.

El edificio principal constaba de dos plantas. La planta baja tenía todas las ventanas tapadas con madera contrachapada. En la planta superior advirtió una gran cantidad de ventanas rotas. La fábrica era bastante más grande de lo que se había imaginado. Parecía estar tremendamente deteriorada. No pudo apreciar ni rastro de reformas. No vio un alma viviente, pero advirtió que alguien había tirado un condón usado en medio del aparcamiento y que una parte de la fachada había sido el blanco de los ataques de varios artistas del grafiti.

¿Por qué coño había sido Zalachenko propietario de este edificio?

Dio una vuelta alrededor de la fábrica y en la parte de atrás encontró un edificio que estaba en ruinas. Constató que todas las puertas del edificio principal se hallaban cerradas con cadenas y candados. Al final, frustrada, examinó una puerta que había en la fachada lateral. En todas las demás puertas, los candados estaban fijados con sólidos pernos de hierro y sistemas antipalanca. Pero el candado de la puerta de la fachada lateral parecía más débil y, de hecho, sólo estaba clavado con unos gruesos clavos. *Bah, qué coño; al fin y al cabo esto es mío.* Miró a su alrededor y, entre un montón de escombros, halló un delgado tubo de hierro que utilizó como palanca para romper la sujeción del candado.

Fue a parar al hueco de una escalera que daba a la estancia de esa planta baja. Las ventanas tapadas hacían que todo estuviera sumido en la más absoluta oscuridad, a excepción de unos finos rayos de luz que se filtraban por los bordes de la madera contrachapada. Se quedó quieta unos minutos hasta que sus ojos se acostumbraron a la oscuridad y pudieron divisar un inmenso mar de basura, palés abandonados, maderas y maquinaria vieja en una nave que tendría unos cuarenta y cinco metros de largo y quizá unos veinte de ancho y que estaba soportada por unos macizos pilares. Los viejos hornos de la fábrica parecían haber sido desmontados y sacados de allí. Sus bases se habían convertido en piscinas llenas de agua; en el suelo también se apreciaban grandes charcos de agua y mucho moho. El aire estaba enrarecido y podrido en todo aquel escombrero. Lisbeth arrugó la nariz.

Dio media vuelta y subió las escaleras. La planta superior se hallaba seca y estaba compuesta por dos grandes salas contiguas, de algo más de veinte por veinte metros de largo y al menos ocho de alto. Inaccesibles, cerca del techo, había unas ventanas. No ofrecían ninguna vista, pero contribuían a difundir una bonita luz en la planta. Al igual que la de abajo, ésta se encontraba llena de trastos. Pasó por delante de docenas de cajas de almacenaje de un metro de alto que había amontonadas, unas encima de otras. Intentó mover una. Resultó imposible. Leyó las palabras «Machine parts 0-A77». Justo debajo se leía lo mismo, pero en ruso. Descubrió un montacargas abierto en medio de una de las paredes longitudinales de la primera sala.

Se trataba de una especie de almacén de viejas máquinas que no podrían reportar grandes beneficios mientras se quedaran allí oxidándose.

Pasó por la puerta a la sala interior y se dio cuenta de que se encontraba en el sitio donde se habían hecho las obras de reforma. Aquello también estaba atestado de trastos, cajas de almacenaje y viejos muebles de oficina dispuestos en una especie de laberíntico orden. Habían dejado libre una parte del suelo e instalado nuevas tablas de madera. Lisbeth se percató de que, sin lugar a dudas, las obras habían sido interrumpidas apresuradamente: útiles como una sierra eléctrica circular, otra de banco, una pistola de clavos, una palanqueta, una pica de hierro y varias cajas de herramientas permanecían allí todavía. Frunció el ceño: *aunque el trabajo se hubiese interrumpido, la empresa debería haberse llevado sus cosas*. Pero también esa pregunta tuvo su respuesta cuando, al levantar un destornillador, constató que el texto del mango estaba escrito en ruso. Zalachenko había importado las herramientas y quizá también la mano de obra.

Se acercó a la sierra circular y accionó el interruptor. Se encendió una lucecita verde. Había electricidad. Dejó el interruptor en su posición inicial.

Al fondo del todo había tres puertas que daban a unos espacios más pequeños, quizá las viejas oficinas. Bajó la manivela de la puerta que quedaba más al norte. Cerrada con llave. Miró a su alrededor y volvió hasta donde se encontraban las herramientas para buscar una palanqueta. Le llevó un rato forzar la puerta.

La habitación estaba completamente oscura y olía a cerrado. Buscó a tientas un interruptor, lo encontró y, al activarlo, una desnuda bombilla se encendió en el techo. Lisbeth miró asombrada a su alrededor.

Allí había tres camas con mugrientos colchones y otros tres colchones puestos directamente sobre el suelo. Tiradas a diestro y siniestro, se veían algunas sábanas sucias. A la derecha, un hornillo y unas cuantas cacerolas junto a un grifo oxidado. En un rincón descubrió un cubo y un rollo de papel higiénico.

Alguien había vivido allí. Varias personas.

De repente advirtió que la puerta no tenía ningún tirador por dentro. Sintió que un gélido escalofrío le recorría la espina dorsal.

Al fondo de la estancia había un armario grande. Se acercó, abrió la puerta y se encontró con dos maletas puestas una encima de otra. Sacó la que estaba arriba. Contenía ropa. Hurgó en ella y cogió una falda cuya etiqueta estaba en ruso. Encontró un bolso y vació su contenido en el suelo. Entre el maquillaje y otros objetos halló un pasaporte que pertenecía a una mujer morena de unos veinte años. También en ruso. Pudo descifrar el nombre: Valentina.

Lisbeth Salander salió lentamente de la habitación. Experimentó una sensación de *déjà vu*: dos años y medio antes, había realizado una inspección similar del lugar del crimen en un sótano de Hedeby. Ropa de mujer. Una cárcel. Se detuvo y se quedó reflexionando un buen rato. Le preocupaba que se hubieran dejado el pasaporte y la ropa. Allí había algo raro.

Luego volvió hasta donde estaba la caja de herramientas y hurgó en ella hasta que dio con una potente linterna. Se aseguró de que tuviera pilas, bajó a la planta baja y entró en aquella gran sala. El agua de los charcos le caló las botas.

Cuanto más se adentraba, el olor a putrefacción se hacía cada vez más repugnante. La peste parecía ser peor en el centro de la estancia. Se quedó junto a una de las bases de los viejos hornos de ladrillo, que estaba llena de agua casi hasta arriba. Iluminó con la linterna la negra superficie acuática pero no pudo distinguir nada: casi toda ella se hallaba cubierta por un conjunto de algas que formaban una viscosidad verde. Miró a su alrededor y encontró un hierro de tres metros de largo. Lo introdujo en la piscina y removió el agua. La profundidad sólo era, más o menos, de medio metro. Chocó casi enseguida con algo. Hizo palanca unos cuantos segundos hasta que un cuerpo asomó a la superficie: primero la cara, una desfigurada máscara que rezumaba muerte y podredumbre. Lisbeth respiró por la boca y, al contemplar el rostro a la luz de la linterna, constató que pertenecía a una mujer, quizá a la chica del pasaporte que encontró allí arriba. No poseía ningún conocimiento sobre la velocidad de descomposición del agua fría, pero aquel cuerpo parecía llevar bastante tiempo en la piscina.

De repente, vio que algo se movía en la superficie: una especie de larvas.

Dejó que el cuerpo se hundiera y continuó removiendo a ciegas con el hierro. En el borde de la piscina dio con algo que parecía ser otro cuerpo. Lo dejó estar, sacó el hierro del agua y, tras tirarlo al suelo, se quedó pensativa allí mismo.

Lisbeth Salander volvió a la planta de arriba. Usó la palanqueta y, de las tres puertas, forzó la de en medio. La habitación estaba vacía y no parecía haber sido utilizada.

Se acercó, entonces, hasta la última e hizo ademán de querer forzarla, pero antes de que pudiera hacerlo la puerta se entreabrió. No estaba cerrada con llave. Abrió un poco más con la palanqueta y recorrió la estancia con la mirada.

Tenía unos treinta metros cuadrados y ventanas a una altura normal desde las que se veía la explanada delantera, así como la gasolinera OK, al otro lado de la carretera. Había una cama, una mesa y un fregadero con algunos platos. Luego vio una bolsa abierta en el suelo. Y unos cuantos billetes. Desconcertada, avanzó dos pasos antes de darse cuenta de que había calefacción en la habitación. Su mirada se fijó en un radiador situado en medio de la estancia. Vio una cafetera eléctrica; el piloto estaba encendido.

Allí vivía alguien. No estaba sola en la vieja fábrica de ladrillos.

Se dio media vuelta bruscamente, echó a correr a toda velocidad, cruzó la sala interior y la exterior pasando por la puerta que había entre ambas y se dirigió hacia la salida. Frenó en seco a cinco pasos de la escalera cuando descubrió que la puerta de la salida había sido cerrada con un candado. Estaba encerrada. Se dio la vuelta lentamente y miró a su alrededor. No consiguió ver a nadie.

—Hola, hermanita —dijo una nítida voz desde un lateral.

Volvió la cabeza y vio materializarse la enorme figura de Ronald Niedermann junto a unas cajas con maquinaria.

Llevaba una bayoneta en la mano.

—Esperaba poder verte de nuevo —dijo Niedermann, sonriente—. Es que la última vez fue todo tan rápido…

Lisbeth miró a su alrededor.

—Es inútil —dijo Niedermann—. Estamos tú y yo solos y, aparte de esa puerta, no hay otra salida.

Lisbeth contempló a su hermanastro.

—¿Qué tal la mano? —le preguntó ella.

Niedermann seguía sonriendo. Levantó la mano derecha y se la enseñó: no tenía dedo meñique.

—Se infectó. Tuve que cortármelo.

Ronald Niedermann sufría de analgesia congénita y

no podía sentir dolor. En Gosseberga, Lisbeth le había hecho un corte en la mano con una pala, justo unos segundos antes de que Zalachenko le disparara en la cabeza.

—Debería haberte dado en la cabeza —dijo Lisbeth Salander con una voz neutra—. ¿Qué coño haces aquí? Creí que te habías largado al extranjero.

Él seguía sonriéndole.

Si Ronald Niedermann hubiese intentado contestar a la pregunta de Lisbeth Salander sobre qué hacía en la vieja y deteriorada fábrica de ladrillos es muy probable que no hubiera sabido qué decir. Ni siquiera él mismo se lo explicaba.

Había dejado Gosseberga tras de sí con una sensación de liberación. Contaba con que Zalachenko estuviera muerto para así heredar él la empresa. Sabía que era un excelente organizador.

Tras cambiar de coche en Alingsås, metió en el maletero a la aterrorizada auxiliar dental Anita Kaspersson y se dirigió hacia Borås. No tenía ningún plan; iba improvisando sobre la marcha. No había reflexionado sobre el destino de Anita Kaspersson. Le daba igual si vivía o moría, y suponía que tendría que deshacerse de esa comprometedora testigo. Ya en las afueras de Borås, se dio cuenta de pronto de que podría serle útil. Se dirigió hacia el sur y, pasado Seglora, encontró una apartada zona forestal. La ató en un granero que había allí y la abandonó. Contaba con que ella se soltara al cabo de unas cuantas horas y que, de este modo, las pesquisas de la policía se encaminaran hacia el sur. Y si por el contrario no se pudiera desatar y moría allí de hambre o frío no era su problema.

En realidad, regresó a Borås y se dirigió al este, hacia Estocolmo. Fue directamente hasta Svavelsjö MC, pero se cuidó muy mucho de entrar en el edificio que constituía la sede del club. Le irritaba que Magge Lundin estuviera encerrado. En su lugar, se acercó hasta la casa del *Sergeant at Arms* del club, Hans-Åke Waltari. Le pidió ayuda y un escondite, algo que Waltari resolvió mandándole a casa de Viktor Göransson, el cajero y jefe financiero. Sin embargo, sólo permaneció allí unas pocas horas.

En teoría, Ronald Niedermann no tenía grandes problemas económicos. Era cierto que en Gosseberga había dejado casi doscientas mil coronas, pero podía acceder a unas sumas considerablemente mayores que había depositado en fondos del extranjero. Su único problema era que no tenía casi nada en metálico. Göransson se encargaba del dinero de Svavelsjö MC y Niedermann fue consciente de que se le presentaba una oportunidad de oro. Había sido un juego de niños convencer a Göransson para que lo condujera hasta la caja fuerte del establo y embolsarse así unas ochocientas mil coronas en efectivo.

Niedermann creía recordar que también había una mujer en la casa, pero no estaba seguro de lo que había hecho con ella.

Göransson también le proporcionó un vehículo que aún no estaba en busca y captura por la policía. Se dirigió hacia el norte. Se le ocurrió coger alguno de los ferris de la compañía naviera Tallink que salían de Kappelskär.

Al llegar a Kappelskär estacionó en el aparcamiento. Se quedó allí treinta minutos estudiando el entorno: estaba abarrotado de policías.

Arrancó el motor y siguió su camino sin ningún plan en mente. Necesitaba un escondite donde poder mantenerse oculto durante algún tiempo. Cuando pasó Norrtälje se acordó de la vieja fábrica de ladrillos. Hacía más de un año que ni siquiera le venía a la cabeza, desde que hicieron la reforma. Eran los hermanos Harry y

Atho Ranta los que usaban aquello como almacén de paso para la mercancía procedente de o con destino a los países bálticos; pero los hermanos Ranta llevaban varias semanas en el extranjero, desde que el periodista Dag Svensson de *Millennium* empezara a meter sus narices en el negocio de las putas. La fábrica estaba vacía.

Escondió el Saab de Göransson en un cobertizo situado detrás de la fábrica y entró. Tuvo que forzar una puerta de la planta baja. Luego, una de las primeras cosas que hizo fue preparar una salida de emergencia dejando sueltas un par de tablas de la fachada lateral de la planta baja. Después sustituyó el candado roto. Se instaló en la acogedora habitación de la planta superior.

Pasó una tarde entera antes de empezar a oír ruidos en las paredes. En un primer momento, pensó que se trataba de los fantasmas de siempre. Se quedó escuchando más de una hora con la máxima atención hasta que, de pronto, se levantó y se acercó hasta la sala grande para escuchar desde allí. Al principio no oyó nada, pero esperó pacientemente hasta que percibió un chirrido.

Halló la llave junto al fregadero.

Pocas veces Ronald Niedermann se había sorprendido tanto como cuando abrió la puerta y encontró a las dos putas rusas. Las vio muy demacradas; por lo que pudo entender, llevaban varias semanas sin comer nada, desde que se les acabara el último paquete de arroz. Habían sobrevivido a base de agua y té.

Una de las putas estaba tan agotada que no tenía fuerzas ni para levantarse de la cama. La otra se encontraba en mejor forma. Tan sólo hablaba ruso, pero él tenía los suficientes conocimientos del idioma como para comprender que ella les dio las gracias a Dios y a él por haberlas salvado. Se puso de rodillas y le abrazó las piernas. Niedermann, asombrado, la apartó, salió de allí y le echó el cerrojo a la puerta.

No sabía qué hacer con las putas. Con las conservas que encontró en la cocina preparó una sopa y se la sirvió mientras reflexionaba. Le dio la impresión de que la mujer más extenuada recuperó algo de fuerzas. Se pasó la noche interrogándolas. Le llevó bastante rato entender que las dos mujeres no eran putas sino unas estudiantes que habían pagado a los hermanos Ranta para poder llegar a Suecia. Les habían prometido permiso de residencia y de trabajo. Llegaron a Kappelskär en febrero y las condujeron de inmediato a la fábrica, donde las encerraron.

Niedermann se cabreó. Los malditos hermanos Ranta se habían buscado un dinerillo extra a espaldas de Zalachenko. Luego, simplemente, se olvidaron de las mujeres —o quizá las abandonaran a su suerte— cuando se vieron obligados a dejar el país a toda prisa.

La cuestión era qué iba a hacer él con ellas. No tenía por qué causarles ningún daño. Pero no podía soltarlas porque entonces lo más probable sería que condujeran a la policía hasta la vieja fábrica. Así de sencillo. Tampoco podía mandarlas a Rusia, pues eso implicaba ir con ellas hasta Kappelskär. Le pareció demasiado arriesgado. La morena, cuyo nombre era Valentina, le había ofrecido sexo a cambio de que las ayudara. A él no le interesaba lo más mínimo el sexo con aquellas chicas, pero la oferta la convirtió automáticamente en puta. Todas las mujeres eran unas putas. Así de sencillo.

Al cabo de tres días se cansó de sus constantes súplicas, de que no pararan de darle la matraca y de sus insistentes golpes en la pared. No vio otra salida. Sólo quería que lo dejaran en paz. Así que abrió la puerta por última vez y resolvió el problema. Pidió disculpas a Valentina antes de ponerle las manos encima y, con un solo movimiento, le retorció el cuello entre la segunda y la tercera vértebra. Luego se acercó a la chica rubia de la cama cuyo nombre desconocía. Ella permaneció quieta y no opuso resistencia. Llevó los cuerpos a la planta baja y los escondió en una piscina llena de agua. Por fin podía sentir una especie de paz.

No era su intención quedarse en la vieja fábrica; sólo quería esperar a que lo peor de la persecución policial hubiera pasado. Se afeitó el pelo y se dejó un centímetro de barba. Su aspecto cambió. Encontró un mono que había pertenecido a alguno de los obreros de NorrBygg y que era casi de su talla. Se lo puso y se caló una gorra con publicidad de Beckers Färg que alguien había olvidado allí. Se metió un metro en un bolsillo de la pernera y subió hasta la gasolinera OK que quedaba al otro lado de la carretera para hacer la compra; desde que cogiera el botín de Svavelsjö MC tenía dinero de sobra. Como ya era de noche, dio la impresión de ser un obrero normal y corriente que se paraba allí de camino a casa. Nadie pareció prestarle atención. Adquirió la costumbre de ir a comprar una o dos veces por semana, de modo que a los pocos días ya lo conocían y lo saludaban amablemente.

Ya desde el principio le dedicó un tiempo considerable a defenderse de los otros habitantes del edificio. Estaban en las paredes y salían por las noches. Les oía dar vueltas por la sala.

Se atrincheró en su habitación. Al cabo de unos cuantos días ya no pudo más: se armó con una bayoneta que encontró en un cajón de la cocina y salió a enfrentarse con los monstruos. Eso tenía que acabar.

De repente se dio cuenta de que se retiraban. Por primera vez en su vida tenía poder de decisión sobre la presencia de esos seres. Huían cuando él se acercaba. Pudo ver cómo sus colas y sus deformados cuerpos se metían por detrás de las cajas y de los armarios. Gritó tras ellos. Huyeron.

Asombrado, volvió a su acogedora habitación y permaneció despierto toda la noche en espera de que volviesen. Realizaron un nuevo ataque al amanecer y se enfrentó a ellos una vez más. Huyeron.

Oscilaba entre el pánico y la euforia.

A lo largo de toda su existencia, esos nocturnos seres lo habían estado persiguiendo. Por primera vez en su vida sentía que dominaba la situación. No hacía nada. Comía. Dormía. Reflexionaba. Estaba tranquilo.

Los días se convirtieron en semanas y llegó el verano. Por la radio y los periódicos se enteró de que la caza de Ronald Niedermann se había ido abandonando poco a poco. Se interesó por la información relativa al asesinato de Alexander Zalachenko. *Qué putada. Un tarado mental pone fin a la vida de Zalachenko.* En julio, el juicio de Lisbeth Salander acaparó de nuevo su atención. Se quedó perplejo cuando la absolvieron de todos los cargos. No le pareció bien: ella estaba en libertad mientras que él tenía que esconderse.

Se compró la revista *Millennium* en la gasolinera OK y leyó el número temático dedicado a Lisbeth Salander, Alexander Zalachenko y Ronald Niedermann. Un periodista llamado Mikael Blomkvist había retratado a Ronald Niedermann como un asesino patológicamente enfermo y un psicópata. Niedermann frunció el ceño.

Cuando se quiso dar cuenta ya era otoño y él seguía sin moverse de allí. Como empezaba a hacer más frío se compró un radiador eléctrico en la gasolinera. No podía explicar por qué no dejaba la vieja fábrica.

En alguna que otra ocasión, unos jóvenes se habían acercado con el coche y llegaron a aparcar en la explanada delantera, pero ninguno de ellos alteró su apacible existencia ni entró en el edificio. En septiembre, un vehículo aparcó justo delante de la fábrica y un hombre con una cazadora azul intentó abrir las puertas y anduvo husmeando por los alrededores. Niedermann lo observaba desde la ventana de la segunda planta. De vez en cuando, el hombre tomaba apuntes en un cuaderno. Se quedó rondando por allí unos veinte minutos antes de volver a subir al coche y abandonar la zona. Niedermann respiró aliviado. Ignoraba por completo quién era aquel hombre y qué lo habría traído por allí, pero le dio la impresión de que había venido a realizar algún tipo de inspección del edificio. No se le ocurrió pensar que la muerte de Zalachenko hubiera dado lugar a que se inventariaran sus bienes para repartirlos.

Pensó mucho en Lisbeth Salander. No esperaba volver a verla nunca más, pero le fascinaba y le daba miedo. A Ronald Niedermann no le daban miedo las personas vivas. Sin embargo, su hermana —o hermanastra— le había causado una curiosa impresión. Nadie lo había vencido nunca como lo hizo ella. Y había vuelto a pesar de haberla enterrado. Había vuelto para perseguirlo. Soñó con ella todas las noches. Se despertó empapado en un sudor frío y fue consciente de que ella había sustituido a sus habituales fantasmas.

En octubre se decidió: no dejaría Suecia hasta encontrar a su hermana y eliminarla. Carecía de plan, pero su vida tenía de nuevo sentido. No sabía dónde estaba ni cómo dar con ella. Se quedó sentado en la habitación de la segunda planta mirando fijamente por la ventana, día tras día y semana tras semana.

Hasta que de pronto el Honda Burdeos aparcó delante del edificio y, para su inmenso asombro, vio a Lisbeth Salander bajar del coche. *Dios es misericordioso*, pensó. Lisbeth Salander haría compañía a esas dos mujeres —cuyos nombres ya no recordaba— que se encontraban en la piscina de la planta baja. Su espera había terminado y por fin iba a poder continuar con su vida.

Lisbeth Salander evaluó la situación y pensó que distaba mucho de tenerla controlada. Su cerebro trabajaba a toda máquina. *Clic, clic, clic.* Seguía llevando la palanqueta en la mano, pero tenía claro que resultaba un arma muy frágil para un hombre que era incapaz de sentir dolor. Se hallaba encerrada en un edificio de unos mil metros cuadrados junto con un robot asesino salido del infierno.

Cuando de repente Niedermann se movió, ella le tiró la palanqueta. Él la esquivó con toda tranquilidad. Lisbeth Salander salió disparada: puso el pie en un palé, se encaramó a una caja de embalaje y, trepando como una araña, subió dos cajas más. Se detuvo en lo alto y miró a Niedermann, que había quedado a unos cuatro metros por debajo de ella. Él se había detenido y aguardaba.

—Bájate —le dijo con toda tranquilidad—. No puedes escapar. El final es inevitable.

Ella se preguntó si él tendría algún arma de fuego. *Eso* sería un problema.

Él se agachó, levantó una silla y se la tiró. Ella la esquivó.

De súbito, Niedermann pareció irritado. Puso el pie en el palé y empezó a subir trepando tras ella. Lisbeth esperó a que él estuviese casi arriba para coger impulso —dando dos rápidas zancadas— y saltar por encima del pasillo central. Aterrizó sobre una caja, unos cuantos metros más allá. Se bajó de un salto y buscó la palanqueta.

En realidad, Niedermann no era nada torpe. Pero sabía que no se podía arriesgar a saltar de las cajas y tal vez fracturarse un pie. No le quedaba más remedio que bajar con mucho cuidado. No le quedaba más remedio que moverse lenta y metódicamente. Había dedicado toda una vida a aprender a controlar su cuerpo. Casi había llegado al suelo cuando oyó unos pasos a sus espaldas y tuvo el tiempo justo de girar el cuerpo para poder parar el golpe de la palanqueta con el hombro. Se le cayó la bayoneta.

Lisbeth soltó la palanqueta en el mismo instante en el que le asestó el golpe. No le dio tiempo a recoger la bayoneta, pero sí a pegarle un puntapié para alejarla de Niedermann. Esquivó el revés de la enorme mano de Niedermann y se batió en retirada encaramándose a las cajas que había al otro lado del pasillo central. Por el rabillo del ojo vio cómo Niedermann se estiraba para cogerla. Subió los pies a la velocidad del rayo. Las cajas estaban colocadas en dos filas y apiladas de tres en tres, las que daban al pasillo central, y de dos en dos las que daban al otro lado. Lisbeth pegó un salto y bajó hasta la fila de las que estaban distribuidas en dos niveles, apoyó la espalda en una caja y ejerció toda la fuerza que sus piernas le permitieron. Aquello debía de pesar por lo menos doscientos kilos. Sintió cómo se movía y se volcaba sobre el pasillo central.

Niedermann vio cómo la caja se le venía encima y tuvo el tiempo justo para echarse a un lado. Una de las esquinas le golpeó el pecho, pero se zafó sin lesionarse. Se detuvo. *Opone realmente resistencia.* Trepó tras ella. Acababa de asomar la cabeza por el tercer nivel cuando ella le pegó una patada. La bota impactó en toda la frente. Él gruñó y, ayudándose con los brazos, se encaramó sobre la superficie de la caja. Lisbeth Salander huyó dando un salto y regresó a las cajas del otro lado del pasillo central. Acto seguido, se bajó dando otro salto y desapareció del campo de visión de Niedermann. Él oyó sus pasos y la divisó cuando ella cruzó la puerta que daba a la sala interior.

Lisbeth Salander echó una escrutadora mirada a su alrededor. *Clic.* Sabía que no tenía nada que hacer con él. Mientras consiguiera evitar las enormes manos de Niedermann y mantenerse alejada de él podría sobrevivir, pero en cuanto cometiera un error —algo que ocurriría tarde o temprano— estaría muerta. Tenía que evitarle: a él sólo le haría falta ponerle la mano encima una sola vez para terminar la batalla.

Necesitaba un arma.

Una pistola. Una ametralladora. Un proyectil HEAT. Una mina antipersona.

El arma que fuera, joder.

Pero allí no había armas.

Miró a su alrededor.

No había nada.

Sólo herramientas. *Clic*. Depositó la mirada en la sierra, pero no iba a ser muy fácil que digamos hacer que él se tumbara sobre el banco. *Clic*. Vio una pica de hierro que podría funcionar como jabalina, pero le resultaba demasiado pesada para manejarla de modo eficaz. *Clic*. Echó un vistazo a través de la puerta y vio que Niedermann se había bajado de las cajas, que quedaban a unos quince metros de distancia. Se dirigía de nuevo hacia ella. Lisbeth empezó a alejarse. Quizá tendría unos cinco segundos antes de que Niedermann llegara. Les echó un último vistazo a las herramientas.

Un arma… o un escondite. De repente se detuvo.

Niedermann no se dio ninguna prisa. Sabía que no había ninguna salida y que tarde o temprano conseguiría atrapar a su hermana. Pero estaba claro que era peligrosa; no en vano era hija de Zalachenko. Y él no quería lesionarse. Así que era mejor dejar que ella agotara sus fuerzas corriendo de un lado para otro.

Se detuvo en el umbral de la puerta que daba a la sala interior y paseó la mirada por todos aquellos trastos: herramientas, tablas de madera a medio colocar en el suelo y muebles. Ni rastro de ella.

—Sé que estás aquí dentro. Te voy a encontrar.

Ronald Niedermann permaneció quieto escuchando.

Lo único que oyó fue su propia respiración. Ella seguía escondida. Él sonrió. Ella lo estaba desafiando. Su visita se había convertido de pronto en un juego entre hermanos.

Luego oyó un imprudente crujido que procedía de algún lugar central de la vieja sala. Volvió la cabeza pero en un principio no pudo determinar de dónde provenía aquel ruido. Luego volvió a sonreír: en medio del suelo, algo alejado del resto de los trastos, había un banco de trabajo de madera, de cinco metros de largo, que tenía una fila de cajones en la parte superior y unos armarios con puertas corredizas por debajo.

Se acercó al mueble por uno de los lados y le echó un vistazo por detrás para asegurarse de que ella no lo intentaba engañar. Ni rastro.

Se ha escondido en uno de los armarios. Qué estúpida.

De un tirón, abrió la primera puerta de la parte izquierda del armario.

Oyó en el acto que alguien se movía dentro. El ruido procedía de la parte central. Pegó dos rápidas zancadas y, dando un tirón, abrió la puerta con cara de triunfo.

¡Vacío!

Luego oyó una serie de agudos impactos que sonaron como los tiros de una pistola. El sonido fue tan repentino que al principio le costó advertir su procedencia. Volvió la cabeza. Luego sintió una extraña presión en el pie izquierdo. No percibió ningún dolor. Bajó la mirada hasta el suelo justo a tiempo para ver cómo la mano de Lisbeth llevaba la pistola de clavos al pie derecho.

¡Estaba debajo del armario!

Se quedó como paralizado durante los segundos que ella tardó en poner la boca de la pistola encima de su bota y dispararle otros cinco clavos de siete pulgadas en el pie.

Él intentó moverse.

Le llevó otros preciosos segundos darse cuenta de que sus pies estaban clavados a las tablas de madera del nuevo suelo. La mano de Lisbeth Salander regresó al pie izquierdo. Sonó como si un arma automática disparara tiros sueltos en rápida sucesión. Le dio tiempo a clavarle otros cuatro clavos de siete pulgadas antes de que a él se le ocurriera actuar.

Quiso agacharse para agarrar la mano de Lisbeth Salander, pero perdió el equilibrio en el acto. Consiguió recuperarlo apoyándose contra el armario mientras una y otra vez oía los disparos de la pistola de clavos, *ta-clam, ta-clam, ta-clam*. Ahora la tenía de nuevo en el pie derecho. Vio cómo le clavaba los clavos en oblicuo, atravesándole el talón.

De repente, Ronald Niedermann aulló de pura rabia. Volvió a intentar coger la mano de Lisbeth Salander.

Desde debajo del armario, Lisbeth Salander vio subir la pernera del pantalón en señal de que él se estaba agachando. Soltó la pistola de clavos. Ronald Niedermann vio cómo la mano desaparecía por debajo del armario con la velocidad de un reptil sin que él pudiera alcanzarla.

Quiso hacerse con la pistola pero, en el mismo momento en que la tocó con la punta del dedo, Lisbeth Salander la metió bajo el armario tirando del cable.

El espacio que había entre el suelo y el armario era de poco más de veinte centímetros. Niedermann volcó el mueble con todas sus fuerzas. Lisbeth Salander alzó la vista mirándolo con unos enormes ojos y con cara de ofendida. Giró la pistola y disparó desde una distancia de medio metro. El clavo le dio a Ronald en medio de la tibia.

A continuación, soltó la pistola y, rápida como un rayo, se alejó de él rodando y se puso de pie fuera de su alcance. Luego retrocedió dos metros y se detuvo.

Ronald Niedermann intentó moverse, pero volvió a perder el equilibrio y se tambaleó de un lado para otro agitando los brazos en el aire. Recuperó el equilibrio y, lleno de rabia, se agachó.

Esta vez logró hacerse con la pistola de clavos. La levantó y apuntó con ella a Lisbeth Salander. Apretó el gatillo.

No pasó nada. Desconcertado, se quedó contemplando la pistola. Luego volvió a dirigir la mirada hacia Lisbeth Salander, quien, sin la menor expresión en el rostro, sostenía la clavija en la mano. Preso de un ataque de rabia, él le lanzó la pistola. Ella lo esquivó rauda como un rayo.

Acto seguido, Lisbeth enchufó la clavija y se acercó la pistola tirando del cable.

Los ojos de Ronald Niedermann se toparon con la inexpresiva mirada de Lisbeth Salander. Le invadió un repentino estupor: acababa de comprender que ella lo había vencido. *Es sobrenatural.* Por puro instinto, intentó soltar el pie del suelo. *Es un monstruo.* Consiguió reunir fuerzas para elevar el pie unos milímetros antes de que las cabezas de los clavos le impidieran levantarlo más. Los clavos le habían penetrado los pies en distintos ángulos, de forma que, para poder liberarse, tendría literalmente que destrozarse los pies. Ni siquiera con sus fuerzas casi sobrehumanas pudo liberarse. Se tambaleó unos cuantos segundos de un lado para otro como si estuviese a punto de desmayarse. No se soltó. Vio cómo, poco a poco, un charco de sangre se iba formando bajo sus pies.

Lisbeth Salander se sentó frente a Niedermann en una silla que no tenía respaldo y permaneció atenta en todo momento a que él no diera señales de ser capaz de arrancar sus pies del suelo. Como no podía sentir dolor, era tan sólo una cuestión de tiempo que él arrancara sus pies pasándolos a través de las cabezas de los clavos. Sin mover un solo músculo, ella estuvo contemplando su lucha durante diez minutos. Los ojos de Lisbeth no mostraron en ningún instante expresión alguna.

Luego se levantó, lo rodeó y le puso la pistola en la espina dorsal, un poco por debajo de la nuca.

Lisbeth Salander reflexionó profundamente. El hombre que ahora tenía ante sí no sólo había importado mujeres; también las había drogado, maltratado y vendido a diestro y siniestro. Incluyendo a aquel policía de Gosseberga y a un miembro de Svavelsjö MC, había asesinado como mínimo a ocho personas. No tenía ni idea de cuántas vidas más pesarían sobre la conciencia de su medio hermano, pero por su culpa a ella la acusaron de tres de los asesinatos que él cometió y la persiguieron por toda Suecia como a un perro rabioso.

Lisbeth tenía el dedo puesto en el gatillo.

Él mató a Dag Svensson y a Mia Bergman.

Y, con la ayuda de Zalachenko, también la mató *a ella*. Y *a ella* fue a la que enterró en Gosseberga. Y ahora había vuelto para matarla otra vez.

Era para cabrearse.

No veía ninguna razón para dejarlo con vida. Él la odiaba con una pasión que ella no entendía. ¿Qué pasaría si se lo entregara a la policía? ¿Un juicio? ¿Cadena perpetua? ¿Cuándo empezarían a darle permisos? ¿Cuándo se fugaría? Y ahora que su padre por fin se había ido, ¿durante cuántos años tendría que vigilar sus espaldas en espera de que un día su hermanastro volviese a aparecer? Sintió el peso de la pistola de clavos. Podía terminar con aquello de una vez por todas.

Análisis de consecuencias.

Se mordió el labio inferior.

Lisbeth Salander no temía ni a las personas ni a las cosas. Se dio cuenta de que carecía de la imaginación que sería necesaria para eso: una prueba como cualquier otra de que algo no andaba bien en su cerebro.

Ronald Niedermann la odiaba y ella le correspondía con un odio igual de irreconciliable. Él había pasado a engrosar la lista de hombres que, como Magge Lundin, Martin Vanger, Alexander Zalachenko y una docena más de hijos de puta, no tenían en absoluto ninguna excusa para ocupar el mundo de los vivos. Si ella pudiera llevárselos a todos a una isla desierta y dispararles un arma nuclear, se quedaría más que satisfecha.

Pero ¿cometer un asesinato? ¿Merecía la pena? ¿Qué pasaría con ella si lo matara? ¿Qué oportunidades tenía de evitar que la descubrieran? ¿Qué estaba dispuesta a sacrificar por darse el gusto de apretar el gatillo de la pistola de clavos una última vez?

Podría alegar defensa propia y el derecho de legítima defensa… No, sería difícil con los pies de Niedermann clavados en el suelo.

De pronto, acudió a su mente Harriet Vanger, que también había sido torturada por su padre y su hermano. Se acordó de las duras palabras que ella misma le dijo a Mikael Blomkvist y con las que condenaba a Harriet Vanger: era culpa de Harriet que su hermano, Martin Vanger, continuara matando año tras año.

—*¿Qué harías tú?* —le había preguntado Mikael.

—*Matar a ese hijo de puta* —había contestado Lisbeth con una convicción que le salió desde lo más profundo de su fría alma.

Y ahora ella se hallaba exactamente en la misma situación en la que se había encontrado Harriet Vanger. ¿A cuántas mujeres más mataría Ronald Niedermann si lo dejaba huir? Ella ya era mayor de edad y responsable de sus actos. ¿Cuántos años de su vida quería sacrificar? ¿Cuántos años habría querido sacrificar Harriet Vanger?

Luego la pistola de clavos le resultó demasiado pesada como para poder sostenerla en alto contra su espalda, incluso utilizando las dos manos.

Bajarla fue como volver a la realidad: descubrió que Ronald Niedermann murmuraba de forma inconexa. Hablaba en alemán. Y decía algo de un diablo que había venido a buscarlo.

De pronto, Lisbeth fue consciente de que sus palabras no iban dirigidas a ella. Era como si viera a alguien al fondo de la sala. Volvió la cabeza y siguió la mirada de Niedermann. Allí no había nadie. Sintió que los pelos se le ponían de punta.

Se dio la vuelta, fue a buscar la pica de hierro y entró en la sala exterior para coger su bandolera. Al agacharse descubrió la bayoneta en el suelo. Como todavía llevaba puestos los guantes, cogió el arma.

Vaciló un instante y la colocó de modo bien visible en el pasillo central. Valiéndose de la pica de hierro se empleó durante tres minutos en intentar forzar el candado que cerraba la puerta de salida.

Lisbeth Salander permaneció quieta en su coche reflexionando un largo rato. Al final abrió su móvil. Le llevó dos minutos localizar el número de teléfono de la sede de Svavelsjö MC.

—¿Sí? —oyó decir al otro lado de la línea.

—Nieminen —dijo ella.

—Un momento.

Esperó tres minutos a que Sonny Nieminen, *acting president* de Svavelsjö MC, contestara.

—¿Quién es?

—Eso a ti no te importa —contestó Lisbeth con un tono de voz tan bajo que él apenas pudo distinguir las palabras. Ni siquiera fue capaz de determinar si se trataba de un hombre o de una mujer.

—Bueno. ¿Y qué quieres?

—Sé que andas buscando información sobre Ronald Niedermann.

—¿Ah, sí?

—Déjate de historias. ¿Quieres saber dónde está o no?

—Soy todo oídos.

Lisbeth le hizo una descripción de la ruta que había

que seguir para llegar hasta la vieja fábrica de ladrillos situada en las afueras de Norrtälje. Le dijo que Niedermann permanecería allí lo suficiente como para que a él le diera tiempo a llegar si se apresuraba.

Colgó, arrancó el coche y subió hasta la gasolinera OK, al otro lado de la carretera. Aparcó mirando a la fábrica.

Tuvo que esperar más de dos horas. Era poco menos de la una y media de la tarde cuando advirtió la presencia de una furgoneta que pasaba lentamente por la carretera que quedaba por debajo de donde ella se encontraba. Se detuvo en el arcén, aguardó cinco minutos, dio la vuelta y enfiló el desvío que conducía a la vieja fábrica. Empezaba a hacerse de noche.

Abrió la guantera, sacó unos prismáticos Minolta 2x8 y vio aparcar a la furgoneta. Identificó a Sonny Nieminen y Hans-Åke Waltari acompañados de otras tres personas que no conocía. *Prospects. Tienen que reconstruir el club.*

Cuando Sonny Nieminen y sus cómplices descubrieron que había una puerta abierta en la fachada lateral, ella volvió a coger su móvil. Escribió un mensaje y lo envió a la central de la policía de Norrtälje:

EL ASESINO DE POLICÍAS R. NIEDERMANN SE ENCUENTRA EN LA VJA FÁBRICA DE LADRILLOS CERCA DE LA GASOLINERA OK AFUERAS DE SKEDERID. ESTÁ A PUNTO DE SER ASESINADO POR S. NIEMINEN & MMBROS DE SVAVELSJÖ MC. MUJER MUERTA EN PISCINA DE PLNTA BJA.

No pudo ver ningún movimiento en la fábrica.
Cronometró el tiempo.
Mientras esperaba, sacó la tarjeta SIM del móvil y la destruyó cortándola por la mitad con unas tijeras para las uñas. Bajó la ventanilla y tiró los trozos al suelo. Luego

sacó de la cartera una tarjeta SIM nueva y la introdujo en el teléfono. Utilizaba tarjetas prepago de Comviq que resultaban casi imposibles de rastrear. Llamó a Comviq y recargó quinientas coronas.

Pasaron once minutos antes de que apareciera un furgón —con las luces azules de la sirena puestas pero sin hacer ruido— que avanzaba hacia la fábrica procedente de Norrtälje. El vehículo aparcó junto al camino de acceso. Un par de minutos más tarde se le unieron dos coches patrulla. Los agentes hablaron un rato entre ellos y luego avanzaron hacia la fábrica todos juntos y aparcaron junto a la furgoneta de Nieminen. Lisbeth alzó los prismáticos. Vio cómo uno de ellos cogía una radio para comunicar la matrícula de la furgoneta a la central. Los policías miraron a su alrededor, pero aguardaron. Dos minutos más tarde, Lisbeth vio cómo otro furgón se aproximaba a toda velocidad.

De repente se dio cuenta de que, por fin, todo había pasado.

Aquella historia que empezó cuando ella nació acababa de terminar allí, en la vieja fábrica de ladrillos.

Era libre.

Cuando los policías sacaron las armas de refuerzo del furgón, se pusieron los chalecos antibalas y empezaron a distribuirse por las inmediaciones de la fábrica, Lisbeth Salander entró en la gasolinera y compró un *coffee to go* y un sándwich envasado. Se los tomó de pie en una pequeña mesa de la zona de cafetería.

Cuando volvió al coche ya era noche cerrada. Justo cuando abrió la puerta oyó dos lejanos impactos de algo que ella supuso que eran armas de fuego portátiles y que procedían del otro lado de la carretera. Vio varias siluetas negras que no resultaron ser sino policías pegados a la pared cerca de la entrada de la fachada lateral. Oyó la sirena de otro furgón que se acercaba por la carretera que venía de Uppsala. Algunos coches se habían parado en el arcén, justo por debajo de donde se encontraba Lisbeth observando el espectáculo.

Arrancó el Honda Burdeos, bajó hasta la E18 y regresó a Estocolmo.

Eran las siete cuando Lisbeth Salander, para su inmensa irritación, oyó cómo tocaban el timbre de la puerta. Estaba metida en la bañera con el agua todavía humeante. Lo cierto era que sólo existía una persona que pudiera tener una razón para llamar a su puerta.

Al principio había pensado ignorar el timbre, pero la tercera vez que sonó, suspiró y se envolvió en una toalla. Se mordió el labio inferior y fue mojando el suelo hasta llegar a la entrada.

—Hola —dijo Mikael Blomkvist en cuanto ella abrió.

Lisbeth no contestó.

—¿Has oído las noticias?

Ella negó con la cabeza.

—Pensé que quizá te gustaría saber que Ronald Niedermann ha muerto. Ha sido asesinado esta tarde en Norrtälje por unos cuantos miembros de Svavelsjö MC.

—¿De verdad? —dijo Lisbeth Salander con un contenido tono de voz.

—He hablado con el oficial de guardia de Norrtälje. Al parecer ha sido una especie de ajuste de cuentas interno. Por lo visto, lo han torturado y luego lo han destripado con una bayoneta. En el lugar han encontrado además una bolsa con varios cientos de miles de coronas.

—¿Ah, sí?

—Detuvieron a la banda de Svavelsjö allí mismo. Encima opusieron resistencia. Aquello acabó en tiroteo y la policía tuvo que llamar a la fuerza nacional de intervención de Estocolmo. Svavelsjö se rindió a eso de las seis de esta tarde.

—Ajá.

—Tu viejo amigo Sonny Nieminen de Stallarholmen ha acabado mordiendo el polvo. Flipó por completo e intentó escapar pegando tiros a diestro y siniestro.

Mikael Blomkvist permaneció callado unos segundos. Los dos se miraron de reojo a través de la rendija de la puerta.

—¿Molesto?

Ella se encogió de hombros.

—Estaba en la bañera.

—Ya lo veo. ¿Quieres compañía?

Ella le lanzó una dura mirada.

—No me refería a acompañarte en la bañera. Traigo *bagels* —dijo, levantando una bolsa—. Además he comprado café para preparar un *espresso*. Si tienes una Jura Impressa X7 en la cocina, por lo menos debes aprender a usarla.

Ella arqueó una ceja. No sabía si debería estar decepcionada o aliviada.

—¿Sólo compañía? —preguntó.

—Sólo compañía —le confirmó él—. Soy un buen amigo que le hace una visita a una buena amiga. Bueno, si es que soy bienvenido.

Ella dudó unos segundos. Llevaba dos años manteniéndose a la mayor distancia posible de Mikael Blomkvist. Aun así, le dio la sensación de que —bien a través de la red o bien en la vida real— él siempre acababa pegándose a su vida igual que se pega un chicle a la suela de un zapato. En la red todo le parecía bien. Allí él no era más que electrones y letras. En la vida real, delante de su puerta, seguía siendo ese maldito hombre tan jodidamente atractivo. Y que conocía sus secretos de la misma manera que ella conocía los de él.

Lo contempló y constató que ya no albergaba ningún sentimiento hacia él. O al menos no ese tipo de sentimientos.

Lo cierto era que durante el año que acababa de pasar él había sido un amigo.

Confiaba en él. Quizá. Le irritaba que una de las pocas personas en las que confiaba fuera un hombre al que evitaba ver constantemente.

Al final se decidió. Era ridículo hacer como si él no existiera. Ya no le dolía verlo.

Abrió la puerta y lo dejó entrar de nuevo en su vida.

Los hombres que no amaban a las mujeres

Stieg Larsson

MILLENNIUM 1

Harriet Vanger desapareció hace treinta y seis años en una isla sueca propiedad de su poderosa familia. A pesar del despliegue policial, no se encontró ni rastro de la muchacha. ¿Se escapó? ¿Fue secuestrada? ¿Asesinada? El caso está cerrado y los detalles olvidados. Pero su tío Henrik Vanger, un empresario retirado, vive obsesionado con resolver el misterio antes de morir. En las paredes de su estudio cuelgan cuarenta y tres flores secas y enmarcadas. Las primeras siete fueron regalos de su sobrina; las otras llegaron puntualmente para su cumpleaños, de forma anónima, desde que Harriet desapareció.

Mikael Blomkvist acepta el extraño encargo de Vanger de retomar la búsqueda de su sobrina. Periodista de investigación y alma de la revista *Millennium*, dedicada a sacar a la luz los trapos sucios de la política y las finanzas, Blomkvist está vigilado y encausado por una querella por difamación y calumnia presentada por un gran grupo industrial que amenaza con arruinar su carrera y su reputación. Contará con la colaboración inesperada de Lisbeth Salander, una peculiar investigadora privada, socialmente inadaptada, tatuada y llena de *piercings*, y con extraordinarias e insólitas cualidades.

Así empieza esta magnífica novela que es la crónica de los conflictos de una familia, un fascinante fresco del crimen y del castigo, de perversiones sexuales y trampas financieras; un entramado violento y amenazante en el que, no obstante, crecerá una tierna y frágil historia de amor entre dos personajes absolutamente inolvidables.

La chica que soñaba con una cerilla y un bidón de gasolina

Stieg Larsson

MILLENNIUM 2

Lisbeth Salander se ha tomado un tiempo: necesita apartarse del foco de atención y salir de Estocolmo. Trata de seguir una férrea disciplina y no contestar a las llamadas ni a los mensajes de Mikael, que no entiende por qué ha desaparecido de su vida sin dar ningún tipo de explicación. Lisbeth se cura las heridas de amor en soledad, aunque intente distraer el desencanto mediante el estudio de las matemáticas y *otros* placeres en una playa del Caribe.

¿Y Mikael? El gran héroe vive buenos momentos en *Millennium*, con las finanzas de la revista saneadas y el reconocimiento profesional por parte de los colegas. Ahora tiene entre manos un reportaje apasionante sobre el tráfico y la prostitución de mujeres procedentes del Este que le ha propuesto Dag Svensson, periodista de investigación, y su mujer, la criminóloga e investigadora de género Mia Bergman.

Las vidas de los dos protagonistas parecen haberse separado por completo, pero entretanto... una muchacha, atada a una cama, soporta un día tras otro las horribles visitas de un ser despreciable y, sin decir palabra, sueña con una cerilla y un bidón de gasolina, con la forma de provocar el fuego que acabe con todo.

Título de la edición original: *Luftslottet som sprängdes. Millennium 3*
Traducción del sueco: Martin Lexell y Juan José Ortega Román,
cedida por Editorial Destino, S. A.
Ilustración de la sobrecubierta: © Gino Rubert
Foto de solapa: © David Lagerlöf

Círculo de Lectores, S. A. (Sociedad Unipersonal)
Travessera de Gràcia, 47-49, 08021 Barcelona
www.circulo.es
3 5 7 9 9 0 0 7 8 6 4

Depósito legal: B. 25394-2009
Impresión y encuadernación: Printer industria gráfica
N. II, Cuatro caminos s/n, 08620 Sant Vicenç dels Horts
Barcelona, 2009. Impreso en España
ISBN 978-84-672-3657-6
N.º 27086